Langenscheidt

Cartas Comerciais em Espanhol

Frases intercambiáveis e modelos de cartas, ordenados por assunto

Martins Fontes
São Paulo 1999

Esta obra foi publicada originalmente em alemão com o título
GESCHÄFTSBRIEFE SPANISCH por Langenscheidt KG.
Copyright © 1996, Langenscheidt KG, Berlim e Munique.
Copyright © Livraria Martins Fontes Editora Ltda.,
São Paulo, 1997, para a presente edição.

1ª edição
abril de 1999

Tradução
CARLOS S. MENDES ROSA

Revisão técnica
Reinaldo Mathias Ferreira
Revisão gráfica
Márcia da Cruz Nóboa Leme
Ivete Batista dos Santos
Produção gráfica
Geraldo Alves
Paginação/Fotolitos
Studio 3 Desenvolvimento Editorial (6957-7653)

Dados Internacionais de Catalogação na Publicação (CIP)
(Câmara Brasileira do Livro, SP, Brasil)

Abegg, Birgit
 Cartas comerciais em espanhol : frases intercambiáveis e modelos de cartas, ordenados por assunto / Birgit Abegg, Julián E. Moreno ; [tradução Carlos S. Mendes Rosa]. – São Paulo : Martins Fontes, 1999.

 Título original: Geschäftsbriefe Spanisch.
 ISBN 85-336-1032-7

 1. Correspondência comercial 2. Espanhol comercial I. Moreno, Julián E. II. Título.

99-1185   CDD-808.066651061

Índices para catálogo sistemático:
1. Cartas comerciais : Espanhol   808.066651061
2. Espanhol : Cartas comerciais   808.066651061

Todos os direitos para o Brasil reservados à
Livraria Martins Fontes Editora Ltda.
Rua Conselheiro Ramalho, 330/340
01325-000 São Paulo SP Brasil
Tel. (011) 239-3677 Fax (011) 3105-6867
e-mail: info@martinsfontes.com
http://www.martinsfontes.com

Prefácio

As cartas comerciais, muito mais que a correspondência pessoal, seguem determinados modelos ou referem-se a situações-padrão recorrentes. Dessa maneira, uma seleção ampla de tipos de cartas e fórmulas de correspondência é capaz de abarcar cerca de 95% de todas as cartas comerciais costumeiras. A presente edição contém tal seleção e apresenta um resumo da maioria das cartas utilizadas nos negócios.

Cartas Comerciais em Espanhol foi elaborado para esse fim. Com o auxílio desses modelos de correspondência comercial, ordenados por assunto, e dos textos paralelos em espanhol, você poderá redigir rápida e corretamente cartas comerciais em espanhol.

Esta obra possui uma sistemática de eficácia comprovada: a primeira parte traz exemplos de cartas nas áreas comerciais mais importantes; a segunda parte, bem mais ampla – em português e espanhol –, traz frases-modelo que lhe permitirão elaborar sua carta aplicando o sistema de estruturas unificadas.

A linguagem e o conteúdo são atuais, incluindo inúmeros neologismos recentes e assuntos considerados da maior importância nos dias de hoje.

Ao consultar com regularidade o presente livro, que reproduz as estruturas e as expressões idiomáticas utilizadas no espanhol comercial, você irá adquirir gradativamente um vocabulário amplo no âmbito da correspondência comercial, bem como um uso natural da fraseologia do espanhol, habilidades extremamente úteis no dia-a-dia dos negócios.

Os autores, com ampla experiência em administração e consultoria de negócios, são Birgit Abegg, tradutora jurídica e professora em diversas indústrias, e Julián E. Moreno, que há muitos anos trabalha no setor de Comércio Exterior de um grande banco alemão. Ambos os autores atuam também há vários anos na banca examinadora da Câmara da Indústria e do Comércio de Düsseldorf, Alemanha.

Esperamos que estas *Cartas Comerciais em Espanhol* contribuam para o aprimoramento da correspondência comercial espanhol-português e português-espanhol e para a excelência das relações comerciais.

Autores e editora

Referências para o leitor

Exemplos de cartas

A primeira parte deste livro contém exemplos de cartas em português e espanhol, da maneira como são utilizadas na prática comercial diária. Neles são abordados os temas mais importantes da correspondência comercial: consulta, proposta (solicitada e não solicitada), referências, condições de fornecimento, reclamações, representações e negócios comissionados, eventos especiais (convites, abertura de firmas, entrevistas etc.), correspondência hoteleira, correspondência bancária, marketing e publicidade, cartas de recomendação e de solicitação de emprego, admissões e demissões e, ainda, transportes.

Evidentemente, é impossível esgotar todos os aspectos da área comercial. No entanto, tentamos oferecer exemplos abrangendo as mais variadas situações da vida profissional cotidiana, baseados em cartas redigidas especificamente para cada caso.

Frases intercambiáveis

A segunda parte deste livro traz uma série de frases intercambiáveis que, devido ao sistema de estrutura unificada, poderão ser inseridas nas cartas da primeira parte ou reelaboradas em novas cartas. A divisão dos capítulos corresponde à da primeira parte, para que o leitor possa encontrar mais rapidamente as frases intercambiáveis correspondentes a cada tema. Além disso, as frases encontram-se divididas em subcapítulos, a fim de facilitar ao leitor a busca da frase "certa" e ampliar as possibilidades de escolha.

Na tradução dos exemplos de frases do português para o espanhol nem sempre se optou pela correspondência literal, em sentido restrito. Procuramos, sim, reproduzir corretamente o sentido de cada frase intercambiável. Assim, freqüentemente a estrutura da frase em espanhol não é igual à do português, por uma questão de correção sintática e estilística. Além disso, numa carta comercial procura-se atingir sem rodeios a compreensão do destinatário. Todas as frases foram traduzidas visando à reprodução correta do registro lingüístico do texto em português.

Características formais

Por fim, no início deste livro há uma introdução geral às formas que devem ser observadas na redação de uma carta comercial em espanhol: com base em modelos de carta e de fax, comentam-se suas características, dão-se indicações sobre a forma e as diferenças entre a correspondência comercial espanhola e a latino-americana e são apresentados modelos de endereçamento espanhóis e latino-americanos. Encontram-se ainda instruções e detalhes sobre os sistemas adotados na Espanha e em alguns países latino-americanos, de acordo com os códigos de endereçamento postal. No Anexo há uma lista de abreviações comerciais importantes, bem como um índice de países com a indicação da moeda corrente e do idioma utilizado no comércio internacional.

O Sumário pormenorizado, no início do livro, e o Índice Remissivo, no final, facilitam a busca de exemplos de cartas e frases intercambiáveis.

Sumário

Prefácio	3
Referências para o leitor	4
O fax	15
A carta comercial correta em espanhol	16
Estrutura usual de uma carta comercial em espanhol	17
Particularidades em cartas comerciais na América Latina	18
Modelos de endereçamento postal	18
Indicações e expressões postais	18
Código postal espanhol	20
Exemplos de cartas	21
A consulta	23
Solicitação de proposta	23
A proposta	25
Resposta a solicitação de proposta	25
Recusa	25
Proposta condizente com a consulta	27
Proposta diferente da consulta	29
Modelo diferente	29
Qualidade diferente	29
Não se fazem fornecimentos a título de prova	30
Proposta com restrições	30
Proposta não solicitada	32
Resposta à proposta	34
Confirmação de recebimento	34
Resposta negativa	34
Resposta positiva	34
Pedido de alteração da proposta	35
Recusa do pedido de alteração da proposta	35
Pedido poderá ser atendido	35
Pedido poderá ser atendido com restrições	36
Referências	37
Pedido de referências	37
De um parceiro de negócios	37
A terceiros	37
Resposta a pedido de referências	38
Referência favorável	38
Informação vaga	38
Referência negativa	39
Impossibilidade de dar referências	39
Condições	40
Armazenamento	40
Entrega	40
Quantidade	41
Embalagem	41
Seguro	42
Condições de pagamento	42
Pedido	43
Apresentação do pedido	43
Aceitação do pedido	44
Recusa do pedido	44
Processamento rotineiro do pedido	45
Aviso de início de produção	45
Aviso de despacho	45
Faturamento	46
Confirmação de recebimento de mercadoria	47
Discrepâncias e irregularidades	48
Atraso na entrega	48
Atraso no pagamento	49
Reclamação de mercadoria com defeito	49
Resposta a reclamações	51
Pedido de compreensão	51
Apuração da reclamação	51
Reclamação rejeitada	52
As empresas e seus representantes	53
Proposta de representação	53
Solicitação	54

Resposta a proposta de representação	54
Pedido de representação	55
Resposta da empresa a ser representada	55
Contrato de representação	56
Apresentação do representante	57
Rescisão de contrato pelo representante	57
Rescisão de contrato pela empresa	58
Negócios comissionados	58
Transferência de pedido mediante comissão	59

Cartas para ocasiões especiais 60

Carta de agradecimento	60
Carta de felicitações	61
Aniversário de empresa	61
Aniversário	61
Abertura de filial	61
Comemoração de anos de serviço	62
Aviso de inauguração de ponto de venda	62
Aviso de abertura de filial de vendas	63
Alteração de razão social e endereço	63
Saída de sócio	64
Nomeação de diretor	64
Notificação de visita	65
Confirmação de visita	65
Convite para exposição	66
Aceitação de convite para exposição	66
Comunicação da informatização da contabilidade	67
Pedido de informação a entidade pública	68

Correspondência hoteleira 69

Consulta	69
Reserva individual	70
Reserva para congresso	70
Reserva para grupo	71
Resposta do hotel	72
Recusa	72
Resposta positiva	72
Confirmação de congresso	73

Correspondência bancária 74

Abertura de conta	74
Solicitação	74
Consulta sobre execução de ordem de cobrança	74
Autorização	75
Encerramento de conta	75
Pedido de crédito	76
Carta de crédito para viagem	76
Cobertura de conta	76
Conta especial	77
Crédito sem garantia	77
Remessa de documentos	78
Abertura de crédito documentário	78
Apresentação de documentos para cobrança	79
Apresentação de documentos contra aceite	80
Retirada de letra	80
Ordem de pagamento	81
Extrato de conta	81
Solicitação de envio	81
Concordância com o extrato	81
Discordância com o extrato	82
Operações com cheque	82
Apresentação de cheque	82
Devolução de cheque	82
Cancelamento de cheque	83
Perda de cartão de crédito	83
Investimento de capital	83
Operações na bolsa de valores	84
Compra de títulos	84
Venda de títulos	85

Correspondência de marketing e publicidade 86

Consulta sobre pesquisa de mercado	86
Resposta à consulta sobre pesquisa de mercado	87
Contratação de agência de publicidade	87
Publicidade e relações públicas	88
Solicitação de elaboração de campanha publicitária	88
Envio de material publicitário	88
Informe da agência de publicidade	88
Mala direta ao cliente	89

Cartas de recomendação, cartas de apresentação, solicitação de emprego 90

Comunicação de visita	90
Resposta a uma carta de apresentação	90
Referência favorável	91
Referência vaga	91
Solicitação de emprego	92
Convite para entrevista	92
Aprovação de candidato	93

Recusa de solicitação de emprego	93
Demissão	94

Correspondência de transportes   95

Frete aéreo	95
Consulta a transportadora (exportação)	95
Consulta a transportadora (nacional)	95
Pedido a transportadora (importação)	96
Resposta da transportadora	96
Frete marítimo e frete fluvial nacional	97
Consulta à companhia de navegação	97
Consulta à companhia de navegação sobre afretamento	97
Resposta da companhia de navegação	98
Contrato de frete com companhia de navegação fluvial	98
Transporte rodoviário e ferroviário	99
Consulta a transportadora	99
Proposta da transportadora	100
Pedido de frete a transportadora rodoviária	101
Pedido de frete a transportadora ferroviária	101

Frases intercambiáveis   103

A consulta   105

Consulta genérica	105
Solicitação de folhetos	105
Solicitação de preços e lista de preços	106
Pedido de informações sobre qualidade e garantia	106
Pedido de informações sobre quantidade e tamanho	107
Pedido de amostras	107
Fornecimento para prova	108
Compra a título de prova	108
Consulta sobre oferta especial	108
Consulta sobre condições de entrega e pagamento	109

A proposta   110

Resposta a solicitação de proposta	110
Proposta impossível	110
Proposta condizente com a consulta	111
Frases introdutórias	111
Cotação de preços	111
Descontos e acréscimos	113
Validade da proposta	113
Qualidade e garantia	114
Quantidades e tamanhos	115
Embalagem	115
Prazo de entrega	116
Aviso de envio de folhetos	116
Aviso de envio de lista de preços	117
Aviso de envio de amostras	117
Resposta a pedido de fornecimento de prova	118
Proposta divergente	118
Diferença de qualidade	118
Diferença de quantidade e tamanho	119
Diferenças de preço	120
Diferenças de embalagem	120
Impossibilidade de envio de amostra	121
Impossibilidade de fornecimento para prova	121
Impossibilidade de venda a título de prova	122
Diferenças nas condições de entrega	122
Diferenças nas condições de pagamento	123
Proposta com restrições	124
Proposta com prazo limitado	124
Oferta com quantidades limitadas	124
Quantidades mínimas	125
Proposta não solicitada	125
Resposta a proposta	128
Confirmação de recebimento	128
Resposta negativa	128
Resposta positiva	128
Pedido de alteração da proposta	129
Qualidade	129
Quantidade e tamanho	129
Preços	130
Embalagem	131
Entrega	132
Condições de pagamento	132
Garantias	133
Tipo de despacho	134
Recusa do pedido de alteração da proposta	134
O pedido pode ser atendido	135
Recusa do pedido de alteração e nova proposta	136

Referências	137
Solicitação de referências	137
Parceiros de negócios	138
Garantia de discrição e frases finais	138
Solicitação de referências a bancos	138
Solicitação de referências a serviços de proteção ao crédito	139
Resposta a pedido de referências	140
Referência favorável	140
Referência vaga	141
Referência desfavorável	141
Recusa do pedido de referências	142
A firma não é conhecida	142
Não costuma dar referências	143

Condições	144
Armazenamento	144
Condições genéricas	144
Condições específicas	144
Transporte para o depósito	145
Propostas genéricas	146
Recusas	146
Proposta de local de armazenamento ao ar livre	146
Proposta de local de armazenamento com equipamento especial	147
Indicação de um parceiro de negócios	148
Apresentação de pedido	148
Recusa	149
Confirmação	149
Fornecimento	150
Consultas	150
Proposta	150
Despacho	151
Prazos	151
Quantidade	152
Quantidade mínima	152
Mercadoria não pode ser fornecida em quantidade suficiente	152
Embalagem	153
Consultas genéricas	153
Consultas específicas	153
Propostas genéricas	154
Propostas específicas	155
Apresentação de pedidos genéricos	156
Apresentação de pedidos específicos	156
Confirmação de pedido e aviso de despacho	157
Condições gerais de embalagem	158

Seguro	159
Consulta	159
Solicitação de contrato de seguro	159
Condições de pagamento	160
Pagamento à vista sem desconto no recebimento da mercadoria	160
No recebimento da fatura	161
Desconto (pagamento à vista/antecipado)	161
Prazo de pagamento	161
Concessão de crédito	161
Pagamento à vista	162
Transferência bancária	162
Cheque	163
Cessão de crédito	163
Letra de câmbio	164
Entrega contra carta de crédito	164
Entrega com reserva de domínio	164
Local de execução	164
Foro competente	165
Cobrança	165

Pedido	166
Apresentação de pedido	166
Frases introdutórias	166
Quantidade	167
Qualidade	167
Embalagem	168
Preços	168
Tipo de expedição	169
Prazo de entrega	169
Local de entrega	170
Condições de pagamento	170
Execução do pedido	171
Referência a pedidos subseqüentes	171
Solicitação de confirmação de pedido	172
Confirmação de pedido	172
Aceitação de pedido	173
Aceitação com a observação "conforme encomenda"	173
Aceitação reproduzindo o pedido	173
Aceitação com modificações	173
Recusa de pedido	174
Recusa de pedido sem justificativa	174
Recusa de pedido com justificativa	174

Processamento rotineiro do pedido	175
Aviso de início de produção	175
Aviso de término de produção e disponibilidade da mercadoria	175

Aviso de despacho	176
Faturamento	177
Frases costumeiras na apresentação de fatura	177
Confirmação de recebimento da mercadoria	178
Confirmação de recebimento do pagamento	178

Discrepâncias e irregularidades 180

Notificação de atraso da encomenda	180
Cancelamento da proposta	180
Atraso na entrega	181
Prorrogação do prazo de entrega	182
Ameaça de ressarcimento	182
Cancelamento de pedido	183
Compra alternativa e indenização por perdas	184
Atraso no pagamento	184
Primeira advertência	184
Segunda advertência	185
Terceira advertência e fixação de prazo	186
Advertência final e ameaça de medidas judiciais	187
Recurso jurídico	187
Reclamações	188
Diferença de quantidade	188
Diferença de qualidade em relação à amostra	189
Diferença de qualidade em relação à remessa para prova	189
Qualidade diferente da pedida	190
Qualidade diferente da indicada	190
Embalagem insatisfatória	190
Entrega errada	191
Faturamento incorreto	192
Omissão de descontos prometidos	192
Equívocos e ambigüidades	193
Extravio de mercadorias	194
Respostas a notificações de irregularidades	195
Cancelamento da proposta	195
Cancelamento do pedido	195
Justificativa de atraso	196
Atraso de fornecimento	196
Atraso de pagamento	197
Desculpas por atraso de fornecimento	197
Desculpas por atraso de pagamento	198
Resposta rejeitando reclamações	199
Recusa de fornecimento a mais	199
Fornecimento a menos	200
Reclamações sobre qualidade	201
Embalagem insatisfatória	201
Reconhecimento de erro	202
Quantidade fornecida	202
Qualidade	203
Embalagem	203
Fornecimento incorreto	204
Justificativas sobre o faturamento	204
Resposta sobre descontos incorretos	205
Aviso de crédito em conta	206
Respostas a equívocos e ambigüidades	207
Medidas preventivas	207
Fornecimento	207
Pagamento	208
Quantidades	208
Qualidade	208
Embalagem	209
Diversos	209
Resposta sobre extravio de mercadoria	210

Questões jurídicas 211

Consultas	211
Respostas	211

As empresas e seus representantes 213

Proposta de representação	213
Anúncio em jornal	213
Cartas pessoais	213
Descrição de atividades	214
Descrição dos produtos	214
Descrição do mercado	215
Descrição de campanha publicitária	216
Descrição da área de representação	216
Exigências	217
Personalidade	217
Qualificação profissional	217
Currículo (*curriculum vitae*)	218
Diplomas e certificados	218
Referências	219
Remuneração	219
Salário	219
Comissões	220
Despesas	220
Período de emprego	221
Início	221
Duração	221
Entrevista	222
Candidatura em resposta a proposta de representação	222

Frases introdutórias	222
Dados pessoais	223
Data da entrevista	223
Resposta a proposta de representação	223
Recusa	223
Aceitação	224
Procura de representação	224
Anúncios em jornal	224
Dados pessoais	225
Referências	225
Ramo	225
Remuneração (do ponto de vista do representante)	226
Duração do contrato (do ponto de vista do representante)	226
Área de representação (do ponto de vista do representante)	227
Recusa de solicitação	227
Aceitação de solicitação	227
Setor de atividade	228
Área de representação	228
Remuneração (do ponto de vista da firma representada)	229
Duração do contrato (do ponto de vista da firma representada)	229
Data da entrevista	230
Contrato de representação	230
As partes	230
Obrigações	231
Área de representação	232
Remuneração	232
Salário	232
Comissões	233
Despesas	233
Liquidação de contas	234
Publicidade	234
Apoio da firma	234
Publicidade a cargo do representante	235
Proibição de concorrência	235
Duração do contrato	236
Rescisão do contrato	236
Alterações do contrato	236
Apresentação do representante	238
Informe do representante	238
Atividades	238
Dificuldades	239
Situação geral do mercado	240
Poder aquisitivo	240
Concorrentes	241
Sugestões de melhora	242
Pedidos	243
Informe da empresa ao representante	243
Confirmação de pedidos	243
Formalidades dos pedidos	244
Conteúdo dos pedidos	244
Carta de reconhecimento	245
Repreensão ao representante	245
Ampliação da produção	246
Artigos fora de linha	246
Alterações de preço	246
Correspondência entre cliente, empresa e representante	247
Do cliente à empresa	247
Da empresa ao representante	247
Do representante à empresa	248
Da empresa ao cliente	248
Divergências entre a empresa e o representante	249
Processamento de pedidos	249
Queixas da empresa	249
Resposta do representante	250
Pagamento de comissões e de despesas	250
Informe do representante	250
Resposta da empresa	251
Réplica do representante	252
Rescisão da representação	252
Rescisão contratual pela empresa	252
Rescisão contratual pelo representante	253
Rescisão contratual pela empresa sem aviso prévio	253
Rescisão contratual pelo representante sem aviso prévio	253
Negócios consignados e comissionados	254
Proposta de negócio comissionado: compra	254
Resposta do agente comercial	255
Proposta de negócio comissionado: venda	255
Resposta do agente comercial/consignatário	256
Agente comercial procura comissionamento de compra	257
Resposta do comitente	257
Agente comercial procura comissionamento de venda	258
Resposta do comitente/consignador	259
Divergências entre comitente/consignador e agente comercial/consignatário	259
Carta do comitente/consignador	259
Resposta do agente comercial/consignatário	260

Rescisão do negócio comissionado	261
Rescisão de contrato pelo comitente/consignador	261
Rescisão de contrato pelo agente comercial/consignatário	262

Cartas para ocasiões especiais — 264

Cartas de agradecimento	264
Cartas de felicitações	264
Aniversário de empresa	264
Natal e Ano-Novo	265
Abertura de novo negócio	265
Casamento, aniversário	266
Cartas de pêsames	266
Informações da empresa	266
Aviso de abertura de negócio/filial/escritório de vendas	266
Alteração da razão social	267
Alteração de endereço	268
Alteração de número do telefone	268
Novo número de fax e alteração de número	269
Alteração da participação societária	269
Saída de colega/sócio	269
Entrada de sócio	270
Nomeações	270
Mudanças de pessoal	271
Compromissos	271
Notificação de visita	271
Pedido de permissão de visita	272
Pedido de reserva de quarto e cancelamento de reserva	272
Ponto de encontro, pedido para ser pego	273
Cancelamento de visita	273
Exposições	273
Comunicado de exposição	273
Convite para visitar uma exposição	274
Organização de exposição	275
Informatização	275

Correspondência com órgãos oficiais — 277

Cartas a órgãos oficiais	277
Respostas de órgãos oficiais	278

Correspondência hoteleira — 279

Generalidades	279
Pedidos especiais	280
Transporte	280
Reservas	281
Faturas de hotel	281
Esclarecimentos	282
Pedido de informações por escrito	282
Sugestões de cardápio	282
Folhetos	282
Achados e perdidos	283
Quarto, objetos de valor e objetos perdidos	283
Listas de controle	283
Reservas	283
Sugestão de modelo de carta	284
Telefone – fax – computador	284
Telefone	284
Fax	284
Computador	284

Correspondência bancária — 285

Abertura de conta	285
Encerramento de conta	285
Solicitação de crédito	286
Remessa de documentos	287
Extrato de conta	288
Operações na bolsa de valores	289
Pagamento por transferência de valores	289

Marketing e publicidade — 291

Pesquisa de mercado	291
Consultas	291
Respostas	292
Publicidade e relações públicas	293
Consultas	293
Respostas	294
Proposta de uma agência de publicidade ou de relações públicas	295
Resposta positiva a proposta de agência de publicidade ou de relações públicas	295
Resposta negativa a proposta de agência de publicidade ou de relações públicas	296

Cartas de recomendação, cartas de apresentação, solicitações de emprego — 298

Notificação de visita	298
Pedido de assistência	298
Informações sobre novos funcionários	299
Treinamento/capacitação	299
Referência favorável	300
Referência vaga	300
Cartas de solicitação de emprego	301

Frases introdutórias	301
Detalhes complementares	301
Frases finais	302
Resposta a pedido de emprego e convite para entrevista	303
Emprego concedido	304
Recusa de solicitação de emprego	304
Demissão pelo empregador	304
Demissão por parte do empregado	305

Correspondência de transportes

	306
Frete aéreo	306
Consulta a transportadora	306
Resposta da transportadora	307
Pedidos de transporte	308
Confirmação de pedido	309
Disposições gerais	309
Frete marítimo e frete fluvial	310
Solicitação de proposta	310
Consultas gerais à transportadora	310
Contratos de frete	311
Possibilidade de carga	311
Carga, descarga, embarque	312
Contêineres	313
Custos	314
Pedidos	314
Respostas a consultas	315
Contratação	318
Contratação com restrições	318
Confirmação da contratação	320
Transporte rodoviário e ferroviário	321
Consultas genéricas	321
Consultas específicas	322
Entroncamento ferroviário	323

Consulta sobre condições	323
Material de embalagem	324
Transporte multimodal	325
Documentos de transporte	326
Assuntos diversos	326
Propostas	327
Custos	328
Custos de embalagens	328
Transporte multimodal	329
Documentos de transporte e anexos	330
Diversos	330
Contratos especiais	331
Aviso de despacho	333
Seguro de transporte	333
Condições	333
Consultas	334
Propostas	335
Contratação	335
Confirmação de contrato	336
Extensão da cobertura do seguro	336
Sinistros	336

Anexos 337

Abreviaturas comerciais e expressões técnicas internacionais 339

Índice de países com moeda corrente e idioma comercial internacional 344

Índice remissivo 353

O fax

O telefax ou fax, numa época de possibilidades de comunicação crescentemente mais velozes, é cada vez mais apreciado, a ponto de quase ter aposentado o telex.

Em estrutura os faxes assemelham-se a cartas comerciais, contudo seguem menos regras com relação à forma e à própria estrutura. Podem ser enviados ao destinatário por aparelhos específicos de fax, acoplados ao telefone, ou diretamente através do computador.

Quanto à forma, ainda não há regras. Na maioria das vezes as empresas usam impressos próprios, que identificam o remetente com seu endereço exato e demais indicações. O endereço do destinatário nem sempre é indicado por completo, pois basta discar o número correto de fax.

Diferentemente da carta, no fax indica-se o número de páginas, a fim de que o destinatário saiba quantas páginas deve receber e possa contatar o remetente caso o número recebido de páginas não corresponda ao indicado.

Ainda é necessário determinar com clareza se um fax tem legalidade judicial. Se nas relações comerciais ele possui legalidade reconhecida, esse princípio não é válido em todo o âmbito oficial e judicial. No caso de documentos importantes, deve haver, por medida de precaução, uma confirmação por meio de carta.

Estilisticamente um fax é menos formal que uma carta comercial. Quase nunca são usadas fórmulas rígidas de cumprimento ou expressões. Mas no fax é também imprescindível mencionar datas e fatos importantes, para que não ocorram mal-entendidos.

A seguir, um exemplo de como diagramar um comunicado via fax:

FAX

De: Patrick Neuss GmbH, Düsseldorf, –49 211 5560395
A: Banco Germánico, Panamá, (00507) 63 50 55

Fecha: 11 de enero de 19..

Por la presente confirmo que ayer les envié los documentos solicitados.

Atentamente,

Patrick Neuss

A carta comercial correta em espanhol

MALDONADO & CIA.
Fábrica de Aceite ①
Apartado 23091
28008 Madrid

Teléfono: (91) 568 81 11 · Fax: (91) 562 34 12

Madrid, 28 de enero de... ②

PINTO & CASPAR
Rambla de Cataluña, 42 ③
37003 GERONA

S/ref.:   s/escrito: n/ref.: PD/68/50   n/escrito: ④

Solicitud de informes comerciales ⑤

Señores: ⑥

Dado que tenemos el propósito de establecer relaciones comerciales con la empresa citada en el volante adjunto, nos permitimos dirigirnos a ustedes por indicación de la misma, para rogarles nos proporcionen información detallada sobre sus prácticas comerciales. En particular nos interesaría saber si su situación financiera puede considerarse como sólida para transacciones de hasta 1 millón de pesetas. ⑦

Huelga decir que cualquier información que nos faciliten será tratada por nosotros con absoluta discreción.

Dándoles las gracias de antemano por su amabilidad y ofreciéndoles a la recíproca en casos similares, les saludamos muy atentamente. ⑧

MALDONADO & CIA.
Fábrica de Aceite
⑨
Ruiz Maldonado
Director Comercial

Anexo: 1 volante ⑩

Estrutura usual de uma carta comercial em espanhol
Estructura usual de una carta comercial en español

1 **Cabeçalho** (impresso)
   Razão social
   endereço com código postal
   números de telefone e de fax

   Membrete (impreso)
   Razón social
   dirección con código postal
   números del teléfono y del fax

2 **Data**
   (também pode ficar à direita)

   Fecha
   (puede igualmente colocarse al la derecha)

3 **Endereço do destinatário**
   (inclui o código postal do local de destino e, se a carta for para o estrangeiro, também o país de destino)

   Dirección del destinatario
   (ésta incluye el código postal del lugar de destino y, si la carta va al extranjero, también el país de destino)

4 **Referência**
   (freqüentemente impressa, contém abreviações, números e iniciais de identificação. Nas cartas espanholas também aparecem no final)

   Referencia
   (a menudo impresa, contiene abreviaciones y números e iniciales de identificación. En cartas españolas a veces también van al final.)

5 **Assunto**
   (é facultativo, mas freqüentemente se indica para dar uma idéia do conteúdo da carta)

   Asunto
   (es facultativo, pero se indica muchas veces para dar una idea sobre el contenido de la carta)

6 **Saudação**
   (com freqüência ainda se faz na forma masculina, embora já venha sendo introduzida a forma señoras señores; também estimado, distinguido apreciado señor ou estimada, distinguida, apreciada señora)

   Saludo
   (todavía muchas veces en forma masculina, si bien que ya se introduzca señoras, señores; también estimado, distinguido, apreciado señor o estimada, distinguida, apreciada señora)

7 **Corpo da carta**

   Cuerpo de la carta

8 **Cumprimento final**
   (várias possibilidades)

   Despedida
   (varias posibilidades)

9 **Assinatura**
   (normalmente é seguida pelo nome por extenso, acompanhado do título ou da função do signatário e da razão social da firma. Também ocorrem assinaturas com p. p. — por poder —, p. o. – por ordem – ou p. d. – por delegação.)

   Firma
   (ésta es normalmente seguida del nombre escrito así como del título o de la función del firmante y de la razón social de la sociedad. También se encuentran firmas con p.p. (por poder), p.o. (por orden) o p.d. (por delegación)

10 **Anexos**

   Anexos

11 **PS (Post Scriptum)**
   (com o uso dos processamento de texto, praticamente já não existe)

   PD (Posdata)
   (prácticamente ya no existe, debido a la introducción del procesamiento de datos)

Particularidades em cartas comerciais na América Latina
Particularidades en cartas comerciales de Latinoamérica

Estas diferem das cartas comerciais espanholas sobretudo quanto às formas de cumprimento. Como cumprimento podem-se empregar, entre outras, as formas:

Respetable señor:
Honorable señor:
Muy estimado cliente:
Compatriota y amigo:

Como cumprimento final podem-se empregar, entre outras, as formas:

De usted sinceramente,
Quedo de usted atentamente,
Respetuosos y atentos saludos,
Suyo afectísimo,
Sinceros afectos,
Con la mayor consideración, muy atentamente

Quanto ao mais, as estruturas das cartas comerciais latino-americanas e espanholas não diferem essencialmente.

Modelos de endereçamento postal
Modelos de direcciones correctas

Sr. D. Ricardo López
Conde de Peñalver, 59
E-28006 MADRID

Sra. Dª Fátima Rodríguez
Edificio Manuel Avila
Camacho no. 1–650
Torre Baja, 6º piso
11560 MEXICO, D. F.
MEXICO

Solares & Hijos S.a.r.l.
Av. Corrientes 311, 11º piso
1043 BUENOS AIRES
ARGENTINA

Centroamericana S. A.
Apartado 57–F
01901 GUATEMALA
GUATEMALA C. A.

Indicações e expressões postais
Indicaciones y expresiones postales

(Agência) de Correio *(Oficina de) Correos*	Carimbo *Matasellos*
Amostra grátis *Muestra sin valor*	Carta expressa *Carta urgente*
Aos cuidados de *c/o.*	Carta registrada *Carta certificada*
Caixa postal *Apartado de Correos (Am. Casilla postal)*	Carta *Carta*

Cartão postal
Tarjeta postal

Cartão-resposta internacional
Cupon-respuesta internacional

Código postal
Código postal

Confidencial
Confidencial

(contra) Reembolso
(contra) Re(e)embolso

(Cuidado) frágil
(Atención) frágil

Data do carimbo
Fecha del matasellos

Destinatário (ignorado)
Destinatario (desconocido)

Devolver ao remetente caso não se encontre o destinatário
Caso de no hallar al destinatario, devuélvase al remitente

Devolver ao remetente
devuélvase al remitente

Em mãos
En propria mano

Enviar ao destinatário
Remítase al destinatario

Envio recusado
Envío rehusado

Expressa
Por expreso (Am. Entrega inmediata)

Impresso
Impresos

Isento de alfândega
Extento de aduana

Material publicitário
Envío publicitario

Não dobrar
No doblar

Ordem postal
Giro postal

Pacote pequeno
Pequeño paquete

Particular
Personal (Particular)

(Por) fax
(Por) fax

Porte gratuito
Franco de porte (libre de franqueo

Porte pago
Pagado

Porte
Franqueo

Posta restante
Lista de correos

Registrada
Certificada (Am. Registrada)

Remetente
Remitente

Resposta paga
Con respuesta pagada

Serviço postal de pacotes
Servicio postal de paquetes

Telegrama
Telegrama

Urgente
Urgente

Valores declarados
Valores declarados

Via aérea
Por avión

Código postal espanhol
Código postal español

O código postal espanhol, vigente a partir de 1 de julho de 1984, compõe-se de um número de cinco dígitos.

Os três primeiros indicam, em ordem alfabética, a capital de província, sempre com um zero final, ou uma cidade da província correspondente. Os dois últimos dígitos indicam um distrito postal da capital ou da cidade.

El Código postal español, en vigor desde el 1 de julio de 1984, se compone de un número de cinco dígitos.

Los tres primeros designan, en orden alfabético, la capital de provincia, siempre con un cero al final, o una ciudad de la provincia correspondiente. Los dos últimos dígitos designan un distrito postal de la capital o ciudad.

01	Álava	18	Granada	35	Las Palmas
02	Albacete	19	Guadalajara	36	Pontevedra
03	Alicante	20	Guipúzcoa	37	Salamanca
04	Almería	21	Huelva	38	Sta. Cruz de Tenerife
05	Ávila	22	Huesca	39	Santander
06	Badajoz	23	Jaén	40	Segovia
07	Baleares	24	León	41	Sevilla
08	Barcelona	25	Lérida	42	Soria
09	Burgos	26	Logroño	43	Tarragona
10	Cáceres	27	Lugo	44	Teruel
11	Cádiz	28	Madrid	45	Toledo
12	Castellón	29	Málaga	46	Valencia
13	Ciudad Real	30	Murcia	47	Valladolid
14	Córdoba	31	Navarra	48	Vizcaya
15	La Coruña	32	Orense	49	Zamora
16	Cuenca	33	Oviedo	50	Zaragoza
17	Gerona	34	Palencia		

Beispiel:

28003   Madrid, Hauptstadt, Postbezirk Nr. 3

28770   Colmenar Viejo (Provinz Madrid) [Ortskennzahl 7] Postbezirk Nr. 70

Ejemplo:

28003   Madrid, capital, distrito postal n 3

28770   Colmenar Viejo (provincia de distrito postal n 70 Madrid)

Exemplos de Cartas
Ejemplos de Cartas

A consulta
La demanda

Solicitação de proposta

Proposta para motores elétricos

1 Prezados Senhores,

Na qualidade de fabricantes de máquinas de lavar totalmente automáticas, temos uma grande demanda de motores elétricos de 0,1 a 0,5 hp.

Gostaríamos que nos apresentassem uma proposta a respeito de tais motores, cotando seus menores preços, tendo em vista uma demanda anual de ... motores.

Aguardamos com interesse o recebimento de sua proposta detalhada.

Atenciosamente,

2 Prezados Senhores,

Seu endereço nos foi dado por nosso representante sr. ..., em ... Soubemos que os senhores produzem máquinas de calcular de diversos tipos e gostaríamos muito de incluir seus produtos em nosso programa de vendas.

Caso haja interesse de sua parte em um negócio, agradeceríamos que nos enviassem uma proposta detalhada.

Esperamos receber notícias suas em breve e subscrevemo-nos

Atenciosamente,

Solicitudes de oferta

Oferta de motores eléctricos

1 (Estimados) Señores:

Somos fabricantes de máquinas lavadoras completamente automáticas y necesitamos grandes cantidades de motores eléctricos de 0,1 a 0,5 c. v.

¿Podrían hacernos una oferta relativa a tales motores? Por favor, calculen los precios mínimos absolutos sobre la base de una demanda anual de ... motores.

Esperamos con interés la llegada de su oferta detallada.

Atentamente,

2 (Estimados) Señores:

Nuestro representante en ..., el señor ..., nos facilitó su dirección. El nos informó que ustedes fabrican máquinas calculadoras de distintos tipos. Nos agradaría incluir su producto en nuestro programa de ventas.

En caso de que estuvieran interesados en establecer una relación comercial, les rogamos que nos hagan llegar una oferta detallada.

En espera de sus prontas noticias, les saludamos

muy atentamente.

3 Prezados Senhores,

Nos últimos anos colocamos no mercado diversas marcas estrangeiras de ..., o que proporcionou um volume substancial de vendas para os fornecedores.

A ampla gama de produtos que os senhores apresentaram na exposição em ... atraiu nosso interesse, de modo que lhes solicitamos remeter-nos todas as informações sobre seus ...

Gostaríamos de chamar sua atenção para o fato de que nossos clientes dispõem de um excelente serviço de assistência técnica pós-venda.

Aguardamos com grande interesse sua resposta.

Atenciosamente,

3 (Estimados) Señores:

Durante los últimos años hemos introducido distintas marcas extranjeras de ... en el mercado y hemos contribuido a aumentar considerablemente el volumen de ventas de las empresas suministradoras.

Su programa de ventas, que pudimos ver en la exposición de ..., ha despertado nuestro interés especial. Por ello les rogamos que nos envíen toda la documentación sobre sus ...

Permítannos que les indiquemos que nuestros compradores cuentan con una buena organización de servicio postventa.

Esperamos sus noticias con gran interés.

Atentamente,

A proposta
La oferta

Resposta a solicitação de proposta

Recusa

1 Prezados Senhores,

Agradecemos sua carta de ... e o interesse nela demonstrado por nossos produtos.

Lamentamos comunicar-lhes que, por motivos de competitividade, nossa produção se limita a determinados artigos. As mercadorias solicitadas pelos senhores não são por nós fabricadas.

Por essa razão, pedimos à ..., empresa com a qual temos estreitos laços comerciais, que lhes apresentasse uma proposta adequada.

A fim de dar-lhes uma visão geral dos produtos que fabricamos, tomamos a liberdade de anexar nosso folheto ilustrado. Caso haja interesse por algum dos artigos nele apresentados, queiram por gentileza nos comunicar. Teremos o maior prazer em lhes apresentar uma proposta detalhada com prazos de entrega, preços, condições de pagamento etc.

Atenciosamente,

Anexo
1 folheto

Respuesta a solicitudes de oferta

Negativa

1 (Estimados) Señores:

Muchas gracias por su carta del ... y por el interés mostrado por nuestros productos.

Sentimos mucho tener que informarles que por motivos de competencia sólo fabricamos un determinado número de artículos. Nosotros no fabricamos las mercancías que ustedes solicitan.

Por esta razón hemos pedido a la fábrica ..., que nos es muy conocida, que les haga una oferta correspondiente.

Para darles una idea de conjunto sobre nuestros productos, nos permitimos enviarles adjunto un prospecto ilustrado de nuestro programa de ventas. Les rogamos que nos informen en el caso de que alguno de los artículos sea de interés para ustedes. Entonces recibirán una oferta detallada con plazos de entrega, precios, condiciones de pago, etc.

Muy atentamente,

Anexo
1 prospecto

2 Prezados Senhores,

Em resposta à sua consulta de ..., infelizmente temos a informar-lhes que, como nossa lista de pedidos está totalmente tomada nos próximos ... meses, não estamos em condições de lhes apresentar uma proposta. Lastimamos também não termos nenhuma possibilidade de ampliar nossa capacidade de produção em curto prazo.

Na certeza de sua compreensão, subscrevemo-nos

Atenciosamente,

2 (Estimados) Señores:

Lamentablemente tenemos que responder a su solicitud del ... que no nos encontramos en condiciones de hacerles una oferta por tener que servir muchos pedidos pendientes que cubren los próximos ... meses. Desgraciadamente, no podemos aumentar la capacidad de produccion a corto plazo.

Les rogamos que comprendan esta circunstancia y les saludamos

muy atentamente,

3 Prezados Senhores,

Agradecemos sua consulta datada de ... Infelizmente temos a informar que nossa empresa não atua em exportação. Somos fornecedores apenas no mercado de ...

A firma ... cuida da exportação de todos os produtos de nossa fabricação. Enviamos sua consulta a essa empresa, solicitando que lhes apresentem a proposta desejada. Em breve a ... deverá contatá-los.

Atenciosamente,

3 (Estimados) Señores:

Muchas gracias por su solicitud del ... Lamentablemente, tenemos que informarles que no nos dedicamos al comercio de exportación. Nosotros sólo suministramos en el mercado ...

Todos los productos que fabricamos los exporta la firma ... Por este motivo hemos transmitido su solicitud a esta firma con la petición de que les haga la oferta deseada. Pronto recibirán de ella noticias al respecto.

Muy atentamente,

4 Prezados Senhores,

Acusamos o recebimento de sua consulta de ..., pela qual agradecemos.

Infelizmente não temos condições de lhes apresentar uma proposta direta.

Há vários anos somos representados pela ..., com a qual temos acordo contratual. Assim, não temos possibilidade de efetuar entregas diretas à sua região.

Portanto, pedimo-lhes que entrem em contato com a ..., mencionando a presente carta.

Atenciosamente,

4 (Estimados) Señores:

Recibimos su solicitud del ... que mucho agradecemos.

Lamentablemente, no estamos en condiciones de hacerles directamente una oferta.

Desde hace muchos años estamos representados por la firma ... Con esta empresa hemos celebrado convenios. Por lo tanto no podemos realizar suministros directos en esa zona.

Por este motivo, les rogamos que se dirijan a la firma ... con referencia a esta carta.

Muy atentamente,

| **Proposta condizente com a consulta** | **Oferta corresponde a la solicitud** |

1 Prezados Senhores,

Agradecemos sua consulta de ... Anexa, enviamos aos senhores uma amostra dos produtos desejados, que podemos lhes fornecer como segue:

... de plástico, em lotes de ...

Pedido mínimo: ... unidades

Fornecimento: frete pago até a fronteira

Embalagem: incluída no preço

Pagamento: por meio de carta de crédito irrevogável

Ficaríamos muito satisfeitos em receber seu pedido e desde já lhes asseguramos sua pronta execução.

Atenciosamente,

1 (Estimados) Señores:

Muchas gracias por su solicitud del ... Adjunto reciben ustedes una muestra de ... Ofrecemos este artículo en la forma siguiente:

... de material plástico en lotes de ... unidades

Cantidad mínima de adquisición: ... unidades

Suministro: franco de porte en la frontera

Embalaje: no se carga en cuenta

Pago: mediante crédito documentario irrevocable.

Nos alegraría mucho recibir su pedido y les aseguramos desde ahora una pronta ejecución.

Muy atentamente,

<u>Anexa</u>
1 amostra

<u>Anexo</u>
1 muestra

2 Prezados Senhores,

Temos o prazer de lhes fornecer nosso mostruário, conforme pedido. Anexa a esta, os senhores encontrarão a lista de preços de exportação de todos os produtos que fabricamos.

Temos grande interesse em exportar para ... e ficaríamos satisfeitos de receber um pedido preliminar para que possamos demonstrar nossa eficiência. Podem estar certos de que quaisquer pedidos recebidos serão cumpridos com o máximo cuidado.

Aguardamos sua resposta quanto antes.

Atenciosamente,

2 (Estimados) Señores:

Con sumo gusto complacemos su deseo de recibir nuestro muestrario. Al mismo tiempo les enviamos la lista de precios de exportación de todos los artículos que fabricamos.

Estamos muy interesados en exportar a ... y nos agradaría que ustedes pusieran a prueba nuestra capacidad, haciéndonos un primer pedido. Pueden tener la seguridad de que los pedidos que nos pasen serán servidos con sumo cuidado.

Por favor, contéstennos cuanto antes.

Muy atentamente,

<u>Anexos</u>
1 mostruário
1 lista de preços

<u>Anexos</u>
1 muestrario
1 lista de precios

3   Prezados Senhores,

Agradecemos sua consulta feita em ...
e confirmamos o recebimento de sua
amostra.

Depois de examiná-la, estamos em
condições de lhes informar que poderemos
fornecer o artigo a nós apresentado em
qualidade e modelo idênticos.

Conforme sua solicitação, apresentamos-
lhes uma proposta para um fornecimento
anual de ... peças, como segue:

Preço unitário: ... posto em fábrica

Embalagem: a preço de custo (incluída
no preço)

Pagamento: por meio de carta de crédito
irrevogável

Prazo de entrega: ... dias após entrada
do pedido

Garantimos que nossos preços são os
menores possíveis, tomando por base
sua demanda anual.

No folheto anexo os senhores encontram
todos os detalhes técnicos. Caso
necessitem de esclarecimentos, não
hesitem em nos contatar.

Atenciosamente,

Anexo
1 folheto

4   Prezados Senhores,

Recebemos sua consulta de ...
Acreditamos que não seja necessário
enviar-lhes amostras, uma vez que os
senhores já estão bem a par da
qualidade de nossos produtos.

Caso recebamos seu pedido em tempo
hábil, teremos condições de lhes
assegurar um fornecimento de ...
unidades por trimestre.

O sr. ..., de nossa empresa, já lhes deu
as devidas informações sobre preços,
condições de fornecimento etc. Diante da
solidez das referências apresentadas
pelos senhores, teremos a satisfação de
fazer a entrega imediatamente após a
entrada do pedido.

Atenciosamente,

3   Señores:

Agradecemos su solicitud del... y
acusamos recibo de la muestra enviada.

Examinada la muestra podemos
informarles que estamos en todo
momento en condiciones de suministrarles
el artículo en la misma calidad y modelo.

Ustedes desean una oferta sobre la base
de un suministro anual de ... unidades,
que detallamos en la forma siguiente:

Precio: en fábrica ... por unidad

Embalaje: (no) se carga al importe de la
factura.

Pago: mediante crédito documentario
irrevocable

Plazo de suministro: ... días a partir de la
recepción del pedido.

Les aseguramos que nuestros precios
han sido calculados al mínimo absoluto
teniendo en cuenta la compra de las
cantidades anuales señaladas.

Adjunto reciben ustedes un prospecto
detallado en el que aparecen todos los
datos técnicos. Si desean aclarar algún
otro particular, les rogamos que nos lo
comuniquen.

Muy atentamente,

Anexo
1 prospecto

4   (Estimados) Señores:

Hemos recibido su solicitud de oferta de
suministro de ... Está de más el envío de
muestras ya que ustedes conocen nuestra calidad.

Estamos en condiciones de suministrarles
... unidades trimestralmente, si nos hacen
los pedidos a tiempo.

El señor ... ya les ha informado sobre
precios, condiciones de entrega, etc. Sus
referencias son satisfactorias, por lo que
podríamos suministrarles inmediatamente
que recibamos su pedido.

Atentamente,

Proposta diferente da consulta

Modelo diferente

Prezados Senhores,

Sentimos informar-lhes que não produzimos o modelo solicitado.

O folheto anexo contém informações detalhadas sobre nossa linha de produtos. Ficaríamos satisfeitos se alguns dos artigos nele mencionados fossem adequados a seu programa de vendas.

Aguardamos com interesse notícias suas e permanecemos

Atenciosamente,

Anexo
1 folheto

Oferta distinta de la solicitud

Otro tipo

(Estimados) Señores:

Lamentamos tenerles que participar que nosotros no producimos artículos del tipo solicitado por ustedes.

El prospecto adjunto les ofrece información sobre nuestro programa de producción. Mucho nos alegraría si algunos artículos fueran apropiados para su programa de ventas.

Esperamos sus noticias con interés y quedamos

muy atentamente,

Anexo
1 prospecto

Qualidade diferente

Prezados Senhores,

Sua consulta de ... foi recebida com o maior interesse. Infelizmente, devemos informar-lhes que não produzimos os produtos que desejam com a qualidade mencionada.

Para sua informação, estamos enviando uma amostra da qualidade que oferecemos em nossos produtos e pedimos que verifiquem se ela satisfaz suas exigências. Caso só possam contar em seu programa de vendas com a qualidade indicada, informamos que teremos condições de atender ao fornecimento num prazo de ... meses.

Antes de fornecer um orçamento, precisamos saber qual a quantidade exata necessária. Tão logo tenhamos recebido essa informação, apresentaremos uma proposta detalhada.

Aguardamos mais detalhes com especial interesse.

Atenciosamente,

Diferencia de calidad

(Estimados) Señores:

Con gran interés hemos recibido su demanda del ... Lamentablemente, tuvimos que comprobar que no fabricamos, con la misma calidad, las mercancías que ustedes desean.

Para su información les enviamos muestras de las calidades de nuestros productos y les rogamos que comprueben si satisfacen sus deseos. En el caso de que sólo consideren en su programa la calidad solicitada, también estamos en condiciones de suministrarla si se nos concede un plazo de unos ... meses.

Para el cálculo de precios son necesarios los datos exactos sobre las cantidades que habrán de adquirirse. Tan pronto dispongamos de esa información podremos hacerles una oferta precisa.

Esperamos con especial interés sus noticias.

Atentamente,

Não se fazem fornecimentos a título de prova

Prezados Senhores,

Infelizmente temos de informar-lhes que não fazemos fornecimentos a título de prova.

Já que nossos produtos possuem grande reputação em diversos países, acreditamos que os senhores compreenderão nossa decisão.

Todavia, temos interesse em exportar para o seu país e, a fim de atendê-los, poderemos conceder um desconto inicial de ... %.

Informem-nos, por favor, se podemos chegar a um entendimento nessas condições. Aguardamos sua resposta.

Atenciosamente,

No se pueden efectuar suministros a prueba

(Estimados) Señores:

Lamentamos tener que informarles que no efectuamos suministros a prueba.

Nuestros productos gozan de una excelente reputación en muchos países, por cuyo motivo les rogamos que comprendan nuestra decisión.

Estamos muy interesados en exportar a su país por lo que quisiéramos tener con ustedes la atención especial siguiente: les concedemos un descuento del ... % como venta de promoción en los primeros ... suministros.

Por favor, infórmennos si podemos llegar a un acuerdo sobre esta base. En espera de su respuesta, les saludamos

atentamente,

Proposta com restrições

1 Prezados Senhores,

Em resposta à sua consulta de ..., sentimos informar-lhes que não dispomos do produto na quantidade solicitada pelos senhores.

Podemos, contudo, efetuar uma entrega parcial de ... peças no prazo de ... dias.

Aguardamos que respondam se essa solução lhes convém.

Atenciosamente,

2 Prezados Senhores,

Recebemos com satisfação sua consulta de ... Só poderemos atender ao seu pedido se concordarem em receber, no mais tardar até ..., os produtos de que dispomos em estoque.

Aguardamos sua decisão o mais rápido possível.

Atenciosamente,

Oferta con limitaciones

1 (Estimados) Señores:

En respuesta a su solicitud del ... lamentamos tener que informarles que no podemos suministrar la totalidad de los lotes que ustedes desean.

Sin embargo, estamos dispuestos a realizar un suministro parcial de ... dentro de ... días.

Por favor, infórmennos cuanto antes si les podemos servir de esta forma.

Muy atentamente,

2 (Estimados) Señores:

Con gusto recibimos su solicitud del ... Sólo podemos llevar a cabo el suministro deseado si ustedes adquieren, antes del ..., el lote actualmente disponible.

Por favor, hágannos saber cuanto antes lo que decidan al respecto.

Muy cordialmente,

3 Prezados Senhores,

Agradecemos sua consulta.

Conforme solicitado, enviamos com a presente nossa lista de preços de exportação em vigor. Uma vez que os preços da matéria-prima têm sofrido constantes aumentos nos últimos meses, só poderemos manter os preços se recebermos seu pedido dentro de ... dias.

Após esse prazo todos os nossos estoques estarão esgotados e, caso haja alterações no mercado de matéria-prima, seremos obrigados a rever nossos preços, reajustando-os se necessário.

Contando com sua compreensão, aguardamos sua resposta com interesse.

Atenciosamente,

3 (Estimados) Señores:

Muchas gracias por su demanda.

Adjunto les enviamos nuestra lista de precios de exportación válida actualmente. Debido a que los precios en el mercado de materias primas aumentan continuamente desde hace varios meses, sólo podemos mantener la oferta si ustedes hacen su pedido dentro de los próximos ... días.

Después de esta fecha nuestras existencias estarán completamente agotadas y tendremos que revisar nuestros precios tomando en consideración los movimientos eventuales del mercado de materias primas para, caso que sea necesario, fijar nuevos precios.

Les rogamos que comprendan esta circunstancia. En espera de su decisión, les saludamos

muy atentamente,

Anexa
1 lista de preços de exportação

Anexo
lista de precios de exportación

4 Prezados Senhores,

Em sua carta de ..., os senhores infelizmente se esqueceram de mencionar a quantidade dos produtos que desejam.

Enviamos anexa uma lista de preços de nossos produtos, mas chamamos sua atenção para o fato de que todos os preços se baseiam em um pedido mínimo de ... unidades por artigo. Não temos condições de aceitar pedidos de quantidade inferior, pois isso demandaria novos cálculos de preços e alterações na embalagem.

Informem-nos, por favor, se concordam com nossas condições. Poderemos fornecer-lhes a mercadoria dentro de ...

Atenciosamente,

4 (Estimados) Señores:

En su carta del ... falta, lamentablemente, la indicación de las cantidades que desean de las mercancías ofrecidas.

Adjunto les enviamos una lista de precios de nuestro surtido, pero debemos señalarles que sólo tienen validez para una adquisición de ... unidades de cada artículo. No podemos aceptar pedidos por cantidades menores tanto por razones de costo de producción como por el tipo de embalaje que empleamos.

Les rogamos que nos hagan saber si están de acuerdo con nuestras condiciones. En ese caso podríamos suministrarles la mercancía dentro de ...

Muy atentamente,

Anexa
1 lista de preços

Anexo
1 lista de precios

Proposta não solicitada

1 Prezados Senhores,

Seu endereço nos foi dado pelo senhor ..., nosso parceiro de negócios, em ..., o qual nos informou que os senhores necessitam de grande quantidade dos produtos que fabricamos.

Nossas vendas têm crescido bastante em mais de ... países da Europa e de outros continentes, e nos últimos ... anos tivemos condições de ampliar nossas exportações.

Assim sendo, temos também grande interesse em estabelecer-nos em seu país e levar nossa linha completa de ...

Anexamos a esta carta um folheto ilustrado para que os senhores possam ter uma idéia melhor da capacidade de nossa empresa.

Gostaríamos muito de receber uma resposta favorável dos senhores.

Atenciosamente,

Anexo
1 folheto

2 Prezados Senhores,

Tendo em vista que os senhores estão entre nossos clientes mais fiéis há anos, tomamos a liberdade de informar-lhes em primeira mão nossa oferta especial.

De ... a ..., os senhores poderão adquirir quaisquer produtos expostos em nosso depósito com um desconto excepcional de ...%.

'Acreditamos que os senhores não deixarão escapar esta oportunidade única e teremos prazer em receber sua visita.

Atenciosamente,

Anexo

Oferta no solicitada

1 (Estimados) Señores:

Un amigo de nuestra casa, el Sr. ... de ..., nos dio su dirección y nos informó que ustedes tienen gran necesidad de los artículos comprendidos en nuestro programa de producción.

Obtenemos crecientes cifras de venta en más de ... países europeos y de ultramar, habiendo podido consolidar continuamente durante los últimos años nuestras exportaciones.

Por esta razón estamos sumamente interesados en extender nuestras relaciones comerciales también a su país y llevar a ese mercado todos nuestros ...

Con el fin de darles una idea de la capacidad de producción de nuestra firma les enviamos un detallado prospecto ilustrado.

Nos alegraría recibir una respuesta positiva de ustedes y les saludamos

muy atentamente,

Anexo
1 prospecto

2 Señores:

Dado que ustedes figuran entre nuestros más fieles clientes, no quisiéramos dejar de que sean ustedes los primeros en tener conocimiento de nuestra oferta especial.

Desde el ... hasta el ... tienen ustedes oportunidad de adquirir en nuestro almacén todos los productos con un descuento del ...%

Suponemos que ustedes no dejarán de aprovechar esta ocasión excepcional y esperamos tener el placer de su visita.

Muy atentamente,

Anexo

3 Prezados Senhores,

Nossos produtos têm tido crescente aceitação tanto no país quanto no exterior. Nossa intenção agora é de fornecer nossos produtos a uma ou duas grandes casas importadoras de seu país.

Há vários dias, durante visita à representação comercial de seu país, viemos a conhecer o nome de empresas capazes de se interessar pela importação de ... Sua empresa também foi mencionada, de modo que nos permitimos apresentar-lhes uma proposta.

Estamos enviando aos senhores, em outra correspondência, amostras de nossos diversos modelos, junto com as listas de preços de exportação.

Caso os senhores estejam interessados em nossa proposta, agradeceríamos uma resposta rápida, a fim de que possamos iniciar as negociações.

Atenciosamente,

3 (Estimados) Señores:

Nuestros productos disfrutan de creciente popularidad tanto en nuestro país como en el extranjero. Tenemos el propósito de suministrar nuestras mercancías en su país a una o dos empresas importadoras acreditadas.

Hace algunos días indagamos en la representación comercial de su país qué firmas nacionales pudieran estar interesadas en la importación de ... Entre otras, recibimos su dirección y nos permitimos hacerles hoy una oferta.

Por correo aparte les remitimos muestras de nuestros diversos modelos. También incluimos listas de los precios de exportación.

En el caso de que estuvieran interesados en nuestra oferta les agradeceríamos una pronta respuesta, a fin de iniciar las conversaciones pertinentes.

Atentamente,

4 Prezados Senhores,

Por ocasião da exposição/feira ... em ... tivemos a oportunidade de conversar em nosso estande com seu representante, sr. ...

Naquela ocasião ficou acertado que os senhores nos informariam quanto antes sobre a viabilidade de nossos produtos em seu mercado. Infelizmente, não obtivemos resposta alguma até a data de hoje.

Como tratamos também com diversos outros interessados, somos obrigados a tomar uma decisão. Portanto, ficaremos agradecidos se os senhores nos informarem de suas intenções.

Aproveitamos a oportunidade para chamar sua atenção mais uma vez sobre a qualidade de nossos produtos e os preços e condições extremamente favoráveis.

Aguardamos com interesse suas notícias.

Atenciosamente,

4 (Estimados) Señores:

Con ocasión de la exposición de ... en ... tuvimos oportunidad de conversar largamente, en nuestro stand, con su representante, el señor ...

Llegamos al acuerdo de que ustedes nos informarían en breve si nuestros productos serían interesantes para su mercado. Lamentablemente, hasta ahora no hemos recibido noticia alguna de ustedes.

Debido a que hemos tratado con varios interesados, debemos tomar ahora una decisión. Por tanto, les agradeceríamos que nos informaran cuanto antes sobre lo que hayan resuelto al respecto.

Quisiéramos llamarles la atención, una vez más, sobre la calidad de nuestros productos y los ventajosos precios y condiciones.

Esperando con interés sus noticias, les saludamos

muy atentamente,

Resposta à proposta

Confirmação de recebimento

Prezados Senhores,

Agradecemos muito sua proposta sobre ..., com data de ..., que foi imediatamente encaminhada ao nosso departamento técnico para exame.

Ficaríamos agradecidos se nos concedessem alguns dias para isso e contataremos os senhores o mais rápido possível.

Atenciosamente,

Resposta negativa

Prezados Senhores,

Agradecemos sua proposta de ... Infelizmente, ela não corresponde às nossas expectativas, uma vez que seus preços encontram-se bem superiores aos de produtos similares de nossos concorrentes.

Lamentamos não poder dar-lhes uma resposta mais favorável.

Atenciosamente,

Resposta positiva

Prezados Senhores,

Com base em sua proposta de ..., enviamos anexo nosso pedido n.º ..., nos preços e condições de pagamento expressos pelos senhores.

Prevemos que a entrega será em ...

Atenciosamente,

Anexo
1 formulário de pedido

Respuesta a oferta

Acuse de recibo

(Estimados) Señores:

Muchas gracias por su oferta del ... sobre ... que enviamos inmediatamente a nuestro departamento técnico para su examen.

Les rogamos que esperen unos días; volveremos sobre el asunto cuanto antes.

Muy atentamente,

Respuesta negativa

(Estimados) Señores:

Agradecemos su oferta del ... Lamentablemente no es como esperábamos, ya que sus precios son muy superiores a los de los artículos comparables de los competidores.

Sentimos no poderles dar una respuesta más favorable.

Muy atentamente,

Respuesta positiva

(Estimados) Señores:

De acuerdo con su oferta del ... y por medio de la hoja especial de pedido número ..., pedimos los artículos indicados a los precios y bajo las condiciones de pago expresadas por ustedes.

Tomamos nota de que la fecha del suministro es el ...

Muy atentamente,

Anexo
1 hoja de pedido

Pedido de alteração da proposta

Prezados Senhores,

Recebemos sua proposta de ..., que infelizmente não menciona a quantidade mínima do pedido.

Solicitamos que nos remetam uma oferta revisada, contendo também os termos da garantia oferecida pelos senhores.

Atenciosamente,

Solicitud de cambio de oferta

(Estimados) Señores:

En su oferta del ... que tenemos delante, lamentablemente, faltan los datos sobre las cantidades mínimas que deben adquirirse.

Por favor, envíennos una nueva oferta y señalen también los servicios comprendidos en la garantía que ustedes ofrecen.

Muy atentamente,

Recusa do pedido de alteração da proposta

Prezados Senhores,

Em sua carta de ..., os senhores solicitam que alteremos as condições de pagamento de nossa proposta de ...

Infelizmente, temos a informar-lhes que a solicitada alteração nos termos não é possível.

Lamentamos profundamente a situação, mas seremos obrigados a recusar seu pedido caso os senhores insistam na alteração.

Atenciosamente,

No puede satisfacerse el deseo de cambio

(Estimados) Señores:

En su escrito del ... solicitan ustedes una modificación de nuestra oferta del ... en relación con las condiciones de pago.

A este respecto tenemos que participarles que lamentablemente, no es posible una modificación en la forma que ustedes desean.

Lamentamos mucho esta circunstancia, pero no podremos hacernos cargo del pedido en el caso de que ustedes insistan en esa modificación.

Atentamente,

Pedido poderá ser atendido

Prezados Senhores,

Temos a satisfação de lhes comunicar que concordamos com a alteração de nossa proposta, solicitada pelos senhores na carta de ...

O pedido será prontamente atendido, de acordo com as suas instruções.

Atenciosamente,

Puede satisfacerse el deseo

(Estimados) Señores:

Estamos de acuerdo en modificar nuestra oferta en la forma que ustedes solicitan en su escrito del ...

Serviremos el pedido inmediatamente, de acuerdo con sus indicaciones.

Atentamente,

Pedido poderá ser atendido com restrições

Prezados Senhores,

Em sua carta de ..., os senhores solicitam que alteremos nossa proposta.

As alterações que estamos em condições de fazer estão contidas na nossa nova proposta, anexa a esta.

Esperamos ter com isso atendido às suas necessidades e firmamo-nos,

Atenciosamente,

Anexa
1 proposta

Puede satisfacerse el deseo hasta cierto punto

(Estimados) Señores:

En su escrito del ... solicitan ustedes una modificación de nuestra oferta.

En esta nueva oferta que adjunta les enviamos, hemos introducido modificaciones en la medida que esto nos ha sido posible.

Confiamos haberles servido así y les saludamos

atentamente,

Anexo
1 oferta

Referências
Referencias

Pedido de referências

De um parceiro de negócios

Prezados Senhores,

Agradecemos o pedido apresentado à nossa empresa.

Como ainda não mantivemos negócios com sua empresa, solicitamos respeitosamente que nos indiquem suas referências.

Contamos com sua compreensão de nosso pedido.

Atenciosamente,

Solicitud de referencias

A la relación comercial

Señores:

Mucho les agradecemos el pedido que nos pasaron.

Dado que hasta la fecha no hemos tenido relaciones comerciales con ustedes, les rogamos tengan la amabilidad de proporcionarnos algunas referencias.

Esperando tengan comprensión respecto a nuestra solicitud, les saludamos

muy atentamente,

A terceiros

Prezados Senhores,

A ... (nome da empresa) tem a intenção de nos apresentar um pedido considerável.

Soubemos que os senhores têm relações comerciais com essa empresa há muitos anos e ficaríamos gratos se lhes fosse possível informar-nos sobre sua reputação e idoneidade creditícia.

Asseguramos desde já que suas informações serão tratadas com o maior sigilo e colocamo-nos à disposição dos senhores para retribuir o favor.

Atenciosamente,

A un tercero

(Estimados) Señores:

La firma ... tiene la intención de pasarnos un pedido de consideración.

Según tenemos entendido, ustedes mantienen desde hace muchos años relaciones comerciales con dicha empresa. Mucho les agradeceríamos nos informaran brevemente sobre reputación y crédito de la misma.

Como es natural, les garantizamos absoluta discreción y en todo momento estamos dispuestos a servirles recíprocamente.

Muy atentamente,

Resposta a pedido de referências

Referência favorável

Prezados Senhores,

Recebemos sua solicitação em relação a ... Nossa experiência com essa companhia tem sido positiva, a ponto de a recomendarmos sem ressalvas. É administrada com correção e grande competência em seu ramo. Até o momento não tivemos razão nenhuma para reclamações.

Esperando ter-lhes sido úteis com essas informações, firmamo-nos

Atenciosamente,

Informação vaga

1 Prezados Senhores,

Acusamos o recebimento de sua carta de ..., solicitando referências sobre a ... (nome da empresa).

Infelizmente não podemos atender à sua solicitação, pois há anos não temos tido contato comercial com a ...

Lamentamos não poder ser de maior auxílio nesse assunto.

Atenciosamente,

2 Prezados Senhores,

Agradecemos sua carta de ...

Infelizmente não estamos em condições de atender ao seu pedido de referências sobre essa empresa, pois o volume de negócios que mantemos com ela é bastante reduzido.

Sugerimos que consultem outra empresa ou uma instituição bancária para obterem as informações desejadas.

Atenciosamente,

Respuesta a solicitud de referencias

Referencia positiva

Señores:

Tenemos a la vista su solicitud en relación con la firma ... Hemos tenido buenas experiencias con dicha empresa, pudiendo, por ello, recomendarla plenamente. La gerencia es correcta y experta. Hasta ahora no hemos tenido dificultad alguna con ella.

Confiando haberles servido por medio de la presente, les saludamos

muy atentamente,

Referencia vaga

1 Señores:

Hemos recibido su carta del ... rogándonos proporcionarles información sobre la casa ...

Desgraciadamente no podemos corresponder a su petición, dado que desde hace años no mantenemos relaciones comerciales con ...

Sintiendo no poder ayudarles en este asunto, les saludamos

muy atentamente,

2 Señores:

Mucho agradecemos su carta del ...

Por desgracia, no nos vemos en condiciones de corresponder a su petición
de informes sobre la casa en cuestión, debido a que el volumen de nuestros negocios es muy reducido.

Les rogamos se sirvan contactar en este asunto a otra firma o relación bancaria.

Muy atentamente,

Referência negativa

1 Prezados Senhores,

Em atenção a sua consulta sobre a ..., temos a informar-lhes que, infelizmente, nossa experiência com essa firma não foi boa. A falta de seriedade da administração nos levou, há dois meses, a romper as relações comerciais com essa empresa.

Como esta informação não se destina a terceiros, pedimos que mantenham sigilo total.

Atenciosamente,

Referencia negativa

1 Señores:

A su solicitud de información sobre la firma ... sentimos tener que participarles que no hemos tenido buenas experiencias con ella, habiéndose puesto de manifiesto la absoluta falta de seriedad de su gerencia. Como consecuencia de ello, hemos interrumpido hace dos meses nuestras relaciones comerciales con ella.

Dado que esta información no está destinada a terceros, les rogamos absoluta discreción.

Muy atentamente,

2 Ref.: ... (nome da empresa)

Prezados Senhores,

Em resposta a sua consulta lamentamos informar-lhes que nossa experiência com essa empresa foi das mais desagradáveis.

Os prazos de pagamento não foram honrados e conseguimos receber os valores devidos só depois de termos recorrido a cobrança judicial. Decidimos romper as relações comerciais com essa empresa.

Pedimos que esta informação seja tratada com discrição.

Atenciosamente,

2 Asunto: Firma ...

Señores:

A su solicitud, lamentamos tener que informarles que hemos tenido muy malas experiencias con la empresa en cuestión.

Las obligaciones estipuladas a plazo fijo no fueron cumplidas. Sólo pudimos obtener el pago de las deudas por vía judicial, habiendo sido interrumpidas las relaciones comerciales como consecuencia de ello.

Rogándoles absoluta discreción, les saludamos

muy atentamente,

Impossibilidade de dar referências

Ref.: ... (nome da empresa)

Prezados Senhores,

Por desconhecermos a empresa acima referida, não temos condições de fornecer-lhes as informações solicitadas.

Lamentamos não poder ajudá-los.

Atenciosamente,

Imposibilidad de dar referencias

Asunto: Firma ...

Señores:

Dado que la empresa en cuestión no nos es conocida, no estamos en condiciones de proporcionarles la información deseada.

Lamentando no poder servirles en esta ocasión, les saludamos

muy atentamente,

Condições
Condiciones

Armazenamento

Prezados Senhores,

Com relação à lista anexa de mercadorias, as quais deverão chegar ao porto de Rotterdam em 10 de agosto deste ano, temos necessidade de cerca de ... m^2 de área de armazenamento a céu aberto. A área deverá estar fechada com tela de arame, a fim de proteger os bens de furto ou uso indevido.

Solicitamos que nos apresentem uma proposta sobre o preço por metro quadrado para áreas parciais e totais. Seria possível conceder descontos em contratos de aluguel de longo prazo?

Aguardamos uma resposta rápida.

Atenciosamente,

Almacenaje

Señores:

Para las mercancías especificadas en la lista adjunta, que llegarán probablemente al puerto de Rotterdam el 10 de agosto del año en curso, necesitamos un depósito franco de aproximadamente ... m^2. La superficie libre deberá estar cercada con malla metálica a fin de proteger los géneros contra robo o uso impropio.

Les rogamos nos hagan una oferta con indicación del precio por metro cuadrado para superficies parciales y globales. ¿Conceden ustedes rebajas en caso de contratos de alquiler a largo plazo?

Esperando con agrado sus prontas noticias, les saludamos

muy atentamente,

Entrega

1 Prezados Senhores,

Em sua carta de crédito, que nos foi apresentada por aviso de banco de nossa cidade, os senhores nos pedem que determinemos o preço para entrega CIF ...

Todavia, em nosso contrato de vendas havíamos acordado entrega FOB ...

Solicitamos, portanto, que os senhores procedam à alteração das condições de entrega na carta de crédito ou nos comuniquem se agora desejam uma entrega CIF ..., o que evidentemente acarretará uma alteração de preço.

Atenciosamente,

Suministro

1 Señores:

En su crédito documentario, que nos fue presentado por el banco notificador de ésta, ustedes exigen cotización para entrega CIF ...

En nuestro contrato de compraventa convinimos, sin embargo, entrega FOB ...

Les rogamos efectuar un cambio de la condición de entrega en el crédito documentario o comunicarnos si ustedes, no obstante, desean ahora una entrega CIF ..., lo cual implicaría naturalmente una modificación del precio.

Muy atentamente,

2 Prezados Senhores,

Conforme solicitaram, alteramos o preço, anteriormente calculado à base de entrega posto em fábrica, para entrega FOB Bremerhaven.

Caso os senhores desejem um seguro de transporte até Bremerhaven, não previsto na cláusula Incoterm, queiram por favor informar-nos.

Atenciosamente,

2 Señores:

De conformidad con sus deseos, hemos modificado el precio calculado "puesto en fábrica" en "FOB Bremerhaven".

En caso de que ustedes deseen un seguro adicional de transporte a Bremerhaven, no cubierto por esta cláusula Incoterm, les rogamos nos pasen sus noticias al respecto.

Muy atentamente,

Quantidade

Prezados Senhores,

Agradecemos sua consulta a respeito de nossas condições.

Considerando o fato de nossos preços serem o mais baixos possível, temos condições de aceitar somente pedidos de no mínimo ... Todavia, estamos dispostos a concordar com uma quantidade anual total de ..., que poderá constar de fornecimentos parciais de no mínimo ...

Caso a quantidade combinada não seja totalmente adquirida, calcularemos o preço da quantidade de fato entregue, com um acréscimo de ...% sobre o valor da fatura.

Contando que compreendam essa medida, firmamo-nos

Atenciosamente,

Cantidad

Señores:

Obra en nuesto poder su solicitud de información sobre nuestras condiciones.

En consideración a unos precios calculados al mínimo absoluto, nos vemos
obligados a exigir adquisiciones mínimas de ... Sin embargo, estamos dispuestos a concluir un contrato anual por la suma de ..., pudiéndose efectuar entonces suministros parciales de ... como mínimo.

En caso de que ustedes no adquieran la cantidad total convenida, se calculará el precio correspondiente a la cantidad realmente suministrada, más un aumento del ... % sobre el importe de la factura.

Confiando en que tendrán comprensión respecto a esta medida, les saludamos

muy atentamente,

Embalagem

Prezados Senhores,

O embarque das mercadorias pedidas pelos senhores será feito em caixas especiais, marcadas de acordo com suas instruções.

A embalagem está incluída no preço, de modo que a devolução das caixas não é necessária.

Atenciosamente,

Embalaje

Señores:

La expedición de las mercancías ordenadas por ustedes se efectuará en cajas especiales, marcadas según sus instrucciones.

El embalaje está incluido en el precio, por lo que no hay que devolver las cajas.

Muy atentamente,

Seguro

Prezados Senhores,

Para o transporte de uma expedição de mercadorias para ..., necessitamos de uma apólice de seguro que cubra todos os riscos, correspondente, portanto, à cláusula A da Institute Cargo Clauses.

Uma vez que o fornecimento foi contratado porta a porta, necessitamos, além do seguro de transporte marítimo, de uma apólice suplementar que cubra o transporte do porto de destino a ...

Solicitamos que nos apresentem uma proposta favorável. Os demais detalhes da mercadoria a ser segurada pelos senhores encontram-se na cópia do pedido, anexada a esta.

Atenciosamente,

Anexo

Seguro

Señores:

Para el transporte de una expedición de mercancías a ... necesitamos una póliza de seguro que cubra todos los riesgos, es decir que corresponda a la cláusula A de Institute Cargo Clauses.

Dado que hemos concluido el contrato para una entrega franco domicilio, precisamos, aparte del seguro de transporte marítimo, una póliza adicional para el transporte desde el puerto de destino a ...

Les rogamos se sirvan hacernos una oferta favorable. De la copia adjunta del pedido podrán desprender los demás detalles referentes a los géneros a asegurar.

Muy atentamente,

Anexo

Condições de pagamento

1 Prezados Senhores,

Com relação à nossa proposta de ..., gostaríamos de acrescentar que as entregas a novos clientes só podem ser efetuadas por meio de pagamento contra-entrega.

Atenciosamente,

2 Prezados Senhores,

Agradecemos sua consulta sobre nossas condições de pagamento, que são as seguintes:

...% de desconto em pagamento à vista ou o montante líquido em ... dias.

Atenciosamente,

Condiciones de pago

1 Señores:

A nuestra oferta del ... quisiéramos añadir que, en principio, los suministros a nuevos clientes sólo los podemos efectuar contra reembolso.

Muy atentamente,

2 Señores:

En relación con su solicitud de información sobre nuestras condiciones de pago, les participamos lo siguiente:

Nuestras condiciones son pago al contado con ... % de descuento, o el importe neto dentro de ... días.

Muy atentamente,

Pedido
Pedido

Apresentação do pedido

Otorgamiento de pedido

1 Prezados Senhores,

Com referência a sua proposta de ..., apresentamos o seguinte pedido:

... unidades ao preço de ... Os artigos devem corresponder ao seu folheto e às amostras a nós enviadas.

A entrega deverá ser feita até ..., frete pago. Embalagem em caixas (...), sem acréscimo.

O pagamento será efetuado após a entrada e conferência da mercadoria.

Solicitamos que confirmem o pedido.

Atenciosamente,

1 Señores:

Con referencia a su oferta del ... les pasamos el siguiente pedido:

... unidades al precio de ... El modelo corresponderá al indicado en su prospecto así como a las muestras que nos enviaron.

El suministro debe realizarse a más tardar el ... franco de porte. Embalaje en cajas (...), sin cargarlo en cuenta.

El pago se efectuará a la recepción o comprobación de la mercancía respectivamente.

Rogándoles confirmen este pedido, les saludamos

muy atentamente,

2 Prezados Senhores,

Conforme sua proposta de ..., solicitamos o fornecimento de ...
A entrega deverá ser feita até ..., posta na estação ferroviária de ... O pagamento será efetuado na entrada da mercadoria com um desconto de ...% em pagamento antecipado.

Segundo nosso acordo, se houver devolução do material embalado em ... dias, receberemos o crédito de ...% do total cobrado.

Envie-nos, por favor, uma rápida confirmação desta proposta. Desde que as mercadorias cheguem em perfeitas condições, os senhores poderão contar com pedidos regulares de nossa parte.

Atenciosamente,

2 Señores:

Conforme con su oferta del ... les rogamos el suministro de ... El envío debe realizarse a más tardar el ..., franco estación de ferrocarril ... Pago a la recepción de la mercancía, con descuento de un ...%.

Según lo acordado, a la devolución del material de embalaje dentro de ... se nos abonará un ...% de su importe.

Les rogamos nos confirmen brevemente el pedido. Si los suministros son satisfactorios, pueden contar con pedidos regulares.

Atentamente,

Aceitação do pedido

Prezados Senhores,

Confirmamos gratos o recebimento de seu pedido de ... para o fornecimento de ...

Os produtos encomendados serão entregues pontualmente. A remessa será efetuada de acordo com as condições estabelecidas em nossa proposta com data de ...

Temos certeza de que nossa mercadoria terá êxito de vendas imediato.

Atenciosamente,

Aceptación del pedido

Señores:

Agradecidos acusamos recibo de su pedido del ... para el suministro de ...

Les entregaremos puntualmente los artículos ordenados, cuya expedición se efectuará de acuerdo con las condiciones expresadas en nuestra oferta del ...

Estamos seguros de que tendrán éxitos de venta con nuestros artículos.

Les saludan muy atentamente,

Recusa do pedido

Prezados Senhores,

Agradecemos seu pedido para o fornecimento de ...

Lamentamos informar que não temos condições de efetuar o fornecimento dentro do prazo estabelecido pelos senhores, uma vez que nossa produção está totalmente vendida pelos ... próximos meses.

Solicitamos que nos informem se podemos programar seu pedido para o mês de ...

Sentimos não poder atendê-los no momento.

Atenciosamente,

Rechazamiento del pedido

Señores:

Hemos recibido su pedido para el suministro de ...

Lamentamos mucho tener que participarles que en la actualidad no estamos en condiciones de servir el pedido en el plazo señalado, debido a que tenemos vendida toda nuestra producción con ... meses de anticipación.

Hagan el favor de informarnos si debemos tomar nota de su pedido para el mes de ...

Sintiendo mucho no poderles dar otra respuesta, les saludamos

muy atentamente,

Processamento rotineiro do pedido
Ejecución reglamentaria del pedido

Aviso de início de produção

Prezados Senhores,

Com referência a seu pedido de ... para fornecimento de ..., informamos com satisfação que os produtos encomendados pelos senhores já se encontram em fase de produção e deverão estar prontos para expedição até ...

Pedimos que nos dêem em tempo hábil suas instruções de envio.

Atenciosamente,

Aviso de inicio de la producción

Señores:

Refiriéndonos a su pedido del ... para el suministro de ..., les participamos que los lotes solicitados por ustedes ya se encuentran en proceso de fabricación y que probablemente estarán listos para su expedición antes del ...

Por favor, infórmennos oportunamente sobre sus deseos en cuanto a la expedición.

Muy atentamente,

Aviso de despacho

1 Prezados Senhores,

Informamos que os artigos constantes de seu pedido n.º ..., de ..., foram enviados hoje aos senhores.

A empresa transportadora está levando a mercadoria de caminhão, posto ...

Esperamos que o fornecimento satisfaça suas necessidades e aguardamos novos pedidos.

Atenciosamente,

Aviso de envío

1 Señores:

Les participamos que hoy hemos enviado a ustedes los géneros, según su pedido núm. ... del ...

El transporte se efectuará en camión por la agencia de transportes ... franco ...

Esperando queden satisfechos con nuestro suministro y nos pasen pedidos sucesivos, les saludamos

muy atentamente,

2 Prezados Senhores,

Nosso banco nos informou, em ..., que seu processo de crédito está aberto, para cobrir o fornecimento de ...

Imediatamente tomamos as devidas providências e fomos informados por nossa expedição de frete que a mercadoria já se encontra a bordo do *Patricia*, que zarpou em ... com destino a ...

Entregamos os documentos necessários, inclusive o conhecimento de embarque, ao nosso banco para que os encaminhe ao seu banco.

Na certeza de que o valor de ... poderá agora ser transferido e esperando que a mercadoria chegue em perfeito estado, firmamo-nos

Atenciosamente,

2 Señores:

Nuestro banco nos ha avisado con fecha ... la apertura de su crédito documentario que cubre el suministro de ...

Tomadas inmediatamente las medidas pertinentes, fuimos informados por nuestro transportista que las mercancías se encuentran ya a bordo del "Patricia", que zarpó el ... dirección ...

Hemos presentado los documentos correspondientes, incluido el conocimiento limpio, a nuestro banco para su reexpedición al banco de ustedes.

Esperando que no haya ya ningún inconveniente para efectuar la transferencia del importe de ... y deseando que reciban los géneros en perfecto estado, les saludamos

muy atentamente,

Faturamento

Prezados Senhores,

As mercadorias encomendadas pelos senhores foram despachadas hoje.

Tomamos a liberdade de lhes enviar anexa nossa fatura sobre o fornecimento total.

Esperamos poder contar com mais pedidos de sua parte.

Atenciosamente,

<u>Anexa</u>
1 fatura

Facturación

Señores:

Con fecha de hoy les fueron enviadas las mercancías ordenadas por ustedes.

Nos permitimos remitir a ustedes con la presente nuestra factura sobre el suministro total.

Mucho nos complacería vernos favorecidos con ulteriores pedidos.

Muy atentamente,

<u>Anexo</u>
1 factura

Confirmação de recebimento de mercadoria

Prezados Senhores,

Recebemos hoje as mercadorias mencionadas pelos senhores no aviso de ...

Examinamos os produtos logo em seguida e confirmamos com satisfação que nosso pedido foi plenamente atendido.

Atenciosamente,

Acuse de recibo de mercancías

Señores:

En el día de hoy hemos recibido las mercancías a las que refiere su aviso del ...

El examen realizado inmediatamente a la llegada del envío ha demostrado que el pedido fue ejecutado a nuestra entera satisfacción.

Muy atentamente,

Discrepâncias e irregularidades
Diferencias e irregularidades

Atraso na entrega

1 Prezados Senhores,

De acordo com nosso contrato de compra e venda de ..., a mercadoria encomendada deveria ser-nos entregue o mais tardar até ...

Infelizmente, até hoje não recebemos a mercadoria. Tampouco recebemos o aviso de despacho.

Como temos necessidade premente dos produtos, concedemos uma prorrogação no prazo de entrega no máximo até ... Caso esse prazo não seja cumprido, seremos obrigados a cancelar o pedido.

Atenciosamente,

2 Prezados Senhores,

Sentimos informar-lhes que não mais aceitaremos a mercadoria encomendada à sua empresa.

Tal decisão deve-se ao fato de, para nossa surpresa, os senhores não terem cumprido a razoável prorrogação de prazo que lhes concedemos em nossa carta de ... Dessa forma, fomos obrigados a recorrer a outro fornecedor. Anexamos à presente a fatura dos custos adicionais com que tivemos de arcar e solicitamos que nos remetam o montante tão logo possível.

Atenciosamente,

Anexa
1 fatura

Demora en el suministro

1 Señores:

De acuerdo con el contrato de compraventa del ..., la mercancía ordenada debería habernos llegado, a más tardar, el ...

Lamentablemente, hasta hoy no hemos recibido suministro alguno de ustedes, así como tampoco aviso de envío.

Debido a que necesitamos la mercancía urgentemente, por la presente les damos un plazo de entrega suplementario hasta el ... En el caso de no cumplir este plazo, tendremos que cancelar nuestro pedido.

Atentamente,

2 (Estimados) Señores:

Sentimos tener que participarles que no aceptaremos la mercancía ordenada.

Con gran sorpresa de nuestra parte, ustedes no cumplieron el razonable plazo suplementario que les concedimos con nuestro escrito del ..., por cuyo motivo nos vimos obligados a abastecernos de otra forma. Adjunto encontrarán la cuenta por los gastos adicionales que se nos originaron por ello, rogándoles una rápida transferencia del importe.

Atentamente,

Anexo
1 cuenta

3 Prezados Senhores,

Lamentamos que o novo prazo determinado em nossa carta de ... para a entrega das mercadorias também não tenha sido observado.

Assim, o pedido apresentado aos senhores deve ser cancelado.

Atenciosamente,

3 Señores:

El plazo suplementario fijado a ustedes en nuestro escrito del ... para la entrega de las mercancías pedidas ha transcurrido, por desgracia, sin ser utilizado.

Por la presente cancelamos nuestro pedido.

Atentamente,

Atraso no pagamento

Prezados Senhores,

Conforme seu pedido de ..., providenciamos em ... a remessa da mercadoria para os senhores pela transportadora ...

De acordo com nossas condições de pagamento, a fatura deveria ter sido paga em até ... dias após o recebimento da mercadoria. Infelizmente, não acusamos recebimento do referido valor.

Assim, solicitamos que nos enviem imediatamente a soma de ... e esperamos sua confirmação do pagamento.

Atenciosamente,

Demora en el pago

(Estimados) Señores:

El ... les hicimos llegar los géneros mediante la agencia de transportes ..., de conformidad con su pedido del ...

Según nuestras condiciones de pago, la cuenta debía liquidarse dentro de los ... días siguientes a la recepción del suministro. Lamentablemente, no podemos constatar que ustedes hayan liquidado la cuenta hasta la fecha.

Por lo tanto, les rogamos encarecidamente transferir urgentemente el importe de ... y esperamos su confirmación una vez realizada la liquidación.

Atentamente,

Reclamação de mercadoria com defeito

1 Prezados Senhores,

Recebemos sua remessa em ... Depois de examinar a mercadoria, constatamos que havia ... unidades a menos. Supomos que se trate de um erro ocorrido em seu departamento de expedição.

Queiram por gentileza providenciar a imediata remessa das unidades não enviadas, sem custo de frete adicional.

Atenciosamente,

Reclamación por defectos

1 (Estimados) Señores:

Su envío nos llegó el ... Del examen del mismo se constató la falta de ... unidades. Suponemos que se trata de un error de su departamento de expedición.

Les rogamos nos envíen inmediatamente las unidades faltantes. Los gastos suplementarios de flete no correrán a nuestro cargo.

Atentamente,

2   Prezados Senhores,

Ao verificarmos sua remessa parcial, recebida na data de hoje, constatamos que a qualidade da mercadoria não corresponde à sua proposta nem às amostras enviadas anteriormente.

Lamentamos ter de devolver-lhes todo o lote e solicitamos suas instruções de remessa.

Além disso, esperamos que nos informem da possibilidade e do prazo para efetuarem um fornecimento de acordo com as amostras fornecidas.

Até que esta questão seja esclarecida, pedimos que não façam novas remessas.

Atenciosamente,

2   Señores:

Hemos examinado el suministro parcial que recibimos hoy y hemos advertido que la calidad de la mercancía enviada no corresponde con su oferta ni tampoco a la muestra enviada previamente.

Por lo tanto, lamentamos mucho tener que poner a su disposición todo el lote, a cuyo efecto, les rogamos nos pasen sus instrucciones en cuanto al envío.

Por lo demás, les rogamos nos comuniquen inmediatamente si pueden efectuar un suministro de reemplazo que se ajuste a las muestras y, en caso afirmativo, en qué plazo.

Hasta quedar aclarado este asunto les rogamos no nos envíen más mercancías.

Atentamente,

3   Prezados Senhores,

Ao examinar sua primeira remessa de ..., recebida hoje, verificamos que não corresponde ao sortimento que encomendamos. Não há dúvida de que se trata de um equívoco de sua parte, de modo que pedimos que se manifeste imediatamente sobre o assunto.

Até que tenhamos notícias dos senhores, as mercadorias estarão à sua disposição em nosso depósito.

Atenciosamente,

3   (Estimados) Señores:

Al examinar su primer suministro, hemos comprobado que no corresponde al surtido que ordenamos. Con toda seguridad se trata de un error de su parte, por lo que les rogamos nos hagan saber inmediatamente su opinión al respecto.

Hasta que recibamos noticias de ustedes, tendremos almacenadas las mercancías a su disposición.

Atentamente,

4   Prezados Senhores,

Infelizmente, ao examinarmos a remessa de ..., recebida hoje, constatamos que uma das caixas de papelão estava totalmente molhada, o que inutilizou ... artigos.

Estamos devolvendo esses artigos aos senhores e solicitamos imediata reposição.

Atenciosamente,

4   (Estimados) Señores:

Desgraciadamente, al examinar el envío del ..., recibido hoy, hemos comprobado que un cajón estaba completamente húmedo. Por este motivo, se estropearon ... unidades, siendo invendibles.

Les devolvemos hoy las unidades en cuestión, rogándoles nos hagan inmediatamente un suministro de reemplazo.

Atentamente,

Resposta a reclamações

Pedido de compreensão

Prezados Senhores,

Referimo-nos a sua carta de ..., na qual os senhores nos concedem um novo prazo até ...

Como devem ter lido na imprensa, os operários de nosso ramo de atividade fizeram uma greve de ... dias, causando atrasos em toda nossa produção, o que nos impediu de cumprir o prazo de entrega combinado.

No momento, estamos fazendo o possível para recuperar as horas de trabalho perdidas e efetuar a entrega dentro do novo prazo.

Esperamos que os senhores compreendam que o atraso não foi causado por falha de nossa parte.

Atenciosamente,

Apuração da reclamação

Prezados Senhores,

Lamentamos muito saber que a mercadoria fornecida aos senhores não corresponde a suas expectativas, já que vários artigos tinham defeito.

Solicitamos a nosso representante em sua região, sr. ..., que lhes faça imediatamente uma visita para verificar as falhas. Voltaremos a contatá-los tão logo recebamos uma comunicação dele a respeito.

Para tanto, pedimos que nos concedam alguns dias.

Atenciosamente,

Respuesta a reclamaciones

Solicitud de comprensión

(Estimados) Señores:

Nos referimos a su escrito del ... en el que nos conceden un nuevo plazo hasta el ...

Como quizás ustedes ya sepan por informaciones de prensa, los trabajadores de nuestro ramo han estado en huelga durante ... días, por lo que toda nuestra producción se retardó. Por este motivo, no estuvimos en condiciones de suministrar su pedido en el plazo fijado.

No obstante, estamos haciendo todo lo posible para recuperar las horas de trabajo perdidas y para efectuar el suministro dentro del plazo fijado por ustedes.

Les rogamos tengan comprensión por este retraso, ajeno a nuestra voluntad.

Muy atentamente,

Se comprobará la reclamación

(Estimados) Señores:

Mucho lamentamos que, como ustedes nos informan, la mercancía suministrada a ustedes no encuentre su aprobación, debido a que varias unidades presentaban defectos.

Hemos encargado a nuestro representante en ésa, Sr. ..., que les visite inmediatamente y que compruebe los defectos. Tan pronto como hayamos recibido su informe, volveremos sobre el asunto.

Les rogamos aguardar unos días. Hasta entonces, quedamos

muy atentamente,

Reclamação rejeitada

Prezados Senhores,

Não podemos aceitar sua reclamação sobre a qualidade dos produtos por nós fabricados. Uma verificação cuidadosa mostrou que os produtos que lhes enviamos estão em total conformidade com as amostras que os senhores nos enviaram por ocasião da apresentação de seu pedido.

Solicitamos que reconsiderem os motivos de sua reclamação.

Atenciosamente,

Se rechaza la reclamación

(Estimados) Señores:

Tenemos que rechazar sus quejas en relación con la calidad de las mercancías fabricadas por nosotros. Una cuidadosa revisión ha demostrado que nuestra entrega se ajusta por completo a la muestra que ustedes nos enviaron al hacernos el pedido.

Les rogamos examinar nuevamente sus objeciones.

Muy atentamente,

As empresas e seus representantes
Las firmas y sus representantes

Proposta de representação

Prezados Senhores,

Somos destacados fabricantes de ... e temos exportado um volume crescente de nossos produtos a ... países.

Há certo tempo contratamos um instituto de pesquisa de mercado para verificar se também seu país nos propiciaria oportunidades de venda atraentes. O resultado dessa pesquisa foi bastante positivo.

Assim sendo, temos interesse em também exportar nossos produtos para ...

Sua empresa nos foi recomendada por uma companhia conhecida nossa com o argumento de que os senhores têm feito boas vendas de outros artigos.

Gostaríamos de saber, portanto, se há interesse de sua parte em ser nosso representante em seu país. Se for o caso, solicitamos que nos enviem a confirmação.

Esperamos poder contar logo com suas notícias.

Atenciosamente,

Oferta de representación

(Estimados) Señores:

Somos una importante empresa dedicada a la fabricación de ... y exportamos nuestros artículos ya a ... países con crecientes volúmenes de venta.

Hace algún tiempo encargamos a un instituto de investigación de mercados indagar si podríamos encontrar también en su país un mercado atractivo. El resultado de esta investigación ha sido muy positivo.

Por tanto, estamos interesados en exportar igualmente nuestras mercancías a ...

Ustedes nos fueron recomendados por amigos de negocios, los cuales nos han informado que ustedes logran buenos volúmenes de venta con otros artículos.

Como consecuencia de ello, nos permitimos preguntarles si estarían interesados en la representación de nuestra casa en su país, en cuyo caso les rogamos nos lo hagan saber.

Mucho nos alegraría recibir de ustedes una pronta respuesta.

Muy atentamente,

Solicitação

Prezados Senhores,

Agradeço sua carta de ..., que li com todo interesse.

Eu gostaria de assumir sua representação, mas, como compreenderão, prefiro antes me encontrar pessoalmente com os senhores para analisarmos todos os detalhes, como região, comissões, garantias do cliente etc. Por essa razão, penso que o melhor para mim será visitá-los, a fim de tratarmos das questões envolvidas.

Posso fazer-lhes uma visita na semana de ... a ... Pressuponho que minhas despesas serão ressarcidas pelos senhores mediante apresentação dos comprovantes.

Informem-me, por favor, se a data é adequada, ou sugiram outra.

Aguardo com prazer sua resposta.

Atenciosamente,

Solicitud

Señores:

Agradezco mucho su carta del ..., la cual he leído con gran interés.

Con sumo gusto me encargaría de su representación, pero, como comprenderán, quisiera discutir personalmente con ustedes todos los detalles, como, por ejemplo, región, comisiones, garantía a clientes, etc. Por ello, considero conveniente visitarles a fin de tratar todos los problemas que se planteen.

Podría hacerles una visita en la semana del ... al ... Supongo que ustedes me reembolsarán, contra presentación de los comprobantes correspondientes, los gastos de viaje que se me ocasionen.

Les ruego que me informen si están de acuerdo con esta fecha o me propongan otra.

Esperando con agrado su respuesta, les saludo

muy atentamente,

Resposta a proposta de representação

Prezado Sr. ...,
(Prezada Sra. ...,)

Agradecemos sua carta de ..., na qual o(a) senhor(a) demonstra ter interesse, em princípio, em assumir nossa representação em ...

Concordamos com sua visita em ... para conversarmos sobre ... No dia ..., o sr. ... o(a) estará esperando no aeroporto de ... às ... horas.

Como não o(a) conhecemos pessoalmente, pedimos que procure pelo sr. ... no balcão de informações. Poderemos iniciar os entendimentos logo em seguida em nossa sede. Todos os membros de nossa diretoria relacionados com o assunto estarão à sua disposição.

Atenciosamente,

Respuesta a representación ofrecida

Estimado señor ...
(Estimada señora ...):

Muchas gracias por su carta del ... informándonos estar, en principio, dispuesto(a) a hacerse cargo de nuestra representación en ...

Estamos de acuerdo con la fecha del ... propuesta por ustedes para una entrevista personal. Le esperaremos el ... a las ... en el aeropuerto de ..., a donde irá a recibirle nuestro colaborador, el señor ...

Como aún no tenemos el placer de conocerle personalmente, le rogamos pregunte en la ventanilla de información por el señor ... La conversación podrá empezar entonces, inmediatamente, en nuestra casa. El personal competente de nuestra dirección estará a su disposición.

Cordiales saludos,

Pedido de representação

Prezados Senhores,

Obtive seu endereço no catálogo de expositores da Feira ... em ...

Tenho certeza de que seu produto, após a instituição do Mercado Comum, deva ser muito bem vendido em ...

Como venho trabalhando há vários anos na área de ..., estou interessado em incluir seus produtos em meu programa de vendas. Gostaria, portanto, que me informassem se, em princípio, há interesse de sua parte em ser representados na região de ...

Gostaria de frisar a esse respeito que represento renomadas empresas tanto nacionais como estrangeiras e que minhas vendas têm sido bem acima da média. Além disso, disponho de equipe de profissionais competentes e de capacidade de armazenamento e veículos para transporte condizentes.

Ficaria grato em receber sua pronta resposta.

Atenciosamente,

Solicitud de representación

Señores:

He desprendido su dirección del catálogo de la Feria de ... en ...

Podría figurarme que desde la introducción del Mercado Único su producto encontrará también compradores en ...

Dado que trabajo desde hace años en el sector de ..., estaría muy interesado en incluir sus artículos en mi programa. Les ruego que me hagan saber si, en principio, están interesados en una representación en la región de ...

Al respecto, me permito señalar que represento renombradas fábricas del país y del extranjero y que alcanzo ventas por encima de lo normal. Además cuento con una plantilla de excelentes colaboradores, así como con suficientes capacidades de almacenaje y vehículos de distribución.

Anticipándoles las gracias por una pronta respuesta, les saludo

muy atentamente,

Resposta da empresa a ser representada

Prezado Sr. ...,
(Prezada Sra. ...,)

Temos a satisfação de informar-lhe que estamos bastante interessados em seu oferecimento de representar nossa empresa na região de ...

Sugerimos que nos visite em ... para tratarmos dos detalhes.

Todas as despesas ocasionadas por essa viagem correrão por nossa conta.

Caso o dia sugerido não seja de sua conveniência, entre em contato conosco por telefone.

Atenciosamente,

Respuesta de la firma a representar

Estimada Sra. ...
(Estimado Sr. ...):

Nos complace participarle que estamos muy interesados en su oferta de representar a nuestra firma en la zona de ...

Sugerimos que nos visite a fin de discutir los promenores el día ...

Todos los gastos que se le ocasionen con motivo del viaje a ésta correrán de nuestra cuenta.

En caso de que la fecha propuesta no le convenga, rogamos nos lo comunique telefónicamente.

Muy atentamente,

Contrato de representação

Entre ... (empresa), doravante simplesmente denominada empresa,

e o sr. ..., doravante simplesmente denominado representante geral (RG), celebra-se o presente contrato de representação geral:

a) O RG assume a partir de ... a representação geral dos produtos da empresa em ...

b) A região de representação abrange o Sul do país e tem como limites ...

c) O RG receberá comissões por sua atividade. O montante das comissões baseia-se na tabela de comissões anexa, integrante do presente contrato.

d) O RG receberá uma remuneração fixa mensal de ... para despesas com telefone, fax e armazenamento. Não se pagarão outras despesas. O RG arcará com suas despesas de viagem.

e) A empresa dispõe-se a apoiar o RG por meio de publicidade, cujos detalhes serão discutidos com o RG. As despesas totais com publicidade não poderão ultrapassar o montante de ... por ano. Gastos acima desse valor serão de responsabilidade do RG.

f) Durante a vigência deste contrato, o RG não poderá representar empresas concorrentes.

g) O presente contrato tem duração de 5 (cinco) anos. Terminado esse período, ambas as partes poderão rescindi-lo mediante notificação feita seis meses antes do final do ano civil.

h) Quaisquer alterações deste contrato deverão ser feitas por escrito.

Fica eleito o foro de ... (cidade, país) para dirimir qualquer disputa emergente do presente contrato.

Contrato de representación

Entre la firma ..., en lo sucesivo denominada La Firma,

y el señor ..., en lo sucesivo denominado El Representante General (RG), se celebra el siguiente contrato de concesión de representación general.

a) El RG se hace cargo, a partir del ..., a nombre de La Firma, de la representación general de sus productos en ...

b) La zona de la representación general comprende la parte sur del país y tiene como límites ...

c) El RG percibe comisiones por su actividad. Su cuantía se establece en la lista de comisiones adjunta, que forma parte integrante del contrato.

d) El RG recibe una cantidad fija mensual de ... para gastos de teléfono, fax y almacén. No se pagarán otras remuneraciones. Los gastos de viaje corren por cuenta del RG.

e) La Firma está dispuesta a promover las ventas del RG mediante la propaganda correspondiente. Los detalles de ésta serán convenidos entre La Firma y el RG. El total de los gastos de propaganda no excederá al año la cantidad de ... La parte de gastos superior a esa suma correrá a cuenta del RG.

f) Durante la vigencia de este contrato, el RG no podrá representar firmas competidoras.

g) Este contrato será válido inicialmente durante 5 años. Transcurrido este tiempo puede ser rescindido por cualquiera de las partes. La rescisión tendrá lugar a fines del año civil correspondiente y deberá solicitarse con una anticipación de seis meses.

h) Cualquier modificación del contrato debe efectuarse por escrito.

Las partes se someten a la competencia de los tribunales de ... (lugar, país).

Apresentação do representante

Prezados Senhores,

Temos a satisfação de informar-lhes que a partir de ... o sr. ... estará representando os interesses de nossa empresa em ... Os senhores poderão sempre recorrer a ele, que com certeza os aconselhará da melhor maneira possível.

Atenciosamente,

Aviso de concesión de representación

(Estimados) Señores:

Por medio de la presente nos permitimos comunicarles que a partir del ... hemos conferido al señor ... la representación de nuestros intereses en ... Les rogamos se dirijan, con toda confianza, a nuestro representante, el cual les aconsejará, en todo caso, lo mejor posible.

Atentamente,

Rescisão de contrato pelo representante

1 Prezados Senhores,

Por motivos de saúde, infelizmente vejo-me forçado a rescindir, a partir de ..., nosso contrato de representação, iniciado em ...

Sinto imensamente ter sido forçado a tomar essa decisão, ainda mais porque nossa longa cooperação propiciou uma confiança mútua que levou a inúmeros sucessos.

Na certeza de que compreenderão minha decisão, firmo-me

Atenciosamente,

Rescisión del contrato por el representante

1 (Estimados) Señores:

Siento mucho informarles que, por motivos de salud, me veo obligado a rescindir, con efecto a partir del ..., la representación que de ustedes tengo desde el ...

Este paso lo lamento infinitamente, tanto más cuando en el transcurso de los años se crearon vínculos de confianza recíproca que condujeron a magníficos éxitos.

Confiando que comprenderán mi decisión, quedo de ustedes

muy atentamente,

2 Prezado Sr. ...
(Prezada Sra. ...)

Como é de seu conhecimento, tenho representado, além de sua empresa, a ... (nome da empresa) há ... anos.

Esta firma ofereceu-me agora um contrato de representação exclusiva bastante atraente em toda região de ..., que estou disposto a aceitar.

Assim sendo, solicito-lhes aceitarem minha decisão de rescisão do contrato, dentro do prazo acordado, a partir de ...

Agradeço mais uma vez a confiança em mim depositada e desejo a sua empresa todo o sucesso no futuro.

Atenciosamente,

2 Muy estimado Sr. ...
(Muy estimada Sra. ...):

Como usted sabe, represento desde hace ... años, además de su casa, a la firma ...

Ésta me ha ofrecido ahora una representación en exclusiva, muy atractiva, para toda la zona de ..., de la cual quisiera hacerme cargo.

Le (la) ruego, por ello aceptar mi cese, dentro del plazo convenido, con efecto del ...

Le doy las gracias por la confianza depositada en mí hasta la fecha y deseo a su casa mucho éxito en el futuro.

Muy atentamente,

Rescisão de contrato pela empresa

Prezado Sr. ...,

Sentimos informar-lhe que, infelizmente, a partir de ..., vemo-nos obrigados a rescindir nosso contrato de representação. Suspendemos todos os fornecimentos para ... Isso se deve ao fato de termos sentido a constante retração do mercado de seu país nos últimos anos.

Agradecemos pela excelente colaboração que o senhor nos prestou. O sr. ..., de nossa empresa, deverá contatá-lo em sua próxima visita a ...

Atenciosamente,

Rescisión del contrato por la firma

Estimado señor:

Lamentamos tener que informarle que en el día de hoy nos vemos obligados a rescindir, a partir del ..., el contrato de representación celebrado con usted el ... Hemos suspendido todos los suministros a ... El mercado en su país nos ha resultado durante los últimos años cada vez más adverso.

Le agradecemos su buena cooperación. Nuestro colaborador, el señor ..., le visitará con ocasión de su próximo viaje a ...

Atentamente,

Negócios comissionados

Prezados Senhores,

Gostaríamos que nos informassem se estão dispostos a fornecer, sob comissionamento, os produtos constantes de seu programa de vendas para ...

Há muitos anos realizamos esse tipo de negócio com diversos fabricantes de renome. Temos grande disponibilidade de locais de armazenamento, veículos de entrega, assistência técnica etc.

Informem-nos, por favor, se têm interesse nesse tipo de parceria. Se concordarem, mandaremos prontamente um representante nosso à sua empresa para entendimentos.

Se desejarem, estamos também dispostos a fazer um seguro da mercadoria comissionada contra fogo e roubo e a dar-lhes as garantias correspondentes ao valor dela.

Atenciosamente,

Operaciones en comisión

(Estimados) Señores:

Les rogamos nos informen si están dispuestos a suministrar, en comisión, los productos de su programa de ventas a ...

Desde hace años trabajamos de esta forma con fabricantes importantes. Disponemos de suficientes almacenes, vehículos de despacho, especialistas para el servicio postventa, etc.

En caso de estar ustedes interesados en principio en una cooperación, les rogamos nos lo hagan saber. En tal caso, les anunciaríamos la visita de un apoderado de nuestra casa para celebrar las conversaciones pertinentes.

Si así lo desearan, estamos también dispuestos a asegurar la mercancía en comisión contra fuego y robo y a proporcionarles las correspondientes garantías sobre su valor.

Muy atentamente,

Transferência de pedido mediante comissão

Prezados Senhores,

Um antigo cliente nosso necessita, no momento, de uma grande quantidade de ... Como esse produto não faz parte de nosso programa, solicitamos aos senhores que apresentem uma proposta a nosso cliente, citando nossa empresa, bem como enviem-nos uma cópia dessa proposta.

Pela nossa participação, esperamos uma comissão de ...%. Informem-nos por favor se a mercadoria mencionada pode ser fornecida de imediato e se os senhores concordam com o valor da comissão proposto por nós.

Assim que recebermos sua resposta daremos o endereço de nosso cliente.

Atenciosamente,

Traspaso de pedido contra comisión

(Estimados) Señores:

Un antiguo cliente nuestro necesita en estos momentos un gran lote de ... Debido a que no tenemos esta mercancía en nuestro programa, les rogamos hagan, con referencia a nosotros, una oferta a nuestro cliente, enviándonos copia de ésta.

Por nuestra intervención, esperamos una comisión de un ...%. Rogamos nos hagan saber si ustedes pueden suministrar el lote mencionado inmediatamente y si están de acuerdo con nuestra proposición relativa al pago de la comisión.

En tal caso, les comunicaremos acto seguido la dirección del cliente.

Muy atentamente,

Cartas para ocasiões especiais
Escritos para ocasiones especiales

Carta de agradecimento

1 Prezados Senhores,

Pela presente, aproveitamos a oportunidade para expressar nosso agradecimento pela gentil acolhida dada por sua empresa ao(à) sr.(a) ..., de nossa empresa.

Fomos informados de que os entendimentos e os acordos tiveram enorme sucesso e temos agora a convicção de que tal fato terá um efeito altamente positivo em nossa cooperação.

Estamos cientes da visita que o(a) sr.(a) ..., de sua empresa, nos fará em ..., para dar continuidade aos entendimentos. É desnecessário dizer que o(a) sr.(a) ... será nosso(a) hóspede durante sua estada.

Atenciosamente,

2 Prezados Senhores,

Os entendimentos com o(a) sr.(a) ..., de sua empresa, foram concluídos ontem, e temos certeza de que foram alcançados resultados favoráveis para ambas as partes.

Aproveitamos esta oportunidade para agradecer-lhes a visita do(a) sr.(a) ..., especialmente pela franqueza com que ele(a) conduziu as negociações com nossa gerência.

Atenciosamente,

Cartas de agradecimiento

1 Estimados Señores:

Por medio de la presente aprovechamos la oportunidad para expresar a ustedes nuestro cordial agradecimiento por la amable acogida que dispensaron en su casa al señor (a la señora) ...

Como fuimos informados, las conversaciones sostenidas así como los acuerdos obtenidos en el curso de éstas, fueron muy fructíferas, por lo que estamos convencidos de que ello tendrá un efecto positivo sobre nuestra cooperación.

Hemos tomado buena nota de que su colaborador(a), el señor (la señora) ... vendrá a ... a finales del mes para continuar las conversaciones con nosotros. Ni que decir tiene que el señor (la señora) ... será nuestro(a) huésped durante su estancia.

Muy atentamente,

2 (Estimados) Señores:

Ayer finalizamos las conversaciones con su colaborador(a), el señor (la señora) ..., estando seguros, por nuestra parte, de que se obtuvieron buenos resultados para ambas partes.

Con esta ocasión, quisiéramos expresar a ustedes nuestro cordial agradecimiento por la visita del señor (de la señora) ... y, muy en especial, por la franqueza de que él (ella) hizo muestra durante las negociaciones con nuestra gerencia.

Muy atentamente,

Carta de felicitações

Aniversário de empresa

Prezados Senhores,

Temos a satisfação de felicitá-los pelo 25.º aniversário de sua empresa.

Aproveitamos a oportunidade para expressar nossos mais sinceros agradecimentos pela estreita cooperação entre nossas companhias por tantos anos.

Atenciosamente,

Aniversário

Prezado(a) Sr.(a) ...,

Permita-nos expressar nossos sinceros votos de feliz aniversário.

Desejamos ao(à) senhor(a) muitos anos de vida e saúde e esperamos que sua empresa possa desfrutar por muito tempo de sua inesgotável energia e força criativa.

Atenciosamente,

Abertura de filial

Prezados Senhores,

Soubemos pelos jornais que os senhores inauguraram uma filial em ... Por isso desejamos aos senhores todo o sucesso nesse empreendimento.

Confiamos em que nossas estreitas relações comerciais continuarão a se aprimorar cada vez mais, tanto no presente como no futuro.

Atenciosamente,

Felicitaciones

Aniversario de firma

(Estimados) Señores:

Con motivo del 25° aniversario de la existencia de su empresa, nos permitimos enviarles nuestras más cordiales felicitaciones.

Quisiéramos aprovechar esta ocasión para expresar a ustedes, al mismo tiempo, nuestro agradecimiento por la confianza que durante largos años de cooperación depositaron en nosotros.

Muy atentamente,

Cumpleaños

Estimado señor (Estimada señora) ...:

Con motivo de su ... cumpleaños, nos permitimos expresarle nuestra más sincera felicitación.

Le deseamos cumpla muchos años más en plena salud y esperamos que su infatigable fuerza creadora continúe mucho tiempo al servicio de su empresa.

Le saludan afectuosamente,

Apertura de sucursal

(Estimados) Señores:

Por la prensa nos hemos enterado de que ustedes han inaugurado una nueva sucursal en ..., por cuyo motivo quisiéramos desearles mucho éxito.

Esperamos que nuestras relaciones comerciales continuarán desarrollándose en el futuro sobre la misma base de confianza que hasta ahora.

Muy atentamente,

Comemoração de anos de serviço

Prezado(a) Sr.(a) ...,

Completam-se hoje 25 anos de sua gestão na empresa fundada pelo senhor.

Nesses anos todos, seu empenho pessoal e sua administração prudente, originados de sua ampla experiência, conduziram sua empresa à posição de destaque que hoje ocupa.

Assim sendo, temos a imensa satisfação de parabenizá-lo calorosamente pelo sucesso obtido e desejamos-lhe novos êxitos e muita saúde.

Atenciosamente,

Aniversario en la profesión

Estimado señor (Estimada señora) ...:

Hoy cumple usted 25 años de gestión a la cabeza de la empresa fundada por usted.

En estos largos años, usted, con su dedicación personal y su prudente administración, gracias a su amplia experiencia, ha llevado la empresa a su actual prestigio.

Mediante la presente, quisiéramos expresar a usted nuestras más cordiales felicitaciones deseándole, al mismo tiempo, nuevos éxitos y buena salud.

Muy atentamente,

Aviso de inauguração de ponto de venda

Prezados Senhores,

Temos a grata satisfação de comunicar-lhes que acabamos de inaugurar um ponto de venda de nossos produtos aqui em ...

Além de possuirmos no novo ponto uma equipe de consultores de vendas, dispomos também de pessoal técnico altamente capacitado, que verifica regularmente os equipamentos que vendemos.

Muito nos honraria que os senhores utilizassem nossos serviços e desfrutassem das facilidades de compra que oferecemos. Damos total garantia da alta qualidade de nossos produtos.

Atenciosamente,

Anuncio de apertura de comercio

(Estimados) Señores:

Nos agrada informarles que hemos abierto aquí en ... un despacho de ventas para nuestros productos.

Este punto de venta dispone de una sección propia de asesoramiento así como de expertos instaladores para el servicio posventa que examinan regularmente los equipos que vendemos.

Nos alegraría si ustedes utilizaran frecuentemente los servicios y las cómodas facilidades de compra que ofrecemos. Garantizamos la mejor calidad de nuestros productos.

Muy atentamente,

Aviso de abertura de filial de vendas

Prezados Senhores,

A crescente demanda de nossos produtos nos países da União Européia estimulou-nos a abrir uma filial de vendas em ... Dessa forma, pretendemos tornar nossas remessas aos senhores ainda mais rápidas.

Temos também o prazer de colocar à sua disposição nosso departamento de assessoria de vendas e nossos estoques de consignação, bem como nossos serviços de manutenção e consertos.

Acreditamos que, em razão da nossa filial e do pessoal especializado que atenderá os senhores, nossos laços comerciais se estreitarão ainda mais.

Atenciosamente,

Anuncio de apertura de una sucursal de ventas

(Estimados) Señores:

El considerable aumento de las ventas de nuestros productos en el ámbito de la UE durante los últimos años nos ha inducido a establecer una sucursal de ventas en ... Esperamos de esta manera estar en condiciones de suministrarles nuestros artículos con plazos más cortos.

El centro de asesoramiento y nuestro depósito de consignación, vinculados a nuestra sucursal de ventas, están, con efecto inmediato, a su entera disposición, pudiéndose realizar allí, igualmente, reparaciones y la revisión de nuestros equipos.

Esperamos que con esta sucursal y con el personal técnico que allí estará a sus servicios, podremos estrechar aún más los vínculos que nos unen.

Les saludan muy atentamente,

Alteração de razão social e endereço

Prezados Senhores,

Em reunião dos sócios de nossa empresa, realizada em ..., decidiu-se pela alteração de nossa razão social para ... e a mudança da sede para ...

Agradeceríamos se os senhores informassem os departamentos de sua companhia a respeito dessas alterações.

Atenciosamente,

Cambio de razón y domicilio social

(Estimados) Señores:

En nuestra junta de socios, celebrada el ..., se acordó modificar la razón social en ... Al mismo tiempo trasladamos el domicilio de nuestra empresa de ... a ...

Les rogamos se sirvan informar al respecto a sus departamentos pertinentes. Expresándoles nuestro agradecimiento,

les saludan muy atentamente,

Saída de sócio

Prezados Senhores,

Desejamos informar-lhes que nosso(a) antigo(a) sócio(a), o sr.(a) ..., afastou-se de nossa empresa por motivos de saúde.

Suas cotas-partes foram divididas por igual entre os demais sócios.

Todavia, essa alteração não influi de maneira alguma na gestão de nossa empresa. Estamos convictos de que nossas relações comerciais continuarão sendo frutíferas em benefício mútuo.

Atenciosamente,

Dimisión de un socio

(Estimados) Señores:

Nos permitimos participarles que, con efecto del ..., nuestro(a) socio(a) de muchos años ha renunciado a su cargo en la compañía por motivos de salud.

Su participación ha sido adquirida por los otros socios por iguales cuotas.

Esta medida no tiene influencia alguna en la gestión de nuestra compañía, por lo que esperamos que las relaciones comerciales existentes entre nosotros continuarán siendo fructíferas en beneficio de ambas partes.

Muy atentamente,

Nomeação de diretor

Prezados Senhores,

Temos a grata satisfação de informar-lhes que, a partir de ..., o(a) sr.(a) ..., nosso(a) colaborador(a) há vários anos, foi nomeado diretor de nossa empresa, tendo sob sua responsabilidade a direção das áreas de ... e ... (por exemplo, Compras, Vendas, Recursos Humanos etc.).

Temos a esperança de que o bom relacionamento entre nossas empresas se fortalecerá com essa medida.

Atenciosamente,

Nombramiento de director

(Estimados) Señores:

Tenemos el agrado de poderles participar hoy que nuestro(a) colaborador(a) de muchos años, el señor (la señora) ..., fue nombrado(a) director(a) de nuestra compañía con efecto del ... A su cargo estarán los departamentos de ... y ... (por ejemplo: de Compras, de Ventas, de Personal, etc.)

Mucho celebraríamos si esta medida contribuyera a estrechar aún más las buenas relaciones entre nuestras casas.

Muy atentamente,

Notificação de visita

Prezados Senhores,

Queremos comunicar-lhes que o(a) sr.(a) ..., de nossa empresa, deverá visitá-los em ..., no período da manhã.

Essa visita tem a finalidade de discutir questões de interesse mútuo e de criar a oportunidade de estreitar ainda mais nossas relações comerciais. Para tanto, o(a) sr.(a) ... tem todo poder de agir em nome de nossa companhia.

Ficaríamos gratos se os senhores confirmassem essa data. Caso não seja de sua conveniência, agradeceríamos sua sugestão de outro dia para a visita.

Atenciosamente,

Anuncio de fecha de visita

(Estimados) Señores:

Nos permitimos comunicarles que el señor (la señora) ... les visitará en la mañana del ... en su empresa.

La visita servirá para discutir asuntos de interés mutuo y las posibilidades de intensificar nuestras relaciones comerciales. El señor (la señora) ... cuenta con plenos poderes.

Les quedaríamos muy agradecidos si nos confirmaran brevemente la fecha propuesta. En caso de que no les conviniera, les rogamos nos propongan otra fecha.

Muy atentamente,

Confirmação de visita

Prezados Senhores,

Agradecemos pela carta comunicando-nos a visita do(a) sr.(a) ..., membro da diretoria de sua empresa, em ... Teremos todo o prazer de recebê-lo(a) para discutirmos em detalhe quaisquer assuntos.

Atenciosamente,

Confirmación de una fecha de visita

(Estimados) Señores:

Les agradecemos su información de que el miembro de su Dirección, el señor (la señora) ..., nos hará una visita el ... Con sumo gusto estaremos a su disposición ese día para celebrar una larga conversación.

Muy atentamente,

Convite para exposição

Prezados Senhores,

De ... a ..., será realizada a Feira ..., em ...

Queremos comunicar-lhes que estaremos expondo nessa feira e, assim, temos o prazer de convidá-los a visitar o nosso estande ..., no pavilhão ...

Para sua comodidade, anexamos a esta dois convites para o evento.

Esperamos poder contar com sua presença em nosso estande.

Atenciosamente,

Anexos
2 convites

Invitación a una exposición

(Estimados) Señores:

Del ... al ... se celebrará en ... la Feria de ...

Quisiéramos hacerles saber que estaremos representados en esta Feria, permitiéndonos al efecto invitarles cordialmente a que nos visiten en el stand ... del pabellón ...

Como anexo encontrarán ustedes dos billetes de entrada que les dan derecho para visitar la Feria y nuestro stand.

Esperando con agrado poderles saludar en nuestro stand, quedamos de ustedes

muy atentamente,

Anexo
2 billetes de entrada

Aceitação de convite para exposição

Prezados Senhores,

Senti-me muito honrado em receber o convite para visitar seu estande ... no pavilhão ... da Feira ...

Como eu planejava visitar a feira de qualquer maneira, certamente aproveitarei a oportunidade para visitá-los.

Espero que os senhores possam fazer-me uma demonstração de sua nova máquina ..., cuja proposta já me foi enviada. Tenho especial interesse em conhecer o funcionamento do novo sistema ... dessa máquina.

Aguardo com grande interesse nosso encontro e agradeço o envio dos convites.

Atenciosamente,

Aceptación de invitación a una exposición

Señores:

Me ha complacido mucho su invitación de visitar su stand ... en el pabellón ... de la Feria del (de la) ...

Dado que, de todos modos, visitaré dicha Feria, no dejaré escapar esta oportunidad de pasar por su stand.

Espero que me podrán demostrar entonces su nueva máquina de ..., de la cual ya recibí una oferta. En especial me interesaría saber cómo funciona el nuevo sistema ... en esta máquina.

Esperando con interés nuestra entrevista y agradeciéndoles el envío de las entradas, les saluda muy atentamente,

Comunicação da informatização da contabilidade

Prezados Senhores,

Gostaríamos de informar-lhes que a partir de ... nosso sistema de contabilidade está inteiramente informatizado.

Os senhores sem dúvida compreenderão que o perfeito funcionamento do sistema deverá demandar algumas semanas, de modo que pedimos encarecidamente sua compreensão para eventuais atrasos na remessa de faturas etc.

Caso venham a ter alguma dúvida a respeito, queiram por gentileza recorrer ao nosso especialista em informática, sr. ...

Nos demais assuntos, nossos funcionários estão à sua inteira disposição.

Confiamos em que tal mudança não afete nossas relações comerciais e lhes asseguramos que estamos fazendo o máximo possível para diminuir os transtornos.

Tão logo a reestruturação tenha sido concluída, nós certamente poderemos atendê-los com mais rapidez e eficiência.

Atenciosamente,

Comunicación relativa a la computerización del sistema de liquidación

(Estimados) Señores:

Desde el ... hemos computerizado la totalidad de nuestro sistema de liquidación.

Como ustedes se podrán figurar, durará algunas semanas hasta que el sistema funcione sin defectos, por cuya razón les rogamos encarecidamente sepan disculpar eventuales demoras en el envío de facturas, etc.

En cuanto a cualquier pregunta que tengan al respecto, les rogamos se sirvan dirigirse a nuestro experto, el señor ...

Para todas las demás cuestiones, está a su entera disposición nuestro encargado respectivo.

Esperamos que este cambio en el sistema no tendrá ninguna influencia en nuestras relaciones comerciales y les aseguramos que estamos haciendo todo lo posible para reducir a un mínimo las perturbaciones en la marcha normal de los negocios.

Una vez concluido el cambio, estamos seguros de poderles atender aún con más rapidez y menos obstáculos.

Muy atentamente,

Pedido de informação a entidade pública

Prezados Senhores,

Ficaríamos agradecidos se os senhores, na qualidade de Câmara de Comércio Teuto-Holandesa, pudessem fornecer-nos algumas informações.

Precisamos saber se a Feira ..., a realizar-se de ... a ..., é adequada para a exposição de nossos produtos.

Como não conhecemos os organizadores da feira e não dispomos de nenhum endereço para contato, agradeceríamos se os senhores pudessem informar-nos a quem devemos recorrer.

Enviamos anexo um folheto com nossa linha de produtos.

Atenciosamente,

Anexo

Solicitud de informes a una entidad pública

(Estimados) Señores:

Nos dirigimos a ustedes en su calidad de Cámara de Comercio Germano-Neerlandesa para rogarles nos proporcionen informes.

Estamos considerando si la Feria de ..., que se celebrará del ... al ... en ..., es apropiada para nuestros productos.

Dado que no conocemos a los organizadores ni tenemos una dirección con la que contactar en la Feria, mucho apreciaríamos de su gentileza si nos comunicaran a quién podríamos dirigirnos.

Adjunto les remitimos un folleto de nuestro programa de producción.

Les saludamos cordialmente,

Anexo

Correspondência hoteleira
Correspondencia con hoteles

Consulta

1 Prezados Senhores,

No início de ... realizaremos um congresso de nossos representantes de vendas. Portanto, de ... a ..., teremos necessidade de ... quartos simples e ... quartos duplos, todos com banheira ou chuveiro e de preferência com televisor e frigobar.

Desejamos acomodar todos os participantes em seu hotel.

Informem-nos, por favor, dos preços de suas diárias com café da manhã e demais taxas.

Em ... pretendemos oferecer um jantar em uma sala reservada para aproximadamente ... pessoas. Gostaríamos que nos apresentassem suas sugestões de cardápio (preço por pessoa de cerca de ... a ...).

Atenciosamente,

2 Prezados Senhores,

No dia ..., o(a) sr.(a) ..., diretor(a) de nossa empresa, estará visitando a Feira ... em sua cidade.

Assim, solicitamos que reservem para ele(a) um quarto simples, em local tranqüilo, com banheiro, banheira ou chuveiro no período de ... a ...

Seria possível também enviar-nos um mapa da localização de seu hotel e do percurso mais rápido até a feira industrial por transporte público?

Agradecemos antecipadamente.

Atenciosamente,

Solicitud

1 Estimados señores:

Nuestra firma proyecta la celebración de un congreso de representantes a principios de ... Para ello necesitamos: desde el ... hasta el ... ... habitaciones individuales y ... habitaciones dobles, todas con baño o ducha, a ser posible con televisión y minibar.

Queremos que todos los participantes se alojen en su hotel.

Les rogamos que nos informen de los precios de las habitaciones, del desayuno, incluidos todos los gastos.

El ... queremos celebrar una cena en una sala aparte para unas ... personas. Nos gustaría recibir su ofrecimiento de distintos menús (precios entre ... y ...).

Muy atentamente,

2 Estimados señores:

Nuestro(a) director(a), el Sr. (la Sra.) ... visitará el ... la Feria del (de la) ... en su ciudad.

Les rogamos reserven para él (ella) una habitación individual tranquila con WC y baño o ducha del ... al ...

¿Podrían ustedes remitirnos, por favor, un plano con la situación de su hotel, indicando cómo se puede llegar de la forma más rápida de allí al recinto ferial con transportes públicos?

Con gracias anticipadas, les saludamos muy atentamente,

Reserva individual

Prezados Senhores,

Solicitamos que reservem para nosso(a) cliente, sr.(a) ..., de ..., um quarto simples, de preferência com vista para o mar (lago), no período de ... a ...

O(A) sr.(a) ... deverá chegar de ... no vôo nº ... da ... e estará no hotel aproximadamente às ... horas.

Solicitamos que nos enviem a fatura (quarto e taxas extras) para pagamento. (As despesas pessoais serão pagas pelo(a) próprio(a) hóspede.)

Aguardamos a confirmação da reserva.

Atenciosamente,

Reserva individual

Estimados señores:

Por favor, reserven para nuestro(a) cliente, el Sr. (la Sra.) ..., de ... desde el ... hasta el ... una habitación individual con baño, da ser posible con vista al mar (al lago).

El Sr. (la Sra.) ... llegará en el vuelo nº ... de la compañía ..., procedente de ..., y estará en el hotel alrededor de las ...

Les rogamos que nos envíen la cuenta (habitación y todos los gastos suplementarios) para su pago. (El huésped pagará la cuenta).

Con saludos afectuosos, quedamos en espera de su confirmación.

Reserva para congresso

Ref.: Nosso congresso

Prezado Sr. ...,
(Prezada Sra. ...,)

Depois do nosso agradável encontro (nossa agradável conversa de ontem por telefone) e de termos consultado nossa gerência, podemos confirmar a seguinte reserva para o congresso mencionado acima:

Quartos:
... quartos simples
... quartos duplos, todos com banheira ou chuveiro, frigobar e TV,
no período de ... a ...

Salões de conferência:
de segunda-feira a sábado, K III
poltronas para conferência
mesa para conferência

Terça-feira, quarta-feira e sexta-feira, K I,
para ... pessoas

Os salões de conferência devem estar reservados das 8h às 18h.

Solicitamos que os salões de conferência tenham os seguintes aparelhos: retroprojetor, projetor de transparências, videocassete, gravador de som.

Reserva para Congreso

Asunto: Nuestro Congreso

Estimado señor ...
(Estimada señora ...):

Mucho le agradecemos su amable recibimiento (la llamada telefónica de ayer). Después de haber consultado con nuestra dirección, le confirmamos hoy la reserva para el Congreso arriba indicado, en los términos siguientes:

Habitaciones:
... individuales
... dobles, todas con baño o ducha, minibar y TV, desde el ... hasta el ...

Salones de conferencias:
de lunes a sábado K III
asientos para conferencia
mesa larga

martes, miércoles y viernes K I
para ... personas

Los salones de conferencias se necesitarán desde las 8 de la mañana hasta las 6 de la tarde.

Además, les rogamos equipar los salones de conferencias con los siguientes aparatos: proyector de luz diurna, proyector de diagramas, (grabador de) vídeo, magnetófono.

Agradeceríamos igualmente se o(a) senhor(a) pudesse colocar à nossa disposição um equipamento *multivision* (instalação telefônica para utilização em congresso, cabine para interpretação simultânea), cujo custo solicitamos discriminar separadamente.

Refeições em grupo:

café da manhã em bufê, a partir das 7h

intervalos para café, às 10h e às 16h, todos os dias

almoço de negócios no restaurante, às 13h

jantar no restaurante do hotel, às 20h

Por favor, enviem a fatura diretamente a nós.

Os hóspedes já foram informados de que deverão pagar os telefonemas feitos nos quartos e as bebidas do frigobar que consumirem.

Enviaremos ao(à) senhor(a) uma lista dos hóspedes até o final de ...

Gostaríamos que se fizesse uma confirmação rápida.

Atenciosamente,

Les agradeceríamos si pudieran poner a nuestra disposición igualmente un equipo multivisión (equipo telefónico con conexión múltiple, cabina de auriculares para interpretación simultánea). Al efecto, rogamos especificar estos gastos aparte.

Comidas comunes:
Desayuno a partir de las 7 en bufet

Pausas para tomar café diariamente a las 10 de la mañana y 4 de la tarde

Comida en el restaurante
Comida de trabajo a la 1 de la tarde

Cena a las 8 de la tarde en el restaurante del hotel

Sírvanse enviarnos la cuenta directamente.

Hemos indicado a los huéspedes que las llamadas telefónicas efectuadas desde la habitación así como las bebidas tomadas del minibar deberán ser pagadas por ellos mismos.

A fines de ... les haremos llegar una lista de participantes.

Esperando una pronta confirmación,

les saludamos muy atentamente.

Reserva para grupo

Prezados Senhores,

Com relação à sua solicitação por telefone, confirmamos hoje a seguinte reserva:

... quartos simples e ... quartos duplos, todos com banheira ou chuveiro, de ... a ...

Os hóspedes chegarão no decorrer do dia ..., alguns tarde da noite. Eles mesmos acertarão a conta. Pedimos que coloquem nos quartos as pastas anexas.

Atenciosamente,

Anexas
Pastas

Reserva grupo

Muy estimados señores:

En relación con su solicitud telefónica, les confirmamos hoy la reserva en la forma siguiente:

... habitaciones individuales y
... habitaciones dobles, todas con baño o ducha, desde el ... hasta el ...

Nuestros huéspedes llegarán el ..., algunos bastante tarde. La cuenta la pagarán los propios huéspedes. Les rogamos que coloquen las carteras adjuntas en las habitaciones.

Atentamente,

Anexos
Carteras

Resposta do hotel

Recusa

Prezados Senhores,

Agradecemos sua solicitação de ... Infelizmente, na época mencionada hospedaremos um grupo grande de pessoas para um congresso. Por essa razão não dispomos mais de acomodações nem salas de conferência para o seu congresso.

Todavia, podemos oferecer-lhes acomodações na semana seguinte, de ... a ..., com diária de ... por pessoa.

Nesse período, há também disponibilidade para um salão de conferências com capacidade para ... pessoas, ao preço de: ... por dia.

Teríamos o maior prazer de poder realizar seu congresso em nossas instalações. Aguardamos sua decisão.

Atenciosamente,

Resposta positiva

Prezados Senhores,

Agradecemos sua solicitação de ... Teremos o prazer de acolher seu grupo de ..., em ... quartos simples e ... quartos duplos, ao preço líquido diário de ... por pessoa, no período de ... a ... Nesse preço estão incluídos café da manhã, ...% de taxa de serviços, VAT e demais impostos. Para cada 20 hóspedes pagantes oferecemos uma hospedagem grátis.

Todos os nossos quartos têm banheiro com chuveiro, lavabo, telefone, rádio e TV, cofre e geladeira. A piscina coberta poderá ser utilizada gratuitamente.

Aguardamos sua confirmação para breve e asseguramos desde já que faremos de tudo para tornar sua estada e de seus convidados o mais agradável possível.

Atenciosamente,

Respuesta del hotel

Negativa

Estimados señores:

Les agradecemos mucho su carta del ... Lamentablemente, en la fecha indicada un grupo numeroso celebra una reunión en nuestra casa. Por este motivo no dispondremos de suficientes habitaciones y salas de conferencias para que celebren aquí su congreso.

No obstante, para una semana después, es decir desde el ... hasta el ..., les podemos ofrecer habitaciones al precio de ... por persona, por día.

Para ese tiempo también se encuentra libre una sala de conferencias con una capacidad máxima para ... personas. Precio por día: ...

Mucho nos alegraría poder celebrar su congreso en nuestra casa. Esperamos sus noticias al repecto.

Muy atentamente,

Respuesta positiva

Estimados señores:

Mucho les agradecemos su carta del ... Con sumo gusto les ofrecemos para su grupo desde el ... hasta el ..., ... habitaciones dobles y ... individuales al precio neto de ... por persona, por día, incluyendo desayuno, ...% de servicio, IVA e impuestos. Por cada 20 personas que paguen, habrá una que recibirá los servicios gratuitamente.

Todas nuestras habitaciones tienen baño y ducha, servicios, teléfono, radio y televisor, caja de seguridad y refrigerador. La utilización de la piscina cubierta es gratuita.

Mucho nos alegraría su pronta confirmación y les aseguramos desde ahora que haremos todo lo posible para que pasen unos días agradables en nuestra casa.

Muy atentamente,

Confirmação de congresso

Prezados Senhores,

Temos o prazer de confirmar-lhes a seguir os detalhes de nossa conversa de ... (nosso contato telefônico de ontem):

Reserva de quartos:
... quartos simples
... quartos duplos, conforme pedido, à diária de ... por pessoa.

Nossa diária de hospedagem é de ... por pessoa.

Salas de conferência:
K III, conforme pedido, à diária de ...
K I, conforme pedido, à diária de ...

Ambas as salas de conferência possuem a aparelhagem necessária.

Será cobrada uma taxa diária de ... pelo equipamento *multivision* (equipamento telefônico com ramais, cabine de interpretação simultânea).

Lembramos que os telefonemas feitos pelos hóspedes nos quartos e o consumo de produtos do frigobar serão por conta dos hóspedes.

Aguardamos com prazer sua visita e temos certeza de que nossos serviços corresponderão à sua expectativa.

Solicitamos ainda que nos informem em prazo hábil (o mais tardar até ...) o número exato dos participantes do congresso.

Atenciosamente,

Anexos

Confirmación de una conferencia

Señores:

Nos complace confirmarles hoy nuestra conversación del ... (nuestra conversación telefónica de ayer) como sigue:

Reserva de habitaciones:
... habitaciones individuales
... habitaciones dobles, como deseaban, al precio de ... por persona y día.

Por la pensión calculamos un precio global de ... por día y persona.

Salones de conferencias:
K III, según sus deseos, precio por día: ...
K I, según sus deseos, precio por día: ...

Ambos salones están equipados con los aparatos técnicos necesarios.

Por un equipo multivisión (equipo telefónico con conexión múltiple, cabina de auriculares para interpretación simultánea) cobramos ... por día.

Hemos tomado nota de que los huéspedes deberán pagar ellos mismos las llamadas telefónicas efectuadas desde la habitación y el servicio minibar.

Esperamos con sumo agrado su visita y estamos seguros de que quedarán satisfechos con nuestro servicio.

Sírvanse comunicarnos a tiempo (a más tardar el ...) el número exacto de participantes a la conferencia.

Muy atentamente,

Anexos

Correspondência bancária
Correspondencia bancaria

Abertura de conta
Solicitação

Prezados Senhores,

A fim de efetuar nossos negócios de exportação para seu país, pretendemos abrir uma conta corrente em seu banco. Ficaríamos muito gratos se os senhores pudessem informar-nos das condições de pagamento de juros, comissões, tarifas de conta corrente etc.

Solicitamos ainda que nos informem sobre as formalidades que devem ser atendidas para a abertura da conta.

Esperamos ter uma resposta rápida.

Atenciosamente,

Apertura de cuenta
Solicitud

Señores:

Para la tramitación de nuestras operaciones de exportación a ese país, tenemos la intención de abrir una cuenta corriente en su Banco, por lo que mucho apreciaríamos nos informen sobre sus condiciones referentes al pago de intereses, comisiones, derechos de teneduría de libros, etc.

Asimismo les rogamos nos indiquen las formalidades a cumplir a tal efecto.

Esperando sus prontas noticias, les. saludamos

muy atentamente,

Consulta sobre execução de ordem de cobrança

Prezados Senhores,

Há algum tempo temos negociado regularmente com empresas de seu país mediante cartas de crédito, e notamos que os senhores atuaram diversas vezes como banco emissor.

Os senhores teriam interesse, no futuro, em cuidar para nós de ordens de cobrança?

Enviamos junto a esta uma cópia do balanço anual de nossa empresa para que os senhores tenham idéia do nosso volume de negócios.

Atenciosamente,

Demanda de información respecto a la ejecución de órdenes de cobro

Señores:

Desde hace algún tiempo efectuamos contínuamente negocios con empresas de su país sobre la base de crédito documentario, habiendo actuado ustedes repetidas veces como banco emisor.

¿Estarían ustedes dispuestos a tramitar para nosotros también órdenes de cobro en el futuro?

Como anexo reciben ustedes una memoria anual de nuestra casa, la cual les proporcionará información sobre el volumen de nuestros negocios.

Muy atentamente

Autorização

Prezados Senhores,

Em resposta à sua carta de ..., solicitamos a abertura de uma conta corrente em nome de nossa empresa, que é ...

Enviamos junto um cheque de ..., a título de primeiro depósito.

Estão autorizados a movimentar a conta o sr. ..., individualmente, ou os srs. ... e ..., em conjunto. Gostaríamos que arquivassem a assinatura desses senhores, colocadas no final desta carta.

Atenciosamente,

Assinatura do sr. ...: ...
Assinatura do sr. ...: ...
Assinatura do sr. ...: ...

Orden

Señores:

En contestación a su carta del ... les rogamos abran una cuenta corriente a nombre de nuestra entidad bajo la denominación: ...

Como suma inicial para la apertura de esta cuenta, adjunto les remitimos un cheque por importe de ...

Sobre esta cuenta podrá girar el Sr. ..., sólo, o los señores ... y ..., mancomunadamente. Rogamos tomar nota de las firmas de estos señores, las cuales aparecen al pie de la presente.

Muy atentamente,

El Sr. ... firmará: ...
El Sr. ... firmará: ...
El Sr. ... firmará: ...

Anexo
1 cheque

Anexo:
1 cheque

Encerramento de conta

Prezados Senhores,

Tendo em vista que nossos negócios de importação/exportação com seu país praticamente se encerraram, consideramos desnecessário manter uma conta em seu banco.

Transfiram, por favor, o saldo existente de nossa conta ao banco ..., c/c n.º ...

Agradecemos os serviços prestados até agora pelos senhores.

Atenciosamente,

Cierre de cuenta

Señores:

Como consecuencia de la práctica paralización de los negocios de importación/
exportación con su país, no consideramos necesario continuar manteniendo la cuenta que hasta ahora teníamos con su Institución.

Sírvanse transferir el saldo que arroja dicha cuenta a nuestro favor al Banco ... – cuenta n°. ...

Agradeciéndoles las atenciones que nos dispensaron en el pasado,

les saludamos muy atentamente,

Pedido de crédito

Carta de crédito para viagem

Prezados Senhores,

Nosso gerente de compras, sr. ..., viajará em breve a seu país para fazer compras em nosso nome.

A fim de permitir-lhe efetuar os pagamentos necessários, ficaríamos muito gratos se os senhores pudessem, como em ocasiões anteriores, emitir uma carta de crédito em favor dele, descontável em suas agências, e debitar os valores parciais de nossa conta corrente em seu banco.

Agradecemos antecipadamente sua colaboração.

Atenciosamente,

Cobertura de conta

Prezados Senhores,

A fim de aproveitarmos os preços favoráveis do mercado, gostaríamos, em certas ocasiões, de fazer um bom volume de compras, o que, quando surgir a oportunidade, não poderíamos realizar por falta de liquidez.

Assim, solicitamos informar-nos as condições para que os senhores nos concedam uma cobertura de até ... em nossa conta corrente.

Oferecemos como garantia dessa operação os títulos que temos depositados em seu banco.

Aguardamos com interesse sua resposta.

Atenciosamente,

Solicitudes de crédito

Carta de crédito para viajante

Señores:

Nuestro gerente de compras, Sr. ..., saldrá próximamente en dirección a ese país para realizar compras por nuestra cuenta.

Para atender los eventuales pagos, mucho agradeceríamos se sirvan extendernos, como en ocasiones anteriores, una carta de crédito a su favor, y a cargo de las sucursales de su Institución, adeudando los importes parciales correspondientes en nuestra cuenta corriente con ustedes.

Agradeciéndoles de antemano su co-operación,

les saludamos muy atentamente,

Crédito en cuenta corriente

Señores:

Para aprovechar cotizaciones favorables del mercado, nos interesaría en ocasiones efectuar compras de consideración, las cuales no podemos efectuar en el momento dado por falta de efectivo.

Les rogamos nos informen bajo qué condiciones estarían dispuestos a concedernos un crédito hasta la suma de ... dentro de nuestra cuenta corriente.

Como garantía ofrecemos los títulos-valores que mantenemos en custodia en su Institución.

Esperando con interés sus noticias,

les saludamos muy atentamente,

Conta especial

Prezados Senhores,

Devido às particularidades de nossos negócios, o saldo de nossa conta corrente está sujeito a grandes flutuações, ocasionando eventualmente saldo negativo.

Tendo em vista nossas boas relações, tomamos a liberdade de perguntar se os senhores estariam dispostos a nos conceder um crédito para saques descobertos. Em caso afirmativo, queiram por gentileza informar-nos o valor das tarifas cobradas nesse tipo de operação.

Aguardamos com interesse uma resposta rápida.

Atenciosamente,

Crédito de descubierto (sobregiro)

Señores:

Las características especiales de nuestro negocio hacen que el saldo de nuestra cuenta corriente esté sujeto a grandes fluctuaciones, produciéndose por ello en algunas ocasiones saldos deudores.

Teniendo en consideración nuestras agradables relaciones, nos permitimos preguntarles si estarían dispuestos a concedernos un crédito en concepto de sobregiro. En caso afirmativo, les rogamos indicarnos qué comisión calcularían por los descubiertos en cuenta.

En espera de su pronta contestación,

les saludamos muy atentamente,

Crédito sem garantia

Prezados Senhores,

Tendo em vista nossa intenção de uma importação substancial de gêneros alimentícios de seu país, ficaríamos muito gratos se os senhores nos pudessem informar da possibilidade de nos conceder um crédito sem garantia no valor máximo de ..., até o final do corrente ano.

Sem dúvida os senhores devem recordar-se de nossa companhia ter utilizado seus serviços, há alguns anos, para negócios de importações de ... Todavia, se os senhores necessitarem de outras referências, solicitamos que entrem em contato com a Câmara de Comércio e Indústria em ...

Esperamos que os senhores possam atender ao nosso pedido e, nesse caso, pedimos que nos informem suas condições.

Atenciosamente,

Crédito en blanco

Señores:

Teniendo la intención de importar próximamente grandes cantidades de productos alimentarios de su país, mucho les agradeceríamos nos informen si estarían dispuestos a concedernos un crédito en blanco hasta un importe máximo de ... hasta finales del año en curso.

Como recordarán, hace algunos años nuestra empresa hizo uso de los servicios de su Institución en relación con operaciones de importación de ... No obstante, para más referencias, les rogamos ponerse en contacto con la Cámara de Comercio de ...

Esperando que ustedes corresponderán a nuestros deseos, haciéndonos saber en caso afirmativo sus condiciones,

les saludamos muy atentamente,

Remessa de documentos

Abertura de crédito documentário

Prezados Senhores,

O contrato de compra e venda firmado entre o fornecedor ... (nome da empresa) e nossa companhia, para o fornecimento de ... CIF ..., no valor de ..., prevê o pagamento por intermédio de crédito documentário irrevogável, pagável à vista.

Ficaríamos gratos se os senhores pudessem abrir uma carta de crédito irrevogável em favor de nosso fornecedor, com débito em nossa conta corrente, no valor mencionado, em moeda local. Deverá ser pago à apresentação dos seguintes documentos:

- fatura comercial original com mais três cópias
- jogo completo de conhecimentos marítimos sem restrições
- apólice ou certificado de seguro com cobertura dos riscos comuns de transporte
- certificado de origem.

O crédito será válido até ... Não poderão ser efetuados embarques parciais.

A pedido de nosso fornecedor, o banco ... de ... atuará como banco notificador.

Esperamos receber em breve sua resposta.

Atenciosamente,

Remesa de documentos

Apertura de crédito documentario

Señores:

El contrato de compraventa realizado entre nuestro suministrador, la casa ..., y nuestra empresa para el suministro de ... CIF ..., por valor de ..., estipula pago sobre la base de crédito documentario irrevocable, pagadero a la vista.

Mucho apreciaríamos por ello se sirvan abrir con cargo a nuestra cuenta un crédito irrevocable a favor de nuestro suministrador por el contravalor en moneda nacional, pagadero contra presentación de los siguientes documentos:

- factura comercial en original y tres copias,
- juego completo de conocimientos de embarque, limpio a bordo,
- póliza o certificado de seguro, cubriendo riesgos ordinarios de transporte,
- certificado de origen.

El crédito será válido hasta el ... No se permiten embarques parciales.

Como banco notificador de la apertura del crédito actuará, según deseos de nuestro suministrador, el Banco ... de ...

Esperando vernos favorecidos con su pronta respuesta,

les saludamos muy atentamente,

Apresentação de documentos para cobrança

Prezados Senhores,

Em relação ao fornecimento de ... com o barco (a motor) ..., CIF ..., enviamos anexos os seguintes documentos:

- conhecimento marítimo,
- apólice de seguro,
- duplicata de fatura,
- certificado de origem,
- manifesto de carga,
- certificado de análise.

Pedimos que os senhores entreguem os documentos citados ao consignatário contra pagamento à vista de nossa fatura n.° ..., de um valor total de ...

Solicitamos que esse valor seja creditado em nossa conta corrente em sua instituição, após dedução das tarifas.

Agradecemos antecipadamente sua colaboração.

Atenciosamente,

Anexos

Remesa de documentos al cobro

Señores:

En relación con un suministro de ... con la motonave ..., CIF ..., les remitimos adjunto los siguientes documentos:

- conocimiento de embarque,
- póliza de seguros,
- duplicado de factura,
- certificado de origen,
- recibo de carga,
- certificado de análisis.

Les rogamos entregar los documentos citados al consignatario ... contra pago al contado de nuestra factura n° ... por un importe total de ...

Abonen, por favor, dicho importe en nuestra cuenta con ustedes, previa deducción de sus gastos.

Agradeciéndoles de antemano su atención,

les saludamos muy atentamente,

Anexos

Apresentação de documentos contra aceite

Prezados Senhores,

A fim de obtermos quitação de nossa fatura comercial n.º ..., de ..., anexamos à presente uma letra à vista de 30 dias, emitida contra ..., no valor de ..., para aceite. Anexamos também o conhecimento de embarque referente ao fornecimento realizado.

Ficaríamos gratos se os senhores entregassem o conhecimento de embarque e a fatura aos sacados após aceite de nossa letra à vista de 30 dias e mantivessem esta letra na carteira de ações até a data de cobrança.

Queiram por gentileza creditar o valor em nossa conta corrente nesse banco no tempo devido e avisar-nos.

Agradecemos antecipadamente sua cooperação.

Atenciosamente,

Anexos
1 letra de câmbio
1 fatura comercial
1 conhecimento de embarque

Retirada de letra

Prezados Senhores,

Ficaríamos gratos se os senhores pudessem recolher nossa letra de câmbio para ..., emitida contra ..., que seu banco descontou na data de ..., pois já recebemos do sacado os valores para cobertura dessa letra.

Agradecemos sua atenção.

Atenciosamente,

Remesa de documentos contra aceptación

Señores:

Para su aceptación adjunto les remitimos una letra de cambio a 30 días vista a cargo de ... por importe de ..., en cancelación de nuestra factura comercial nº ... del ... Acompañamos igualmente a la presente la carta de porte relativa al suministro efectuado.

Agradeceremos entreguen carta de porte y factura a los librados, previa aceptación a 30 d/v de nuestra letra, conservando la misma en cartera hasta la fecha de presentación para su cobro.

Rogamos abonar oportunamente el importe en cuestión en la cuenta que mantenemos con ustedes, bajo aviso.

Dándoles las gracias por anticipado por su cooperación,

les saludamos muy atentamente,

Anexos:
1 letra de cambio
1 factura comercial
1 carta de porte

Retirada de letra

Señores:

Agradeceremos hagan el favor de retirar de la circulación nuestro giro a cargo de ... por ..., que con fecha ... nos descontó su Banco, dado que hemos recibido hoy mismo del girado los fondos para cubrir dicho efecto.

Expresándoles nuestro agradecimiento por su atención,

les saludamos muy atentamente,

Ordem de pagamento

Prezados Senhores,

Ficaríamos gratos se os senhores pudessem instruir o mais breve possível sua agência de ... a creditar o montante de ... na conta n.º ..., mantida em sua instituição pela empresa ..., com a rubrica "em pagamento da fatura n.º ... de ...".

Pedimos que debitem de nossa conta o valor citado mais as taxas de transferência.

Agradecendo a rápida execução de nossas instruções, subscrevemo-nos,

Atenciosamente,

Orden de pago

Señores:

Agradeceremos se sirvan dar instrucciones a la mayor brevedad posible a su sucursal de ... de abonar la cantidad de ... en la cuenta núm. ..., que allí mantiene la casa ..., indicando como concepto: "pago de la factura núm. ... del ...".

Les rogamos cargarnos en cuenta el citado importe más sus gastos de transferencia.

Esperando una pronta ejecución de esta orden,

les saludamos muy atentamente,

Extrato de conta

Solicitação de envio

Prezados Senhores,

Tendo em vista a auditoria que será feita em nossa contabilidade, solicitamos que nos enviem o mais breve possível um extrato de nossa conta especificando débitos e créditos no período de 1.º de janeiro a 30 de junho.

Agradecemos antecipadamente sua atenção.

Atenciosamente,

Extracto de cuenta

Solicitud de envío

Señores:

Con motivo de una próxima revisión de nuestros libros, les rogamos nos remitan a la mayor brevedad un estado de cuenta con cargos y abonos para el período comprendido entre el 1 de enero y el 30 de junio.

Con gracias anticipadas por su atención

les saludamos muy atentamente,

Concordância com o extrato

Prezados Senhores,

Agradecemos o envio do extrato de conta do período com fechamento em 31 de dezembro de ..., indicando um saldo a nosso favor de ...

Nós o verificamos e concluímos que está correto.

Atenciosamente,

Conformidad con extracto

Señores:

Les agradecemos su extracto de cuenta, al cierre del 31 de diciembre de ..., que arroja un saldo a nuestro favor de ...

Una vez examinado el mismo, lo hemos encontrado de conformidad.

Atentamente,

Discordância com o extrato

Prezados Senhores,

No extrato apresentado pelos senhores, referente à conta n.º ..., datado de ..., é-nos debitado, entre outros, um valor de ...

Como não temos registrada em nossos livros nenhuma ordem de pagamento nesse valor, solicitamos que verifiquem esse débito. Caso esse lançamento seja incorreto, pedimos seu estorno.

Aguardamos seus comentários a respeito.

Atenciosamente,

Desconformidad con extracto

Señores:

En su extracto de cuenta núm. ... del ..., ustedes nos cargan entre otras cantidades, la suma de ...

Dado que en nuestros libros no aparece una orden de pago por esa cuantía, les rogamos revisen dicho cargo y, de no proceder, cancelar el asiento.

En espera de sus comentarios al respecto,

les saludamos muy atentamente,

Operações com cheque

Apresentação de cheque

Prezados Senhores,

Anexamos à presente o cheque n.º ..., do banco ..., no valor de ..., e solicitamos que o depositem em nossa conta corrente, n.º ...

Atenciosamente,

Operaciones relativas a cheques

Presentación de cheque

Señores:

Adjuntamos un cheque sobre el Banco ..., por importe de ..., rogándoles abonar el importe en cuestión en nuestra cuenta corriente núm. ...

Muy atentamente,

Devolução de cheque

Prezados Senhores,

Para nossa grande surpresa, o cheque anexo, n.º ..., no valor de ..., foi-nos devolvido com a anotação "sem fundos".

Como temos certeza de que se trata de um engano, solicitamos que examinem o assunto e nos informem dos resultados.

Atenciosamente,

Cheque devuelto

Señores:

Con gran sorpresa de nuestra parte, el cheque adjunto, núm. ..., por importe de ..., nos fue devuelto con la observación "sin cobertura".

Dado que estamos convencidos que se trata de un error, les rogamos examinen la cuestión, pasándonos sus comentarios al respecto a vuelta de correo.

Muy atentamente,

Cancelamento de cheque

Prezados Senhores,

Visto que o cheque n.º ..., datado de ..., a favor de ..., obviamente se extraviou no correio, pedimos que seja sustado.

Aguardamos sua confirmação antes de emitirmos novo cheque, a fim de evitar duplicidade.

Atenciosamente,

Cancelación de cheque

Señores:

Dado que, aparentemente, el cheque núm. ..., de fecha ..., a favor de ..., se extravió en el correo, rogamos bloquear su pago.

Quedamos en espera de su confirmación, antes de extender un nuevo cheque, evitando así una duplicidad.

Muy atentamente,

Perda de cartão de crédito

Prezados Senhores,

Confirmo pela presente o aviso de hoje por telefone ao sr. ..., no qual informei a perda de meu cartão de crédito n.º ... e solicitei que fosse imediatamente cancelado.

Espero receber em breve o novo cartão, conforme prometido pelos senhores.

Atenciosamente,

Extravío de tarjeta de crédito

Señores:

Confirmo mi conversación telefónica de hoy con el Sr. ..., informándoles del extravío de mi tarjeta de crédito núm. ... y rogándoles su cancelación inmediata.

Confiando recibir, como me prometieron, una nueva tarjeta en breve, quedo de ustedes

muy atentamente,

Investimento de capital

1 Prezados Senhores,

Tendo em vista a situação favorável das taxas de juros em seu país, acreditamos que seja o momento certo para efetuar um investimento de capital de curto prazo.

Como ficamos muito satisfeitos, em ocasiões anteriores, com seu competente aconselhamento sobre investimento de capital, agradeceríamos se nos informassem qual é atualmente a melhor aplicação para o valor de aproximadamente ...

Aguardamos com interesse suas informações.

Atenciosamente,

Inversión de capital

1 Señores:

La evolución de los tipos de interés en su país nos parece bastante propicia en la actualidad para efectuar una inversión de capital a corto plazo.

Dado que ya en otras ocasiones estuvimos muy satisfechos con su competente asesoramiento en materia de inversiones de capital, mucho les agadeceríamos nos informen en qué forma podríamos colocar hoy en día ventajosamente una cantidad de aproximadamente ...

Esperando con interés sus comentarios,

les saludamos muy atentamente,

2 Prezados Senhores,

Como os senhores certamente perceberam, nossa conta corrente apresenta um saldo credor bastante expressivo. Por essa razão, acreditamos que seja adequado transferir parte desse montante a uma conta de depósito de prazo fixo.

Ficaríamos muito gratos se os senhores nos informassem sobre as taxas de juros que oferecem nos diversos prazos de aplicação.

Atenciosamente,

2 Señores:

Nuestra cuenta corriente presenta en el último tiempo, como ustedes habrán podido constatar, saldos acreedores de bastante consideración, por lo que consideramos conveniente efectuar un traspase de fondos a una cuenta de depósitos a plazo fijo.

Mucho apreciaríamos nos informen sobre los tipos de interés que ustedes conceden para los diferentes plazos de preaviso de estas cuentas.

Muy atentamente,

Operações na bolsa da valores

Compra de títulos

Prezados Senhores,

Ficaríamos gratos se pudessem adquirir na Bolsa de Valores de ..., a débito de nossa conta, os seguintes títulos, às melhores cotações possíveis (menor preço):

Ações: ...

Títulos da dívida pública: ...

Fundos de investimento: ...

Debêntures: ...

Solicitamos que mantenham esses títulos em nossa carteira, às nossas expensas.

Aguardamos sua confirmação sobre a realização das transações.

Atenciosamente,

Operaciones bursátiles

Compra de valores

Señores:

Mucho apreciaríamos que con cargo a nuestra cuenta compren a la mejor cotización posible, en la Bolsa de ..., los siguientes valores:

Acciones: ...

Títulos de Deuda Pública: ...

Fondos de inversión: ...

Obligaciones: ...

Les rogamos mantener en custodia estos títulos, por nuestra cuenta.

En espera de su aviso de ejecución,

les saludamos muy atentamente,

Venda de títulos

Prezados Senhores,

Solicitamos que vendam pelo melhor preço possível as ações abaixo mencionadas, mantidas em nosso nome em carteira de ações:

...

Como o mercado apresenta uma tendência de alta nessas ações, contamos com que os senhores obtenham um bom preço.

Creditem, por favor, o total da venda em nossa conta.

Aguardamos confirmação do cumprimento de nosso pedido.

Atenciosamente,

Venta de valores

Señores:

Rogamos se sirvan vender al mejor cambio las siguientes acciones que mantienen ustedes en custodia a nuestro nombre:

...

Dado que el mercado en estos títulos acusa una tendencia al alza en los últimos días, esperamos que podrán obtener un buen precio.

Sírvanse abonar el producto de la venta en nuestra cuenta.

En espera de su aviso de ejecución,

les saludamos muy atentamente,

Correspondência de marketing e publicidade

Correspondencia relativa a marketing y publicidad

Consulta sobre pesquisa de mercado

Prezados Senhores,

Sua empresa nos foi indicada por nossos parceiros de negócios da ..., de ..., a qual no ano passado encomendou aos senhores uma pesquisa de mercado e ficou plenamente satisfeita com o resultado.

Anexamos a esta uma descrição detalhada de nossa empresa e dos produtos que fabricamos.

Em decorrência da integração dos países da União Européia, pretendemos intensificar a distribuição de nossos produtos por toda a União Européia. Assim, gostaríamos de saber se os senhores poderiam, em princípio, realizar uma pesquisa de mercado completa para nossa empresa. Quais seriam suas condições?

Caso haja interesse de sua parte, apreciaríamos a visita de um especialista de seu instituto a nossa empresa.

Esperamos com interesse sua pronta resposta.

Atenciosamente,

Anexo

Solicitud de elaboración de un estudio de mercado

Señores:

Debemos su dirección a nuestros corresponsales ... de ..., los cuales les encargaron hacerles un estudio de mercado el año pasado y con cuyo resultado quedaron muy satisfechos.

Adjunto les remitimos una descripción detallada de nuestra casa así como de los productos que fabricamos.

En el curso de la integración de los países de la UE en un mercado único, tenemos la intención de vender éstos de manera creciente en el ámbito de la UE y, por ello, quisiéramos rogarles nos comuniquen si estarían dispuestos en principio a elaborar para nosotros un estudio completo de mercado. ¿Cuáles son sus condiciones?

En caso de estar ustedes interesados, mucho nos complacería fijar una fecha para que una persona competente de su casa nos visite.

Esperando tener pronto el placer de sus noticias,

les saludamos muy atentamente,

Anexo

Resposta à consulta sobre pesquisa de mercado

Prezados Senhores,

Agradecemos sua consulta de ... Ficamos satisfeitos em saber que fomos recomendados pela ...

Teríamos todo o prazer de conversar com os senhores a respeito da pesquisa de mercado que desejam realizar.

Como serão necessários entendimentos preliminares muito abrangentes, nossa sugestão é telefonar aos senhores no decorrer da próxima semana a fim de marcarmos uma reunião.

Nessa oportunidade os senhores poderão relatar em detalhe que tipo de produtos pretendem comercializar.

Telefonaremos aos senhores na próxima semana.

Atenciosamente,

Respuesta a solicitud de elaboración de un estudio de mercado

Señores:

Mucho les agradecemos su demanda del ... Nos ha complacido sumamente enterarnos que hemos sido recomendados a ustedes por la firma ...

Con gusto estamos dispuestos a discutir con ustedes los pormenores referentes a la elaboración del estudio de mercado deseado por ustedes.

Dado que, sin embargo, ello requiere llevar a cabo amplias conversaciones previas, les proponemos que el firmante de la presente les llame por teléfono en el curso de la semana próxima a fin de concertar la fecha para una visita.

Ustedes nos podrían entonces comunicar asimismo cuáles son sus ideas en cuanto a las ventas.

La próxima semana nos pondremos en contacto telefónico con ustedes.

Muy atentamente,

Contratação de agência de publicidade

Prezados Senhores,

De acordo com sua solicitação, contratamos a agência de publicidade ... para divulgar seus produtos na nova área de representação.

Os anúncios publicitários deverão ser inseridos em todas as mídias dirigidas ao público, ou seja, tanto o rádio e a televisão quanto a imprensa.

Tão logo a agência nos informe sobre os detalhes, nós os transmitiremos imediatamente aos senhores.

Atenciosamente,

Mediación de una agencia publicitaria

Señores:

Según sus deseos, hemos encargado a la agencia publicitaria ... la publicidad de sus productos para la nueva zona de representación.

La publicidad debe incluir todos los medios que se dirigen al público, es decir tanto la radio y televisión como también la prensa.

Tan pronto recibamos pormenores de la agencia publicitaria, les pasaremos a ustedes los mismos sin demora.

Muy atentamente,

Publicidade e relações públicas

Solicitação de elaboração de campanha publicitária

Prezados Senhores,

Para promover a imagem de nossa empresa, pretendemos lançar no final do ano uma campanha publicitária ampla na imprensa local.

Agradeceríamos se os senhores pudessem preparar uma proposta detalhada contendo o máximo de informações possível sobre todos os aspectos da campanha.

Os senhores terão total liberdade na escolha das idéias. Confiamos na sua experiência na área de propaganda. Os custos, todavia, não deverão ultrapassar a soma de ...

Na expectativa de recebermos sua oferta sem demora, firmamo-nos

Atenciosamente,

Publicidad y relaciones públicas

Solicitud de preparación de una campaña de publicidad

Señores:

A fin de fomentar la imagen pública de nuestra empresa, queremos iniciar a finales de año una campaña publicitaria en gran escala con anuncios en la prensa local.

Les quedaríamos muy agradecidos si nos pudieran preparar una oferta detallada que tenga en cuenta lo mejor posible todos los aspectos de tal campaña.

Confiamos en su experiencia profesional en el ramo de la publicidad, por lo que pueden dar rienda suelta a sus ideas. No obstante, el margen de gastos no debería superar el importe de ...

Esperando recibir pronto su grata oferta,

les saludamos muy atentamente,

Envio de material publicitário

Informe da agência de publicidade

Prezados Senhores,

Enviamos anexo o programa (novo folheto publicitário) que elaboramos para promover as vendas dos produtos ..., de sua empresa.

Caso os senhores ainda tenham dúvidas ou queiram fazer alterações, por favor entrem em contato conosco imediatamente.

Agradecendo a confiança em nós depositada, permanecemos à sua inteira disposição.

Atenciosamente,

Anexo

Envío de material publicitario

Comunicación de la agencia publicitaria

Señores:

Adjunto les remitimos el programa de fomento de ventas (el nuevo folleto publicitario) elaborado en el entretanto por nosotros para los productos ... de su casa.

En caso de que tengan aún alguna pregunta o deseen modificaciones, les rogamos nos lo comuniquen inmediatamente.

Les agradecemos la confianza que nos han dispensado y quedamos siempre con gusto a su entera disposición.

Muy atentamente,

Anexo

Mala direta ao cliente

Prezados Senhores,

Temos a satisfação de enviar-lhes o folheto (o material de divulgação) de nosso novo produto, ...

Esperamos estar dessa forma despertando seu interesse e aguardamos seu pedido para termos o prazer de mandar-lhes uma amostra (um modelo, uma prova) para sua aprovação (sua avaliação).

Atenciosamente,

Anexo

Carta publicitaria al cliente

Señores:

Nos complace remitirles hoy nuestro folleto (nuestro prospecto, información publicitaria) para nuestro nuevo producto ...

Confiamos haber despertado su interés y quedamos a la espera de sus gratas noticias informándonos si desean recibir para su examen una prueba (muestra).

Les saludan muy atentamente,

Anexo

Cartas de recomendação, cartas de apresentação, solicitação de emprego

Cartas de recomendación, cartas de presentación, solicitudes de empleo

Comunicação de visita

Prezados Senhores,

Como mencionei em nossa conversa telefônica, meu(minha) colega (amigo[a]), sr.(a) ..., estará em sua cidade de ... a ...

Eu lhe ficaria imensamente grato(a) se, em caso de problemas ou dúvidas, ele(a) pudesse contar com sua assistência. Por isso tomei a liberdade de informar-lhe seu endereço e número de telefone.

Agradeço antecipadamente sua cordial ajuda.

Atenciosamente,

Notificación de una visita

Señores:

Como les comuniqué telefónicamente, mi colega (amigo), el Sr. ... (mi colega, socia, la Sra. ...) estará en su ciudad del ... al ...

Les quedaría muy agradecido si en caso de tener problemas o preguntas, el Sr. ... (la Sra. ...) se pudiera dirigir a ustedes, a cuyo efecto me he permitido darle su dirección y número de teléfono.

Agradeciendo de antemano su atención, les saluda muy atentamente,

Resposta a uma carta de apresentação

Prezado Sr. ...,
(Prezada Sra....,)

Agradecemos sua carta de ... Seu(sua) colega, sr.(a) ..., contatou-me em ...

Tenho a satisfação de informar-lhe que me foi possível conseguir para o(a) sr.(a) ... uma colocação em empresa de meu conhecimento.

O(A) sr.(a) ... não deve hesitar em recorrer a mim também no futuro, sempre que lhe for necessário.

Atenciosamente,

Contestación a una carta de presentación

Muy estimado(a) Sr. (Sra.) ...:

Muchas gracias por su carta del ... Su colega, el Sr. (la Sra.) ..., se dirigió a mí el ...

Me complace participar a usted que me fue posible introducir al Sr. (a la Sra.) ... como meritorio(a) en una firma que conozco.

El Sr. (la Sra.) ... puede dirigirse a mí, en todo momento, también en el futuro.

Muy atentamente,

Referência favorável

Prezados Senhores,

O(A) sr.(a) ..., cujo currículo estou enviando anexo, solicitou-me que lhes apresentasse referências sobre ele(a).

O(A) sr.(a) ... trabalhou em minha empresa de ... a ... Durante esse período pude certificar-me de suas excepcionais qualidades. O(A) sr.(a) ... foi sempre pontual, conscencioso(a) e digno(a) de toda confiança, de modo que posso recomendá-lo(a) sem receio para o cargo em questão.

Atenciosamente,

Referencia positiva

Señores:

El Sr. ...(La Sra. ...), del (de la) cual adjunto un currículum vitae (historial personal/profesional), me ha rogado proporcionar a ustedes referencias.

El Sr. ... (La Sra. ...) ha trabajado en mi empresa del ... al ..., habiendo podido por mi parte convencerme durante este tiempo de sus excelentes aptitudes. El Sr. ... (La Sra. ...) fue siempre persona puntual, diligente y de confianza, por lo que no veo ningún inconveniente en recomendarle (recomendarla) para un puesto similar.

Muy atentamente,

Anexo

Anexo

Referência vaga

Prezados Senhores,

Em sua carta de ..., os senhores nos solicitaram referências sobre o(a) sr.(a) ...

Infelizmente, posso apenas confirmar que o(a) sr.(a) ... trabalhou em nossa empresa por cerca de ... meses. Esse tempo foi insuficiente para que eu pudesse ter um conhecimento mais profundo do(a) sr.(a) ...

Sinto não poder dar-lhes nesta ocasião a informação desejada.

Atenciosamente,

Referencia vaga

Señores:

Con su escrito del ..., me rogaron proporcionarles referencia sobre el Sr. ... (la Sra. ...).

Desgraciadamente, sólo puedo confirmarles que el Sr. ... (la Sra. ...) estuvo
a nuestros servicios cerca de ... meses, siendo este espacio de tiempo demasiado corto para hacerme una idea verdaderamente a fondo del Sr. ... (de la Sra. ...).

Sintiendo no poder darles en este caso la información deseada,

les saluda muy atentamente,

Solicitação de emprego

Prezados Senhores,

Por seu anúncio de ... no ..., tomei conhecimento de que procuram um (uma) ...

Envio-lhes anexo meu currículo com certificados, detalhando minha formação e experiência profissional. Como os senhores poderão verificar pelos documentos, possuo muitos anos de experiência profissional na área de ...

Ficaria muito grato(a) se os senhores me concedessem a oportunidade de uma entrevista, para a qual me coloco à sua inteira disposição.

Atenciosamente,

Anexos

Solicitud de empleo

Señores:

Por su anuncio en ... del ... me he enterado de que ustedes buscan un ... (una ...).

Adjunto les remito mi currículum vitae así como calificaciones y certificados, tanto escolares como profesionales.

Como podrán desprender de esta documentación, poseo una experiencia profesional de muchos años en el sector del ... (de la ...).

Les agradecería me dieran la oportunidad de concederme una entrevista personal, a cuyo efecto estoy en todo momento a su disposición.

Muy atentamente,

Anexo

Convite para entrevista

Prezado Sr. ...,
(Prezada Sra. ...,)

Agradecemos sua solicitação de emprego de ...

Temos interesse em conhecê-lo(a) pessoalmente, de modo que o(a) convidamos a visitar-nos no dia ... às ... horas.

Por favor, apresente-se no dia marcado ao(à) sr.(a) ..., no Departamento de ...

Se essa data não lhe for conveniente, solicitamos que marque outra com o(a) sr.(a) ...

Aguardamos com prazer sua visita.

Atenciosamente,

Invitación a una entrevista

Estimado Sr. ...
(Estimada Sra. ...):

Mucho le agradecemos su oferta de servicios del ...

Estamos muy interesados en conocerle (conocerla) personalmente, por lo que le (la) invitamos a visitarnos el ... a las ... (horas).

Rogamos se presente el día indicado al Sr. ... (a la Sra. ...) en el Departamento (en la Sección) ...

En caso de que esta fecha no sea de su conveniencia, le (la) rogamos acordar otra con el Sr. ... (la Sra. ...).

Esperando tener el placer de su visita,

le (la) saludamos muy atentamente,

Aprovação de candidato

Prezado Sr. ...,
(Prezada Sra. ...,)

Temos a satisfação de comunicar que podemos oferecer-lhe o cargo de ... a partir de ...

Enviamos junto a esta o contrato de trabalho em duas vias. Queira devolver-nos uma das vias assinada.

Não hesite em entrar em contato conosco caso haja alguma dúvida.

Seu primeiro dia de trabalho será em ... Desejamos-lhe sucesso e confiamos em que sua contratação seja proveitosa tanto para o(a) senhor(a) como para nós.

Atenciosamente,

Anexo

Aceptación de servicios

Estimado Sr. ...
(Estimada Sra. ...):

Nos complace comunicarle que podemos ofrecerle el puesto de ... a partir del ...

Adjunto le remitimos nuestro contrato de colocación/de trabajo por duplicado, rogándole (rogándola) firmar ambos ejemplares y devolvernos uno de ellos.

En caso de que tenga alguna pregunta que hacer, estamos con mucho gusto a su disposición.

Su primer día de trabajo será el ... Deseándonos una agradable cooperación para ambas partes,

le (la) saludamos muy atentamente,

Anexo

Recusa de solicitação de emprego

Prezado Sr. ...,
(Prezada Sra. ...,)

Lamentamos informar-lhe que rejeitamos sua candidatura ao cargo em questão.

Devolvemos com esta seus documentos.

Agradecemos sua resposta ao nosso anúncio.

Atenciosamente,

Anexos

Rehusamiento de oferta de servicios

Estimado Sr. ...
(Estimada Sra. ...):

Muy a pesar nuestro, tenemos que manfestarle que no nos fue posible atender su solicitud de servicios.

Adjunto le devolvemos la documentación que nos remitió al efecto.

Agradeciendo su interés,

le (la) saludamos muy atentamente,

Anexo

Demissão

Prezado Sr. ...
(Prezada Sra. ...)

Lamentamos ter de informar-lhe que, por motivo de ..., vemo-nos impossibilitados de prorrogar (manter) o contrato de trabalho firmado entre nós em ...

A atual situação do mercado de trabalho não nos dá no momento alternativa.

De acordo com o período legal de aviso prévio de ... semanas (... meses), seu vínculo empregatício cessará em ...

Agradecemos sua colaboração até agora e lhe desejamos os melhores votos para o futuro.

Atenciosamente,

Rescisión de contrato/despido

Estimado Sr. ...
(Estimada Sra. ...):

Lamentamos tener que comunicarle que por razones de ... no nos es posible prolongar/prorrogar el contrato de trabajo que concluimos mutuamente el ...

La actual situación en el mercado de trabajo no nos ofrece otra alternativa por el momento.

De conformidad con el plazo legal de rescisión/cese de ... semanas (... meses), su empleo terminará el ...

Agradeciéndole la cooperación prestada y deseándole mucha suerte en el futuro,

le (la) saludamos muy atentamente.

Correspondência de transportes
Correspondencia relativa a los transportes

Frete aéreo

Consulta a transportadora (exportação)

Prezados Senhores,

De acordo com contrato de venda feito por nossa empresa em ..., devemos enviar por frete aéreo uma remessa de ... para ... na data de ...

Solicitamos que nos apresentem uma proposta condizente para transporte aéreo e que cuidem dos trâmites de desembaraço alfandegário em nosso país.

Esperamos receber até ... sua proposta a respeito do frete aéreo e dos trâmites alfandegários na Alemanha e no exterior.

Atenciosamente,

Consulta a transportadora (nacional)

Prezados Senhores,

Teremos em breve remessas aéreas urgentes de produtos farmacêuticos, que deverão chegar em 12 a 24 horas ao destinatário.

Gostaríamos de saber se os senhores teriam condições de garantir a entrega rápida por meio de mensageiro.

Nós os informaremos em tempo hábil sobre as remessas por fax ou por telefone.

Aguardamos o recebimento de sua proposta.

Atenciosamente,

Flete aéreo

Solicitud al transportista (exportación)

Señores:

Según contrato de compraventa del ... debemos enviar el ... una expedición de ... a ... por flete aéreo.

Les rogamos nos hagan una oferta para el correspondiente transporte aéreo y se encarguen al mismo tiempo del despacho aduanero en nuestro país.

Esperamos hasta el ... su oferta para el transporte aéreo así como para el despacho aduanero alemán y extranjero.

Muy atentamente,

Solicitud al transportista (interior)

Señores:

En el futuro, tendremos que efectuar remesas urgentes de productos farmacéuticos por flete aéreo, los cuales deberán llegar al destinatario dentro de 12 a 24 horas.

¿Están ustedes en condiciones de tomar las medidas pertinentes para garantizar un transporte rápido por mensajero?

Les informaríamos, en cada caso específico, por anticipado, lo más pronto posible, por fax o por teléfono.

Esperando con agrado su respuesta con la correspondiente oferta, les saludamos muy atentamente.

Pedido a transportadora (importação)

Prezados Senhores,

Estamos aguardando para ... a chegada de uma remessa de ..., com conhecimento aéreo n.º ..., proveniente de ..., no vôo n.º ... da companhia ...

Por se tratar de uma importação de país terceiro, enviamos anexa uma cópia da guia de importação em conformidade com o artigo 30, § 1.º da Regulamentação do Comércio Exterior [legislação alemã].

O valor da remessa é de ... As faturas originais estão junto com a mercadoria.

Solicitamos que os senhores tratem de todas as formalidades alfandegárias e providenciem o imediato envio da mercadoria ao nosso endereço.

Atenciosamente,

Anexo

Orden al transportista (importación)

Señores:

Esperamos el ..., con carta de porte aéreo núm. ... la llegada de un envío de ... procedente de ... El número de vuelo es el ... de la compañía aérea ...

Dado que se trata de una importación procedente de terceros países, les remitimos adjunto copia de la licencia de importación, según §30 apartado 1 de la AWV (orden ministerial alemana de comercio exterior).

El valor de la expedición se eleva a ... Las facturas originales van incluidas en el envío.

Les rogamos cumplimentar para nosotros todas las formalidades aduaneras y dar instrucciones para efectuar una reexpedición inmediata a nuestra dirección.

Muy atentamente,

Anexo

Resposta da transportadora

Prezados Senhores,

Agradecemos seu pedido de ... Nós nos encarregaremos com prazer de todas as formalidades alfandegárias referentes ao conhecimento aéreo n.º ...

No devido momento nós os informaremos por fax da data exata de entrega.

Atenciosamente,

Respuesta del transportista

Señores:

Les agradecemos su demanda del ... y, con sumo gusto, estamos dispuestos a hacernos cargo de todas las formalidades aduaneras para la expedición por vía aérea núm. ...

A su debido tiempo les avisaremos por fax, indicándoles la fecha exacta de la entrega.

Muy atentamente,

Frete marítimo e frete fluvial nacional

Consulta à companhia de navegação

Prezados Senhores,

Estamos para enviar a Beirute uma remessa de aproximadamente 10 toneladas de peças de máquinas usadas. A mercadoria será embalada em 15 engradados, medindo ... por ... e com peso bruto de ... kg.

Por favor, queiram informar-nos os valores (de FOB a CFR) cobrados pelos senhores em tal embarque.

Pedimos também informar-nos as saídas de seus navios com escala em Beirute nos próximos 6 meses.

Somos representados pelo agente de embarque ..., que providenciará os documentos necessários.

Aguardamos sua resposta.

Atenciosamente,

Consulta à companhia de navegação sobre afretamento

Prezados Senhores,

Como embarcamos regularmente grandes quantidades de mercadorias para a América Latina, gostaríamos que nos informassem de seu interesse em fazer afretamentos marítimos semestrais sob condições de preço favoráveis.

A rota do navio deveria ser de Rotterdam para um porto da América Central.

Solicitamos que nos informem as condições, os preços e a data em que os senhores poderiam fazer esse afretamento.

Aguardamos com interesse sua pronta resposta.

Atenciosamente,

Flete marítimo y flete de navegación fluvial

Solicitud a la compañía naviera

Señores:

Estamos a punto de embarcar una expedición de cerca de 10 toneladas de piezas usadas de maquinaria con destino a Beirut. Las mercancías serán embarcadas en un total de 15 cajas de las dimensiones ... y ... con un peso bruto cada una de ... kgs.

Les rogamos informarnos a qué tarifas (desde FOB a CFR) pueden ustedes efectuar tal embarque.

Además, les rogamos nos comuniquen los horarios de salida de sus buques que hagan escala en el puerto de Beirut en los próximos 6 meses.

Nuestro agente naviero, la firma ..., se encargará de salvaguardar nuestros intereses y de presentar la documentación pertinente.

Esperando su oferta a vuelta de correo,

les saludamos muy atentamente,

Solicitud a la compañía naviera en relación con un flete transatlántico

Estimados señores:

Dado que embarcamos regularmente grandes cantidades de mercancías a Latinoamérica, quisiéramos preguntarles si, en caso dado, estarían ustedes interesados en procurarnos un flete transatlántico favorable para un periodo de 6 meses cada vez.

El barco debería navegar entre Rotterdam y un puerto centroamericano.

Les rogamos nos comuniquen a qué condiciones y precios, y cuándo, se harían cargo de tal flete transatlántico.

Estamos muy interesados en recibir una pronta respuesta.

Muy atentamente,

Resposta da companhia de navegação

Prezados Senhores,

Agradecemos sua consulta e anexamos à presente nossa tabela de fretes marítimos e a lista de partidas de nossos navios durante o próximo ano.

Para o carregamento em questão, acreditamos ser necessário um contêiner de 10 pés.

Anexamos também um questionário de nossa empresa, o qual solicitamos nos seja entregue preenchido. De posse dos dados, poderemos calcular com exatidão o frete marítimo.

Por usarmos constantemente tanto navios próprios como fretados para Beirute, não haverá problema em encontrar uma embarcação adequada para o transporte de sua mercadoria.

Atenciosamente,

Respuesta de la compañía naviera

Señores:

Les agradecemos su demanda del ... y adjuntamos a la presente nuestra tabla de fletes marítimos así como las listas de las líneas navieras del próximo año.

Para la expedición prevista merece la pena realizar el embarque en un contenedor de 10 pies.

Adjuntamos un cuestionario de nuestra compañía naviera, el cual les rogamos devolvernos una vez rellenado, para poder efectuar entonces un cálculo exacto del flete marítimo.

Dado que hacemos permanentemente la travesía a Beirut, tanto con buques propios como fletados, no presentará problema alguno encontrar en un período de 4 semanas una posibilidad adecuada de transporte marítimo para su mercancía a Beirut.

les saludamos muy atentamente,

Contrato de frete com companhia de navegação fluvial

Prezados Senhores,

Solicitamos pela presente que recolham a mercadoria desembarcada pelo navio-tanque ..., temporariamente armazenada no porto fluvial de ..., e providenciem seu transporte para ...

Os senhores nos informaram por telefone que poderão dispor de um navio-tanque de aproximadamente 1.000 TRB para o transporte e confirmaram a chegada da mercadoria na data de ...

O valor do frete, de ..., que os senhores nos apresentaram por fax em ..., corresponde às nossas expectativas e o confirmamos pela presente.

Solicitamos que nos informem a tempo quando poderemos contar com a chegada da remessa.

Atenciosamente,

Otorgamiento de pedido a compañía de navegación fluvial

Señores:

Con la presente les encomendamos efectuar el retransporte a ... de la partida que llegó con el buque cisterna ... al puerto fluvial de ... y se encuentra allí depositada provisionalmente.

Como ustedes nos comunicaron telefónicamente, pueden poner a disposición un buque de aprox. 1000 TRB para este transporte y garantizarnos el arribo de la mercancía en ...

El precio de fletamiento de ..., que nos indicaron por fax el ..., corresponde a nuestros cálculos, por lo que les damos con la presente nuestra conformidad.

Les rogamos nos comuniquen a tiempo cuándo se puede contar exactamente con la llegada de la expedición.

Muy atentamente,

Transporte rodoviário e ferroviário

Consulta a transportadora

Prezados Senhores,

A ampliação da rede de transportes da União Européia obrigou-nos a procurar um agente de carga experiente que transporte nossas mercadorias em segurança e com pontualidade por caminhão (trem) para todas as regiões da UE.

Disso faz parte, evidentemente, a obtenção ou retirada dos documentos que não tenham sido fornecidos pelo consignador.

Solicitamos, assim, que nos informem a que regiões os senhores prestam esse serviço e sob que condições poderiam efetuar transportes rodoviários (ferroviários) regulares.

Posteriormente poderá vir a ser necessária uma ampliação dos transportes para outros países europeus com os quais existam acordos provisórios.

Enviamos junto um folheto que lhe dará uma idéia geral da nossa linha de produtos.

Todos os demais detalhes poderão ser discutidos pessoalmente.

Teremos prazer em receber sua resposta.

Atenciosamente,

Anexo

Transporte por carretera y ferrocarril

Solicitud al transportista

Señores:

La ampliación de nuestra red de transportes en la Unión Europea ha tenido como consecuencia la necesidad de recurrir a los servicios de un transportista versado que trate nuestros géneros cuidadosamente y los transporte puntualmente por carretera (ferrocarril) a todas las partes de la UE.

Ello implica, por supuesto, la aportación y compilación de toda la documentación aún necesaria, siempre y cuando ésta no haya sido entregada por el consignador.

Les rogamos nos comuniquen para qué regiones ustedes ofrecen un servicio pertinente y en qué condiciones estarían dispuestos a efectuar para nosotros transportes regulares por carretera (ferrocarril).

Consideramos la posibilidad de ampliar posteriormente estos transportes a otros países europeos con los que existan acuerdos interinos.

Incluimos a la presente un prospecto que les permitirá hacerse una idea general de la gama de los productos de nuestra empresa.

Todos los demás detalles podrían ser discutidos en una conversación personal.

Esperando con agrado sus noticias,

les saludamos muy atentamente,

Anexo

Proposta da transportadora

Prezado Sr. ...,
(Prezada Sra. ...,)

Agradecemos sua consulta de ..., na qual o(a) senhor(a) perguntava se poderíamos transportar mercadorias por caminhão (trem) aos países da UE e possivelmente a outros países da Europa.

Desde a expansão da UE instalamos em todas as grandes cidades do Mercado Comum agências ou escritórios de representação, de modo que poderemos ser contatados de imediato em toda a UE.

Nossos transportes rodoviários (ferroviários) são supervisionados pessoalmente por nós e a entrega é porta a porta (de ramal a ramal). Cuidamos de todas as formalidades para os senhores .

Anexamos um folheto de nossa empresa, apresentando-lhe a) nossos serviços de frete e b) os preços vigentes para fretes por caminhão (trem).

Estamos à sua inteira disposição para esclarecer quaisquer detalhes referentes ao transporte de suas mercadorias (por exemplo, manuseio, embalagem, transbordo etc.).

Nós lhe telefonaremos nos próximos dias a fim de marcar uma reunião. Como queremos estar bem preparados para essa ocasião, solicitamos que preencha e nos devolva o questionário anexo.

Atenciosamente,

Anexos

Oferta del transportista

Estimado Sr. ...
(Estimada Sra. ...):

Agradecemos su demanda del ... con la que nos pregunta si podemos efectuar para usted transportes por camión (ferrocarril) a la UE y, en caso dado, a otros países europeos.

Desde la ampliación de la UE hemos establecido agencias u oficinas de contacto en todas las grandes ciudades del Mercado Único, por lo que se nos puede contactar inmediatamente en todo el ámbito de la UE.

Vigilamos personalmente nuestros transportes por carretera (ferrocarril) y efectuamos el suministro de puerta a puerta (de estación de empalme a estación de empalme), encargándonos por su cuenta de todas las formalidades.

Adjuntamos un prospecto de nuestra casa, del cual desprenderán a) las prestaciones de nuestra agencia de transportes y b) las tarifas actualmente en vigor para expediciones por carretera (ferrocarril).

Estamos, en todo momento, con gusto a su disposición para aclarar en una conversación detallada todas las demás cuestiones relacionadas especialmente con el transporte de sus productos (como, por ejemplo, el manejo de los géneros, embalaje, trasbordo, etc.).

En los próximos días les llamaremos por teléfono para ponernos de acuerdo en cuanto a una fecha de visita. Dado que quisiéramos prepararnos bien para esta conversación, les rogamos devolvernos, una vez cumplimentado, el fomulario adjunto.

Muy atentamente,

Anexo

Pedido de frete a transportadora rodoviária

Prezados Senhores,

Com relação à sua proposta de ..., feita por telefone, pedimos por meio desta que façam o transporte de ..., de ... para ...

Como os senhores nos asseguraram, será colocado à nossa disposição um caminhão articulado com ... m lineares de carga.

Além do transporte, será de sua responsabilidade a execução de todas as formalidades, na medida em que sejam necessárias na UE.

Após o término do transporte, solicitamos que nos enviem a fatura em quatro vias para o endereço acima indicado.

Atenciosamente,

Orden al agente de transportes por carretera

Señores:

Refiriéndonos a su oferta telefónica del ... les encomendamos con la presente realizar el transporte de ... a ... de ...

Como nos aseguraron, ustedes pondrán a nuestra disposición un semi-remolque de ... metros de longitud de carga.

Aparte del transporte, ustedes se hacen cargo de la tramitación de todas aquellas formalidades que sean aún necesarias en el ámbito de la UE.

Una vez realizado el transporte, les rogamos enviarnos la factura en 4 ejemplares a la dirección arriba indicada.

Muy atentamente,

Pedido de frete a transportadora ferroviária

Prezados Senhores,

Solicitamos pela presente que se encarreguem do transporte de carga a granel em vagão-contêiner de ... para ...

Pedimos que retirem a carga em ..., a partir das ... horas, no portão 3 de nossa fábrica. O encarregado do depósito, sr. ..., já foi informado a respeito.

O contêiner deverá ser entregue na estação ferroviária de destino à nossa cliente, ... (nome da empresa), que cuidará do transbordo da mercadoria e da devolução do contêiner, vazio e limpo, ao terminal de contêineres.

Solicitamos que nos informem por fax quando será efetuado o transporte, a fim de que possamos informar nosso cliente sobre a data exata de chegada da carga.

Queiram enviar a fatura ao nosso endereço.

Atenciosamente,

Orden al agente de transportes ferroviarios

Señores:

Por la presente quisiéramos rogarles hacerse cargo en nuestro nombre de una carga a granel por vagón-contenedor de ... a ...

Les rogamos que recojan la carga el ... a partir de las ... horas en nuestra fábrica, entrada 3. El encargado del almacén, Sr. ..., está al corriente de ello.

Nuestro cliente, la firma ..., se hará cargo del contenedor en la estación de destino ..., cuidándose igualmente del trasbordo de la mercancía y devolución del contenedor, vacío y limpio, a la estación de contenedores ...

Sírvanse informarnos por fax cuándo efectuarán este transporte a fin de que podamos comunicar a nuestro cliente la fecha exacta de la llegada.

Rogándoles enviar la factura a nuestra dirección,

les saludamos muy atentamente,

Frases Intercambiáveis
Frases Intercambiables

A consulta
La demanda

Consulta genérica

1 Enviem-nos, por favor, uma proposta de seus produtos.
2 Fazemos pedidos habituais de ... e gostaríamos que os senhores nos apresentassem um orçamento para tais produtos.
3 Somos os maiores distribuidores de ... aqui em ... e gostaríamos de estabelecer relações comerciais com sua empresa.
4 Queiram por favor informar-nos que produtos os senhores podem oferecer-nos aqui em ...
5 Por estarmos no momento formando nossa linha de inverno, precisamos de sua proposta com urgência.
6 Informem-nos, por favor, se os senhores exportam seus produtos para ...
7 Acabamos de receber uma licença de importação de ... Queiram por gentileza apresentar-nos sua melhor oferta.
8 Gostaríamos de saber que produtos os senhores fabricam.
9 Gostaríamos de saber se os senhores podem fornecer-nos ...
10 Um de seus concorrentes enviou-nos uma proposta detalhada.
11 Gostaríamos de manter nossa longa e boa relação comercial com sua empresa e aguardamos, dessa forma, sua proposta.

Solicitação de folhetos

1 Estamos muito interessados em seus produtos e gostaríamos de receber quanto antes seus folhetos (catálogos).
2 Os senhores poderiam enviar-nos um folheto?
3 Enviem-nos por favor ... folhetos. Temos necessidade deles em diversos departamentos de nossa empresa.
4 O material informativo sobre seus produtos chegou danificado. Queiram por gentileza enviar-nos novos folhetos.

Demanda general

1 Envíennos, por favor, una oferta de todos sus productos.
2 Somos compradores habituales de ... y quisiéramos conocer la oferta que nos pudieran hacer.
3 Somos aquí en ... el distribuidor más importante de ... y quisiéramos entablar relaciones comerciales con su firma.
4 Por favor, infórmennos qué productos nos podrían ofrecer aquí en ...
5 Actualmente estamos ordenando nuestro próximo surtido de invierno y, por tanto, necesitamos ya su oferta.
6 Por favor, infórmennos si exportan sus productos a ...
7 Acabamos de recibir una licencia de importación para ... Por favor, hágannos llegar su mejor oferta.
8 Por favor, infórmennos qué productos fabrican.
9 Infórmennos, por favor, si se encuentran en condiciones de suministrarnos ...
10 Una firma de competencia con ustedes nos ha enviado una detallada oferta.
11 Tenemos interés en conservar nuestra larga y buena relación comercial que nos une, y esperamos su oferta.

Solicitud de prospecto

1 Estamos sumamente interesados en sus productos. Por favor, envíennos cuanto antes sus prospectos.
2 ¿Nos pueden enviar un prospecto?
3 Les rogamos nos envíen ... prospectos. Los necesitamos para varios departamentos de nuestra firma.
4 El material informativo que nos enviaron llegó dañado. Por favor, envíennos nuevos prospectos.

5 Seria possível enviar-nos um folheto em ... (língua)?
6 Seus folhetos devem conter todos os detalhes importantes e as condições.

Solicitação de preços e lista de preços

1 Solicitamos que nos enviem uma lista de preços detalhada.
2 Por favor, informem-nos o preço que cobram.
3 Solicitamos que nos informem por fax seu menor preço.
4 Informem-nos, por favor, seu menor preço.
5 Solicitamos que orcem com base em um pedido mínimo anual de ...
6 Solicitamos que orcem seu preço em ... (moeda).
7 Por favor, calculem os preços CIF ...
8 Por favor, orcem por seu preço mínimo, pois aqui em ... há uma concorrência acirrada.
9 Solicitamos indicarem seus preços líquidos (brutos, FOB, CIF).
10 Gostaríamos que em sua cotação considerassem as altas taxas alfandegárias que somos obrigados a pagar.
11 Informem-nos, por favor, a validade de seus preços.

Pedido de informações sobre qualidade e garantia

1 Solicitamos que nos enviem informações precisas sobre a qualidade de seus produtos.
2 Informem-nos, por favor, se os senhores ainda têm em estoque a mesma qualidade.
3 Estamos interessados apenas em mercadoria da melhor qualidade.
4 Informem-nos, por favor, se poderão fornecer a mesma qualidade em longo prazo.
5 Informem-nos, por favor, se seus produtos sofrem alterações de qualidade.
6 Nossos clientes fazem questão de qualidade de primeira.
7 Para nós, qualidade é mais importante que preço.
8 Pedimos que nos informem se dão garantia em seus produtos.

5 ¿Nos pueden enviar un prospecto en ... (idioma)?
6 Sus prospectos deberán contener todos los detalles importantes y las condiciones.

Solicitud de precios y de listas de precios

1 Por favor, envíennos una lista de precios detallada.
2 Les rogamos nos informen sobre su precio.
3 Les rogamos nos manden por fax su último precio.
4 Les rogamos nos den su precio más bajo.
5 Les rogamos calculen su precio sobre la base de una adquisición anual mínima de ...
6 Les rogamos nos den sus precios en ... (moneda).
7 Les rogamos facturen sus precios CIF ...
8 Les rogamos calculen su último precio, ya que aquí en ... existe una fuerte competencia.
9 Les rogamos nos den sus precios netos (brutos, FOB, CIF).
10 Les rogamos que, en sus precios, tengan en consideración los altos derechos de aduana que tenemos que pagar.
11 Les rogamos nos informen sobre el tiempo de validez de sus precios.

Solicitud de información de calidad y de garantía

1 Les rogamos nos den información detallada sobre la calidad de sus productos.
2 Les rogamos nos informen si todavía tienen la misma calidad en existencia.
3 Nosotros solamente consideramos mercancías de la mejor calidad.
4 Les rogamos nos informen si se encuentran en condiciones de suministrarnos la misma calidad a largo plazo.
5 Les rogamos nos informen si sus productos se encuentran sujetos a variaciones en la calidad.
6 Nuestros clientes sólo consideran la calidad de primera.
7 Para nosotros, la calidad es más importante que el precio.
8 Les rogamos nos informen si ofrecen garantía de sus productos.

9 Informem-nos, por favor, se é possível melhorar seus termos de garantia.
10 Seus produtos só poderão ser comercializados no mercado interno da UE se os senhores fornecerem termos de garantia adequados.
11 Só possuímos produtos de qualidade comprovada e com garantia de longo prazo.

9 Les rogamos nos informen si pueden mejorar los términos de la garantía.
10 Sus productos sólo tienen salida en el mercado de la UE si ofrecen términos de garantía adecuados.
11 Nosotros solamente tenemos artículos de primera calidad y con garantía a largo plazo.

Pedido de informações sobre quantidade e tamanho

1 Informem-nos, por favor, que quantidade mantêm em estoque.
2 Vendemos uma grande quantidade desse produto. Seria possível atender a uma demanda mensal de ...?
3 Informem-nos, por favor, a quantidade mínima por pedido.
4 Que quantidade do artigo fornecido os senhores poderão entregar regularmente em curto prazo?
5 Logo precisaremos de uma grande quantidade de ... Os senhores podem fornecê-la?
6 Por favor, digam-nos quais são precisamente as medidas e o peso dos artigos.
7 Informem-nos, por favor, se podem modificar as medidas e o peso de seus produtos.

Solicitud de indicaciones de cantidades y de tamaños

1 Les rogamos nos participen las cantidades que tienen en existencia.
2 Vendemos grandes cantidades de este artículo. ¿Pueden ustedes cubrir mensualmente nuestra demanda ascendente a ...?
3 Les rogamos nos informen sobre la cantidad mínima por pedido.
4 ¿Qué cantidades del artículo mencionado nos podrían suministrar continuamente a corto plazo?
5 Necesitamos en breve una gran cantidad de ... ¿Pueden suministrarla?
6 Les rogamos nos den los datos exactos sobre las medidas y el peso de los artículos.
7 Les rogamos nos informen si se encuentran en condiciones de modificar sus tamaños y pesos.

Pedido de amostras

1 Os senhores têm amostras de seus artigos?
2 Enviem-nos, por favor, algumas amostras de seus produtos.
3 Só fazemos encomendas com base em amostras.
4 Suas amostras devem dar-nos uma idéia da cor e da qualidade de seus produtos.
5 Solicitamos que enviem algumas amostras grátis de seus produtos.
6 Tenha o cuidado, por favor, de marcar corretamente as amostras.
7 Solicitamos que informem se as amostras que nos enviaram em ... ainda são válidas.
8 Recusaremos toda mercadoria que não corresponda exatamente à sua amostra.

Pedido de muestras

1 ¿Tienen ustedes muestras de sus artículos?
2 Les rogamos nos envíen algunas muestras de sus productos.
3 En principio, ordenamos nuestros pedidos tomando como base las muestras recibidas.
4 Sus muestras deberán proporcionarnos una idea del color y de la calidad de sus productos.
5 Les rogamos nos envíen algunas muestras de su producción, sin facturación.
6 Por favor, tengan cuidado de que sus muestras estén bien marcadas.
7 Les rogamos nos informen si las muestras que nos enviaron hace ... tienen todavía validez.
8 No aceptamos pedido alguno que no corresponda exactamente con sus muestras.

Fornecimento para prova

1 Temos interesse em receber um fornecimento de seus artigos a título de prova.
2 Informem-nos, por favor, se os senhores podem enviar-nos um fornecimento a título de prova de ...
3 Informem-nos, por favor, de seus descontos para fornecimentos a título de prova.
4 Informem-nos, por favor, a quantidade mínima de fornecimentos para prova.
5 Caso seu fornecimento para prova corresponda à nossa expectativa, os senhores poderão contar com grandes pedidos.
6 Seu fornecimento a título de prova deverá mostrar-nos a qualidade de seus artigos e de que maneira os senhores processam os pedidos.

Envío a prueba

1 Estamos interesados en recibir un envío a prueba de su artículo.
2 Les rogamos nos informen si nos pueden enviar ... a prueba.
3 Les rogamos nos informen sobre la rebaja de precio de los artículos enviados a prueba.
4 Les rogamos nos informen a partir de qué cantidad están en disposición de hacer un envío a prueba.
5 En el caso de que estemos satisfechos con su envío a prueba, pueden contar con pedidos mayores.
6 Su envío a prueba nos deberá proporcionar una idea sobre la calidad de sus artículos y la exacta ejecución de la orden.

Compra a título de prova

1 Gostaríamos de saber se os senhores concordam com uma compra a título de prova.
2 Os senhores poderiam enviar-nos seu(sua) ... para compra a título de prova?
3 Informem-nos, por favor, suas condições em compras a título de prova.
4 Por quanto tempo os senhores poderão deixar conosco seu (sua) ... a título de prova?
5 Temos como norma encomendar máquinas só depois de submetê-las a rigoroso teste.

Compra a prueba

1 Les rogamos nos informen si están de acuerdo con una compra a prueba.
2 ¿Pueden enviarnos su ... en calidad de compra a prueba?
3 Les rogamos nos informen sobre sus condiciones para la compra a prueba.
4 ¿Qué tiempo nos pueden dejar a prueba su ...?
5 En principio, sólo hacemos pedidos de máquinas después de haberlas sometido a un minucioso test.

Consulta sobre oferta especial

1 Necessitamos de uma oferta especial atraente para abrir nosso negócio.
2 Informem-nos, por favor, que oferta especial os senhores podem apresentar-nos.
3 Necessitamos de uma partida suplementar de ... Os senhores têm condições de fornecê-la?
4 Se comprarmos ... (quantidade), os senhores teriam possibilidade de nos fazer uma oferta especial?
5 Informem-nos, por favor, se têm interesse em fornecer-nos regularmente ofertas especiais.
6 Os senhores poderiam fazer ofertas especiais para que possamos colocar seus artigos em nosso mercado?

Solicitud de oferta especial

1 Para la inauguración de nuestro negocio necesitamos una oferta especial atractiva.
2 Por favor, infórmennos sobre la oferta especial que nos puedan hacer.
3 Necesitamos una partida de restos de ... ¿Están ustedes en condiciones de suministrárnosla?
4 ¿Pueden hacernos una oferta especial sobre la base de la adquisición de una cantidad de ...?
5 Por favor, infórmennos si están interesados en suministrarnos continuamente sus ofertas especiales.
6 ¿Pueden hacernos ustedes ofertas especiales con el fin de introducir sus artículos en nuestro mercado?

7 Os senhores poderiam fazer-nos uma oferta especial aqui em ..., como o fizeram em ...?

Consulta sobre condições de entrega e pagamento

1 Informem-nos, por favor, suas condições de fornecimento.
2 Digam-nos, por favor, qual o menor prazo de entrega.
3 Os senhores poderiam entregar imediatamente ... de seu estoque?
4 Digam-nos com precisão, por favor, quais são seus prazos de fornecimento.
5 A fim de evitar transtornos, o prazo de fornecimento deve ser cumprido à risca.
6 Para fornecimento imediato estamos dispostos a pagar um acréscimo de ...
7 Caso a entrega não ocorra dentro do prazo, reservamo-nos o direito de recusar a mercadoria.
8 Os senhores podem garantir a entrega até ...?
9 Só podemos aceitar um prazo de entrega de ... meses.
10 Caso os senhores não possam fazer a entrega dentro de ..., sua proposta será invalidada.
11 Informem-nos, por favor, para que locais os senhores fazem entregas.
12 Digam-nos, por favor, quais são suas condições de pagamento.
13 Informem-nos, por favor, se os senhores só aceitam pedidos pagos à vista.
14 Caso os senhores possam conceder-nos um prazo de pagamento de até nove meses, estamos dispostos a apresentar-lhes pedidos volumosos.
15 Seria possível conceder-nos um crédito de ...?
16 Os senhores estão dispostos a fazer o fornecimento contra letra de câmbio?
17 Os senhores têm condições de nos conceder um prazo de pagamento de até ..., como fazem seus concorrentes?
18 Os pagamentos deverão ser efetuados por intermédio de carta de crédito irrevogável?
19 Os fornecimentos podem também ser efetuados contra ordem bancária garantida?

7 ¿Pueden ustedes hacernos aquí en ... una oferta especial adecuada como en ...?

Solicitud de condiciones de suministro y de pago

1 Por favor, infórmennos sobre sus condiciones de suministro.
2 Por favor, dénnos su más corto plazo de suministro.
3 ¿Pueden ustedes suministrarnos inmediatamente ... en almacén?
4 Les rogamos nos den información detallada sobre sus plazos de suministro.
5 Para evitar daños mayores es imprescindible el cumplimiento del plazo de suministro.
6 Por suministro inmediato estamos dispuestos a pagar un recargo de ...
7 En el caso de que el suministro no se realice puntualmente, nos reservamos el derecho de rehusar la aceptación.
8 ¿Nos pueden garantizar el suministro a más tardar el ...?
9 Sólo podemos aceptar un plazo de suministro de ... meses.
10 En el caso de que no puedan efectuar el suministro en el término de ..., no nos interesa su oferta.
11 Indíquennos, por favor, sus posibles lugares de suministro.
12 Indíquennos, por favor, sus condiciones de pago.
13 Infórmennos, por favor, si sólo aceptan pedidos sobre la base de pagos al contado.
14 En el caso de que nos puedan conceder un plazo de pago de hasta nueve meses, estamos dispuestos a hacerles pedidos importantes.
15 ¿Pueden concedernos un crédito de ...?
16 ¿Están dispuestos a efectuar el suministro contra letra de cambio?
17 ¿Pueden concedernos, al igual que su competencia, un plazo de pago de ...?
18 ¿Deben hacerse los pagos mediante créditos documentarios irrevocables?
19 ¿Pueden efectuarse también suministros contra orden bancaria confirmada?

A proposta
La oferta

Resposta a solicitação de proposta

1 Agradecemos sua consulta de ...
2 Agradecemos sua consulta de ... e informamos que temos muito interesse em negociar com os senhores.
3 Recebemos gratos sua consulta de ... e apresentamos com prazer a seguinte oferta:
4 Em resposta à sua consulta de ..., informamos que há bastante tempo estamos tentando entrar nesse mercado.

Respuesta a solicitud de oferta

1 Mucho agradecemos su solicitud del ...
2 Les agradecemos su solicitud del ... y les participamos que estamos sumamente interesados en iniciar relaciones comerciales con ustedes.
3 Hemos recibido su solicitud del ..., y nos permitimos hacerles la siguiente oferta:
4 En respuesta a su solicitud del ... les informamos por medio de la presente que, desde hace tiempo, estamos tratando de introducirnos en ese mercado.

Proposta impossível

1 Sentimos informar-lhes de que não temos o artigo mencionado.
2 Por questões de mercado, suspendemos a produção dos artigos mencionados.
3 Não fabricamos mais o artigo mencionado.
4 Lamentamos ter de comunicar-lhes que, devido a problemas técnicos, paramos a produção do artigo solicitado.
5 Como a produção desse artigo está totalmente vendida pelos próximos ... meses, não podemos apresentar-lhes uma proposta.
6 No momento, nossos fornecedores não têm condições de fornecer-nos os materiais necessários, de modo que, infelizmente, não podemos apresentar-lhes uma proposta.
7 Voltaremos a atenção à sua solicitação assim que pudermos apresentar-lhes uma proposta adequada.
8 Infelizmente não temos condições de apresentar-lhes uma proposta, pois não negociamos no exterior.

Ninguna oferta

1 Lamentamos tener que informarles que no tenemos el artículo mencionado.
2 Debido a motivos técnicos de mercado hemos suspendido la fabricación de los productos mencionados.
3 Ya no producimos más el artículo indicado.
4 Lamentamos tener que informarles que dificultades técnicas nos han obligado a suspender la producción del artículo solicitado.
5 Lamentablemente no podemos hacerles ninguna oferta, pues nuestra producción total ya se encuentra vendida con ... meses de anticipación.
6 Nuestros suministradores no están, en la actualidad, en condiciones de proveernos. Por este motivo, lamentamos no poderles hacer, por el momento, oferta alguna.
7 Nos ocuparemos de su solicitud tan pronto como podamos ofrecerles una oferta ventajosa.
8 Lamentablemente, no nos encontramos en disposición de hacerles una oferta debido a que no nos dedicamos a negocios en el extranjero.

9 Toda a nossa produção é exportada pela ... (empresa).
10 Nosso acordo de setores de venda com a empresa ... não permite que lhes apresentemos uma proposta.
11 Infelizmente não podemos fazer-lhes uma proposta, pois a empresa ... detém a representação de nossos produtos em seu país.
12 No momento, não temos em estoque esse artigo, o que nos impede de apresentar-lhes uma proposta.
13 Pedimos sua compreensão para o fato de não podermos apresentar-lhes uma proposta.
14 Devido à greve em andamento, não temos condições de apresentar-lhes uma proposta para fornecimento imediato. Pedimos que nos consultem de novo em ... meses. Esperamos que nessa ocasião os fornecimentos estejam normalizados.
15 Voltaremos ao assunto em ... meses.

9 La totalidad de nuestra producción se exporta mediante la firma ...
10 Convenios regionales con la firma ... no nos permiten hacerles una oferta.
11 Lamentamos no poderles ofrecer una oferta directa, ya que la firma ... posee la representación general de nuestros productos en ese país.
12 El artículo se encuentra agotado por el momento. Por ese motivo, lamentablemente, no les podemos hacer ninguna oferta.
13 Les rogamos que comprendan que no nos encontramos en condiciones de hacerles una oferta.
14 Debido a la huelga actual, no les podemos hacer oferta alguna que implique un suministro inmediato. Les rogamos que nos escriban de nuevo en ... meses sobre este particular. Confiamos que entonces podamos estar otra vez en condiciones normales de suministro.
15 En ... meses nos ocuparemos de nuevo de este asunto.

Proposta condizente com a consulta

Frases introdutórias

1 Tomamos a liberdade de apresentar-lhes a seguinte proposta:
2 Agradecendo sua consulta, apresentamos com prazer a seguinte proposta:
3 Agradecemos sua consulta e temos o prazer de enviar-lhes a proposta solicitada.
4 Com a esperança de travar boas relações comerciais com os senhores em breve, estamos enviando nossa melhor proposta.
5 Gostaríamos de chamar sua atenção para o tópico ... de nossa proposta.
6 Esta é a melhor proposta que podemos fazer aos senhores.
7 No intuito de atendê-los, estamos dispostos a lhes apresentar uma oferta especial.

Oferta de acuerdo con la solicitud

Frases de introducción

1 Nos permitimos hacerles la siguiente oferta:
2 Les agradecemos su solicitud y nos permitimos ofrecerles: ...
3 Les agradecemos su solicitud y les enviamos la oferta deseada.
4 Confiamos en una pronta y buena relación comercial y les enviamos hoy nuestra más favorable oferta.
5 Permítannos que señalemos a su atención el punto ... de nuestra oferta.
6 Esta es la mejor oferta que les podemos hacer.
7 Con el fin de complacerles estamos dispuestos a hacerles una oferta especial.

Cotação de preços

1 Nossos preços encontram-se na lista anexa.
2 Estamos enviando aos senhores em outra correspondência nossa mais recente lista de preços.
3 Em resposta à sua consulta de ..., nossos preços são os seguintes:

Indicación de precios

1 Les rogamos vean nuestros precios en la lista adjunta.
2 Por correo separado reciben nuestra última lista de precios.
3 En respuesta a su solicitud del ..., les participamos los siguientes precios:

4 Nosso preço é de ... (sem descontos).
5 Nossos preços são fixos.
6 Os preços estão muito baixos no momento.
7 Trata-se de preços de apresentação.
8 Nossos preços são escalonados de acordo com a quantidade pedida.
9 Podemos vender-lhes o artigo mencionado a um preço bastante reduzido.
10 Nossos preços estão marcados nas amostras.
11 Nossos preços incluem (não incluem) a embalagem.
12 Nossos preços incluem (não incluem) o seguro.
13 Nossos preços incluem a embalagem, o seguro e o frete.
14 Devido à excepcional qualidade dos produtos, nossos preços são mais altos que os dos concorrentes.
15 Nossos preços são bem menores que os dos concorrentes.
16 Apesar de termos melhorado a qualidade, nossos preços continuam os mesmos.
17 Nossos preços são extremamente baixos.
18 Nossos preços são tão baixos porque trabalhamos com a menor margem de lucro do ramo.
19 Estamos cobrando os menores preços de exportação.
20 Apesar dos crescentes custos de fabricação, nossos preços permaneceram estáveis.
21 Os preços serão aumentados (baixados) dentro em breve.
22 Apesar de nossa excelente qualidade, nossos preços são inferiores aos de outros fabricantes.
23 O(s) senhor(es) deve(m) comprometer-se a vender pelos preços acima mencionados.
24 Caso os senhores não se atenham aos preços determinados, seremos obrigados a suspender todas as remessas.
25 Não fazemos restrições à sua política de preços.
26 Nossos preços são os seguintes:
27 EXW (na fábrica; posto em fábrica)
28 EXW na fábrica, incluída a embalagem (contêiner, marítima etc.)
29 FAS entregue no cais (junto ao costado do navio) (porto de embarque mencionado)

4 Nuestro precio ascendería a ... (sin descuentos).
5 Nuestros precios son precios fijos.
6 En este momento los precios son muy bajos.
7 Estos son precios de introducción.
8 Nuestros precios se encuentran escalonados de acuerdo con la cantidad que se compre.
9 Podemos venderle el lote a un precio sumamente reducido.
10 Nuestros precios están indicados en las muestras.
11 Nuestros precios se entienden sin (con) embalaje.
12 Nuestros precios no comprenden (comprenden) el seguro.
13 Nuestros precios se entienden con embalaje, seguro y porte incluidos.
14 Debido a nuestra magnífica calidad, nuestros precios son más altos que los de la competencia.
15 Nuestros precios se encuentran muy por debajo de los de la competencia.
16 A pesar de haber mejorado la calidad, mantenemos los mismos precios.
17 Nuestros precios se encuentran calculados con una gran precisión.
18 Nuestros precios son tan bajos porque trabajamos con el margen de ganancia más pequeño del ramo.
19 Les cobramos los precios de exportación más bajos.
20 A pesar del continuo aumento en los costos de producción, nuestros precios se han mantenido estables.
21 Los precios subirán (bajarán) en el futuro inmediato.
22 A pesar de la superior calidad, nuestros precios son más bajos que los de otros fabricantes.
23 Ustedes deben comprometerse a vender a los precios mencionados arriba.
24 En el caso de que ustedes no observaran nuestros precios obligatorios, nos veríamos forzados a suspenderles los envíos.
25 Su política de precios no se encuentra sujeta a limitación alguna.
26 Nuestros precios se entienden:
27 EXW (en fábrica)
28 EXW en fábrica incluso embalaje (contenedor, para transporte marítimo, etc.)
29 FAS franco costado del barco (indicación puerto de embarque)

30 FOB posto a bordo (porto de embarque mencionado)
31 CFR custo e frete (porto de destino mencionado)
32 CIF custo, seguro, frete (porto de destino mencionado)
33 posto na fronteira
34 posto em domicílio
35 posto na estação ferroviária ...
36 posto no porto ...
37 embalado
38 sem embalagem
39 entregue no armazém (depósito)

Descontos e acréscimos

1 Concedemos um desconto à vista (uma redução) de ...%
2 Podemos conceder um desconto especial de ...%
3 Os preços estão discriminados sem descontos.
4 Concedemos ...% de desconto em pagamento à vista.
5 Estamos dispostos a dar-lhes um desconto de apresentação de ...%.
6 Nossos preços de exportação são ...%. inferiores aos preços do mercado interno.
7 Os senhores receberão um reembolso de exportação de ...%.
8 Na aquisição de ... (quantidade), o preço será reduzido em ...%.
9 Em prazos de pagamento superiores a ... meses, nossos preços sofrem um acréscimo de ...%.

Validade da proposta

1 Nossos preços são fixos até ...
2 Nossa proposta com tal preço é constante (sem compromisso).
3 Nossos preços são válidos se recebermos seu pedido (sua resposta) imediatamente.
4 Os preços são válidos enquanto não houver aumento dos preços da matéria-prima.
5 Nossa cotação é válida por um prazo de ... semanas.
6 Faturaremos ao preço de mercado vigente no dia do despacho.

30 FOB franco a bordo (indicación puerto de embarque)
31 CFR coste y flete (indicación puerto de destino)
32 CIF coste, seguro y flete (indicación puerto de destino)
33 franco frontera
34 franco domicilio
35 franco estación ...
36 franco puerto ...
37 embalado
38 sin embalar
39 franco almacén

Rebajas y aumentos de precios

1 Les concedemos un (una) descuento (rebaja, bonificación) del ...%.
2 Les podemos conceder un descuento especial de un ...%.
3 Los precios se entienden sin deducciones.
4 Concedemos un ...% de descuento por pago al contado.
5 Estamos dispuestos a concederles una rebaja de introducción de un ...%.
6 Nuestros precios de exportación son alrededor de un ...% más bajos que nuestros precios domésticos.
7 Ustedes reciben un descuento de exportación de un ...%.
8 Mediante una adquisición de la cantidad de ... se reduce el precio en un ...%.
9 Mediante la utilización de un plazo de más de ... meses se aumentan nuestros precios en un ...%.

Validez de la oferta

1 Nuestros precios son obligatorios hasta el ...
2 Nuestra oferta al precio actual es obligatoria (sin compromiso).
3 Nuestros precios rigen sólo en el caso de pedido (respuesta) a vuelta de correo.
4 Los precios son válidos solamente a condición de que los actuales precios de las materias primas permanezcan inalterados.
5 Mantenemos la obligatoriedad de esta oferta durante ... semanas.
6 Facturamos al precio válido en el mercado el día de la remesa.

Qualidade e garantia
1. Fornecemos apenas artigos da melhor qualidade.
2. Nós oferecemos total garantia de qualidade.
3. Nosso esforço em aumentar a qualidade de nossos produtos é constante.
4. Todos os nossos produtos são submetidos a um rigoroso controle de qualidade antes de sair da fábrica.
5. As amostras anexas comprovarão a qualidade de nossos produtos.
6. Nossas máquinas modernas permitem-nos fornecer a melhor qualidade a preços mínimos.
7. A utilização de novas matérias-primas e novos processos de fabricação permitem-nos fornecer mercadorias de tão excepcional qualidade.
8. Garantimos que faremos o possível para que a qualidade os satisfaça.
9. Estamos convictos de que a qualidade de nossos produtos atende às mais altas exigências.
10. Há uma grande demanda de nossos produtos tanto no mercado interno quanto no externo.
11. Devido à sua qualidade, nossos produtos têm grande demanda no exterior.
12. Somos a única empresa em condições de fornecer esse artigo.
13. Nosso equipamento é tecnicamente perfeito e fácil de operar.
14. Nosso equipamento lhe proporcionará economia de tempo e dinheiro.
15. Nossas máquinas têm 5 anos de garantia.
16. Todos os nossos produtos vêm com certificado de garantia.
17. A garantia não cobre ...
18. Garantimos que as cores não se alteram com luz ou umidade.
19. Garantimos a troca gratuita de peças defeituosas por ... meses a partir da data de entrega.
20. Nossa garantia cobre mudanças de temperatura entre –...° e +...°C.
21. Não se aceitarão reclamações em caso de uso indevido da máquina.

Calidad y garantía
1. Sólo suministramos artículos de la mejor calidad.
2. Estamos en condiciones de proporcionarles una absoluta garantía de calidad.
3. Procuramos la continua mejoría de la calidad de nuestros productos.
4. Todos nuestros artículos se someten a un riguroso control de calidad antes de salir de la fábrica.
5. Por las muestras adjuntas podrán ustedes convencerse de la calidad de nuestros productos.
6. Nuestras modernas máquinas nos permiten suministrar la mejor calidad a los precios más bajos.
7. La utilización de nuevas materias primas y modernos sistemas de producción nos permiten suministrar artículos de tan excelente calidad.
8. Les aseguramos que haremos todo lo posible para satisfacerles en lo que respecta a calidad.
9. Estamos convencidos que la calidad de nuestros productos satisface las más altas exigencias.
10. Nuestros productos son muy solicitados en el país y en el extranjero.
11. Por su calidad, nuestros productos disfrutan de gran demanda en el extranjero.
12. Somos la única firma que puede suministrarles este artículo.
13. Nuestra máquina es técnicamente perfecta y extraordinariamente fácil de manejar.
14. La utilización de nuestra máquina ahorra tiempo y dinero.
15. Nuestras máquinas tienen una garantía de ... años.
16. Todos nuestros productos se suministran con garantía por escrito.
17. La garantía no se extiende a ...
18. Garantizamos la persistencia de los colores y su resistencia a los efectos de la luz y la humedad.
19. Garantizamos la sustitución gratuita de las partes defectuosas hasta ... meses después de la entrega.
20. Nuestro servicio de garantía se extiende hasta cambios de temperatura de entre –... grados y +... grados centígrados.
21. La garantía no cubre la manipulación incorrecta de las máquinas.

22 Garantimos que a máquina terá longa duração se nossas instruções de uso forem seguidas à risca.
23 Devido à qualidade de nossos artigos, podemos conceder uma garantia de ...
24 Garantimos que os artigos serão despachados em perfeitas condições.

Quantidades e tamanhos

1 Temos ... em estoque.
2 O pedido mínimo é de ...
3 Não há limite de quantidade nos pedidos.
4 Dispomos de um grande estoque de todos os tamanhos.
5 Podemos executar seu pedido imediatamente.
6 Pedidos iguais podem ser executados regularmente.
7 No momento, nosso volume de produção é ilimitado.
8 Temos tido muita dificuldade em atender à grande procura desse artigo.
9 Nossa sugestão é que se abasteçam antes que o estoque se esgote.
10 Só aceitamos pedidos de no mínimo ...
11 O folheto anexo contém os pesos e os tamanhos.
12 As dimensões são indicadas em ... unidades.

Embalagem

1 Nossos produtos são embalados
2 em caixas
3 em contêineres
4 em barris
5 em caixas de papelão
6 em cestos
7 em fardos
8 em engradados sobre paletes.
9 A embalagem está incluída no preço.
10 A embalagem é por sua conta.
11 A embalagem está calculada em metade do preço.
12 As mercadorias estão embaladas em caixas com forro encerado.
13 Os pacotes estão marcados e numerados em seqüência.
14 A embalagem – engradados com cintas metálicas – é própria para transporte marítimo.

22 El cumplimiento estricto de nuestras instrucciones de manejo garantiza una larga utilización de la máquina.
23 Gracias a la calidad de nuestros artículos estamos en condiciones de ofrecer una garantía de ...
24 Garantizamos que los artículos se envían en las mejores condiciones.

Indicaciones de cantidades y de tamaños

1 Tenemos ... en almacén.
2 La cantidad mínima de venta es de ...
3 La cantidad de sus pedidos no está sujeta a límite alguno.
4 Siempre disponemos de un gran surtido en todos los tamaños.
5 Podríamos servir inmediatamente su pedido.
6 Los pedidos posteriores pueden servirse regularmente.
7 Por el momento, nuestra producción no tiene límites.
8 Tenemos grandes dificultades en satisfacer la gran demanda de ese artículo.
9 Les aconsejamos que cubran sus necesidades antes de que se agoten las existencias.
10 Sólo aceptamos pedidos por ...
11 El peso y tamaño de nuestros artículos están indicados en el prospecto adjunto.
12 Nuestros tamaños son indicados en unidades ...

Embalaje

1 El embalaje de nuestros artículos se efectúa
2 en cajas.
3 en containers/contenedores.
4 en barriles.
5 en cajas de cartón.
6 en cestos.
7 en pacas.
8 en cajas sobre paletas.
9 El embalaje está incluído en el precio.
10 El embalaje corre por su cuenta.
11 Cargamos el embalaje a mitad de precio.
12 Los artículos son embalados en cajas con telas enceradas.
13 Los paquetes son marcados y numerados consecutivamente.
14 El embalaje – cajas con cintas de hojalata – es apropiado para el transporte marítimo.

15 As mercadorias são embaladas com muito cuidado.
16 Nossos artigos são embalados em caixas para presente.
17 A mercadoria é acondicionada em palha de madeira para evitar danos.
18 A embalagem não será cobrada desde que seja devolvida em perfeito estado em ... dias.
19 Não aceitamos a devolução de caixas.
20 Devolvemos metade da quantia cobrada mediante devolução do material de embalagem.
21 Seguiremos à risca suas instruções de embalagem.
22 Embalamos toda a mercadoria em uma única caixa.
23 Nossa embalagem é perfeitamente adequada para transporte de longa distância.
24 Nossa embalagem tem qualidade assegurada por muitos anos de uso no comércio exterior.

15 Los artículos son embalados cuidadosamente.
16 Nuestros artículos son embalados en cajas apropiadas para regalos.
17 La mercancía se embala en virutas para protegerla contra roturas.
18 No se cobrará el embalaje si se devuelve en buenas condiciones en el término de ... días.
19 No se admite la devolución de las cajas.
20 Se admitirá la devolución del embalaje a la mitad del precio facturado.
21 Respecto al embalaje nos ajustamos estrictamente a sus indicaciones.
22 Embalamos todo el lote en una caja.
23 Nuestro embalaje es particularmente apropiado para el transporte a grandes distancias.
24 Nuesto embalaje se ha acreditado desde hace mucho tiempo en el comercio de exportación.

Prazo de entrega

1 As mercadorias podem ser entregues imediatamente.
2 O fornecimento poderá ser efetuado ao final da próxima semana.
3 A entrega só poderá ser feita em pelo menos um mês.
4 Confirmamos o prazo de entrega solicitado pelos senhores.
5 As mercadorias serão despachadas logo após o recebimento do pedido.
6 Não podemos garantir a entrega em data específica.
7 A produção dos artigos levará ... dias.
8 Asseguramos aos senhores que a entrega será feita o mais rápido possível.
9 Necessitamos de ... dias para processar pedidos maiores.
10 A entrega poderá ser feita em data à sua escolha.

Plazo de suministro

1 Los artículos pueden suministrarse inmediatamente.
2 El suministro puede efectuarse a fines de la semana próxima.
3 No podemos efectuar el suministro antes de un mes, por lo menos.
4 Aceptamos el plazo que ustedes desean para el suministro.
5 Los artículos se expedirán tan pronto como se reciba su pedido.
6 No nos podemos comprometer a efectuar el suministro en una fecha determinada.
7 Para la fabricación de los artículos necesitamos ... días.
8 Les aseguramos que efectuaremos el suministro lo antes posible.
9 Para poder servir grandes pedidos necesitamos ... días.
10 El suministro puede efectuarse en cualquiera de las fechas deseadas por ustedes.

Aviso de envio de folhetos

1 Estamos enviando nossos folhetos mais recentes.
2 Enviamos junto o catálogo solicitado.
3 Anexamos nosso folheto, que agora possui um grande volume de informações novas.

Anuncio de envío de prospectos

1 Por correo separado les enviamos nuestros últimos prospectos.
2 Adjunto reciben el catálogo deseado.
3 Adjunto reciben nuestro prospecto, que ha sido ampliado considerablemente.

4 Note(m) que não dispomos no momento do artigo n.º ... constante em nosso folheto.
5 Os folhetos para a próxima estação estão sendo impressos. Nós enviaremos as informações mais recentes em ... semanas.
6 Infelizmente não podemos atender a seu pedido de folhetos, pois não dispomos desse material.
7 Anexamos nossos folhetos contendo informações detalhadas sobre nossa linha de produtos.

Aviso de envio de lista de preços

1 Os senhores receberão nossa lista de preços mais recente em outra correspondência.
2 Nossas listas de preços são válidas até ...
3 Estamos enviando em outra correspondência nossa última lista de preços de exportação.
4 Oferecemos um reembolso de exportação de ...% sobre os preços fixados.

Aviso de envio de amostras

1 Os senhores receberão separadamente o mostruário solicitado.
2 As amostras que seguem nesta carta lhe darão uma idéia da excelente qualidade de nossos produtos.
3 Nossas amostras anexas estão devidamente marcadas e com seus preços de exportação.
4 Enviaremos amanhã as amostras requisitadas pelos senhores.
5 Os senhores receberão nosso mostruário da próxima estação em outra correspondência.
6 Infelizmente não podemos fornecer-lhes o mostruário solicitado.
7 Desejamos ressaltar que cobraremos pelas amostras caso não nos sejam devolvidas dentro de ... dias.
8 À apresentação de um pedido de ..., as amostras não serão cobradas.
9 Esperamos que os senhores compreendam que lhes enviamos apenas algumas amostras exemplificando nossa linha de produtos.
10 Pedimos que nos devolvam as amostras.

4 Señalamos a su atención que el artículo número ... de nuestro prospecto no puede suministrarse por el momento.
5 Los prospectos para la próxima temporada se encuentran actualmente en prensa. En ... semanas les enviaremos la nueva documentación.
6 Lamentamos no poder satisfacer sus deseos respecto a prospectos, pues no disponemos de documentación de esa clase.
7 Adjunto les enviamos nuestro material impreso, que les informará en detalle sobre todo nuestro programa de fabricación.

Aviso de envío de listas de precios

1 Por correo separado reciben ustedes nuestras últimas listas de precios.
2 Nuestras listas de precios son válidas hasta el ...
3 Por correo separado les enviamos nuestras últimas listas de precios de exportación.
4 Les ofrecemos una bonificación de exportación de un ... % en los artículos indicados en nuestra lista de precios.

Aviso de envío de muestras

1 Por correo separado reciben ustedes el muestrario solicitado.
2 Las muestras adjuntas a esta carta les darán una idea de la gran calidad de nuestros artículos.
3 Las muestras adjuntas están debidamente marcadas y provistas de sus precios de exportación.
4 Mañana les remitiremos las muestras deseadas.
5 Por correo separado reciben ustedes nuestro muestrario para la próxima temporada.
6 Lamentablemente no podemos cumplir su deseo de un muestrario.
7 Queremos indicarles que todas las muestras serán cargadas a su cuenta, en el caso de que no nos las devuelvan en el término de ... días.
8 En un pedido de ... no se facturarán las muestras.
9 Les rogamos que tengan en cuenta que sólo les hemos enviado algunas muestras típicas de nuestro surtido.
10 Les rogamos que nos devuelvan las muestras.

Resposta a pedido de fornecimento de prova

1 Saibam que teremos o maior prazer em fazer um fornecimento a título de prova.
2 Gostaríamos de ressaltar que nossas condições gerais de vendas valem (não valem) para fornecimentos a título de prova.
3 Um fornecimento a título de prova os convencerá da qualidade de nossos artigos.
4 Para colocarmos nossos produtos em seu mercado, estamos dispostos a fazer-lhes um fornecimento a título de prova sob condições bastante favoráveis.
5 Infelizmente não podemos fazer fornecimentos a título de prova.

Proposta divergente

Diferença de qualidade

1 Informamos que infelizmente não fabricamos os produtos de qualidade inferior (superior) solicitados pelos senhores.
2 Enviamos junto uma amostra da qualidade e pedimos que nos informem se esse tipo os satisfaz.
3 A qualidade que os senhores solicitaram só pode ser produzida mediante pedido especial que atenda a suas especificações.
4 Recebemos a amostra enviada pelos senhores, mas infelizmente não produzimos esse artigo com a qualidade solicitada. Sugerimos que entrem em contato com ... (empresa), que produz as qualidades que os senhores procuram.
5 Lamentamos informar que não mantemos em estoque o artigo na qualidade solicitada pelos senhores.
6 Temos condições de fornecer-lhes imediatamente os artigos desejados com qualidade bem superior.
7 A diferença de qualidade é mínima.
8 A qualidade do artigo n.° ..., fabricado pela primeira vez em ..., teve um aprimoramento substancial.
9 Infelizmente poderemos fornecer apenas produtos de qualidade média.

Respuesta a solicitud de envío de prueba

1 Por medio de la presente les participamos que gustosamente estamos dispuestos a hacer un envío de prueba.
2 Nos permitimos señalar a su atención que nuestras condiciones generales de negocio (no) son válidas para nuestros envíos de prueba.
3 Un eventual envío de prueba les convencerá de la calidad de nuestros artículos.
4 Como introducción de nuestros productos en el mercado de ésa estamos dispuestos a ofrecerles un envío de prueba a condiciones especialmente favorables.
5 Lamentamos no poder efectuar envíos de prueba.

Oferta discrepante

Diferencias de calidad

1 Lamentamos tener que informarles que no fabricamos mercancías de la calidad inferior (superior) deseada por ustedes.
2 Adjunto les enviamos una muestra de calidad y les rogamos que nos informen si esta confección les satisface.
3 La calidad solicitada por ustedes sólo podemos proporcionarla mediante una fabricación especial.
4 Hemos recibido la muestra de calidad que ustedes nos enviaron. Lamentablemente nosotros no fabricamos ese artículo en la calidad deseada. Les rogamos que se dirijan a la firma ... Sabemos que esta empresa produce las calidades deseadas por ustedes.
5 Sentimos mucho tener que participarles que no tenemos en existencia ningún artículo de la calidad solicitada.
6 Estamos en condiciones de suministrarles inmediatamente los artículos deseados en una ejecución de mejor calidad.
7 La diferencia de calidad es mínima.
8 La calidad del artículo número ... de la producción del año ... ha sido mejorada notablemente.
9 Lamentablemente, nosotros sólo podemos suministrarles mercancías de calidad media.

Diferença de quantidade e tamanho

1 Em resposta à sua consulta de ..., lamentamos informar que não temos condições de fornecer-lhes a quantidade solicitada.
2 Temporariamente, não temos condições de produzir a quantidade solicitada, pois nossa produção está esgotada por vários meses.
3 As quantidades pedidas são muito pequenas.
4 Por utilizarmos uma embalagem-padrão, infelizmente não podemos aceitar seu pedido, que contém um número muito pequeno de artigos.
5 Seu pedido só poderá ser atendido caso contenha no mínimo ... unidades do mesmo tipo e qualidade.
6 Pela amostra enviada pelos senhores, pudemos constatar que os tamanhos desejados não condizem com nossos artigos produzidos em série.
7 Devemos ressaltar que há diferenças significativas entre as medidas (tamanhos-padrão) de sua amostra e do nosso artigo.
8 Pedimos que nos informem se as diferenças de tamanho entre as várias unidades são relevantes para os senhores.
9 Caso os senhores ainda possam utilizar os artigos fabricados por nós, apesar das mudanças de tamanho, teremos o prazer de receber seu pedido e executá-lo no prazo estipulado.
10 Se os senhores apresentarem um pedido de no mínimo ... unidades, teremos o maior prazer em fazer uma fabricação especial, de acordo com suas especificações, na quantidade estipulada.
11 Ficamos agradecidos de receber a amostra enviada pelos senhores. Contudo, notamos que o tamanho de sua amostra não corresponde mais às normas da UE, em vigor desde ...
12 Infelizmente, só temos condições de fornecer-lhes ... unidades do artigo nº ...
13 Como os artigos solicitados agora fazem parte do excedente de estoque, podemos oferecer-lhes ... (quantidade) em vez das ... unidades pedidas, a um preço especial de ... (valor, moeda) cada uma.

Diferencias de cantidades y de tamaños

1 Lamentablemente, con respecto a su solicitud del ... tenemos que participarles que no podemos suministrar las cantidades solicitadas por ustedes.
2 Debido a que tenemos vendida nuestra producción con varios meses de anticipación, no podemos fabricar ni aún en un tiempo no lejano las cantidades solicitadas por ustedes.
3 Las cantidades a que ascienden sus pedidos son muy reducidas.
4 Dadas las unidades de embalaje que utilizamos, no estamos en condiciones de aceptar su pedido ya que éste comprende un número muy reducido de artículos.
5 Sólo podemos servir su pedido si ustedes solicitan por lo menos ... unidades del mismo tipo y calidad.
6 Como observamos de su muestra, los tamaños que ustedes solicitan no corresponden con los artículos que fabricamos en serie.
7 Debemos señalar a su atención que existen grandes diferencias entre las dimensiones (tamaños estandarizados) de su muestra y los de los artículos que nosotros fabricamos.
8 Les rogamos nos informen si las diferencias en tamaño de las distintas unidades tienen importancia para ustedes.
9 En caso de que ustedes puedan utilizar las mercancías fabricadas por nosotros, a pesar de haberse modificado los tamaños, estamos dispuestos a aceptar el pedido y cumplirlo dentro del plazo determinado.
10 Estamos dispuestos a fabricar fuera de serie las mercancías solicitadas por ustedes en los tamaños indicados en el caso de que nos hagan un pedido de un mínimo de ... unidades.
11 Les agradecemos el envío de la muestra, pero lamentablemente hemos comprobado que su tamaño no corresponde a las normas de la UE en vigor desde el ...
12 Lamentablemente, sólo le podemos suministrar ... unidades del artículo número ...
13 Debido a que las mercancías solicitadas son una partida restante, en lugar de las ... unidades pedidas, les ofrecemos la cantidad de ... al precio especial de ... (importe, moneda) por unidad.

14 Infelizmente não fabricamos o artigo n.° ... no tamanho solicitado. Pedimos que verifiquem na lista anexa os tamanhos de que dispomos.

Diferenças de preço

1 Nossos preços são mais altos (mais baixos) que os mencionados pelos senhores.
2 Os preços citados pelos senhores baseiam-se na lista de preços n.° ..., que já expirou. Consultem, por favor, a lista de preços n.° ..., anexa.
3 Nossos preços são um pouco superiores aos indicados pelos senhores, mas nossos produtos têm qualidade significativamente melhor.
4 Se os senhores nos apresentarem um pedido de ... unidades, nós poderemos fornecer o artigo mencionado a um preço especial de ... (valor, moeda).
5 Caso os senhores insistam nos preços indicados, infelizmente não teremos condições de lhes apresentar uma proposta correspondente.
6 Estamos oferecendo produtos de melhor qualidade a um preço inferior.
7 A diferença de preço é de ...(valor, moeda) por unidade.
8 Infelizmente, fomos obrigados a aumentar os preços. Desde ..., o preço do artigo n.° ... é de ... (valor, moeda).

Diferenças de embalagem

1 Não embalamos nossa mercadoria em caixas de papelão, conforme solicitado, mas em recipientes de plástico.
2 Contrariamente a seu pedido, nossos artigos são embalados em caixas de papelão desmontáveis (contêineres, fardos, engradados).
3 Infelizmente não podemos atender a seu pedido de embalagem especial. Contudo, gostaríamos de ressaltar que embalamos nossos produtos com material resistente.
4 Quanto à embalagem, há apenas diferenças mínimas.
5 Enviamos junto uma amostra de nossa embalagem nova e aprimorada, que, além disso, corresponde às novas normas de defesa ambiental da UE.

14 Lamentablemente, no producimos el artículo número ... en el tamaño deseado por ustedes. Les rogamos se informen de nuestros tamaños por la lista adjunta.

Diferencias de precio

1 Nuestros precios son superiores (inferiores) a los que ustedes indican.
2 Los precios indicados por ustedes se basan en nuestra ya no válida lista de precios número ... Les rogamos consulten nuestros nuevos precios en la lista adjunta número ...
3 Nuestros precios son algo superiores a los que ustedes indican, sin embargo, las mercancías son de una calidad considerablemente mejor.
4 Estamos en condiciones de suministrar el artículo solicitado al precio especial de ... (importe, moneda) si se piden ... unidades.
5 En caso de que ustedes insistan en su última indicación de precios, lamentablemente no estamos en disposición de hacerles llegar una oferta correspondiente.
6 Nosotros les ofrecemos a un precio menor mercancías de mejor calidad.
7 La diferencia de precio asciende por unidad a ... (cantidad, moneda).
8 Lamentablemente, nos hemos visto forzados a aumentar nuestros precios. El precio del artículo número ... asciende desde el ... a ... (cantidad, moneda).

Diferencias en el embalaje

1 Nuestras mercancías no se embalan en cajas de cartón, como ustedes solicitan, sino en envases de material plástico.
2 A diferencia de su solicitud, los artículos se embalan en cartones plegables (containers, pacas, cajas).
3 Lamentablemente, no podemos satisfacer su petición de embalaje especial. Sin embargo, permítannos indicarles que nuestras mercancías son embaladas a prueba de roturas.
4 En relación con el embalaje sólo existen pequeñas diferencias.
5 Adjunto les enviamos una muestra de nuestro nuevo y mejorado embalaje, el cual corresponde además a las nuevas normas de la UE en materia ecológica.

6 Infelizmente só poderemos atender a seu pedido especial a respeito da embalagem mediante acréscimo.
7 Não podemos fornecer com a embalagem solicitada porque ela não está em conformidade com as últimas regulamentações de proteção do meio ambiente.

Impossibilidade de envio de amostra
1 Infelizmente, não podemos fazer-lhes uma oferta de amostras de nossos produtos.
2 Infelizmente não remetemos amostras. Caso os senhores queiram ter uma idéia geral de nossa produção, linha, qualidade e embalagem de nossos produtos, recomendamos que entrem em contato com o sr. ..., em ..., que mantém um estoque completo de amostras.
3 Por motivo de custo (razões técnicas), infelizmente não temos condições de fabricar amostras.
4 Informamos que, infelizmente, não dispomos de amostras.
5 Infelizmente não podemos enviar-lhes amostras. Todavia, enviamos anexos alguns recortes da imprensa especializada a respeito da qualidade e da embalagem resistente de nossos produtos.
6 Infelizmente não temos possibilidade de enviar-lhes amostras. Todavia, garantimos que até hoje tivemos condições de satisfazer todos os pedidos especiais de nossos clientes.
7 Infelizmente não podemos enviar nosso mostruário (volumoso demais). Porém, sintam-se à vontade em conhecer as amostras em nossa filial de ...

Impossibilidade de fornecimento para prova
1 Segundo sua consulta, os senhores desejam um fornecimento a título de prova. Pedimos sua compreensão para o fato de não podermos realizar tais entregas devido a razões internas da empresa.

6 Lamentablemente, sólo podemos satisfacer sus deseos especiales relativos al embalaje de nuestra mercancía mediante el pago de un sobreprecio.
7 Sus deseos en cuanto al embalaje no corresponden a las últimas condiciones de protección de ambiente, por lo que no podemos cumplir éstos.

Ningún envío de muestra
1 Lamentablemente, no estamos en condiciones de hacerles una oferta con muestras de nuestras mercancías.
2 Lamentablemente, no podemos proceder a un envío de muestras. Si ustedes quieren tener una idea de la fabricación, del programa, de la calidad y del embalaje de nuestras mercancías, les recomendamos que se pongan en contacto con el señor ... en ... quien dispone de un surtido completo de muestras.
3 Debido a motivos de costo (motivos técnicos de producción), lamentablemente, no estamos en condiciones de fabricar muestras.
4 Sentimos mucho tenerles que participar que no tenemos muestras.
5 Lamentablemente, no podemos enviarles ninguna muestra de nuestros artículos. Sin embargo, adjunto reciben algunos recortes de la prensa especializada, sobre la calidad y el resistente embalaje de nuestras mercancías.
6 Lamentablemente, no nos es posible enviarles muestra alguna. Sin embargo, les podemos garantizar que hasta ahora hemos podido satisfacer todos los deseos especiales de nuestros clientes.
7 Nuestro muestrario no se presta a ser enviado (es demasiado voluminoso). Sin embargo, ustedes pueden visitar en todo momento nuestro almacén de muestras en nuestra fábrica filial en ...

Ningún envío de artículos a prueba
1 Según su solicitud, ustedes desean un envío a prueba. Les rogamos que comprendan que debido a motivos empresariales internos, no podemos llevar a cabo envíos a prueba.

2 Infelizmente não temos condições de fazer um fornecimento para prova. Anexamos a esta uma lista de referências com informações a respeito da qualidade de nossos produtos.
3 Os fornecimentos para prova retardariam nossos negócios. Podemos assegurar-lhes, contudo, que só fornecemos artigos de primeira qualidade.

Impossibilidade de venda a título de prova

1 Infelizmente não temos possibilidade de ceder nossos equipamentos para prova. Já que oferecemos garantia de perfeito funcionamento de nosso equipamento, torna-se desnecessário um período de experimentação.
2 Por diversas razões, não podemos, infelizmente, concordar com um período de prova. Solicitamos que consultem um estabelecimento especializado nesses artigos a respeito da qualidade de nossos produtos.
3 Temos vários motivos para não permitir a utilização de nossos produtos de alta qualidade a título de prova. Com certeza, as referências e os recortes da imprensa especializada que enviamos junto vão convencê-los das possibilidades de utilização de nossos produtos.

Diferenças nas condições de entrega

1 Nossas condições de fornecimento divergem em vários aspectos das solicitadas pelos senhores.
2 Com certeza os senhores entenderão que todas as vendas baseiam-se nas condições de fornecimento anexas. Solicitamos que confirmem sua concordância.
3 Infelizmente, não temos possibilidade de satisfazer suas condições de fornecimento.
4 Por motivos técnicos de produção, não temos condições de fornecer os artigos no prazo estipulado.
5 Nossas condições de fornecimento divergem das solicitadas em sua consulta. Queiram verificar os detalhes de nossas condições nas informações anexas.
6 Normalmente, fazemos fornecimentos em domicílio.

2 Lamentablemente, no es posible enviarles un envío a prueba. Adjunto les enviamos una lista de referencias que informa sòbre la calidad de nuestros productos.
3 Los envíos a prueba retardarían el trámite de nuestros negocios. Les podemos asegurar que sólo suministramos mercancías de la mejor calidad.

Ninguna venta de artículos a prueba

1 Lamentablemente, no podemos suministrar nuestros artículos a prueba. Dado que ofrecemos las correspondientes garantías del correcto funcionamiento de las máquinas que suministramos, toda prueba antes de la compra resultaría superflua.
2 Por varias razones, lamentablemente, no podemos admitir una compra a prueba. Por favor, infórmense en el comercio especializado sobre la calidad de nuestros productos.
3 Por varios motivos no podemos suministrarles nuestros valiosos productos para su utilización a prueba. Les rogamos se informen, en las referencias y recortes de publicaciones especializadas adjuntas, de las posibilidades de utilización de nuestros artículos.

Diferencias de las condiciones de suministro

1 Nuestras condiciones de suministro se diferencian en algunos puntos de las que ustedes indican en su solicitud.
2 Seguramente ustedes comprenderán que, en principio, para todas nuestras ventas deben regir las condiciones de venta adjuntas. Les rogamos que nos confirmen su aceptación.
3 Lamentablemente, no nos encontramos en condiciones de satisfacer sus condiciones de suministro.
4 Por motivos técnicos de producción no estamos en condiciones de cumplir el plazo de suministro que ustedes exigen.
5 A diferencia de su solicitud, les rogamos que consideren nuestras condiciones de suministro que figuran en la documentación adjunta.
6 En principio, suministramos franco domicilio.

7 Infelizmente não podemos atender a sua solicitação de fornecimento posto em domicílio. Normalmente, nossos fornecimentos são postos em fábrica.
8 Somos flexíveis nas condições de fornecimento. Pedimos que nos informem suas preferências.
9 Ao contrário de seu pedido de fornecimento por (caminhão, navio, avião etc.), nossos fornecimentos são efetuados normalmente por (caminhão, navio, avião etc.)
10 Não podemos aceitar suas condições de fornecimento.

Diferenças nas condições de pagamento

1 Informamos aos senhores que não podemos aceitar suas condições de pagamento.
2 Nós propomos um desconto de ...% em pagamento à vista ou o pagamento do total, sem desconto, em ... dias após o recebimento da mercadoria.
3 Pedimos que verifiquem nossas novas condições de pagamento, que anexamos a esta.
4 Não temos condições de conceder-lhes um prazo de pagamento de ...
5 Nossos preços são o mais baixos possível, o que não nos permite dar-lhes desconto.
6 Diferentemente de sua consulta de ..., sugerimos as seguintes condições de pagamento:
 – pagamento à vista com ...% de desconto
 – pagamento dentro de ... dias sem desconto
 – pagamento dentro de ... meses.
7 Caso os senhores insistam em suas condições de pagamento, nós infelizmente não poderemos aceitar seu pedido.
8 Em resposta a sua consulta de ..., estamos enviando nossas condições de pagamento e fornecimento, pelas quais os senhores poderão notar que não podemos conceder-lhes um prazo de crédito de 3 (6, 9 etc.) meses.
9 Informamos que só fazemos fornecimentos contra carta de crédito confirmada e irrevogável.
10 As condições de pagamento são as seguintes: ⅓ como sinal no pedido, ⅓ na fabricação dos artigos, ⅓ contra apresentação do conhecimento de embarque.
11 Aceitamos também pedidos garantidos pelo banco ...

7 Lamentablemente, no podemos satisfacer su petición de suministro franco domicilio. En principio, suministramos en fábrica.
8 Somos flexibles con relación a las condiciones de suministro. Por favor, infórmennos sobre sus deseos.
9 A diferencia de la forma de suministro que figura en su solicitud por (camión, barco, avión, etc.), en principio efectuamos nuestros suministros por (camión, barco, avión, etc.).
10 Sus condiciones de suministro no son aceptables.

Diferencias de las condiciones de pago

1 Les participamos que no podemos estar de acuerdo con sus condiciones de pago.
2 Les proponemos lo siguiente: pago al contado con un ...% de descuento o sin descuento ... días después del recibo de la mercancía.
3 Les rogamos se informen de nuestras nuevas condiciones de pago en la documentación adjunta.
4 No estamos en disposición de concederles un plazo de pago de ...
5 Nuestros precios, calculados al nivel más bajo posible, no nos permiten concederles un descuento.
6 A diferencia de su solicitud del ... les proponemos las siguientes condiciones de pago:
 – Pago al contado con un ... % de descuento.
 – Pago dentro de ... días sin descuento.
 – Pago dentro de ... meses.
7 En el caso de que insistieran en sus condiciones de pago, sentiríamos no estar en condiciones de aceptar el pedido.
8 En relación con su solicitud del ... les enviamos nuestras condiciones de suministro y de pago, en las que se advierte que no podemos satisfacer su deseo de un plazo de 3 (6, 9, etc.) meses.
9 Por medio de la presente les informamos que solamente suministramos contra crédito bancario irrevocable confirmado.
10 Las condiciones son: pago de una tercera parte al realizarse el pedido, pago de una tercera parte a la terminación de la fabricación, y una tercera parte a la presentación de las cartas de porte.
11 También aceptamos pedidos garantizados por el Banco ...

Proposta com restrições

Proposta com prazo limitado

1 Chamamos sua atenção para o fato de que nossa proposta de ... só poderá ser mantida, por razões técnicas, até ...
2 A oferta especial abaixo é válida por apenas ... semanas. Levem isso em conta ao tomar decisões.
3 Teremos condições de apresentar uma proposta tão favorável apenas em ... (mês, época do ano).
4 Infelizmente, só podemos manter a proposta acima por um mês.
5 Nossa proposta é válida por apenas um mês.
6 Os pedidos baseados nesta oferta e apresentados após ... infelizmente não serão aceitos.
7 Já que pretendemos suspender em breve a produção do artigo acima, não aceitaremos pedidos após ...
8 Como em anos anteriores, só podemos manter esta oferta especial por prazo limitado. Os pedidos recebidos após ... infelizmente não poderão ser atendidos. Por isso, pedimos que levem esse prazo em consideração.
9 O produto acima mencionado está saindo de produção. Assim, esta proposta é válida apenas até ...

Oferta com quantidades limitadas

1 A oferta acima é válida para o máximo de ... unidades.
2 Notem que a oferta acima limita-se a uma quantidade máxima de ... (unidades, quilos, toneladas, fardos).
3 Para poder manter o nível dos fornecimentos a nossos clientes (parceiros comerciais), esta oferta só é válida para uma quantidade limitada.
4 Por diversas razões, só temos condições de aceitar pedidos de no máximo ... unidades.
5 Esta oferta está sujeita a uma limitação de quantidade. O pedido máximo é de ... (unidades, quilos, toneladas, fardos).

Oferta con limitaciones

Oferta limitada temporalmente

1 ¿Nos permite comunicarles que nuestra oferta del ... sólo podemos mantenerla, por motivos técnicos, hasta el ...?
2 La siguiente oferta especial está limitada a ... semanas. Les rogamos que tengan en cuenta esta circunstancia en sus planes.
3 Sólo estamos en condiciones de hacerles una oferta tan favorable durante ... (mes, estación del año).
4 Lamentablemente, sólo podemos mantener durante un mes la oferta antes mencionada.
5 Por esta oferta sólo nos consideramos obligados durante un mes.
6 Lamentablemente, no podemos tomar en consideración los pedidos que, a base de esta oferta, nos lleguen después del ...
7 Dado que pronto suspenderemos la producción del artículo ofrecido, no podremos aceptar más pedidos después del ...
8 Como todos los años, también en esta ocasión tenemos que limitar temporalmente nuestra oferta especial. Por esta razón, lamentablemente, no aceptaremos los pedidos que nos lleguen después del ... Por favor, tengan en consideración este término.
9 El artículo arriba ofrecido se está agotando, por lo que debemos limitar esta oferta hasta el ...

Oferta limitada en la cantidad

1 La oferta mencionada se encuentra limitada a una cantidad máxima de suministro de ... unidades.
2 Por favor, tomen nota de que tenemos que limitar esta oferta a una cantidad máxima de ... (unidades, kg, t, bultos).
3 Para poder suministrar también en forma suficiente a nuestros otros clientes (colaboradores comerciales), tenemos que limitar esta oferta en la cantidad.
4 Lamentablemente, debido a diversos motivos, sólo podemos tomar en consideración pedidos hasta una cantidad de ...
5 Esta oferta se encuentra sujeta a limitación cuantitativa. La cantidad máxima asciende a ... (unidades, kg, t, bultos).

6 Solicitamos que seu pedido se limite ao máximo de ... unidades, pois infelizmente não estamos em condições de fornecer uma quantidade maior.

Quantidades mínimas

1 Por motivos econômicos, precisamos insistir em um pedido mínimo de ... (unidades, quilos, toneladas, fardos) com relação à proposta acima.
2 O pedido mínimo para a oferta especial acima é de ... unidades. Pedimos que levem isso em conta ao fazer seu pedido.
3 Esperamos que os senhores compreendam que não podemos aceitar pedidos inferiores à quantidade mínima especificada.
4 Ao fazer seus pedidos, por favor, lembrem-se de que a quantidade mínima é de ... unidades.
5 Por causa da técnica de embalagem que utilizamos, somos obrigados a insistir em uma quantidade mínima. Para cada um dos artigos que oferecemos ela é de ... unidades.

6 Les rogamos limiten su pedido a la cantidad máxima de ... ya que, lamentablemente, no estamos en condiciones de suministrar cantidades mayores.

Compra mínima

1 Por motivos económicos, tenemos que insistir, respecto a esta oferta, en una cantidad mínima de ... (unidades, kg, t, bultos).
2 La cantidad mínima de adquisición respecto a la mencionada oferta especial es de ... Les rogamos que tengan esto en consideración al efectuar el pedido.
3 Por favor, tengan comprensión del hecho de que no podemos suministrar pedidos de una cuantía inferior al mínimo indicado.
4 Les rogamos que en eventuales pedidos tengan en cuenta la cantidad mínima de ...
5 Por motivos técnicos de embalaje tenemos que insistir en una adquisición mínima. En cada uno de los artículos ofrecidos ésta es de ...

Proposta não solicitada

1 Realizamos em sua região uma pesquisa de mercado e ficamos bastante satisfeitos com os resultados. Pretendemos, agora, distribuir nossos produtos por meio de um atacadista renomado. Caso os senhores estejam interessados, teríamos prazer em apresentar-lhes nossas sugestões.
2 Há muito tempo temos um representante próprio em seu país, que se aposentará dentro em breve. Caso haja interesse de sua parte em importar nossos produtos e fornecê-los a nossos clientes costumeiros, solicitamos que nos informe a respeito.
3 Temos recebido cada vez mais solicitações para fornecer nossos produtos ao seu país. Os senhores estariam dispostos a inclui-los em seu programa de vendas?

Oferta no solicitada

1 Hemos realizado una investigación de mercado en su región, estando muy satisfechos con el resultado. Pensamos ahora distribuir nuestras mercancías a través de un mayorista conocido. En el caso de que ustedes estén interesados les haremos llegar las proposiciones correspondientes.
2 Desde hace varios años nos representa en su país una agencia propia. Por motivos de edad, el agente se retira. En el caso de que ustedes estén interesados en continuar el suministro de nuestra clientela como importadores, les rogamos nos lo hagan saber.
3 En los últimos tiempos recibimos de su país cada vez mayor número de solicitudes de suministro de nuestros productos. ¿Estarían ustedes dispuestos a incluir nuestras mercancías en su surtido para esta región?

4 Nossos novos produtos estão se tornando rapidamente um sucesso de vendas. Como ainda não temos representação em seu país, gostaríamos de saber de seu interesse em distribuir nossos produtos com exclusividade.
5 Nossas mercadorias ampliariam consideravelmente seu programa de vendas. Solicitamos que os senhores nos informem tão logo possível se desejam representar-nos em ...
6 Se os senhores estivessem interessados em incluir nossos produtos em seu programa de vendas, concederíamos exclusividade de vendas em ... (região, país).
7 Nossas máquinas ocupam a primeira posição na indústria de processamento de ... Os senhores estariam interessados em incluir nossa linha de produtos em seu programa de vendas?
8 A fim de tornar nossos produtos conhecidos em ..., necessitamos da colaboração de um importador eficiente.
9 Queiram informar-nos, por favor, se podemos contar com sua ajuda.
10 A fim de facilitar-lhes a colocação de nossos produtos no mercado, podemos reduzir nossos preços de tabela em 10%.
11 Os senhores têm condições de adquirir os produtos por conta própria? Nossa expectativa é de um pedido mínimo de ...
12 Que faturamento os senhores nos podem garantir para que concedamos direitos exclusivos de venda?
13 Nossas mercadorias devem ser vendidas por um grande distribuidor independente que esteja bem estabelecido em seu ramo. Os senhores poderiam recomendar-nos uma firma desse porte com a qual possamos entrar em contato (que possa entrar em contato conosco)?
14 Qualquer empresa que nos represente deverá realizar as compras por conta própria. Podemos entrar em acordo sobre a quantidade mínima.
15 Produzimos artigos para o dia-a-dia que não apresentam problemas. Assim, são especialmente indicados para ofertas especiais e lojas de conveniência.
16 Na condição de nosso representante em ... (país, região), sua tarefa consistiria em apresentar nossos artigos a varejistas e atacadistas do ramo.
17 Pagamos uma comissão de ...% sobre suas vendas, com liquidação de contas ao final de cada trimestre.

4 Nuestros novedosos productos se convierten cada vez más en éxitos de ventas. Debido a que nosotros todavía no estamos representados en su país por ningún agente, les queremos preguntar si estarían dispuestos a distribuir en exclusiva nuestras mercancías en su país.
5 Nuestras mercancías ampliarían en gran medida su surtido comercial. Por favor, infórmennos inmediatamente si nos quieren representar en ...
6 En el caso de que estuvieran dispuestos a incluir nuestros productos en su programa de ventas, les garantizaríamos el derecho de venta exclusiva para ... (país o región).
7 Nuestras máquinas se encuentran al frente en el ramo de la fabricación de ... ¿Podrían ustedes incluir nuestra oferta en su surtido?
8 Para dar a conocer nuestras mercancías en ... (país) necesitamos la cooperación de un importador activo.
9 Les rogamos que nos informen si podemos contar con su cooperación.
10 Con el fin de aliviar su tarea de introducción, reduciríamos nuestros precios de lista en un 10 %.
11 ¿Pueden ustedes comprar las mercancías por su cuenta? Nosotros esperaríamos de ustedes un pedido mínimo de ...
12 ¿Qué volumen de ventas nos pueden garantizar ustedes para confiarles la venta exclusiva?
13 Nuestras mercancías tienen que ser vendidas por una gran compañía distribuidora independiente y con experiencia en el ramo. ¿Podrían ustedes informarnos sobre alguna firma con la que pudiéramos ponernos en contacto (que se pudiera poner en contacto con nosotros)?
14 La firma distribuidora que nos represente debe comprar por cuenta propia. Las cantidades mínimas podría ajustarlas con nosotros.
15 Fabricamos artículos de uso diario que no ofrecen problemas, por lo que son especialmente apropiados para ofertas especiales y para tiendas de autoservicio.
16 Su tarea como representante nuestro en ... (país, región) sería de introducir esas mercancías en los comercios del ramo y en los almacenes al por mayor.
17 Como comisión le pagamos un ... % del volumen de ventas realizado; la liquidación se efectúa por trimestres.

8 Com referência à nossa oferta de ..., os detalhes são os seguintes:
9 Os senhores são nossos representantes exclusivos na região especificada.
10 Nós faremos fornecimentos diretos aos clientes com base em seus pedidos.
11 Será remetida mensalmente aos senhores uma comissão de ...% sobre suas vendas.
12 Não permitimos que os senhores façam acordos especiais com os clientes.
13 Os clientes devem receber sua visita pelo menos uma vez ao mês.
14 Informem-nos, por favor, se os senhores aceitam esta proposta. Estamos dispostos a examinar suas eventuais sugestões de alteração.
15 Fomos informados de que os senhores também possuem ... (nome do produto) em seu programa de vendas. Produzimos esses artigos em série. Pedimos que nos informem se os senhores poderiam incluir nossos produtos em seu programa de vendas.
16 Como atacadistas de ..., os senhores têm demanda regular de ... (nome do produto). Estamos agora oferecendo esse artigo a um preço especial de ... (valor, moeda). Pedimos que nos informem o mais rápido possível se os senhores têm interesse em fazer-nos um pedido.
17 Estamos realizando nesta semana uma campanha publicitária especial de nossos produtos. Assim, reduzimos os preços em ...%. Solicitamos que nos enviem seu pedido por fax.
18 Temos em estoque uma quantidade considerável de ... (nome dos produtos). Para um pedido de mais de ... unidades, concedemos um desconto de ...%. Solicitamos que nos informem o mais rápido possível se os senhores desejam aproveitar essa oferta.
19 Gostaríamos de chamar sua atenção para nossa oferta especial. Podemos fornecer ... (nome do produto) entregue em domicílio a um preço especial único de ... (valor, moeda).
20 Temos condições de oferecer-lhes imediatamente uma quantidade maior de ... (nome do produto). Como normalmente se deve levar em conta um prazo longo no fornecimento desses artigos, solicitamos que os senhores apresentem seu pedido o mais rápido possível.

18 Nos referimos a nuestra oferta del ... y la concretamos como sigue:
19 Usted es nuestro representante exclusivo en la región mencionada.
20 Nosotros suministraremos directamente a los clientes, según los pedidos de usted.
21 Mensualmente se le enviará su comisión ascendente a un ... % de las ventas realizadas.
22 Usted no está autorizado para efectuar acuerdos especiales con los clientes.
23 Los clientes tienen que ser visitados por lo menos una vez al mes.
24 Por favor, infórmenos si usted acepta esta oferta. Con gusto consideraríamos cualquier proposición de modificación de su parte.
25 Ha llegado a nuestro conocimiento que usted dispone en su surtido de ... (dato sobre la mercancía). Nosotros fabricamos estos artículos en serie. Le rogamos que nos informe si puede incluir nuestras mercancías en su surtido.
26 Como firma mayorista en el ramo de ... ustedes tienen continuamente necesidad de ... (mención de la mercancía). Ofrecemos ahora este artículo a un precio especial de ... (cantidad, moneda). Les rogamos nos informen inmediatamente si están interesados en un suministro.
27 Actualmente llevamos a cabo una campaña de propaganda de nuestros productos, que durará una semana. Por ello hemos rebajado el precio de nuestras mercancías en un ... %. Les rogamos que nos comuniquen su pedido por fax.
28 Tenemos en almacén un gran lote de ... (descripción de la mercancía). Concedemos un descuento de un ... % en el precio por la adquisición de un mínimo de ... Por favor, infórmennos inmediatamente si quieren hacer uso de esta oferta.
29 Nos permitimos señalar a ustedes nuestra oferta especial. Franco domicilio les suministramos ... (descripción de la mercancía) al precio especial y único de ... (cantidad, moneda).
30 Estamos en condiciones de suministrarles inmediatamente una gran partida de ... (descripción de la mercancía). Dado que en general hay que contar con un largo plazo de suministro de esta mercancía, les rogamos que hagan su pedido inmediatamente.

31 Permitimo-nos mais uma vez chamar sua atenção sobre nossa oferta de ... Como esse artigo logo estará esgotado, não teremos condições de atender a pedidos apresentados tardiamente.

31 Nos permitimos referirnos nuevamente a nuestra oferta del ... Debido a que este artículo se agotará pronto, no podremos atender pedidos posteriores.

Resposta a proposta

Confirmação de recebimento

1. Confirmamos o recebimento de sua oferta especial de ...
2. Recebemos em ... sua proposta datada de ...
3. Agradecemos por nos terem informado também desta vez sobre sua oferta especial com preço reduzido.
4. Pedimos que nos informem também no futuro sobre suas ofertas especiais.

Respuesta a oferta

Acuse de recibo

1. Acusamos recibo de su oferta especial del ...
2. El ... recibimos su oferta del ...
3. Les agradecemos que también esta vez nos hayan informado sobre su ventajosa oferta especial.
4. Les rogamos que también en el futuro nos informen sobre sus ofertas especiales.

Resposta negativa

1 Infelizmente não poderemos fazer uso de sua proposta de ..., uma vez que não necessitamos desses artigos no momento.
2 Como seus preços são superiores aos do fornecedor que nos tem atendido, infelizmente não podemos considerar sua proposta de ...
3 Como a quantidade mínima de compra excede nossas atuais necessidades, não podemos, infelizmente, aceitar sua proposta.
4 Infelizmente não podemos fazer uso de sua oferta especial de ... Estamos comprometidos com outro fornecedor até o final do ano.
5 Lamentamos informar-lhes que sua proposta nos foi enviada tarde demais. Nós já nos abastecemos com outro fornecedor.

Negativa

1 Dado que en la actualidad no necesitamos ninguna de las mercancías ofrecidas, sentimos no poder hacer uso de su oferta del ...
2 Lamentablemente, no podemos hacer uso de su oferta del ... ya que sus precios son superiores a los de nuestros suministradores actuales.
3 Lamentablemente, no podemos aceptar su oferta, ya que la cantidad mínima de adquisición que ustedes indican es superior a nuestra necesidad actual.
4 Lamentamos no poder hacer uso de su oferta especial del ... Estamos comprometidos con otra firma suministradora hasta fines de este año.
5 Lamentamos que nos hayan enviado su oferta demasiado tarde. Entretanto hemos cubierto nuestras necesidades a través de otro abastecedor.

Resposta positiva

1 Com referência a sua proposta de ..., solicitamos que nos enviem sem demora ... peças de cada um dos artigos oferecidos.
2 Aceitamos e agradecemos sua proposta de ...

Positiva

1 Nos referimos a su oferta del ... Les rogamos nos envíen inmediatamente ... unidades de los artículos ofrecidos.
2 Aceptamos y agradecemos su oferta del ...

3 Pedimos que nos forneçam imediatamente a quantidade máxima possível por pedido.
4 Os artigos que os senhores nos ofereceram são inteiramente adequados ao nosso programa de vendas. Por favor, enviem-nos por entrega expressa ... unidades de cada um deles.
5 Sua oferta datada de ... atende às nossas necessidades. Assim, anexamos a esta nosso pedido.

3 Les rogamos nos envíen inmediatamente la cantidad máxima establecida por ustedes.
4 Los artículos ofrecidos por ustedes se ajustan a nuestro programa de ventas. Por favor, envíennos por expreso ... unidades de cada uno.
5 Su oferta del ... corresponde a nuestros deseos, por lo que adjunto les enviamos nuestro pedido.

Pedido de alteração da proposta

Qualidade

1 Solicitamos que também nos apresentem uma proposta sobre seus produtos de primeira linha e de segunda linha.
2 Seria possível os senhores nos apresentarem uma proposta equivalente de produtos com a melhor qualidade?
3 Os senhores poderiam apresentar-nos uma nova proposta que especifique com exatidão a qualidade de cada artigo?
4 Em sua proposta de ... não há menção à qualidade. Solicitamos que nos informem também a esse respeito.
5 Em ..., os senhores nos ofereceram mercadorias de primeira qualidade. Os senhores teriam condições de também fornecer os mesmos artigos com qualidade mediana?
6 O preço estipulado em sua linha de primeira qualidade foge ao nosso interesse. Informem-nos, por favor, os preços da qualidade mediana.
7 Achamos sua proposta interessante. Os senhores têm condições de fornecer os mesmos produtos com qualidade mediana?
8 A qualidade dos artigos oferecidos em ... não corresponde às nossas expectativas. Os senhores teriam condições de fornecer-nos produtos de qualidade superior?

Quantidade e tamanho

1 Sua oferta de ... é bastante atraente. Infelizmente, a quantidade oferecida é insuficiente para nossas necessidades. Os senhores teriam condições de atender a pedido maior de ... unidades do artigo nº ...?

Solicitud de modificación de la oferta

Calidad

1 Les rogamos nos hagan también una oferta de sus mercancías de mejor calidad, así como de productos de segunda calidad.
2 ¿Nos podrían ustedes hacer también una oferta equivalente de mercancías de la mejor calidad?
3 ¿Podrían ustedes renovar su oferta con una indicación exacta de la calidad correspondiente?
4 En su oferta del ... notamos la falta de indicación de la calidad. Por favor, infórmennos también sobre esto.
5 El ... ustedes nos ofrecieron mercancías de la mejor calidad. ¿Pueden ustedes suministrar los mismos artículos también con una calidad media?
6 Debido a sus precios, su primera calidad no nos interesa. Les rogamos nos informen de los precios correspondientes a la calidad media.
7 Su oferta es muy interesante para nosotros. ¿Pueden ustedes también suministrar las mercancías ofrecidas en una calidad media?
8 La calidad de las mercancías ofrecidas por ustedes el ... no es como esperábamos. ¿Están ustedes en condiciones de suministrar artículos de mejor calidad?

Cantidades y tamaños

1 Es muy atractiva su oferta del ... Lamentablemente, la cantidad ofrecida por ustedes es demasiado reducida para nosotros. ¿Estarían ustedes en condiciones de suministrar un pedido importante de ... del artículo número ...?

2 Gostaríamos de aceitar sua oferta de ... No entanto, o lote mínimo de pedido é alto demais. Os senhores teriam condições de fornecer-nos inicialmente apenas ... unidades?
3 Nós geralmente necessitamos de grandes quantidades do artigo constante de sua proposta de ..., mas de tamanhos diferentes. Pedimos que nos informem o quanto antes sobre todos os tamanhos de que os senhores dispõem.
4 Sua proposta de ... não faz uma única menção às dimensões dos artigos oferecidos. Informem-nos, por favor, tão logo seja possível, sobre os tamanhos de que os senhores dispõem.
5 O lote mínimo de pedido mencionado pelos senhores infelizmente é grande demais para nosso depósito. Informem-nos, por favor, da possibilidade de nos fornecerem quantidades de ... unidades do artigo oferecido em intervalos de ... (número de dias/semanas/meses etc.).
6 Compramos apenas grandes quantidades. Informem-nos, por favor, qual a quantidade máxima que os senhores podem fornecer-nos de imediato.
7 Os artigos que os senhores nos ofereceram ocupam muito espaço, por causa do volume da embalagem. Seria possível que os senhores nos apresentassem uma proposta com embalagens de menor volume?
8 Os senhores dispõem dos artigos mencionados em sua proposta de ... em tamanhos menores?

2 Aceptaríamos con gusto su oferta del ..., pero la cantidad mínima que ustedes venden es demasiado alta para nosotros. ¿Podrían ustedes suministrarnos por el momento sólo ... unidades?
3 Necesitamos continuamente grandes cantidades del artículo ofrecido por ustedes el ..., pero en tamaños diferentes. Les rogamos nos informen inmediatamente sobre todos los tamaños de que disponen.
4 En su oferta del ... no han indicado las medidas de los artículos ofrecidos. Por favor, infórmennos cuanto antes sobre los tamaños que suministran.
5 No podemos depositar en nuestro almacén la cantidad mínima de adquisición propuesta por ustedes. Les rogamos nos informen si les es posible suministrar partidas de ... unidades del artículo ofrecido en intervalos de ...
6 Sólo consideramos compras mayores. Les rogamos nos informen sobre las cantidades máximas que pueden suministrar inmediatamente.
7 El embalaje del artículo ofrecido por ustedes el ... ocupa demasiado espacio. ¿Podrían hacernos una oferta con un embalaje de menor volumen?
8 ¿Tienen también en un modelo más pequeño el artículo que ustedes ofrecieron el ...?

Preços

1 Os preços mencionados pelos senhores estão fora de cogitação para nós. Informem-nos, por favor, os menores preços possíveis.
2 Os preços mencionados em sua proposta de ... são muito altos para nós. Os senhores teriam condições de nos conceder um desconto de ...% em pedidos maiores?
3 Pedimos que nos informem também os preços dos artigos de qualidade mediana.
4 Se os senhores tivessem possibilidade de reduzir os preços dos artigos constantes de sua proposta de ... em ... (valor, moeda), estaríamos em condições de aceitar sua proposta.

Precios

1 Los precios que ustedes indican son inaceptables para nosotros. Les rogamos nos indiquen sus últimos precios.
2 Los precios de las mercancías ofrecidas por ustedes el ... son demasiado altos para nosotros. ¿Estarían ustedes dispuestos a concedernos un descuento del ...% si efectuamos un pedido grande?
3 Les rogamos nos indiquen también los precios para un modelo de calidad media.
4 Si ustedes estuvieran en condiciones de rebajar los precios de los artículos ofrecidos el ... en un ... (cantidad, moneda), con gusto haríamos uso de su oferta.

5 Tendo em vista a situação geral do mercado, os preços de sua proposta de ... são altos demais. Pedimos que orcem sem demora os menores preços possíveis.
6 Já que se trata de artigos de qualidade mediana, seus preços estão muito altos. Se os senhores estiverem dispostos a fornecer artigos de qualidade superior aos mesmos preços, aceitaríamos com prazer sua oferta especial de ...
7 Pedimos que nos informem o mais rápido possível se nos preços de sua proposta de ... já estão incluídos os custos de embalagem e frete.
8 Temos regularmente necessidade de grande quantidade dos artigos oferecidos pelos senhores. Pedimos que nos informem seus preços para pedidos maiores.

5 En vista de la situación general del mercado, los precios de su oferta del ... son demasiado altos. Les rogamos nos comuniquen inmediatamente el último límite de sus precios.
6 Para un modelo de calidad media sus precios son demasiado altos. Si ustedes estuvieran dispuestos a suministrar una mejor calidad a estos precios, aceptaríamos con gusto su oferta especial del ...
7 Les rogamos nos informen cuanto antes si los precios de su oferta del ... incluyen los costos de embalaje y flete.
8 Tenemos continuamente una gran necesidad de los artículos que ustedes ofrecen. Les rogamos nos coticen sus precios para pedidos grandes.

Embalagem

1 A embalagem dos produtos oferecidos pelos senhores não corresponde às nossas exigências. Os senhores poderiam fazer a entrega com embalagem resistente?
2 Apresentem-nos, por favor, outro orçamento para as mercadorias embaladas em poliestireno (isopor).
3 Ao contrário do que consta em sua proposta de ..., insistimos que as mercadorias sejam colocadas em engradados (caixotes).
4 A fim de reduzir ao mínimo danos de transporte, pedimos que utilizem uma embalagem melhor.
5 A fim de reduzir os custos de transporte, insistimos que uma encomenda tão volumosa deva ser acomodada em fardos.
6 Entendemos que os preços de sua proposta de ... não incluem a embalagem. No caso de apresentarmos um pedido, gostaríamos que a mercadoria fosse embalada em engradados (caixotes), sem acréscimo.
7 O tipo de embalagem oferecido não corresponde às normas da UE em vigor sobre proteção ambiental. Informem-nos com urgência, por favor, se os senhores poderão atender a essas exigências.
8 Somente poderemos aceitar sua proposta se os senhores nos assegurarem uma embalagem melhor de suas mercadorias.
9 A embalagem de seus artigos em caixas de papelão desmontáveis deixa muito a desejar. Se apresentarmos um pedido, exigiremos embalagem de plástico, em conformidade com as normas da UE.

Embalaje

1 El embalaje de las mercancías ofrecidas por ustedes no satisface nuestros requerimientos. ¿Podrían utilizar un embalaje resistente a roturas?
2 Les rogamos nos hagan llegar una nueva oferta sobre mercancías embaladas en stiropor.
3 A diferencia de su oferta del ..., tenemos que insistir en mercancías embaladas en cajas.
4 Para reducir al mínimo los daños de transporte, tenemos que insistirles en un embalaje mejor.
5 Con el fin de reducir los gastos de transporte, tenemos que insistir en un embalaje en fardos en un pedido tan grande.
6 Entendemos que los precios de su oferta del ... no incluyen el embalaje. Pero en un pedido eventual tendríamos que insistir en embalaje en cajas, al mismo precio.
7 La calidad del embalaje ofrecido no corresponde a las disposiciones ecológicas vigentes de la UE. Por favor, infórmennos inmediatamente si pueden corresponder a éstas.
8 Sólo podemos hacer uso de su oferta especial si nos aseguran un mejor embalaje de sus mercancías.
9 El embalaje de sus artículos en cartones plegables deja mucho que desear. En el caso de que efectuemos un pedido, tenemos que insistir en un embalaje de material sintético que corresponda a las normas de la UE.

Entrega

1 Sua proposta de ... condiz com nossas exigências, mas devemos insistir em entrega imediata.
2 O prazo de entrega mencionado em sua proposta de ... é muito demorado para nós. Não haveria possibilidade de fazer a entrega antes?
3 No momento não temos necessidade das mercadorias oferecidas pelos senhores. Informem-nos o mais rápido possível se haveria possibilidade de entregá-las em ... meses sob as mesmas condições.
4 Por comprarmos em grande quantidade o artigo mencionado em sua proposta de ..., uma entrega única está fora de cogitação. Informem-nos, por favor, o mais rápido possível se os senhores têm possibilidade de fornecer semanalmente (mensalmente) ... unidades do artigo nº ..., de acordo com nossa necessidade.
5 Não podemos aceitar as condições de fornecimento estabelecidas em sua proposta de ...
6 Como dispomos de espaço limitado em nosso depósito, insistimos no fornecimento em três lotes. Os senhores manteriam sua proposta nessas condições?
7 Somente poderemos aceitar sua proposta de ... se os senhores concordarem com nossa solicitação especial quanto à entrega.
8 Insistimos em entrega expressa.
9 Por que suas mercadorias não estão sendo oferecidas sob as condições costumeiras de entrega?

Suministro

1 Nos satisface su oferta del ... Sin embargo, debemos insistir en un suministro inmediato.
2 El plazo de suministro indicado en su oferta del ... es demasiado largo para nosotros. ¿No podrían reducirlo?
3 Actualmente no tenemos necesidad de la mercancía ofrecida. Les rogamos nos informen si las mismas condiciones de suministro serán válidas dentro de ... meses.
4 Como comprador importante, no podemos considerar un suministro único del producto ofrecido el ... Les rogamos que nos informen cuanto antes si están en condiciones de suministrar, de acuerdo con nuestra necesidad, ... unidades del artículo número ... en forma semanal (mensual).
5 No podemos aceptar las condiciones de suministro de su oferta del ...
6 Dado lo limitado del espacio de nuestro almacén, tenemos que insistir en un suministro en tres partes. ¿Mantienen ustedes en este caso su oferta?
7 Sólo podemos aceptar su oferta del ... si ustedes satisfacen nuestros deseos especiales en relación con el suministro.
8 Tenemos que insistir en un suministro por expreso.
9 ¿Por qué no ofrecen ustedes sus mercancías bajo las condiciones usuales de suministro?

Condições de pagamento

1 Somente poderemos levar em conta sua oferta especial de ... se os senhores nos concederem um desconto sobre quantidade de ...%.
2 No tocante ao preço, sua proposta de ... é bastante atrativa. Todavia, não concordamos com suas condições de pagamento.
3 Não podemos aceitar as condições de pagamento estipuladas em sua proposta de ...
4 Os senhores poderiam conceder-nos um prazo de pagamento de ... dias em caso de pedido de ... unidades?

Condiciones de pago

1 Sólo podemos hacer uso de su oferta especial del ... si nos conceden un descuento por cantidades del ...%.
2 Es muy atractivo el precio de su oferta del ... Sin embargo, no estamos de acuerdo con sus condiciones de pago.
3 No podemos aceptar las condiciones de pago que ustedes proponen en su oferta del ...
4 ¿Podrían ustedes concedernos un plazo de ... días, si efectuáramos un pedido de ... unidades?

5 Não podemos aceitar as condições de pagamento mencionadas em sua proposta de ... Caso façamos um pedido, insistiremos em um desconto de ...% sobre o total da fatura. Informem-nos, por favor, se aceitam a nossa proposta.
6 Sua oferta de ... é de nosso agrado. Todavia, as condições de pagamento exigidas não são prática comum no comércio.
7 Estamos dispostos a aceitar sua proposta de ... desde que nos facilitem as condições de pagamento.
8 Em resposta à sua proposta de ..., lamentamos informar que suas condições de pagamento não são prática comum no comércio.
9 Pedimos que revejam as condições de pagamento citadas em sua carta de ... e refaçam sua proposta.

Garantias

1 Só poderemos levar em consideração sua proposta de ... se os senhores estiverem dispostos a fornecer as garantias de sempre. Aguardamos sua rápida resposta.
2 Sua oferta especial de ... não faz menção à garantia.
3 As garantias mencionadas em sua proposta de ... não nos satisfazem. Assim, pedimos que as revejam.
4 Sua proposta de ... não contém termo de garantia.
5 Pedimos que nos enviem imediatamente os termos de garantia relativos à sua proposta de ...
6 De acordo com sua proposta de ..., a garantia tem validade de ... meses após a entrada em serviço das máquinas.
7 Estaremos dispostos a aceitar sua proposta se os senhores ampliarem o prazo de garantia para um ano.
8 Os termos de garantia não foram expostos claramente em sua última proposta. Pedimos que nos enviem rápido essas informações.
9 Sua proposta de ... não contém nenhuma referência aos termos de garantia. Pedimos que nos informem também a esse respeito.
10 Informem-nos, por favor, com rapidez, as condições de garantia relativas à sua proposta de ...

5 Tenemos que rechazar las condiciones de pago de su oferta del ... En caso de efectuar un pedido, insistiríamos en un descuento del ... % de la suma de la cuenta. Les rogamos nos informen si aceptan nuestra proposición.
6 Nos satisface su oferta del ... Sin embargo, las condiciones de pago propuestas no son usuales en el comercio.
7 Aceptaríamos gustosos su oferta del ... pero tendríamos que pedirles facilidades de pago.
8 En respuesta a su oferta del ... sentimos tener que participarles que las condiciones de pago propuestas no son usuales en el comercio.
9 Por favor, revisen las condiciones de pago y renueven su oferta del ...

Garantías

1 Sólo podemos hacer uso de su oferta especial del ... si ustedes están dispuestos a asumir las obligaciones de garantía usuales. Les rogamos nos informen lo antes posible al respecto.
2 En su oferta especial del ... faltan los datos de la garantía.
3 No podemos estar satisfechos con las garantías de su oferta del ... Por tanto, les rogamos revisen su oferta a este respecto.
4 Su oferta del ... no contiene ninguna cláusula sobre las garantías que ustedes ofrecen.
5 Por favor, infórmennos inmediatamente sobre las garantías relativas a su oferta del ...
6 De acuerdo con la oferta del ... ustedes dan una garantía hasta ... meses contados a partir del día en que fueron puestas en servicio sus máquinas.
7 Estaríamos dispuestos a aceptar su oferta si ustedes extienden el período de garantía hasta un año.
8 Su última oferta no es clara en relación con la garantía. Les rogamos nos informen inmediatamente las prestaciones que forman parte de la garantía.
9 Su oferta del ... no contiene ninguna garantía. Les rogamos nos informen también sobre este punto.
10 Por favor, infórmennos inmediatamente qué garantías incluye su oferta del ...

Tipo de despacho

1 Só poderemos aceitar sua oferta especial se os senhores garantirem efetuar uma entrega expressa por sua conta.
2 Os senhores poderiam modificar sua proposta de ... no tocante ao tipo de despacho?
3 As mercadorias deverão ser enviadas por caminhão em despacho consolidado.
4 Os senhores poderiam alterar sua proposta de ... para que o transporte seja por frete aéreo?
5 Como temos urgência das mercadorias oferecidas, insistimos em que seja feita entrega expressa.
6 Em nossa opinião, os produtos perecíveis que os senhores oferecem só poderão ser transportados em caminhões isotérmicos. Informem-nos, por favor, se isso é possível.
7 O percurso sugerido em sua carta de ... toma muito tempo. Só poderemos aceitar sua proposta se os senhores puderem concordar com nossas solicitações quanto ao percurso e ao tipo de transporte.
8 Contrariamente à sua proposta de ..., insistimos em entrega expressa.
9 Sua proposta de ... não menciona a questão do transporte. Pedimos que nos informem que tipo de despacho os senhores costumam utilizar.
10 Sua proposta não menciona o tipo de entrega. Aguardamos informações a esse respeito.

Recusa do pedido de alteração da proposta

1 Em vista dos preços mínimos de nossa oferta especial, infelizmente não podemos aceitar solicitações especiais.
2 Infelizmente, não nos é possível atender à sua solicitação referente à embalagem das mercadorias mencionadas em nossa proposta de ...
3 Infelizmente não podemos aceitar o tipo de transporte que os senhores pediram, pelo fato de encarecer demasiadamente nosso orçamento.
4 Os preços cotados em nossa proposta de ... são os mais baixos possível. Por essa razão não podemos atender a sua solicitação referente às condições de pagamento e à forma de entrega.

Tipo de envío

1 Sólo podemos aceptar su oferta especial si ustedes nos garantizan el transporte por expreso, por su cuenta.
2 ¿Pueden ustedes modificar su oferta del ... respecto al tipo de envío?
3 Nosotros sólo consideraríamos el envío por camión de transporte colectivo.
4 ¿A diferencia de su oferta del ..., pueden ustedes asegurarnos el envío por carga aérea?
5 Dado que necesitamos urgentemente las mercancías que ustedes ofrecen, tenemos que insistir en su envío por expreso.
6 Estimamos que para su mercancía fácilmente deteriorable sólo se puede utilizar el transporte en vagones frigoríficos. Les rogamos que nos informen inmediatamente si esto es posible.
7 Consideramos demasiado lento el itinerario propuesto por ustedes en su oferta del ... Sólo podemos aceptar su oferta si ustedes satisfacen nuestros deseos respecto al itinerario y tipo de transporte.
8 A diferencia de su oferta del ... tenemos que insistir en el envío por expreso.
9 Ustedes no mencionaron en su oferta del ... el problema del transporte. Les rogamos que nos informen sobre el medio de transporte que ustedes utilizan normalmente.
10 En su oferta falta la indicación del tipo de envío. Esperamos su opinión al respecto.

No aceptación del deseo de modificación de oferta

1 Lamentablemente, no podemos satisfacer sus deseos especiales dados los precios extremamente bajos de nuestra oferta especial.
2 Lamentablemente, no vemos posibilidad de satisfacer su deseo especial relativo al embalaje de las mercancías de nuestra oferta del ...
3 Sentimos no poder aceptar el tipo de envío propuesto por ustedes ya que encarecería demasiado nuestra oferta.
4 Los precios de nuestra oferta del ... están calculados al nivel más bajo posible. Por tanto, no estamos en condiciones de satisfacer sus deseos relativos a las condiciones de pago y al tipo de envío.

5 Infelizmente não podemos concordar com seu pedido de alteração de nossa proposta de ...
6 Infelizmente não temos condições de atender a suas solicitações especiais referentes à nossa proposta de ...
7 Em resposta à sua consulta sobre as condições de nossa proposta de ..., lamentamos informar que não poderemos abrir uma exceção para os senhores.
8 Não podemos concordar com sua solicitação de entrega expressa por nossa conta. Somente temos condições de manter nossa proposta de ... nas condições mencionadas.
9 Lamentamos não poder atender a seu desejo de alteração de nossa proposta de ...
10 Em vista da atual situação do mercado de matérias-primas, infelizmente não temos possibilidade de alterar as condições de nossa proposta.

O pedido pode ser atendido

1 Aceitamos sua sugestão de alteração de nossa proposta de ...
2 Estamos dispostos a aceitar sua solicitação especial referente à embalagem e, assim, aguardamos seu pedido.
3 Estamos dispostos a alterar nossa proposta de ... de acordo com o seu desejo.
4 Em referência à sua carta de ..., informamos que concordamos em alterar nossa última proposta conforme os senhores solicitaram.
5 Em vista do pedido substancial que os senhores pretendem fazer, estamos dispostos a reduzir o preço, alterando, portanto, nossa última proposta.
6 Temos possibilidade de alterar nossa proposta de ..., de acordo com sua solicitação, e aguardamos seu pedido.
7 Informamos que nosso Departamento de Expedição pode atender à sua solicitação referente ao percurso de transporte da mercadoria.
8 Atenderemos com prazer à sua solicitação especial referente à qualidade.

5 Lamentamos no poder acceder a su solicitud de modificación de nuestra oferta del ...
6 Lamentamos no estar en condiciones de satisfacer su deseo especial relativo a nuestra oferta del ...
7 En respuesta a su pregunta referente a las condiciones de nuestra oferta del ..., sentimos tener que participarles que no estamos en condiciones de hacer una excepción en su caso.
8 No podemos aceptar el envío por expreso a nuestro cargo, propuesto por ustedes. Sólo podemos mantener nuestra oferta del ... bajo las condiciones expuestas.
9 Lamentamos no poder satisfacer su deseo concerniente a la modificación de nuestra oferta del ...
10 Lamentablemente, no podemos modificar las condiciones de nuestra oferta debido a la actual situación de los precios en los mercados de materias primas.

Se puede satisfacer el deseo

1 Aceptamos su proposición de modificación de nuestra oferta del ...
2 Estamos dispuestos a aceptar sus deseos especiales relativos al embalaje. Por favor, envíennos su pedido.
3 Estamos dispuestos a modificar nuestra oferta del ..., de acuerdo con sus deseos.
4 Respecto a su escrito del ... les participamos que con gusto aceptamos su sugerencia de modificación de nuestra última oferta.
5 En atención al gran volumen del pedido que desean efectuar, estamos dispuestos a concederles – a diferencia de nuestra última oferta – un descuento en el precio.
6 Es posible modificar nuestra oferta del ... de acuerdo con sus deseos. Esperamos ahora su pedido.
7 Por medio de la presente les participamos que nuestro departamento de expedición está en condiciones de satisfacer sus deseos especiales relativos al itinerario.
8 Satisfacemos con gusto su deseo especial relativo a la calidad.

Recusa do pedido de alteração e nova proposta

1 Infelizmente não podemos aceitar seu pedido referente à embalagem, uma vez que o material que já utilizamos está de acordo com as normas da UE.
2 Estamos dispostos a lhes conceder um desconto se os senhores puderem fazer um pedido de no mínimo ... unidades do artigo oferecido.
3 Lamentamos informar que não poderemos atender a seu pedido especial. No entanto, anexamos a esta uma nova proposta, mais vantajosa.
4 Nossa gerência viu-se obrigada a recusar sua solicitação de condições de pagamento especiais. Permitimo-nos, contudo, apresentar-lhes uma nova proposta, mais vantajosa.
5 Infelizmente não podemos atender a sua solicitação de alteração de nossa última proposta. Todavia, temos condições de lhes apresentar outra proposta especial.
6 Infelizmente não podemos atender a sua solicitação referente à embalagem, já que isso não corresponde às normas de proteção ambiental em vigor.
7 Como infelizmente não podemos concordar com solicitações especiais, estamos apresentando aos senhores uma nova proposta.
8 Como não temos condições de alterar nossa proposta de ..., desejamos apresentar-lhes outra proposta.
9 Infelizmente não temos condições de atender a seu pedido de alteração de nossa proposta de ..., mas gostaríamos de chamar sua atenção para nossa mais recente oferta especial.

No aceptación del deseo de modificación y nueva oferta

1 Sentimos mucho tener que rechazar su deseo especial relativo al embalaje, dado que el material utilizado por nosotros para este fin sigue las normas de la UE.
2 Con gusto estamos dispuestos a concederles una rebaja en el precio, si ustedes nos compran un mínimo de ... unidades del artículo ofrecido.
3 Sentimos mucho no poder satisfacer sus deseos especiales. Sin embargo, adjunto les enviamos una nueva oferta, aún más ventajosa.
4 Nuestra dirección comercial ha tenido que rechazar su deseo especial relativo a las condiciones de pago. Sin embargo, nos permitimos hacerles hoy otra oferta ventajosa.
5 Sentimos mucho no poder satisfacer su solicitud de modificación de nuestra última oferta. Sin embargo, estamos en disposición de hacerles llegar otra oferta especial.
6 Sentimos mucho no poder corresponder a su solicitud en cuanto a una modificación del embalaje, ya que éste no está en consonancia con las disposiciones actualmente vigentes en materia de protección del medio ambiente.
7 Dado que, lamentablemente, no podemos satisfacer deseos especiales, les enviamos otra oferta.
8 Dado que no estamos en condiciones de modificar nuestra oferta del ..., nos permitimos enviarles hoy una nueva oferta.
9 Sentimos mucho no poder satisfacer su deseo relativo a una modificación de nuestra oferta del ..., pero señalamos a su atención nuestra nueva oferta especial.

Referências
Referencias

Solicitação de referências

1 Soubemos que os senhores são fornecedores da ... (empresa).
2 Soubemos que os senhores são clientes da ... (firma).
3 Supomos que os senhores têm relações comerciais com a ... (empresa).
4 Os senhores realizam negócios com a ... (empresa) há bastante tempo. Os senhores poderiam recomendá-la para nós?
5 Estamos interessados em saber a respeito de sua experiência com a ... (empresa).
6 A ... (empresa) agiu de alguma forma irregular contra a sua firma?
7 Sem dúvida os senhores devem ter bom conhecimento da ... (empresa).
8 Como os senhores julgam a situação financeira/de crédito/de solvência da ... (empresa)?
9 A ... (empresa) (O sr. ...) deu o nome dos senhores como referência.
10 Constatamos em uma relação de referências que os senhores compraram da ... (empresa).
11 Pretendemos adquirir máquinas da ... (firma) e gostaríamos de perguntar-lhes se os senhores estão satisfeitos com o equipamento por ela instalado em sua empresa.
12 Gostaríamos de saber se os senhores estão satisfeitos com as mercadorias adquiridas da ... (firma).
13 Solicitamos aos senhores a gentileza de nos fornecer as seguintes informações:
14 Ficaríamos gratos se os senhores marcassem uma data para podermos examinar o(os, a, as) ... instalado(os, a, as) em sua empresa.
15 Quando e onde poderíamos ver em funcionamento as máquinas fornecidas pela ...?

Solicitud de referencia

1 Nos hemos enterado que ustedes son proveedores de la firma ...
2 Según nos han informado, ustedes son clientes de la firma ...
3 Suponemos que ustedes tienen relaciones comerciales con la firma ...
4 Ustedes trabajan desde hace tiempo con la firma ... ¿Pueden ustedes recomendarnos esta empresa?
5 Nos interesaría conocer las experiencias que ustedes han tenido con la firma ...
6 ¿Ha sido la firma ... responsable de algunas irregularidades respecto a ustedes?
7 Ustedes deben conocer la firma ... desde hace tiempo.
8 ¿Cómo juzgan ustedes la situación financiera/crédito/ solvencia de la firma ...?
9 La firma ... (El señor ...) les ha mencionado a ustedes como referencia.
10 Hemos observado en una lista de direcciones de referencia que ustedes han comprado de la firma ...
11 Tenemos la intención de comprar maquinaria a la firma ... Por este motivo les rogamos que nos informen si están satisfechos con los equipos que les instalaron.
12 Les rogamos nos informen si están satisfechos con las mercancías adquiridas de la firma ...
13 Les rogamos nos proporcionen las siguientes informaciones:
14 Les rogamos nos indiquen una fecha en que pudiéramos examinar sus instalaciones de ...
15 ¿Cuándo y dónde podríamos examinar la maquinaria de la firma ..., en funcionamiento?

Parceiros de negócios

1 Forneçam-nos, por favor, suas referências bancárias e comerciais.
2 Pedimos que nos dêem as referências de praxe.
3 Antes de nossa primeira transação comercial, gostaríamos que os senhores nos fornecessem as referências bancárias e comerciais de praxe.
4 Como sua firma ainda é desconhecida para nós, pedimos que nos forneçam referências.
5 Gostaríamos que nos dessem informações sobre sua clientela.

Garantia de discrição e frases finais

1 Garantimos aos senhores que as informações que nos fornecerem serão tratadas com toda discrição.
2 Os senhores podem estar certos de que as informações serão encaradas como estritamente confidenciais.
3 Ficaríamos satisfeitos se pudéssemos retribuir-lhes o favor.

Solicitação de referências a bancos

1 A ... (empresa) (O sr. ...) mencionou-os como referência.
2 Seu banco foi indicado como referência.
3 A ... (empresa) declarou que possui há muito tempo uma conta em seu estabelecimento.
4 Na qualidade de parceiros comerciais potenciais da ... (empresa), dirigimo-nos aos senhores para obter as seguintes informações:
5 Pedimos pela presente que os senhores nos prestem as informações pertinentes.
6 O gerente da ... (empresa) mencionou que os senhores lhes haviam concedido um crédito substancial.
7 Pedimos que os senhores confirmem a concessão de crédito à ... (empresa).
8 Pedimos que os senhores confirmem se tal crédito foi realmente concedido, pois nosso fornecimento de uma quantidade considerável de artigos à empresa ... dependerá de sua solvência.
9 Estamos particularmente interessados na solvência e na capacidade de crédito dessa empresa.

Relación comercial

1 Les rogamos nos informen sobre sus referencias bancarias y comerciales.
2 Les rogamos nos informen sobre las referencias usuales.
3 Antes de nuestro primer contrato, les rogamos que nos den las referencias bancarias y comerciales usuales.
4 Dado que no conocemos aún su empresa, les rogamos que nos proporcionen referencias.
5 Por favor, infórmennos sobre su clientela.

Garantía de discreción y frases finales

1 Les aseguramos expresamente que sus informaciones serán tratadas con discreción.
2 Pueden tener la absoluta seguridad de que trataremos estas informaciones de manera estrictamente confidencial.
3 Nos agradaría poder servirles recíprocamente.

Solicitud de referencia en bancos

1 La firma ... (El señor) ... les ha mencionado a ustedes como referencia.
2 Su casa nos fue indicada como referencia.
3 La firma ... ha indicado que tiene desde hace tiempo una cuenta con ustedes.
4 Como posiblemente estableceremos relaciones comerciales con la firma ..., nos agradaría recibir de ustedes las siguientes informaciones:
5 Les rogamos por medio de la presente nos envíen las informaciones correspondientes.
6 El gerente de la firma ... ha mencionado que ustedes le han concedido un crédito importante.
7 Les rogamos nos confirmen la promesa de crédito que ustedes han dado a la firma ...
8 Les rogamos la confirmación de esa promesa de crédito, ya que el envío de un gran lote de mercancía depende de la solvencia de la firma ...
9 Nos interesan especialmente las informaciones sobre la solvencia de la firma, así como si es digna de crédito.

10 Informem-nos, por favor, se a ... (empresa) honrou seus compromissos financeiros.
11 Por acreditarmos que os senhores têm plenas condições para avaliar a ... (empresa), damos muito valor à sua opinião.
12 Como nos faltam informações para podermos julgar a ... (empresa), gostaríamos de pedir-lhes as seguintes informações:
 – Qual é a reputação dessa empresa?
 – Quais são seus ativos?
 – Sua solvência é garantida?
13 Acreditamos que as informações solicitadas aos senhores serão vantajosas a ambas as partes.
14 Esperamos que as informações dadas pelos senhores nos possibilitem negociar com a ... (empresa) e agradecemos seu empenho.

10 Les rogamos nos informen hasta qué punto podría confiarse en que la firma ... cumplirá sus obligaciones de pago.
11 Consideramos que ustedes están en la posición más adecuada para formarse un juicio sobre la firma ..., razón por la cual damos una gran importancia a su opinión.
12 Como no contamos con la información suficiente para formarnos un juicio sobre la firma ..., les rogamos nos participen lo siguiente:
 – ¿De qué reputación disfruta?
 – ¿Cuál es su situación financiera?
 – ¿Está garantizada su solvencia?
13 Estimamos que las informaciones que ustedes desean pueden servir los intereses de ambas partes.
14 En la esperanza de que sus informaciones faciliten nuestros negocios con la firma ..., mucho les agradecemos las molestias que les hemos causado.

Solicitação de referências a serviços de proteção ao crédito

1 Recorremos aos senhores para obter informações sobre a ... (empresa).
2 Gostaríamos de pedir-lhes informações sobre a ... (empresa).
3 Temos intenção de iniciar relações comerciais com a ... (empresa), mas consideramos necessário termos primeiro as seguintes informações:
4 Como ainda não conhecemos a ... (empresa), gostaríamos de solicitar-lhes que obtenham informações sobre ela.
5 Gostaríamos que nos fornecessem as informações necessárias para iniciar negócios com a ... (empresa).
6 As referências dadas pela ... (empresa) não foram suficientes para dirimir nossas dúvidas completamente, de modo que desejamos incumbir os senhores da obtenção de informações mais detalhadas sobre a citada empresa.
7 Necessitamos urgentemente das seguintes informações:

Solicitud de referencia a las oficinas de informes

1 Nos dirigimos a ustedes con el fin de obtener informaciones sobre la firma ...
2 Les pedimos información sobre la firma ...
3 Tenemos la intención de establecer relaciones comerciales con la firma ..., pero estimamos necesario conocer las siguientes informaciones:
4 Como todavía no conocemos bien la firma ..., queremos encargarles a ustedes la obtención de información sobre la misma.
5 Les rogamos nos proporcionen las informaciones necesarias para poder establecer relaciones comerciales con la firma ...
6 Las referencias mencionadas por la firma ... no pudieron disipar completamente nuestras reservas. Por este motivo queremos encomendar a ustedes la obtención de más informaciones.
7 Necesitamos urgentemente las siguientes informaciones: ...

8 Estamos particularmente interessados em informações sobre a solvência (hábitos de pagamento, capacidade de crédito, empréstimos, clientela, satisfação dos clientes, transigência em acordos, situação em seu ramo, participação no mercado, capacidade competitiva, perspectivas, participação societária, base de capital, grau de endividamento, satisfação dos empregados, situação do pessoal, giro, desenvolvimento do faturamento, responsabilidade dos sócios) da ... (empresa).
9 Seria também muito importante para nós termos conhecimento da participação societária na ... (empresa).
10 Precisamos com urgência de informações sobre a solvência dessa empresa.
11 Pedimos que verifiquem qual é a participação no mercado dessa empresa.
12 Pedimos que os senhores nos informem sobre a clientela dessa empresa.
13 Pedimos que verifiquem com qual concorrente nosso a ... (empresa) costumava negociar.
14 Dêem-nos, por favor, informações sobre o proprietário.
15 É verdade que o proprietário da firma, sr. ..., já atuou em outras áreas de negócios e teve dificuldades freqüentes?
16 Parece que o senhor ... já faliu uma vez.
17 É necessário esclarecer se o sr. ... realmente passou por várias dificuldades nos negócios.
18 Os senhores poderiam obter esclarecimentos sobre as supostas dificuldades da ... (empresa)?
19 Consideramos estas informações necessárias para manter nosso eventual risco em um patamar mínimo.
20 Necessitamos dessas informações para termos uma idéia geral da citada empresa.

8 Nos interesan especialmente informaciones sobre la solvencia (hábitos de pago, solvencia, uso de crédito, clientela, satisfacción de los clientes, concesiones en los negocios, situación en la competencia, participación en el mercado, competitividad, perspectivas, propietarios, base de capital, grado de endeudamiento, satisfacción del personal, situación del personal, volumen de negocios, desarrollo de las operaciones comerciales, responsabilidad de los socios) de la firma ...
9 Sería también importante para nosotros conocer cómo se encuentran distribuidas las participaciones en la propiedad de la firma ...
10 Consideramos necesarios y urgentes los informes sobre la solvencia.
11 Les rogamos averigüen la cuantía de su participación en el mercado.
12 Les rogamos nos informen acerca de la clientela.
13 Les rogamos averigüen con cuáles de nuestros competitores ha cooperado anteriormente la firma ...
14 Rogamos información sobre la persona del propietario.
15 ¿Es cierto que el señor ..., propietario de la firma ..., ya ha estado activo en otros ramos, y que sus actividades dieron lugar muchas veces a dificultades?
16 Hemos oído que el señor ... se declaró ya una vez en quiebra.
17 Debe aclararse si el señor ... ha tenido realmente repetidas dificultades comerciales.
18 ¿Pueden aclararnos los orígenes de las supuestas dificultades de la firma ...?
19 Consideramos necesarios estos informes para mantener nuestro riesgo lo más bajo posible.
20 Necesitamos esa información para podernos hacer una idea completa de esa firma.

Resposta a pedido de referências

Referência favorável

1 Temos o prazer de fornecer-lhes as seguintes informações sobre a ... (empresa):

Respuesta a solicitudes de referencia

Información favorable

1 Nos satisface poder informarles lo siguiente sobre la firma ...

2 Temos a satisfação de transmitir-lhes as seguintes informações:
3 Temos possibilidade de fornecer-lhes os seguintes detalhes:
4 Só temos informações altamente positivas a respeito dessa empresa.
5 A ... (empresa) sempre se mostrou um parceiro comercial confiável e cordial.
6 A ... (empresa) é considerada por muitos como digna de crédito (estável, prestativa, solvente, confiável, dirigida com flexibilidade, com boas perspectivas, boa parceira de negócios).
7 Consideramos a ... (empresa) boa parceira de negócios e inteiramente digna de crédito.
8 Essa empresa goza de grande prestígio.

2 Con gusto les facilitamos la siguiente información:
3 En detalle, podemos ofrecerles las siguientes informaciones:
4 Sólo les podemos dar las mejores informaciones sobre esa firma.
5 En nuestras relaciones comerciales con la firma ..., ésta se caracterizó siempre por su fiabilidad y lo agradable del trato.
6 La firma ... es considerada en amplios círculos como digna de crédito (sólida ante las crisis, servicial, solvente, fiable, dotada de una dirección flexible, de buenas perspectivas, buena parte contratante).
7 Tenemos una alta opinión de la firma ... Es completamente digna de crédito.
8 Esa firma disfruta en general de un gran prestigio.

Referência vaga

1 Conhecemos a empresa mencionada pelos senhores mas nunca tivemos relações comerciais com ela.
2 As transações comerciais que fizemos com a ... (empresa) nunca ultrapassaram ... (valor, moeda), de modo que nada podemos declarar a respeito da concessão de crédito de ... (valor, moeda).
3 Infelizmente não temos condições de fornecer-lhes informações sobre o cadastro (solvência, capacidade creditícia, situação financeira) do senhor ..., pois não o conhecemos pessoalmente. Temos tido relações comerciais apenas com seu sócio.
4 Negociamos apenas uma vez com essa firma. Lamentamos que as informações de que dispomos não sejam suficientes para dar referências.
5 Como nossos negócios com a ... (empresa) são esporádicos, não temos condições de fornecer-lhes informações mais detalhadas (precisas).

Informes vagos

1 Si bien la firma citada por ustedes nos es conocida, no se llegó nunca a conclusiones de negocios entre nosotros.
2 Las operaciones realizadas entre la firma ... y nosotros nunca sobrepasaron la suma de ... (importe, moneda), por lo que no podemos dar una opinión, en absoluto, en cuanto a la concesión de un crédito de ... (importe, moneda).
3 Referente a la solvencia (crédito, situación financiera) del Sr. ..., sentimos no poder proporcionarles ningún informe, dado que no nos es conocido personalmente. Mantenemos únicamente relaciones con su socio comercial.
4 Solamente en una ocasión hemos tenido breves negociaciones con esta firma, por lo que, muy a pesar nuestro, nuestras informaciones no son suficientes para dar referencias.
5 Dado que realizamos negocios únicamente de manera esporádica con la firma ..., sentimos no poder darles informes detallados (más exactos).

Referência desfavorável

1 Lamentamos ter de informar-lhes o seguinte:
2 Para nosso pesar, temos de informar-lhes o seguinte:

Informes negativos

1 Lamentamos tener que darles la siguiente información:
2 A nuestro pesar tenemos que comunicarles lo siguiente:

3 Podemos informar os seguintes detalhes:
4 Nossos negócios com a ... (empresa) não corresponderam à expectativa.
5 O negócio que realizamos com a ... (empresa) foi uma decepção.
6 Fomos levados a concluir que essa empresa promete mais do que pode cumprir.
7 A conduta da ... (empresa) levou-nos a cortar relações comerciais com ela.
8 Não faremos mais negócios com essa empresa.
9 Fomos levados a buscar outros parceiros comerciais.
10 As queixas contra essa empresa têm aumentado nos últimos tempos.
11 Tornou-se claro que a ... (empresa) não é digna de crédito (estável, solvente, capaz de honrar pagamentos, confiável etc.).
12 Acreditamos que os senhores devam proceder com extrema cautela.
13 Qualquer negócio com a ... (empresa) é, de acordo com nossa experiência, arriscado demais.
14 Consideramos arriscado o negócio planejado pelos senhores.
15 Tivemos de fazer uma série de reclamações, só levadas em conta após várias advertências ou nem mesmo consideradas.
16 A ... (empresa) só deu atenção às falhas de seu equipamento depois de muita relutância.
17 Obviamente a ... (empresa) não tem interesse em satisfazer seus clientes.
18 A assistência pós-venda dessa empresa é tão insatisfatória que no futuro compraremos nossas máquinas de outras companhias.

3 En detalle, debemos informarles lo siguiente:
4 Nuestros negocios con la firma ... no resultaron como esperábamos.
5 En los negocios con la firma ... sufrimos una decepción.
6 Tuvimos que reconocer que esa firma promete más de lo que puede cumplir.
7 El comportamiento de la firma ... condujo a la ruptura de las relaciones comerciales.
8 En el futuro no tendremos más negocios con esa firma.
9 Nos vimos obligados a buscar otras relaciones comerciales.
10 Ultimamente se han manifestado muchas quejas contra esa firma.
11 Se ha comprobado que la firma ... no es digna de crédito (sólida ante la crisis, solvente, fiable, etc.).
12 Estimamos es necesario proceder con sumo cuidado.
13 De acuerdo con nuestras experiencias, los negocios con la firma ... son muy arriesgados.
14 Consideramos que el negocio planeado es muy arriesgado.
15 Nos vimos obligados a hacerles repetidas reclamaciones que sólo atendieron después de repetidos recordatorios o no las atendieron en absoluto.
16 La firma ... opuso resistencia a la reparación de los defectos que se presentaron en los equipos.
17 Evidentemente, la firma ... no tiene ningún interés en satisfacer a sus clientes.
18 El servicio a la clientela de la firma ... es tan deficiente, que, en el futuro, compraremos nuestras máquinas a otras firmas.

Recusa do pedido de referências

A firma não é conhecida

1 Contrariamente ao que os senhores presumiram, não conhecemos a ... (empresa).
2 Não conhecemos a ... (empresa), sobre a qual os senhores pedem informações.
3 Na verdade, não temos nenhum negócio com a ... (empresa).

Negativa a la solicitud de referencia

La firma no es conocida

1 Contrariamente a su suposición, la firma ... no nos es conocida.
2 No conocemos la firma ..., sobre la que ustedes piden informes.
3 No es cierto que tengamos negocios con la firma ...

4 Infelizmente não temos condições de lhes prestar as informações solicitadas, uma vez que a ... (empresa) não é nossa cliente (fornecedora).

Não costuma dar referências

1 Infelizmente não podemos prestar-lhes informações sobre a ... (empresa), uma vez que tal atitude é contrária à prática em nosso ramo de negócio.
2 Em nosso ramo não se dá o tipo de informação desejado pelos senhores.
3 Estamos autorizados a dar referências apenas em circunstâncias excepcionais.
4 Infelizmente não podemos prestar-lhes as informações desejadas.
5 Estaríamos violando o direito de sigilo bancário se lhes déssemos a informação desejada.
6 As informações que os senhores solicitaram são confidenciais.
7 Acreditamos que a ... (empresa) não concordaria com a revelação dessa informação.
8 Tais informações são confidenciais e, portanto, não podemos fornecê-las.

4 Lamentablemente, no les podemos servir con las informaciones deseadas, ya que la firma ... no forma parte de nuestra clientela (no es suministradora nuestra).

No se acostumbra a dar referencias

1 Lamentamos no poder servirles con informaciones sobre la firma ..., pues eso no se ajustaría a los usos que se observan en nuestro ramo.
2 En nuestro ramo no se suministran informaciones del tipo deseado.
3 Sólo estamos autorizados para dar informaciones en casos excepcionales.
4 Lamentablemente, no podemos darles las informaciones solicitadas.
5 No podemos darles las informaciones deseadas porque violaríamos el secreto bancario.
6 Las informaciones que ustedes desean están sujetas a nuestra obligación de guardar secreto.
7 Suponemos que la firma ..., sobre la que ustedes piden información, no estaría de acuerdo con que ésta se transmita.
8 No nos es posible transmitir esas informaciones, por ser de carácter secreto.

Condições
Condiciones

Armazenamento

Condições genéricas

1 Obtivemos seu endereço em uma lista. Os senhores teriam condições de cuidar para nós da distribuição e do armazenamento de produtos? Tão logo tenhamos sua resposta, nós lhes daremos mais detalhes.
2 Seu representante aqui nos informou que os senhores teriam condições de viabilizar outro local de armazenagem e distribuição.
3 Os senhores estariam interessados na instalação de um depósito de distribuição?
4 Os senhores possuem os requisitos básicos para administrar adequadamente um depósito de distribuição?
5 Os senhores poderiam criar as condições para um depósito de distribuição?

Condições específicas

1 Necessitamos de um depósito ao ar livre de aproximadamente ... m^3.
2 O depósito ao ar livre (não) precisa ser coberto.
3 Após o expediente normal, o depósito ao ar livre deve ter vigias.
4 Como os produtos por estocar são explosivos, o depósito ao ar livre deve estar distante no mínimo ... m de qualquer edificação.
5 Como a mercadoria encontra-se em tambores metálicos, ela poderá ser estocada ao ar livre. Contudo, não deverá nunca estar exposta à luz direta do sol.
6 Nossa mercadoria poderá ser estocada ao ar livre no verão. No inverno, deverá ser armazenada em locais fechados.
7 Estamos procurando um depósito de aproximadamente ... m^2.

Almacenaje

Condiciones de carácter general

1 Su dirección la hemos tomado de una guía. ¿Están ustedes en condiciones de actuar como almacenistas nuestros para la entrega de mercancías? Tan pronto como recibamos su respuesta al respecto les enviaremos más detalles.
2 Su representante local nos ha informado que ustedes tienen capacidad para otro almacén de entrega.
3 ¿Tienen ustedes interés en la construcción de un almacén de entrega?
4 ¿Poseen ustedes los requisitos necesarios para encargarse en forma adecuada de un almacén de entrega?
5 ¿Podrían ustedes quizás crear las bases para un almacén de entrega?

Condiciones de carácter especial

1 Necesitamos un almacén al aire libre, de unos ... m^3.
2 El almacén al aire libre (no) debe tener techo.
3 Ustedes tendrían que custodiar el almacén al aire libre después de las horas normales de trabajo.
4 Debido a que se trata del almacenaje de mercancías explosivas, el almacén al aire libre tendría que estar por lo menos a ... metros de distancia de las edificaciones.
5 La mercancía se encuentra embalada en tanques de hierro, por lo que puede almacenarse al aire libre. Sin embargo, no debe estar expuesta directamente a los rayos del sol durante mucho tiempo.
6 Nuestra mercancía puede almacenarse al aire libre durante el verano, pero en invierno debe almacenarse en locales cerrados.
7 Buscamos un almacén de unos ... m^2.

8 O chão deve resistir a uma carga de ... kg/m².
9 A área de armazenamento deverá estar claramente delimitada em relação a outras cargas.
10 O depósito precisa ser à prova de fogo.
11 O depósito deve estar de acordo com todas as normas de segurança contra incêndio.
12 O depósito precisa ser seco.
13 O depósito precisa dispor, se possível, de um ramal ferroviário.
14 É (não é) necessária uma plataforma de carga com rampa.
15 O depósito deve possuir calefação, já que a mercadoria é sensível ao frio.
16 As mercadorias só poderão ser armazenadas por um período longo sob refrigeração.
17 O depósito deverá ter uma altura mínima de ... m.
18 Como nossa mercadoria é fornecida em paletes, seria recomendável instalar prateleiras para paletes, se já não houver.
19 Nossos produtos são paletizados. Por essa razão deverá haver disponibilidade de equipamento de descarga adequado, como empilhadeiras de forquilha.
20 Os seguintes produtos, com giro médio mensal de ... toneladas, devem ser armazenados.
Discriminação:
... t em embalagem de papelão
... t em engradados (caixotes)
... t em contêineres/barris
... t em tambores
... t em sacos plásticos.

Transporte para o depósito

1 O transporte de nossa fábrica em ... até seu estabelecimento deverá ser efetuado por trem (caminhão/navio).
2 Os senhores poderão transportar os produtos de nossa fábrica em ... até seu depósito em seus caminhões.
3 Pedimos que os senhores levem em conta que o carregamento poderá ser levado ao armazém em vagão de trem (caminhão, contêiner).
4 O depósito seria suprido por intermédio de veículos da companhia.

8 El suelo deberá poder resistir una carga de ... kg/m².
9 El almacén debe estar deslindado, de otros espacios de almacenaje.
10 El almacén debe ser a prueba de fuego.
11 El almacén debe cumplir todas las disposiciones administrativas con respecto a la seguridad contra el fuego.
12 El almacén tiene que ser seco.
13 El almacén debería poseer una vía de empalme, de ser posible.
14 Para las operaciones de almacenaje (no) se necesita una rampa.
15 Dado que la mercancía es sensible al frío, se necesita un almacén con calefacción.
16 La mercancía sólo se puede almacenar durante largo tiempo en depósitos frigoríficos.
17 El almacén debe tener una altura mínima de ... m.
18 Como nuestra mercancía se suministra en paletas, sería recomendable que instalaran estantes para paletas, si no los tienen aún.
19 Nuestros productos se suministran en paletas. Por tanto, es necesario que nos faciliten los equipos de descarga correspondientes como estibadoras de horquilla.
20 Se almacenaron los siguientes productos: ... con una cantidad mensual promedio de ... toneladas.
Distribución:
... toneladas en cajas de cartón
... toneladas en cajones
... toneladas en recipientes/barriles
... toneladas en tambores
... toneladas en sacos de plástico.

Transporte al almacén

1 Los transportes de nuestra fábrica ... a ustedes deberán realizarse por ferrocarril (camión/barco).
2 El transporte de nuestra fábrica ... a su almacén podrían realizarlo ustedes con sus propios camiones.
3 Por favor, tengan en cuenta que el almacenaje puede llevarse a cabo mediante vagones (camiones, contenedores).
4 El almacenaje se llevaría a cabo con vehículos propios de la fábrica.

5 Como nossa fábrica de ... está em terreno de propriedade da ferrovia, todas as mercadorias devem ser transportadas por via férrea.
6 Por termos convênio de exclusividade com nosso agente de carga, ele será responsável por todos os fretes para o seu depósito.

Propostas genéricas

1 Certamente estamos em condições de atender a sua solicitação referente a um armazenamento adequado.
2 Tão logo os senhores nos informem os detalhes, apresentaremos uma proposta vantajosa.
3 Caso as instalações do nosso depósito não os satisfaçam, estaríamos dispostos a modificá-las.
4 Os senhores podem ter certeza de que teremos a satisfação de atendê-los com relação a dotar nosso depósito de mais equipamentos.

Recusas

1 Em resposta a sua consulta, lamentamos informar que não poderemos colocar à disposição a área de armazenamento pedida.
2 Nossa seção de armazenamento está no momento totalmente lotada, de modo que, infelizmente, não poderemos atendê-los.
3 Não dispomos mais de local de armazenamento.
4 Como só trabalhamos com produtos a granel, não estamos equipados para armazenar e distribuir cargas embaladas.

Proposta de local de armazenamento ao ar livre

1 Em resposta imediata a sua carta de ..., informamos que podemos alugar para os senhores muito em breve, uma área de armazenamento ao ar livre.
2 De acordo com sua solicitação, poderemos cercar a área com tela de arame.

5 Como nuestra empresa en ... se encuentra en terrenos pertenecientes a los ferrocarriles, tenemos que realizar todas las expediciones por tren.
6 Hemos convenido con nuestro expedidor que sea él quien se encargue de todos los transportes a su almacén.

Ofertas de carácter general

1 Claro está que estamos en condiciones de complacer sus deseos relativos a un almacenaje en debida forma.
2 Tan pronto como ustedes nos proporcionen mayores detalles, les haremos llegar una oferta ventajosa.
3 Si el actual equipo de nuestro almacén no les satisface, estamos dispuestos a llevar a cabo modificaciones.
4 Ustedes pueden estar seguros de que tomaremos en cuenta, en todo momento, sus deseos en relación con el ulterior equipo técnico del almacén.

Negativas

1 En relación con su solicitud, sentimos tener que participarles que no podemos facilitarles el depósito que ustedes desean.
2 Nuestro departamento de almacenaje se encuentra actualmente completamente ocupado, por lo que, muy a pesar nuestro, tenemos que darles una respuesta negativa.
3 Hemos suprimido nuestro departamento de almacenaje.
4 Dado que nuestros almacenes están equipados exclusivamente para mercancías a granel, no podemos aceptar mercancías embaladas individualmente.

Oferta almacén al aire libre

1 En respuesta inmediata a su escrito del ..., les participamos que podemos alquilarles un almacén al aire libre, a corto plazo.
2 De acuerdo con sus deseos, estamos dispuestos a rodear el espacio libre con una cerca de malla de alambre.

3 Caso os senhores desejem que se cubra (parte do) o local, poderemos atendê-los, desde que os senhores nos reembolsem as despesas.
4 O depósito ao ar livre está afastado cerca de ... m de qualquer edificação.
5 Como já temos experiência em estocar mercadorias similares ao ar livre, não haverá dificuldade em armazenar os seus produtos.

Proposta de local de armazenamento com equipamento especial

1 Com referência a sua carta de ..., temos a satisfação de informar que podemos dispor de local de armazenamento que corresponde inteiramente a suas necessidades.
2 A área de armazenamento que podemos oferecer mede ... m² e foi aprovada pelo corpo de bombeiros.
3 O piso pode suportar uma carga de ... kg/m≦. A área de armazenamento é (não é) delimitada.
4 A área de armazenamento é totalmente seca.
5 Há (não há) ramal ferroviário.
6 O armazém dispõe (não dispõe) de plataforma de carga com rampa.
7 O espaço de armazenagem que podemos oferecer (não) possui calefação.
8 O espaço de armazenagem tem uma altura de ... m.
9 Fazem parte do equipamento do depósito prateleiras para paletes.
10 Evidentemente, dispomos de equipamento para manuseio das mercadorias (empilhadeiras, equipamento de içamento etc.).
11 De acordo com a informação que possuímos a respeito de salários e preços, fazemos nossa cotação nas seguintes condições:
12 Preço mensal do metro, ...
13 Taxa de estoque em depósito para cada 100 kg, ...
14 Taxa de saída do depósito para cada 100 kg, ...
15 Taxa de armazenamento subseqüente para cada 100 kg, ..., segundo balanço de estoque no final do mês.
16 Cobramos uma taxa adicional de ... por 100 kg pelo manuseio de carga pesada com peso unitário de mais de ... kg.

3 En el caso de que se desee un techo (parcial), estamos dispuestos a hacerlo construir, a condición de que se nos reembolsen los costos.
4 El almacén al aire libre está a unos ... m de distancia de las edificaciones.
5 Dado que ya hemos almacenado en el depósito al aire libre mercancías similares, el almacenaje de sus mercancías no presentará la menor dificultad.

Oferta almacén con equipo especial

1 Nos referimos a su escrito del ... y nos permitimos participarles que estamos en condiciones de complacerles plenamente facilitándoles un almacén adecuado.
2 El almacén previsto tiene una superficie que abarca ... m² y cumple las disposiciones administrativas relativas a la seguridad contra incendio.
3 La capacidad de carga del suelo es de ... kg/m². El almacén (no) está delimitado.
4 El almacén es completamente seco.
5 (No) Está provisto de vía de empalme.
6 El almacén (no) tiene rampa.
7 El almacén previsto (no) posee calefacción.
8 El almacén tiene una altura de ... metros.
9 El equipo del almacén comprende estantes para paletas.
10 Naturalmente, el almacén cuenta con el equipo técnico necesario para la manipulación de la mercancía (estibadora de horquilla, grúas, etc.).
11 De acuerdo con los datos en nuestro poder, relativos a los actuales niveles de salarios y precios, les ofrecemos, como base, las siguientes condiciones:
12 precio del metro por mes ...
13 derechos de entrada en almacén por 100 kg ...
14 derechos de salida de almacén por 100 kg ...
15 derechos por mercancías de existencia, según inventario de fin de cada mes, por 100 kg ...
16 Por manipulación de mercancías pesadas con pesos individuales de más de ... kg por paquete, se calculará un recargo de ... por 100 kg.

17	Emissão de nota de fornecimento (conhecimento de frete etc.) por unidade, ...	17	Expedición de notas de entrega (talones de expedición, etc.) por unidad...
18	Se desejarem, podemos fazer seguro da mercadoria armazenada.	18	Si se desea, nos encargamos del seguro de la mercancía almacenada.
19	Informem-nos, por favor, se aprovam os valores mencionados.	19	Si están ustedes de acuerdo con las tarifas propuestas, les rogamos nos lo comuniquen.
20	Presumindo que nossa proposta seja de seu agrado, aguardamos seu pedido.	20	Si les conviene nuestra oferta, esperamos la orden inmediata por parte de ustedes.
21	Aguardamos com interesse nossos entendimentos sobre os detalhes finais deste contrato.	21	Con gusto esperamos la conclusión de las negociaciones.
22	Caso não recebamos sua resposta em breve, seremos obrigados a alugar o espaço de armazenamento a outro interessado.	22	Esperamos su pronta respuesta. De lo contrario, tendríamos que alquilar el almacén a otros interesados.
23	Aguardamos sua resposta até ... A partir dessa data nossa proposta estará suspensa.	23	Por favor, respóndannos antes del ... A partir de esa fecha no nos consideraremos obligados por la oferta.
24	Como há outros interessados, pedimos que nos dêem uma resposta até ...	24	Debido a que hay otros interesados, les rogamos nos comuniquen su respuesta antes del ...
25	Mesmo que os senhores não estejam interessados em nossa proposta, receberíamos gratos sua resposta.	25	Rogamos nos contesten, aunque no acepten nuestra oferta.
26	Caso esta proposta não tenha sua aprovação, pedimos que nos informem, apresentando em resumo suas razões.	26	En el caso de que no les satisfaga nuestra oferta, les rogamos nos lo comuniquen brevemente, con indicación de los motivos.
27	Caso os senhores tenham mudado de idéia, solicitamos que nos informem.	27	En el caso de que hayan decidido otra cosa, les rogamos nos informen brevemente.

Indicação de um parceiro de negócios

1 Como não dispomos de local de armazenamento próprio, pedimos aos senhores que recorram à nossa afiliada, a ...
2 Informamos hoje por fax à nossa matriz em ... que os senhores estão procurando um armazém em ...
3 A administração de nossos depósitos está centralizada em ... Assim, pedimos que contatem nosso escritório nesse local para informações sobre preços.

Referencia a otra empresa

1 Debido a que nosotros no nos dedicamos al giro de almacén, les rogamos se dirijan a nuestra firma asociada ...
2 Hemos informado hoy por correo a nuestra central en ... que ustedes buscan un almacén en ...
3 Las operaciones de almacenaje las realizamos centralmente en nuestra oficina con domicilio en ... Para discutir cuestiones de precio les rogamos se dirijan a ella.

Apresentação de pedido

1 Agradecemos sua proposta de ... e gostaríamos que nos enviassem um contrato-padrão. Gostaríamos que o contrato vigorasse a partir de ...
2 Como sua proposta atende a nossas expectativas, desejamos fechar um contrato de armazenamento com os senhores.
3 Recebemos sua proposta e gostaríamos de dizer que, antes de fechar o contrato, desejamos conhecer o local de armazenamento.

Órdenes

1 Agradecemos su oferta del ... y les rogamos nos envíen un contrato listo para firmar. Como día de inicio del contrato proponemos el ...
2 Su oferta nos satisface, por lo que deseamos celebrar un contrato de almacenaje con ustedes.
3 Recibimos su oferta y les participamos que, antes de la conclusión definitiva del contrato, deseamos llevar a cabo una visita de los locales de almacenaje.

4 Com relação a sua proposta de ..., temos a satisfação de informar que concordamos com suas condições.
5 Com referência à sua proposta de ..., temos a satisfação de informar que desejamos utilizar pelo preço estipulado os locais de armazenamento que visitamos.
6 Concordamos em linhas gerais com sua proposta.

4 Estamos conformes con las condiciones contenidas en su oferta del ...
5 Con referencia a su oferta del ... les comunicamos que aceptamos los locales de almacenaje visitados contra el pago del precio de las tasas indicadas.
6 En general, estamos de acuerdo con su oferta.

Recusa

1 Infelizmente, não temos condições de fazer uso de sua proposta porque:
2 os preços estipulados são muito altos,
3 o espaço de armazenamento oferecido não corresponde a nossas necessidades,
4 não há ramal ferroviário,
5 o local de armazenamento não tem plataforma de carga com rampa,
6 a área de armazenamento fica ao nível do chão,
7 o local de armazenamento é impróprio para transporte rodoviário,
8 não há acesso para caminhões pesados,
9 nosso Departamento de Planejamento alterou sua decisão,
10 recebemos uma proposta mais favorável,
11 nosso Departamento de Vendas considera o local inadequado.

Negativas

1 Lamentablemente, debemos participarles que no podemos hacer uso de su oferta porque:
2 las tasas indicadas son muy elevadas,
3 los locales de almacenaje previstos no nos satisfacen,
4 no tiene vía de empalme,
5 los locales de almacenaje no tienen rampa,
6 el almacén esta a nivel del suelo,
7 el almacén no cuenta con buenas vías de comunicación,
8 no tiene vías de acceso para camiones con remolque,
9 nuestro departamento de planificación ha decidido otra cosa,
10 tenemos una oferta mejor,
11 nuestro departamento de compra no considera adecuado el almacén.

Confirmação

1 Anexamos um contrato de armazenamento já assinado por nós, em três vias.
2 Solicitamos que examinem cuidadosamente o contrato de armazenamento anexo.
3 Caso os senhores concordem com o teor do contrato, solicitamos que nos devolvam uma via assinada.
4 Pedimos que nos devolvam uma cópia do contrato assinada, após seu devido exame.
5 Solicitamos que nos devolvam os contratos o mais rápido possível assim que assinados e, portanto, legalmente em vigor.
6 Os senhores podem estar certos de que honraremos a confiança em nós depositada.
7 Podemos garantir aos senhores que corresponderemos à confiança depositada em nossa empresa.

Confirmación

1 Como anexo les enviamos por triplicado el contrato de almacenaje ya firmado por nosotros.
2 Les rogamos examinen cuidadosamente el contrato de almacenaje que adjunto les enviamos.
3 En caso de que estén de acuerdo con los términos del contrato, les rogamos nos devuelvan un ejemplar debidamente firmado.
4 Esperamos que, después de examinar el contrato, nos devuelvan un ejemplar debidamente firmado.
5 Les rogamos nos devuelvan cuanto antes los contratos, debidamente firmados.
6 Ustedes pueden estar seguros de que sabremos apreciar plenamente la confianza depositada.
7 Sabremos corresponder plenamente a la confianza depositada en nuestra firma.

8 Estamos confiantes de que a cooperação de nossas empresas se fundará na confiança mútua.
9 Temos certeza de que nossa cooperação será vantajosa para ambas as empresas.

8 Esperamos sinceramente una cooperación plena de confianza.
9 Deseamos que nuestras relaciones comerciales se desarrollen con éxito.

Fornecimento

Consultas

1 Solicitamos que calculem seu preço com base nos Incoterms
  a) EXW (posto em fábrica)
  b) FCA ...
  c) FOB ...
  d) CIF ...
2 Dadas as circunstâncias, não temos condições de retirar as mercadorias em seu estabelecimento. Assim sendo, solicitamos que o fornecimento seja FOB ... (porto de embarque).
3 Recebemos a última remessa CIF ... Seria possível calcular para a próxima remessa um preço posto em fábrica?
4 Informem-nos, por favor, quando poderemos retirar a mercadoria posta em fábrica.
5 O preço FOB ... estipulado baseia-se nos Incoterms de 1980 ou de 1990?

Proposta

1 Conforme solicitado, calculamos o preço de acordo com os Incoterms ...
2 O preço calculado por nós prevê fornecimento
  a) CFR ...
  b) CIP ...
  c) DES ...
  d) DDP ...
3 Como os senhores nos informaram que têm condições de retirar a mercadoria de nosso estabelecimento com veículo próprio, calculamos o preço posto em fábrica.
4 Normalmente fornecemos nossas mercadorias ... Caso desejem um fornecimento diferente, avisem-nos o mais rápido possível.
5 Os senhores solicitaram fornecimento FOB ... Uma vez que não conhecemos os procedimentos rotineiros desse porto, gostaríamos de encarregar um agente portuário dos trâmites da mercadoria. Todavia, o preço aumentaria em ... (valor, moeda).

Suministro

Demandas

1 Les rogamos cotizar sus precios teniendo en consideración los Incoterms
  a) EXC (en fábrica)
  b) FCA ...
  c) FOB ...
  d) CIF ...
2 Dado que bajo estas circunstancias no vemos ninguna posibilidad de retirar las mercancías en su almacén, les rogamos efectuar un suministro FOB ... (puerto de embarque).
3 El último envío lo recibimos CIF ... ¿Sería posible cotizar para la nueva expedición un precio en almacén?
4 Rogamos nos participen cuándo se puede recoger la mercancía EXW.
5 ¿Se trata en su cotización FOB ... de los Incoterms de 1980 o de 1990?

Oferta

1 Según su deseo, hemos cotizado el precio teniendo en cuenta los Incoterms ...
2 El precio cotizado por nosotros contiene una entrega
  a) CFR ...
  b) CIP ...
  c) DES ...
  d) DDP ...
3 Como nos manifestaron, tienen ustedes la posibilidad de retirar la mercancía con camión propio, por lo que les hemos cotizado el precio en almacén.
4 Normalmente suministramos nuestras mercancías ... En caso de que tengan otros deseos en cuanto a la entrega, les rogamos comunicárnoslo de inmediato.
5 Ustedes desean una entrega FOB ... Dado que no conocemos los usos corrientes en este puerto, quisiéramos encargar a un transportista portuario de la tramitación, lo cual, sin embargo, elevaría el precio en ... (importe, moneda).

Despacho

1 Nossas mercadorias são enviadas por caminhão (trem, navio, avião) como expedição normal (expressa).
2 Remetemos nossas mercadorias por caminhão (trem etc.)
3 Nossas mercadorias são despachadas por rodovia (ferrovia etc.).
4 Despachamos nossas mercadorias como expedição normal (expressa).
5 Caso o cliente queira outro meio de transporte que não caminhão (trem etc.), deverá arcar com as despesas adicionais.
6 Atenderemos ao seu desejo quanto à forma de entrega.
7 Devido às características das mercadorias, a expedição só poderá ser feita por ... (forma de transporte adequada).
8 Despachamos nossas mercadorias apenas em veículos isotérmicos.
9 Como o porto de ... dispõe de apenas um terminal de contêineres, as mercadorias devem ser transportadas como carga unitizada em contêineres.

Envío

1 El envío de nuestras mercancías se efectúa por camión (ferrocarril, barco, avión), por pequeña velocidad (carga por expreso).
2 Enviamos nuestras mercancías por camión (ferrocarril, etc.).
3 Nuestras mercancías se suministran mediante transporte por carretera (ferrocarril, etc.).
4 Enviamos nuestras mercancías por p.v. (por expreso).
5 De desear el cliente otro medio de transporte que camión (ferrocarril, etc.), deberá hacerse cargo de los gastos adicionales.
6 En la elección de la forma de envío, complacemos sus deseos.
7 Debido a las características de la mercancía, sólo se puede efectuar el envío por ... (forma de transporte deseada).
8 Sólo enviamos nuestras mercancías por medios de transporte con instalación frigorífica.
9 Dado que el puerto de ... sólo dispone de un terminal de contenedores, las mercancías deberán ser transportadas en cargas colectivas en contenedores.

Prazos

1 A presente proposta é válida por um prazo de ... dias (semanas, meses).
2 Decorridos ... dias, nós nos consideraremos desobrigados desta proposta.
3 Esta oferta é válida somente até ...
4 Esta oferta é válida enquanto durarem nossos estoques.
5 A presente oferta é sem compromisso e não tem limite de tempo.
6 Gostaríamos de oferecer-lhes o seguinte, com validade até ...
7 A presente proposta é válida até ..., caso não a cancelemos anteriormente por escrito.
8 Podemos suspender a presente oferta a qualquer tempo, oralmente ou por escrito.
9 O presente pedido deverá ser executado dentro de ... dias.
10 Decorridos ... dias, não teremos mais interesse em executar este pedido.
11 Poderemos apresentar este pedido aos senhores apenas se sua empresa puder executá-lo até ... (data).

Obligación temporal

1 Nos consideramos obligados por esta oferta durante ... días (semanas, meses).
2 Transcurridos ... días, dejaremos de estar obligados por esta oferta.
3 Esta oferta sólo es válida hasta el ...
4 Esta oferta es válida mientras queden existencias.
5 Esta oferta no está sujeta a un tiempo determinado y podemos retirarla a voluntad.
6 Con validez hasta el ... les ofrecemos lo siguiente:
7 Nos consideramos obligados por esta oferta hasta el ..., salvo revocación previa por escrito.
8 En todo momento podemos revocar esta oferta, por escrito o de palabra.
9 Este pedido deberá servirse dentro de ... días.
10 Transcurridos ... días, cesará nuestro interés por la ejecución de este pedido.
11 Sólo podemos hacerles este pedido si lo sirven antes del ...

12 Estaremos comprometidos com este pedido apenas se for executado até ... (data).
13 Comprometemo-nos com este pedido apenas até ... (data).

12 Sólo nos consideramos obligados por este pedido si lo sirven a más tardar el ...
13 Este pedido es sólo válido hasta el ...

Quantidade

Quantidade mínima

1 A quantidade mínima por pedido é de ... unidades (quilos, toneladas etc.).
2 O cálculo do preço baseia-se em uma aquisição mínima de ... unidades.
3 Infelizmente não podemos aceitar pedidos inferiores a ... unidades.
4 Não nos é possível fornecer menos de ... unidades.
5 A quantidade encomendada pelos senhores é pequena demais em vista de um preço tão baixo. Precisaríamos receber um pedido de no mínimo ... unidades (quilos, toneladas, fardos).

Cantidad

Cantidades mínimas de compras

1 La compra mínima será de ... unidades (kg, ton., etc.)
2 Nuestro precio está calculado de tal forma que deberán ser adquiridas, como mínimo, ... unidades.
3 Sentimos no poder ejecutar pedidos por debajo de ... unidades.
4 No nos es posible suministrar menos de ... unidades.
5 La cantidad pedida por ustedes es demasiado escasa, teniendo en cuenta que el precio fue calculado de modo tan ajustado. Deberíamos recibir de ustedes un pedido mínimo de ... unidades (kg, ton., fardos).

Mercadoria não pode ser fornecida em quantidade suficiente

1 Os senhores perguntam em sua carta se poderemos fornecer ... unidades (quilos, toneladas, fardos etc.) do nosso ... (produto). No momento, dispomos de apenas ... unidades (etc.) em estoque.
2 Lamentamos ter de informar-lhes que dispomos de apenas ... unidades (quilos, toneladas, fardos etc.) do produto solicitado para entrega imediata. Para o restante, os senhores deverão contar com um prazo de fornecimento de ...
3 Agradecemos sua consulta de ... Infelizmente, não dispomos de nenhum estoque do material solicitado, uma vez que quase não se fizeram pedidos dele recentemente. Caso os senhores tenham intenção de pedir uma quantidade maior, estamos dispostos a fornecê-la dentro de ... dias (semanas, meses).

No pueden suministrarse cantidades suficientes

1 Con su carta del ... nos preguntan si podemos entregar ... unidades (kg, ton., fardos, etc.). Por el momento sólo tenemos ... unidades (etc.) en almacén.
2 Sentimos tener que participarles que sólo podemos suministrar inmediatamente ... unidades (kg, ton., fardos, etc.) de los artículos en cuestión. Para el resto tendrán que contar con un plazo de entrega de ...
3 Les agradecemos su demanda del ... Desgraciadamente, no mantenemos en absoluto existencias de este material, debido a que en el último tiempo prácticamente ya no se hicieron pedidos. Sin embargo, en caso de que tuvieran la intención de pasar un pedido de consideración, con sumo gusto estaríamos dispuestos a suministrar éste en ... días (semanas, meses).

4 Agradecemos sua consulta de ... Infelizmente, dispomos apenas de uma quantidade muito pequena desses produtos em estoque. Poderíamos fornecer-lhes de imediato um produto similar, ou então os senhores deverão contar com um prazo de fornecimento de ...
5 Nosso produto ... tem tido uma saída tão grande que mal conseguimos atender à demanda. Portanto, somos obrigados a pedir-lhes um prazo de fornecimento de ...

4 Mucho agradecemos su demanda del ..., pero, por desgracia, sólo disponemos de cantidades de poca consideración de este artículo en almacén. Les podríamos suministrar, o bien un producto similar inmediatamente o, de lo contrario, deberán ustedes contar con un plazo de entrega de ...
5 El artículo ... se vende de tal manera que apenas podemos dar abasto. Les rogamos, por lo tanto, acepten un plazo de entrega de ...

Embalagem

Consultas genéricas

1 Como as mercadorias deverão ser embaladas?
2 Em vista da alta qualidade dos produtos solicitados, deveremos seguir instruções especiais de embalagem?
3 De acordo com as novas regulamentações da UE, a embalagem não pode ser prejudicial ao meio ambiente. Por essa razão pedimos que nos informem se deveremos seguir instruções especiais de embalagem na remessa.
4 Os senhores exigem um método especial de embalagem?
5 A embalagem das mercadorias será feita em sua fábrica?

Consultas específicas

1 Soubemos por um parceiro de negócios que os senhores trabalham principalmente com embalagem para despachos marítimos.
2 Como temos necessidade de fazer pedidos regulares de embalagem, pedimos que os senhores entrem em contato conosco caso tenham interesse nesse negócio.
3 Os senhores conquistaram reputação mundial como firma especializada em embalagens.
4 Devido à instalação de equipamento automatizado de paletização, temos enfrentado dificuldades no processo de embalagem de caixas de papelão. Portanto, gostaríamos que os senhores marcassem uma data para inspecionar nossa fábrica.

Embalaje

Solicitudes de carácter general

1 ¿De qué manera deben ser embalados los artículos?
2 ¿Hay que tener en consideración disposiciones especiales de embalaje con motivo de la alta calidad de los productos por los que ustedes se interesan?
3 De conformidad con las nuevas normas de le UE, el embalaje no debe ser contaminante del medio ambiente. Por esta razón, les rogamos nos comuniquen si al hacer el envío hay que observar disposiciones especiales en cuanto al embalaje.
4 ¿Exigen ustedes métodos especiales de embalaje?
5 ¿Se efectúa el embalaje de los artículos en su empresa?

Solicitudes de carácter especial

1 Un amigo de nuestra casa nos ha informado que ustedes se ocupan principalmente del embalaje de envíos a ultramar.
2 Nuestra firma ordena regularmente trabajos de embalaje. En consecuencia, si ustedes están interesados, les rogamos se pongan en contacto con nosotros.
3 Ustedes han alcanzado un nombre mundial como firma especializada en embalaje.
4 La instalación del equipo automático de manipulación nos plantea dificultades con respecto a nuestro actual sistema de embalaje en cajas de cartón. Por esta razón, y previo acuerdo con nosotros, les rogamos inspeccionen nuestra fábrica.

5   Os constantes aumentos de frete levaram-nos a dar mais atenção à embalagem. Os senhores poderiam recomendar-nos embalagens que sejam mais econômicas no peso?
6   Soubemos que os senhores desenvolveram um novo processo de embalagem, pelo qual as mercadorias frágeis são protegidas contra danos por uma espuma sintética colocada dentro das embalagens. Gostaríamos que os senhores nos enviassem informações mais detalhadas a esse respeito.
7   Parece haver normas especiais para a utilização de embalagens de madeira em despacho marítimo intercontinental para determinados países. Os senhores poderiam dar-nos alguma informação a esse respeito?
8   Desejamos substituir nossas embalagens de papelão por lâminas metálicas. Pedimos que nos apresentem uma proposta correspondente.
9   As nossas embalagens atualmente em uso precisam ser repostas. Gostaríamos de saber se os senhores têm condições de fabricar em curto prazo as seguintes unidades e que preços cobrariam por elas: ... engradados (caixotes), ... tambores, ... barris, ... contêineres, ... paletes. Verifiquem, por favor, nos esboços anexos os detalhes técnicos de medidas, pesos etc.
10 Pretendemos despachar futuramente nossas mercadorias em embalagens sem retorno. Os senhores poderiam dar-nos algumas sugestões a respeito disso?
11 Os senhores poderiam recomendar-nos um material de embalagem que não seja nocivo ao meio ambiente e corresponda às normas vigentes da UE?

5   Los aumentos corrientes en los gastos de transporte nos inducen a prestar más atención a la cuestión del embalaje. ¿Pueden ustedes recomendarnos para nuestros productos embalajes de un peso más ventajoso?
6   Hemos tenido conocimiento de que ustedes han desarrollado un nuevo sistema de embalaje especial para proteger las mercancías frágiles contra agentes exteriores, a base de la aplicación química de material esponjoso en la unidad de embalaje. ¿Nos podrían proporcionar más detalles al respecto?
7   Es conocido que en el tráfico ultramarino hacia ciertos países existen disposiciones especiales sobre la utilización de embalaje de madera. ¿Nos podrían proporcionar información al respecto?
8   Queremos cambiar nuestro tipo de embalaje y utilizar láminas en lugar de cajas de cartón. Les rogamos nos hagan una oferta al respecto.
9   Tenemos que aumentar nuestros medios de embalaje en existencia. ¿Están ustedes en condiciones de fabricar, a corto plazo, las siguientes unidades: ... cajones, ... tambores, ... barriles, ... recipientes, ... paletas, y a qué precios? Los datos técnicos como dimensiones, pesos, etc. figuran en los gráficos adjuntos.
10 En el futuro queremos enviar nuestras mercancías en embalajes no recuperables. ¿Pueden ustedes hacernos proposiciones al respecto?
11 ¿Pueden ustedes recomendarnos un material de embalaje que no sea contaminante del medio ambiente y corresponda a las normas de la UE, actualmente en vigor?

Propostas genéricas

1   Agradecendo sua consulta, temos a satisfação de enviar-lhes nosso material informativo. Estamos certos de que ele os convencerá da capacidade de nossa empresa. A lista de preços anexa é válida até ...
2   Em resposta à sua consulta, temos a satisfação de informar-lhes que não só fabricamos embalagens-padrão, mas também fornecemos embalagens avulsas e especiais.

Ofertas de carácter general

1   Agradecemos su solicitud y les enviamos con gusto nuestro material informativo para que puedan apreciar la capacidad de nuestra empresa. La lista de precios adjunta tiene validez hasta el ...
2   En relación con su pregunta podemos expresarles que, además de los medios de embalaje normales, también nos dedicamos a embalajes individuales y especiales.

3 Somos especializados particularmente na criação de material plástico para embalagens.
4 Em casos especiais, poderemos fazer a embalagem do produto em nossa fábrica.

3 Nuestra especialidad es el desarrollo de medios de embalaje de material plástico.
4 En casos especiales, puede realizarse el embalaje de una mercancía en nuestra fábrica.

Propostas específicas

1 Seu parceiro de negócios informou-os corretamente de que somos especializados em embalagens para despachos marítimos intercontinentais.
2 Anexamos a esta uma proposta detalhada de embalagem contendo todas as informações necessárias. Nosso orçamento perfaz um total de ...
3 Ficaremos satisfeitos se nossa proposta tiver sua aprovação.
4 Aguardamos com grande interesse o seu pedido.
5 Teremos imensa satisfação de inspecionar seu equipamento de paletização e, depois de um exame completo, apresentaremos aos senhores nossas sugestões.
6 Antes de recomendar-lhes uma nova unidade de embalagem, gostaríamos de submetê-la a um teste mais prolongado. Só poderemos informar-lhes o preço por unidade quando tivermos concluído com sucesso esses testes.
7 O revestimento com espuma sintética é uma nova conquista na área de embalagens. Anexamos a esta um folheto com informações sobre suas aplicações. O preço por kg é de ... Na aquisição de ... kg, poderemos conceder-lhes um desconto de ...%.
8 Os seguintes países possuem normas especiais para embalagem de madeira:
9 Podemos fornecer material de impermeabilização a um preço de ... por kg.
10 Com base nos esboços enviados, calcularemos um preço unitário de ... para um pedido mínimo de ... unidades.
11 Podemos fabricar os materiais de embalagem citados em sua consulta de ... pelos seguintes preços:

Ofertas de carácter especial

1 Efectivamente, tal y como les ha informado el amigo de su casa, nos dedicamos especialmente al embalaje de envíos destinados a ultramar.
2 Adjunto les enviamos una oferta de embalaje en la que pueden ver todos los detalles. Nuestro presupuesto de costos asciende en total a ...
3 Mucho nos alegraríamos de que nuestra oferta les agradara.
4 Esperamos su pedido con mucho interés.
5 Estamos gustosamente dispuestos a inspeccionar su equipo automático de manipulación y después de un cuidadoso estudio les haremos llegar nuestras proposiciones.
6 Antes de recomendarles una nueva unidad de embalaje queremos someter ésta a una prueba más larga. Sólo podremos darles los precios por unidad después de que hayamos realizado satisfactoriamente la prueba.
7 La utilización de material químico esponjoso es una novedad en el sector de medios de embalaje. Nos permitimos enviarles adjunto un folleto en el que pueden ustedes ver las posibilidades de utilización. El precio es ... por kg. Por la adquisición de ... kg se les concede una rebaja del ...%.
8 Existen disposiciones especiales para la utilización de embalajes de madera en envíos hacia los siguientes países:
9 Gustosamente podemos facilitarles el material de impregnación al precio de ... por kg.
10 Tomando como base los dibujos de muestra en nuestro poder, calculamos un precio por unidad de ... para la adquisición de un mínimo de ... unidades.
11 Podemos fabricar los medios de embalaje mencionados en su escrito del ..., a los precios siguientes:

12 Temos condições de fabricar embalagens sem retorno para seus produtos sempre que necessário. Consultem a lista anexa dos mais recentes preços de fábrica.

Apresentação de pedidos genéricos

1 Os preços mencionados correspondem às nossas expectativas. Assim sendo, apresentamos o seguinte pedido de embalagens:
2 Como os preços unitários estão muito altos, infelizmente não temos condições de lhes apresentar um pedido.
3 Seu concorrente está oferecendo embalagens por um preço bem menor.
4 As amostras de embalagens que recebemos infelizmente não correspondem a nossas exigências.
5 Infelizmente, a embalagem oferecida pelos senhores não está de acordo com as normas vigentes da UE. Assim sendo, não podemos apresentar um pedido.

Apresentação de pedidos específicos

1 Com referência a sua proposta de ..., nós os contratamos pela presente para embalar a maquinaria de forma adequada, a um custo de ...
2 Com referência à sua proposta de ..., encomendamos pela presente as seguintes unidades de embalagem, para entrega imediata:
3 ... caixas (desenho n? ...)
... paletes de carga descartáveis (desenho n? ...)
... tambores de ferro (desenho n? ...)
4 Os senhores conseguiram convencer-nos da versatilidade de suas embalagens com espuma sintética. Desejamos pedir ... kg ao preço de ... por kg.
5 Referimo-nos outra vez a sua proposta de ... e pedimos que nos forneçam ... kg do produto para impermeabilização de madeira ..., ao preço de ... por kg, frete pago (estação ferroviária ...).
6 De acordo com sua proposta de ..., damos autorização aos senhores para fabricar para nós as seguintes embalagens especiais:

12 En todo momento podemos fabricar para sus productos embalajes no recuperables. Les rogamos consulten nuestros precios de fábrica en la nueva lista de precios adjunta.

Órdenes de carácter general

1 Los precios indicados nos satisfacen. Por ello, les encargamos las siguientes unidades de embalaje:
2 Sus precios por unidad no son lo que esperábamos. Por ello, lamentablemente, no podemos hacerles ningún encargo.
3 Su competencia ofrece medios de embalaje mucho más baratos que los de ustedes.
4 Lamentablemente, las muestras de embalaje que ustedes nos enviaron no satisfacen nuestras necesidades.
5 El embalaje ofrecido por ustedes no corresponde, por desgracia, a las normas de la UE, actualmente en vigor, por lo que tenemos que renunciar a pasarles un pedido.

Órdenes de carácter especial

1 Por medio de la presente, y de acuerdo con su oferta del ..., les damos la orden de embalar debidamente la maquinaria por el precio de ...
2 Nos referimos a su oferta del ... y encargamos los siguientes medios de embalaje para su suministro inmediato:
3 Cajones (dibujo n° ...) ... unidades
Paletas de un solo uso (dibujo n° ...) ... unidades
Barriles de hierro (dibujo n° ...) ... unidades
4 Ustedes nos han convencido de las muchas posibilidades de empleo de su material esponjoso. Les encargamos ... kg al precio de ... por kg.
5 Nos referimos a su oferta del ... y les pedimos nos envíen ... kg de material de impregnación de madera del tipo ... al precio de ... por kg, franco de porte (estación ferroviaria ...).
6 De acuerdo con su oferta del ... les encargamos la fabricación de los siguientes embalajes especiales:

7 Pela presente, nós os contratamos para examinar as unidades de embalagem que utilizamos e fazer-nos sugestões sobre aprimoramento. Custo máximo: ...
8 Pedimos que embalem os produtos de forma a evitar poluição ambiental.
9 Como nós, fornecedores, somos responsáveis pelo descarte das embalagens após a utilização, solicitamos que mantenham custos referentes a isso o mais baixos possível.

Confirmação de pedido e aviso de despacho

1 Agradecemos seu pedido e confirmamos que forneceremos as embalagens pontualmente em ...
2 As embalagens encomendadas pelos senhores em ... deverão ser entregues em ...
3 Confirmamos gratos o recebimento de seu pedido e já instruímos nosso Departamento de Expedição a enviar imediatamente aos senhores a mercadoria por trem de carga.
4 O material de embalagem encomendado em ... pelos senhores será despachado hoje por caminhão de transporte consolidado.
5 O material de embalagem encomendado no pedido n? ..., de ..., será fornecido aos senhores em ... por caminhão de nossa empresa.
6 Faremos aos senhores uma entrega expressa antecipada de ... unidades em ...
7 Em referência a seu pedido de ..., a embalagem de sua maquinaria está prevista para ... (data).
8 Providenciaremos em tempo hábil o pessoal necessário para embalar as máquinas em sua fábrica.
9 De acordo com seu pedido, já tomamos todas as providências para que a mercadoria seja embalada de forma a evitar ao máximo danos ao meio ambiente.
10 O material da embalagem poderá ser eliminado sem problemas e a um preço extremamente baixo.

7 Les encargamos examinen las unidades de embalaje que tenemos en uso y nos hagan proposiciones para mejorarlas. Nuestro límite de costos es ...
8 Les rogamos embalar los artículos de forma que queden excluidos daños ambientales.
9 Dado que como suministradores somos responsables de la eliminación de los desechos procedentes del embalaje, les rogamos mantener los gastos respectivos tan bajos como sea posible.

Confirmación de orden y aviso de envío

1 Les agradecemos su orden y les confirmamos que suminstraremos oportunamente, el ..., su material de embalaje.
2 Las unidades de embalaje ordenadas por ustedes el ... serán probablemente enviadas el ...
3 Agradecidos, confirmamos el recibo de su orden y hemos dado hoy instrucciones a nuestro departamento de expedición para que inmediatamente les envíen a ustedes, por carga, las mercancías solicitadas.
4 El material de embalaje encargado por ustedes el ... les será enviado hoy por camión de transporte de carga colectiva.
5 El ... les serviremos con nuestros propios camiones los materiales de embalaje pedidos por su orden n° ... del ...
6 El ... les enviaremos por expreso un suministro por adelantado de ... unidades.
7 Para el embalaje de la maquinaria, de acuerdo con su orden del ..., hemos previsto el período del ...
8 Situaremos oportunamente en los terrenos de su fábrica el personal necesario para el embalaje de la maquinaria.
9 En relación con su deseo de embalar la mercancía respetando al máximo posible las normas ambientales, hemos dado ya las instrucciones pertinentes.
10 Los desechos procedentes del embalaje pueden ser eliminados sin problema y a un precio muy favorable.

Condições gerais de embalagem

1 Embalamos as mercadorias em engradados (cestos, fardos, barris, contêineres, paletes).
2 Escolhemos os engradados (caixotes) como embalagem.
3 Fornecemos esses aparelhos em paletes (engradados, caixotes etc.)
4 Fornecemos os aparelhos montados acondicionados em engradados (caixotes).
5 Os senhores poderão escolher entre aparelhos montados, embalados em paletes, ou desmontados, embalados em engradados (caixotes).
6 Caso sua encomenda seja em quantidade satisfatória, poderemos fornecer os produtos também em contêineres.
7 Fornecemos as máquinas desmontadas, embaladas em engradados (caixotes).
8 Fornecemos líquidos em tambores de alumínio ou em caminhões-pipa.
9 Nossos paletes são construídos de tal forma que facilitam o transporte em contêineres.
10 Cada engradado (caixote) contém ... unidades embaladas em caixas de papelão.
11 O transporte em paletes não apresentará dificuldade alguma, já que os paletes são colocados sobre grade de aço para proteger máquinas de tal valor.
12 Dependendo da quantidade encomendada, fornecemos as mercadorias em caixas de papelão, engradados (caixotes) de madeira ou contêineres.
13 Os senhores poderão escolher entre as seguintes embalagens:
14 A fim de evitar danos de transporte, fornecemos esses aparelhos valiosos exclusivamente em engradados (caixotes) de madeira feitos sob medida.
15 Nossas caixas são totalmente revestidas com espuma de borracha para proteger as mercadorias contra choques e abalos.
16 Os custos de embalagem estão incluídos no preço.
17 Não há despesas adicionais de embalagem.
18 O custo da embalagem em caixas de papelão está incluído no preço.
19 Caso seja escolhida outra embalagem, os custos adicionais serão de responsabilidade do cliente.
20 Pedidos de embalagens especiais serão faturados separadamente.

Condiciones generales de embalaje

1 Embalamos las mercancías en cajas (cestos, pacas, barriles, contenedores, sobre paletas).
2 Como embalaje elegimos cajas.
3 Suministramos estos aparatos en paletas (cajas, etc.).
4 Suministramos los aparatos ya montados embalados en cajas.
5 Ustedes pueden elegir entre aparatos montados embalados sobre paletas, y aparatos desmontados embalados en cajas.
6 Si su pedido tiene un volumen correspondiente, podemos suminstrarlo también en contenedores.
7 Suministramos los aparatos desarmados, embalados en cajas.
8 Suministramos esos líquidos en barriles de aluminio o en camiones cisterna.
9 Nuestras paletas están construidas en forma tal que pueden transportarse fácilmente en contenedores.
10 Cada caja contendrá ... unidades embaladas en cartones.
11 El transporte sobre paletas no debe preocuparles en absoluto, pues se dispone de rejillas de soporte con bastidores de acero para proteger los valiosos aparatos.
12 Según el volumen del pedido, suministramos las mercancías en cajas de cartón, de madera, o en contenedores.
13 Ustedes pueden elegir entre los siguientes embalajes:
14 Para evitar daños en el transporte, sólo suministramos esos valiosos aparatos en marcos de madera hechos a la medida.
15 Para la protección contra golpes y sacudidas, nuestras cajas están revestidas completamente con material esponjoso.
16 El precio incluye los gastos de embalaje.
17 No existen gastos adicionales de embalaje.
18 El precio incluye los gastos de embalaje en cajas de cartón.
19 Si se elige otro tipo de embalaje, los costos suplementarios corren por cuenta del cliente.
20 Los tipos especiales de embalaje los cargamos separadamente en cuenta.

Seguro

Consulta

1 Desejamos contratar um seguro de acordo com as Institute Cargo Clauses A (B ou C). Queiram por favor apresentar-nos sua melhor proposta.
2 Ficaríamos gratos se os senhores pudessem informar-nos o mais rápido possível sob que condições os senhores poderiam oferecer a seguinte cobertura de seguro:
3 Queiram informar-nos seu prêmio mais vantajoso para a cobertura de todos os riscos no transporte de ...
4 Pedimos que nos informem sua menor taxa de apólice aberta de ... (valor) para cobrir todos os riscos de ...
5 Como embarcamos regularmente mercadorias para ..., estamos interessados em adquirir uma apólice aberta por ... (prazo). Queiram apresentar-nos sua melhor proposta.

Solicitação de contrato de seguro

1 Agradecemos sua proposta de ... Necessitamos de cobertura para as seguintes quantidades:
2 Pedimos que contratem um seguro com cobertura total para as mercadorias de acordo com as Institute Cargo Clauses A.
3 Pedimos que façam seguro das mercadorias contra todos os riscos, incluindo avaria específica e de força maior.
4 Solicitamos que os senhores emitam uma apólice de seguro contra todos os riscos de porta a porta.
5 As mercadorias devem ser seguradas como segue:
a) porta a porta
b) estocadas no armazém (depósito)
c) em trânsito
d) contra todos os riscos
e) com avaria geral, excluindo específica
f) de acordo com as Institute Cargo Clauses C (B, A)

Seguro

Solicitud

1 Desearíamos contratar un seguro de acuerdo al Institut Cargo Clauses A (B o C). Sírvanse presentarnos su oferta más favorable.
2 Les agradeceríamos nos comunicaran sin demora a qué condiciones pueden ofrecernos el siguiente seguro:
3 Les rogamos nos indiquen su prima más ventajosa a todo riesgo para el embarque de ...
4 Indíquennos, por favor, la prima más reducida para una póliza flotante a todo riesgo por la suma ... (importe) para ...
5 Dado que tenemos embarques regulares a ..., estamos interesados en establecer una póliza flotante para un plazo de ... Les rogamos nos hagan su oferta más favorable.

Solicitud de contratación de seguro

1 Les agradecemos su oferta del ... y les damos a conocer a continuación las cantidades para las cuales necesitamos una cobertura de seguro.
2 Les rogamos establecernos un seguro que ofrezca cobertura total de la mercancía de arreglo al Institute Cargo Clauses A.
3 Les rogamos asegurar los géneros a todo riesgo, incluida avería particular y fuerza mayor.
4 Rogamos extender una póliza de seguros a todo riesgo de almacén a almacén.
5 La mercancía debe ser asegurada del siguiente modo:
a) de puerta a puerta.
b) almacenada en depósito.
c) durante el transporte.
d) a todo riesgo.
e) con avería gruesa, pero excluida avería particular.
f) con arreglo al Institute Cargo Clauses C (B, A).

6 Pedimos que providenciem o seguro adequado e enviem-nos quanto antes um certificado de seguro, que deveremos apresentar para pagamento de carta de crédito.
7 Pedimos que nos enviem a confirmação de cobertura para o seguro das mercadorias.
8 Necessitamos do seguro:
   a) a partir de ...
   b) de ... até ...
   c) pelo período de ... (dias, semanas, meses).
9 Como nossa apólice aberta expira em ..., pedimos que emitam outra com os mesmos termos.
10 Pedimos que devolvam os formulários de seguro preenchidos.

Condições de pagamento

Pagamento à vista sem desconto no recebimento da mercadoria

1 Os preços indicados são líquidos, sem dedução, pagáveis no recebimento da mercadoria.
2 O valor total da fatura vence no recebimento da mercadoria.
3 Nossos preços já incluem os descontos à vista.
4 Nosso preço de oferta é tão baixo que devemos insistir em pagamento à vista contra entrega, sem mais descontos.
5 Os pagamentos devem ser efetuados por carta de crédito irrevogável, em vigor na confirmação do pedido e com vencimento na entrega.
6 Os pagamentos devem ser efetuados por cartas de crédito irrevogáveis, que nos devem ser enviadas após o recebimento da confirmação do pedido.
7 Um terço do valor da fatura deve ser pago na apresentação do pedido, outro terço na metade da produção e o restante na entrega da mercadoria.

6 Sírvanse establecer el seguro necesario, enviándonos lo más pronto posible un certificado de seguro, el cual debemos presentar a los efectos de pago del crédito documentario.
7 Rogamos nos confirmen su promesa de cobertura para el seguro de las mercancías.
8 El seguro se necesita:
   a) a partir del ...
   b) del ... al ...
   c) para un período de ... (días, semanas, meses).
9 Dado que nuestra póliza flotante expira el ..., les rogamos se sirvan extender una nueva en las mismas condiciones.
10 Rogamos se sirvan devolvernos los formularios del seguro una vez cumplimentados.

Condiciones de pago

Pago al contado sin descuento al recibo de la mercancía

1 Nuestros precios se entienden netos sin descuento alguno, pagaderos a la recepción de la mercancía.
2 El importe de la factura es pagadero en su totalidad a la recepción de la mercancía.
3 En nuestros precios ya se han considerado los descuentos.
4 Nuestro precio de oferta es tan favorable, que debemos insistir en pago al contado al realizarse el suministro y no podemos conceder descuento alguno.
5 Los pagos deben realizarse en todo caso mediante crédito bancario irrevocable, que será efectivo con la confirmación del pedido y pagadero cuando se haya efectuado el suministro.
6 Los pagos se realizan mediante créditos bancarios irrevocables que se deberán enviarnos una vez recibida la confirmación del pedido.
7 Debe pagarse una tercera parte del importe de la factura al ordenarse el pedido, otra tercera parte a la mitad del proceso de fabricación, y el resto cuando se suministre la mercancía.

No recebimento da fatura

1 No recebimento da fatura, o total deve ser pago sem descontos.
2 Nossos preços são líquidos. A fatura deverá ser paga em dinheiro (com cheque) quando for recebida.
3 Solicitamos pagamento em dinheiro (com cheque) no recebimento da fatura. O preço já inclui descontos.

Después de recibida la cuenta

1 Después de recibida la cuenta, deberá pagarse el importe sin deducción alguna.
2 Nuestros precios son netos y deben pagarse al contado (por cheque) al recibo de la factura.
3 Rogamos pago al contado (mediante cheque) al recibo de la factura; los descuentos han sido considerados en el precio.

Desconto (pagamento à vista/antecipado)

1 Em caso de pagamento à vista em ... dias após o recebimento da mercadoria (da fatura), concederemos desconto de ...% sobre o valor da fatura.
2 Poderão ser descontados ...% do valor da fatura se o pagamento for efetuado em ... dias após a entrega da mercadoria (o recebimento da fatura).
3 Concedemos ...% de desconto para pagamento em ... dias e ...% para pagamento em ... dias após o recebimento da mercadoria (da fatura).
4 Oferecemos um desconto escalonado de ...% para pagamento à vista em ... dias ou de ...% para pagamento à vista em ... dias após o recebimento da mercadoria (fatura).

Descuento

1 Concedemos descuento del ...% sobre el importe de la factura por pago al contado dentro de ... días a partir de la recepción de la mercancía (del recibo de la factura).
2 Si se paga al contado dentro de ... días después de la llegada de la mercancía (del recibo de la factura) podemos conceder un descuento del ...%.
3 El descuento asciende a un ...% por pago dentro de ... días, y a un ...% por pago dentro de ... días, contados a partir de la recepción de la mercancía (del recibo de la factura).
4 Les ofrecemos una tarifa escalonada de descuentos de un ...% por pago al contado dentro de ... días, o de un ...% por pago al contado dentro de ... días a partir de la llegada de la mercancía (del recibo de la factura).

Prazo de pagamento

1 O prazo de pagamento termina em ...
2 O saldo deve ser pago dentro de ... dias.
3 Concedemos um prazo de pagamento de ... dias (semanas, meses), mas gostaríamos de chamar sua atenção para a vantagem de pagar com desconto em pagamento imediato.

Plazo de pago

1 El plazo de pago es el ...
2 Esta deuda debe pagarse dentro de ... días.
3 Les concedemos un plazo de pago de ... días (semanas, meses), pero nos permitimos señalar a su atención nuestros atractivos tipos de descuento en caso de pago inmediato.

Concessão de crédito

1 Podemos oferecer-lhes um financiamento com prazo de pagamento de médio (longo) prazo.
2 Podemos conceder-lhes um crédito com prazo de ... meses (anos).

Concesión de crédito

1 Podemos ayudarles en la financiación mediante la concesión de un crédito a medio (largo) plazo.
2 Podemos concederles un crédito con un plazo de ... meses (años).

3 Se desejarem, estamos dispostos a auxiliá-los no financiamento com a concessão de um crédito de médio (longo) prazo, por um período de ... meses (anos).
4 Sob determinadas circunstâncias, poderemos conceder o financiamento por meio de um crédito de médio (longo) prazo, por um período de ...
5 Podemos conceder-lhes um crédito por ... meses (anos) sob as seguintes condições:
6 Consultem no anexo os detalhes das condições sob as quais podemos conceder-lhes um crédito.
7 Concederemos o financiamento por meio de uma linha de crédito de médio (longo) prazo conforme as condições bancárias correntes.
8 Caso utilizem nossa linha de crédito, os senhores pagarão apenas as tarifas bancárias vigentes.
9 Estamos dispostos a abrir-lhes uma linha de crédito caso os senhores possam apresentar um fiador (avalista incondicional).
10 Podemos conceder-lhes uma conta de crédito com compensação mensal (trimestral) das parcelas.

Pagamento à vista

1 O pagamento deve ser à vista.
2 Pedimos pagamento à vista no recebimento da fatura.
3 A fatura deverá ser paga à vista.
4 De acordo com os termos do contrato de venda, o pagamento deve ser à vista.

Transferência bancária

1 Por favor deposítem o valor da fatura em nossa conta, nº ..., no banco ...
2 Solicitamos o pagamento de nossa fatura por meio de transferência para nossa conta bancária.
3 Pedimos que liquidem nossa fatura até o dia ... por meio de transferência bancária.
4 Gostaríamos que os senhores pagassem nossa fatura até ... por meio de depósito em nossa conta nº ... no banco ...

3 A petición, ayudamos en la financiación mediante la concesión de un crédito a medio (largo) plazo. El plazo puede ser de hasta ... meses (años).
4 Bajo ciertas circunstancias también podemos hacernos cargo de la financiación mediante un crédito a medio (largo) plazo. El plazo sería de ...
5 Les podemos conceder un crédito de ... meses (años) bajo las siguientes condiciones:
6 En el anexo figuran las condiciones bajo las cuales les podemos conceder un crédito.
7 Nos hacemos cargo de la financiación mediante un crédito a medio (largo) plazo a las condiciones bancarias usuales.
8 Si ustedes utilizan nuestro crédito sólo se les ocasionarían los gastos bancarios usuales.
9 Con gusto estamos dispuestos a concederles un crédito si ustedes nos ofrecen un fiador (directamente responsable).
10 Les concedemos un plazo de pago en blanco con liquidación mensual (trimestral) de las cuentas.

Pago al contado

1 El pago debe realizarse al contado.
2 Rogamos pago al contado al recibo de la factura.
3 La factura debe saldarse por pago al contado.
4 De acuerdo con nuestras condiciones del contrato debe pagarse al contado.

Transferencia bancaria

1 Por favor, transfieran el importe de la factura a nuestra cuenta número ... en el banco ...
2 Para el pago de la factura les rogamos que tranfieran su importe a nuestra cuenta bancaria.
3 Por favor, salden la cuenta a más tardar el ... mediante transferencia bancaria.
4 Rogamos el pago de la cuenta a más tardar el ... mediante tranferencia a nuestra cuenta número ... en el banco ...

5 O número de nossa conta no banco ... é ...
6 Pedimos que remetam o valor da fatura a esta conta antes de ...

5 Nuestra cuenta en el banco ... tiene el número ...
6 Les rogamos que antes del ... tranfieran a esta cuenta bancaria el importe de la factura.

Cheque

1 Aceitamos cheques para pagamento de faturas.
2 Aceitamos cheques para pagamento de faturas com total de até ... (valor, moeda).
3 O pagamento pode ser feito com cheque.
4 Em caso de pagamento com cheque, a mercadoria só será considerada quitada quando o valor for creditado em nossa conta.
5 Aceitamos cheques como forma de pagamento, mas mantemos a propriedade das mercadorias até que eles sejam compensados.
6 Aceitamos cheques sob a condição de termos a propriedade das mercadorias até que eles sejam compensados.

Cheque

1 Se aceptan cheques para el pago de las cuentas.
2 Aceptamos cheques para el pago de cuentas hasta ... (cantidad, moneda).
3 Es posible pago por cheque.
4 Al efectuar el pago con cheque conservamos la propiedad de las mercancías hasta el abono en nuestra cuenta de la cantidad debida.
5 Aceptamos cheques como medio de pago, pero conservamos la propiedad de la mercancía hasta que se hayan hecho efectivos.
6 Sólo podemos aceptar cheques si nos reservamos la propiedad de las mercancías hasta su cobro.

Cessão de crédito

1 Pela presente cedemos nosso crédito contra os senhores ao nosso banco, ...
2 Informamos que cedemos nosso crédito contra os senhores, referente ao fornecimento de mercadorias de ..., ao banco (à empresa) ...
3 Informamos pela presente que nosso crédito contra os senhores foi cedido ao banco ...
4 Concordamos que os senhores nos cedam seus créditos contra seus clientes para liquidação de nossas faturas.
5 Sua conta conosco foi saldada, uma vez que cedemos nosso crédito à empresa ...
6 Para saldar sua conta, os senhores podem também ceder-nos créditos contra a ... (empresa) e a ... (empresa).
7 Teremos satisfação em receber seus créditos contra a ... (empresa) como forma de pagamento.

Cesión de crédito

1 Cedemos nuestro crédito contra ustedes a nuestro banco, el ...
2 Por medio de la presente les comunicamos que hemos cedido al banco ... (a la firma ...) el crédito que contra ustedes tenemos por motivo de las mercancías que les suministramos el ...
3 Por medio de la presente les informamos que cedimos nuestro crédito al banco ...
4 Estamos de acuerdo en que nos cedan los créditos contra sus clientes en pago de su cuenta con nosotros.
5 Su cuenta con nosotros está saldada, ya que hemos cedido el crédito a la firma ...
6 En liquidación de su cuenta, nos pueden ceder créditos contra las firmas ... y ...
7 Con gusto aceptamos como pago sus créditos contra la firma ...

Letra de câmbio

1 Em pagamento de nossa fatura vamos
  a) sacar uma letra de câmbio contra os senhores de ... (valor) com 30 dias à vista.
  b) sacar uma letra de câmbio contra os senhores em 2 meses a partir da data de embarque de seu pedido.
  c) sacar uma letra de câmbio contra os senhores, com vencimento em ..., ao câmbio de ... (valor)
2 De acordo com nossas condições de pagamento, vamos sacar contra os senhores uma letra de câmbio com prazo de vencimento de ..., que solicitamos nos devolvam após o aceite.
3 O pagamento deve ser feito por meio de letra de câmbio com prazo de pagamento de ...

Entrega contra carta de crédito

1 Só fornecemos mercadorias contra carta de crédito irrevogável.
2 Só podemos efetuar o fornecimento de mercadorias contra carta de crédito.
3 Gostaríamos de pedir-lhes a abertura de uma carta de crédito irrevogável (confirmada).
4 Pedimos que providenciem em seu banco a abertura de uma carta de crédito em nosso favor.
5 Só podemos fazer negócios com o exterior mediante carta de crédito emitida por um banco renomado.

Entrega com reserva de domínio

1 Mantemos a reserva de domínio até total pagamento da mercadoria.
2 A transferência de propriedade só se dará após pagamento total.
3 Os senhores somente obterão a propriedade da mercadoria após o pagamento do valor total da fatura.

Local de execução

1 O local de execução é a nossa fábrica-matriz em ...
2 O local de execução é ...
3 Concordou-se que o local de execução será ...

Letra de cambio

1 Como liquidación de la factura
  a) libraremos sobre ustedes a 30 días vista por ... (importe).
  b) giraremos contra ustedes 2 meses a partir de la fecha del embarque de su pedido.
  c) libraremos una letra sobre ustedes, al cambio de ..., con vencimiento el ...
2 Según nuestras condiciones de pago, giraremos una letra sobre ustedes con un plazo de vencimiento de ..., la cual les rogamos devolvernos después de aceptada.
3 El pago se efectúa mediante letra con un plazo de vencimiento de ...

Suministro contra crédito documentario

1 Sólo suministramos contra presentación de crédito documentario irrevocable.
2 Sólo podemos suministrar contra presentación de crédito documentario.
3 Les rogamos abran un crédito documentario irrevocable (confirmado).
4 Les rogamos a su banco la apertura de un crédito documentario a nuestro favor.
5 Sólo podemos llevar a cabo negocios con el extranjero a base de crédito documentario emitido por un banco de renombre.

Suministro con reserva de propiedad

1 Nos reservamos la propiedad de la mercancía hasta su pago total.
2 La propiedad sólo se considerará transmitida cuando se haya efectuado el pago completo.
3 Usted(es) adquirirá(n) la propiedad de las mercancías una vez pagado el importe del la cuenta.

Lugar de cumplimiento

1 Lugar de cumplimiento es la sede de nuestra fábrica central en ...
2 El lugar de cumplimiento es ...
3 Se conviene en designar ... como lugar de cumplimiento.

Foro competente

1 O foro competente é ...
2 O foro competente eleito para todas as pendências legais oriundas deste contrato é ...
3 O foro competente para todas as pendências legais é ...
4 O foro competente é o da sede da filial responsável pela conclusão da transação.

Tribunal competente

1 Se designan como jueces y tribunales competentes los de la ciudad de ...
2 Se designan los jueces y tribunales de ... para cualquier controversia que surja con motivo de este contrato.
3 Para cualquier litigio, las partes se someten a la competencia de los jueces y tribunales de ...
4 Serán competentes los jueces y tribunales correspondientes a los domicilios de las sucursales respectivas.

Cobrança

1 Informamos por meio desta que o(a) sr.(a) ... (não) está autorizado(a) a realizar cobranças.
2 Gostaríamos de informar-lhes que o(a) sr.(a) ... somente está autorizado(a) a realizar cobrança mediante autorização expressa.
3 Nenhum de nossos empregados está autorizado a realizar cobranças.
4 O(A) sr.(a) ... está autorizado(a) a realizar cobranças até o máximo de ... (valor).
5 Pedimos que nos informem se seu representante, o sr. ..., está autorizado a realizar cobranças.

Cobro

1 Les informamos que el señor (la señora) ... (no) está autorizado(a) a cobrar.
2 Les informamos que el señor (la señora) ... sólo está autorizado(a) a cobrar en caso de estar provisto(a) de un poder.
3 En principio, ninguno de nuestros empleados está autorizado a cobrar.
4 El señor (la señora)... está autorizado(a) a cobrar hasta una cuantía de ...
5 Les rogamos nos informen si su representante, el señor ..., está autorizado a cobrar.

Pedido
Pedido

Apresentação de pedido

Frases introdutórias

1 Com relação ao prospecto que nos enviaram, gostaríamos de apresentar o seguinte pedido:
2 O pedido a seguir refere-se aos folhetos que nos foram enviados em ...
3 As mercadorias oferecidas em seus folhetos correspondem às nossas exigências.
4 Um anúncio em publicação especializada chamou nossa atenção para seus produtos.
5 Os artigos oferecidos em seus folhetos parecem-nos ser da melhor qualidade. Para examiná-los de perto, pedimos que primeiro nos enviem os seguintes artigos: ...
6 Agradecemos a remessa de sua nova lista de preços. Apresentamos pela presente o seguinte pedido:
7 Suas listas de preço convenceram-nos dos preços vantajosos de seus produtos.
8 Agradecemos o envio de suas novas listas de preços.
9 Embora seu preço seja um pouco mais alto que o de seus concorrentes, a qualidade de seus produtos nos impressionou bastante, de maneira que desejamos apresentar o seguinte pedido: ...
10 De acordo com suas listas de preços, seus produtos custam menos que os do nosso atual fornecedor. A fim de verificar a qualidade de suas mercadorias, queremos apresentar o seguinte pedido de prova: ...
11 Nosso representante (delegado) visitou seu estande na feira (exposição) de ... e ficou satisfeito com a qualidade de suas mercadorias e da assistência técnica. Assim sendo, queremos apresentar-lhes o seguinte pedido: ...

Otorgamiento de pedido

Frases de introducción

1 Nos referimos al prospecto que nos enviaron y les hacemos el siguiente pedido:
2 Para el siguiente pedido nos referimos a los prospectos que nos enviaron el ...
3 Las mercancías ofrecidas en sus prospectos se ajustan a nuestras necesidades.
4 Un anuncio en la prensa técnica ha llamado nuestra atención sobre sus productos.
5 Las mercancías ofrecidas en sus prospectos prometen ser de la mejor calidad. Les rogamos que para el examen de sus indicaciones comiencen por enviarnos los siguientes artículos: ...
6 Les agradecemos el envío de su nueva lista de precios. Por medio de la presente les hacemos el siguiente pedido: ...
7 Sus listas de precios nos han convencido de los ventajosos precios de sus productos.
8 Muchas gracias por el envío de sus nuevas listas de precios.
9 Si bien sus precios son algo más elevados que los ofrecidos por sus competidores, la calidad de sus productos nos ha impresionado de tal forma que quisiéramos pasarles el siguiente pedido:
10 De acuerdo con sus listas de precios, los precios de sus mercancías con más ventajosos que los de la firma que nos ha suministrado hasta ahora. Para examinar la calidad de sus mercancías, les queremos hacer el siguiente pedido de prueba: ...
11 Nuestro representante (delegado) ha visitado su stand en la exposición de ... y ha podido convencerse de la calidad de sus mercancías y de su servicio a clientes, por lo que quisiéramos hacerles el siguiente pedido: ...

12 Agradecemos a entrevista e as informações detalhadas que os senhores concederam ao sr. ..., de nossa empresa, durante a exposição (feira) de ... Gostaríamos de apresentar aos senhores, por meio desta, o seguinte pedido: ...
13 Nosso representante, sr. ..., visitou seu estande na feira (exposição) de ... Devido às boas recomendações dele, decidimos apresentar-lhes o seguinte pedido:
14 A conversa muito satisfatória com seu representante, sr. ..., fez com que decidíssemos apresentar-lhes o seguinte pedido: ...
15 Seu representante, sr. ..., convenceu-nos da qualidade de seus produtos.
16 Estamos muito satisfeitos com a qualidade de seus produtos fornecidos a título de prova. Assim, apresentamos o seguinte pedido: ...
17 Depois de examinarmos em detalhe cada um dos artigos de sua remessa para prova, queremos fazer-lhes o seguinte pedido:
18 Agradecemos sua remessa para prova, efetuada em ..., e esperamos que os senhores nos forneçam produtos de qualidade idêntica em nosso pedido, como segue:
19 As amostras apresentadas por seu representante, sr. ..., convenceram-nos da qualidade de seus produtos.

Quantidade

1 Gostaríamos de fazer um pedido de ... unidades de cada um dos seguintes artigos: ...
2 Pedimos que nos remetam imediatamente ... unidades de seu artigo n.° ...
3 Necessitamos urgentemente ... unidades de cada um dos seguintes artigos: ...
4 Sua remessa para prova nos satisfez. Portanto, gostaríamos de fazer um pedido de ... unidades do artigo n.° ...
5 Gostaríamos de aumentar para ... unidades a quantidade de nosso pedido datado de ...
6 Nesta, gostaríamos de apresentar-lhes o seguinte pedido:

Qualidade

1 Exigimos mercadorias apenas da melhor qualidade.
2 Pedimos que nos enviem as mercadorias encomendadas na melhor qualidade possível.

12 Les agradecemos la entrevista que le concedieron a nuestro representante, el señor ..., en la exposición de ... y la información detallada que le ofrecieron. Ahora les hacemos el pedido siguiente: ...
13 El corredor encargado por nosotros, el señor ..., visitó su stand en la exposición en ... Sobre la base de sus informaciones, les hacemos el siguiente pedido: ...
14 Debido a la información que nos suministró su representante, el señor ..., en la conversación que tuvimos, les hacemos el siguiente pedido:
15 Su representante, el señor ..., nos ha convencido de la calidad de sus artículos.
16 Estamos muy satisfechos con la calidad de la mercancía suministrada a prueba y queremos por ello hacerles el siguiente pedido: ...
17 Después de haber examinado cuidadosa e individualmente cada uno de los artículos suministrados a prueba, queremos formular el siguiente pedido:
18 Agradecemos el suministro a prueba que nos enviaron el ... y confiamos que nos envíen el siguiente pedido con la misma calidad.
19 Las muestras presentadas por su representante, el señor ..., nos han convencido de la calidad de sus géneros.

Cantidades

1 Les hacemos un pedido de ... unidades de cada uno de los siguientes artículos: ...
2 Por favor, envíennos inmediatamente ... unidades del artículo número ...
3 Necesitamos urgentemente ... unidades de cada uno de los artículos siguientes:
4 Su suministro a prueba nos ha satisfecho. Por ello les hacemos un pedido de ... unidades del artículo número ...
5 Por medio de la presente, queremos aumentar nuestro pedido del ... a ... unidades.
6 Por la presente, les hacemos el siguiente pedido: ...

Calidad

1 Sólo necesitamos mercancías de la mejor calidad.
2 Por favor, envíennos las mercancías solicitadas en la mejor calidad posible.

167

3 O pedido acima refere-se a mercadorias de primeira qualidade.
4 Estamos dispostos a aceitar um ligeiro aumento no preço se em contrapartida os senhores puderem fornecer mercadorias de primeira qualidade.
5 Só utilizamos materiais da melhor qualidade em nossos produtos.

Embalagem

1 A fim de evitar danos durante o transporte, insistimos na embalagem em engradados (caixotes) de madeira resistente.
2 A embalagem de sua última remessa deixou a desejar.
3 Pedimos que remetam as mercadorias encomendadas em pacotes revestidos com espuma sintética.
4 A fim de manter os custos de carregamento e de transporte o mais baixos possível, pedimos que nos enviem os artigos acima em contêineres.
5 Fazemos questão de embalagem adequada.
6 Pedimos que as mercadorias acima encomendadas sejam embaladas de modo a evitar qualquer tipo de dano durante o transporte.
7 Por favor, embalem as mercadorias encomendadas em caixas de papelão resistentes.
8 Não fazemos questão de embalagem especial.
9 Esperamos que os artigos acima sejam enviados em embalagens adequadas.
10 Pedimos que nos enviem os ... encomendados em engradados (caixotes) de madeira revestidos com poliestireno (isopor).

Preços

1 Insistimos em que as mercadorias constantes de nosso pedido de ... sejam fornecidas aos preços antigos.
2 Consideramos definitivos os preços constantes de suas listas enviadas em ...
3 Baseamos nossa encomenda acima em sua última lista de preços.
4 Gostaríamos de pedir-lhes que considerem um desconto por quantidade e para pagamento à vista ao fixarem o preço do pedido acima.

3 El pedido hecho arriba se refiere a artículos de primera calidad.
4 Estamos dispuestos a aceptar un pequeño aumento de precio, si con ello nos suministran mercancías de primera calidad.
5 Para nuestros productos sólo se consideran productos intermedios de la mejor calidad.

Embalaje

1 Para evitar daños en el transporte tenemos que insistir en un embalaje en cajas de madera robustas.
2 El embalaje de su último envío dejó bastante que desear.
3 Les rogamos que nos envíen las mercancías pedidas arriba en bultos protegidos por material esponjoso.
4 Con el fin de mantener lo más bajo posible los gastos de carga y transporte, les rogamos que nos envíen los artículos arriba indicados en contenedores.
5 Concedemos una gran importancia a un embalaje apropiado.
6 Por favor, embalen las mercancías anteriormente solicitadas de forma que sea imposible un deterioro durante el transporte.
7 Por favor, embalen las mercancías solicitadas en cajas de cartón robustas.
8 En relación con el embalaje no tenemos deseos especiales.
9 Confiamos en que nos enviarán el artículo indicado convenientemente embalado.
10 Les rogamos que nos envíen los ... pedidos en cajas de madera con revestimiento de stiropor.

Precios

1 Debemos insistir en que nuestro pedido del ... lo suministren a los precios antiguos.
2 Consideramos que ustedes están sujetos a las listas de precios que nos enviaron el ...
3 El pedido arriba mencionado lo basamos en su última lista de precios.
4 Les rogamos que en la determinación del precio del pedido antes mencionado tomen en consideración el descuento por la cantidad solicitada igual que el descuento por pago al contado.

5 Pedimos que nos informem com precisão acerca do escalonamento de seus preços.
6 Presumimos que os preços estipulados incluam despesas de embalagem e remessa.
7 Pedimos que, ao calcular o preço, levem em conta um desconto razoável por quantidade.

Tipo de expedição

1 Pedimos que façam entrega expressa da mercadoria acima.
2 Como precisamos urgentemente da mercadoria acima encomendada, insistimos na entrega expressa.
3 Pedimos que entreguem a encomenda acima por expresso.
4 A fim de garantir a entrega rápida do pedido acima, pedimos que os senhores a façam por frete aéreo.
5 A transportadora ..., por nós contratada, retirará nos próximos dias em sua fábrica a mercadoria encomendada.
6 A transportadora ... tem-nos prestado ótimos serviços.
7 Pedimos que nos enviem as máquinas que encomendamos pela transportadora mencionada acima.
8 Pedimos que forneçam o pedido acima por frete ferroviário.
9 Preferimos transporte por caminhão.
10 Pedimos que nos enviem a mercadoria por navio.

Prazo de entrega

1 Insistimos que a entrega dos artigos acima encomendados seja feita até ...
2 Pedimos que providenciem o despacho do pedido acima assim que as mercadorias estejam prontas.
3 Solicitamos entrega imediata.
4 Necessitamos urgentemente das mercadorias pedidas acima. Assim sendo, insistimos na entrega mais rápida possível.
5 Aguardamos sua remessa dentro de ... meses.
6 Podemos conceder-lhes um prazo de fornecimento de ... meses.

5 Por favor, proporciónennos datos exactos sobre su escala de precios.
6 Consideramos que los precios incluyen los gastos de embalaje y de expedición.
7 Les rogamos que en la fijación del precio tomen en consideración una rebaja razonable en atención al importe del pedido.

Tipo de expedición

1 Les rogamos nos envíen el mencionado pedido por expreso.
2 Debido a que necesitamos urgentemente las mercancías mencionadas, insistimos en su envío por expreso.
3 Por favor, envíen el pedido mencionado por expreso.
4 Para asegurar que el suministro sea lo más rápido posible, les rogamos lo expidan por carga aérea.
5 La agencia de transporte ..., comisionada por nosotros, recogerá en su casa en los próximos días la mercancía solicitada.
6 Nuestras experiencias con la agencia de transporte ... han sido plenamente satisfactorias.
7 Les rogamos expidan las máquinas objeto de nuestro pedido mediante la mencionada agencia de transporte.
8 Les rogamos nos envíen el mencionado pedido por carga ferroviaria.
9 Para el envío preferimos el transporte mediante camiones.
10 Por favor, envíennos las mercancías por barco.

Plazo de suministro

1 Tenemos que insistir en el suministro de los artículos pedidos más arriba a más tardar el ...
2 Les rogamos nos envíen el pedido indicado más arriba tan pronto como estén fabricadas las mercancías.
3 Rogamos suministro inmediato.
4 Necesitamos urgentemente las mercancías pedidas arriba. Por ello tenemos que insistir en el suministro más rápido posible.
5 Esperamos su suministro dentro de ... meses.
6 Les podemos conceder un plazo de suministro de ... meses.

7   Pedimos que a mercadoria não seja entregue antes de ...
8   Pedimos que nos enviem imediatamente o primeiro item do pedido acima. Podemos conceder-lhes um prazo de ... meses para a remessa dos itens restantes.
9   Esperamos que os senhores possam completar o pedido acima dentro de ...
10 Como precisamos urgentemente das mercadorias encomendadas, pedimos que elas nos sejam enviadas o mais rápido possível.
11 A fim de evitar atrasos em nossa fabricação, a encomenda deverá chegar aqui até ...
12 Solicitamos que nosso pedido esteja pronto para fornecimento a partir de ...
13 Aguardamos a entrega em ...

7   Por favor, no nos envíen las mercancías solicitadas antes del ...
8   Les rogamos nos envíen a vuelta de correo la partida 1 del pedido antes mencionado. En las restantes partidas les podemos conceder un plazo de suministro de ... meses.
9   Esperamos que ustedes nos puedan despachar el mencionado pedido dentro de ...
10 Necesitamos con urgencia las mercancías solicitadas, por lo que queremos rogarles el suministro más rápido posible.
11 Para evitar irregularidades en nuestro proceso de fabricación, tenemos que recibir el pedido que les hemos hecho a más tardar el ...
12 Les rogamos que, a partir del ... tengan nuestro pedido a demanda.
13 Esperamos su suministro el ...

Local de entrega

1   Pedimos que enviem a encomenda acima para nossa fábrica principal em ...
2   O endereço de entrega é o mesmo indicado no timbre de nossa carta.
3   Pedimos que enviem as mercadorias à nossa filial em ...
4   O local de destino das mercadorias é a estação ferroviária de ...
5   Pedimos que encaminhem a mercadoria diretamente para o endereço acima.
6   Pedimos que entreguem a encomenda acima à nossa filial, cujo endereço é: ...
7   O pedido acima deverá ser enviado para o seguinte endereço:

Lugar de suministro

1   Por favor, envíen el pedido arriba indicado a nuestra fábrica principal en ...
2   El lugar de suministro lo pueden ver en nuestro membrete.
3   Por favor, envíen el pedido a nuestra sucursal en ...
4   La estación ferroviaria de destino de su suministro es ...
5   Por favor, envíen la orden directamente a la dirección arriba indicada.
6   Les rogamos envíen el pedido expresado arriba a nuestra sucursal. La dirección es:
7   La dirección para el suministro del pedido arriba indicado es:

Condições de pagamento

1   Pagamos à vista contra entrega.
2   Sugerimos as seguintes condições de pagamento para o pedido acima: 1/3 na confirmação do pedido, 1/3 durante a produção e 1/3 contra entrega.
3   Temos de pedir-lhes que nos concedam um prazo de pagamento de ... meses.
4   Pedimos que nos concedam também desta vez um prazo de pagamento de ... meses.
5   Depois de recebermos e examinarmos as mercadorias, saldaremos o valor da fatura em 14 dias, com um desconto de 3% em pagamento antecipado.

Condiciones de pago

1   Pagamos al contado, a la entrega de la mercancía.
2   Como condiciones de pago del pedido arriba indicado queremos proponerles: 1/3 de su importe a la confirmación del pedido, 1/3 a la terminación de la fabricación y 1/3 a la entrega de la mercancía.
3   Tenemos que pedirles nos concedan un plazo de pago de ... meses.
4   Por favor, concédannos también esta vez un plazo de pago de ... meses.
5   Después de que hayamos recibido y examinado la mercancía les pagaremos la cuenta dentro de 14 días, con un descuento del 3%.

6 Pedimos que nos remetam as mercadorias para pagamento no ato da entrega.
7 Seria possível conceder-nos um crédito de médio (longo) prazo de ... meses?
8 Depois de recebermos a mercadoria, solicitaremos a nosso banco que lhes remeta o valor da fatura.
9 Pedimos que saquem uma letra de câmbio contra nós de ... meses.
10 O pagamento da fatura será efetuado por cheque cruzado.
11 Estamos prontos a abrir uma carta de crédito irrevogável em seu favor.
12 O acerto do valor de sua fatura será efetuado mediante compensação de nosso crédito com os senhores.

Execução do pedido

1 Pedimos que acompanhem atentamente a execução deste pedido.
2 Solicitamos que procedam a um controle de qualidade constante durante a execução do pedido acima.
3 Parece-nos imprescindível a supervisão constante da execução do pedido acima.
4 Esperamos que na execução do pedido acima os senhores correspondam à confiança que depositamos nos senhores.
5 Esperamos que a execução de nosso pedido ocorra sem problemas.
6 Solicitamos que nosso pedido seja executado com rapidez.
7 Esperamos que o fornecimento seja feito no prazo.

Referência a pedidos subseqüentes

1 Gostaríamos de salientar que, no futuro, qualquer pedido nosso à sua empresa dependerá do modo como o pedido acima for executado.
2 Caso os senhores executem o pedido acima conforme nosso desejo, os senhores poderão contar com novos pedidos.
3 Caso fiquemos satisfeitos com a qualidade de seus produtos, estamos dispostos a fechar com os senhores um contrato de fornecimento de longo prazo.
4 Necessitamos anualmente de grande volume das mercadorias acima encomendadas.

6 Les rogamos nos envíen la mercancía contra reembolso.
7 ¿Pueden concedernos un crédito a plazo medio (a largo plazo) de ... meses?
8 Recibida la mercancía, daremos instrucciones a nuestro banco para que les transfiera el importe de la factura.
9 Les rogamos giren una letra de cambio a nuestro cargo a ... meses.
10 El pago de la cuenta se verifica mediante cheques cruzados.
11 Estamos dispuestos a abrir una carta de crédito irrevocable a su favor.
12 El saldo de la cuenta se verifica aplicando su importe para compensar nuestros créditos contra ustedes.

Ejecución del pedido

1 Por favor, supervisen cuidadosamente la ejecución de este pedido.
2 Debemos pedirles que en la ejecución del pedido arriba mencionado lleven a cabo continuos controles de calidad.
3 Estimamos que es imprescindible una continua supervisión durante la ejecución del pedido arriba mencionado.
4 Confiamos en que, en la ejecución del pedido arriba mencionado, sean dignos de la confianza depositada en ustedes.
5 Confiamos en que la ejecución de nuestro pedido se lleve a cabo sin el menor contratiempo.
6 Rogamos una rápida ejecución de nuestro pedido.
7 Confiamos en que el suministro se realice en el plazo señalado.

Indicación de pedidos sucesivos

1 Queremos indicarles que depende de la ejecución del pedido arriba señalado el que su firma pueda contar también en el futuro con otros pedidos nuestros.
2 En el caso de que ejecuten el pedido arriba mencionado a nuestra satisfacción pueden contar con otros pedidos.
3 En el caso de que quedemos satisfechos con la calidad de sus productos, estaremos dispuestos a concertar un contrato de suministro a largo plazo con ustedes.
4 Necesitamos cada año grandes cantidades de las mercancías pedidas arriba.

5 A maneira de os senhores executarem nosso pedido acima determinará nossa permanência como seus clientes.
6 Se seus produtos corresponderem às nossas exigências, os senhores poderão contar com outros pedidos.
7 Uma execução sem erros de nosso pedido é condição básica para substanciais pedidos futuros.

Solicitação de confirmação de pedido

1 Pedimos que confirmem o pedido acima por fax.
2 Assim que receberem nosso pedido, enviem-nos, por favor, sua confirmação.
3 Pedimos que confirmem o pedido acima, indicando a data exata da entrega.
4 Esperamos, naturalmente, uma confirmação por escrito de nosso pedido.
5 Pedimos que confirmem o pedido e nos informem em detalhe sobre o escalonamento de preços e a data de entrega.
6 Solicitamos a confirmação do pedido acima por telex.
7 Solicitamos a confirmação do recebimento do pedido acima.

Confirmação de pedido

1 Confirmamos e agradecemos o recebimento de seu pedido de ...
2 Seu pedido n.° ..., de ..., foi recebido em ... Iniciamos imediatamente a produção.
3 Agradecemos seu pedido, que recebemos na data de ontem.
4 Garantimos uma execução cuidadosa de seu pedido.
5 Temos certeza de que a execução cuidadosa de seu pedido de ... dará início a uma relação de negócios vantajosa para ambas as empresas.
6 Agradecemos seu pedido n.° ..., de ... Estará pronto para entrega em ...

5 Depende de la ejecución del pedido antes mencionado el que ustedes nos puedan continuar contando en su clientela.
6 Si sus productos se ajustan a nuestros requisitos pueden ustedes contar con otros pedidos.
7 Una ejecución satisfactoria del pedido es condición indispensable para otros pedidos de mayor importancia.

Solicitud de confirmación del pedido

1 Les rogamos confirmen por fax el pedido antes mencionado.
2 Les rogamos nos confirmen el pedido, una vez que hayan recibido esta orden.
3 Por favor, confírmennos el pedido mencionado arriba con indicación exacta de la fecha de entrega.
4 Consideramos natural que se confirme el pedido por escrito.
5 Les rogamos nos envíen una confirmación de pedido con indicaciones exactas de la escala de precios y fecha de entrega.
6 Les rogamos confirmen por télex el pedido antes mencionado.
7 Por favor, confírmennos la recepción de la orden de pedido antes mencionada.

Confirmación de pedido

1 Agradecidos, acusamos recibo de su pedido del ...
2 Su orden de pedido número ... llegó el ... Hemos iniciado inmediatamente la producción.
3 Recibimos ayer su pedido. Muchas gracias.
4 Les garantizamos una cuidadosa ejecución de su pedido.
5 Estamos convencidos de que con la exacta ejecución de su pedido del ... se iniciará una amplia cooperación entre nuestras firmas.
6 Les agradecemos el pedido número ... del ... Podremos suministrar las mercancías el ...

Aceitação de pedido

Aceitação com a observação "conforme encomenda"

1 Pela presente confirmamos seu pedido conforme encomenda.
2 Seu pedido de ... será executado de acordo com suas instruções.
3 Ao mesmo tempo, gostaríamos de confirmar-lhes a aceitação de seu pedido conforme encomenda.

Aceitação reproduzindo o pedido

1 Aceitamos gratos seu pedido de ..., referente a ... unidades do artigo n.º ...
2 Confirmamos e agradecemos seu pedido de ..., referente a ... unidades de cada um dos artigos de números ..., ... e ...
3 Executaremos o mais rápido possível seu pedido de ... unidades de nosso artigo n.º ...
4 Agradecemos seu pedido de ... (quantidade e descrição da mercadoria) e temos certeza de que os senhores ficarão satisfeitos com nossos produtos.

Aceitação com modificações

1 Agradecemos e aceitamos com prazer seu pedido de ... Infelizmente, não poderemos fornecer-lhes o item ... de seu pedido até ... (data), como solicitado. Não teremos condições de fornecê-lo antes do dia ... Pedimos que nos informem se os senhores concordam com esse atraso no fornecimento.
2 Um dos artigos pedidos – o de n.º ... – está em falta atualmente. Estamos dispostos a fornecer-lhes um modelo de qualidade superior pelo mesmo preço. Esperamos que aprovem essa modificação.
3 Infelizmente não podemos aceitar as condições de fornecimento e pagamento indicadas em seu pedido de ... Porém, estamos dispostos a aceitar seu pedido nas condições usuais em nosso ramo.

Aceptación del pedido

Aceptación con la observación "de conformidad con la orden"

1 Por medio de la presente aceptamos su pedido de conformidad con la orden.
2 Ejecutaremos su pedido de conformidad con la orden del ...
3 Al mismo tiempo les queremos comunicar que aceptamos el pedido de conformidad con la orden.

Aceptación del pedido repitiendo su texto

1 Aceptamos y agradecemos su pedido del ... de ... unidades del artículo número ...
2 Agradecidos, acusamos recibo de su pedido del ... de ... unidades de cada uno de los artículos n° ..., n° ... y n° ... y lo aceptamos.
3 Ejecutaremos cuanto antes su pedido de ... unidades de nuestro artículo número ...
4 Agradecemos su pedido de ... (cantidad y descripción) y estamos seguros de que quedarán satisfechos con nuestros productos.

Aceptación con modificaciones

1 Agradecemos su pedido del ..., el que gustosos aceptamos. Lamentablemente, no podemos suministar el punto ... de su orden a más tardar el ..., como ustedes desean. No estamos en condiciones de enviar ese artículo antes del ... Por favor, infórmennos si están de acuerdo con esta demora en la entrega.
2 Actualmente no tenemos en existencia el artículo n° ..., que, entre otros, ustedes ordenaron. A este respecto estamos dispuestos a suministarles el modelo de mejor calidad, al mismo precio. Confiamos en que ustedes estarán de acuerdo con esta modificación.
3 Lamentablemente, no podemos aceptar las condiciones de suministro y de pago propuestas en su pedido del ... Sin embargo, estamos dispuestos a aceptar su pedido de acuerdo con las condiciones usuales en nuestro ramo.

4 Aceitamos seu pedido de ..., porém com ligeira alteração quanto ao item ...

4 Con gusto aceptamos su pedido del ..., pero tenemos que introducir una pequeña modificación en el punto ... de su orden.

Recusa de pedido

Recusa de pedido sem justificativa

1 Infelizmente não temos possibilidade de aceitar seu pedido de ... nas condições desejadas.
2 Lamentamos não poder aceitar o pedido de ..., que recebemos em ...
3 Não temos condição de fabricar os artigos solicitados pelos senhores e, portanto, devolvemos seu pedido.

Recusa de pedido com justificativa

1 Como de momento estamos com nossa capacidade de produção comprometida, infelizmente não podemos aceitar seu pedido.
2 Devido à falta de mão-de-obra qualificada, não temos possibilidade de aceitar seu pedido de ...
3 Como nossos estoques de matéria-prima já estão comprometidos por meses, infelizmente não podemos aceitar seu pedido.
4 Devido a uma greve, nossa produção está atrasada.
5 Devido a uma greve de algumas semanas de duração, lamentamos informar que não temos possibilidade de atender a seu pedido dentro do prazo solicitado.
6 Em conseqüência de uma greve, infelizmente somos obrigados a recusar seu pedido.
7 Como temos enfrentado dificuldades com nossos fornecedores, não podemos aceitar seu pedido.
8 O abastecimento irregular de matérias-primas infelizmente impossibilita a aceitação de seu pedido de ...
9 A greve em um de nossos fornecedores obriga-nos a não aceitar seu pedido.
10 Como suas referências são insuficientes, infelizmente não nos vemos em condições de atender a seu pedido.

Pedido rehusado

Pedido rehusado sin exponer motivo

1 Lamentablemente, no podemos aceptar su pedido del ... en las condiciones que ustedes desean.
2 Lamentablemente, no podemos aceptar el pedido de ... que recibimos el ...
3 Lamentablemente, no podemos producir los artículos que ustedes desean. Adjunto les devolvemos su orden.

Pedido rehusado con indicación del motivo

1 Lamentablemente, no podemos aceptar su pedido debido a que por el momento tenemos comprometida toda nuestra capacidad de producción.
2 Por falta de especialistas no nos es posible aceptar su pedido del ...
3 Lamentamos no poder aceptar su pedido porque tenemos comprometidas nuestras existencias de materias primas por varios meses.
4 Una huelga ha retrasado nuestra producción.
5 Lamentablemente, como consecuencia de una huelga de varias semanas, no estamos en condiciones de ejecutar su pedido dentro del plazo convenido.
6 Lamentablemente, no podemos aceptar su pedido por causa de huelga.
7 Lamentablemente, no podemos aceptar su pedido porque tenemos dificultades con nuestros abastecedores.
8 Irregularidades en nuestro abastecimiento de materiales nos impiden, lamentablemente, aceptar su pedido del ...
9 Lamentablemente, una huelga en una de nuestras firmas proveedoras nos impide aceptar su pedido del ...
10 Sus referencias son insuficientes, por cuya razón, lamentamos no poder servir su pedido.

Processamento rotineiro do pedido
Desenvolvimiento normal del pedido

Aviso de início de produção

1 Gostaríamos de informar-lhes que foi iniciada a produção de sua encomenda com data de ...
2 A produção de seu pedido deverá iniciar-se antes do final desta semana, após conversão das máquinas.
3 A produção de seu último pedido está em pleno andamento.
4 Iniciamos em ... a produção dos artigos encomendados pelos senhores, cujo término lhes será comunicado no momento oportuno.

Aviso del inicio de la producción

1 Por medio de la presente les comunicamos que tenemos en producción su pedido del ...
2 En el curso de esta semana, una vez que hayamos efectuado la conversión de las máquinas, iniciaremos la producción de su pedido.
3 La producción de su último pedido ya está en plena marcha.
4 Hemos comenzado con la producción de los artículos pedidos por ustedes el ... y les informaremos a su debido tiempo una vez concluída ésta.

Aviso de término de produção e disponibilidade da mercadoria

1 Informamos por meio desta que foi concluída a produção de seu pedido de ...
2 A produção de seu pedido foi concluída dentro do prazo e aguardamos agora suas instruções a respeito do despacho (da retirada).
3 As mercadorias encontram-se atualmente em inspeção no nosso Departamento de Controle de Qualidade.
4 Temos o prazer de comunicar que está concluída a fabricação dos produtos de seu pedido de ... e que as mercadorias já podem ser retiradas.
5 As mercadorias referentes a seu pedido de ... encontram-se à disposição em nosso depósito desde ...
6 Pedimos que providenciem dentro dos próximos dias a retirada em nossa fábrica das mercadorias referentes ao pedido de ...

Aviso de terminación de la producción y disponibilidad

1 Les participamos que hemos concluído la producción de su pedido del ...
2 Hemos terminado la producción de su pedido en el plazo convenido, esperando así sus instrucciones en cuanto al envío (a la recogida).
3 Las mercancías se encuentran actualmente en nuestro departamento de pruebas para su inspección.
4 Ya están terminadas todas las etapas del proceso de fabricación de las mercancías ordenadas el ..., por lo que les comunicamos que éstas pueden ser retiradas.
5 Las mercancías correspondientes a su pedido del ... se encuentran listas para ser recogidas en el departamento de entrega de nuestro almacén desde el ...
6 Les rogamos que, en los próximos días, se sirvan recoger en nuestra fábrica las mercancías objeto del pedido.

7 As mercadorias de seu último pedido encontram-se devidamente embaladas e prontas para retirada.
8 Seu pedido está pronto e aguardamos suas instruções.
9 A produção de seu pedido foi concluída. As mercadorias encontram-se em nosso depósito de produção, prontas para envio. Pedimos que nos informem o mais breve possível o endereço para o qual devem ser enviadas.
10 As mercadorias de seu pedido de ... estão prontas para despacho e podem ser retiradas imediatamente.

7 Las mercancías de su último pedido están debidamente embaladas y listas para ser recogidas.
8 Hemos ejecutado su pedido y esperamos sus instrucciones respectivas.
9 El proceso de producción de su pedido ha terminado. Las mercancías están en nuestro almacén de fabricación listas para su envío. Por favor, comuníquennos inmediatamente la dirección a que debemos enviarlas.
10 Las mercancías objeto de su pedido del ... están listas para su envío. Pueden disponer de ellas inmediatamente.

Aviso de despacho

1 As mercadorias encomendadas em ... deixaram nossa fábrica hoje (ontem, em ...) por expresso (por caminhão, por trem de carga, como transporte urgente).
2 A transportadora contratada pelos senhores retirou hoje as mercadorias.
3 Suas mercadorias deixaram nossa fábrica hoje por frete ferroviário.
4 As mercadorias pedidas em ... estão sendo embarcadas hoje.
5 Informamos que as mercadorias pedidas em ... foram retiradas hoje de nossa fábrica pela empresa de transportes ...
6 Nossa transportadora, a ..., informou-nos de que as mercadorias foram devidamente colocadas a bordo da embarcação ...
7 A transportadora ... foi contratada em ... para embarcar as mercadorias e cuidará de todas as formalidades alfandegárias.
8 Nós os informaremos por fax (telefone, telex) tão logo tenhamos recebido do transportador os documentos de embarque e os apresentemos ao nosso banco.
9 Instruímos nossa transportadora, a ... (empresa), a entrar em contato com os senhores tão logo as formalidades alfandegárias tenham sido cumpridas e a mercadoria se encontre a bordo da embarcação ...

Aviso de envío

1 Las mercancías objeto de su pedido del ... salieron hoy (ayer, el ...) de nuestra fábrica por expreso (por camión, por pequeña velocidad, como transporte urgente).
2 La agencia de transportes ... comisionada por ustedes recogió hoy las mercancías en nuestra casa.
3 En la mañana de hoy sus mercancías salieron de nuestra fábrica por ferrocarril.
4 En el día de hoy embarcaremos las mercancías que ustedes encargaron.
5 Les informamos que la agencia de transportes ... recogió hoy en nuestra fábrica las mercancías encargadas por ustedes el ...
6 Nuestro tranportista, la firma ..., nos ha informado sobre el embarque en regla de los géneros a bordo de la motonave ...
7 Hemos encomendado el ...a la agencia de transportes ... el embarque de las mercancías y la tramitación de todas las formalidades aduaneras.
8 Tan pronto recibamos la documentación de embarque de la agencia de transportes, y ésta haya sido presentada al banco, les informaremos a ustedes por fax (teléfono, télex).
9 Hemos dado instrucciones a nuestra agencia de transportes, la firma ... en ..., de que se ponga en contacto con ustedes tan pronto hayan sido tramitadas las formalidades aduaneras y la mercancía se encuentre segura a bordo de la motonave ...

Faturamento

1 Anexamos a esta a fatura das mercadorias fornecidas em ...
2 Em ..., enviamos aos senhores ... unidades de nosso artigo nº ..., ao preço unitário de ... O valor total – menos o desconto por quantidade de ... % – é de ...
3 O valor da fatura a ser pago referente à nossa remessa de ... é de ...
4 O valor da fatura da nossa última remessa é de ... O desconto especial solicitado já está incluído nesse montante.
5 O total da fatura da nossa remessa de ... é de ... O desconto normal para pagamento à vista já consta desse preço.
6 A fatura emitida por nós refere-se à carta de crédito irrevogável aberta pelos senhores em ...

Facturación

1 Adjunto les enviamos la factura por las mercancías suministradas el ...
2 El ... les enviamos ... unidades de nuestro artículo número ... al precio de ... por unidad. El importe total, una vez deducido el descuento del ... % por cantidad, asciende a ...
3 La cantidad a pagar por nuestro suministro del ... asciende a ...
4 La cuenta por nuestro último suministro asciende a ... En esta cantidad ya se ha considerado el descuento especial solicitado.
5 La cuenta correspondiente al suministro del ... asciende a ... Ya se ha tomado en consideración el descuento por pago al contado, usual en el ramo.
6 Nuestra factura se refiere al crédito documentario irrevocable abierto por ustedes el ...

Frases costumeiras na apresentação de fatura

1 Anexamos a fatura das mercadorias encomendadas.
2 Nossa fatura inclui um desconto por quantidade (em pagamento à vista).
3 Não incluímos os custos de expedição.
4 A fatura anexa refere-se a nossos preços em fábrica.
5 Nós nos encarregaremos dos custos de despacho da transportadora.
6 Nossa fatura baseia-se nos preços de nossa lista de ...
7 No cálculo de nossa fatura levamos em conta boa parte de sua solicitação a respeito das condições de pagamento.
8 Pedimos que transfiram o valor da fatura para nossa conta nº ... no banco ...
9 Gostaríamos de, mais uma vez, chamar sua atenção para nossas condições de pagamento.
10 Pedimos que nos enviem uma letra de câmbio no valor da fatura.

Frases usuales en los envíos de factura

1 Adjunto les enviamos la factura por las mercancías solicitadas por ustedes.
2 En la factura ya hemos considerado un descuento por la cantidad adquirida (por pago al contado).
3 No les hemos incluido en la factura los gastos de envío.
4 La factura adjunta se refiere a nuestros precios en fábrica.
5 Los gastos de envío los calcularemos directamente con el agente de transportes.
6 Nuestra facturación la hemos basado en nuestra lista de precios del ...
7 En la rendición de cuentas se han tomado en consideración, en gran parte, sus deseos en relación con las condiciones de pago.
8 Les rogamos que, para el pago de la factura, transfieran su importe a nuestra cuenta nº ... en el Banco ... en ...
9 Permítannos que una vez más les llamemos la atención sobre nuestras condiciones de pago.
10 Les rogamos nos envíen una letra de cambio que cubra el importe de la factura.

11 A carta de crédito aberta pelos senhores em ... será utilizada para pagamento de nossa fatura datada de ...
12 Além da quantia colocada à nossa disposição mediante abertura de carta de crédito para liquidação de nossa fatura, devem ser pagos mais ... Pedimos que liquidem o total imediatamente.

11 El crédito documentario del ..., abierto por ustedes, se aplicará al pago de nuestra factura del ...
12 Por el importe excedente del crédito documentario abierto por ustedes, disponible para la liquidación de la factura, se originan gastos adicionales de ..., los cuales rogamos liquidar inmediatamente.

Confirmação de recebimento da mercadoria

1 Confirmamos gratos o recebimento de sua remessa com data de ...
2 Sua remessa com data de ... chegou ontem.
3 Confirmamos gratos o recebimento de sua remessa de ...
4 As mercadorias que encomendamos aos senhores em ... chegaram dentro do prazo fixado.
5 Pela presente também confirmamos o recebimento das mercadorias despachadas pelos senhores em ...
6 As mercadorias solicitadas em nosso último pedido chegaram dentro do prazo e em bom estado.
7 Agradecemos por terem entregue dentro do prazo as mercadorias solicitadas.
8 A remessa chegou aqui hoje em perfeitas condições.

Acuse de recibo de mercancías

1 Agradecidos, acusamos recibo de su suministro del ...
2 Ayer recibimos su suministro del ...
3 Agradecidos, les confirmamos el recibo de su suministro del ...
4 Las mercancías que les encargamos el ... han llegado dentro del plazo convenido.
5 Esta carta es al mismo tiempo nuestro acuse de recibo de las mercancías expedidas por ustedes el ...
6 Hemos recibido en buen estado y dentro del plazo convenido las mercancías objeto de nuestro último pedido.
7 Les agradecemos el suministro de las mercancías encargadas, que recibimos en el tiempo convenido.
8 Hoy nos llegó su remesa, en perfecto estado.

Confirmação de recebimento do pagamento

1 Confirmamos gratos o recebimento de sua transferência de ...
2 Recebemos o valor total da fatura em ...
3 Em ..., nosso banco nos informou do recebimento de sua ordem de pagamento.
4 Agradecemos a pronta liquidação de nossa fatura de ...
5 Recebemos hoje sua letra de câmbio datada de ...
6 Confirmamos agradecidos o recebimento de sua transferência de ...

Acuse de recibo de pago

1 Agradecidos, confirmamos el recibo de su transferencia el ...
2 El ... recibimos el importe de la factura que ustedes nos enviaron.
3 El ... recibimos de nuestro banco la notificación del recibo de su transferencia.
4 Agradecemos el rápido saldo de nuestra cuenta del ...
5 En el día de hoy recibimos la letra con su aceptación del día ...
6 Por medio de la presente confirmamos, agradecidos, el recibo de su transferencia del ...

7 Sua conta conosco está quitada.
8 Após a sua remessa datada de ...,
  o saldo de sua conta é de ... (valor, moeda).
9 Com a remessa de hoje, sua conta conosco está saldada.
10 Agradecemos o cheque que os senhores enviaram para saldar nossa fatura de ...
11 Recebemos seu cheque.
12 A quantia de ... (valor, moeda), para pagamento de nossa fatura com data de ..., foi creditada em sua conta conosco. O atual saldo credor (devedor) é de ... (valor, moeda).

7 Su cuenta con nosotros está ahora saldada.
8 Después de su transferencia del ..., el estado de su cuenta con nosotros es el siguiente: ... (cantidad, moneda).
9 Con la transferencia de hoy está saldada su cuenta con nosotros.
10 Les agradecemos el cheque que nos enviaron para el pago de nuestra cuenta del ...
11 Hemos recibido su cheque.
12 El importe de ... (importe, moneda) en liquidación de nuestra factura del ... fue abonado en la cuenta que mantienen con nosotros. El saldo acreedor (deudor) actual resultante se eleva a ... (importe, moneda).

Discrepâncias e irregularidades
Diferencias e irregularidades

Notificação de atraso da encomenda

1 Infelizmente, só poderemos manter nossa proposta de ... até ... (data).
2 Contamos receber seu pedido imediatamente.
3 Infelizmente, não é possível aceitarmos seu pedido em data posterior.
4 Pedimos que levem em conta essa data em suas decisões.
5 Esperamos receber seu pedido imediatamente.
6 Até a presente data não recebemos nenhum pedido dos senhores em resposta à nossa proposta de ... Gostaríamos de salientar que só manteremos essa proposta até ... (data).
7 Como até agora os senhores não se manifestaram sobre nossa proposta, ressaltamos que, por motivos internos, só poderemos fornecer as mercadorias nas condições estipuladas até o dia ...
8 Como o prazo de nossa proposta de ... vence em ..., gostaríamos de pedir-lhes que apresentem seu pedido o mais rápido possível.
9 Uma vez que nossa proposta de ... é válida somente até ..., pedimos que nos enviem imediatamente seu pedido.

Aviso de demora en el pedido

1 Lamentablemente, sólo podemos mantener nuestra oferta del ... hasta el ...
2 Esperamos inmediatamente su pedido.
3 Lamentablemente, después no podremos aceptar pedidos.
4 Les rogamos que, en sus planes, tomen en consideración este término.
5 Esperamos con gusto su pedido inmediato.
6 Todavía no hemos recibido ningún pedido de ustedes en relación con nuestra oferta del ... Por este motivo, nos permitimos recordarles que sólo nos consideramos obligados por esta oferta hasta el ...
7 Como ustedes todavía no han tomado en cuenta nuestra oferta del ..., nos permitimos participarles que, por motivos de organización, sólo nos es posible suministrarles la mercancía hasta el ... bajo las condiciones expuestas.
8 Dado que nuestra oferta del ... vence el ..., les rogamos que hagan su pedido cuanto antes.
9 Debido a que nuestra oferta del ... sólo tiene validez hasta el ..., les rogamos que ordenen su pedido cuanto antes.

Cancelamento da proposta

1 Notamos, lamentavelmente, que ainda não recebemos seu pedido em resposta à nossa proposta de ...
2 Infelizmente não temos mais condições de manter nossa proposta.
3 Consideramo-nos desobrigados dessa proposta.

Revocación de la oferta

1 Muy a pesar nuestro, observamos que ustedes todavía no nos han hecho pedido alguno en relación con nuestra oferta del ...
2 Lamentablemente, ya no estamos en condiciones de cumplir la oferta que hasta ahora habíamos mantenido.
3 Ya no nos consideramos obligados por esta oferta.

4 Infelizmente, vemo-nos obrigados a cancelar nossa proposta.
5 Já que esse produto está saindo de linha, não podemos mais aceitar pedidos.
6 Não temos mais condições de fornecer os produtos pelos preços mencionados. Anexamos a esta nossa nova lista de preços.
7 Como até hoje não obtivemos resposta à nossa proposta de ..., concluímos que não há interesse de sua parte nessas mercadorias. Assim sendo, cancelamos nossa proposta pela presente.
8 Até hoje estivemos esperando por sua encomenda. Como temos vários outros interessados nessa mercadoria, não poderemos mais aceitar uma eventual encomenda de sua parte.
9 Gostaríamos de chamar sua atenção para o fato de que a validade de nossa proposta de ... termina na data de hoje. Não temos mais condições de aceitar pedido algum.
10 Por motivos técnicos de fabricação, não podemos mais manter nossa proposta de ...
11 Sentimos ter de cancelar nossa proposta de ..., uma vez que as mercadorias se esgotaram.
12 Devido a contratempos com nossos fornecedores, vemo-nos obrigados, infelizmente, a cancelar nossa proposta.

4 Lamentablemente, tenemos que retirar nuestra oferta.
5 Debido a que se nos está agotando la mercancía ofrecida, no podemos aceptar nuevos pedidos.
6 Ya no nos es posible suministrar a los precios ofrecidos. Adjunto reciben ustedes nuestras nuevas listas de precios.
7 Como ustedes no han respondido a nuestra oferta del ..., suponemos que no tienen interés alguno en la mercancía. Por medio de la presente retiramos nuestra oferta.
8 Hasta hoy hemos esperado su pedido. Debido a que hay otros interesados en la mercancía, ya no podríamos tener en cuenta una eventual orden de ustedes.
9 Nos permitimos informarles que el término de validez de nuestra oferta del ... vence en el día de hoy. Por esta razón ya no podremos aceptar pedidos.
10 Debido a motivos técnicos de fabricación ya no podemos mantener nuestra oferta del ...
11 Sentimos mucho tener que retirar nuestra oferta del ..., ya que, entretanto, la mercancía se ha agotado.
12 Sentimos mucho tener que retirar nuestra oferta, pues tenemos dificultades con nuestros abastecedores.

Atraso na entrega

1 As mercadorias encomendadas aos senhores ainda não chegaram.
2 Há ... dias estamos aguardando as mercadorias encomendadas em ...
3 Para nosso grande pesar, percebemos que os senhores ainda não executaram nosso pedido de ...
4 Com relação ao nosso pedido de ..., não recebemos nem as mercadorias nem nenhuma notícia de sua parte.
5 Como precisamos urgentemente das mercadorias encomendadas em ..., pedimos aos senhores que as despachem o mais rápido possível.
6 Queremos chamar sua atenção para o fato de que a entrega está atrasada em ... dias.

Demora en el suministro

1 Las mercancías que les pedimos no nos han llegado todavía.
2 Desde hace ... días esperamos la mercancía que pedimos el ...
3 Muy a nuestro pesar, comprobamos que ustedes todavía no han ejecutado nuestro pedido del ...
4 Respecto a nuestro pedido del ..., ustedes no nos han enviado ni la mercancía, ni aviso de ninguna clase.
5 Debido a que necesitamos urgentemente las mercancías pedidas el ..., les rogamos su envío lo más rápidamente posible.
6 Queremos llamarles la atencíon respecto a que ustedes ya han incurrido en una demora de ... días en el suministro.

7 Caso os senhores não tenham condições de fornecer as mercadorias encomendadas dentro do prazo, solicitamos que nos avisem imediatamente para que tomemos outras providências.

7 En caso de que no puedan ustedes suministrar las mercancías pedidas en el plazo acordado, les rogamos nos lo comuniquen a fin de poder tomar otras disposiciones.

Prorrogação do prazo de entrega

1 As mercadorias encomendadas aos senhores em ... não chegaram até hoje.
2 Caso os senhores não cumpram seu compromisso de entrega até o dia ..., seremos obrigados a cancelar nosso pedido.
3 Solicitamos que cumpram nosso pedido o mais rápido possível. Não poderemos aceitar a entrega após ... (data).
4 Como temos urgência da mercadoria, insistimos que a entrega seja feita em ... dias.
5 Solicitamos que enviem a mercadoria ainda nesta semana.
6 Insistimos na entrega até ...
7 Visto que nossos clientes estão impacientes, necessitamos da mercadoria em ... semanas.
8 Até a presente data os senhores não cumpriram seu compromisso de fornecimento. Podemos conceder-lhes só mais uma prorrogação, até o dia ...
9 O prazo de entrega de nosso pedido de ... esgotou-se há ... semanas. Assim sendo, exigimos que a mercadoria seja despachada o mais rápido possível (por expresso, por serviço especial a seu encargo).

Plazo de entrega demorada

1 Las mercancías que les pedimos el ... todavía no han llegado.
2 En el caso de que no cumplan sus obligaciones de suministro a más tardar el ... nos veremos obligados a retirar el pedido.
3 Les rogamos ejecuten nuestro pedido cuanto antes. No nos sería posible su recepción después del ...
4 Debido a que necesitamos urgentemente las mercancías, tenemos que insistir en el suministro dentro de ... días.
5 Les rogamos nos envíen la mercancía esta misma semana.
6 Inistimos en el suministro a más tardar el ...
7 Debido a que nuestros clientes se impacientan, necesitamos la mercancía dentro de ... semanas.
8 Hasta hoy ustedes no han cumplido sus obligaciones de suministro. Les concedemos un último plazo hasta el ...
9 Ya hace ... semanas que venció el plazo de entrega de nuestro pedido del ... Por ello tenemos que insistir en el envío más rápido posible (por expreso, por servicios urgentes de mensajería y a su cargo).

Ameaça de ressarcimento

1 Chamamos sua atenção para o fato de que os senhores se encontram atrasados ... dias na entrega.
2 Reservamo-nos o direito de reclamar por perdas e danos.
3 Caso as mercadorias não sejam entregues dentro de ... dias, nós os responsabilizaremos por lucros cessantes e despesas adicionais.

Amenaza de reclamación

1 Les queremos llamar la atención acerca de que ya han incurrido en una demora de ... días en el suministro de la mercancía.
2 Nos reservamos el derecho a reclamar eventuales daños y perjuicios.
3 En el caso de que no se suministren las mercancías dentro de ... días, nos veremos obligados a reclamarles una indemnización por las utilidades dejadas de percibir y los gastos suplementarios en que hayamos incurrido.

4 Aceitaremos a mercadoria com reserva de nossos direitos.
5 Devido ao seu enorme atraso de fornecimento, a mercadoria praticamente perdeu o valor para nós. Nós os responsabilizaremos por eventuais perdas e danos.
6 Sua remessa está atrasada. Reservamo-nos o direito de exigir ressarcimento dos senhores.
7 Caso venhamos a sofrer quaisquer perdas devido ao atraso de fornecimento, os senhores serão responsabilizados.
8 Em vista de seu atraso no fornecimento, lembramos que temos o direito de reclamar por perdas e danos.
9 Caso o fornecimento não seja feito dentro de uma semana, reservamo-nos o direito de tomar as providências necessárias.

4 Sólo aceptaremos la mercancía haciendo reserva de nuestros derechos.
5 Debido a la gran demora con que ustedes nos suministraron la mercancía, ésta apenas tiene valor para nosotros. Les haremos responsables de los daños y perjuicios eventuales.
6 Ustedes incurren en una demora en el suministro. Nos reservamos el derecho a reclamarles una indemnización.
7 En el caso de que sufriéramos daños por su demora en el suministro, les haremos a ustedes responsables.
8 En vista de su demora en el suministro debemos expresarles nos asiste el derecho a reclamar una indemnización por daños y perjuicios.
9 En el caso de que no recibamos su suministro dentro de una semana, nos reservamos el derecho de proceder en la forma correspondiente.

Cancelamento de pedido

1 Devido a seu atraso no fornecimento, não temos condições de aceitar a mercadoria.
2 Pela presente, cancelamos nosso pedido.
3 Infelizmente, vemo-nos obrigados a rescindir o contrato.
4 A mercadoria não nos serve mais. Portanto, vamos devolvê-la.
5 Diante de seu considerável atraso no fornecimento, rescindimos o contrato pela presente.
6 A mercadoria chegou aqui com um atraso de ... semanas. Já tomamos providências para devolvê-la.
7 Não nos sentimos mais obrigados ao nosso pedido de ..., pois a entrega da mercadoria está atrasada em ...
8 Sua negligência com nosso pedido de ... leva-nos a cancelá-lo.
9 Seu grande atraso no fornecimento impediu-nos de atender a nossos clientes a tempo. Assim, cancelamos por esta nosso pedido de ... Informamos também que não faremos mais nenhum pedido aos senhores.

Rescisión del contrato

1 Debido a su demora en el suministro no nos vemos en condiciones de aceptar la mercancía.
2 Por medio de la presente cancelamos nuestro pedido.
3 Lamentablemente, nos vemos obligados a rescindir el contrato.
4 La mercancía ya no tiene valor para nosotros. Por este motivo se la devolveremos.
5 Debido a la demora tan grande en que han incurrido en el suministro, les manifestamos por medio de la presente que rescindimos el contrato.
6 Sus mercancías nos llegaron con .. semanas de retraso. Ya hemos dispuesto su devolución.
7 Ya no nos consideramos obligados por nuestro pedido del ... porque su suministro ya tiene un retraso de ...
8 En vista de su negligencia en la ejecución de nuestro pedido del ..., revocamos nuestra orden.
9 Su gran demora en el suministro no nos ha permitido servir oportunamente a nuestros clientes. Por medio de la presente cancelamos nuestro pedido del ... Al mismo tiempo les participamos que en el futuro no pueden contar con pedidos nuestros.

Compra alternativa e indenização por perdas

1 Esperamos um mês (... meses) pelo fornecimento e nos vimos obrigados a suprir nossos estoques com outro fornecedor. Nós os responsabilizaremos pela diferença de preço.
2 Seu atraso no fornecimento levou-nos a adquirir a mercadoria na ... (empresa). Estamos devolvendo a mercadoria às suas expensas e os responsabilizamos pela diferença de preço.
3 Seu atraso no fornecimento causou-nos grandes prejuízos. Tomaremos contra os senhores as medidas legais cabíveis por descumprimento do contrato.
4 Seu atraso no fornecimento obrigou-nos a adquirir a mercadoria em outro fornecedor. Se mesmo assim as mercadorias forem fornecidas, vamos devolvê-las a seu encargo.
5 Como o fornecimento de sua mercadoria está com atraso de ... semanas, tivemos de adquiri-la em outro lugar. Responsabilizaremos os senhores por perdas e danos.
6 O fato de os senhores não terem cumprido a entrega fez-nos sofrer prejuízos consideráveis. Debitaremos ... (valor) de sua conta.
7 Como sua mercadoria não chegou no prazo, tivemos de suprir nosso cliente com produtos mais caros. Responsabilizamos os senhores pelas perdas ocasionadas.
8 Conforme estipulado em nosso contrato (indenização monetária em caso de atraso no fornecimento), deduziremos parte do valor da fatura.

Compra de provisión e indemnización de daños y perjuicios

1 Hemos esperado su suministro durante ... mes(es). Ahora nos vemos obligados a abastecernos en otra parte. Les hacemos responsables por la diferencia de precio.
2 Su demora en el suministro nos obligó a adquirir la mercancía en la firma ... Les devolvemos su suministro, a su cargo, y les haremos responsables por la diferencia de precio.
3 Su demora en el suministro nos ha causado grandes daños. Les demandaremos a ustedes por incumplimiento de contrato.
4 Su demora en el suministro nos obligó a adquirir la mercancía en otra parte. En el caso de que todavía nos llegara su suministro, se lo devolveremos a su cargo.
5 Debido a que ya hace ... semanas que debimos haber recibido su suministro, tuvimos que adquirir otras mercancías. Les hacemos responsables a ustedes por las utilidades que dejemos de percibir.
6 El incumplimiento de su suministro nos causó una gran pérdida. Cargaremos ... a su cuenta.
7 Debido a que su mercancía no llegó a tiempo, tuvimos que suministrar a nuestros clientes mercancías más caras al precio original. Les hacemos a ustedes responsables por los daños y perjuicios ocasionados.
8 De conformidad con las cláusulas del contrato (multa contractual por demora en el suministro) nos reservaremos una parte del importe de la factura.

Atraso no pagamento

Primeira advertência

1 Gostaríamos de ressaltar que sua conta ainda apresenta uma dívida de ...
2 Sem dúvida, os senhores não se deram conta de que nossa fatura de ... ainda não foi paga.
3 Infelizmente, constatamos que os senhores estão em atraso com o pagamento.

Demora en el pago

Primer recordatorio

1 Les queremos recordar que en su cuenta todavía aparece sin pagar la cantidad de ...
2 Probablemente ustedes no han advertido que nuestra cuenta del ... aún no ha sido saldada.
3 Hemos advertido, lamentablemente, que ustedes se encuentran retrasados en sus pagos.

4 Estamos esperando há ... meses pela liquidação de nossa fatura de ...
5 Infelizmente, temos de chamar sua atenção para o fato de que sua conta apresenta um saldo em atraso de ...
6 Sua conta apresenta um saldo devedor de ...
7 Infelizmente, constatamos que desta vez os senhores não cumpriram suas obrigações de pagamento.
8 Pedimos que os senhores saldem em breve a quantia pendente de ...
9 Aproveitamos esta oportunidade para ressaltar que os senhores ainda nos devem a quantia de ...
10 Nossa fatura de ..., no valor de ... (moeda), ainda não foi paga. Acreditamos que se trate de um descuido de sua parte e anexamos uma cópia da fatura (do extrato de conta).

Segunda advertência

1 Esperamos que os senhores quitem até o final deste mês as faturas ainda pendentes.
2 Nossa fatura n.º ..., de ..., ainda está pendente. Aguardamos o pagamento em ... semanas.
3 Fazemos referência a seu pedido n.º ..., de ..., para o qual fora combinado pagamento à vista. Em vista do atraso no pagamento, lançaremos mensalmente em sua conta uma taxa adicional de ...% sobre a quantia pendente.
4 Os senhores ultrapassaram consideravelmente seu prazo de pagamento de ... meses (trimestral). Vemo-nos obrigados, por essa razão, a exigir no futuro pagamento imediato.
5 Nossa fatura de ..., no valor de ..., não foi paga até a presente data, e não obtivemos resposta de sua parte à nossa primeira advertência. Pedimos que remetam imediatamente o valor pendente.
6 Nossa advertência de ... continua sem resposta. Caso os senhores tenham alguma razão que os leve a reter o pagamento, pedimos que nos informem imediatamente.

4 Esperamos ya desde hace ... meses el pago de nuestra cuenta del ...
5 Lamentablemente, tenemos que llamarles la atención que su cuenta muestra un saldo deudor de ...
6 Su cuenta muestra un saldo de ... a nuestro favor.
7 Por desgracia, hemos tenido que constatar que esta vez no han cumplido sus obligaciones de pago.
8 Les rogamos el envío inmediato de la cantidad de ... aún pendiente de pago.
9 Aprovechamos la ocasión para recordarles que todavía nos deben la cantidad de ...
10 Nuestra factura del ... por ... (importe, moneda) se encuentra aún pendiente de pago. Suponiendo que se trata de un descuido de su parte, les adjuntamos una copia de la factura (del extracto de cuenta).

Segunda reclamación

1 Esperamos puedan liquidar hasta fines del mes en curso las facturas que aún tienen pendientes.
2 Nuestra factura núm. ... del ... se encuentra aún pendiente. Esperamos su pago en un plazo de ... semanas.
3 En el pedido núm. ... del ... habíamos convenido pago inmediato, por lo que su demora en el pago nos obliga a cargarles en cuenta mensualmente el ...% del importe pendiente.
4 Ustedes han sobrepasado ya considerablemente su plazo de pago de ... meses (trimestral), por cuya razón en lo sucesivo nos vemos obligados a insistir en pago inmediato.
5 Nuestra factura del ... por importe de ... no ha sido pagada hasta la fecha y ustedes no han contestado a nuestro primer requerimiento. Les rogamos, por ello, transferir inmediatamente el importe pendiente.
6 Nuestra reclamación del ... quedó hasta hoy sin contestación. En caso de que tengan ustedes algún motivo que les obligue a retener el pago les rogamos una respuesta inmediata.

7 Como até a presente data os senhores sempre foram pontuais na liquidação das parcelas, não entendemos seu atraso no pagamento. Caso os senhores se encontrem em dificuldades financeiras momentâneas, estamos à sua disposição para discutir o assunto.
8 Como a quantia de ... até o momento não foi creditada em nossa conta, concedemos aos senhores a última prorrogação do prazo, até ...

Terceira advertência e fixação de prazo

1 Seu atraso no pagamento contradiz os termos de nosso negócio. Reservamo-nos o direito de tomar medidas contra os senhores.
2 Sua falta de pagamento representa um rompimento de contrato. Estamos pensando em cortar relações comerciais com os senhores.
3 Caso os senhores não cumpram seus compromissos financeiros em breve, seremos obrigados a procurar outros parceiros comerciais.
4 Desejamos chamar sua atenção para as possíveis conseqüências da falta de pagamento de sua parte.
5 Concedemos aos senhores um prazo improrrogável de ... dias para liquidação de suas faturas pendentes.
6 O cheque que os senhores nos prometeram por telefone em ... não chegou até a data de hoje. Concedemos aos senhores um prazo final de uma semana.
7 Há ... meses aguardamos a quitação de nossas faturas de n.º ... e n.º ... Pedimos que enviem ao nosso banco, ainda nesta semana, a quantia pendente de ...
8 Pedimos que quitem seus compromissos de pagamento em ... semanas.
9 Os senhores não responderam a nenhuma de nossas advertências. Assim, damos-lhes um prazo final de ... dias.

7 Dado que ustedes siempre liquidaron todos los importes pendientes puntualmente, no podemos comprender su demora en el pago. En caso de que atraviesen dificultades transitorias, estamos dispuestos a discutir el asunto.
8 Dado que el importe de ... aún no ha sido abonado en nuestra cuenta, les concedemos un último plazo hasta el ...

Tercera reclamación y fijación de prórroga

1 Su demora en el pago está en contradicción con nuestras condiciones comerciales, por lo que nos reservamos adoptar las medidas pertinentes.
2 Su retraso en el pago constituye una infracción del contrato, por lo que estamos considerando la ruptura de nuestras relaciones comerciales.
3 En caso de que ustedes no cumplan en breve sus compromisos financieros, nos veremos obligados a establecer relaciones con otras empresas.
4 Quisiéramos llamar su atención sobre las posibles consecuencias de su demora en el pago.
5 Para la liquidación de las facturas aún pendientes les concedemos una última prórroga de ... días.
6 El cheque que nos prometieron por teléfono el ... no ha llegado aún aquí hasta la fecha, por cuyo motivo les concedemos una última prórroga de una semana.
7 Desde hace ... meses estamos esperando la liquidación de nuestras facturas núm. ... y núm. .. Les rogamos transferir en el curso de esta semana la suma pendiente de ... a nuestro banco.
8 Quisiéramos rogarles cumplan sus compromisos de pago en el plazo de ... semanas.
9 Ustedes no han contestado a nuestras dos reclamaciones, por lo que les concedemos una última prórroga de ... días.

Advertência final e ameaça de medidas judiciais

Recurso jurídico

1 Caso o pagamento não seja efetuado até o final desta semana, acionaremos nosso departamento jurídico (nosso advogado) para solucionar esta pendência.
2 Caso os senhores persistam no atraso dos pagamentos, seremos infelizmente obrigados a entregar esse assunto ao nosso departamento jurídico (advogado).
3 Seu atraso no pagamento representa uma grave quebra das condições de nossos negócios. Caso os senhores não se manifestem até ... (data), tomaremos medidas judiciais contra os senhores.
4 Como não recebemos resposta a nossas advertências, não temos outra escolha senão tomar medidas judiciais contra os senhores.
5 Comunicamos aos senhores que entregamos suas faturas em aberto ao nosso departamento jurídico (nosso advogado).
6 Como os senhores não responderam a nossas duas (três) advertências, tivemos de acionar, infelizmente, nosso advogado.
7 Sua falta de pagamento obriga-nos a defender nossos direitos por via judicial.
8 Acionamos nosso advogado para defender nossos interesses. Anexamos a esta uma cópia da carta que enviamos a ele.
9 Nossas consultas a seu banco revelaram que seu cheque tinha insuficiência de fundos. Apesar de várias advertências, não tivemos resposta dos senhores. Caso o pagamento não seja feito até ..., tomaremos medidas legais contra os senhores.

Reclamación en tono severo amenazando con medidas judiciales

Recurso jurídico

1 En caso de no llegarnos su pago hasta fines de esta semana, encargaremos a nuestra sección jurídica (nuestro abogado) la tramitación del asunto.
2 En caso de continuar demorando sus pagos, nos veremos, desgraciadamente, obligados a pasar el asunto a nuestra sección jurídica (nuestros abogados).
3 Su demora en el pago representa una grave infracción de nuestras condiciones comerciales. De no tener noticias suyas hasta el ... procederemos a la incoación de medidas judiciales contra ustedes.
4 Dado que no hemos recibido respuesta alguna a nuestras reclamaciones, no nos queda ahora otra opción que proceder judicialmente contra ustedes.
5 Les comunicamos que hemos pasado sus facturas aún pendientes a nuestro departamento jurídico (nuestro abogado) para su tramitación.
6 Dado que ustedes no han reaccionado a nuestras dos (tres) reclamaciones, hemos tenido que poner, desgraciadamente, el asunto en manos de un abogado.
7 Su retraso en el pago nos obliga a efectuar el cobro de nuestras deudas activas por vía judicial.
8 Hemos encargado a nuestro abogado la salvaguardia de nuestros intereses. Adjunto reciben ustedes copia de nuestro escrito a éste.
9 Las gestiones realizadas en su banco han revelado que su cheque no tenía cobertura. A pesar de las repetidas reclamaciones, ustedes no han reaccionado, por lo que, en caso de que no paguen hasta el ... procederemos judicialmente.

Reclamações

Diferença de quantidade

1 Com referência a sua remessa de ..., constatamos que infelizmente os senhores não se ativeram às quantidades especificadas. Só podemos aceitar os artigos não encomendados se nos for concedido um abatimento de 25%.
2 Em vez das ... unidades encomendadas, os senhores nos enviaram e faturaram ... unidades. Só aceitamos ficar com os artigos a mais se os senhores nos concederem uma redução de preço razoável.
3 Em sua remessa de ..., os senhores ultrapassaram nosso pedido em mais de ...%. Não estamos dispostos a ficar com esse fornecimento a mais pelo preço original.
4 Os artigos enviados a mais não têm utilidade para nós. Vamos devolvê-los imediatamente.
5 As ... unidades fornecidas a mais não têm serventia para nós. Portanto, nós as colocamos à sua disposição.
6 Lamentamos constatar que os senhores forneceram uma quantidade consideravelmente menor que a solicitada em nosso pedido n.º ... Assim sendo, pedimos que nos enviem o mais rápido possível as ... unidades que faltam.
7 Temos de exigir a remessa urgente da mercadoria não enviada.
8 Pedimos que nos enviem as unidades que faltaram por expresso (frete rápido, serviço especial de entrega).
9 Faltaram alguns itens na execução de nosso pedido de ... Esperamos a remessa com urgência das unidades que faltaram.
10 Em sua remessa de ..., faltou o artigo ... Aguardamos informações sobre o ocorrido.
11 Os senhores infelizmente cometeram um engano ao preparar sua última remessa: esqueceram-se de fornecer ... caixas de papelão com o artigo n.º ...
12 Esperamos que nos enviem imediatamente os artigos que faltam.
13 Nosso último pedido não foi executado corretamente. Infelizmente faltam ... unidades do artigo n.º ..., do qual temos urgência.

Reclamación por defectos

Diferencia en cantidades

1 Lamentablemente, hemos comprobado que en su suministro del ... ustedes no se ajustaron a nuestras indicaciones de cantidad. Los artículos que exceden de la cantidad pedida sólo estamos dispuestos a aceptarlos si se nos concede un descuento del 25 %.
2 En lugar de las ... unidades pedidas, ustedes nos enviaron y nos cargaron en cuenta ... En el caso de que nos concedieran un descuento adecuado, estaríamos dispuestos a aceptar el exceso en el suministro.
3 En su suministro del ... ustedes sobrepasaron nuestro pedido en más del ... %. No estamos dispuestos a aceptar este exceso en el suministro al precio original.
4 No podemos utilizar el exceso en su suministro. Les devolveremos inmediatamente las unidades en exceso.
5 No podemos utilizar las ... unidades suministradas en exceso, por lo que las ponemos de nuevo a su disposición.
6 Lamentamos tener que informarles que la cantidad de unidades que nos suministraron es considerablemente inferior a la que figura en nuestro pedido n.º ... Les rogamos nos envíen lo antes posible las ... unidades que faltan.
7 Debemos insistir en el envío cuanto antes de la mercancía faltante.
8 Por favor, envíennos por expreso (por gran velocidad, servicio urgente de mensajería) las unidades que faltan.
9 Lamentablemente, ustedes no sirvieron la totalidad de nuestro pedido del ... Esperamos urgentemente la mercancía faltante.
10 En su suministro del ... comprobamos la falta del artículo ... Esperamos sus noticias sobre el paradero de esta mercancía.
11 Lamentablemente, en su último suministro incurrieron ustedes en un error. Olvidaron incluir ... cajas del artículo n.º ...
12 Esperamos nos envíen inmediatamente las unidades que faltan.
13 Nuestro último pedido no fue cumplido en debida forma. Lamentablemente, faltan ... unidades del artículo ..., que necesitamos urgentemente.

14 Pedimos que nos enviem imediatamente as ... caixas esquecidas em sua última remessa.
15 Embora os senhores tenham computado ... unidades do artigo n? ..., elas não foram entregues. Aguardamos seu comentário a respeito.

Diferença de qualidade em relação à amostra

1 A qualidade dos artigos de sua remessa de ... difere bastante da qualidade da amostra.
2 As amostras que nos foram apresentadas em ... por seu representante, sr. ..., tinham qualidade bem superior à das mercadorias fornecidas.
3 Os artigos de n^{os} ... e ... de sua remessa de ... são de qualidade inferior aos das amostras apresentadas.
4 Não estamos dispostos a aceitar mercadorias diferentes das amostras.
5 Devemos insistir em que os senhores nos entreguem artigos da mesma qualidade que as amostras fornecidas em ...
6 Providenciamos a devolução de sua remessa de ..., uma vez que a qualidade é bem inferior à das amostras.
7 Estamos devolvendo aos senhores os artigos n^{os} ... e ..., às suas expensas, uma vez que sua qualidade diverge muito da das amostras.

Diferença de qualidade em relação à remessa para prova

1 Os artigos de seu fornecimento para prova de ... eram de qualidade bem superior aos artigos de sua última remessa.
2 Não temos condições de aceitar seu último fornecimento, pois é de qualidade bem inferior à de sua remessa a título de prova.
3 Providenciamos a devolução de sua remessa de ..., pois, ao contrário de seu fornecimento a título de prova, não nos satisfizeram.
4 Já providenciamos a devolução dos artigos.

14 Les rogamos nos envíen inmediatamente las ... cajas que olvidaron en su último suministro.
15 Ustedes incluyen en la cuenta ... unidades del artículo n° ..., pero no las suministraron. Esperamos su respuesta sobre este asunto.

La calidad difiere de la muestra

1 La calidad de su suministro del ... difiere considerablemente de las muestras.
2 Las muestras que su representante, el señor ..., nos presentó el ... eran de una calidad muy superior a la de su último suministro.
3 Los artículos número ... y ... de su suministro del ... son de una calidad inferior a las muestras que se nos presentaron.
4 No estamos dispuestos a aceptar mercancías que difieran de sus muestras.
5 Debemos insistir en que nos suministren una calidad igual a la de las muestras que nos presentaron el ...
6 Hemos dispuesto la devolución de su suministro del ... debido a que la calidad difiere considerablemente de sus muestras.
7 Les devolveremos los artículos n° ..., ... y ..., a su cargo, ya que su calidad difiere de la muestra.

Calidad diferente del artículo suministrado a prueba

1 Su suministro a prueba del ... era de calidad muy superior a la de los artículos de su último suministro.
2 No nos vemos en condiciones de aceptar su último suministro, ya que su calidad difiere de la del artículo suministrado a prueba.
3 Hemos dispuesto la devolución de su suministro del ... pues, a diferencia del artículo que nos suministraron a prueba, no nos convenció.
4 Ya hemos dispuesto la devolución.

Qualidade diferente da pedida

1 Temos que informá-los que, infelizmente, sua remessa de ... não corresponde em qualidade à nossa encomenda.
2 Encomendamos produtos de qualidade média, mas recebemos apenas mercadorias de terceira linha.
3 Encomendamos artigos de qualidade superior e, portanto, não podemos aceitar artigos de baixa qualidade.
4 Os artigos entregues em ... não correspondem às nossas expectativas de qualidade.

Qualidade diferente da indicada

1 As mercadorias não são da qualidade oferecida.
2 Em seu folheto, os senhores oferecem mercadorias de qualidade bem superior.
3 Gostaríamos que os senhores explicassem a razão da diferença de qualidade entre os artigos de sua proposta e os fornecidos.
4 Em seu folheto, os senhores oferecem mercadorias da melhor qualidade. Caso os senhores não nos concedam um desconto substancial, teremos de devolver os artigos de qualidade inferior.
5 Ao examinar sua remessa de ..., verificamos que os senhores não mantiveram a qualidade que prometeram.
6 Os artigos não correspondem aos de sua proposta. Recusamo-nos a aceitar mercadorias de tão baixa qualidade.
7 Nos próximos dias, os senhores receberão a devolução de sua remessa com data de ... Pedimos que nos enviem produtos com a qualidade oferecida em seu prospecto.

Embalagem insatisfatória

1 Sua última remessa foi muito mal embalada. Boa parte da mercadoria chegou danificada.
2 Infelizmente temos de reclamar que o artigo de n.º ... de sua última remessa chegou danificado.
3 As mercadorias de seu último fornecimento estavam embaladas de forma negligente. Estamos devolvendo aos senhores os artigos danificados.

Calidad diferente de la del pedido

1 Lamentablemente, tenemos que llamarles la atención acerca de que la calidad de su suministro del ... no corresponde a la calidad expresada en nuestro pedido.
2 Hemos solicitado lotes de calidad media, y hemos recibido, no obstante, sólo esta mercancía de ínfima calidad.
3 Nosostros pedimos la mejor calidad. Por eso no podemos aceptar esa mercancía de mala calidad.
4 Su suministro del ... no concuerda con las nociones que nosotros tenemos sobre lo que debe ser la calidad.

Calidad diferente de la indicada

1 La calidad de las mercancías no corresponde a la ofrecida por ustedes.
2 En su prospecto ustedes ofrecen una mercancía de calidad muy superior.
3 Les rogamos nos informen a qué se debe la diferencia de calidad entre la oferta y el suministro.
4 En su prospecto ustedes anuncian mercancías de la mejor calidad. En el caso de que ustedes no nos concedan un descuento considerable, les tendríamos que devolver los lotes de calidad inferior.
5 El examen de su suministro del ... ha revelado que ustedes no han cumplido con la calidad ofrecida.
6 Su suministro no corresponde a su oferta. Nos negamos a aceptar mercancías de tan mala calidad.
7 En los próximos días recibirán ustedes de vuelta su suministro del ... Les rogamos nos envíen mercancías de la calidad ofrecida en el prospecto.

Embalaje defectuoso

1 El embalaje de su último suministro dejó mucho que desear. Una parte considerable del suministro se ha dañado.
2 Lamentablemente, tenemos que reclamar el deterioro del artículo número ... de su último suministro.
3 Las mercancías de sus últimos suministros fueron embaladas sin cuidado. Les devolvemos las mercancías deterioradas.

4 Parte das mercadorias chegou danificada. Não conseguimos compreender por que artigos tão valiosos são embalados tão descuidadamente.
5 Devido à embalagem mal feita, parte de sua remessa de ... estava úmida.
6 A embalagem era tão inadequada que a maior parte de sua remessa de ... estava danificada.
7 Não temos como utilizar os produtos danificados. Temos certeza de que os senhores embalarão as mercadorias com mais cuidado em nosso próximo pedido.
8 Não conseguimos encontrar motivos para uma embalagem tão insatisfatória. Os artigos danificados serão devolvidos aos senhores, às suas expensas.
9 Devido à embalagem inadequada, ... artigos de seu fornecimento de ... foram danificados e são invendáveis. Pedimos que levem isso em consideração quando nos apresentarem a fatura.
10 Infelizmente sentimo-nos obrigados a exigir a reposição de ... unidades do artigo ..., pois chegaram danificados devido a uma embalagem mal feita.
11 Os artigos que nos foram enviados em ... chegaram sem condições de uso. Pedimos que embalem as mercadorias com mais cuidado no futuro.

Entrega errada

1 Sentimos informar-lhes que a mercadoria fornecida em ... não corresponde à nossa encomenda.
2 Infelizmente os senhores não nos forneceram as mercadorias encomendadas.
3 Comunicamos que, em vez do artigo encomendado, de n? ..., os senhores entregaram o artigo n? ...
4 Nos próximos dias os senhores receberão a devolução dos artigos fornecidos por engano. Pedimos que nos enviem imediatamente os artigos encomendados em ...
5 Os artigos que nos foram entregues são bastante diferentes dos que encomendamos em ...
6 Seu setor de expedição cometeu um engano. Foram-nos enviadas mercadorias que, de acordo com a fatura, destinavam-se a outra empresa.
7 Infelizmente não podemos aceitar a remessa n? ..., pois os produtos entregues não correspondem de forma alguma aos pedidos em ...

4 Una parte de la mercancía nos llegó averiada. Sinceramente, no comprendemos cómo es posible que ustedes hayan podido poner tan poco cuidado en el embalaje de una mercancía tan valiosa.
5 Como consecuencia de su embalaje defectuoso, una parte de su suministro del ... llegó húmedo.
6 El embalaje era tan defectuoso que la mayor parte de su suministro del ... se encuentra dañado.
7 No podemos utilizar las unidades dañadas. Esperamos que en nuestro próximo pedido embalarán las mercancías con más cuidado.
8 No podemos comprender un embalaje tan defectuoso. Las unidades dañadas se las devolvemos a su cargo.
9 A causa del embalaje defectuoso se dañaron ... artículos de su suministro del ... y, por lo tanto, resultan invendibles. Rogamos que consideren esto en la facturación.
10 Lamentablemente, tenemos que insistir en el envío compensatorio de ... unidades del artículo ..., ya que, como consecuencia del mal embalaje, llegaron deterioradas.
11 Su envío del ... nos llegó en estado inservible. Les rogamos que en el futuro presten mayor atención al embalaje.

Suministro erróneo

1 Sentimos mucho tener que participarles que la mercancía suministrada el ... no corresponde a nuestro pedido.
2 Lamentablemente, ustedes no nos han suministrado las mercancías pedidas.
3 Tenemos que señalarles que en lugar del artículo número ... solicitado, nos suministraron el artículo número ...
4 En los próximos días recibirán ustedes los lotes que nos suministraron erróneamente. Les rogamos nos envíen de inmediato los artículos pedidos el ...
5 Su suministro difiere considerablemente de nuestro pedido del ...
6 Su departamento de expedición cometió un error. Por equivocación nos han enviado mercancías que, según la factura, estaban destinadas a otra firma.
7 Lamentablemente, tenemos que rechazar su suministro número ..., pues no corresponde en forma alguna a nuestro pedido del ...

8 Os artigos entregues aqui por engano em ... não nos servem. Por favor, verifiquem nosso pedido de novo.
9 Informem-nos, por favor, que desconto os senhores nos concederão nos artigos n^{os} ... e ..., entregues aqui por engano. Só estaremos dispostos a ficar com essa mercadoria se houver uma considerável redução no preço.
10 Nosso último pedido foi tratado com negligência. Nós não encomendamos os artigos ... e ...

8 No podemos utilizar en forma alguna el suministro erróneo que recibimos el ... Les rogamos vuelvan a examinar nuestro pedido.
9 Les rogamos nos informen sobre la cuantía de su descuento sobre los artículos ... y ... suministrados erróneamente. Sólo estamos dispuestos a aceptar esa mercancía si se nos concede un descuento de consideración en el precio.
10 Ustedes ejecutaron nuestro último pedido en forma negligente; nosotros no habíamos pedido los lotes ... y ...

Faturamento incorreto

1 Ao faturar seu último fornecimento, os senhores cometeram um engano de ... a seu favor.
2 Para nossa surpresa, constatamos que na fatura n.º ..., de ..., os senhores colocaram preços mais altos do que os de sua proposta.
3 Os senhores cometeram um erro na última fatura. Nós a devolvemos anexa a esta para a devida correção.
4 O cálculo dos preços não corresponde às condições estipuladas em nosso contrato de ...
5 Os senhores estão cobrando preços mais altos do que os mencionados em seu prospecto.
6 Sua nota n.º ..., de ..., foi faturada em dólares americanos. Pedimos que nos enviem uma cópia em marcos alemães.
7 Gostaríamos que das próximas vezes os senhores nos mandassem ... cópias das faturas.
8 Em sua fatura n.º ..., de ..., o preço do artigo ... não está claro. Gostaríamos que nos enviassem o mais rápido possível uma fatura com discriminação clara dos artigos.
9 Em sua fatura n.º ..., de ..., o valor do VAT não está discriminado à parte. Pedimos que emitam outra fatura.

Facturación errónea

1 En la calculación de su último suministro cometieron un error de ... a su favor.
2 Para sorpresa nuestra hemos comprobado que en su factura n° ... del ... ustedes se han basado en precios más altos que los anunciados en su oferta.
3 En su última factura cometieron un error. Adjunta les devolvemos la factura para que la enmienden.
4 El cálculo de los precios no se ajusta a las condiciones estipuladas contractualmente el ...
5 Ustedes calculan a base de precios más altos que los anunciados en su prospecto.
6 Su factura número ... del ... está extendida en dólares de EE.UU. Les rogamos nos envíen un duplicado en marcos alemanes.
7 Les rogamos que en el futuro nos envíen sus facturas con ... copias(s).
8 En su factura del ..., el precio del artículo n° ... no está claro. Esperamos nos envíen a vuelta de correo una facturación clara.
9 En su factura número ... del ... ustedes no han especificado aparte el impuesto sobre el valor añadido, por lo que les rogamos se sirvan extender una nueva factura.

Omissão de descontos prometidos

1 Seu representante prometeu-nos um desconto por quantidade de ...%. Pedimos que nos enviem uma fatura corrigida.

Incumplimiento de descuentos prometidos

1 Su representante nos prometió una bonificación por cantidad del ...%. Les rogamos nos envíen una nueva factura corregida.

2 Em sua proposta, os senhores nos prometeram um desconto de ...% no preço do artigo.
3 Aos nos apresentarem a fatura de nosso pedido de ..., infelizmente os senhores esqueceram de deduzir o desconto prometido. Enviem-nos, por favor, outra fatura.
4 Segundo seu prospecto, os preços são escalonados de acordo com a quantidade. Infelizmente, os senhores não consideraram esse fato ao emitir sua última fatura.
5 Em carta de ..., os senhores prometeram um desconto para clientes preferenciais de ...% sobre o total da fatura. Pedimos que nos enviem nova fatura com a devida correção.
6 No faturamento de nosso pedido de ..., os senhores se esqueceram de considerar o desconto de cortesia nos novos artigos n^{os} ... e ... Tomaremos a liberdade de deduzir esse valor de nossa ordem de pagamento.
7 Os senhores haviam prometido um desconto de ...% em pagamento à vista. Assim, não entendemos por que os senhores agora se opõem a tal desconto.
8 Infelizmente, os senhores não levaram em conta os descontos mencionados em sua proposta de ... Portanto, estamos devolvendo sua fatura nº ..., de ..., para a devida correção.
9 Ao faturar nosso pedido de ..., os senhores se esqueceram de deduzir o desconto por quantidade prometido. Pedimos que abatam essa quantia em nosso próximo pedido.

Equívocos e ambigüidades

1 Temos em estoque dois tipos do artigo ... Pedimos que nos informem o mais breve possível que tipo devemos entregar-lhes.
2 Os itens ... e ... de seu pedido não estão claros. Pedimos que nos informem por telefone as cores desejadas.
3 Em seu último pedido, os senhores não especificaram os tamanhos desejados.
4 Em nosso pedido de ..., infelizmente cometemos um equívoco. Façam o favor de nos enviar o artigo ... em lugar do artigo ... que pedimos.
5 Informem-nos, por favor, se sua proposta de ... ainda tem validade.

2 En su oferta ustedes nos prometieron una rebaja del ... % en el precio de cada artículo.
3 Lamentablemente, en el cálculo de nuestro pedido del ... ustedes olvidaron la rebaja de precio prometida. Les rogamos nos envíen una nueva factura.
4 En su prospecto, los precios están escalonados según las cantidades. Lamentablemente, al extender su última factura, olvidaron ustedes este detalle.
5 En su escrito del ... ustedes nos prometieron una bonificación por fidelidad comercial, ascendente al ... % del importe de la factura. Por favor, envíennos la correspondiente factura corregida.
6 En la factura de nuestro pedido del ... olvidaron ustedes el prometido descuento por venta promocional de los nuevos artículos n° ... y ... Nos permitimos retener esta suma al realizar la transferencia.
7 Ustedes nos prometieron un descuento del ... % por pago al contado. Por este motivo no comprendemos por qué se oponen ahora a que deduzcamos su importe.
8 Lamentablemente, ustedes no han tomado en consideración las rebajas de precio prometidas en su oferta del ... Por ello, les devolvemos su factura número ... del ... para que la enmienden.
9 En la factura de nuestro pedido del ... olvidaron ustedes el prometido descuento por cantidad. Les rogamos que en nuestro próximo pedido tomen en consideración este importe.

Equivocaciones e imprecisiones

1 Tenemos dos modelos del artículo ... en almacén. Por favor, infórmennos inmediatamente qué tipo debemos suministrarles.
2 Las partidas ... y ... de su pedido no son claras. Les rogamos nos indiquen por teléfono los colores deseados.
3 En su último pedido no han expresado los tamaños deseados.
4 En nuestro pedido del ... lamentablemente cometimos un error. Les rogamos que en lugar del artículo..., originalmente pedido, nos envíen el artículo ...
5 Les rogamos nos informen si su oferta del ... tiene aún validez.

193

6 Solicitamos que faturem nosso pedido de ... em ... (moeda). Havíamos omitido essa informação.
7 Em nosso último pedido há um erro. Pedimos não enviarem as mercadorias antes do dia ... do próximo mês.
8 Não sabemos a que endereço enviar seu último pedido. Informem-nos, por favor, o endereço correto de entrega.
9 Em seu pedido de ..., os senhores não mencionam que tipo de remessa preferem. Precisamos dessa informação o mais rápido possível.
10 Gostaríamos que nos informassem a razão do cancelamento de seu último pedido.
11 Recebemos seu pedido enviado por fax. Infelizmente, há uma parte ilegível. Pedimos que o transmitam novamente.
12 Infelizmente, temos de insistir na devolução da quantia de ..., deduzida por engano.
13 Gostaríamos de ressaltar que encomendamos a melhor qualidade. Não podemos aceitar tal diferença de qualidade.
14 Suas mercadorias não correspondem ao nosso pedido.
15 Pedimos que nos enviem as mercadorias na qualidade encomendada.
16 Solicitamos que na próxima remessa nos enviem exatamente a qualidade pedida.
17 Os artigos ... e ... não são da qualidade encomendada.

6 Les rogamos facturen nuestro pedido del ... en ... (moneda). Habíamos olvidado indicar esto.
7 En nuestro último pedido cometimos un error. Por favor, no envíen la mercancía antes del día ... del próximo mes.
8 No entendemos bien la dirección que nos dan en su último pedido. Les rogamos nos informen adónde debe ser enviada la mercancía.
9 Su pedido del ... no expresa el tipo de envío que ustedes desean. Les rogamos nos informen inmediatamente al respecto.
10 Les rogamos nos informen sobre el motivo por el cual han cancelado su último pedido.
11 Hoy hemos recibido el pedido que nos hicieron por fax. Desgraciadamente, llegó parcialmente ilegible, por lo que les rogamos enviarnos un nuevo fax.
12 Lamentablemente, tenemos que insistir en el reembolso de la cantidad erróneamente descontada, ascendente a ...
13 Nos permitimos recordarles que habíamos encargado la mejor calidad. No podemos aceptar una diferencia tal de calidad.
14 Sus mercancías no se ajustan a nuestro pedido.
15 Les rogamos nos envíen mercancías de la calidad indicada en nuestro pedido.
16 Les rogamos que en el próximo envío nos suministren exactamente la calidad encargada.
17 Las partidas ... y .. no se ajustan a la calidad solicitada por nosostros.

Extravio de mercadorias

1 Informamos que sua última remessa aparentemente se extraviou.
2 Lamentamos informar que o artigo n? ... de seu fornecimento de ... extraviou-se durante o transporte.
3 Sua remessa de ... extraviou-se no transporte entre ... e ... Pedimos que providenciem a investigação necessária e nos informem sobre o paradeiro da mercadoria.
4 Apesar de termos realizado uma investigação ampla, infelizmente ainda não conseguimos localizar sua (nossa) remessa de ...

Envíos perdidos

1 Por medio de la presente les informamos que todo parece indicar que su último envío se ha perdido.
2 Sentimos mucho tener que comunicarles la pérdida durante el transporte del artículo número ... de su suministro del ...
3 Su suministro del ... se perdió en el transporte de ... a ... Les rogamos dispongan las investigaciones correspondientes y nos informen sobre el paradero de la mercancía.
4 A pesar de haber realizado extensas investigaciones, lamentablemente hasta ahora no hemos podido averiguar dónde se encuentra su (nuestro) suministro del ...

5 Não recebemos até a presente data sua remessa de ... Supomos que se tenha extraviado durante o transporte. Pedimos que apurem o ocorrido.

5 Hasta hoy no hemos recibido su envío del ... Suponemos que se ha perdido en el transporte. Les rogamos practiquen las investigaciones correspondientes.

Respostas a notificações de irregularidades

Cancelamento da proposta

1 Lamentamos que os senhores tenham cancelado sua proposta de ...
2 Lamentamos o cancelamento de sua última proposta, mas solicitamos que continuem nos enviando suas ofertas especiais no futuro.
3 Lamentamos que os senhores tenham cancelado sua proposta. Esperamos que os senhores ainda possam executar nosso pedido apresentado na data de ontem.
4 Apenas hoje fomos informados do cancelamento de sua proposta. Mesmo assim, devemos insistir no atendimento do pedido apresentado aos senhores há dois dias.

Cancelamento do pedido

1 Não podemos aceitar o cancelamento de seu pedido de ... A mercadoria foi despachada na data de ontem.
2 Seu pedido não pode mais ser cancelado, pois a produção das mercadorias já foi iniciada.
3 Nosso atraso no fornecimento deveu-se a dificuldades técnicas de produção. Em vista desse fato, pedimos que não cancelem seu pedido.
4 Como a entrega não tinha prazo específico, não podemos aceitar o cancelamento do pedido.
5 Nosso atraso no fornecimento deve-se a uma série de contratempos fora de nosso controle. Garantimos que seu próximo pedido será executado com pontualidade.

Respuestas a notificaciones de irregularidades

Revocación de oferta

1 Con gran pesar tomamos nota de la revocación de su oferta del ...
2 Lamentamos la revocación de su última oferta. No obstante, les rogamos que en el futuro nos informen sobre sus ofertas especiales.
3 Con pesar nos enteramos de que la oferta ha sido retirada. Esperamos que todavía les sea posible ejecutar nuestro pedido de ayer.
4 Hoy nos enteramos de la revocación de su oferta. No obstante, debemos insistir en la ejecución del pedido que les hicimos hace dos días.

Revocación de pedido

1 No podemos aceptar la cancelación de su pedido del ... La mercancía salió ayer de nuestra fábrica.
2 No es posible la cancelación de su pedido, pues ya hemos iniciado su producción.
3 Nuestra demora en el suministro se debió a dificultades técnicas de la producción. Por esta razón les rogamos mantengan en pie su pedido.
4 Debido a que nuestro suministro no estaba sujeto a ningún plazo, no podemos aceptar la revocación de su pedido.
5 Nuestra demora en el suministro es consecuencia de una serie de desafortunados incidentes ajenos a nuestra culpa. Estamos seguros de que podremos ejecutar puntualmente su próximo pedido.

6 O atraso no fornecimento não se deveu a erro de nossa parte. Transmitimos sua reclamação à transportadora. Infelizmente não podemos mais cancelar seu pedido.
7 Lamentamos o cancelamento de seu pedido, mas esperamos continuar mantendo no futuro um bom relacionamento comercial.

Justificativa de atraso

Atraso de fornecimento

1 O atraso no fornecimento ocorreu devido a um lamentável erro de planejamento de nosso departamento de vendas. Asseguramos que no futuro seus pedidos receberão tratamento preferencial.
2 Nosso departamento de exportação encontra-se tão sobrecarregado que infelizmente não nos foi possível atender a seu pedido de ... dentro do prazo.
3 Pedimos que nos desculpem pelo atraso na remessa, provocado por falha de um de nossos fornecedores.
4 As mercadorias de seu pedido de ... exigiram uma produção especial. Assim, pedimos que nosso atraso de fornecimento seja desculpado.
5 O artigo nº ... está sendo produzido em equipamento novo. Pedimos que desculpem o atraso no fornecimento, resultado de problemas técnicos.
6 Salientamos que nosso atraso no fornecimento deve-se a ambigüidades em seu pedido.
7 Seu pedido tinha tantos pontos ambíguos que somente pudemos iniciar sua execução depois de vários esclarecimentos. Assim, não podemos ser responsabilizados pelo atraso na entrega.
8 Em nossa carta de ..., informamos que somente poderíamos executar seu pedido de ... após pagamento de seu pedido anterior. Assim sendo, a responsabilidade pelo atraso no fornecimento é exclusivamente dos senhores.
9 O grande atraso no fornecimento deveu-se a negligência da transportadora, à qual encaminhamos sua carta de ...

6 En lo que respecta a la demora en el suministro, nosotros no tenemos la culpa. Hemos transmitido sus quejas a nuestro exportador. Lamentablemente, ya no podemos disponer la cancelación de su pedido.
7 Lamentamos la cancelación de su pedido, pero confiamos en que, en el futuro, podamos mantener buenas relaciones comerciales.

Justificación de la demora

Demora en el suministro

1 Nuestra demora en el suministro se debió a un lamentable error de planificación por parte de nuestro departamento encargado de la tramitación de pedidos. Les aseguramos que en el futuro ejecutaremos sus pedidos preferentemente.
2 Nuestro departamento de exportación se encuentra actualmente sobrecargado en forma tal que, lamentablemente, no nos fue posible ejecutar su pedido del ... dentro del plazo previsto.
3 Rogamos disculpen nuestra demora en el suministro. Por nuestra parte, sufrimos el incumplimiento de un abastecedor.
4 Las mercancías de su pedido del ... exigieron una elaboración especial. Por este motivo solicitamos disculpen nuestra demora en el suministro.
5 El artículo número ... se fabricará en una instalación nueva. Rogamos nos disculpen la demora ocasionada por dificultades técnicas.
6 Queremos llamarles la atención acerca de que nuestra demora en el suministro se debe a una imprecisión en su pedido.
7 Su pedido era tan impreciso, que sólo pudimos empezar su ejecución después de varias aclaraciones. Por tanto, tenemos que rechazar toda imputación de culpa en lo que concierne a la demora en el suministro.
8 En nuestro escrito del ... les participamos que sólo ejecutaremos su pedido del ... después que nos hayan pagado su pedido anterior. Por tanto, la demora en el suministro es imputable exclusivamente a ustedes.
9 La considerable demora en el suministro se debió a negligencia de nuestro transportista. Le hemos transmitido su escrito del ...

10 Uma greve causou consideráveis prejuízos à produção. Assim, infelizmente não pudemos executar seu pedido pontualmente.

Atraso de pagamento

1 Como havíamos combinado um prazo de pagamento de ..., não entendemos por que os senhores nos enviaram uma advertência em ...
2 Sua advertência nos causou surpresa, uma vez que instruímos nosso banco na semana passada para remeter aos senhores a quantia em questão.
3 Nosso atraso no pagamento deve-se a uma dificuldade momentânea de liquidez. Enviaremos a quantia de ... no princípio da próxima semana.
4 De acordo com nossos registros, nossa conta encontra-se saldada, de modo que não compreendemos o envio de sua advertência. Pedimos que verifiquem esse assunto.
5 Em vista de elevadas somas por receber, ficamos em atraso com nossos pagamentos. Pedimos que desculpem esse atraso. Estamos providenciando pagamento imediato da quantia devida aos senhores.
6 Como sua mercadoria chegou a nós em péssimo estado, tivemos muita dificuldade em vendê-la em quantidade. Saldaremos nossa dívida com os senhores tão logo tenhamos vendido uma quantidade maior.
7 Tão logo os senhores nos informem o desconto concedido no artigo danificado, instruiremos nosso banco a remeter-lhes a quantia devida.
8 Uma vez que os senhores forneceram a mercadoria com um atraso de ... meses, sem nos avisar a respeito, não conseguimos entender sua advertência em tom nada amigável. Como combinado, saldaremos o valor da fatura ... dias após o recebimento da mercadoria.
9 Como temos créditos substanciais com sua filial de ..., permitimo-nos saldar com eles a quantia que lhes devemos.

Desculpas por atraso de fornecimento

1 O atraso no fornecimento deve-se a um erro de planejamento de nossa parte. Queiram aceitar nossas desculpas.

10 Debido a una huelga, nuestra producción sufrió una pérdida considerable. Por este motivo nos fue imposible ejecutar puntualmente su pedido.

Demora en el pago

1 Dado que acordamos un plazo de pago de ... no comprendemos su recordatorio del ...
2 Nos sorprendió su recordatorio. Ya en la semana pasada hemos dado orden a nuestro banco para que les transfiera la cantidad mencionada.
3 Nuestra demora en el pago se debe a una dificultad transitoria en la liquidez. Les giraremos la cantidad ascendente a ... a principios de la próxima semana.
4 Su cuenta aparece saldada en nuestros libros, por lo que no comprendemos su último recordatorio. Les rogamos revisen este particular.
5 Tenemos un gran volumen de cobros pendientes, por cuyo motivo nos hemos retrasado en el cumplimiento de nuestras obligaciones de pago. Les rogamos sepan disculpar este incidente y transferiremos el importe sin demora.
6 Su mercancía nos llegó en mal estado. Por este motivo no hemos podido vender hasta ahora grandes cantidades. Cumpliremos nuestras obligaciones de pago tan pronto como hayamos vendido un lote de importancia.
7 Tan pronto como nos informen el descuento en el precio del artículo dañado, daremos orden a nuestro banco para que les transfiera el importe correspondiente.
8 Apenas podemos comprender el tono descortés de su reclamación, sobre todo teniendo en cuenta que ustedes entregaron la mercancía con un retraso de ... meses, sin avisarnos. Como habíamos convenido, liquidaremos el importe ... días después de recibir la mercancía.
9 Dado que tenemos una cuenta acreedora mayor contra su sucursal en ..., nos permitimos rescontrar una cantidad con la otra.

Disculpa por demora en el suministro

1 La demora en el suministro se debió a una disposición errónea. Les rogamos nos disculpen.

2 Pedimos desculparem nosso atraso no fornecimento.
3 Seu pedido de ... infelizmente foi encaminhado de forma errônea dentro de nossa empresa. Pedimos desculpas pelo atraso no fornecimento e asseguramos que doravante seus pedidos terão tratamento diferenciado.
4 Nosso funcionário encarregado de cuidar de seu pedido cometeu um erro. Pedimos desculparem a demora no despacho.
5 Devido a um erro de planejamento de nosso departamento de produção, infelizmente não pudemos processar seu pedido dentro do prazo.
6 Em virtude de vários problemas de saúde em nossa empresa, nossa produção sofreu um atraso. Esperamos ter condições de fornecer-lhes as mercadorias de seu pedido de ... dentro de ... dias.
7 Pedimos que desculpem nosso atraso no fornecimento. Por causa de problemas na produção, ficamos impossibilitados de executar seu pedido mais cedo.
8 Lamentamos muito o atraso de ... dias no fornecimento. Por esse motivo, estamos dispostos a conceder um desconto na mercadoria.
9 Infelizmente não nos foi possível entregar-lhes a tempo as mercadorias encomendadas.
10 Por causa de um pedido muito grande, nossa programação está atrasada. Pedimos desculpas por não termos mantido o prazo de fornecimento combinado.

Desculpas por atraso de pagamento

1 Em decorrência de excesso de trabalho em nossa contabilidade, nossos pagamentos estão em atraso. Enviaremos imediatamente a quantia devida e pedimos desculpas pelo atraso.
2 Sua fatura de ... foi arquivada de forma errônea em nossa empresa, razão pela qual não foi paga. Pedimos desculpas pelo ocorrido.
3 Sua última fatura ainda não foi paga em conseqüência de um erro.
4 Nosso funcionário responsável por sua fatura cometeu um erro de contabilidade. Pedimos que aceitem nossas desculpas pelo atraso de pagamento decorrente.
5 A informatização de nosso sistema contábil causou inicialmente algumas dificuldades. Aceitem nossas desculpas por quaisquer atrasos no pagamento.

2 Les rogamos nos disculpen la demora en el suministro.
3 Lamentablemente, se dio un curso equivocado a su pedido del ... en nuestra casa. Les rogamos nos perdonen la demora en la entrega y les aseguramos que en el futuro ejecutaremos sus pedidos en forma preferente.
4 Nuestro encargado de la ejecución de su orden cometió un error. Les rogamos nos disculpen la demora en el suministro.
5 Lamentablemente, debido a un error en la planificación de nuestro departamento de fabricación no pudimos despachar su pedido a su debido tiempo.
6 Desgraciadamente, muchos de los miembros del personal de nuestra empresa cayeron enfermos por cuya razón nuestra producción se ha retrasado. Esperamos poderles servir en ... días las mercancías correspondientes a su pedido del ...
7 Rogamos nos disculpen la demora en el suministro. Dificultades en la fabricación nos impidieron ejecutar antes su pedido.
8 Lamentamos profundamente la demora de ... días en el suministro. Por ello estamos dispuestos a rebajarles el precio de la mercancía.
9 Lamentablemente, no nos fue posible enviarles a tiempo los artículos solicitados.
10 Debido a un pedido de gran importancia, nos hemos atrasado algo. Les rogamos tengan comprensión para nuestras dificultades para cumplir los plazos.

Disculpa por demora en el pago

1 Como consecuencia de exceso de trabajo de nuestro departamento de contabilidad, nos hemos demorado en el pago. Inmediatamente giraremos la cantidad y les rogamos disculpen la demora.
2 Habíamos archivado erróneamente y, por tanto no pagado su factura del ... Les rogamos nos perdonen este error.
3 Por una equivocación todavía no ha sido saldada su última factura.
4 Un empleado nuestro cometió un error de contabilidad. Rogamos disculpen la demora en el pago que esto ocasionó.
5 Hemos computarizado nuestro programa de contabilidad, con las consiguientes dificultades de todo comienzo, por lo que les rogamos disculpar eventuales demoras en los pagos.

6 De acordo com nossos entendimentos telefônicos, buscamos informações com nosso banco. Este nos informou que uma falha técnica no sistema de computadores ocasionou o atraso em sua transação SWIFT, mas a transferência já está em andamento.
7 Devido a um erro, sua fatura de ... não foi paga.
8 Devido à mudança de nosso departamento de contabilidade para um novo prédio, nossa programação de pagamentos sofreu atraso. Pedimos que aceitem nossas desculpas.
9 Infelizmente, descuidamos do pagamento de sua última fatura.
10 Agradecemos que nos tenham lembrado da fatura pendente. Por engano, foi arquivada no computador errado. Corrigimos a falha e já ordenamos o pagamento imediato do valor em questão.

6 Como habíamos acordado telefónicamente con ustedes, hemos hecho gestiones en nuestro banco. Este nos comunica que debido a un error técnico en el sistema electrónico su orden vía SWIFT ha sufrido demora, habiendo dado instrucciones, en el entretanto, de efectuar la transferencia.
7 Por un descuido dejamos de saldar su factura del ...
8 El traslado del departamento de contabilidad a nuestro nuevo edificio ha sido la causa del retraso de nuestros pagos. Les rogamos comprendan esta circunstancia.
9 Desafortunadamente, no advertimos su última factura.
10 Les agradecemos nos hayan recordado la factura aún pendiente. Por error fue introducida en el sistema falso del PC. Hemos corregido el error y dado instrucciones de efectuar un pago inmediato.

Resposta rejeitando reclamações

Recusa de fornecimento a mais

1 O artigo n? ... está embalado em caixas de papelão com ... unidades cada uma. Como não temos utilidade para caixas de papelão abertas, pedimos que aceitem a devolução da quantidade fornecida a mais.
2 Seu pedido de ... deu margem a vários mal-entendidos. Assim, não podemos ser responsabilizados pelo excedente do artigo ...
3 Executamos corretamente seu pedido n? ...
4 Não consta de nosso controle um fornecimento de ...% além da quantidade encomendada pelos senhores. Pedimos que examinem novamente seu pedido.
5 Não compreendemos sua reclamação sobre fornecimentos a mais. Em nossa última conversa por telefone, os senhores concordaram com um fornecimento a mais de ... unidades.

Respuestas de rechazo a reclamaciones por defectos

No aceptación de un suministro en exceso

1 El artículo n° ... se encuentra embalado en cajas de ... unidades. Debido a que ya no podemos utilizar los cartones abiertos, les rogamos reciban las unidades suministradas en exceso.
2 Su pedido del ... dio lugar a confusión. Por esta razón, no podemos aceptar la responsabilidad por el suministro en exceso de la partida ...
3 Su pedido número ... fue ejecutado por nosotros en debida forma.
4 El examen de nuestra documentación no revela que nos hayamos excedido en un ...% en su último pedido. Les rogamos que vuelvan a revisar su orden.
5 No comprendemos su notificación de suministro en exceso. Durante nuestra última conversación telefónica ustedes estuvieron de acuerdo en que suministráramos ... unidades de más.

6 Sua reclamação sobre fornecimento a mais referente a seu último pedido é improcedente, uma vez que em sua carta de ... os senhores nos solicitaram um fornecimento adicional de ... unidades do artigo ...
7 Não compreendemos sua reclamação pelo fornecimento a mais de ... unidades do artigo ... Gostaria de lembrá-los de nossa correspondência sobre esse assunto.
8 Em seu fax datado de ..., os senhores solicitaram-nos um fornecimento adicional de ... unidades, realizado dentro do prazo e nas condições combinadas. Por essa razão não podemos aceitar sua reclamação de terem recebido mercadorias não solicitadas.

Fornecimento a menos

1 Os senhores encomendaram ... unidades, que foram devidamente fornecidas. Por essa razão, não entendemos sua reclamação sobre fornecimento a menos.
2 De acordo com nossa documentação, sua reclamação sobre fornecimento a menos é infundada.
3 As peças faltantes podem ter-se perdido durante o transporte.
4 Como seu último pedido foi fornecido corretamente, pedimos que examinem cuidadosamente os artigos entegues.
5 A fim de verificar sua reclamação sobre fornecimento a menos, deverá visitá-los nos próximos dias o sr. ..., de nossa empresa.
6 Não conseguimos encontrar erro algum em nossos livros (nosso sistema de computador). Pedimos que examinem novamente nosso último pedido.
7 Designamos nosso representante, sr. ..., para apurar sua reclamação.
8 Só poderemos aceitar sua reclamação de fornecimento a menos após exame cuidadoso do assunto.
9 Por sua carta de ..., os senhores reduziram seu último pedido em ... unidades. Assim, não vemos razão para sua queixa.
10 Em seu telefonema (fax), os senhores nos solicitaram fornecer apenas a metade da partida do item ... de seu último pedido.

6 No tiene justificación su queja sobre exceso en el suministro correspondiente a su última orden, ya que ustedes nos pidieron en su carta del ... un suministro suplementario de .. unidades del artículo ...
7 No comprendemos su queja en relación con el suministro de un exceso de ... unidades del artículo ... Permítannos recordarles la correspondencia que hemos cursado al respecto.
8 Con fax del ... ustedes nos rogaron efectuar una entrega adicional de ... unidades, la cual se llevó a cabo a su debido plazo a las condiciones acordadas. Por este motivo, nos vemos obligados a rechazar su queja referente a un suministro en exceso como infundada.

Suministro incompleto

1 Ustedes ordenaron ... unidades y nosotros les suministramos esa cantidad. Por tanto, no comprendemos por qué se quejan de que el suministro está incompleto.
2 Según nuestros documentos su queja sobre un suministro incompleto no tiene razón de ser.
3 Las unidades que faltan pudieran haberse perdido en el transporte.
4 Puesto que nosotros hemos suministrado correctamente su último pedido, les rogamos vuelvan a examinar cuidadosamente nuestro suministro.
5 Con el fin de examinar su queja relativa a suministro incompleto, el señor ... les visitará en los próximos días.
6 No hemos podido hallar error alguno en nuestros libros (documentos del PC). Por favor, examinen nuevamente nuestra última orden.
7 Hemos encomendado a nuestro representante, el Sr. ..., investigue el caso de suministro incompleto que ustedes nos indican.
8 Sólo podemos aceptar su queja sobre suministro incompleto después de un examen cuidadoso.
9 En su escrito del ... redujeron ustedes su última orden en ... unidades. Por ello su queja es injustificada.
10 Ustedes nos pidieron telefónicamente (por fax) que sólo les suministráramos la mitad de la partida ... de su último pedido.

Reclamações sobre qualidade

1. Fornecemos aos senhores a qualidade encomendada.
2. As mercadorias correspondem à qualidade encomendada pelos senhores.
3. Por carta de ..., os senhores alteraram seu pedido referente à qualidade do artigo ...
4. As mercadorias enviadas aos senhores correspondem, em termos de qualidade, exatamente às amostras enviadas em ... do corrente ano.
5. Sua repentina queixa sobre a "má qualidade" de nossa mercadoria é incompreensível, uma vez que há anos lhes fornecemos essa mesma qualidade, sem que jamais houvesse qualquer reclamação.
6. As mercadorias saíram de nossa fábrica em perfeitas condições.
7. Não conseguimos entender sua queixa, uma vez que temos em estoque apenas mercadoria da qualidade fornecida.
8. Os senhores esqueceram-se de especificar a qualidade em seu pedido de ... Assim sendo, sua queixa é infundada.
9. Uma vez que os senhores não fizeram uma solicitação específica, enviamos mercadorias de qualidade média.
10. Não fabricamos mais a qualidade média solicitada pelos senhores. Pedimos que levem isso em consideração em seus pedidos futuros.

Embalagem insatisfatória

1. Somente poderemos satisfazer seu desejo de embalagem de melhor qualidade se o preço for reajustado. A embalagem usada em nossas mercadorias tem-se mostrado adequada há anos, de modo que nos surpreendemos com sua queixa.
2. A mercadoria enviada aos senhores foi embalada de forma adequada. Não podemos responsabilizar-nos por danos durante o transporte.
3. A mercadoria deixou nossa fábrica em ... embalada em perfeitas condições.
4. Sua empresa é a primeira a se queixar de nossas embalagens.
5. O tamanho da mercadoria não permitiu outro tipo de embalagem.
6. Como os senhores insistiram em fornecimento rápido, infelizmente não pudemos utilizar nossa embalagem especial.

Reclamaciones de calidad

1. Nosotros les hemos suministrado la calidad pedida.
2. Las mercancías corresponden a la calidad pedida por ustedes.
3. En su carta del ... modificaron ustedes su pedido con relación a la calidad del artículo ...
4. Las mercancías que les suministramos son exactamente de la misma calidad que nuestra muestra enviada el ... de este año.
5. No comprendemos su queja inesperada relativa a "la mala calidad" de nuestras mercancías, ya que les hemos suministrado precisamente esa misma calidad desde hace años sin que se haya producido reclamación alguna.
6. Las mercancías salieron de nuestra fábrica en las mejores condiciones.
7. No comprendemos su queja ya que sólo tenemos mercancías de la calidad suministrada.
8. En su pedido del .. ustedes olvidaron indicar la calidad. Por tanto, su queja no tiene justificación.
9. Debido a que ustedes no expresaron deseos especiales, les enviamos mercancías de calidad media.
10. Ya no fabricamos la calidad media que ustedes desean. Les rogamos tomen esto en consideración en sus próximos pedidos.

Reclamaciones de embalaje

1. Sólo podemos satisfacer sus deseos relativos a un mejor embalaje mediante un aumento en los precios. El embalaje de nuestras mercancías se ha acreditado desde hace años, por lo que estamos sorprendidos de su queja.
2. El suministro dedicado a ustedes fue debidamente embalado. No somos responsables de daños ocurridos durante el transporte.
3. La mercancía salió de nuestra fábrica el ... perfectamente embalada.
4. Ustedes son los primeros que se quejan de nuestro embalaje.
5. El volumen de las mercancías no permitió otro tipo de embalaje.
6. No pudimos utilizar nuestro embalaje especial porque ustedes solicitaron un suministro urgente.

201

7 Somos obrigados a rejeitar sua reclamação de ressarcimento.
8 A embalagem de nossas mercadorias tem tido aprovação em todo o mundo e está em conformidade com as últimas normas da UE. Por essa razão, não conseguimos entender sua reclamação.
9 Não podemos aceitar sua reclamação de ressarcimento por danos ocasionados por embalagem deficiente.
10 As mercadorias não foram embaladas por nós, mas por uma empresa especializada, para a qual encaminhamos sua queixa.

Reconhecimento de erro

Quantidade fornecida

1 Como seu pedido ultrapassava a quantidade em estoque, infelizmente não pudemos executá-lo apropriadamente.
2 Não fabricamos mais o artigo ... Assim, solicitamos sua compreensão para o fato de não termos executado seu último pedido do modo costumeiro.
3 Devido a um engano, fornecemos aos senhores ... unidades a mais. Caso os senhores aceitem estas peças fornecidas a mais, poderemos conceder-lhes um desconto de ...
4 Seu último pedido foi entregue com quantidade menor devido a um erro em nosso departamento de pedidos.
5 Pedimos que desculpem o fornecimento a menos em seu último pedido.
6 Já providenciamos a remessa dos artigos que faltaram. Pedimos que desculpem nosso erro.
7 As mercadorias que faltam lhes serão enviadas a nosso encargo por expresso (por caminhão, frete aéreo).
8 Estamos certos de que esse erro não ocorrerá de novo.
9 Caso os senhores não tenham utilidade para as mercadorias fornecidas a mais, pedimos que as remetam de volta, às nossas expensas.

7 No podemos aceptar su reclamación por daños y perjuicios.
8 El embalaje de nuestras mercancías se ha acreditado en todo el mundo, y corresponde a las recientes normas de la UE, por cuya razón su queja nos es completamente incomprensible.
9 No aceptaremos su reclamación de daños y perjuicios por embalaje defectuoso.
10 Las mercancías no fueron embaladas por nosotros, sino por una firma especializada, a la que hemos transmitido su queja.

Reconocimiento de los defectos

Cantidad suministrada

1 Lamentablemente, no pudimos ejecutar su orden de acuerdo con sus deseos porque su pedido era por cantidad superior a nuestras existencias.
2 Ya no fabricamos el artículo ... Les rogamos que comprendan la razón por la que no pudimos ejecutar en debida forma su último pedido.
3 Por error les hemos suministrado ... unidades de más. Sin embargo, en el caso de que ustedes aceptaran los artículos en exceso, les concederíamos un descuento del ... en el precio.
4 El suministro incompleto de su última orden se debió a un error de nuestro departamento encargado de la tramitación de pedidos.
5 Por favor, disculpen el que les hayamos suministrado una cantidad inferior a la solicitada en su último pedido.
6 Ya hemos dispuesto el envío de los artículos que faltaban. Por favor, disculpen nuestra equivocación.
7 Las mercancías que faltan se las enviaremos por expreso (por camión, como flete aéreo) y a nuestro cargo.
8 Estamos seguros de que no volveremos a cometer tales errores.
9 En el caso de que ustedes no puedan utilizar las mercancías suministradas en exceso, les rogamos nos las devuelvan a nuestro cargo.

10 Sentimos muito o fornecimento de ...% a menos em seu último pedido, causado por uma falha em uma de nossas esteiras transportadoras.

10 Sentimos mucho haber suministrado su último pedido con un déficit de más del ...%. Ello se debió a la interrupción de una de nuestras líneas de producción.

Qualidade

1 Devido a um engano, enviamos aos senhores mercadorias de qualidade inferior. Pedimos que nos devolvam esses artigos.
2 Não tínhamos mais em estoque a qualidade solicitada pelos senhores. Por essa razão, enviamos artigos de melhor qualidade, sem custo adicional.
3 Pedimos que nos desculpem pelo mau acabamento do artigo ... Levaremos esse fato em consideração na emissão da fatura.
4 As peças de qualidade inferior serão trocadas por nossa conta.
5 Na execução de seu pedido de ..., infelizmente cometemos um erro.
6 Aceitamos sua reivindicação de ressarcimento pelos artigos de qualidade inferior e pedimos desculpas pelo erro.
7 Pedimos que nos desculpem pelo erro referente à qualidade das mercadorias de seu último pedido.
8 Estamos dispostos a lhes conceder um desconto de ...% nos artigos de qualidade inferior.
9 Pedimos que nos devolvam os artigos de que se queixaram. Forneceremos imediatamente a qualidade desejada.

Calidad

1 Por error les suministramos mercancías de calidad inferior. Por favor, devuélvannos estos artículos.
2 No teníamos en existencia la calidad deseada por ustedes. Por ello les enviamos – por lo demás al mismo precio – mercancías de mejor calidad.
3 Por favor, dispensen la mala ejecución del artículo ... Consideraremos esta circunstancia en la facturación.
4 Las unidades de calidad inferior las cambiamos a nuestro costo.
5 Lamentablemente, cometimos un error en la ejecución de su pedido del ...
6 Reconocemos su derecho a una indemnización por daños y perjuicios por las unidades de calidad inferior y les rogamos muestren indulgencia por este error.
7 Les rogamos disculpen nuestra equivocación en relación con la calidad del lote de su último pedido.
8 Estamos dispuestos a concederles una rebaja del ...% en el precio de las unidades de inferior calidad.
9 Les rogamos nos devuelvan las unidades que ustedes no consideran satisfactorias. Inmediatamente les enviaremos otras de la calidad deseada.

Embalagem

1 Solicitamos que nos desculpem pela embalagem inadequada.
2 Como o material para embalagem especial havia se esgotado, infelizmente não tivemos condições de embalar melhor os artigos de seu pedido.
3 Aceitamos seu pedido de ressarcimento e nos desculpamos pela embalagem.
4 Reconhecemos sua reclamação sobre embalagem inadequada. Pedimos que nos remetam de volta as peças danificadas.

Embalaje

1 Les rogamos sean indulgentes respecto al embalaje poco adecuado.
2 Lamentablemente, no pudimos embalar mejor su pedido porque se agotó el material especial que empleamos.
3 Reconocemos su derecho a una indemnización de daños y perjuicios y les rogamos nos disculpen respecto al embalaje.
4 Reconocemos su reclamación por embalaje inadecuado. Les rogamos nos devuelvan las unidades dañadas.

5 A embalagem deficiente do artigo nº ... deve-se a uma falha em nossa máquina de embalar.
6 Devido a falta de pessoal e dificuldades com prazos, infelizmente não pudemos providenciar uma embalagem melhor das mercadorias.
7 Os senhores são a primeira empresa insatisfeita com nossa embalagem. Mandaremos apurar sua reclamação.
8 Em vista da embalagem falha, de que os senhores se queixaram com toda razão, estamos dispostos a conceder-lhes um desconto de ...%.
9 Lamentamos muito que as mercadorias tenham chegado danificadas devido a um erro de embalagem. Pedimos que nos informem o montante dos danos.

Fornecimento incorreto

1 Por um engano, foram-lhes enviadas mercadorias erradas. Pedimos que nos desculpem por esse erro.
2 Caso os senhores tenham utilidade para as mercadorias fornecidas por engano, estaríamos dispostos a lhes conceder um desconto de ...%.
3 Pedimos que nos devolvam as mercadorias enviadas por engano. Já estamos reexecutando seu último pedido.
4 Por engano, enviamos aos senhores o artigo ... em vez do artigo ... pedido.

Justificativas sobre o faturamento

1 Não compreendemos sua reclamação sobre nossa fatura de ..., já que cobramos exatamente os preços combinados.
2 Não podemos aceitar sua reclamação referente à nossa fatura nº ...
3 Não podemos conceder a redução de preço solicitada, uma vez que não escalonamos preços em pedidos pequenos.
4 Não conseguimos encontrar nenhum erro de contas em nossa última fatura.

5 El embalaje deficiente del artículo número ... se debió a una avería en nuestra máquina embaladora.
6 Lamentablemente, debido a escasez de personal y a dificultades en el cumplimiento de plazos, no pudimos embalar las mercancías con más cuidado.
7 Ustedes son los primeros que se quejan de nuestro embalaje especial. Investigaremos su queja.
8 En consideración al mal embalaje, que ustedes con razón objetaron, estamos dispuestos a concederles un descuento del ... % en el precio.
9 Lamentamos que la mercancía haya llegado a ustedes dañada a causa de un error en el embalaje. Les rogamos nos informen a cuánto ascienden los daños sufridos por ustedes.

Suministro erróneo

1 Por error se les enviaron mercancías distintas de las pedidas. Les rogamos disculpen esta equivocación.
2 En el caso de que puedan utilizar los artículos suministrados erróneamente, estamos dispuestos a concederles una rebaja del ... % en el precio.
3 Por favor, devuélvannos las partidas erróneamente suministradas. Su último pedido ya se encuentra en ejecución.
4 Por una equivocación les enviamos nuestro artículo ... en lugar del artículo ... pedido.

Justificación de la facturación

1 No comprendemos su queja en relación con nuestra factura del ..., pues ésta se basa en los precios convenidos.
2 Tenemos que rechazar su queja respecto a nuestra factura n° ...
3 No podemos aceptar su solicitud de descuento ya que nuestra escala de precios no se aplica cuando se trata de una cantidad tan pequeña.
4 No podemos hallar error de adición alguno en nuestra última factura.

5 Não estamos obrigados a assumir os custos da remessa.
6 A redução de preço combinada foi considerada em nossa fatura de ... Os preços faturados constam de nossa lista de preços em vigor.
7 Nossos preços são o mais baixos possível. Assim, não podemos atender a seu pedido de desconto por quantidade.
8 Não conseguimos encontrar um erro sequer em nossa fatura de ... Pedimos que a examinem de novo.

5 No estamos obligados a cargar con los gastos del envío.
6 El descuento acordado en el precio ya fue considerado en nuestra factura del ... Los precios en que se basa ésta son los correspondientes a nuestra lista de precios válida actualmente.
7 Nuestros precios han sido calculados al límite máximo. Lamentablemente, no podemos acceder a su ulterior solicitud de descuento por la cantidad adquirida.
8 No podemos hallar ningún error en nuestra cuenta del ... Les rogamos revisen nuevamente este asunto.

Resposta sobre descontos incorretos

1 Estaremos enviando imediatamente uma fatura corrigida.
2 Pedimos que nos desculpem o erro de contas em nossa última fatura.
3 O valor erroneamente faturado a mais de ... será creditado em sua conta.
4 Enviamos junto a esta a fatura corrigida em três vias. Solicitamos que nos desculpem pelo erro.
5 A fatura de que reclamaram será corrigida e imediatamente devolvida aos senhores.
6 De acordo com sua solicitação, corrigimos o valor da fatura para ... (moeda).
7 O valor de ..., referente aos custos de frete faturados por engano, foi depositado em sua conta bancária n°. ...
8 Descontaremos da próxima fatura o valor de ..., cobrado aos senhores por engano.
9 Pedimos que nos desculpem por não termos abatido em nossa fatura de ... os descontos por quantidade prometidos.
10 É inteiramente justificada sua queixa de que não concedemos a redução de preço prometida. Pedimos que nos desculpem pelo erro. O valor cobrado a mais será creditado em sua conta.
11 Como combinado por telefone (fax) em ..., as despesas de remessa correrão por nossa conta. Pedimos que nos desculpem por essa falha.

Respuesta a descuentos erróneos

1 Inmediatamente les haremos llegar una factura rectificada.
2 Les rogamos disculpen el error de adición en nuestra última factura.
3 Hemos acreditado a su cuenta la cantidad calculada en exceso ascendente a ...
4 Adjunto reciben ustedes la cuenta rectificada, por triplicado. Les rogamos disculpen el error.
5 Corregiremos la cuenta objetada y se la enviaremos inmediatamente.
6 De acuerdo con su deseo, hemos extendido la factura corregida en ... (moneda).
7 Hemos transferido a su cuenta bancaria número ... la cantidad de ... por los gastos de transporte incluidos erróneamente.
8 En nuestra próxima facturación tomaremos en consideración el importe de ... que por error habíamos incluido en la cuenta.
9 Les rogamos nos disculpen por no haber considerado en nuestra factura del ... los descuentos prometidos por cantidades.
10 Está justificada su reclamación relativa a la no inclusión del prometido descuento en el precio. Por favor, perdonen este descuido. Acreditaremos a su cuenta el importe calculado en exceso.
11 Tal y como convinimos telefónicamente (por fax) el ..., los gastos de expedición corren a nuestro cargo. Les rogamos disculpen nuestro error.

12 Os senhores receberão imediatamente outra fatura com o desconto por quantidade prometido.
13 A redução no preço combinada será incluída em nossa próxima fatura.
14 Agradecemos por terem apontado nosso erro. O valor que, por engano, não descontamos já foi creditado em sua conta.
15 Pedimos que nos desculpem por nossa reclamação. Por um engano, o valor foi equivocadamente inserido em nosso sistema computadorizado (sem considerar o desconto por quantidade).
16 O desconto a que não tínhamos direito será transferido imediatamente para sua conta n°. ... no banco ..., de ...
17 Pedimos que cobrem em nossa próxima fatura o desconto por quantidade deduzido por engano.
18 Creditaremos o valor descontado de ... em sua conta conosco.
19 Enviamos anexo a esta um documento de crédito relativo à gratificação de ..., deduzida por engano.
20 Sua reclamação referente ao valor deduzido por engano é procedente.
21 Gostaríamos que em suas próximas faturas os senhores discriminassem os descontos referentes a deduções por quantidade.
22 Anexamos um cheque cruzado referente à quantia excedente deduzida.
23 Pedimos que debitem de nossa conta o valor do desconto deduzido por engano.

12 Ustedes recibirán inmediatamente una nueva factura en la que consideraremos el prometido descuento por cantidad.
13 En nuestra próxima factura tomaremos en consideración el descuento que hemos acordado en el precio.
14 Les agradecemos nos hayan llamado la atención sobre nuestro error. Ya acreditamos a su cuenta la cantidad que, por error, no habíamos descontado.
15 Les rogamos disculpen nuestra reclamación. Debido a un error, el importe fue memorizado incorrectamente en el programa electrónico (sin considerar la rebaja por cantidad).
16 Transferiremos inmediatamente a su cuenta número ... en el Banco ... en ..., el importe del descuento injustificadamente deducido.
17 Les rogamos que en la cuenta de nuestro próximo pedido incluyan el descuento por cantidades, equivocadamente deducido.
18 La cantidad deducida ascendente a ..., se la acreditaremos en la cuenta que ustedes tienen en nuestra casa.
19 Adjunto les remitimos un abono por cantidad de ... correspondiente a la gratificación erróneamente deducida.
20 Está justificado su recordatorio relativo a la cantidad que habíamos deducido equivocadamente.
21 Les rogamos que en el futuro señalen claramente en sus facturas los descuentos por cantidades.
22 Adjunto les enviamos un cheque cruzado por el importe deducido en exceso.
23 Les rogamos carguen a nuestra cuenta el descuento erróneamente deducido.

Aviso de crédito em conta

1 Creditamos em sua conta o valor de ... na data de ...
2 Avisamos hoje nossa contabilidade para creditar-lhes ...
3 Estamos concedendo aos senhores um desconto de ...% no valor da fatura referente à reclamação sobre os artigos n°. ... e n°. ... O valor já foi creditado em sua conta.

Nota de cantidad acreditada en cuenta

1 El ... hemos acreditado a su cuenta la cantidad de ...
2 Hoy hemos ordenado a nuestro departamento de contabilidad que les acrediten ...
3 Respecto a los artículos objetados número ... y número ..., les concedemos una rebaja del ... % sobre el importe de la factura. Ya fue efectuado el correspondiente abono.

Respostas a equívocos e ambigüidades

1 Estamos surpresos em saber que os senhores consideram nossos formulários de pedido (impressos de computador) pouco claros.
2 Analisaremos suas sugestões referentes ao nosso mostruário.
3 Não compreendemos sua nova consulta. A qualidade está indicada em todas as amostras.
4 Sentimos muito que nosso pedido de ... tenha conduzido a mal-entendidos, ocasionando atrasos.
5 Doravante seus formulários de pedido serão preenchidos legivelmente.
6 Queiram desculpar-nos pela fatura pouco clara. O preço mencionado já inclui o desconto por quantidade.
7 O fornecimento errado foi causado por um equívoco de transcrição de dados. Queiram aceitar nossas desculpas.

Respuestas a equivocaciones e imprecisiones

1 Nos sorprende ustedes estimen que los formularios de pedidos (hojas de PED) no son suficientemente claros.
2 Consideraremos sus sugerencias respecto a nuestro muestrario.
3 No comprendemos su repetida solicitud, pues en todas las muestras se indica la calidad.
4 Sentimos mucho que nuestro pedido del ... haya dado lugar a equivocaciones y que por ello se hayen producido demoras.
5 En el futuro haremos todo lo posible para llenar en forma legible sus formularios de pedido.
6 Les rogamos nos disculpen la forma poco clara en que formulamos la factura. La rebaja por cantidades ya se había considerado al establecer la escala de precios.
7 El error en el suministro se debió a una equivocación al asentar los datos. Les rogamos nos disculpen.

Medidas preventivas

Fornecimento

1 Talvez doravante lhes seja possível atender a nossos pedidos tão logo dêem entrada em sua empresa.
2 Solicitamos que os fornecimentos destinados a nós sejam a partir de agora enviados por expresso (por frete rápido, por frete aéreo).
3 A fim de evitar tais atrasos no fornecimento, pedimos que passem a despachar as mercadorias por caminhão, em transporte agrupado.
4 Pedimos que no futuro aceitem apenas os pedidos que possam executar.
5 A razão de seus atrasos praticamente crônicos no fornecimento talvez se encontre na falta de organização de seu departamento competente.
6 Pedimos que tenham mais cuidado com seus prazos de produção no futuro.

Medidas preventivas

Suministro

1 Quizás les sea posible, en el futuro, ejecutar nuestros pedidos inmediatamente después de su recepción.
2 Les rogamos que en el futuro nos envíen los suministros por expreso (por gran velocidad, por flete aéreo).
3 Con el fin de evitar tales demoras en los suministros, en el futuro deberán enviar las mercancías por servicio de carga colectivo por camión.
4 Les queremos rogar que en el futuro sólo acepten los pedidos que puedan suministrar.
5 Presumiblemente, la demora en los suministros, que ya es casi crónica, se debe a la mala organización de su departamento encargado de la tramitación de pedidos.
6 Les rogamos que en el futuro pongan más cuidado en el cumplimiento de los plazos de fabricación.

7 Estamos certos de que seus atrasos no fornecimento poderiam ser evitados com um melhor planejamento dos prazos.

Pagamento

1 A fim de evitar atrasos de pagamento semelhantes, pedimos que no futuro seja efetuado pagamento à vista (pagamento em cheque) no recebimento das mercadorias.
2 Os senhores já pensaram em conseguir um crédito de curto prazo?
3 Por que os senhores não tomam um empréstimo bancário já que têm dificuldades de liquidez?
4 Os senhores poderiam ter-nos solicitado um prazo de pagamento de ...
5 Pedimos que instruam seu departamento de contabilidade para passar a enviar os valores devidos pontualmente.

Quantidades

1 A fim de evitar erros nos fornecimentos, pedimos que doravante as quantidades encomendadas sejam bem conferidas no momento da embalagem.
2 Talvez os senhores consigam evitar fornecimentos incompletos se supervisionarem melhor a embalagem das mercadorias.
3 Os senhores poderiam delegar a um funcionário de confiança a tarefa de conferir os pedidos depois de executados.
4 Se usassem um sistema informatizado de controle, os senhores com certeza teriam mais eficiência na execução dos pedidos.

Qualidade

1 Um controle habitual da produção com certeza preveniria esse tipo de oscilação de qualidade.
2 Os senhores não possuem um departamento de controle de qualidade para inspecionar as mercadorias?
3 Esses enganos poderiam ser evitados se seu depósito fosse dividido em áreas de qualidades diferentes.

7 Estamos seguros de que, con una adecuada planificación de los plazos de fabricación, ustedes podrían evitar demoras en los suministros.

Pago

1 A fin de evitar semejantes demoras en los pagos, les rogamos que en el futuro nos paguen en efectivo (por cheque) al llegar las mercancías.
2 ¿Aceptarían ustedes, quizás, un crédito a corto plazo?
3 ¿Por qué no aceptan un crédito bancario si se encuentran en dificultades de liquidez?
4 Ustedes hubieran podido pedirnos un plazo de ... para el pago.
5 Les rogamos den instrucciones a su departamento de contabilidad para que, en el futuro, gire a tiempo las cantidades debidas.

Cantidades

1 A fin de evitar errores en los suministros, les rogamos que, en el futuro, al embalar la mercancía, se cercioren de que incluyen las cantidades de unidades pedidas.
2 Quizás puedan evitarse suministros en cantidad inferior si ustedes controlan más cuidadosamente el embalaje de las mercancías.
3 Ustedes podrían encomendar a un empleado de confianza la tarea de supervisar los pedidos una vez ejecutados.
4 Si ustedes implantaran un sistema de control asistido por ordenador, seguramente lograrían una mayor eficacia en la ejecución de los pedidos.

Calidad

1 Mediante el continuo control de la calidad en el proceso de fabricación, con toda seguridad podrían evitarse esas fluctuaciones en la calidad.
2 ¿No tienen ustedes un departamento de verificación, encargado de controlar la calidad de sus mercancías?
3 Esos errores podrían evitarse segurmente, si ustedes organizaran el almacén agrupando las mercancías según su calidad.

4 Esses enganos poderiam ser evitados se suas mercadorias fossem rotuladas.
5 Pedimos que examinem cuidadosamente a qualidade das mercadorias durante a embalagem.
6 Não seria possível instalar em suas máquinas um controle de qualidade automático (informatizado)?
7 Os senhores poderiam certificar-se da qualidade de seus produtos por meio de um controle por amostragem.
8 O que obviamente lhes falta é um controle de qualidade eficaz.
9 As alterações na qualidade de seus produtos poderiam ser evitadas com uma máquina nova.
10 A estocagem em armazéns climatizados certamente evitaria as quedas de qualidade.

Embalagem

1 A maior parte de danos durante o transporte poderia ser evitada por meio de um acondicionamento melhor.
2 Por que os senhores não fornecem as mercadorias em engradados (caixotes)?
3 O transporte em contêiner certamente seria mais apropriado para pedidos tão volumosos.
4 Engradados (caixotes) seriam uma forma de acondicionamento bem melhor do que as frágeis caixas de papelão dobráveis.
5 A embalagem que os senhores fazem, que às vezes deixa a desejar, melhoraria bastante com a utilização de uma máquina empacotadora automática.
6 Os senhores evitariam boa parte das reclamações se embalassem seus produtos frágeis em caixas de poliestireno (isopor).
7 Com certeza deve existir um material de embalagem dobrável bem melhor, que também seja mais resistente e mais leve.
8 Uma embalagem de espuma sintética não seria mais adequada para seus artigos?

Diversos

1 Os senhores certamente evitariam os freqüentes equívocos com artigos se eles fossem armazenados organizadamente.

4 Si ustedes designaran de nuevo sus artículos, seguramente se evitarían los errores de esa clase.
5 Por favor, supervisen exactamente la calidad de las mercancías al embalarlas.
6 ¿No sería posible instalar en sus máquinas controles de calidad (asistidos por ordenador)?
7 Mediante muestras tomadas al azar ustedes podrían controlar la calidad de sus productos.
8 Evidentemente, lo que a ustedes les falta es un sistema eficaz de control de calidad.
9 Mediante la utilización de una nueva máquina podrían evitarse las fluctuaciones en la calidad de sus artículos.
10 Si ustedes almacenaran la mercancía en salas de temperatura regulada evitarían con toda seguridad descensos en la calidad.

Embalaje

1 Con un embalaje mejor podría evitarse la mayor parte de los daños durante el transporte.
2 ¿Por qué no suministran ustedes las mercancías en cajas?
3 Cuando se trata de pedidos en cantidades tan grandes se justificaría el transporte en contenedores.
4 Sería mucho mejor el embalaje en cajas, que en esos cartones plegables demasiado finos.
5 Con una máquina embaladora automática seguramente mejoraría su actual embalaje, que en parte es muy malo.
6 Si ustedes embalaran en stiropor sus equipos delicados evitarían una gran parte de las reclamaciones.
7 Con toda seguridad existen mejores materiales plegables para embalar y que, sin dejar de ser ligeros, son mucho más resistentes.
8 ¿No sería más adecuado para sus artículos un embalaje de material esponjoso?

Miscelánea

1 Efectuando un almacenamiento más metódico, ustedes podrían evitarse, sin duda, las equivocaciones, relativamente frecuentes, de unos artículos por otros.

209

2 Solicitamos que no futuro os senhores providenciem uma verificação final do pedido.
3 Solicitamos que os pedidos sejam submetidos a uma verificação mais rigorosa depois de executados.
4 Pedimos que retirem o endereço antigo de seus engradados (caixotes), que talvez tenha sido a causa da entrega em local errado.
5 Insistimos em que os senhores verifiquem a execução dos pedidos com mais atenção.

Resposta sobre extravio de mercadoria

1 Depois de recebermos sua reclamação de ..., investigamos o paradeiro da remessa extraviada, mas infelizmente ainda não conseguimos localizá-la.
2 Conseguimos localizar a mercadoria extraviada. A transportadora a entregara por engano em outro endereço.
3 Até esta data, a transportadora não encaminhou as mercadorias aos senhores, apesar de termos recebido dela um aviso de despacho.
4 Por engano, as mercadorias foram estocadas em um armazém em ...
5 A remessa em questão foi devolvida em razão de sérios danos sofridos durante o transporte. Enviamos aos senhores, na data de hoje, outra remessa.
6 Garantimos que faremos de tudo para enviar-lhes outra remessa o mais rápido possível.
7 Pedimos que os senhores nos concedam mais alguns dias. Faremos o possível para localizar a mercadoria e enviá-la aos senhores em seguida.
8 Para que os senhores recebam a mercadoria a tempo para a época de Natal, enviamos hoje, por precaução, outra remessa de todos os artigos por expresso (por frete rápido, por frete aéreo, por serviço especial de entrega). Caso a remessa extraviada chegue a sua empresa, pedimos que nos informem se os senhores pretendem ficar com ela ou se desejam devolvê-la.

2 Por favor, en el futuro efectúen un control final de los pedidos.
3 Les rogamos someter en el futuro los pedidos tramitados a un control más profundo.
4 Les rogamos se sirvan quitar de sus cajas las direcciones antiguas, pues es de suponer que éste fue el motivo de una entrega errónea.
5 Debemos insistir en un control más exacto en la tramitación de sus pedidos.

Respuesta con motivo de remesas extraviadas

1 Una vez recibida su reclamación del ..., hemos realizado indagaciones en cuanto al paradero del envío extraviado, no habiendo podido, sin embargo, localizar éste hasta la fecha.
2 Hemos podido localizar el paradero de la citada remesa. Debido a un descuido ésta fue expedida por nuestro agente de transportes a un destino falso.
3 A pesar del aviso de envío que nos mandó, nuestro agente de transportes no ha efectuado la expedición hasta hoy.
4 Debido a una inadvertencia, los géneros fueron depositados en un almacén en ...
5 El citado envío nos fue devuelto a causa de los graves daños sufridos durante el transporte. Por este motivo, hoy les hemos hecho llegar un nuevo suministro.
6 Les aseguramos que haremos todo lo posible para hacerles llegar el envío cuanto antes.
7 Les rogamos se sirvan esperar aún un par de días. Haremos todo lo posible por dar con el paradero del envío y reexpedirlo inmediatamente a ustedes.
8 A fin de que reciban los géneros con suficiente antelación al negocio navideño les hemos expedido, como medida de precaución, hoy nuevamente el lote completo por expreso (gran velocidad, por flete aéreo, por correo especial). En caso de que en el entretanto les hubiera llegado el envío extraviado, les rogamos nos informen si desean quedarse con el segundo suministro o quieren devolvérnoslo.

Questões jurídicas
Cuestiones jurídicas

Consultas

1 Necessitamos dos serviços de um advogado (notário) em ... Os senhores teriam uma recomendação?
2 Sua empresa foi recomendada por ... Ficaríamos gratos se os senhores pudessem representar-nos em ...
3 O caso em questão é uma queixa nossa contra a ... (firma). Gostaríamos que os senhores se encarregassem do caso. Que medidas os senhores podem sugerir?
4 Infelizmente, sentimo-nos obrigados a entrar com uma ação judicial contra ..., de ... Gostaríamos que os senhores nos representassem e nos informassem os gastos que teríamos.
5 Os senhores poderiam recomendar-nos um escritório de cobranças em ...?
6 Qual o valor dos seus honorários?
7 Caso os senhores não possam assumir esse caso, agradeceríamos a indicação de outro escritório de advocacia com que pudéssemos entrar em contato.
8 No nosso processo contra ..., os senhores têm total liberdade de ação.
9 Temos ainda o direito de propriedade sobre as mercadorias, adquiridas de nossa empresa pela ... (firma). Como poderemos manter nossos direitos?|

Solicitudes

1 En ... necesitamos los servicios de un abogado (notario). ¿Podrían recomendarnos algún bufete?
2 ... nos proporcionó su dirección. Mucho nos agradaría si pudiera representarnos en ...
3 Se trata de una reclamación que tenemos contra la firma ... Le rogamos se encargue de nuestra reclamación. ¿Qué medidas recomienda usted?
4 Lamentablemente, tenemos que demandar a ... en ... Le rogamos se haga cargo de nuestra representación y nos informe sobre la cuantía de los gastos correspondientes.
5 ¿Pueden ustedes recomendarnos una agencia de cobros en ...?
6 ¿A cuánto ascienden sus honorarios?
7 En el caso de que usted no esté en condiciones de hacerse cargo de este caso, ¿tendría la amabilidad de recomendarnos otro bufete con el que nos pudiéramos poner en contacto?
8 En lo que respecta a nuestra reclamación contra ... será usted exclusivamente quien deberá indicar los pasos a seguir. ¿Qué recomienda usted?
9 Tenemos la propiedad de las mercancías que nos compró la firma ... y que todavía no ha abonado en su totalidad. ¿Cómo podemos hacer valer este derecho?

Respostas

1 Gostaríamos de recomendar-lhes o escritório de advocacia ..., de ... (local). Com certeza os senhores ficarão muito satisfeitos com o serviço deles.
2 Terei todo o prazer de representá-los em ... Peço que me comuniquem como poderei lhes ser útil.

Respuestas

1 Nos permitimos recomendarles el bufete ... en ... Seguramente quedarán ustedes satisfechos con el mismo.
2 Con gusto estaría dispuesto a representarles en ... Por favor, infórmenme en qué puedo servirles.

3 Escrevi hoje uma carta à ... (empresa) (veja cópia anexa), pedindo que façam o pagamento de sua fatura. Se não houver uma solução satisfatória, entrarei com uma ação judicial em seu nome. Manterei os senhores informados do andamento do caso.
4 Terei prazer em representá-los no processo contra ... Seus gastos serão de cerca de ... Encerrado o processo, enviarei a conta aos senhores.
5 Se as custas serão por conta dos senhores ou da ré (do réu) dependerá do resultado do processo. Em todo caso, os senhores são, em princípio, responsáveis pelo pagamento de meus honorários.
6 No momento não tenho condições de informar-lhes com precisão as despesas com que os senhores arcarão, que dependerão em grande parte do volume do trabalho.
7 Sinto muito não poder assumir esse caso. Todavia, gostaria de recomendar-lhes uma firma de advocacia, a ..., que muito provavelmente poderá atendê-los.
8 Grato pela confiança em mim depositada, aceito representá-los.
9 Em caso similar, o Tribunal Federal de Justiça decidiu a favor do queixoso. Aconselho-os, portanto, a impetrar uma ação contra a empresa ...
10 Com base na legislação vigente da UE, é nosso parecer que os senhores não terão sucesso na ação judicial. Aconselhamos os senhores a não impetrarem tal ação nesse caso.
11 A diretriz da UE aplicável nesse caso ainda não foi ratificada. Assim, aconselhamos a não entrar com ação judicial.
12 Como as medidas legais nesse assunto ainda são diferentes entre os países da União Européia, nós os aconselhamos a não se envolver em um litígio até que a legislação seja única.

3 He escrito hoy a la firma ..., de conformidad con la copia adjunta, y le he reclamado el pago de la cuenta. Si el asunto no se resuelve satisfactoriamente, presentaré en su nombre la demanda. Les mantendré al corriente del asunto.
4 Acepto su representación en el caso contra ... Los gastos ascienden a ... aproximadamente. A su terminación, ustedes recibirán la cuenta.
5 Depende del resultado del proceso el que ustedes o el demandado carguen con las costas. En todo caso, ustedes responden ante todo de la remuneración de mi trabajo.
6 Por el momento no puedo precisar todavía los gastos en que ustedes incurrirían, pues dependerán del trabajo que exija este asunto.
7 Siento mucho no poder asumir el caso. Sin embargo, me permito recomendarles la sociedad ..., que probablemente estará dispuesta a hacerse cargo del asunto.
8 Les agradezco la confianza depositada en mí y me haré cargo, con sumo gusto, de sus intereses.
9 En un caso similar, el Tribunal Federal ha fallado en esta causa a favor del demandante. Les aconsejo, por lo tanto, presentar una demanda contra la firma ...
10 A nuestro criterio, no parece que, de conformidad con el derecho de la UE, tengan ustedes éxito con una demanda. Por ello, en el caso que nos ocupa, no les aconsejamos adoptar medidas judiciales.
11 La directiva de la UE, aplicable en este caso, no fue aprobada aún, por lo que les aconsejamos no incoar una causa por el momento.
12 Dado que en los Estados de la Unión Europea predominan aún, desde el punto de vista jurídico, diferentes criterios, les aconsejamos abstenerse de un litigio hasta que se llegue a una reglamentación uniforme.

As empresas e seus representantes
Las firmas y sus representantes

Proposta de representação

Anúncio em jornal

1. Procura-se representante para programa de vendas especiais. Comissões altas.
2. Oferecemos uma representação geral. Os senhores estariam interessados nela?
3. Como nosso vendedor externo na região de ..., o senhor poderia ganhar até ... por mês.
4. A empresa ... procura um representante responsável para a região de ...
5. Esta representação abrange a região de ... e, se necessário, poderia ser exclusiva.
6. Procuramos para nossos produtos um(a) representante com experiência para início em ...
7. Procuramos um(a) vendedor(a) externo(a) para nossa filial de ...
8. Nossos produtos têm excelente potencial de venda. Procuramos ainda representantes para a região de ...
9. Procuramos homens e mulheres jovens e independentes para início imediato. Garantimos a nossos representantes uma remuneração mensal de ...
10. Somos fabricantes de artigos de consumo de marca e procuramos representantes jovens e comunicativos.
11. Procuram-se jovens do sexo masculino e feminino com veículo próprio para atuar como representantes.

Cartas pessoais

1. Dirigimo-nos ao(à) senhor(a) porque soubemos que estaria interessado(a) em aceitar a representação na região de ...

Oferta de representación

Anuncios en periódicos

1. Para nuestro selecto programa buscamos un representante. Ofrecemos altas comisiones.
2. Ofrecemos una representación general. ¿Estaría usted interesado en ella?
3. Como colaborador en el servicio exterior para la zona de ..., puede usted ganar hasta ... mensuales.
4. La firma ... busca un representante de confianza para la región de ...
5. Esta representación comprende la zona de ... y podría ser conferida, en caso dado, en exclusiva.
6. Para la representación de nuestros productos, buscamos hombre (mujer) con experiencia.
7. Para nuestra sucursal en ..., buscamos un(a) encargado(a) para el servicio de visitas a clientes.
8. Nuestros productos tienen muy buenas posibilidades de venta. Todavía buscamos representantes para ...
9. Buscamos mujeres y hombres jóvenes e independientes que puedan empezar a trabajar inmediatamente. Como representantes nuestros, les garantizamos una remuneración mensual de ...
10. Somos fabricantes de artículos de consumo de gran renombre y buscamos representantes jóvenes y elocuentes.
11. Se solicitan señoritas y caballeros jóvenes, con automóvil propio, para trabajar como representantes.

Cartas personales

1. Nos dirigimos a usted porque ha llegado a nuestro conocimiento que estaría dispuesto(a) a aceptar representaciones en la región de ...

2 Gostaríamos de informar-lhe que procuramos uma pessoa interessada em nos representar em ...
3 Gostaríamos de perguntar-lhe se o(a) senhor(a) estaria disposto(a) a encarregar-se das vendas de nossos produtos em seu país.
4 A Câmara de Comércio e Indústria de ... deu-nos seu nome como possível interessado(a) na representação de nossos produtos em ...
5 Obtivemos seu endereço no novo libreto da UE ... sobre venda e distribuição de ...
6 A ... (firma) forneceu-nos seu nome e endereço e nos informou que o(a) senhor(a) estaria interessado(a) na representação do ... (produto), na região de ...

2 Quisiéramos informarle que tenemos vacante nuestra representación en ...
3 Desearíamos preguntarle si estaría dispuesto(a) a encargarse de la venta de nuestras mercancías en su país.
4 La Cámara de Industria y Comercio de ... nos ha indicado su nombre como posible interesado(a) para la aceptación de una representación en ...
5 Hemos tomado nota de su dirección del nuevo folleto de la Unión Europea ... referente a la distribución de ...
6 La casa ... nos ha proporcionado su nombre y dirección, informándonos que usted está interesado(a) en una representación para el producto ... en la zona de ...

Descrição de atividades

1 O senhor fará as visitas aos restaurantes em ...
2 Sua atividade se restringirá à região de ...
3 Seu trabalho consistirá apenas em dar nossos catálogos e amostras aos clientes.
4 Na qualidade de nosso representante-geral, o senhor cuidaria pessoalmente de nossos clientes.
5 A responsabilidade que lhe será dada requer boas maneiras e habilidade de negociação.
6 Devido à ampliação do Mercado Comum, serão imprescindíveis em seu trabalho um bom domínio do inglês e do francês.
7 A representação exclusiva requer uma visita semanal (mensal) a todos os clientes.
8 Sua tarefa consistirá em apresentar aos clientes nossos mostruários e catálogos, além de receber pedidos.
9 O senhor terá um carro à sua disposição. Para desempenhar o trabalho, o senhor receberá treinamento intensivo, com salário integral.
10 Para atuar como representante, o senhor certamente precisará de um carro. Concederemos um reembolso por quilômetro rodado (milha rodada) de ...

Descripción de la actividad

1 Su trabajo consiste en visitar los restaurantes en ...
2 Su actividad se limitaría a la zona de ...
3 Su trabajo consistiría, únicamente, en presentar nuestros catálogos y muestras a los clientes.
4 Como representante general nuestro(a), su trabajo consistiria en ocuparse personalmente de nuestros clientes.
5 El trabajo que se le confiará exige don de gentes y habilidad en las negociaciones.
6 Con la ampliación del Mercado Unico se hacen necesarios para su actividad conocimientos de inglés y francés.
7 La representación en exclusiva hace necesario visitar a todos los clientes una vez por semana (mes).
8 Su trabajo consistiría en exhibir muestras y catálogos y recibir pedidos.
9 Ponemos a su disposición un automóvil. Para su ulterior trabajo recibirá usted una capacitación intensiva durante la cual percibirá su sueldo completo.
10 Para su actividad de representante es indispensable un automóvil, por la que le reembolsamos una bonificación global (por kilómetro) de ... por ...

Descrição dos produtos

1 Nossos produtos são da melhor qualidade e têm alto nível de vendas.

Descripción de los productos

1 Nuestros productos son de la mejor calidad y encuentran una excelente salida.

2 Vendemos mercadorias de uso diário, o que garante alto índice de vendas.
3 Para que o senhor possa ter uma idéia melhor de seu trabalho, apresentamos a seguir alguns de nossos artigos: ...
4 Nossas máquinas gozam de excelente reputação.
5 Por ter experiência na venda de ..., o senhor logo se familiarizará com nossos produtos.
6 O produto que o senhor venderá é muito bem-sucedido no mercado de ...
7 Nossa companhia vende ... (gêneros alimentícios, têxteis, ferramentas, motores, utensílios domésticos, móveis etc.).
8 Produzimos ... (indicação do produto).
9 Somos uma empresa de ... (ramo).
10 O senhor venderá mercadorias de uso diário, que não apresentam problema e são fáceis de vender.

Descrição do mercado

1 O mercado tem condições de absorver nosso produto.
2 A venda de nossos produtos de uso diário não está sujeita a flutuações de mercado.
3 A artigo que o senhor representará tem boas chances de venda.
4 Nossos produtos ainda não são muito conhecidos em sua região. Sua tarefa será inseri-los no mercado.
5 Nossa meta é conquistar o mercado pela qualidade.
6 O artigo já é bastante conhecido no mercado local. Sua responsabilidade se restringirá a manter nossos clientes abastecidos de mercadorias.
7 As condições de mercado são bastante satisfatórias.
8 Como praticamente não há concorrência para esse artigo, a perspectiva de venda é particularmente favorável.
9 Nosso produto é novo no mercado. A perspectiva de venda é boa.
10 Prevemos um alto índice de vendas de nossos novos produtos, principalmente nas cidades grandes.

2 Vendemos mercancía de consumo cotidiano, lo cual garantiza un gran volumen de ventas.
3 Para que usted pueda formarse un juicio más preciso de su trabajo, les enumeramos a continuación algunos de nuestros artículos: ...
4 Nuestras máquinas gozan de gran fama.
5 Como usted ya ha trabajado en el sector de ..., se familiarizará rápidamente con nuestros productos.
6 El producto que usted tendría que vender es un artículo de gran venta en el mercado de ...
7 Nuestra firma vende ... (productos alimenticios, textiles, herramientas, motores, artículos para el hogar, muebles, etc.)
8 Fabricamos ... (designación).
9 Nuestra firma se dedica al ramo de ...
10 Los artículos de uso cotidiano que usted representa no son problemáticos y encuentran fácil salida.

Descripción del mercado

1 El mercado tiene capacidad de absorción para nuestro producto.
2 La venta de nuestros artículos de primera necesidad no está sujeta a fluctuaciones del mercado.
3 El artículo que usted representará tiene buenas posibilidades de venta.
4 Nuestros productos no son todavía suficientemente conocidos en su región. Su trabajo consistiría en conquistar el mercado.
5 Nuestro propósito es conquistar el mercado ofreciendo calidad.
6 El artículo ya es suficientemente conocido en ese mercado. Su trabajo consistiría, únicamente, en abastecer continuamente de mercancía a nuestros clientes.
7 Las condiciones del mercado son muy satisfactorias.
8 Las perspectivas de venta son especialmente buenas, pues para este artículo casi no existe competencia.
9 Nuestro producto es nuevo en el mercado, por lo que existen buenas perspectivas de venta.
10 Con nuestros novedosos productos, confiamos tener muy buenas perspectivas de venta, sobre todo en los mercados de las grandes ciudades.

11 Existe uma competição acirrada no mercado de nossos produtos. Todavia, como gozam de excelente imagem, a perspectiva de venda é boa.
12 O resultado de uma pesquisa de mercado de longo prazo convenceu-nos de que nossos produtos têm boa perspectiva de venda.

Descrição de campanha publicitária

1 Lançamos uma grande campanha publicitária do artigo que o senhor representará.
2 Nossos produtos são muito conhecidos devido a anúncios em cinema, rádio e TV.
3 O senhor pode partir do princípio de que a publicidade tornou nosso artigo muito conhecido.
4 Sua atividade não se restringirá apenas à venda de nossos artigos, mas também uma intensa campanha publicitária.
5 Sua tarefa será basicamente divulgar os produtos aos nossos clientes.
6 Acima de tudo, o senhor deverá exaltar a excelente qualidade de nossos produtos.
7 Na qualidade de nosso representante-geral, o senhor terá também de supervisionar a publicidade em sua região.
8 Na região sob sua responsabilidade, o senhor deverá concentrar-se sobretudo na publicidade.
9 Encarregamos uma conhecida agência de publicidade da divulgação do produto que o senhor representará.
10 Gastamos anualmente em publicidade uma média de ...
11 Dispomos de excelente material publicitário. Anexamos a esta uma pequena seleção.

Descrição da área de representação

1 Sua área abrangeria a região de ...
2 O senhor assumiria a representação exclusiva em seu país.
3 Poderemos conceder-lhe o direito de exclusividade de vendas em ... (país).

11 En el mercado de nuestros productos hay una fuerte competencia. Sin embargo, como nuestros productos tienen una excelente reputación, las perspectivas de venta son buenas.
12 El resultado de una investigación del mercado, a largo plazo, nos ha convencido de las buenas perspectivas de venta de nuestras mercancías.

Descripción de las medidas de publicidad

1 Hemos iniciado una gran campaña publicitaria del artículo que usted representará.
2 Nuestros productos son bien conocidos por la publicidad en películas, radio y televisión.
3 Usted puede partir del hecho de que los artículos que representa son bien conocidos por medio de la publicidad.
4 Su actividad no se limita sólo a la venta de nuestros artículos. Comprende también una intensa campaña publicitaria.
5 Su trabajo consistiría, únicamente, en hacer propaganda de nuestros productos entre nuestros clientes.
6 Sobre todo, tendría usted que elogiar la magnífica calidad de nuestra mercancía.
7 Como representante general nuestro, usted tendría también que supervisar la publicidad en su zona.
8 En la zona confiada a usted habría que hacer hincapié en primer lugar en la publicidad.
9 Una conocida agencia de publicidad se ha encargado de la propaganda del artículo que usted representa.
10 Gastamos en publicidad un promedio anual de ...
11 Disponemos de magnífico material publicitario. Adjunto recibe usted una pequeña selección del mismo.

Descripción de la zona de la representación

1 Su zona comprendería la región de ...
2 Usted asumiría la representación exclusiva en su país.
3 Podemos concederle el derecho exclusivo de venta en ... (país).

4 O senhor teria de percorrer a região de ...
5 O senhor seria nosso representante na região de ...
6 Nossa empresa estaria disposta a lhe conceder a região em torno de ...
7 No que diz respeito à área de representação, estamos dispostos a respeitar seus desejos tanto quanto possível.
8 O senhor poderá escolher entre as seguintes regiões de representação: ...
9 Nossa empresa está disposta a conceder-lhe a área de representação solicitada. Assim, o senhor será nosso único representante na região de ...
10 Depois que o senhor atingir um faturamento de ..., estaremos dispostos a ampliar a sua área de atuação.

4 Usted tendría que recorrer la zona ...
5 Su representación comprende la zona de ...
6 Nuestra firma estaría dispuesta a confiarle la zona alrededor de ...
7 En lo que respecta a la zona de la representación, estaríamos dispuestos a ajustarnos ampliamente a sus deseos.
8 Usted puede elegir entre las siguientes zonas de representación: ...
9 La firma está dispuesta a confiarle la zona de representación que usted desea. En consecuencia, usted es nuestro único representante en ...
10 Estamos dispuestos a ampliar su zona una vez que haya alcanzado un volumen de ventas de ...

Exigências

Personalidade

1 Nossa empresa goza de excelente imagem, razão pela qual esperamos de nossos colaboradores uma conduta que corresponda inteiramente a nossa reputação.
2 Esse posto exige dedicação pessoal e capacidade de trabalhar com independência.
3 Essa posição pressupõe experiência no trato com as pessoas.
4 Consideramos como pré-requisitos percepção e senso de responsabilidade.
5 Este ramo de atividade requer boas maneiras e certo grau de sociabilidade.
6 Com tais clientes, é imprescindível ter refinamento e excelente formação.
7 Como o senhor lidará com uma clientela selecionada, consideramos um requisito básico roupas adequadas e boas maneiras.
8 Para essa atividade, procuramos um(a) senhor(a) seguro(a) de si e habilidoso(a).
9 Sensibilidade e conhecimento do ramo são pré-requisitos.

Qualificação profissional

1 Além de conhecimento do ramo, exigimos domínio de idiomas e ótimos conhecimentos de informática.

Requisitos

Personalidad

1 Nuestra firma tiene un magnífico nombre, por lo que exigimos de nuestro personal una conducta digna de nuestra reputación.
2 Esta posición de responsabilidad exige iniciativa y capacidad de actuar con independencia.
3 Esta tarea requiere experiencia en el trato con las personas.
4 Condiciones previas para esta posición son laboriosidad y sentido de responsabilidad.
5 Esta actividad exige buenos modales y una cierta habilidad para establecer contactos.
6 Para esa clientela son indispensables muy buenos modales y un alto nivel de educación.
7 Su actividad exige el trato con una clientela selecta, por lo que son condiciones fundamentales el vestir correctamente y tener buenos modales.
8 Para este tipo de actividad buscamos un(a) hombre (mujer) hábil y seguro(a) de sí mismo(a).
9 Requisitos indispensables son tacto y conocimientos del ramo.

Conocimientos del ramo

1 Además de nociones del ramo, debe poseer usted conocimientos de idiomas y dominio perfecto de un PC.

2   A experiência no ramo é imprescindível.
3   Gostaríamos de ressaltar que sua experiência no ramo é muito importante para nós.
4   Experiência nesse ramo é desejável.
5   Não há necessidade de experiência no ramo.
6   O senhor deve ter considerável experiência na área de representação de vendas.
7   É necessário que o senhor esteja familiarizado com a área de ...
8   Estamos interessados somente em pessoas com formação em comércio.
9   O trabalho exige experiência no ramo de ...
10 Sem conhecimentos suficientes de ..., infelizmente não teríamos condições de oferecer-lhe o cargo.
11 Domínio de ... (idioma) é imperativo (absolutamente necessário) para que lhe ofereçamos nossa representação na região de ...
12 Esta atividade exige, acima de tudo, conhecimentos técnicos.
13 Não há necessidade de conhecimentos especiais. O senhor será treinado(a) por nós.

Currículo (*curriculum vitae*)

1   Pedimos que inclua um currículo (de próprio punho).
2   Gostaríamos que anexasse à sua carta de solicitação de emprego um currículo de próprio punho.
3   Pedimos que anexe a seu pedido os documentos e certificados de praxe, bem como um currículo em forma de tópicos.

Diplomas e certificados

1   Antes que marquemos uma entrevista, deverão ser enviados um currículo em forma de tópicos, certificados de estudo, detalhes de suas atividades profissionais e referências.
2   Pedimos que anexe seus certificados de estudo.
3   Pedimos que envie seus certificados ou cópias autenticadas.
4   Pedimos que traga seus certificados à entrevista.

2   Son indispensables conocimientos previos en este ramo.
3   Queremos advertirle que atribuimos gran importancia a una formación en el ramo.
4   Son deseables conocimientos previos del ramo.
5   En este ramo no se requieren conocimientos especiales.
6   Se sobreentiende que usted debe tener una experiencia de muchos años como representante.
7   Sería necesario que usted posea conocimientos en el ramo del (de la) ...
8   Consideramos solamente aspirantes que posean una preparación comercial.
9   El trabajo exige conocimientos en ...
10 Lamentablemente, sin conocimientos suficientes en ... no es posible ocupar el puesto.
11 Son imprescindibles (absolutamente necesarios) conocimientos linguísticos de ... para hacerse cargo de la representación en la zona de ...
12 Esta actividad requiere, ante todo, conocimientos técnicos.
13 No se requieren conocimientos especiales. Nosotros nos encargamos de su formación.

Curriculum vitae

1   Le rogamos incluya un curriculum vitae (escrito a mano).
2   Le rogamos que, junto con su solicitud de empleo, presente un curriculum vitae escrito a mano.
3   Por favor, presente la solicitud con los documentos usuales, incluyendo un curriculum vitae en forma de cuadro sinóptico.

Certificados

1   Para un empleo es necesario presentar un curriculum vitae en forma de cuadro sinóptico, certificados de estudios, documentos acreditativos de la actividad profesional y referencias.
2   Le rogamos incluya sus certificados.
3   Le rogamos nos envíe sus certificados o copias legalizadas.
4   Le rogamos que, junto con su solicitud personal de empleo, presente sus certificados.

5 Damos mais importância à entrevista que a sua qualificação.
6 Pedimos que nos apresente diplomas e certificados comprovando sua formação e experiência profissional.
7 Não é necessário apresentar certificados.
8 Pedimos que nos apresente uma comprovação por escrito de seus conhecimentos em ... (idioma).

Referências

1 Pedimos que também apresente referências.
2 O cargo é de responsabilidade considerável e exige excelentes referências.
3 Pedimos que inclua referências de seus empregadores anteriores em sua solicitação de emprego.
4 Pedimos que apresente referências junto com os documentos que acompanham sua solicitação de emprego.
5 Referências não são (definitivamente) imprescindíveis.

Remuneração

Salário

1 Oferecemos um salário fixo de ...
2 Seu salário seria de ...
3 Seu salário fixo inicial seria de ...
4 Estamos oferecendo ao senhor uma remuneração fixa anual de ...
5 O salário previsto é de ...
6 Seu salário mensal fixo seria de ..., quantia que aumentaria consideravelmente com as comissões.
7 Pagamos uma remuneração fixa mensal de ... mais comissões, de acordo com a tabela de comissões anexa.
8 Sugerimos uma entrevista para discutir sua pretensão salarial.
9 Podemos informar-lhe o valor aproximado de seu salário básico, de ... Precisamos conversar pessoalmente com o senhor a respeito da quantia exata.

5 Nosotros damos más importancia al resultado de una conversación personal que a sus certificados.
6 Le rogamos nos presente documentos relativos a su educación y a su experiencia profesional.
7 No se requiere la presentación de certificados.
8 Sírvase presentar un justificante de conocimientos linguísticos de ...

Referencias

1 Le rogamos que también presente referencias.
2 Por tratarse de una posición de gran responsabilidad, son indispensables magníficas referencias.
3 Le rogamos que, junto con su solicitud de empleo, presente referencias de las personas o entidades para las que ha trabajado hasta la fecha.
4 Le rogamos que, junto a los documentos usuales que deberán acompañar su solicitud de empleo, presente también referencias.
5 No se requieren (absolutamente) referencias.

Remuneraciones

Sueldo

1 Nosotros le ofreceríamos un sueldo fijo de ...
2 Su sueldo ascendería a ...
3 Su sueldo fijo inicial asciende a ...
4 Nosotros le ofrecemos una cantidad fija anual de ...
5 El sueldo previsto asciende a ...
6 Su sueldo fijo mensual ascendería a ... Claro está que con las comisiones puede usted aumentarlo considerablemente.
7 Le aseguramos una cantidad fija mensual de ..., más comisiones de acuerdo con la lista adjunta.
8 Sus aspiraciones de sueldo podríamos discutirlas en una entrevista personal.
9 Podemos indicarle hoy la cantidad aproximada a que ascenderá su sueldo fijo, a saber ... Tendríamos que hablar personalmente para acordar la cantidad exacta.

Comissões

1. Além da remuneração fixa, pagaremos uma comissão de ...%.
2. Sua comissão seria de ...%.
3. Além disso, concederemos uma comissão de garantia ("del credere") de ...%.
4. Sua taxa de comissão é de ...% de suas vendas.
5. Sua comissão de vendas é de ...%.
6. Além disso, pelas mercadorias mantidas em estoque por sua conta, o senhor receberá uma comissão de ...% sobre a quantidade em estoque (médio, mensal).
7. Além da comissão normal de ...%, pagaremos mais ...% em faturamento mensal de ...
8. Sua comissão de ...% será paga quando do recebimento do valor da fatura.
9. As comissões lhe serão pagas mensalmente (trimestralmente, semestralmente, anualmente).

Comisiones

1. Además del sueldo fijo, le damos una comisión del ...%.
2. Su comisión sería del ...%.
3. Además, le concedemos una comisión de garantía del ...%.
4. Su comisión será del ...% de las ventas que realice.
5. Su comisión por ventas es el ...%.
6. Además, por las mercancías que tenga por su cuenta en almacén, le abonaremos una comisión del ...% sobre (el promedio mensual de) las mercancías en existencia.
7. Además de la comisión regular del ...%, le pagaremos otro ...% si el volumen mensual de ventas asciende a ...
8. Su comisión del ...% es pagadera al recibo del importe de la factura.
9. Usted percibirá mensualmente (trimestralmente, semestralmente, anualmente) el importe de las comisiones.

Despesas

1. As despesas serão inteiramente reembolsadas.
2. Cobriremos suas despesas.
3. O senhor receberá uma diária para despesas de cerca de ...
4. Reembolsaremos suas despesas mediante a apresentação dos recibos.
5. Pedimos que nos apresente o relatório de despesas no final de cada mês.
6. Estamos dispostos a pagar suas despesas.
7. Só reembolsamos as despesas mediante a apresentação de todos os recibos.
8. Despesas de contatos com clientes também são reembolsadas.
9. Não reembolsamos determinadas despesas extraordinárias (como bebidas em bares, almoços e jantares etc.).
10. Reembolsaremos suas despesas; mas esperamos que o senhor gaste o mínimo possível.
11. Reembolsaremos despesas de até ... (valor).

Gastos

1. Le reembolsaremos completamente sus gastos.
2. Asumimos sus gastos.
3. Para sus gastos, le concedemos dietas por importe de ..., como promedio.
4. Le reembolsaremos los gastos contra presentación de los recibos correspondientes.
5. Deberá enviarnos al fin de cada mes la cuenta de gastos.
6. Estamos dispuestos a correr con sus gastos.
7. Un reembolso de gastos es únicamente posible presentando todos los comprobantes.
8. Reembolsamos también los gastos incurridos con motivo de atenciones a los clientes.
9. No estamos dispuestos a reembolsar determinados gastos extraordinarios (como consumos en bares, comidas, cenas, etc.).
10. Le reembolsaremos sus gastos, pero usted se compromete a cuidar de que éstos se mantengan al nivel más bajo posible.
11. Reembolsaremos sus gastos hasta la cantidad de ...

12 O senhor receberá uma cota mensal de ... para cobrir despesas.
13 As despesas correm por sua conta. O senhor não poderá cobrá-las de nós.
14 Não reembolsamos as despesas.
15 As despesas estão incluídas nas taxas de comissão e não poderão ser cobradas à parte.

12 Para sus gastos, asignamos una cantidad global mensual de ...
13 Los gastos corren por su cuenta. No podrá usted cargarnos en cuenta sus gastos.
14 No le reembolsaremos sus gastos.
15 Sus gastos se han tomado en consideración al fijar nuestros elevados tipos de comisión. En consecuencia, no pueden incluirse en cuenta.

Período de emprego

Início

1 A representação estará vaga a partir de ...
2 Sua admissão será a partir de ...
3 O(A) senhor(a) será admitido(a) a partir de ...
4 O(A) senhor(a) poderá assumir a representação a partir de ...
5 O(A) senhor(a) poderá assumir a representação logo após seu período de aviso prévio.
6 O(A) senhor(a) poderá assumir a representação a qualquer momento.
7 O aviso prévio de nosso(a) atual representante termina em ... Pedimos que assuma seu novo cargo a partir dessa data.
8 A representação se reiniciaria a partir de ...
9 Pedimos que assuma a representação a partir de ...
10 Pedimos que nos informe quando pretende assumir nossa representação.

Tiempo de empleo

Inicio

1 La representación quedará vacante el ...
2 Su empleo tiene efecto el ...
3 Le emplearíamos a partir del ...
4 Usted puede encargarse de la representación el ...
5 Usted puede encargarse de la representación tan pronto como expire el plazo de rescisión de su actual empleo.
6 Usted puede empezar la representación en todo momento.
7 El plazo para la rescisión del contrato que tenemos celebrado con nuestro representante actual expira el ... Le rogamos hacerse cargo a partir de esa fecha de su nuevo cometido.
8 La representación se cubriría de nuevo el ...
9 Le rogamos se haga cargo de esta representación a partir del ...
10 Le rogamos nos informe sobre sus deseos relativos a la fecha de comienzo de la representación.

Duração

1 O contrato tem a duração (inicial) de ... anos.
2 O contrato é válido por ... anos.
3 Após um período de ... anos, o contrato poderá ser revogado a qualquer momento, sem aviso prévio.
4 Inicialmente o(a) senhor(a) passará por um período de experiência.
5 Após seis meses estaremos dispostos a assinar um contrato por ... anos.

Duración

1 El contrato tiene una duración (inicial) de ... años.
2 El contrato estará en vigor durante ... años.
3 Después de un plazo de .. años, el contrato puede ser rescindido en todo momento y sin sujeción a plazo.
4 El empleo es inicialmente a prueba.
5 Después de seis meses estaríamos dispuestos a celebrar un contrato por ... años.

6 Após um período de experiência satisfatório de ... meses, poderemos aumentar seu salário para ... e fechar um contrato de ... anos com o(a) senhor(a).
7 Reservamo-nos o direito de determinar a duração do contrato.
8 Gostaríamos de discutir a duração do contrato durante a entrevista com o(a) senhor(a).
9 O contrato inicialmente terá a validade de 3 anos e poderá ser rescindido por qualquer das partes 6 semanas antes do término do trimestre.

Entrevista

1 Pedimos que se apresente para entrevista em ...
2 Se possível, gostaríamos que viesse para uma entrevista no dia ..., às ... horas, em nossa empresa.
3 Se o(a) senhor(a) vier em ... em nosso escritório, poderemos conversar sobre alguns pontos específicos do contrato.
4 O(A) senhor(a) poderia vir para uma entrevista em ...?
5 Reembolsaremos suas despesas de viagem. Pedimos que o(a) senhor(a) nos traga os comprovantes.

Candidatura em resposta a proposta de representação

Frases introdutórias

1 Gostaria de candidatar-me ao cargo de seu anúncio de ... (data) no ... (publicação).
2 Fui informado de que sua empresa busca um representante para a região de ... Estou atualmente empregado, mas gostaria de candidatar-me para começar a partir de ...
3 Em referência à sua proposta por escrito, gostaria de candidatar-me a sua representação geral.
4 Gostaria de candidatar-me ao cargo anunciado pelos senhores, que eu poderia assumir a partir de ...
5 Gostaria de candidatar-me ao cargo anunciado pelos senhores. Ficaria grato se pudessem fornecer mais informações a respeito.

6 Después de un tiempo de prueba de ... meses, estamos dispuestos a aumentarle el sueldo a ... y a ofrecerle un contrato por ... años.
7 Nos reservamos el derecho a fijar la duración del contrato.
8 Sobre la duración del contrato hablaríamos con usted gustosamente durante su visita de presentación.
9 La duración del contrato queda fijada provisionalmente en 3 años, pudiendo ser rescindido por cada una de las partes 6 semanas antes de finalizar el trimestre.

Presentación

1 Le rogamos se presente personalmente el ...
2 Le rogamos que, si fuera posible, nos visitara en nuestra casa, el día .. a las ..., para una entrevista.
3 Si usted nos visita el ..., podríamos convenir ciertas condiciones del contrato.
4 ¿Le parece bien el ... como fecha para su presentación?
5 Nosotros le reembolsaremos los gastos de viaje. Le rogamos nos presente los comprobantes correspondientes.

Solicitud a oferta de representación

Frases de introducción

1 Quisiera ofrecerles mis servicios en - relación con su anuncio del .. en ... (periódico).
2 Se me ha informado que su firma busca un representante para la zona de ... Actualmente tengo un empleo cuya rescisión no he pedido aún. Sin embargo, aspiro a la plaza en su casa para desempeñarla a partir del ...
3 En relación con su oferta escrita, presento mi candidatura para la representación general que ustedes ofrecen.
4 Desearía presentar mi candidatura para la plaza que ustedes han ofrecido, para desempeñarla a partir del ...
5 Quisiera ofrecerles mis servicios para la plaza que ustedes han sacado a cocurso. Les ruego me informen con mayor detalle.

Dados pessoais

1 Tenho ... anos, sou casado(a) (solteiro[a]) e tenho ... (não tenho) filhos.
2 Tenho ... anos e atuo nessa área há ... anos.
3 Meus dados pessoais: nome: ...; data de nascimento: ...; local de nascimento: ...; estado civil: ...
4 Anexo a esta meu currículo em tópicos. Data de nascimento: ...; local de nascimento: ...; ensino fundamental: ... (local), de ... a ...; curso de formação em ..., término em ...; ... anos de experiência como representante.

Data da entrevista

1 Caso o(a) senhor(a) concorde, sugiro o dia ... para a entrevista.
2 Eu me apresentarei aos senhores na data combinada.
3 Peço que me informem a data de minha entrevista.
4 Agradeceria se pudessem mudar a data da entrevista para o dia ...
5 Seria possível os senhores marcarem a entrevista para o período da manhã (tarde)?
6 Poderíamos conversar pessoalmente no dia ...?
7 Gostaria muito de ter uma conversa pessoal com os senhores.
8 Antes de assinar o contrato, gostaria de conversar a respeito de seus termos em detalhe.
9 Gostaria de marcar um encontro com os senhores para esclarecer várias questões.

Resposta a proposta de representação

Recusa

1 Agradeço sua proposta, mas sinto ter de recusá-la.
2 Agradeço sua amável proposta, que infelizmente devo recusar por motivos pessoais.

Datos personales

1 Tengo ... años de edad, estoy casadol(a) (solterol(a)) y (no) tengo ... (un, dos, tres) hijo(s).
2 Tengo ... años de edad y trabajo en este ramo desde hace ... años.
3 Mis datos personales son: nombre: ..., fecha de nacimiento: ... lugar de nacimiento: ... estado civil: ...
4 Por medio de la presente, les envío mi curriculum vitae en forma de cuadro sinóptico. Fecha de nacimiento: ..., lugar de nacimiento: ..., escuela primaria en ... de ... a .., capacitación como ..., graduación el ..., trabajo como representante desde hace ... años.

Fecha para la presentación

1 Si ustedes están de acuerdo, propondría el ... como fecha para la visita de presentación.
2 Les visitaré en su casa en la fecha convenida para presentarme.
3 Les ruego me fijen una fecha para la visita de presentación.
4 Mucho les agradecería si pudieran fijar para el ... la fecha de la presentación.
5 Cuando ustedes fijen la fecha para la visita de presentación, ¿podrían disponer que fuera en horas de la mañana (de la tarde)?
6 ¿Podría pedirles una entrevista personal para el día ...?
7 Mucho me interesaría tener una conversación personal.
8 Antes de firmar el contrato, me gustaría hablar con ustedes detenidamente sobre las condiciones.
9 Me gustaría tener una entrevista con ustedes para aclarar algunas cuestiones.

Respuesta a oferta de representación

Negativa

1 Les agradezco su oferta de empleo, la cual, lamentablemente, no puedo aceptar.
2 Muchas gracias por su generosa oferta que, lamentablemente, por motivos personales, tengo que rehusar.

3 Infelizmente não posso aceitar sua proposta, pois estou comprometido por contrato pelos próximos ... anos.
4 Sinto-me honrado com sua proposta. Contudo, sinto ter de recusá-la devido a outros compromissos.
5 Infelizmente, não posso aceitar sua proposta por motivos familiares.
6 Sinto ter de recusar sua proposta, cujas condições não condizem com minhas expectativas.
7 Sinto ter de recusar sua oferta, pois a área de representação é extremamente desfavorável para mim.

Aceitação

1 Agradeço-lhes a confiança em mim depositada. Aceito com prazer a representação da região de ...
2 Aceito a representação que os senhores me ofereceram, em ... (local).
3 Sinto-me honrado com sua proposta de representação. Terei prazer em representá-los.
4 Não vejo razão para recusar sua proposta de representação. Peço que me informem quando poderemos discutir o assunto pessoalmente.
5 Embora me encontre ainda empregado, aceito desde já sua proposta de representação.
6 Sua proposta de assumir sua representação em ... agrada-me bastante. Quando poderei apresentar-me aos senhores?

Procura de representação

Anúncios em jornal

1 Busco uma representação comercial na região de ...
2 Representante procura mudanças. Propostas sob o código n.º ... aos cuidados deste jornal.
3 Representante ainda empregado deseja mudança. Propostas para ...
4 Que firma renomada ainda precisa de um representante? Propostas para ...
5 Representante da indústria ... procura mudança.

3 Lamento no poder aceptar su oferta, ya que estoy sujeto a un contrato que durará aún ... años.
4 Su oferta me honra. Sin embargo, siento no poder aceptarla debido a otros compromisos comerciales.
5 Lamento no poder aceptar su oferta por motivos familiares.
6 Siento tener que rehusar la oferta por no convenirme sus condiciones.
7 Siento mucho tener que rehusar su oferta, ya que la zona de representación me resulta muy desfavorable.

Aceptación

1 Les agradezco la confianza en mí depositada. Con gusto estoy dispuesto a hacerme cargo de su representación en ...
2 Acepto la representación que me ofrecen en ...
3 Me honra su oferta de representación. Con gusto estoy dispuesto a trabajar para ustedes.
4 Siento inclinación por su oferta de representación. Les ruego me indiquen una fecha para una entrevista personal.
5 Aunque actualmente tengo un empleo cuya rescisión no he solicitado, acepto ya hoy su oferta de representación.
6 Me atrae mucho la idea de aceptar su oferta de representación en ... ¿Cuándo podría visitarles personalmente?

Solicitud de representación

Anuncios en periódicos

1 Busco una representación comercial en los alrededores de ...
2 Actualmente trabajo como representante y quisiera un cambio. Ofertas al anuncio clasificado número ... del periódico ...
3 Representante actualmente en activo desearía cambiar de empresa. Ofertas a ...
4 ¿Qué firma acreditada tiene todavía una representación vacante? Se ruegan ofertas a ...
5 Representante en el ramo industrial de ... busca nueva posición.

6 Representante busca melhoras. Não tenho preferência de ramo. Propostas para ...
7 Tenho vários anos de experiência como representante da indústria ... em ... Propostas para ...

Dados pessoais

1 Tenho formação profissional em ...
2 Após o segundo grau, fiz um curso profissionalizante de comércio.
3 Fiz um curso profissionalizante de comércio e tenho trabalhado como representante.
4 Minha escolaridade e minha formação profissional são: segundo grau, curso profissionalizante de comércio e cargo de representante de vendas.
5 Tendo trabalhado durante vários anos como ... na ... (empresa), onde recebi formação em comércio, tenho agora um conhecimento profundo desse ramo.

Referências

1 Dou como referência as empresas para as quais trabalhei como representante até agora.
2 Declaro, como referência, que atualmente represento empresas bem conhecidas como ... e ...
3 Peço-lhes que obtenham referências a meu respeito na empresa que representei até agora. O endereço é: ...
4 Peço que contatem o sr. ..., diretor da ... (empresa), para obterem informações sobre mim.
5 Anexo a esta minhas referências.

Ramo

1 Eu daria preferência a uma representação no ramo de ...
2 Como já tenho experiência no ramo de ..., gostaria de assumir de novo uma representação nessa área.
3 Tenho formação técnica e, por essa razão, gostaria de assumir uma representação na indústria de ...
4 Minha experiência poderá ser de bom proveito na indústria de ...

6 Representante comercial quiere mejorar. Ningún ramo especial. Ofertas a ...
7 Versado representante de la industria del (de la) ... en ... con muchos años de actividad. Ofertas a ...

Datos personales

1 He recibido formación profesional como ...
2 Después del bachillerato, hice un aprendizaje comercial.
3 Estudié comercio y posteriormente he ejercido la actividad de representante comercial.
4 Mi formación profesional consiste en la enseñanza media, aprendizaje comercial y ejercicio como representante comercial.
5 Debido a mi larga ocupación como ... en la casa ..., donde completé un aprendizaje comercial, he adquirido profundos conocimientos del ramo.

Referencias

1 Como referencias les presento los nombres de las firmas para las que he trabajado como representante comercial hasta el día de hoy.
2 Como referencias puedo expresar que trabajo simultáneamente para firmas tan conocidas como ... y ...
3 Les ruego pidan referencias a la firma que he representado hasta ahora. Su dirección es: ...
4 Les ruego pidan referencias sobre mi persona al señor ..., Director de la firma ...
5 Adjunto les envío mis referencias.

Ramo

1 Preferiría una representación en el ramo del (de la) ...
2 Como ya he trabajado en el ramo de ..., quisiera volver a tener una representación en ese giro.
3 He recibido una formación de orientación técnica, por lo que aceptaría con gusto una representación en la industria del (de la) ...
4 En la industria de ... podría aprovechar mi experiencia.

5 Se possível, gostaria de trabalhar como representante na indústria de ...

Remuneração (do ponto de vista do representante)

1 Estou disposto a trabalhar para os senhores à base de uma comissão de ...%.
2 Com remuneração para minha atividade de representante, pretendo um salário fixo mais comissões.
3 Todavia, devo insistir em uma comissão de ...% sobre minhas vendas.
4 Peço que minha comissão seja paga mensalmente.
5 Além da comissão comum no ramo, espero um reembolso de quilometragem para a utilização de meu carro particular em atividade profissional.
6 Além da comissão comum de ...%, deverá também ser considerada uma comissão de garantia de ...%.
7 Como os senhores me asseguraram, receberei um fixo mensal de ..., uma comissão de ...% sobre o faturamento, bem como o ressarcimento de 50% de minhas despesas de publicidade.

Duração do contrato (do ponto de vista do representante)

1 Sugiro que o contrato de representação tenha inicialmente um período de experiência de ...
2 Sugiro que o contrato tenha duração de ... anos.
3 O contrato deverá inicialmente ser fechado para um período de ... meses (anos).
4 Peço que redijam um contrato para um período de ... Posteriormente, deverá ser renovado automaticamente pelo prazo de um ano, caso não venha a ser rescindido por uma das partes ... (prazo) antes do fim do trimestre.
5 Do contrato de representação deve constar um aviso prévio de rescisão de meio ano.
6 O prazo do contrato deverá ser indeterminado e sua rescisão poderá ser feita por carta registrada com aviso prévio de ... meses.
7 Eu gostaria que a duração do contrato fosse discutida em conversa pessoal.

5 De ser posible, quisiera ser representante en la industria del (de la) ...

Remuneraciones (desde el punto de vista del representante)

1 Estoy dispuesto(a) a trabajar para ustedes sobre la base de una comisión del ... %.
2 Como remuneración por mi actividad como representante considero un sueldo fijo y comisiones adicionales.
3 Debo insistir en una comisión del ... % sobre las ventas que realice.
4 Mis comisiones se pagarían mensualmente.
5 Además de la comisión usual en el ramo, espero cierta cantidad por kilómetro recorrido en mi automóvil privado, en ejercicio de la actividad propia de la representación.
6 Además de la comisión usual del ramo del ... %, habría que calcular una comisión de garantía del ... %.
7 Como ustedes me prometieron, recibiré un sueldo fijo mensual de ... así como una comisión del ... % sobre las ventas realizadas, además del reembolso del 50 % de mi presupuesto publicitario.

Duración del contrato (desde el punto de vista del representante)

1 Yo propondría que el contrato de representación lo celebráramos, inicialmente, por un período de prueba de ...
2 Propongo que la duración del contrato sea de ... años.
3 El contrato debería ser concluido provisionalmente con una vigencia de ... meses (años).
4 Les ruego redactar el contrato con una vigencia de ..., después de la cual debería prorrogarse automáticamente por un año, a no ser que fuera rescindido por una de las partes con un plazo de ... antes de finalizar el trimestre.
5 En el contrato de representación debería fijarse el plazo de rescisión en un medio año.
6 En el contrato no se estipulará plazo alguno. Su rescisión deberá pedirse por carta certificada, con ... meses de antelación.
7 Le ruego que la duración del contrato la fijáramos en una conversación personal.

Área de representação (do ponto de vista do representante)

1 Estou bastante interessado em uma representação exclusiva na região de ...
2 Como resido em ..., estou muito interessado em uma representação exclusiva na região de ...
3 A única área de representação de meu interesse é a de ...
4 O conhecimento que tenho da região de ... e meus relacionamentos lá poderiam ser de grande valia para os senhores.
5 Como estou descompromissado, não tenho preferência quanto à área de representação.
6 Até a presente data atuei na região de ...
7 Representei com exclusividade o produto ... da ... (empresa).

Zona de representación (desde el punto de vista del representante)

1 Estoy muy interesado en una representación exclusiva en la zona de ...
2 Dado que resido en ..., estaría especialmente interesado en una representación exclusiva en la región de ...
3 La única zona que me interesa para una representación es ...
4 En la zona de ..., mis conocimientos y relaciones locales serían de gran provecho para ustedes.
5 Soy completamente independiente, por cuya razón no condiciono la aceptación de la representación a que ésta se encuentre en una zona determinada.
6 La zona de mi representación era hasta ahora ...
7 Yo tenía representación exclusiva de la firma ... en ...

Recusa de solicitação

1 Lamentamos informar-lhe que a representação já foi preenchida.
2 Infelizmente não podemos conceder-lhe a representação.
3 Todas as nossas áreas de representação estão preenchidas.
4 Pedimos que entre em contato conosco dentro de ... meses.
5 Infelizmente, não dispomos de vagas para representantes.
6 Neste meio-tempo, a vaga para representante foi preenchida.
7 A vaga de representante-geral para a praça de ... já foi preenchida.
8 Infelizmente, não podemos conceder-lhe uma representação, porque atualmente só pracistas fixos vendem nossos produtos.
9 Em face de suas pretensões (condições), lamentamos ter de recusar sua solicitação.

Negativa a la solicitud

1 Lamentamos tener que informarle que, en el entretanto, concedimos a otra persona la representación.
2 Lamentablemente, no podemos concederle ninguna representación.
3 Nuestras zonas de representación están en la actualidad totalmente ocupadas.
4 Le ruego que vuelva a dirigirse a nosotros dentro de ... meses.
5 Lamentablemente, tenemos que informarle que nuestra plantilla de representantes está completa.
6 Entretanto, la plaza de representante vacante ha sido ocupada.
7 Ya hemos concedido la representación general en la zona de ...
8 Lamentamos tener que dar una respuesta negativa a su solicitud de representación, pues actualmente estamos vendiendo la mercancía por medio de viajantes fijos.
9 Lamentamos tener que rechazar su solicitud, pues no podemos aceptar sus pretensiones (condiciones).

Aceitação de solicitação

1 Estamos dispostos a conceder-lhe uma de nossas representações.
2 Pedimos que nos contate em ... para acertar os detalhes.

Aceptación de la solicitud

1 Con gusto estamos dispuestos a confiarle una de nuestras representaciones.
2 Le rogamos nos visite el ... a fin de ultimar todos los detalles.

3 O senhor pode assumir já nossa representação.
4 Estamos dispostos a conceder-lhe nossa representação exclusiva na região de ... Pedimos que nos visite em ... para concluir todas as formalidades.
5 Uma de nossas representações na praça de ... ficou vaga há pouco tempo. Poderíamos concedê-la ao senhor.
6 Temos a satisfação de conceder-lhe uma de nossas representações e esperamos que nossa colaboração seja mutuamente vantajosa.
7 Temos a satisfação de dar-lhe as boas-vindas a nosso quadro de pessoal.

Setor de atividade

1 Concederemos ao senhor a representação de ... (produto).
2 Desejamos confiar-lhe a representação de nossos artigos de marca do setor de gêneros alimentícios.
3 A experiência comprova que os ganhos no setor de ... são especialmente bons.
4 Como produtores de bens de capital valiosos, exigimos de nossos representantes bons conhecimentos técnicos.
5 Como deve ser de seu conhecimento, atuamos no setor de ...
6 Como o senhor já tem experiência como representante no setor de ..., certamente não terá dificuldade em vender nosso novo ...
7 Sua representação abrange todos os artigos da indústria de transformação de ... e de artesanato.

Área de representação

1 Sua área de representação se limitará à região de ...
2 Sua representação restringe-se às cidades de ..., ... e ...
3 Sua área de representação fica em ...
4 Temos ainda uma vaga para representante em ...
5 Pedimos que nos informem imediatamente se essa praça o satisfaz.
6 O senhor pode escolher entre a região de ..., ... e de ...

3 Podríamos confiarle inmediatamente una representación.
4 Estamos dispuestos a conferirle nuestra representación exclusiva para la zona de ... Para la tramitación de todas las formalidades relevantes, le rogamos visitarnos el ...
5 Hace poco quedó vacante una de nuestras representaciones en la zona de ..., por cuyo motivo podríamos darle esa plaza.
6 Nos alegramos poder concederle una de nuestras representaciones y confiamos en una buena colaboración.
7 Le saludamos como nuestro nuevo colaborador.

Indicación del ramo

1 Le concederemos la representación de nuestros ...
2 Quisiéramos confiarle la representación de nuestros artículos de marca en el ramo de productos alimenticios.
3 La experiencia muestra que, en el ramo de ..., las posibilidades de ganancia son magníficas.
4 Como productor de valiosos bienes de inversión tenemos que exigir que nuestros representantes tengan conocimientos técnicos.
5 Como usted seguramente sabe, trabajamos en la industria del (de la) ...
6 Como usted ya ha tenido una representación en el ramo del (de la) ..., seguramente no tropezará con grandes dificultades en la venta de nuestro nuevo ...
7 Su representación comprende todos los artículos de la industria transformadora de ... y de la artesanía.

Zona de la representación

1 La zona de su representación se limitará a la región de ...
2 Su representación se limita a las ciudades de ..., ... y ...
3 La zona de su representación está situada en ...
4 Nos queda aún una sola representación vacante en ...
5 Le ruego nos informe lo antes posible si le conviene esa representación.
6 Usted puede elegir entre las zonas de ..., ... y ...

7 Pedimos que nos informe qual região lhe interessa mais.
8 A criação do Mercado Comum propiciou perspectivas totalmente novas quanto à distribuição das regiões. Poderemos oferecer-lhe a região de ... ou de ... como ampliação de sua praça.

Remuneração (do ponto de vista da firma representada)

1 Sua remuneração será uma comissão de ...% sobre as vendas.
2 Infelizmente não podemos atender a suas pretensões no que se refere a comissões.
3 Assim como nossos demais representantes, o senhor receberá uma comissão de ...%.
4 Como remuneração, o senhor receberá uma comissão de ...% e uma participação de ...% nos lucros ao final de cada ano fiscal.
5 A comissão máxima que podemos oferecer-lhe é de ...%.
6 Além da comissão comum de ...%, pagamos uma comissão de garantia de ...%.
7 Para tratarmos da taxa de sua comissão, pedimos que nos visite nos próximos dias.
8 O senhor receberá uma remuneração básica mensal de ... e uma comissão de ...% sobre suas vendas.
9 O senhor receberá uma comissão de vendas de ...% e uma verba mensal para despesas de ...
10 Concederemos uma comissão de vendas de ...%. As despesas correm por sua conta.
11 Uma vez que nossa comissão de vendas já perfaz ...%, infelizmente não temos condições de contribuir nos custos de armazenamento e publicidade.

Duração do contrato (do ponto de vista da firma representada)

1 Após um período de experiência de seis meses, estaremos dispostos a fechar um contrato de representação por tempo indeterminado, com aviso prévio de rescisão de ... meses.

7 Le ruego nos informe qué región le conviene.
8 Con la creación del Mercado Unico se abren nuevas perspectivas en cuanto a la distribución de zonas, por lo que le podríamos ofrecer la región de ... o de ... como zona ampliada de representación.

Remuneraciones (desde el punto de vista de la empresa a representar)

1 Como remuneración percibirá usted una comisión del ...% por las ventas que realice.
2 Lamentablemente, no podemos cumplir en esa forma las condiciones que usted pide respecto a la comisiones.
3 Como todos nuestros representantes, percibiría usted una comisión del ...%.
4 Como remuneración recibe usted una comisión del ...% y una participación del ...% en las utilidades a fines de cada ejercicio.
5 La comisión más alta posible que le podemos ofrecer es del ...%.
6 Además de la comisión usual en el ramo del ...%, pagamos una comisión de garantía del ...%.
7 Para tratar sobre la cuantía de la comisión, le rogamos nos visite en los próximos días.
8 Usted percibirá un sueldo fijo mensual de ... y una comisión del ...% sobre las ventas que realice.
9 Usted recibirá una comisión del ...% del volumen de las ventas y una cantidad global mensual de ... para gastos.
10 Le concedemos una comisión del ...% sobre las ventas. Todos sus gastos corren por su cuenta.
11 Dado que nuestra comisión sobre las ventas se eleva ya al ...%, lamentamos no nos sea posible contribuir en gastos de almacenaje y publicidad.

Duración del contrato (desde el punto de vista de la empresa a representar)

1 Después de un período de prueba de medio año estamos dispuestos a concertar el contrato de representación por tiempo indefinido, con un plazo de antelación de ... meses para la rescisión.

2 Sugerimos que o contrato tenha inicialmente duração de ... anos.
3 Estamos dispostos a fechar com o senhor um contrato de representação com duração de ... anos.
4 Após um período de seis meses para o senhor se familiarizar com o trabalho, poderemos conversar sobre a duração de seu contrato de representação.
5 Seu contrato de representação será por prazo indeterminado. Poderá ser rescindido por qualquer uma das partes por meio de carta registrada com antecedência de ... meses.
6 Teremos o prazer de levar em consideração seu desejo acerca da duração do contrato.
7 Infelizmente, com relação ao contrato, não podemos atender a pedidos tão especiais.
8 O contrato só poderá ser rescindido por escrito.
9 Gostaríamos de determinar a duração do contrato em conversa pessoal.

Data da entrevista

1 Gostaríamos que o(a) senhor(a) se apresentasse à nossa empresa em ...
2 Informe-nos, por favor, se a data de ... lhe é conveniente para uma entrevista.
3 A única data possível para uma entrevista é ...
4 Como data para sua entrevista em nosso escritório, sugerimos ... ou ..., às ... horas.
5 Concordamos com a data que o(a) senhor(a) sugeriu para a entrevista.
6 Reembolsaremos, mediante apresentação dos recibos, as despesas que o(a) senhor(a) tiver ao vir para a entrevista.

Contrato de representação

As partes

1 Entre o(a) senhor(a) ... e a empresa ..., é firmado o seguinte contrato de representação:
2 Contrato entre o(a) senhor(a) ..., como representante, e a ... (empresa), como representada.

2 Proponemos que el contrato tenga una duración inicial de ... años.
3 Estamos dispuestos a celebrar con usted un contrato de representación con una duración de ... años.
4 Después de un período de iniciación de 6 meses podremos hablar sobre la duración de su contrato de representación.
5 Su contrato de representación se celebrará por tiempo indefinido. Será rescindible a instancia de cualquiera de las partes, por carta certificada, con ... meses de antelación.
6 Con gusto tomaremos en consideración sus deseos relativos a la duración del contrato.
7 Lamentablemente, en lo que respecta al contrato, no nos es posible satisfacer deseos tan especiales.
8 La notificación de rescisión sólo será válida si se realiza en forma escrita.
9 Deseamos fijar la duración del contrato en una conversación personal.

Fecha de presentación

1 Le rogamos nos visite el ...
2 Por favor, infórmenos si el ... le conviene como fecha para la presentación.
3 El único día que podría tener lugar la presentación sería el ...
4 Para su visita de presentación en nuestra casa le proponemos el ... o el ..., en ambos casos a las ...
5 Satisfacemos con gusto sus deseos relativos a la fecha de presentación propuesta por usted.
6 Le reembolsaremos los gastos en que incurra con motivo de su presentación en nuestra casa facilitándonos los comprobantes.

Contrato de representación

Partes

1 Entre el señor (la señora) ... y la firma ... se celebra el siguiente contrato de representación: ...
2 Contrato entre el señor (la señora) ... como representante y la firma ... como representada.

3 A ... (empresa) e o(a) senhor(a) ... firmam o seguinte contrato de representação: ...
4 As partes constantes do presente contrato de representação são o(a) senhor(a) ..., como representante, e a ... (empresa), como representada.
5 O seguinte contrato de representação é firmado entre o signatário da ... (empresa) e o(a) senhor(a) ...: ...
6 Regime contratual definindo a função do(a) senhor(a) ..., como representante da ... (empresa).

3 La firma ... y el señor (la señora) ... celebran el siguiente contrato de representación: ...
4 Las partes del siguiente contrato de representación son el señor (la señora) ..., como representante, y la firma ..., como representada.
5 Entre los abajo firmantes de la empresa ... y el señor (la señora) ..., se celebra el siguiente contrato de representación: ...
6 Régimen contractual de la actividad que ejercerá el señor (la señora) ... como representante de la firma ...

Obrigações

1 As obrigações do(a) senhor(a) ... como representante restringem-se à visita a clientes e ao recebimento de pedidos.
2 O(A) senhor(a) ... se encarregará da representação de nossos artigos de marca no ramo de ...
3 Além do recebimento de pedidos, as obrigações do(a) senhor(a) ... também incluirão o assessoramento de nossos clientes.
4 O(A) senhor(a) ... deverá exercer sua função de tal forma que os interesses de nossa empresa estejam sempre resguardados.
5 O representante deve comunicar imediatamente ao departamento competente da empresa todos os negócios em que tenha intervindo ou que tenham sido por ele concluídos.
6 As obrigações do representante incluem tanto as atividades costumeiras no comércio quanto a assistência técnica pós-venda de nossos artigos pertinentes.
7 Será firmado um adendo ao contrato definindo com precisão as obrigações do(a) senhor(a) ... como nosso(a) representante.
8 Como as obrigações de nosso representante incluem viagens, a empresa colocará um carro à sua disposição.
9 Exigem-se do(a) representante visitas constantes a nossos clientes na praça representada.
10 O(A) representante deverá trabalhar com exclusividade para nossa empresa.
11 Se o(a) representante quiser trabalhar para outras empresas, precisará antes de nosso consentimento.
12 As consultas de clientes à nossa empresa serão repassadas ao(à) representante.

Actividad

1 La actividad de representante del señor (de la señora) ... se limita a la visita de clientes y a la recepción de pedidos.
2 El señor (La señora) ... se hace cargo de la representación de nuestros artículos de marca del ramo del (de la) ...
3 Además de la recepción de pedidos, la actividad de representante del señor (de la señora) ... comprende también el asesoramiento de nuestros clientes.
4 El señor (La señora) ... debe ejercer la representación de manera tal que los intereses de nuestra firma se encuentren siempre protegidos.
5 El representante informará inmediatamente a los departamentos correspondientes de la firma sobre todos los negocios en que intervenga, o que cierre.
6 Además de realizar las actividades comerciales usuales, el representante prestará asistencia técnica a nuestros clientes en los artículos vendidos.
7 Para la delimitación exacta de la actividad de representación del señor (de la señora) ..., se celebrará un contrato suplementario.
8 Dado que la actividad de representante implica viajes, la firma pondrá a su disposición un automóvil.
9 El representante deberá visitar regularmente a los clientes de la firma que correspondan a su zona.
10 El representante trabajará exclusivamente para nuestra firma.
11 Si el representante desea trabajar para otras empresas necesita la aprobación de nuestra firma.
12 La firma transmitirá al representante las preguntas que formulen los clientes.

231

13 As consultas dirigidas à empresa serão repassadas ao(à) representante.
14 Garantimos ao(à) representante total apoio em sua área.
15 Em pedidos de clientes feitos diretamente à empresa, a comissão paga ao(à) representante será reduzida em ...%.
16 Os pedidos diretos serão tratados da mesma maneira que os pedidos enviados pelo(a) representante.

Área de representação

1 Será designada ao(à) representante uma área com limites bem definidos. Sua atividade deverá restringir-se a essa área.
2 A área de representação abrange toda a região de ...
3 O(A) representante assumirá a praça de representação de ...
4 O(A) representante só poderá visitar clientes da praça de ...
5 O contrato de representação abrange as seguintes áreas: ...
6 O(A) sr.(a) ... é representante exclusivo(a) de nossos produtos em ...
7 O(A) representante não poderá fechar negócios fora dos limites de sua área de representação.
8 O(A) representante deverá restringir-se à sua área de representação.
9 Garante-se salvaguarda ao(à) representante dentro de sua área.
10 Na qualidade de nosso(a) representante exclusivo(a) na região de ..., o(a) senhor(a) terá total apoio em sua área.

Remuneração
Salário

1 Por sua atividade, o(a) representante receberá um salário de ..., acrescido da comissão costumeira no comércio.
2 Será pago ao(à) representante um salário fixo de ...
3 Por sua função como nosso(a) representante, o(a) sr.(a) ... receberá um salário fixo mensal de ..., pago antecipadamente.
4 Garantimos ao(à) nosso(a) representante um salário fixo mensal de ...

13 Las preguntas directas se las transmitimos al representante.
14 Al representante se le asegura la exclusiva en su zona.
15 En los pedidos que nos hagan directamente los clientes, la comisión que se pagará al representante se reducirá en un ...%.
16 Los pedidos directos serán tratados sobre la misma base que los ordenados a través del representante.

Zona de representación

1 Al representante se le asignará una zona a delimitarse exactamente. Su actividad se desarrollará en esta zona exclusivamente.
2 La zona de representación comprende toda la región de ...
3 El representante se hace cargo de una representación en el distrito de ...
4 El representante sólo podrá visitar clientes en la zona de ...
5 El contrato de representación comprende las zonas siguientes: ...
6 El señor (La señora) ... es el (la) representante exclusivo(a) de nuestros productos en ...
7 El representante no está autorizado a desarrollar su actividad fuera de los límites de su zona.
8 El representante deberá respetar los límites de su zona.
9 Dentro de la zona respectiva, se le garantiza al representante el derecho a ejercer sus actividades.
10 Como representante exclusivo de nuestra firma en la zona de .., se le garantiza el absoluto ejercicio de su actividad.

Remuneraciones
Sueldo

1 El representante recibe por su actividad un sueldo fijo ascendente a ..., así como las comisiones usuales en el comercio.
2 Al representante se le concederá un sueldo fijo de ...
3 Por su actividad como representante, el señor (la señora) ... recibe un sueldo mensual fijo de ... por adelantado.
4 Garantizamos a nuestro representante un sueldo fijo mensual de ...

5 Além da comissão e das despesas costumeiras, o(a) sr.(a) ... receberá um salário de ...
6 O ganho mínimo mensal, em forma de salário fixo, é de ...
7 O(A) sr.(a) ... receberá um salário de ...
8 Independentemente do montante de vendas, o(a) sr.(a) ... recebe um salário fixo mensal de ...

5 Además de las comisiones y de los gastos usuales en el comercio, al señor (a la señora) ... se le asegura un sueldo ascendente a ...
6 Los ingresos mensuales mínimos garantizados en forma de un sueldo fijo ascienden a ...
7 El señor (La señora) ... recibe un sueldo de ...
8 Independientemente de las ventas que realice, el señor (la señora) ... percibirá un sueldo fijo mensual de ...

Comissões

1 Pagamos uma comissão de vendas de ... %.
2 Os valores de comissão auferidos serão pagos mensalmente ao(à) representante.
3 O(A) representante receberá uma comissão de ... % sobre as vendas.
4 Continuaremos a pagar 1% de comissão sobre as mercadorias estocadas pelo(a) representante.
5 As comissões pagas referentes a pedidos cancelados serão debitadas de sua conta.
6 Pagaremos ao(à) nosso(a) representante uma comissão de ... % sobre as vendas que realizar e ... % de comissão sobre os pedidos diretos provenientes de sua área.
7 As comissões perfazem ... % sobre as vendas e ... % sobre as mercadorias em estoque.
8 Só se abonarão as comissões sobre mercadorias já pagas pelo cliente.

Comisiones

1 Como comisión se pagará el ... % de las ventas realizadas.
2 Los importes de las comisiones se girarán mensualmente al representante.
3 Por sus gestiones se pagará al representante una comisión ascendente al ... % de las ventas que realice.
4 Además damos una comisión del 1 % por las mercancías que el representante mantenga en almacén.
5 Las comisiones correspondientes a pedidos anulados darán lugar a la cancelación respectiva.
6 A nuestro representante regional le pagamos una comisión del ... % de las ventas que realice y una comisión del ... % de los pedidos que recibamos directamente de su zona de representación.
7 Las comisiones ascienden al ... % de las ventas realizadas y al ... % de las mercancías mantenidas en almacén.
8 Sólo se abonarán comisiones por las mercancías que ya hayan sido pagadas por los clientes.

Despesas

1 Serão consideradas despesas apenas os gastos inevitáveis de pernoite.
2 Serão reembolsadas ao(à) representante despesas de viagem compreensíveis.
3 Só reembolsaremos as despesas do(a) representante até o valor máximo (mensal) de ...
4 O representante tem direito a efetuar as despesas comuns no ramo.
5 Mediante apresentação dos devidos comprovantes, o(a) representante receberá o reembolso das despesas costumeiras no ramo.

Gastos

1 Sólo serán reconocidos como gastos los costos de pernoctación imprescindibles.
2 Al representante se le reintegrarán los gastos de viaje adecuados.
3 Sólo se reintegrarán los gastos del representante que no sobrepasen una cantidad máxima de ... (por mes).
4 El representante tiene derecho a los gastos usuales en el comercio.
5 Mediante la presentación de los recibos correspondientes, se reintegrarán al representante los gastos usuales en el comercio.

6 Para cobrir suas despesas, o(a) representante receberá a quantia mensal de ...
7 A empresa reserva-se o direito de analisar o relatório de despesas.
8 Serão aceitas despesas de até ... mensais.
9 O reembolso com despesas será pago mensalmente ao(à) representante, junto com a comissão.
10 Não se abonam despesas.
11 O(A) representante deve arcar com todas as despesas.
12 Todos os direitos e reivindicações do(a) representante cessarão com o pagamento da comissão.

Liquidação de contas

1 As contas de salário e de comissão são saldadas mensalmente.
2 A comissão devida é paga mensalmente ao(à) representante.
3 A comissão e as despesas serão remetidas ao(à) senhor(a) mensalmente.
4 Mediante pedido, poderá ser feito um adiantamento da comissão. A liquidação ocorre a cada trimestre.
5 O extrato da conta lhe será enviado por carta registrada.
6 Qualquer reclamação referente ao lançamento de comissões deverá ser apresentada dentro de ... dias.
7 O salário estipulado contratualmente será transferido mensalmente para a conta do(a) representante. A liquidação ocorre trimestralmente.

Publicidade

Apoio da firma

1 A empresa apoiará as iniciativas do(a) representante em divulgação.
2 O(A) representante receberá uma verba anual de ... para publicidade.
3 Os gastos com publicidade dos produtos vendidos pelo(a) representante serão repartidos igualmente pelas partes contratantes.
4 Os gastos do(a) representante com publicidade serão por nós reembolsados.
5 Nós nos encarregaremos da divulgação dos artigos de marca vendidos por nosso(a) representante, sr.(a) ...

6 Como pago de los gastos, el representante recibe una cantidad global mensual de ...
7 La firma se reserva el derecho de revisar cuidadosamente las cuentas de gastos.
8 Sólo se pueden reconocer gastos hasta una cantidad mensual de ...
9 Los gastos se girarán mensualmente al representante junto con las comisiones.
10 No se abonarán los gastos.
11 El representante tiene que pagar por su cuenta todos los gastos en que incurra.
12 Al pagarse las comisiones vencen todos los derechos y reclamaciones del representante.

Liquidación de cuentas

1 Las cuentas por concepto de sueldos y comisiones se liquidan mensualmente.
2 La comisión respectivamente pagadera se gira mensualmente al representante.
3 Las comisiones y los gastos se le girarán a usted mensualmente.
4 A petición se efectúa un anticipo de las comisiones. La liquidación se realiza trimestralmente.
5 Le enviaremos la liquidación de cuentas por correo certificado.
6 Toda reclamación contra la liquidación de las comisiones deberá realizarse dentro de los ... días siguientes.
7 La cantidad acordada contractualmente como sueldo se girará mensualmente a la cuenta del representante. La liquidación se efectuará trimestralmente.

Publicidad

Apoyo por parte de la firma

1 La firma apoyará al representante en las campañas publicitarias que éste realice.
2 Para fines publicitarios se pondrá a disposición del representante una cantidad anual de ...
3 La publicidad de los productos representados por el representante será sufragada a medias por cada una de las partes contratantes.
4 Reembolsaremos los gastos de publicidad del representante.
5 Nosotros nos hacemos cargo de la publicidad de los artículos de marca representados por el señor (la señora) ...

6 Contratamos a agência de publicidade ... para divulgar os produtos representados pelo(a) sr.(a) ...
7 Pagaremos até ... das despesas anuais do representante com publicidade.
8 Nossa divulgação será com o que há de mais moderno no ramo.
9 O fabricante compromete-se a fazer a divulgação de suas marcas.
10 A verba anual para publicidade é de (no mínimo) ...

6 Hemos encargado a la agencia publicitaria ... la publicidad de los productos representados por el señor (la señora) ...
7 Los gastos de publicidad del representante, hasta la cantidad de ... anuales, corren a nuestro cargo.
8 Realizamos la publicidad según los métodos más modernos.
9 El fabricante se compromete a encargarse por sí mismo de la publicidad de sus artículos de marca.
10 El presupuesto anual destinado a la publicidad es de ... (por lo menos).

Publicidade a cargo do representante

1 O(A) representante deverá encarregar-se da divulgação de seus produtos.
2 A empresa está disposta a arcar com metade dos gastos do(a) representante em publicidade.
3 O(A) representante deverá responsabilizar-se pela divulgação dos produtos.
4 O material de publicidade será fornecido por nós gratuitamente ao(à) representante.
5 O(A) representante deverá arcar com as despesas de material de publicidade fornecido pela empresa.

Publicidad exclusiva del representante

1 El representante tiene que realizar por sí mismo la publicidad de sus productos.
2 La firma está dispuesta a pagar la mitad de los gastos de publicidad en que incurra el representante.
3 La publicidad del producto deberá ser sufragada por el representante con sus propios recursos.
4 Suministraremos gratuitamente al representante el material publicitario.
5 Se le cargará en cuenta al representante el material publicitario que le facilite la firma.

Proibição de concorrência

1 Ao término deste contrato, o(a) representante compromete-se a não trabalhar para empresas da concorrência pelos próximos ... anos.
2 A proibição de concorrência estende-se por ... anos.
3 O(A) representante compromete-se a trabalhar exclusivamente para nossa empresa.
4 O(A) representante não poderá trabalhar para empresas concorrentes por ... anos após o término deste contrato.
5 Faz parte deste contrato a proibição de trabalhar para concorrentes durante os ... meses subseqüentes ao seu término.

Prohibición de competir

1 El representante se obliga a no trabajar para firmas competidoras durante ... años, a partir de la fecha de rescisión de este contrato.
2 La prohibición de trabajar para firmas competidoras tendrá una duración de ... años.
3 El representante se obliga a trabajar exclusivamente para nosotros.
4 El representante sólo podrá trabajar para firmas competidoras una vez transcurridos ... años, a partir de la rescisión de este contrato.
5 Este contrato de representación incluye una prohibición de trabajar para firmas competidoras durante ... meses, a partir de la rescisión del contrato.

Duração do contrato

1 Este contrato de representação é válido por um prazo de ... anos.
2 O contrato de representação é firmado por tempo indeterminado
3 O contrato terá um prazo inicial de ... anos. Se não for rescindido nesse prazo, será prorrogado automaticamente por mais um ano.
4 O contrato tem validade de ... anos.
5 O contrato de representação firmado entre o(a) sr.(a) ... e ... (empresa) só poderá ser rescindido a partir de ...
6 Ao término do período experimental de 6 meses, o contrato só poderá ser rescindido depois de ...
7 Este contrato de representação é firmado inicialmente por um prazo experimental de 6 meses. Decorrido esse prazo experimental, é automaticamente prorrogado por ... anos.
8 O período experimental para a atividade de representação do(a) senhor(a) é de ... meses.
9 Após o término do período experimental de ... meses, o contrato de representação poderá ser rescindido de imediato.

Rescisão do contrato

1 Após um período mínimo de ... anos, este contrato de representação poderá ser rescindido por qualquer uma das partes com aviso prévio de ... meses.
2 Se uma das partes infringir este contrato, a outra parte poderá rescindi-lo sem aviso prévio. A rescisão deverá ser comunicada por carta registrada.
3 Após ... anos, este contrato de representação poderá ser rescindido trimestralmente.
4 Na rescisão, ambas as partes devem obedecer a aviso prévio de ... meses.
5 O descumprimento de um dos pontos do contrato não provocará a nulidade de todo o contrato.

Alterações do contrato

1 Ambas as partes reservam-se o direito de alterar o contrato.

Duración del contrato

1 Este contrato de representación tiene una duración de ... años.
2 El contrato de representación se celebra por tiempo indefinido.
3 El contrato tendrá una duración inicial de ... años. Si dentro de este período no se rescinde, se prorrogará tácitamente por otro año.
4 La duración del contrato es de ... años.
5 El contrato de representación celebrado entre el señor (la señora) ... y la firma no podrá rescindirse antes del ...
6 Una vez transcurrido el período de prueba de seis meses, el contrato de representación no podrá rescindirse antes del ...
7 Este contrato de representación se celebra primero por un período inicial de prueba de medio año. Transcurrido el período de prueba, se entenderá prorrogado tácitamente por ... años.
8 El período de prueba del señor (de la señora) ... como representante es de ... meses.
9 Transcurrido el período de prueba de ... meses, la representación podrá rescindirse con efecto inmediato.

Rescisión

1 Después de una duración mínima de ... años, cualquiera de las partes podrá pedir la rescisión del contrato de representación con ... meses de antelación.
2 Si una de las partes infringe este contrato, la otra parte podrá rescindirlo sin sujeción a plazo alguno. La notificación de la rescisión deberá hacerse por carta certificada.
3 Transcurridos ... años de vigencia, este contrato de representación será rescindible trimestralmente.
4 Para pedir la rescisión, las partes deberán observar un plazo de ... meses.
5 La infracción de una de las cláusulas de este contrato no dará derecho a la nulidad de todo el contrato.

Modificaciones del contrato

1 Ambas partes se reservan el derecho de modificar el contrato.

2 No caso de uma alteração imprevisível da situação econômica, cláusulas particulares deste contrato de representação poderão ser alteradas de comum acordo.
3 Reservamo-nos o direito de alterar a remuneração fixa e a comissão.
4 O período experimental do(a) sr.(a) ... poderá ser prolongado ou abreviado por nós.
5 Alterações do contrato de representação entre o(a) sr.(a) ... e ... (empresa):
6 A duração mínima do contrato é ampliada de comum acordo por ... anos. Decorrido esse prazo, o contrato pode ser rescindido por qualquer uma das partes sem aviso.
7 Em alteração ao contrato de ..., concedemos ao(à) nosso(a) representante, sr.(a) ..., a partir desta data, uma comissão de ...%.
8 Qualquer alteração do contrato deverá ser feita por escrito.
9 Alterações do contrato feitas verbalmente não têm validade.
10 Por solicitação de nosso(a) representante, sr.(a) ..., seu período de experiência é prorrogado por ... meses.
11 Adendos ao contrato de representação acima:
12 Por solicitação de nosso(a) representante, sr.(a) ..., sua praça passará a abranger as cidades de ... e ...
13 Nosso(a) representante, sr.(a) ..., recebe adicionalmente o direito de representação exclusiva de nossos artigos em ...
14 A taxa de comissão é aumentada para ...%.
15 Por solicitação de nosso(a) representante, sr.(a) ..., o contrato de representação acima é alterado da seguinte maneira:
16 Reservamo-nos o direito de alterar o contrato.
17 O período experimental poderá ser prorrogado a pedido do(a) representante.
18 A alteração de cláusulas deste contrato não retira a validade do restante.

2 Si se produce un cambio imprevisto de la situación económica, podrán modificarse, por acuerdo mutuo de las partes, puntos individuales de este contrato.
3 Nos reservamos el derecho de modificar el sueldo fijo y la comisión.
4 El período de prueba del (de la) representante, señor (señora) ..., puede ser prolongado o acortado por nosotros.
5 Modificaciones del contrato de representación celebrado el día .. entre el señor (la señora) ... y la firma ...:
6 De común acuerdo, la duración mínima del contrato se prorroga por ... años. Transcurrido este plazo, el contrato será rescindible por cualquiera de las partes, con efecto inmediato.
7 Como modificación al contrato del ..., concedemos a nuestro(a) representante, el señor (la señora) ..., a partir del día de hoy, una comisión del ... %.
8 Toda modificación del contrato requiere para su validez la forma escrita.
9 Las modificaciones verbales del contrato no son válidas.
10 A petición del representante, señor ..., se prorroga su período de prueba por ... meses.
11 Contrato adicional al contrato de representación antes mencionado:
12 A petición del representante, señor ..., se amplia la zona de representación de manera que también incluya las ciudades de ... y ...
13 El representante, señor ..., recibe adicionalmente el derecho de representación exclusiva de nuestros artículos en ...
14 El tipo de comisión se aumenta al ... %.
15 A petición del (de la) representante, señor (señora) ..., el mencionado contrato de representación se modifica come sigue:
16 Se reserva el derecho de introducir modificaciones en el contrato.
17 A solicitud del representante puede prolongarse el período de prueba.
18 La modificación de cláusulas particulares del contrato no afectará la validez de las restantes.

Apresentação do representante

1 Gostaríamos de informar aos nossos prezados clientes de ... (local) que a partir de ... o(a) sr.(a) ... assumirá a representação de nossa empresa nessa região.
2 Os senhores logo receberão a visita de nosso(a) novo(a) representante, o(a) sr.(a) ...
3 Ficaríamos muito satisfeitos se os senhores pudessem depositar a mesma confiança em nosso(a) novo(a) representante, o(a) sr.(a) ...
4 Nomeamos o(a) sr.(a) ... representante exclusivo(a) de nossos artigos de marca na região de ... e temos certeza que a atuação dele(a) será de sua inteira satisfação.
5 A partir de ..., o(a) sr.(a) ... assumirá nossa representação em sua região. Esperamos que depositem nele(a) a mesma confiança que em seu(sua) antecessor(a).
6 Nosso(a) novo(a) representante na região de ..., sr.(a) ..., assumirá suas funções em ...
7 Nosso(a) novo(a) representante, o(a) sr.(a) ..., vai apresentar-se aos senhores em ... Ele(a) envidará todos os esforços para trabalhar para sua total satisfação.
8 A partir de ..., o(a) sr.(a) ... assumirá nossa representação exclusiva em ...
9 No futuro, nosso(a) novo(a) representante, sr.(a) ..., cuidará das relações comerciais entre os senhores e nossa empresa.
10 Informem-nos, por favor, quando nosso(a) novo(a) representante, sr.(a) ..., poderá visitá-los.

Presentación del representante

1 Nos complace informar a nuestra estimada clientela en ... que, a partir del ..., el señor (la señora) ... representará a nuestra firma en ésa.
2 En el futuro les visitará nuestro nuevo representante, el señor ...
3 Mucho nos alegraría si ustedes también honraran con su confianza a nuestro(a) nuevo(a) representante, el señor (la señora)...
4 Hemos nombrado al señor (a la señora) ... representante exclusivo(a) de nuestros artículos de marca en la zona de ..., estando convencidos de que su trabajo les satisfará plenamente.
5 Desde el día ..., el señor (la señora) ... se encargará de la representación nuestra en todo lo relacionado con su casa. Confiamos en que ustedes depositarán en él (ella) la misma confianza que en su predecesor.
6 Nuestro nuevo representante en el distrito de .., el señor ..., iniciará sus actividades el ...
7 Nuestro nuevo representante, el señor ..., les visitará el ..., haciendo todo lo posible para que ustedes queden plenamente satisfechos.
8 Desde el día ..., el señor (la señora) ... se ha encargado de nuestra representación exclusiva en ...
9 En el futuro, nuestro nuevo representante, el señor ..., atenderá las relaciones comerciales entre ustedes y nuestra firma.
10 Les rogamos nos informen cuándo podrá visitarles nuestro nuevo representante, el señor ...

Informe do representante

Atividades

1 Já visitei com sucesso vários clientes.
2 Tive um êxito considerável com meu novo sistema informatizado de visitas.
3 Atualmente estou trabalhando na região de ...

Informe del representante

Actividad

1 Ya he visitado, con éxito, varios clientes.
2 Con mi nuevo sistema de visitas asistido por ordenador he podido obtener éxitos considerables.
3 En estos momentos estoy trabajando en la zona de ...

4 O carro cedido pela empresa facilitou consideravelmente o meu trabalho.
5 Infelizmente não consegui entrar em contato com ... (nome do cliente). Vou procurá-lo novamente em minha próxima visita a essa região.
6 Sinto informar-lhes que o novo artigo não está tendo boa saída.
7 Minha atividade na região de ... teve um início bastante promissor.
8 Graças ao novo programa de vendas, pude aumentar meu volume de vendas em ...%.
9 Devido à conjuntura do mercado, as possibilidades de venda de seus produtos aumentaram consideravelmente.

4 El automóvil me ha facilitado mucho el trabajo.
5 Lamentablemente, no pude encontrar al cliente ... Volveré a visitarle en mi próximo recorrido.
6 Lamento tener que comunicarles que el nuevo artículo no tiene buena acogida.
7 Mis gestiones en la zona de ... han comenzado siendo muy prometedoras.
8 Mediante el nuevo programa de ventas he podido incrementar mi volumen de ventas en un ... %, hasta el día de hoy.
9 El desarrollo del mercado ha dado por resultado que mejoren considerablemente las posibilidades de venta de sus productos.

Dificuldades

1 Surgiram algumas dificuldades nas negociações com ... (empresa)/(o sr. ...).
2 Devido à distância entre os clientes, muitas vezes é difícil visitar a todos.
3 É extremamente difícil vender o artigo nº ...
4 As condições atualmente muito precárias das estradas impossibilitam visitar os clientes pontualmente.
5 Nossos clientes recusam-se a aceitar as condições de pagamento propostas.
6 Só se consegue vender a nova coleção em cidades médias e grandes.
7 Têm surgido problemas na demonstração do artigo.
8 Estão ocorrendo problemas decorrentes do fornecimento deficiente aos clientes.
9 Durante a demonstração do artigo nº ..., ocorreram problemas técnicos.
10 Alguns clientes receiam ter contratempos na utilização do equipamento devido às novas normas técnicas da UE.
11 Haveria possibilidade de colocar no mercado um modelo do artigo nº ... mais fácil de usar?
12 Sinto que o mercado ainda não está pronto para aceitar o artigo nº ...
13 Os clientes ficam tão longe entre si que eu não consigo cumprir o roteiro especificado pelos senhores.

Dificultades

1 Lamentablemente, en nuestras negociaciones con la firma (el señor) ... se han presentado dificultades.
2 Debido a la vasta ramificación de los clientes, las visitas a éstos presentan ciertas dificultades.
3 En la venta del artículo número ... tropezamos con grandes dificultades.
4 El pésimo estado actual de las carreteras impide visitar a los clientes dentro de los plazos previstos.
5 Nuestros clientes se niegan a aceptar las condiciones de pago propuestas.
6 La nueva colección sólo puede venderse en las ciudades grandes y medianas.
7 En la presentación del artículo surgen dificultades.
8 Las dificultades surgen como consecuencia del deficiente suministro a los clientes.
9 En la presentación del artículo número ... han surgido dificultades técnicas.
10 Algunos clientes temen encontrar dificultades en la utilización del aparato, con motivo de las nuevas disposiciones técnicas de la UE.
11 ¿No se podría presentar al mercado el artículo n° .. en un modelo que fuera más fácil de manipular?
12 Me parece que el mercado no ofrece todavía posibilidades de venta para el artículo n° ...
13 La red de clientes es tan extensa que me resulta imposible cumplir el recorrido propuesto por ustedes.

14 É freqüente os clientes se queixarem de que seus pedidos são entregues com atraso.

Situação geral do mercado

1. Atualmente, a situação do mercado é excelente.
2. Devido à excelente situação do mercado, temos expectativa de um considerável aumento nas vendas.
3. O mercado encontra-se em alta. Agradeceria, portanto, que meus pedidos fossem atendidos o mais rápido possível.
4. O mercado está equilibrado.
5. Tenho a satisfação de comunicar-lhes que o mercado voltou a ser receptivo aos nossos artigos.
6. O mercado passa por uma situação tensa, o que nos impossibilita aumentar as vendas.
7. A persistente recessão econômica mundial dificulta muito os negócios.
8. Desejo informar-lhes que o mercado está saturado. Assim, as probabilidades de vendas futuras são reduzidas.
9. Com a entrada de uma nova empresa em nosso mercado, nossas vendas caíram bastante.
10. Acredito que agora o mercado esteja pronto para aceitar um novo produto.
11. Parece que o mercado está saturado para os artigos ... e ...

Poder aquisitivo

1. A moeda daqui está se desvalorizando rapidamente.
2. O poder aquisitivo dos clientes está diminuindo.
3. A disposição de compra dos nossos clientes não diminui nem com a incerteza econômica.
4. Nossos clientes parecem estar agora mais dispostos a comprar.
5. Espera-se um aumento/uma redução do poder aquisitivo.

14 Nuestros clientes se quejan muy a menudo de que los pedidos se les suministran con demora.

Situación general del mercado

1. Actualmente, la situación del mercado es magnífica.
2. Dada la excelente situación del mercado, es de esperar un importante aumento en las ventas.
3. Actualmente, nuestro mercado se encuen-tra en un período de alta coyuntura. Por ello, agradecería la ejecución más rápida posible de mis pedidos.
4. El mercado presenta una situación de equilibrio.
5. Me complace poder informarles que el mercado vuelve a presentar posibilidades de venta para nuestros artículos.
6. Debido a la tensa situación del mercado, desafortunadamente, nos es imposible la venta de más mercancías.
7. La persistente recesión mundial hace más difícil el negocio.
8. Quisiera informarles que el mercado se encuentra saturado. Por tanto, no veo grandes posibilidades de ventas en el futuro.
9. En nuestro mercado ha hecho aparición una nueva firma, por cuya razón, se han reducido, en gran medida, nuestras posibilidades de venta.
10. Yo creo que ahora el mercado está en condiciones de recibir un nuevo producto.
11. Parece que el mercado está saturado para sus artículos ... y ...

Poder adquisitivo

1. El poder adquisitivo del dinero disminuye rápidamente.
2. El poder adquisitivo de los clientes se reduce.
3. El deseo adquisitivo de nuestros clientes no será afectado por la inseguridad de la situación económica.
4. Parece que nuestros clientes están nuevamente en mejor disposición de comprar.
5. Se puede contar con un aumento/descenso del poder adquisitivo.

6 Com o novo aquecimento da economia, temos expectativa de que nossos clientes tenham uma disposição de compra crescente.
7 Devido à recessão econômica, temos razões para temer a diminuição da disposição de compra de nossos clientes.
8 Aumentos salariais consideráveis melhoraram as chances de venda de seus produtos.
9 O processo econômico voltou a aumentar/diminuir o poder aquisitivo.

Concorrentes

1 Não temos concorrência neste mercado.
2 O número de concorrentes sobe constantemente.
3 Informo aos senhores que, infelizmente, o número de concorrentes neste mercado cresce de ano para ano.
4 O aumento da concorrência deve-se ao crescimento da demanda desses produtos.
5 A abertura do Mercado Comum levou ao aumento do número de concorrentes de ... para ...
6 O número de concorrentes está diminuindo um pouco.
7 Graças à excelente qualidade de nossos produtos, o número de concorrentes está diminuindo.
8 Tenho o prazer de informar-lhes que os nossos produtos são muito melhores que os dos concorrentes.
9 A fusão das empresas ... e ... fez surgir um concorrente que não pode ser ignorado.
10 A empresa ... pretende estabelecer-se em nosso mercado.
11 Somente poderemos manter nossa posição se agirmos contra a crescente e forte concorrência.
12 Nossos concorrentes ainda não têm força e têm pouca probabilidade de sobreviver a uma guerra de preços.
13 A falência da empresa ... deve pôr fim à concorrência em nosso mercado.
14 O comportamento dos concorrentes é preocupante.
15 Infelizmente, a ... (empresa) domina o mercado cada vez mais.

6 La creciente animación de la coyuntura permite esperar un aumento en el deseo de compra de nuestros clientes.
7 El debilitamiento de la coyuntura hace temer un retroceso de la disposición a comprar de nuestra clientela.
8 Los aumentos considerables de los salarios han mejorado las posibilidades de venta de sus productos.
9 El desarrollo de la coyuntura ha hecho aumentar/disminuir más el poder adquisitivo.

Competidores

1 No tenemos competencia en ese mercado.
2 El número de competidores aumenta continuamente.
3 Lamentablemente, debo participarles que el número de competidores en este mercado aumenta de un año a otro.
4 El aumento de los competidores se debe al incremento de la demanda de esos productos.
5 La apertura del Mercado Unico ha conllevado que el número de competidores haya aumentado de ... a ... .
6 Actualmente, el número de competidores está disminuyendo algo.
7 La magnífica calidad de nuestros productos hace que disminuya el número de los competidores.
8 Me complace poder informarles que con nuestros productos estamos en una situación de supremacía frente a nuestros competidores.
9 Con la fusión de las firmas ... y ... ha surgido un nuevo competidor que no podemos perder de vista.
10 La firma ... quiere iniciar sus actividades en nuestro mercado.
11 Sólo podremos mantener nuestra posición si hacemos frente a competidores cada vez más fuertes.
12 Nuestra competencia es todavía débil y, seguramente, no podría resistir una lucha de precios.
13 La quiebra de la firma ... debe tener por consecuencia la eliminación de la competencia en nuestro mercado.
14 La forma en que actúan nuestros competidores es inquietante.
15 Lamentablemente, la firma ... gana cada vez más terreno en el mercado.

16 Nossos concorrentes estão tentando dominar o mercado por meios ilícitos.
17 Os concorrentes estão tentando conquistar nossos clientes.
18 Constatei várias vezes que representantes de empresas concorrentes visitaram nossos clientes.
19 Infelizmente, nossos concorrentes estão conquistando o mercado devido à melhor qualidade de seus produtos.
20 Nossos concorrentes estão tentando conquistar o mercado com uma campanha publicitária ampla.
21 O comportamento dos concorrentes (não) é preocupante.
22 Os concorrentes estão tentando conquistar o mercado com novos artigos.
23 A grande expansão da empresa concorrente permite supor que iniciará em breve uma guerra de preços.
24 As novas regulamentações da OMC (Organização Mundial de Comércio) têm como conseqüência um número crescente de empresas concorrentes num mercado já bastante competitivo.

16 En la lucha por el mercado, nuestros competidores no están «jugando limpio".
17 Los competidores están tratando de ganarse a nuestros clientes.
18 He comprobado en múltiples ocasiones que los representantes de los competidores han visitado a nuestros clientes.
19 Lamentablemente, nuestros competidores se ganan el mercado con la mejor calidad de sus productos.
20 Nuestros competidores tratan de ganarse el mercado mediante una gran campaña publicitaria.
21 La actitud de nuestros competidores (no) es motivo de preocupación.
22 Nuestros competidores tratan de conquistar el mercado con nuevos artículos.
23 La vertiginosa expansión de la firma competidora hace pensar que en el futuro próximo iniciará la lucha de precios.
24 Las nuevas disposiciones de la OMC (Organización Mundial de Comercio) han conllevado que en un mercado, de por sí ya muy reñido, cada vez mayor número de oferentes se hagan mutuamente competencia.

Sugestões de melhora

1 Só podemos fazer frente às iniciativas dos concorrentes com uma ampla campanha publicitária.
2 Precisamos vencer os concorrentes pela qualidade.
3 Poderíamos levar vantagem sobre os concorrentes com prazos menores de fornecimento.
4 A fim de impedir que os concorrentes conquistem nossos clientes, deveríamos adotar melhores condições de pagamento.
5 Se nosso fornecimento fosse melhor, evitaríamos que os concorrentes conquistassem nossos clientes.
6 Com publicidade dirigida, poderíamos conquistar o mercado, pondo fim à disputa por clientes.
7 O mercado ainda poderia absorver um modelo um pouco mais barato de seu artigo n.º ...
8 A embalagem de seus produtos deveria ser mais resistente.
9 Seus produtos não são embalados de acordo com as novas regulamentações da UE. Pedimos que tomem as devidas providências.

Proposiciones de mejora

1 Sólo mediante una gran campaña publicitaria se puede hacer frente a los esfuerzos de nuestros competidores.
2 Tenemos que vencer a nuestros competidores a base de una mejor calidad.
3 Reduciendo los plazos de suministro, obtendríamos ventaja sobre nuestros competidores.
4 Para eliminar la competencia, debemos ofrecer a nuestros clientes mejores condiciones de pago.
5 Con un mejor suministro a nuestros clientes, sería posible evitar su pérdida en favor de nuestros competidores.
6 Con una campaña publicitaria bien dirigida, podríamos conquistar el mercado y terminar la lucha competitiva.
7 El mercado podría todavía aceptar un modelo que fuera algo más barato que su artículo n° . . .
8 El embalaje de sus productos tendría que ser más resistente.
9 El embalaje de sus géneros no corresponde a las nuevas directivas de la UE. Les rogamos tomar las medidas pertinentes.

Pedidos

1 Anexo a esta os pedidos da ... (empresa).
2 Seguem anexos a esta os pedidos até agora obtidos.
3 Os pedidos recebidos seguem junto.
4 Os pedidos recebidos nesta semana seguem junto a esta.
5 Os pedidos anexos devem ser executados imediatamente.
6 Peço que executem até ... (data) o pedido anexo de nosso cliente, sr. ...
7 A pedido do cliente, a execução dos pedidos deve ser adiada até o início do próximo mês.
8 Pedimos que ao executar o pedido da ... (empresa) dêem atenção à solicitação especial sobre qualidade.
9 Só foi possível obter os pedidos das empresas ... e ... concordando com um prazo de pagamento de ... meses.
10 Para conseguir o pedido da ... (empresa), tive de fazer um desconto por quantidade de ...%.
11 Garanti à ... (empresa) que faremos a remessa da mercadoria por expresso às nossas expensas.
12 Como a ... (empresa) não estava satisfeita com o atendimento a seu último pedido, não foi possível fechar um pedido nesta ocasião.

Pedidos

1 Adjunto les envío los pedidos de la firma ...
2 Con la presente les envío los pedidos recibidos.
3 Adjunto reciben ustedes los pedidos llegados.
4 Adjunto les envío los pedidos recibidos en esta semana.
5 Los pedidos adjuntos deben ser ejecutados inmediatamente.
6 Les ruego ejecuten el pedido adjunto del cliente, señor ..., a más tardar el día ...
7 A petición de los clientes, la ejecución de los pedidos deberá posponerse hasta principios del mes próximo.
8 Les ruego que en relación con el pedido de la firma ... tengan en cuenta sus deseos especiales respecto a la calidad.
9 Los pedidos de las firmas ... y ... sólo pude conseguirlos aceptando un plazo de pago de ... meses.
10 Para obtener el pedido de la firma ..., tuve que concederle un descuento del ... % por cantidad.
11 Le he prometido a la firma ... que suministraremos la mercancía por expreso, a nuestro cargo.
12 Dado que la firma ... no estaba satisfecha con la ejecución de su último pedido, esta vez no he podido obtener de ella ningún pedido.

Informe da empresa ao representante

Confirmação de pedidos

1 Pela presente confirmamos o recebimento de seus pedidos datados de ...
2 Recebemos seus pedidos em ... Muito obrigado.
3 Recebemos os pedidos de ... (clientes). A entrega será feita conforme especificado (solicitado).
4 Agradecemos e confirmamos o recebimento de seus pedidos.
5 Agradecemos seus pedidos. As solicitações especiais da ... (empresa) serão atendidas com prazer.

Informe de la firma al representante

Confirmación de los pedidos

1 Por medio de la presente acusamos recibo de los pedidos del ...
2 El ... recibimos sus pedidos, los cuales agradecemos.
3 Recibimos los pedidos de los clientes ... El suministro se realizará en la forma prescrita (deseada).
4 Agradecidos, acusamos recibo de sus pedidos.
5 Le agradecemos sus pedidos. Gustosamente satisfaremos los deseos especiales de la firma ...

6 Recebemos os pedidos da ... (empresa). Pedimos que informe ao sr. ... que a entrega deverá atrasar ... dias devido à solicitação especial referente a cor e qualidade.

Formalidades dos pedidos

1 Gostaríamos de pedir-lhe que preenchesse com clareza seus próximos pedidos a fim de evitarmos um fornecimento incorreto.
2 Pedimos que coloque a data do pedido na próxima vez.
3 Pedimos que da próxima vez indique o número do pedido do cliente e o departamento competente.
4 Solicitamos que seus pedidos sejam mais detalhados. Caso contrário, não podemos fazer fornecimentos corretos a seus clientes.
5 Gostaríamos de pedir-lhe que, de hoje em diante, envie tanto o original quanto uma cópia do pedido.
6 Pedimos que o(a) cliente assine o pedido, a fim de evitar o risco de recusa do fornecimento.
7 A partir de agora, o(a) senhor(a) não está autorizado(a) a concordar com nenhuma solicitação especial dessa natureza de nossos clientes.
8 Pedimos que anote em todos os pedidos o número do VAT (imposto sobre valor agregado), o número de identificação e o número do imposto sobre consumo, como o exige a regulamentação da UE.

Conteúdo dos pedidos

1 No pedido n.º ..., o(a) senhor(a) refere-se ao artigo n.º ..., que não consta mais de nosso catálogo.
2 Não dispomos do produto mencionado.
3 No pedido n.º ..., de ..., o(a) senhor(a) colocou o artigo n.º ..., que não existe. Pedimos que corrija o erro.
4 Gostaríamos de chamar sua atenção para um erro em seu pedido n.º ... O número do artigo é ... e não ...
5 Infelizmente não poderemos fornecer no prazo solicitado as mercadorias constantes do pedido de ... (cliente).

6 Hemos recibido los pedidos de la firma ... Le rogamos comunique al señor ... que, debido a los deseos especiales relativos al color y la calidad, el suministro se demorará unos ... días.

Formalidades de los pedidos

1 Le rogamos que los próximos pedidos los escriba con mayor claridad, a fin de evitar errores en los suministros.
2 Le rogamos que en su próxima carta nos informe sobre la fecha de la orden.
3 Le rogamos nos indique el número del pedido del cliente y el departamento competente.
4 Nos vemos en la necesidad de rogarle que nos dé indicaciones más detalladas sobre los pedidos. En caso contrario, sus clientes no podrán ser servidos en forma adecuada.
5 Queremos indicarle que en adelante será necesario enviar el original y una copia del pedido.
6 Por favor, cuide de que los clientes firmen personalmente, pues en otro caso existe el peligro de que se nieguen a recibir la mercancía.
7 En el futuro no podrá usted aceptar, en ningún caso, semejantes deseos especiales de los clientes.
8 De conformidad con las directivas de la UE, les rogamos se sirvan indicar en todos sus pedidos el número del impuesto sobre el valor añadido, número de identificación así como número del impuesto sobre el consumo.

Contenidos de los pedidos

1 Con el pedido n° ... usted solicitó para el cliente ... un artículo número ... Este artículo no figura en nuestro catálogo.
2 El artículo indicado no está en nuestro programa de ventas.
3 Usted se refirió en su orden n° ... del ... al artículo n° ..., que no existe. Por favor, rectifique ese error.
4 Queremos llamarle la atención sobre un error en su pedido n° ... El número de ese artículo no es el ... sino el ...
5 Lamentablemente, las mercancías correspondientes al pedido del cliente ... no podrán suministrarse en el tiempo previsto.

6 Não dispomos mais do artigo n.º ... de seu pedido de ...
7 Pedimos que consulte seus clientes sobre a possibilidade de substituir o artigo n.º ... pelo n.º ...
8 Não permitimos que o(a) senhor(a) conceda um prazo de pagamento de ... meses.

6 Ya no nos es posible suministrar el artículo número ... de su pedido del ...
7 Le ruego les pregunte a sus clientes si podemos suministrarles otro artículo en sustitución del n° ...
8 Usted no está en absoluto autorizado para conceder un plazo de pago de ... meses.

Carta de reconhecimento

1 Gostaríamos de expressar nossa satisfação com seu serviço.
2 Até a presente data estamos muito satisfeitos com sua atuação como representante.
3 Temos o maior prazer em expressar nossos agradecimentos e nosso apreço ao(à) senhor(a) como um dos nossos melhores representantes.
4 Em reconhecimento a seus excelentes serviços, decidimos aumentar sua comissão em ...% a partir da presente data.

Escritos de reconocimiento

1 Queremos expresarle nuestro reconocimiento por los servicios que nos ha prestado.
2 Hasta ahora hemos estado muy satisfechos de su actividad como representante.
3 Con sumo gusto le expresamos nuestro agradecimiento, al que va unido un sincero elogio, por ser usted uno de nuestros mejores representantes.
4 En reconocimiento a sus excelentes servicios, hemos decidido aumentarle su comisión en un ... % con efecto inmediato.

Repreensão ao representante

1 Infelizmente, não temos mais condições de tolerar seu método de trabalho.
2 Lamentamos ter de dizer-lhe que não estamos satisfeitos com seu trabalho.
3 Pedimos que daqui por diante trabalhe com mais atenção.
4 O modo como o(a) senhor(a) trabalha é insatisfatório.
5 Seu volume de vendas no último trimestre é insatisfatório.
6 Temos recebido várias queixas sobre sua forma de tratar os clientes.
7 Infelizmente recebemos queixas sobre sua maneira de negociar. Somos obrigados a pedir que o(a) senhor(a) seja mais polido(a) com os clientes.
8 Seus clientes queixam-se de que não podem confiar no(a) senhor(a).
9 Pedimos que dê mais atenção a seus clientes.
10 Queremos ressaltar que o número de pedidos recebidos do(a) senhor(a) até a presente data é demasiado baixo.

Reprimenda al representante

1 Lamentablemente, nosotros no podemos permitir sus actuales métodos de trabajo.
2 Lamentamos tener que informarle que no estamos satisfechos con su trabajo.
3 Le rogamos que en el futuro trabaje con mayor cuidado.
4 Su forma de trabajo no nos satisface.
5 Las transacciones que usted hizo en el último trimestre son poco satisfactorias.
6 Su forma de tratar a los clientes ha dado motivo a frecuentes quejas.
7 Lamentablemente, nos han llegado quejas sobre la forma en que usted lleva a cabo las negociaciones. Le rogamos sea más amable con los clientes.
8 Sus clientes se quejan de su falta de formalidad.
9 Le rogamos atienda mejor a sus clientes.
10 Tenemos que llamarle la atención acerca de que, hasta ahora, el número de los pedidos que hemos recibido de usted es demasiado reducido.

Ampliação da produção

1 Colocamos um novo artigo em nossa linha.
2 Gostaríamos de informar-lhe que estamos fabricando novos produtos.
3 Nosso novo produto foi lançado no mercado. Os folhetos seguem nesta. Pedimos que divulgue este artigo aos nossos clientes.
4 Temos o prazer de informar-lhe que ampliamos consideravelmente nossa linha de produtos. Pedimos que informe nossos clientes a esse respeito.
5 Nosso programa de vendas conta agora com os seguintes novos artigos:
6 Devido à forte demanda, ampliamos nosso programa de vendas para incluir ... Pedimos que informe nossos clientes.
7 Nosso novo modelo da série ... já está disponível. Enviamos junto os prospectos.
8 Oferecemos os seguintes novos artigos: ... Esperamos que o(a) senhor(a) tenha sucesso em suas vendas.

Ampliación de la producción

1 Hemos incluido un nuevo artículo en nuestro programa de ventas.
2 Nos permitimos llamarle la atención acerca de que fabricamos nuevos productos.
3 Un nuevo producto nuestro ya está en el mercado. Adjunto le enviamos los prospectos. Le rogamos lo recomiende a sus clientes.
4 Nos complace poder informarle que hemos ampliado considerablemente los artículos de nuestra oferta. Le rogamos haga saber esto a sus clientes.
5 Los siguientes artículos han sido incluidos por primera vez en nuestro programa:
6 En vista de la gran demanda, hemos ampliado nuestra oferta con respecto a ... Le rogamos informe a su clientela de ello.
7 Ya está listo nuestro último modelo de la serie ... Adjunto le remitimos los prospectos.
8 Ofrecemos los siguientes nuevos artículos ... Confiamos en que los venderá con gran éxito.

Artigos fora de linha

1 Pedimos que informe seus clientes de que a fabricação do artigo n.º ... será suspensa.
2 Os artigos a seguir foram cortados de nosso programa de vendas:
3 Nas próximas visitas a seus clientes, faça o favor de informar-lhes que o artigo n.º ... saiu de linha.
4 Não fabricamos mais a seguinte série de produtos: ... Pedimos que se lembre disso ao negociar com seus clientes.
5 A produção do artigo n.º ... não é mais rentável. Pedimos que informe os clientes de sua área de representação que não fabricamos mais esse produto.

Artículos fuera de producción

1 Le rogamos avise a sus clientes que hemos dejado de producir el artículo n.º ...
2 Hemos retirado de nuestro programa de ventas los artículos siguientes:
3 Le rogamos que, en sus próximas visitas a los clientes, les advierta que retiramos de nuestro programa el artículo número ...
4 Ya no fabricamos la siguiente serie de artículos: ... Le rogamos tenga en cuenta esta circunstancia en sus negociaciones.
5 La producción del artículo n° ... ya no nos resulta rentable. Por tanto, tenga la amabilidad de informar a los clientes de su zona que ya no fabricamos ese artículo.

Alterações de preço

1 Devido a custos crescentes, vemo-nos, infelizmente, obrigados a aumentar nossos preços em ...% a partir de ...

Cambios de precio

1 Como consecuencia de la continua subida de los costos, nos vemos obligados, lamentablemente, a aumentar en un ...% nuestros precios a partir de ...

2 Apesar da necessidade de aumentar nossos preços em ..., temos certeza de que nossa posição no mercado não será afetada.
3 A fim de elevar nossa participação no mercado de seu país, reduziremos a partir de hoje nossos preços em ...%.

2 Estamos seguros de que, a pesar de haber tenido que aumentar el precio en un ...%, nuestra posición en el mercado no corre peligro.
3 A fin de aumentar nuestra participación en el mercado de su país, rebajamos de inmediato nuestros precios en un ...%.

Correspondência entre cliente, empresa e representante

Do cliente à empresa

1 Peço que me informem quando poderei contar com a entrega.
2 Informem, por favor, seu representante de que novas visitas serão inúteis.
3 Em seu último fornecimento faltou a nota de entrega (a fatura). Façam o favor de enviá-la.
4 Peço que me enviem por seu representante folhetos de sua mais recente oferta especial.
5 Se seu representante pudesse mostrar-nos o novo mostruário, poderíamos fazer um pedido até o dia ...
6 Seu representante, sr. ..., disse que teríamos de pagar um sinal de ...% do valor ao fazer um pedido. Não concordamos com isso.
7 Seu representante, sr. ..., não nos visitou na semana passada. Portanto, mandamos nosso pedido diretamente aos senhores.
8 Seu atual representante é muito descortês.
9 Somos obrigados a concluir que seu representante não dá a devida atenção a nossos pedidos.
10 O comportamento de seu representante nos dá margem a queixas.
11 Seu representante, sr. ..., não é digno de confiança.

Da empresa ao representante

1 De acordo com informações do cliente ..., o(a) senhor(a) não o visitou nesta semana. Gostaríamos que nos desse seus motivos.

Correspondencia entre el cliente, la firma y el representante

Cliente a firma

1 Les ruego me informen cuándo puedo contar con la llegada del suministro.
2 Por favor, infórmenle a su representante que no tiene sentido otra visita.
3 En su último envío faltaba la nota de entrega (la factura). Les ruego me la envíen.
4 Les ruego me envíen a través de su respesentante los prospectos de su nueva oferta especial.
5 Si su representante nos presentara el nuevo muestrario, podríamos hacer el pedido antes del ...
6 Su representante, el señor ..., nos ha informado que tenemos que pagar por adelantado un ...% al efectuar los pedidos. No estamos de acuerdo con este punto.
7 Su representante no nos visitó la semana pasada, por lo que les enviamos directamente nuestro pedido.
8 Su actual representante es muy descortés.
9 Lamentablemente, debemos suponer que su representante no ejecuta nuestros pedidos en forma adecuada.
10 El comportamiento de su representante da motivo de queja.
11 Su representante, el señor ..., no es digno de confianza.

Firma a representante

1 Según nos informó el cliente señor ..., usted no le visitó la semana pasada. Le ruego nos informe sobre sus motivos.

2 O cliente ... escreveu para nós informando que o novo mostruário não lhe foi mostrado. Pedimos que corrija essa omissão.
3 O cliente sr. ... queixa-se de que o sr. não compareceu à reunião marcada. Pedimos que o procure imediatamente.
4 Recebemos informações de que o(a) senhor(a) não cumpre seu trabalho adequadamente. Aguardamos seus comentários a esse respeito.
5 Aguardamos seus comentários sobre o ocorrido em ...
6 Já por duas vezes a ... (empresa) queixou-se do(a) senhor(a). Pedimos seus esclarecimentos.
7 Estamos transmitindo ao(à) senhor(a) uma reclamação recebida de um de seus clientes.
8 Qual a razão de seus clientes queixarem-se constantemente de que não podem confiar no(a) senhor(a)?

Do representante à empresa

1 Gostaria de desculpar-me pelo incidente em ... (data).
2 Infelizmente, não foi possível visitar o cliente em ... (data).
3 Como me encontrava indisposto nesse dia, tive de interromper minhas visitas antes do previsto.
4 Essa falha será corrigida em breve.
5 Não compreendo a reclamação do sr. ..., pois eu o visitei no dia combinado.
6 Não posso aceitar as acusações de ... (cliente).
7 Visitei o(a) senhor(a) ... no dia e na hora combinados; mas ele(a) não estava presente.
8 A ... (empresa) é um cliente muito difícil. Peço-lhes que apurem as queixas atentamente.
9 Garanto que erros dessa ordem não mais ocorrerão.

Da empresa ao cliente

1 Nosso representante está autorizado a receber o pagamento da fatura.
2 Consideramo-nos comprometidos com as condições apresentadas por nosso representante.

2 El cliente ... nos escribe que no se le ha presentado el nuevo muestrario. Le ruego subsane cuanto antes esta omisión.
3 El cliente, señor ..., nos ha llamado la atención sobre el hecho de que usted no se presentó el día señalado para la visita. Le rogamos cumpla cuanto antes la visita.
4 Se nos ha informado que usted no cumple debidamente con su trabajo. Le rogamos responda a esta cuestión.
5 Le rogamos nos comunique lo que tenga que decirnos en relación con el caso del ...
6 La firma ... se ha quejado por segunda vez de usted. ¿Qué tiene usted que alegar al respecto?
7 Por medio de la presente le transmitimos una queja proveniente de su clientela.
8 ¿Cómo se explica que nuestros clientes se quejen una y otra vez de su falta de formalidad?

Representante a firma

1 Les ruego me disculpen por el incidente del ...
2 Lamentablemente, el día ... me resultó materialmente imposible visitar al cliente ...
3 Ese día no me sentía bien, por cuyo motivo tuve que terminar el viaje antes de tiempo.
4 La omisión será subsanada en breve.
5 No comprendo la queja del señor ..., ya que le visité en la fecha fijada.
6 Rechazo las inculpaciones del cliente ...
7 Fui a la casa del señor (de la señora) ..., en la fecha y hora convenidas, pero, lamentablemente, él (ella) no se encontraba allí.
8 La firma ... es un cliente muy difícil. Les ruego examinen cuidadosamente las quejas.
9 Les aseguro que en el futuro no volverán a producirse errores de esta clase.

Firma a cliente

1 Nuestro representante está autorizado para recibir el importe de la factura.
2 Nos consideramos obligados con las condiciones ofrecidas por nuestro representante.

3   Agradecemos sua consulta. Nosso representante, sr. ..., fará uma visita aos senhores em breve.
4   Esperamos que nosso novo representante corresponda às suas expectativas.
5   Não conseguimos imaginar nenhum motivo de queixa contra nosso representante, sr. ... Nossos clientes estão extremamente satisfeitos com ele.
6   Devido a um problema de saúde, o(a) sr.(a) ... não pôde visitá-los em ...
7   Futuramente, em lugar do sr. ..., a sra. ... se encarregará de negociar com os senhores.
8   Encaminhamos sua reclamação ao nosso representante, sr. ...
9   Nosso representante, sr. ..., fará uma visita aos senhores em ... para examinar o assunto.
10 Pedimos que comentem esse caso com nosso representante na próxima visita que ele fizer.

3   Le agradecemos la pregunta que nos hace. Nuestro representante, el señor ..., le visitará en breve.
4   Confiamos en que nuestro nuevo representante satisfará sus deseos.
5   No nos podemos imaginar que nuestro representante, el señor ..., dé motivo de queja. Nuestros clientes están muy satisfechos con él.
6   Lamentablemente, el señor (la señora) ..., no les pudo visitar el ... por encontrarse enfermo(a).
7   En el futuro, no será el señor ..., sino la señora ..., la encargada de negociar con ustedes.
8   Hemos transmitido su queja a nuestro representante, el señor ...
9   Nuestro representante, el señor ..., les visitará el ... para examinar el asunto.
10 Les rogamos hablen de este asunto con nuestro representante en su próxima visita.

Divergências entre a empresa e o representante

Processamento de pedidos

Queixas da empresa

1   Não estamos satisfeitos com sua maneira de processar os pedidos.
2   Tem aumentado o cancelamento de seus pedidos.
3   Pedimos que seja mais cuidadoso ao processar seus pedidos.
4   O(A) senhor(a) não está autorizado(a) a conceder favores especiais aos clientes.
5   Esperamos que daqui para a frente o(a) senhor(a) se atenha às normas de recebimento de pedidos de clientes.
6   Não constam de seus pedidos o VAT, o número de identificação e o número do imposto sobre consumo. De acordo com as novas regulamentações da UE, essas informações são imprescindíveis.
7   Não podemos cumprir o prazo de entrega prometido pelo(a) senhor(a).
8   Os descontos especiais prometidos pelo(a) senhor(a) significam que teremos prejuízo com seus pedidos.

Divergencias entre firma y representante

Tramitación del pedido

Quejas de la firma

1   No estamos de acuerdo con la forma en que usted tramita los pedidos.
2   En los pedidos que se tramitan por conducto suyo son frecuentes las cancelaciones.
3   Le rogamos ponga más cuidado en la tramitación de los pedidos.
4   Usted no está autorizado para conceder a los clientes facilidades especiales.
5   Esperamos que en el futuro usted se ajustará a las indicaciones relativas a la aceptación de pedidos.
6   En sus pedidos faltan el impuesto sobre el valor añadido así como los números de identificación y del impuesto al consumo, los cuales, sin embargo, son imprescindibles, de conformidad con las disposiciones de la UE.
7   No podemos cumplir el plazo de suministro garantizado por usted.
8   Las rebajas especiales prometidas por usted hacen de los pedidos un negocio deficitario para nosotros.

9 Pedimos que nos envie os pedidos dos clientes mais rapidamente.
10 Faça questão que os clientes assinem os pedidos.
11 Lamentamos constatar que suas vendas têm caído mês a mês.

Resposta do representante

1 Gostaria que me informassem as razões de sua súbita insatisfação com minha maneira de processar os pedidos.
2 Até agora os senhores estiveram satisfeitos com meu método de trabalho. Peço que me informem o mais rápido possível como os senhores desejam que seja o trâmite dos pedidos.
3 A fim de obter pedidos, tenho sido obrigado(a) a fazer cada vez mais concessões aos clientes.
4 Caso continuem atendendo aos pedidos dessa maneira, os senhores correm o risco de perder o mercado para os concorrentes.
5 Insisto em que meus pedidos sejam atendidos mais rápida e cuidadosamente.
6 Sua maneira de processar os pedidos deixa muito a desejar.
7 O modo como os senhores têm executado os pedidos não corresponde ao estipulado em nosso contrato.
8 Caso os senhores continuem a lidar com meus pedidos de maneira tão insatisfatória, só terei como alternativa renunciar à representação de seus produtos.

Pagamento de comissões e de despesas

Informe do representante

1 Não concordo com seu relatório de comissões.
2 Não estou disposto a esperar pela minha comissão até que o cliente pague. Peço que sugiram outra forma de pagamento.
3 Até o momento não recebi o pagamento das comissões do mês passado.
4 Cada ano que passa, as comissões pagas pelos senhores diminuem. Não estou mais disposto a aceitar esses cortes, tendo em vista o crescimento de custos.

9 Le rogamos nos envíe más rápidamente los pedidos de los clientes.
10 Preste atención a que los clientes firmen los pedidos.
11 Lamentablemente, hemos comprobado que sus ventas disminuyen de mes en mes.

Respuesta del representante

1 Les ruego me indiquen los motivos por los cuales ustedes repentinamente no están satisfechos con la forma en que tramito los pedidos.
2 Hasta ahora ustedes estaban satisfechos con mi forma de trabajo. Les ruego me hagan saber inmediatamente sus deseos relativos a la tramitación de los pedidos.
3 Para obtener pedidos tengo que ser cada vez más flexible con los clientes.
4 Con esa forma de tramitar los pedidos corren ustedes el peligro de que los competidores les ganen el mercado.
5 Debo insistir en que mis pedidos se ejecuten más rápida y cuidadosamente.
6 La tramitación que ustedes dan a los pedidos deja mucho que desear.
7 La tramitación de los pedidos no corresponde a nuestros acuerdos contractuales.
8 Si ustedes continúan ejecutando mis pedidos en una forma tan deficiente, me veré obligado, lamentablemente, a renunciar a la representación de sus artículos.

Liquidación de comisión y de gastos

Especificación del representante

1 No estoy de acuerdo con la forma en que ustedes han liquidado las comisiones.
2 No estoy dispuesto a esperar hasta que el cliente pague para cobrar mi comisión. Les ruego me propongan otra forma de liquidación.
3 Todavía está pendiente el pago de comisiones correspondiente al mes pasado.
4 Los pagos que, por concepto de comisión, ustedes me hacen, disminuyen de año en año. No estoy dispuesto a aceptar estas reducciones, pues los gastos aumentan continuamente.

5 Tenho garantida em contrato a taxa de ...% de comissão. Não posso aceitar a redução de minha comissão para ...%.	5 Se me aseguró contractualmente una comisión del ...%, por lo que no puedo aceptar la disminución de mi comisión a un ...%.
6 No último relatório de minhas comissões, os senhores não consideraram ... pedidos. Solicito que façam a correção imediatamente e enviem-me a quantia em questão.	6 En mi cuenta de comisión del mes pasado ustedes no consideraron ... pedidos. Les ruego su rectificación inmediata y el giro de la cantidad correspondiente.
7 Segundo meus lançamentos, minha comissão do último mês deveria ser de ... Solicito que revisem seu relatório.	7 De acuerdo con mis cuentas, mis comisiones del mes pasado ascienden a ... Les ruego que revisen la liquidación.
8 Peço que me enviem imediatamente a comissão devida.	8 Les ruego mi giren inmediatamente mi comisión pendiente.
9 Infelizmente, o pagamento das comissões estão sempre mais atrasados de mês para mês.	9 Lamentablemente, sus pagos de comisiones se retrasan de mes en mes.
10 Devo insistir também no pagamento das comissões sobre pedidos cancelados, pois o cancelamento ocorreu por falha de sua parte.	10 Debo insistir en que en mis comisiones se incluyan también las correspondientes a pedidos cancelados, ya que las cancelaciones se produjeron por culpa de ustedes.
11 Seus relatórios de comissões sempre contêm erros. Peço-lhes mais uma vez calcular com exatidão os valores devidos a mim.	11 Lamentablemente, sus liquidaciones de comisiones siempre contienen errores. Una vez más les ruego efectuar un cálculo exacto de mi participación.

Resposta da empresa

Respuesta de la firma

1 Sua queixa a respeito de nosso relatório de comissões é infundada.

1 Su queja en relación con la liquidación de las comisiones carece de fundamento.

2 Não conseguimos encontrar erro algum no relatório de comissões referente ao mês passado.

2 En la liquidación de comisiones del mes pasado no pudimos hallar error alguno.

3 Pedimos que nos desculpe pelo erro de contas no último relatório de comissões.

3 Le rogamos disculpe el error de adición en nuestra última liquidación de comisiones.

4 O(A) senhor(a) reivindicou uma comissão muito alta sobre pedidos tão pequenos.

4 Sus pretensiones de comisión son demasiado altas para estos pedidos pequeños.

5 Não entendemos sua reclamação referente ao nosso último relatório de comissões.

5 No comprendemos su queja relativa a nuestra última liquidación de comisiones.

6 A quantia que foi omitida será creditada no próximo relatório de comissões.

6 En la próxima liquidación, tendremos en cuenta la cantidad que por error habíamos omitido.

7 Lamentamos o erro em nosso último relatório de comissões.

7 Le rogamos disculpe el error en nuestra última liquidación de comisiones.

8 Em ..., solicitamos ao nosso banco depositar em sua conta a comissão devida.

8 El ... dimos instrucciones a nuestro banco para que transfiera a su cuenta el importe de la comisión pendiente.

9 Chamamos sua atenção para o fato de que, segundo o contrato, as comissões são devidas apenas após o pagamento das faturas. Por essa razão, sua reclamação não procede.

9 Le advertimos que, de acuerdo con el contrato, las comisiones son pagaderas sólo después de recibido el importe de la factura. Por ello, no tiene motivo su queja.

10 Não podemos mais aceitar relatórios de despesas com valores tão altos.

10 No podemos continuar aceptando una cantidad tan alta por concepto de gastos.

11 Seus gastos são desproporcionais em relação a seus êxitos.

11 Sus gastos no guardan relación alguna con sus éxitos comerciales.

12 Não temos condições de pagar todas as suas despesas.
13 Somos de opinião que seus relatórios de despesas apresentam valores muito elevados.
14 Reembolsaremos as despesas que forem comprovadas por recibos.
15 O valor de seus gastos não corresponde à soma dos recibos apresentados. Infelizmente não poderemos reembolsar a quantia excedente.

Réplica do representante

1 O saldo de seu relatório de comissões é inferior ao montante estipulado em contrato.
2 Não tenho condições de arcar sozinho com as despesas.
3 Enviarei aos senhores os recibos que comprovam o montante de minhas despesas.
4 Com certeza não resta dúvida alguma sobre o montante de minhas despesas, tendo em vista os recibos anexos.
5 Diante do volume de meus pedidos, sem dúvida não cabe discutir minhas despesas.
6 Conforme sua carta, o(os) senhor(es) não está(ão) mais disposto(s) a pagar totalmente minhas despesas. Por isso insisto em que aumente(m) minha comissão em ...%.

Rescisão da representação

Rescisão contratual pela empresa

1 Gostaríamos de chamar sua atenção para o fato de que, de acordo com nosso contrato, sua representação se encerra no final do corrente ano.
2 Não pretendemos prorrogar o contrato de representação.
3 Não renovaremos seu contrato, que se encerrará em breve.
4 Em obediência ao prazo de notificação estipulado, desejamos informar-lhes desde já que seu contrato de representação se encerrará no final do corrente ano.
5 Como o(a) senhor(a) não correspondeu às expectativas que temos de nossos representantes, vemo-nos infelizmente obrigados a encerrar seu contrato em ..., de conformidade com o prazo de notificação estipulado.
6 Seu contrato de representação expira em ... Não estamos interessados em renová-lo.

.12 No estamos dispuestos a cargar con la totalidad de sus gastos.
13 Estimamos que sus cuentas de gastos son demasiado altas.
14 Le abonaremos los gastos en la cuantía de los recibos presentados.
15 La cuantía de los gastos que usted expresa no está de acuerdo con la suma total de los recibos. Nos es imposible asumir el pago de la diferencia.

Informe del representante

1 Su liquidación de gastos es inferior a la cantidad acordada en el contrato.
2 No estoy dispuesto a cargar con los gastos.
3 Les enviaré los comprobantes justificativos de la cuantía de la cuenta de gastos.
4 En vista de los comprobantes adjuntos, parece improcedente toda discusión sobre la justificación de mis gastos.
5 En vista de mis pedidos, no puede haber discusión sobre mis gastos.
6 Según los términos de su carta, en el futuro, ustedes no están dispuestos a hacerse cargo de la totalidad de mis gastos. Por este motivo, debo insistir en un aumento del ... % en mis comisiones.

Rescisión de la representación

Rescisión contractual por la firma

1 Queremos llamarle la atención de que, de acuerdo con el contrato, su representación terminará a fines del presente año.
2 No estamos interesados en una prórroga de su trabajo de representación.
3 No renovaremos su contrato que vencerá próximamente.
4 Desde hoy le comunicamos que rescindiremos su contrato de representación el día fijado para su vencimiento, es decir, a fines del corriente año.
5 Puesto que usted no satisface las condiciones que demandamos de nuestros representantes, nos vemos obligados, lamentablemente, a dar por terminado su contrato en la fecha normal de vencimiento, es decir, el ...
6 Su contrato de representación vence el ..., no estando nosotros dispuestos a renovarlo.

Rescisão contratual
pelo representante

1 Como assumirei outra atividade, informo, dentro do prazo de notificação, que desejo encerrar meu contrato de representação no final do corrente ano.
2 Meu contrato de representação expira em ... Não estou interessado em prorrogá-lo.
3 Por motivos pessoais, lamento não poder renovar o contrato de representação.
4 Meu estado de saúde não me permite continuar trabalhando como representante.
5 Como deverei mudar-me para outro lugar, infelizmente não posso renovar o contrato de representação.
6 Outra empresa ofereceu-me uma representação exclusiva. Por essa razão, não prorrogarei o contrato de representação que tenho com os senhores.

Rescisão contratual pela empresa sem aviso prévio

1 O(A) senhor(a) desrespeitou o contrato que firmamos. Por esse motivo, rescindimos nesta data seu contrato de representação.
2 Seu contrato de representação está encerrado a partir de hoje.
3 Temos recebido reclamações freqüentes sobre o(a) senhor(a) de clientes de sua praça. Por essa razão, vemo-nos obrigados a rescindir seu contrato de representação sem aviso prévio.
4 Como o(a) senhor(a) infringiu repetidas vezes a cláusula n.º ... de nosso contrato, não temos alternativa senão cancelar o contrato sem aviso prévio.
5 Se até ... (data) o(a) senhor(a) não atingir o faturamento estipulado em contrato, seremos, infelizmente, obrigados a rescindi-lo sem aviso prévio.

Rescisão contratual pelo representante sem aviso prévio

1 Como os senhores infringiram a cláusula ... de nosso contrato de representação, rescindo-o pela presente sem aviso prévio.

Rescisión contractual
por el representante

1 Tengo el propósito de dedicarme a otra actividad. Por esta razón, les informo que mi contrato de representación terminará en la fecha establecida, es decir, a fines de este año.
2 Mi contrato de representación vence el ..., no estando yo interesado en su prórroga.
3 Lamentablemente, por motivos personales no puedo renovar el contrato de representación.
4 El estado de mi salud no me permite continuar trabajando como representante.
5 Debido a que cambiaré de domicilio, lamentablemente, no me es posible renovar el contrato de representación.
6 Otra firma me ha ofrecido una representación exclusiva. Por ello, no prorrogaré el contrato de representación que tengo celebrado con ustedes.

Rescisión inmediata del contrato por la firma

1 Usted no ha cumplido lo estipulado en el contrato. Por este motivo, rescindimos su contrato de representación con efecto inmediato.
2 Con el transcurso del día de hoy termina su trabajo de representante de nuestra firma.
3 Con frecuencia nos fueron presentadas quejas por parte de clientes de su zona. Por esta razón, nos vemos obligados, lamentablemente, a rescindir su contrato de representación con efecto inmediato.
4 Debido a que usted ha infringido repetidas veces el artículo ... de nuestro contrato, lamentablemente, nos vemos obligados a rescindir de inmediato el contrato de representación.
5 Si antes del ... usted no alcanza el volumen mínimo de venta establecido en el contrato, nos veremos obligados, lamentablemente, a rescindir el contrato sin sujeción a plazo alguno.

Rescisión inmediata del contrato por el representante

1 Con motivo de que ustedes han infringido el punto ... de nuestro contrato de representación, doy por rescindido el contrato con efecto inmediato.

2 O apoio publicitário de sua empresa, estipulado no contrato, não se realizou até hoje. Assim sendo, não tenho alternativa senão rescindir o contrato de representação sem aviso prévio.
3 Minha atividade como seu representante não me rende o que o contrato me levou a supor. Assim sendo, vejo-me obrigado a rescindir imediatamente o contrato de representação.
4 Como os pagamentos das comissões estão cada vez mais atrasados, não tenho alternativa senão rescindir neste momento o contrato de representação.
5 Os senhores não se mostraram nem um pouco dispostos a cumprir suas obrigações constantes do nosso contrato de representação. Portanto, rescindo-o a partir desta data.

2 Hasta hoy no se ha realizado el apoyo publicitario asegurado contractualmente por la firma. Por ello, me veo obligado a rescindir de inmediato el contrato de representación.
3 La representación de su firma no ofrece las perspectivas de ganancias que sirvieron de base a nuestro contrato. Por ello, tengo que renunciar a la representación con efecto inmediato.
4 Debido a que sus liquidaciones de comisiones se atrasan cada vez más, me veo obligado a renunciar de inmediato a su representación.
5 Ustedes no se muestran dispuestos a cumplir las obligaciones impuestas en nuestro contrato. Por ello, lo doy por rescindido con efecto inmediato.

Negócios consignados e comissionados

Proposta de negócio comissionado: compra

1 Soubemos que o(a) senhor(a) se encarrega de compras comissionadas na região de ... Pedimos que nos informe se poderia trabalhar para nossa empresa.
2 Gostaríamos muito de tê-lo como nosso agente de compras em ...
3 O senhor poderia realizar compras em seu nome e por nossa conta em ...?
4 Estamos precisando de um agente comercial para comprar matérias-primas em ... O senhor estaria disposto a aceitar esse trabalho?
5 A empresa ... recomendou-nos o senhor como comprador comissionado.
6 Caso o senhor esteja disposto a encarregar-se de um negócio de compras comissionadas em ..., pedimos que nos informe suas pretensões.
7 Nosso comprador comissionado em ... infelizmente não está mais à nossa disposição. O senhor poderia substituí-lo nos negócios?
8 Somos uma empresa de médio porte do ramo de ... e ficaríamos satisfeitos em contratá-lo como agente comercial em ...

Negocios de comisión

Oferta de un negocio de comisión: compra

1 Nos hemos enterado de que usted se hace cargo de compras a comisión en la zona de ... Le rogamos nos informe si también podría trabajar para nosotros.
2 Nosotros le confiaríamos con gusto nuestras compras a comisión en ...
3 ¿Podría usted realizar compras en ... a su nombre y por cuenta nuestra?
4 Buscamos un comisionista para la adquisición de nuestras materias primas en ... ¿Podría usted encargarse de este trabajo?
5 Usted nos ha sido recomendado por la firma ... como comisionista de compras.
6 En el caso de que usted esté dispuesto a hacerse cargo de nuestras compras a comisión en ..., le rogamos nos informe sobre sus condiciones.
7 Nuestro comisionista de compras en ..., lamentablemente, ha dejado de trabajar para nosotros. ¿Podría usted encargarse de sus negocios por nuestra cuenta?
8 Somos una empresa de tamaño mediano en el ramo de ... y con gusto le confiaríamos nuestras compras a comisión en ...

9 A fim de nos tornarmos independentes de fornecedores, queremos estabelecer um escritório de representação para compra de produtos na região de ... O senhor estaria disposto a aceitar esse trabalho?
10 Garantimos comissões acima da média.

9 A fin de independizarnos de los abastecedores, quisiéramos tener un comisionista de compras en la zona de ... ¿Estaría usted dispuesto a encargarse de este trabajo?
10 Le aseguramos comisiones superiores a las normales.

Resposta do agente comercial

1 Infelizmente não disponho de tempo para trabalhar para os senhores como agente de compras.
2 Lamento não poder trabalhar para os senhores como comprador comissionado.
3 Se suas taxas de comissão forem boas, estarei disposto a trabalhar para os senhores como agente de compras.
4 Terei disponibilidade de trabalhar para os senhores como comprador comissionado a partir do início do próximo ano.
5 Infelizmente não tenho possibilidade de trabalhar como seu comprador comissionado. Todavia, posso recomendar aos senhores a ... (empresa).
6 Estou disposto a trabalhar para os senhores como agente comercial. Peço que me informem quais são suas taxas de comissão.
7 Se os senhores estiverem dispostos a pagar despesas, gastos de armazenamento e também uma comissão adequada, disponho-me a trabalhar para os senhores como comprador comissionado.
8 Disponho-me a fazer compras para os senhores sob comissionamento. Peço que me enviem uma lista com o tipo, a quantidade e a qualidade das mercadorias desejadas.
9 Informo por esta que, em princípio, estou disposto a trabalhar para os senhores como comprador comissionado. Proponho que conversemos pessoalmente a respeito dos outros detalhes.

Respuesta del comisionista

1 Lamentablemente, por falta de tiempo, no me es posible hacerme cargo de sus compras a comisión.
2 Lamentablemente, no puedo trabajar para ustedes como comisionista de compras.
3 Sobre la base de una buena comisión, estoy dispuesto a encargarme de sus compras.
4 Estoy dispuesto a encargarme de sus compras, sobre la base de una comisión, a partir del año próximo.
5 Lamentablemente, no puedo encargarme de una comisión de compras. Sin embargo, puedo recomendarles la firma ...
6 Estoy dispuesto a trabajar para ustedes como comisionista. Les ruego que me informen sobre los porcentajes de comisión.
7 Estoy dispuesto a hacerme cargo de su comisión de compras, a condición de que ustedes, además de pagarme una comisión adecuada, corran con mis gastos y con los derechos de almacén.
8 Estoy dispuesto a comprar a comisión para ustedes. Les ruego me envíen una lista expresando tipo, cantidad y calidad de las mercancías deseadas.
9 Por medio de la presente les informo que, en principio, estoy dispuesto a trabajar para ustedes como comisionista de compras. Les propongo tratar todas las cuestiones pertinentes en una conversación personal.

Proposta de negócio comissionado: venda

1 Procuramos uma empresa comercial da região de ... para vender nossos produtos sob comissionamento.
2 O senhor gostaria de vender nossos produtos sob comissionamento?

Oferta de un negocio de comisión: venta

1 Buscamos una empresa comercial que venda nuestros productos a comisión en la zona de ...
2 ¿Estaría usted dispuesto a vender nuestros productos a comisión?

3 Fomos informados de que os senhores ainda dispõem de espaço para depósito em ... Os senhores estariam dispostos a trabalhar para nós como agentes de venda?
4 Seu nome foi-me recomendado por um parceiro de negócios, sr. ... O senhor estaria disposto a efetuar vendas por nossa conta?
5 Nosso agente de vendas anterior de ... deixou o negócio. O senhor poderia responsabilizar-se pela venda de nossos produtos?
6 O mercado é receptivo a nossos produtos. Certamente o senhor seria bem recompensado se trabalhasse para nós como agente de vendas em ...
7 Estamos procurando ampliar nossa rede de vendas. O senhor poderia distribuir nossos produtos em ... sob comissionamento?
8 Se o senhor quiser trabalhar para nós como agente de vendas em ..., poderemos pagar-lhe uma comissão mensal de ... (valor).
9 Pretendemos instalar um armazém de consignação em outro continente. Os senhores poderiam recomendar-nos um bom consignatário?
10 Nossa firma pretende operar como consignadora e abrir um negócio de consignação em ... O senhor estaria disposto a ser nosso consignatário?
11 Como consignatário, o senhor poderia devolver-nos as mercadorias não vendidas e solicitar o reembolso dos impostos alfandegários.

Resposta do agente comercial/consignatário

1 Terei muito prazer em trabalhar para os senhores como agente de vendas aqui em ...
2 Aceito com prazer sua proposta de estabelecer um negócio de vendas comissionadas.
3 Apesar de ter-me especializado em comissionamento de compras, aceito com prazer sua proposta de trabalhar para os senhores como agente de vendas.
4 Mediante comissão adequada, estou disposto a vender seus produtos em consignação.
5 Como estou sobrecarregado de negócios, sinto ter de recusar sua proposta de comissionamento.

3 Nos hemos enterado de que, actualmente, no utilizan ustedes toda la capacidad de sus almacenes en ... ¿Les interesaría ser nuestros comisionistas de ventas?
4 Usted nos ha sido recomendado por el señor ... con quien tenemos relaciones comerciales. ¿Estaría usted dispuesto a vender también por nuestra cuenta?
5 Nuestro comisionista de ventas en ... se ha retirado del negocio. ¿Podría usted encargarse de la venta de nuestros productos?
6 El mercado tiene capacidad de absorción para nuestra mercancía. La aceptación de nuestra comisión de ventas en ... seguramente le resultaría provechosa.
7 Pretendemos ampliar nuestra red de ventas. ¿Podría usted vender nuestros productos en ... a comisión?
8 Si usted acepta nuestra comisión de ventas en ..., le aseguramos una garantía de comisión mensual de ...
9 Tenemos la intención de establecer un almacén de consignación en ultramar. ¿Podrían ustedes recomendarnos un buen consignatario?
10 Nuestra casa tiene la intención de establecer como consignante un negocio de consignación. ¿Estaría usted dispuesto a trabajar para nosotros como consignatario?
11 Como consignatario usted puede devolvernos la mercancía invendible y solicitar la devolución de derechos de aduana.

Respuesta del comisionista/consignatario

1 Con gusto estoy dispuesto a encargarme de sus ventas a comisión en ...
2 Acepto con gusto su oferta de establecer un negocio de comisión de ventas.
3 Aunque me he especializado en compras a comisión, con mucho gusto me haré cargo de sus ventas a comisión.
4 Por una comisión adecuada estoy dispuesto a vender sus productos a base de una comisión.
5 Lamentablemente, tengo que rehusar la plaza de comisionista de ventas que me ofrecen por estar sobrecargado en mis negocios.

6 Infelizmente não me é possível trabalhar para os senhores como agente de vendas.
7 Lamento ter de recusar sua proposta de comissionamento. Todavia, posso recomendar-lhes a ... (empresa).
8 Como estou ligado por contrato à ... (empresa), não posso trabalhar para os senhores como agente de vendas.
9 Repassei sua proposta de comissionamento de vendas à ... (empresa) e estou certo de ter agido em seu interesse.
10 Estou bastante interessado em encarregar-me de um armazém de mercadorias em consignação e peço que me informem suas condições.
11 Já sou consignatário de ... e, dependendo das circunstâncias, estaria disposto a trabalhar para os senhores.

6 Lamentablemente, no me es posible trabajar como su comisionista de ventas.
7 Lamentablemente, tengo que declinar su oferta de comisión. No obstante, puedo recomendarles la firma ...
8 No puedo trabajar para ustedes como comisionista de ventas porque estoy obligado contractualmente con la firma ...
9 La oferta de comisión de ventas que ustedes me hicieron, la transmití a la firma ... y con ello espero haber actuado de acuerdo con sus deseos.
10 Estoy muy interesado en hacerme cargo de un almacén de mercancías en consignación, por lo que les ruego me comuniquen sus condiciones.
11 Estoy trabajando ya como consignatario para ... y estaría, en caso dado, con sumo gusto dispuesto a trabajar también para ustedes.

Agente comercial procura comissionamento de compra

1 Os senhores poderiam contratar-me como agente de compras de ...?
2 Soube que os senhores estão procurando um agente de compras para a região de ... Estou disposto a trabalhar para os senhores.
3 Sou especializado na compra de ... Haveria possibilidade de eu também trabalhar para os senhores como agente de compras?
4 Tenho boa reputação como agente de compras de ... Os senhores estariam interessados em meus serviços?
5 Eu teria imenso prazer em trabalhar para os senhores como agente de compras em ...
6 Tenho ótimos contatos no exterior. Os senhores estariam interessados em que eu trabalhasse como seu agente de compras?

Comisionista solicita comisión de compras

1 ¿Podrían ustedes confiarme sus compras a comisión en ...?
2 He oído que ustedes buscan un comisionista de compras en la zona de ... Estaría dispuesto a trabajar para ustedes.
3 Me he especializado en la compra de ... ¿Podría trabajar también para ustedes como comisionista de compras?
4 Tengo un buen nombre como comisionista de compras de ... ¿Podría ofrecerles también a ustedes mis servicios?
5 Sería para mí un gran placer el trabajar para ustedes como comisionista de compras en la zona de ...
6 Tengo buenas relaciones en ultramar. ¿Puedo ofrecerles mis servicios como comisionista de compras?

Resposta do comitente

1 Em resposta à sua carta de ..., gostaríamos de dizer que estamos dispostos a encarregá-lo como nosso agente de compras em ...
2 Pedimos que nos visite em ... para colocarmos em contrato o que combinamos.
3 Estamos dispostos a encarregá-lo como nosso agente de compras.

Respuesta del comitente

1 En respuesta a su escrito del ..., le comunicamos que con gusto estamos dispuestos a confiarle nuestra comisión de compras en ...
2 Le ruego nos visite el ... para dar forma contractual a nuestros acuerdos.
3 Estamos dispuestos a confiarle una comisión de compras.

4 Como suas referências são bastante satisfatórias, temos o prazer de encarregá-lo(a) de nossas compras sob comissionamento na região de ... Temos certeza de que nossa colaboração será mutuamente proveitosa.
5 Estamos satisfeitos que o(a) senhor(a) tenha oferecido seus serviços como comprador comissionado.
6 Nosso gerente-geral, sr. ..., vai visitá-lo nos próximos dias. Todas as questões referentes a qualidade, preço, comissão, reembolso de despesas etc. poderão ser tratadas nessa ocasião.
7 Por motivos administrativos, somos infelizmente obrigados a recusar sua proposta de atuar como nosso agente de compras.
8 Embora suas referências sejam excelentes, não poderemos encarregá-lo(a) da compra de matérias-primas. As razões desta decisão são exclusivamente de ordem interna.
9 Não podemos aceitar seu oferecimento de realizar compras em seu nome e por nossa conta, mas o recomendamos a uma parceira de negócios, a ... (empresa). Pedimos que envie sua solicitação aos cuidados do sr. ...

4 Puesto que sus referencias nos satisfacen plenamente, le confiamos nuestras compras a comisión en la zona de ... Esperamos una buena cooperación.
5 Nos causó un gran placer la oferta de sus servicios como comisionista de compras.
6 Nuestro gerente, el señor ..., le visitará en los próximos días. En esa oportunidad podrá usted hablar sobre todo lo relativo a la calidad, los precios, las comisiones, el reembolso de gastos, etc.
7 Lamentablemente, por motivos de organización, tenemos que rehusar su ofrecimiento de encargarse de nuestras compras a comisión.
8 Aunque sus referencias son magníficas, no podemos confiarle la compra a comisión de nuestras materias primas. Los motivos de nuestra decisión son exlusivamente de orden interno.
9 Lamentablemente, no podemos aceptar su oferta de realizar compras a su nombre y por nuestra cuenta. Sin embargo, le hemos recomendado a usted a la firma ..., con la que tenemos relaciones comerciales. Le rogamos presente su solicitud a la mencionada firma, dirigida al señor ...

Agente comercial procura comissionamento de venda

1 Eu teria muito prazer em vender seus produtos sob comissionamento.
2 Os senhores poderiam confiar a mim o comissionamento de venda de seus produtos em ...?
3 Sou especializado na venda de ... Haveria possibilidade de eu trabalhar para os senhores como agente comercial?
4 Tenho boa reputação como agente de vendas. Gostaria de oferecer meus serviços aos senhores.
5 Sua linha de produtos é bastante apreciada em ... Por essa razão, gostaria de candidatar-me a agente de vendas nesta região.
6 Considero muito boas as chances de venda de seus produtos. Eu teria prazer de trabalhar para os senhores como agente de vendas.
7 Como ainda tenho disponibilidade, gostaria de trabalhar como seu agente de vendas.

Comisionista solicita comisión de ventas

1 Sería para mí un gran placer vender sus productos a comisión.
2 ¿Podrían ustedes confiarme la venta a comisión de sus mercancías en ...?
3 Estoy especializado en la venta de ... ¿Podría trabajar como comisionista también para su firma?
4 Tengo un buen nombre como comisionista de ventas. ¿Podría ofrecerles también a ustedes mis servicios?
5 Su surtido de mercancías gusta mucho en ... En vista de ello, ¿podría ofrecerme como vendedor a comisión en esta zona?
6 Estimo que las posibilidades de venta de sus productos son buenas. Mucho me alegraría si pudiera trabajar para ustedes como comisionista de ventas.
7 Dispongo todavía de tiempo libre, por lo que me encargaría gustosamente de su comisión de ventas.

Resposta do comitente/consignador

1 Infelizmente, vemo-nos obrigados a recusar sua proposta de trabalhar como nosso agente de vendas.
2 Uma vez que, por motivos administrativos, não podemos vender nossas mercadorias sob comissionamento, lamentamos não ter condições de aceitar sua proposta. Podemos repassá-la à nossa parceira, a ... (empresa), de ... (local)?
3 Estamos abrindo um escritório em ... e por isso não podemos encarregá-lo da venda de nossos produtos sob comissionamento.
4 Temos grande interesse em sua proposta de abrir um depósito de mercadorias em consignação em ... Teríamos prazer em confiar-lhe esse trabalho.
5 Nosso gerente-geral, sr. ..., vai visitá-lo em ... para estabelecer em contrato os termos de nosso acordo.
6 Aceitamos com prazer sua proposta de vender em consignação nossos produtos.
7 Demos ao nosso procurador, sr. ..., a incumbência de fechar as condições de nossas relações comerciais. Informem-nos, por favor, quando ele poderá visitá-lo.
8 Temos a satisfação de nomeá-lo consignatário para a venda de nossos produtos.

Divergências entre comitente/consignador e agente comercial/consignatário

Carta do comitente/consignador

1 Consideramos muito alto o valor constante de seu relatório de despesas. Faça o favor de reexaminar suas contas.
2 Não concordamos com o valor muito alto de seu relatório de despesas.
3 Caso o valor para reembolso de despesas não seja reduzido, seremos obrigados a cancelar nosso negócio de comissionamento (consignação) com o senhor.
4 Com seus gastos tão elevados, as vendas comissionadas (consignadas) de nossos produtos constitui nada mais que prejuízo para nós.

Respuesta del comitente/consignador

1 Lamentablemente, tenemos que rehusar su ofrecimiento de hacerse cargo de nuestras ventas a comisión.
2 Lamentablemente, no podemos aceptar su oferta, pues por motivos de organización no nos es posible vender nuestras mercancías a comisión. ¿Podríamos transmitir su oferta a la firma ... en .., con la que tenemos relaciones comerciales?
3 Vamos a abrir una sucursal en ... Por eso, no nos es posible confiarle la venta a comisión de nuestras mercancías.
4 Su oferta de establecer un almacén de consignación en ... nos interesa mucho. Con gusto estamos dispuestos a confiarle este trabajo.
5 El día ..., nuestro gerente, el señor ..., le visitará a fin de fijar contractualmente nuestras condiciones comerciales.
6 Aceptamos con gusto su ofrecimiento de vender en consignación nuestros productos.
7 Para todo lo relativo al establecimiento de las condiciones comerciales, hemos dado instrucciones a nuestro apoderado, el señor ... Le ruego que nos informe cuándo podría visitarle.
8 Nos complace poder confiarle como consignatario la venta de nuestros productos.

Discrepancias entre comitente/consignador y comisionista/consignatario

Escrito del comitente/consignador

1 Su liquidación de gastos nos parece demasiado alta. Le rogamos que revise los datos.
2 No estamos de acuerdo con el importe de la liquidación de su cuenta de gastos.
3 Si usted no reduce la cantidad que solicita en concepto de gastos, nos veremos obligados a retirarle nuestros negocios a comisión (de consignación).
4 Con esos gastos tan grandes, la venta a comisión (en consignación) de nuestros productos nos ocasiona únicamente pérdidas.

259

5 Um erro de cálculo em seu relatório de despesas do mês passado resultou em lançamento indevido a seu favor de ...
6 Sua exigência de ressarcimento de despesas é de valor muito alto. Encarregaremos outra empresa da venda comissionada (consignada) de nossos produtos.
7 Havíamos combinado uma comissão de ...% do valor total da fatura. Assim, não podemos aceitar sua insistência em cobrar uma comissão de ...%.
8 Seu último relatório de comissões apresentou um valor a mais de ... Pedimos, portanto, que o deduza em seu próximo relatório.
9 Passaremos a examinar mais criteriosamente seus relatórios de comissões.
10 A taxa de armazenamento de nossos produtos sob comissionamento (em consignação) que o senhor está cobrando é incompreensivelmente alta.
11 No mês passado, o senhor não realizou compras para nós. Não compreendemos, portanto, sua taxa de armazenamento de ... Pedimos que cobre apenas as taxas de armazenamento costumeiras.
12 Suas taxas de estocagem estão ficando cada mês mais elevadas.

5 En su liquidación de gastos del mes pasado incurrió usted en un error a su favor, por la cantidad de ...
6 Las cantidades que ustedes exigen en concepto de gastos son demasiado altas. Encargaremos a otra firma la venta a comisión (en consignación) de nuestros productos.
7 Habíamos acordado una comisión del ...% sobre el importe de la factura. Por ello, no podemos admitir que usted incluya en la liquidación una comisión del ...%, como ha hecho últimamente.
8 Su última cuenta de comisiones presenta un exceso de ... Por ello, le rogamos que deduzca ese importe de la cuantía de la próxima liquidación.
9 En el futuro tendremos que supervisar con más exactitud sus liquidaciones de comisiones.
10 La cantidad que usted nos carga por almacenaje de nuestras mercancías a comisión (en consignación) es incomprensiblemente alta.
11 En el último mes usted no ha hecho ninguna compra para nosotros. Por ello, no comprendemos su reclamación de la cantidad de ... en concepto de almacenaje. Le rogamos que en el futuro se ajuste a los alquileres usuales de almacenaje.
12 Sus derechos de almacenaje aumentan de mes en mes.

Resposta do agente comercial/consignatário

1 Uma vez que apresentei aos senhores meu relatório de despesas com toda boa-fé, não consigo compreender sua reclamação sobre o valor ser alto demais.
2 Peço que me desculpem pelo erro de contas em meu relatório de despesas de ...
3 Envio junto a esta os comprovantes originais para que os senhores possam verificar que meu relatório de despesas está correto.
4 As despesas que lhes apresentei realmente foram feitas. Os senhores podem conferi-las pelos recibos originais anexos.
5 Não consegui encontrar nenhum erro em meu relatório de despesas.

Respuesta del comisionista/consignatario

1 No comprendo su queja relativa a la cuantía de la liquidación de los gastos, pues la réalicé de buena fe, según mi leal saber y entender.
2 Les ruego me disculpen el error de adición en que incurrí en la liquidación de gastos del ...
3 Adjunto les envío los comprobantes originales para que puedan convencerse de la corrección de mi liquidación de gastos.
4 Los gastos que figuran en la cuenta fueron pagados realmente por mí. Como prueba de ello, adjunto les envío los comprobantes originales.
5 No puedo descubrir error alguno en mi cuenta de gastos.

6 Ao calcular minha comissão, segui estritamente as cláusulas de nosso contrato de comissionamento (de consignação). Portanto, não aceito de modo algum sua queixa.
7 Peço que me desculpem pelo erro de meu relatório de comissões de ...
8 Não compreendo sua reclamação a respeito de meu relatório de comissões. Calculei como comissão exatamente ...% do valor da fatura.
9 Verifiquei mais uma vez meu relatório de comissões e não encontrei erro algum. Por isso, peço-lhes que examinem suas contas de comissões (de consignações).
10 Queiram desculpar o erro de conta em meu último relatório de comissões.
11 O erro em meu último relatório de comissões deve-se ao cancelamento de um pedido.
12 Cobrei taxa normal no armazenamento de suas mercadorias sob comissionamento (em consignação). Assim, não compreendo sua queixa sobre o valor cobrado.
13 Peço que me desculpem pelo erro no cálculo do valor de armazenamento de suas mercadorias sob comissionamento (em consignação). Abaterei a quantia de ... em meu próximo relatório.
14 Calculei da forma mais correta possível a taxa de armazenamento de suas mercadorias sob comissionamento (em consignação).

6 En el cálculo de mi comisión me he ajustado exactamente a nuestro contrato de comisión (de consignación). En consecuencia, debo rechazar decididamente sus quejas.
7 Les ruego disculpen el error en mi cuenta de comisiones del ...
8 No comprendo su queja relativa a mi cuenta de comisiones. He calculado como comisión exactamente el ... % del importe de la factura.
9 He vuelto a examinar mi liquidación de comisiones y no he podido hallar error alguno. Por ello, les ruego revisen sus cuentas de comisiones (de consignaciones).
10 Les ruego disculpen el error de adición en mi última liquidación de comisiones.
11 El error en mi última liquidación de comisiones se debió a la cancelación de un pedido.
12 Por las mercancías dadas en comisión (en consignación) les he cargado los derechos de almacenaje usuales. Por ello, no comprendo su queja relativa a la cuantía del alquiler del almacén.
13 Les ruego me disculpen el error en el cálculo de los derechos de almacenaje relativos a sus mercancías recibidas en comisión (en consignación). En la próxima cuenta tomaré en consideración la cantidad de ... cargada en exceso.
14 Los derechos de almacenaje por sus mercancías recibidas en comisión (en consignación) los calculé de acuerdo con mi leal saber y entender.

Rescisão do negócio comissionado

Rescisão de contrato pelo comitente/consignador

1 Como em várias ocasiões o(a) senhor(a) não deu atenção a nossas solicitações sobre a qualidade das mercadorias que o encarregamos de comprar, não vemos como manter nossa relação comercial. Assim sendo, somos obrigados a declarar a rescisão imediata de nosso contrato de compras comissionadas.
2 Como o(a) senhor(a) não representa nossos interesses com suficiente firmeza, não vemos nenhum motivo para manter nossa relação comercial.

Terminación del negocio de comisión

Rescisión por el comitente/consignador

1 En repetidas ocasiones usted ha dejado de tomar en consideración nuestras indicaciones relativas a la calidad de las mercancías que debían comprarse. Por esta razón, nos vemos obligados a rescindir nuestro contrato de comisión de compra con efecto inmediato.
2 Debido a que usted no representa nuestros intereses en forma suficientemente eficaz, no vemos motivo alguno para continuar nuestra relación comercial.

3 Pedimos que considere encerradas nossas relações comerciais de comissionamento (consignação).
4 Infelizmente, vemo-nos obrigados a encerrar nosso negócio de comissionamento (consignação) por razões administrativas.
5 Os custos de despesas e de armazenamento tornaram-se muito altos. Por essa razão, somos obrigados a encerrar nosso negócio de comissionamento (consignação) a partir de ...
6 Ficamos sabendo que o senhor aceitou concomitantemente um comissionamento de vendas de nosso concorrente. Por isso, não vemos alternativa senão representar nossos interesses em ... por conta própria. Nossa relação comercial com o(a) senhor(a) está encerrada.
7 Pedimos que suspenda imediatamente as compras feitas por nossa conta.

Rescisão de contrato pelo agente comercial/consignatário

1 Já que meu método de trabalho não os satisfaz, não tenho mais condições de representá-los.
2 Suas queixas referentes ao meu preço de armazenamento obrigam-me a considerar encerrado nosso negócio de comissionamento (consignação).
3 Como encerrarei minhas atividades comerciais em ..., não poderei mais trabalhar para os senhores como agente de compras.
4 Por estar encerrando meu negócio, vejo-me forçado a rescindir imediatamente nosso contrato de comissionamento (consignação). Devolverei prontamente a mercadoria ainda em estoque (a menos que me dêem outras instruções).
5 Suas queixas constantes levam-me a concluir que não estou representando seus interesses a contento. Assim, vejo-me obrigado a rescindir nosso contrato de comissionamento (consignação).
6 Como os senhores já estão ... meses atrasados no pagamento das taxas de armazenamento, vejo-me obrigado a romper nossas relações comerciais.

3 Le ruego considere como terminadas nuestras relaciones comerciales, en lo que respecta a negocios a comisión (en consignación).
4 Por razones de organización, sentimos mucho tener que dar por terminado nuestro negocio de comisión (de consignación).
5 Sus pretensiones relativas a gastos y derechos de almacenaje han aumentado demasiado. Por ello, tenemos que terminar nuestro negocio de comisión (de consignación) con efecto desde el ...
6 Nos hemos enterado de que usted, al mismo tiempo, aceptó una comisión de ventas para nuestra competencia. Por esta razón, nos vemos obligados, en el futuro, a atender por nuestra propia cuenta nuestros negocios en ... Nuestra relación comercial con usted está terminada.
7 Le rogamos deje inmediatamente de efectuar compras por nuestra cuenta.

Rescisión por el comisionista/consignatario

1 Como ustedes no están satisfechos con mi trabajo, lamento comunicarles que no continuaré atendiendo sus negocios.
2 En vista de que ustedes ponen reparos a mi cuenta por concepto de derechos de almacenaje, me veo obligado a dar por terminado nuestro negocio de comisión (de consignación).
3 Lamentablemente, en el futuro no podré continuar trabajando como comisionista de compras con ustedes, pues el día ..., cesaré en el negocio.
4 La liquidación de mi negocio me obliga a rescindir con efecto inmediato nuestro contrato de comisión (de consignación). Les devolveré inmediatamente la mercancía que todavía se encuentra en almacén (a menos que ustedes me den otras instrucciones).
5 Sus continuas quejas me inducen a pensar que no he representado sus intereses a su completa satisfacción. Por ello, me veo obligado a retirarme de nuestro negocio de comisión (de consignación).
6 En vista de que el pago de los derechos de almacenaje ya tiene un retraso de ... meses, me veo obligado a dar por terminadas nuestras relaciones comerciales.

7 Como os senhores não estão dispostos a aceitar minhas exigências referentes a despesas, rescindo com efeito imediato nosso contrato de comissionamento (consignação).

8 Recebi uma proposta melhor de seu concorrente. Portanto, não poderei mais trabalhar para os senhores como agente de vendas.

7 Como ustedes no están dispuestos a aceptar la cuantía de mis pretensiones de gastos, me retiro, con efecto inmediato, de nuestro negocio de comisión (de consignación).

8 Su competencia me ha hecho una oferta mejor. Por este motivo, doy por terminado mi trabajo como comisionista de ventas de ustedes.

Cartas para ocasiões especiais
Cartas por motivos especiales

Cartas de agradecimento

1 Agradecemos aos senhores a confiança em nós depositada.
2 Agradecemos o seu pedido recebido em ...
3 Agradecemos muito sua compreensão no tocante ao atraso no fornecimento.
4 Ficamos muito gratos pelo prazo de pagamento que nos foi concedido.
5 Obrigado por terem aceitado a mercadoria fornecida a mais.
6 Muito obrigado por nos enviar suas congratulações por ocasião do aniversário de nossa empresa.
7 Estamos agradecidos por terem-nos concedido um prazo de fornecimento maior, o que nos deu condições de obter a mercadoria.
8 Estamos muito agradecidos por seu pedido. Aproveitamos a oportunidade para apresentar-lhes uma proposta especial.
9 Agradecemos a hospitalidade que dispensaram ao(à) sr.(a) ..., de nossa empresa.
10 Muito gratos por seu grande auxílio em ...
11 Queremos expressar-lhes nossos agradecimentos, garantindo que teremos satisfação em retribuir o favor em qualquer ocasião.

Cartas de agradecimiento

1 Agradecemos la confianza depositada en nosotros.
2 Le agradecemos su pedido recibido el ...
3 Agradecemos mucho su comprensión en lo que respecta a nuestra demora en el suministro.
4 Agradecemos infinitamente el plazo de pago concedido.
5 Les agradecemos que hayan aceptado el suministro, pese a que era por una cantidad mayor que la pedida.
6 Agradecemos muy cordialmente las felicitaciones recibidas con motivo de nuestro aniversario.
7 Les agradecemos la prórroga del plazo de suministro que nos concedieron. Gracias a ella pudimos procurar la mercancía.
8 Agradecemos el pedido efectuado y queremos hacerles, al mismo tiempo, una oferta especial.
9 Agradecemos la amable acogida que tuvo en su casa nuestro(a) empleado(a), el señor (la señora) ...
10 Agradecemos su amable mediación en el asunto ...
11 Queremos expresarles nuestro agradecimiento y quedamos, con gusto, en todo momento, a la recíproca.

Cartas de felicitações

Aniversário de empresa

1 Recebam nossas calorosas felicitações pelo ... aniversário de sua empresa.

Cartas de felicitación

Aniversario de la firma

1 Reciban ustedes nuestras más cordiales felicitaciones con motivo de su ... aniversario.

2 Desejamos cumprimentá-los calorosamente pelo aniversário de sua empresa.
3 Desejamos dar-lhes os parabéns pelo aniversário de sua empresa e esperamos que nossas relações comerciais se mantenham repletas de êxito no futuro.

Natal e Ano-Novo

1 Nossos melhores votos de felicidades para o Natal e o Ano-Novo.
2 Desejamos aos senhores um feliz Natal e um Ano-Novo repleto de sucesso.
3 Desejamos a todos um feliz Natal e muita saúde no ano que entra.
4 Desejamos aos senhores e a seu pessoal feliz Natal e próspero Ano-Novo.
5 Desejo(amos) aos senhores um feliz Natal e um Ano Novo pleno de saúde e sucesso. ... (nome dos remetentes)
6 Gostaríamos de realizar novos negócios com os senhores no próximo ano e desejamos-lhes nossos melhores votos.
7 Gostaríamos de transmitir-lhes nossos melhores votos de Ano-Novo.

Abertura de novo negócio

1 Desejamos-lhes muito sucesso em sua nova empresa.
2 Esperamos que os senhores tenham bastante sucesso em seu novo negócio.
3 Congratulamo-nos com os senhores pela inauguração de seu novo escritório de vendas em ... Esperamos vir a fazer bons negócios com os senhores.
4 Gostaríamos de dar-lhes nossas mais calorosas felicitações pela abertura de seu novo negócio em ...
5 Nossos melhores votos de sucesso pela abertura de sua filial. Aproveitamos esta oportunidade para chamar sua atenção para nossa oferta especial.
6 Nossos parabéns pela abertura de sua empresa. Temos certeza de que em breve faremos negócios com os senhores.
7 Gostaríamos de nos congratular com os senhores pela ampliação de seu negócio. Temos certeza de podermos oferecer-lhes os melhores serviços a qualquer hora.

2 En esta oportunidad, queremos felicitarles con motivo del aniversario de su firma.
3 Nos permitimos felicitarles con motivo del aniversario de su firma y confiamos en la continuación de nuestras buenas relaciones comerciales.

Navidad y Año Nuevo

1 Reciban ustedes nuestras más cordiales felicitaciones con motivo de la Navidad y el Año Nuevo.
2 Les deseamos felices fiestas de Navidad y un venturoso Año Nuevo.
3 Les deseamos a todos ustedes felices fiestas de Navidad y un Año Nuevo pleno de salud.
4 Nos permitimos desearles a usted y a sus empleados una feliz Navidad y un próspero Año Nuevo.
5 Felices fiestas de Navidad y un próspero Año Nuevo, pleno de salud, les desea ...
6 En el nuevo año confiamos también en una buena cooperación y les deseamos los mayores éxitos.
7 Nos permitimos desearles a ustedes una feliz Navidad y un próspero Año Nuevo.

Apertura de casa comercial

1 Con motivo de la inauguración de su casa comercial, les deseamos mucho éxito.
2 Esperamos que tendrán grandes éxitos en su nueva empresa.
3 Nos permitimos felicitarles con motivo de la inauguración de su delegación de ventas y confiamos en que entre nosotros habrá una buena cooperación.
4 Nos permitimos felicitarles cordialmente con motivo de la inauguración de su casa comercial el ...
5 Les felicitamos sinceramente con motivo de la apertura de su sucursal. Al mismo tiempo, queremos llamarles la atención sobre nuestra oferta especial.
6 Por medio de la presente, nos permitimos felicitarles con motivo de la inauguración de su empresa y confiamos en que pronto estableceremos relaciones comerciales.
7 Les felicitamos por la ampliación de su empresa y confiamos en que podamos servirles en todo momento.

Casamento, aniversário

1 Desejamos transmitir-lhes nossas sinceras felicitações pelo casamento de seu(sua) filho(a).
2 Desejamos ao(à) senhor(a) muitas felicidades e muitos anos de vida.
3 Nossos calorosos parabéns pelo nascimento de seu(sua) filho(a).

Boda, cumpleaños

1 Con motivo del matrimonio de su hijo (su hija), queremos hacerle llegar nuestra más cordial felicitación.
2 Con motivo de su cumpleaños ..., reciba usted nuestra más cordial felicitación.
3 Con motivo del nacimiento de su hijo (hija), queremos hacerle llegar nuestra más cordial felicitación.

Cartas de pêsames

1 Desejamos expressar nosso profundo pesar pelo falecimento do presidente (membro) de seu Conselho Deliberativo, sr. ...
2 Desejamos transmitir-lhe(s) nossos sentimentos de profundo pesar pelo falecimento do(a) sr.(a) ...
3 Sentimos profundamente o súbito falecimento de seu (sua) colaborador(a) tão estimado(a), sr.(a) ...
4 Os funcionários de nossa empresa lamentam sinceramente o inesperado falecimento de seu gerente industrial, sr. ...
5 Estamos todos profundamente chocados com o falecimento inesperado de sua esposa. Aceite, por favor, nossos sinceros pêsames.
6 Gostaríamos de apresentar-lhes nossas sinceras condolências.
7 Lamentamos ter de informar-lhes o falecimento de nosso colega, sr. ...

Cartas de pésame

1 Por medio de la presente, queremos expresarles nuestro más sentido pésame por el fallecimiento del señor ..., presidente (miembro) de su Consejo de Administración.
2 Es para nosotros una necesidad expresarles nuestro sentido pésame por el fallecimiento del señor (de la señora) ...
3 Lamentamos profundamente el súbito fallecimiento de su apreciadísimo(a) empleado(a), el señor (la señora) ...
4 Todo nuestro personal lamenta sinceramente el inesperado fallecimiento del Gerente de su firma, el señor ...
5 Estamos profundamente conmovidos por el inesperado fallecimiento de su honorable esposa. Permítanos expresarle de nuestro más sincero pésame.
6 Compartimos sinceramente su dolor.
7 Tenemos que comunicarles el fallecimiento de nuestro empleado, el señor ...

Informações da empresa

Aviso de abertura de negócio/filial/escritório de vendas

1 Informamos aos senhores que em ... abriremos um novo negócio na cidade de ...
2 Aproveitamos a oportunidade para informar-lhes que abrimos uma filial em ...
3 Em ... (data), abriremos um escritório de vendas em ...

Información de firma

Apertura de casa comercial/ de una sucursal o delegación de ventas

1 Por medio de la presente, les comunicamos que el ..., inauguraremos una sucursal en ...
2 En esta oportunidad, quisiéramos informarles que hemos abierto una sucursal en ...
3 El ... abriremos una delegación de ventas en ...

4 Desejamos informar-lhes que abrimos um novo ponto comercial na cidade de ... Esperamos que em breve possamos apresentar-lhes uma proposta vantajosa.
5 Abrimos um ponto comercial na cidade de ..., rua ... Esperamos que os senhores nos contatem em breve.
6 A inauguração de nosso novo negócio será em ...
7 Garantimos aos senhores que nosso novo negócio em ... executará seus pedidos de forma inteiramente satisfatória.
8 Temos a satisfação de comunicar-lhes que abrimos uma filial em sua cidade.
9 Comunicamos que no dia ... inauguraremos uma filial em ..., com muito maior facilidade de acesso para os senhores.
10 Nossa filial fica em ..., na rua ..., ... andar. Possui escritório, depósito e ponto de venda. Nesse endereço, entrem em contato com ...
11 Nossa nova filial de vendas fica em ..., no seguinte endereço: ...
12 Nosso novo número de telefone é ... e o de fax é ...
13 Gostaríamos de ressaltar que nossa filial também possui um armazém de distribuição.
14 Nossa filial é totalmente informatizada.
15 Nossa filial tem contato direto e constante com a matriz através de rede de computadores.

4 Nos permitimos comunicarles que hemos abierto un nuevo comercio en ... y esperamos poder hacerles una oferta ventajosa dentro de poco.
5 En ..., en la calle ..., número ..., hemos inaugurado un nuevo comercio. Confiamos en que pronto entrarán ustedes en contacto con nosotros.
6 La inauguración de nuestro nuevo comercio tendrá lugar el ...
7 Les aseguramos que nuestro nuevo comercio en ... ejecutará sus pedidos a su completa satisfacción.
8 Nos proporciona una gran alegría poder comunicarles que acabamos de abrir una sucursal en su ciudad.
9 Nos permitimos anunciarles que el día ... abriremos una sucursal en ..., la que, desde el punto de vista del tráfico, está muy bien situada para ustedes.
10 La sucursal se encuentra en la calle ..., número ..., en el ... piso y cuenta con departamentos de oficinas, almacén y ventas. Por favor, diríjanse a ...
11 Nuestra nueva delegación de ventas se encuentra en ..., bajo la siguiente dirección: ...
12 Nuestro nuevo número de teléfono es: ... Bajo el número : ... pueden ustedes contactarnos por fax.
13 Queremos llamarles la atención de que nuestra sucursal dispone de un almacén de expedición.
14 Nuestra sucursal dispone de una moderna instalación de elaboración de datos.
15 La nueva sucursal se encuentra continuamente en contacto directo con nuestra central a través de una red computerizada.

Alteração da razão social

1 Desejamos informar aos senhores que alteramos o nome de nossa companhia. A partir de agora, ela se chama ...
2 Devido à saída de nosso(a) sócio(a), sr.(a) ..., nossa empresa passará a se chamar ...
3 Informamos por meio desta que nossa empresa tornou-se companhia limitada.

Modificación de la razón social

1 Les queremos participar que hemos cambiado nuestra razón social. Con efecto inmediato el nombre de la firma es ...
2 Al haberse separado nuestro(a) socio(a), el Sr. (la Sra.) ..., en el futuro, el nombre de nuestra firma será ...
3 Por medio de la presente, les informamos que hemos transformado nuestra firma en una sociedad en comandita.

4 Queremos informar-lhes que, devido à fusão com a ..., nossa empresa mudou de razão social e passou a se chamar ...
5 Devido à freqüente confusão do nome de nossa empresa com o de outra firma, decidimos alterar a razão social.
6 De acordo com decisão dos acionistas tomada em ..., a partir de ... o nome de nossa empresa será ...
7 Serve a presente para informar-lhes que transformei minha empresa individual em uma ... (p. ex., sociedade, sociedade em comandita, companhia limitada).
8 A partir de ..., nossa empresa passará a ser uma companhia limitada de capital aberto, registrada na Bolsa de Valores, com o nome de ...

4 Por haberse fundido nuestra firma con ..., nos permitimos informarles el cambio de razón social. El nuevo nombre de la firma es ...
5 Debido a la frecuente confusión del nombre de nuestra firma con el de otra empresa, nos hemos decidido a modificar nuestra razón social.
6 Por acuerdo de la junta de socios del ..., a partir del ..., nuestra razón social será ...
7 Por medio de la presente, les participo que he transformado mi empresa personal en una compañía ...
8 A partir del .., nuestra empresa es una sociedad anónima con cotización bursátil, bajo la razón social: ...

Alteração de endereço

1 Comunicamos por meio desta que a partir de ... nosso endereço será o seguinte: ...
2 Nosso novo endereço é ...
3 Mudamo-nos. Nosso novo endereço é ...
4 Aproveitamos a oportunidade para lhes comunicar que nosso endereço mudou. Por favor, passem a enviar suas propostas para o seguinte endereço: ...
5 Devido a problemas de acesso à nossa empresa, mudamo-nos para ... (rua, número).
6 A partir de ... teremos novo endereço. Estaremos em ...
7 Nossa empresa mudou de endereço. Pedimos que passem a utilizar o seguinte endereço: ...
8 Por causa da considerável expansão de nossa empresa, vimo-nos obrigados a buscar outro local para nossa indústria. Nossa nova fábrica está situada em ...
9 Com a adoção do novo sistema de endereçamento do correio, nosso código postal mudou. O código de nossa caixa postal é ... Se quiserem enviar correspondência ao nosso endereço, este é ...

Cambio del domicilio social

1 Por medio de la presente, les informamos que a partir del ... nuestra dirección es la siguiente: ...
2 Nuestra nueva dirección es: ...
3 Hemos cambiado de domicilio. Nuestra nueva dirección es ...
4 En esta oportunidad, queremos participarles el cambio de nuestra dirección. Les rogamos que, en el futuro, dirijan sus ofertas a la siguiente dirección: ...
5 El difícil acceso a nuestra empresa motivó que nos trasladáramos a la calle ... número ...
6 A partir del ... tenemos una nueva dirección. Nos trasladamos a ...
7 Nuestra firma ha cambiado de domicilio. Les rogamos que en adelante se dirijan a la dirección siguiente: ...
8 La considerable expansión de nuestra empresa motivó que escogiéramos otro emplazamiento. Nuestra nueva fábrica está en ...
9 Con motivo de un cambio del sistema de códigos postales, nuestro código postal ha sufrido un cambio. Nuestro apartado es ..., en caso de escribirnos a nuestra dirección: ...

Alteração de número do telefone

1 O número de nosso telefone mudou para ...
2 Anotem, por favor, nosso novo número de telefone: ...

Cambio del número de teléfono

1 Tenemos un nuevo número de teléfono: ...
2 Por favor, anoten nuestro nuevo número de teléfono: ...

3 Temos agora uma nova linha telefônica. A partir de agora os senhores podem contatar-nos tanto pelo número antigo, ..., quanto pelo número novo, ...
4 Pedimos que liguem para o número ... após as ... horas (em inglês, horas com números até 12 + am/pm).

Novo número de fax e alteração de número

1 Anotem, por favor, nosso novo número de fax: ...
2 Temos agora um número de fax: ...
3 A partir de agora os senhores podem enviar seus pedidos por fax no número ...

Alteração da participação societária

1 Aproveitamos a oportunidade para informar-lhes que a empresa ... adquiriu ...% de nosso capital de ações.
2 O banco ... adquiriu um volume substancial das ações de nossa empresa.
3 Ampliamos o capital de nossa empresa em ...
4 A participação de capital do sr. ..., falecido membro de nossa empresa, foi transferida para o(a) sr.(a) ...
5 O(A) sr.(a) ... e eu possuímos agora cada um ...% do capital social.
6 Durante a transformação de nossa empresa em companhia limitada de capital fechado, alteramos as cotas de participação acionária.
7 Assumi a cota de capital do sr. ..., que deixou a empresa.

Saída de colega/sócio

1 Devido à saída do(a) sócio(a), sr.(a) ..., passei a ser o único proprietário da empresa ... a partir de ...
2 O(A) sr.(a) ... saiu de nossa companhia/empresa/firma.
3 Pela presente, desejo informar que meu (minha) sócio(a), sr.(a) ..., deixou a empresa.

3 Tenemos una línea telefónica adicional. A partir de hoy, además de llamarnos a nuestro número telefónico usual, pueden hacerlo al número ...
4 Les rogamos que después de las ... nos llamen al número ...

Anuncio de servicio de fax y de modificación de número

1 Les rogamos tomen nota de nuestro nuevo número de fax. Es el siguiente: ...
2 Hemos comenzado a utilizar el servicio de fax. Nuestro número es el ...
3 Nuestra nueva línea de fax, (número ...) les permite comunicar sus pedidos también por esta vía.

Modificaciones en las participaciones

1 Aprovechamos la oportunidad para informarles que la firma ... posee ahora el ... % de nuestro capital en acciones.
2 El banco ... ha adquirido un gran paquete de acciones de nuestra empresa.
3 Hemos aumentado en ... el capital de nuestra firma.
4 La participación de capital del fallecido socio, señor ..., ha pasado a manos del señor (de la señora) ...
5 Actualmente, el señor (la señora) ... y yo poseemos cada uno un ... % del capital social.
6 Con motivo de la transformación de nuestra compañía en una sociedad de responsabilidad limitada, hemos modificado las participaciones en el capital.
7 He adquirido la participación de capital del Sr. ... que se ha separado de la sociedad.

Separación de un socio

1 Al haberse separado el socio (la socia), señor(a) ..., soy desde el ... el propietario único de la firma.
2 El señor (La señora) ... se ha separado de nuestra compañía.
3 Por medio de la presente, quiero informarles sobre la separación de mi socio(a), el señor (la señora) ...

4 Tenho o triste dever de informar-lhes o repentino falecimento de nosso(a) sócio(a), sr.(a) ...
5 A cota pertencente ao nosso(a) antigo(a) procurador(a), sr.(a) ..., foi distribuída em partes iguais ao(à) sr.(a) ... e ao(à) sr.(a) ...
6 Temos certeza de que a saída de nosso(a) sócio(a), sr.(a) ..., não abalará nossas relações comerciais.
7 Meu(minha) sócio(a), sr.(a), ... acaba de se afastar da nossa empresa.
8 Adquiri a participação societária do(a) meu(minha) falecido(a) sócio(a).

4 Tengo el triste deber de participarles el súbito fallecimiento de nuestro(a) socio(a), el señor (la señora) ...
5 La participación social de nuestro(a) apoderado(a), el señor (la señora) ..., que se ha separado, ha sido adquirida por partes iguales por los señores ... y ...
6 Estamos seguros de que la baja de nuestro(a) socio(a), el señor (la señora) ..., no producirá consecuencias perjudiciales en nuestras relaciones comerciales.
7 Mi socio(a), el señor (la señora) ..., se ha separado de la firma.
8 He adquirido la participación social de mi fallecido(a) socio(a).

Entrada de sócio

1 O(A) sr.(a) ... será sócio(a) comanditário(a) de nossa empresa a partir de ...
2 O(A) sr.(a) ... tornou-se agora sócio(a) de nossa firma.
3 Desejamos informar-lhes que o(a) sr.(a) ... tornou-se sócio(a) de nossa companhia.
4 Com a entrada do(a) novo(a) sócio(a), sr.(a) ..., tivemos condições de ampliar significativamente nosso capital social.
5 O(A) sr.(a) ... passou a integrar nossa empresa com uma participação de capital de ...
6 Nosso(a) novo(a) sócio(a), sr.(a) ..., foi encarregado(a) da gestão da empresa.
7 No futuro, nossa companhia será dirigida pelo(a) novo(a) sócio(a), sr.(a) ...
8 Com a entrada de um(a) novo(a) sócio(a), sr.(a) ..., o capital social de nossa empresa aumentou para ...

Incorporación de un socio

1 A partir del ..., el señor (la señora) ... forma parte de nuestra firma como socio(a) comanditario(a).
2 Hemos incorporado al señor (a la señora) ... en nuestra firma como socio(a) comanditario(a) personalmente responsable.
3 Quisiéramos comunicarles que el señor (la señora) ... ha entrado en nuestra firma con carácter de socio(a).
4 Al haber entrado a formar parte de nuestra firma como socio(a) el señor (la señora) ..., hemos aumentado considerablemente nuestro capital social.
5 El señor (La señora) ... ha entrado a formar parte de nuestra firma, como socio(a), aportando un capital de ...
6 El señor (La señora) ..., como nuevo(a) socio(a) de nuestra firma, ha sido encargado(a) de la gestión de los negocios.
7 En el futuro, la firma estará bajo la dirección de nuestro(a) nuevo(a) socio(a), el señor (la señora) ...
8 Mediante la incorporación del señor (de la señora) ... como nuevo(a) socio(a), nuestro capital social se ha elevado a ...

Nomeações

1 O sr. ..., até agora nosso procurador, foi nomeado com efeito imediato diretor da empresa.
2 Pelos excelentes serviços que prestou, o(a) sr.(a) ... foi nomeado(a) procurador(a)-geral da empresa.

Nombramientos

1 Con efecto inmediato, ha sido nombrado director nuestro actual apoderado, el señor ...
2 Por los servicios excepcionales prestados, nombramos apoderado(a) general al señor (a la señora) ...

3 Temos o prazer de informar-lhes que o(a) sr.(a) ... foi escolhido(a) para o cargo de diretor de nossa empresa.
4 Desejamos informar-lhes que, desde o dia ..., a direção de nossa empresa está a cargo do(a) sr.(a) ...
5 A partir de ..., o(a) sr.(a) ... foi nomeado(a) gerente-geral de nossa filial de ...
6 Desde ..., nosso ponto comercial da rua ... tem como gerente o(a) sr.(a) ...
7 A gerência tem a satisfação de informar que o(a) sr.(a) ... foi nomeado(a) procurador(a)/contador(a)-geral de nossa empresa.

Mudanças de pessoal

1 O(A) sr.(a) ..., diretor(a) de nossa empresa, vai aposentar-se no dia ...
2 Desejamos informar-lhes que o(a) gerente-geral de nossa filial de ... está deixando a empresa.
3 Informamos aos senhores que, infelizmente, nosso(a) procurador(a) de longa data, sr.(a) ..., estará aposentado(a) a partir de ...
4 Sentimos informar-lhes que nosso(a) gerente geral, sr.(a) ..., foi transferido(a) para outra filial. Em seu lugar assumirá o(a) sr.(a) ...
5 Nosso(a) gerente geral de muitos anos, sr.(a) ..., deixará a empresa em ...
6 Nosso(a) diretor(a), sr.(a) ..., aposentou-se prematuramente por motivos de saúde.
7 Desejamos informar-lhes que o(a) sr.(a) ... não é mais nosso(a) representante. Pedimos, assim, que passem a contatar nosso escritório central.

Compromissos

Notificação de visita

1 Nosso representante tomará a liberdade de visitá-los em ...

3 Nos complacemos en comunicarles que hemos elegido al señor (a la señora) ... como nuestro(a) nuevo(a) director(a).
4 Les informamos que, desde el ..., la dirección de la firma se encuentra en manos del señor (de la señora) ...
5 A partir del ..., fue nombrado(a) el señor (la señora) ... gerente de nuestra sucursal en ...
6 La dirección de nuestro comercio en la calle ... se encuentra en manos del señor (de la señora) ... desde el ...
7 La dirección de la firma tiene el placer de informar que el señor (la señora) ... ha sido nombrado(a) apoderado(a).

Relevo en el cargo

1 El señor (La señora) ..., director(a) de nuestra empresa, se jubila el día ...
2 Les queremos informar que el administrador (la administradora) de nuestra sucursal en ... se retira de la firma.
3 Con gran pesar, tenemos que informarles que nuestro(a) apoderado(a) durante muchos años, el señor (la señora) ..., se jubila con efecto del ...
4 Lamentablemente, tenemos que informarles que nuestro(a) gerente, el señor
(la señora) ..., será trasladado(a) a otra sucursal. Su puesto lo ocupará el señor (la señora) ...
5 El día ..., se despide de nosotros nuestro(a) gerente durante muchos años, el señor (la señora) ...
6 Por motivos de salud, nuestro(a) director(a), el señor (la señora) ..., ha tenido que retirarse prematuramente.
7 Queremos informarles que nuestro(a) representante, el señor (la señora) ..., ya no forma parte de nuestra firma. Les rogamos, en el futuro dirigirse directamente a nuestra oficina central.

Citas

Aviso de visita

1 Nuestro representante se permitirá visitarles el ...

2 Queremos avisá-los da visita de nosso(a) advogado(a), sr.(a) ...
3 Nosso(a) advogado(a) vai visitá-los em breve para tratar de ...
4 Nos próximos dias os senhores receberão a visita de nosso(a) diretor(a) administrativo(a) para tratar da negociação de ...
5 Devido a compromissos imprevistos, infelizmente temos de adiar nossa visita aos senhores para ...
6 A situação atual impede-nos de manter a data combinada para nossa visita. Assim, pedimos que nos indiquem uma data posterior.
7 Infelizmente, nosso representante só poderá visitá-los ... dias após a data marcada.

2 Les queremos anunciar la visita de nuestro(a) abogado(a), el señor (la señora) ...
3 Nuestro(a) abogado(a) les visitará próximamente para tratar el asunto de ...
4 Nuestro(a) gerente les visitará próximamente para tratar sobre ...
5 Debido a dificultades imprevistas en el cumplimiento de ciertos plazos, tenemos, lamentablemente, que posponer para el ... nuestra visita a ustedes.
6 Dada la situación actual, no nos es posible cumplir la visita en la fecha prevista. Les rogamos nos indiquen una fecha posterior.
7 Lamentablemente, nuestro(a) representante no puede visitarles hasta ... días después de la fecha acordada.

Pedido de permissão de visita

1 Gostaríamos que pudessem receber nosso(a) representante no dia ...
2 Ficaríamos muito gratos se os senhores pudessem receber o(a) sr.(a) ... no dia ...
3 Esperamos que os senhores concordem com a visita do(a) sr.(a) ... no dia sugerido.
4 Ficaríamos muito gratos se os senhores pudessem receber nosso(a) diretor(a) administrativo(a) ainda nesta semana.
5 Nosso(a) perito(a) estará em sua empresa em ... Ficaríamos muito gratos se os senhores tivessem disponibilidade para recebê-lo(a) nessa data.
6 Ficaríamos muito gratos se os senhores pudessem receber-nos no dia ...
7 Como nosso(a) representante está em sua cidade, agradeceríamos se os senhores pudessem permitir que ele os visite.

Solicitud de recibimiento

1 Les rogamos reciban a nuestro(a) representante el ...
2 Sería muy amable de su parte si pudieran recibir al señor (a la señora) ... el ...
3 Esperamos ustedes recibirán al señor (a la señora) ... en la fecha propuesta.
4 Nos alegraría si ustedes pudieran recibir a nuestro(a) gerente en el curso de esta semana.
5 Nuestro(a) experto(a) les visitará el ... Sería muy amable de su parte si pudieran recibirle(la) en esta fecha.
6 Mucho nos agradaría si ustedes nos pudieran recibir el ...
7 Dado que nuestro(a) representante se encuentra actualmente en esa ciudad, nos alegraría que le concedieran una entrevista.

Pedido de reserva de quarto e cancelamento de reserva

1 Pedimos que, por ocasião da visita do(a) sr.(a) ... a sua empresa, façam a reserva de um quarto para ele(a) de ... a ...
2 Pedimos que reservem para nós um quarto duplo com banheiro no hotel ..., de ... a ...

Solicitud de reserva y de cancelación de habitación

1 Les rogamos que, con motivo de la visita del señor (de la señora) ... a su casa, le reserven una habitación del ... al ...
2 Les rogamos nos reserven una habitación doble con baño en el hotel ... del ... al ...

3 Seria possível os senhores providenciarem uma boa acomodação para o(a) sr.(a) ...?
4 Pedimos que cancelem nossa reserva de quarto no hotel ...

Ponto de encontro, pedido para ser pego

1 Vamos encontrar-nos no dia ..., às ... horas, no hotel ... Por favor, apresente-se na recepção.
2 Ao chegar, dirija-se por favor ao guichê (balcão) n.º ... no prédio da estação ferroviária, onde o(a) sr.(a) ... o(a) estará esperando.
3 Os senhores poderiam providenciar que alguém nos pegue no aeroporto?
4 Como não conhecemos os meios de transporte de sua cidade, pedimos que nos busquem no aeroporto (na estação ferroviária).
5 O(A) sr.(a) ..., de nossa empresa, chegará em ... (lugar) no vôo ... (de trem), no dia ..., às ... horas. Ficaríamos muito gratos se os senhores pudessem providenciar que ele (a) fosse apanhado(a) no local.

Cancelamento de visita

1 Infelizmente, precisamos cancelar nosso encontro marcado para ...
2 Lamentamos não poder visitá-los no dia marcado.
3 Pedimos que cancelem nossa reserva no hotel ..., pois não poderemos comparecer na data combinada.

Exposições

Comunicado de exposição

1 Queremos anunciar aos senhores nossa exposição em ...
2 Aproveitamos esta oportunidade para convidá-los para a nossa exposição em ...
3 De ... a ..., será realizada uma feira industrial de ... em nosso novo espaço de exposições.
4 Temos um estande próprio na feira de ...

3 ¿Pueden ustedes procurar alojamiento adecuado para el señor (la señora) ...?
4 Les rogamos tengan la amabilidad de cancelar nuestra reserva de habitación en el hotel ...

Lugar de reunión, solicitud de ser recogido

1 Nos encontraremos el ..., a las ..., en el hotel ... Le ruego anuncie su presencia en la recepción.
2 Le rogamos que, a su llegada, se dirija a la ventanilla ... de la estación ferroviaria. Allí le esperará el señor (la señora) ...
3 ¿Podrían ustedes recogernos en el aeropuerto?
4 Como no conocemos los medios de transporte locales, les rogamos nos recojan en el aeropuerto (la estación ferroviaria).
5 Nuestro(a) empleado(a), el señor (la señora) ..., llegará a ... con el vuelo (tren) ... el día ..., a las ... Mucho les agradeceríamos se encargaran de recogerle(la).

Cancelación de visita

1 Sentimos mucho tener que cancelar nuestra visita del ... a su casa.
2 Sentimos mucho no poder cumplir la visita en la fecha fijada.
3 Por favor, cancelen la reserva de nuestras habitaciones en el hotel ..., ya que, lamentablemente, no podemos cumplir la visita en la fecha acordada.

Exposiciones

Anuncio de una exposición

1 Permítannos que les anunciemos nuestra exposición en ...
2 Aprovechamos la oportunidad para invitarles a nuestra exposición en ...
3 Del ... al ... tiene lugar una exposición monográfica de ... en nuestro nuevo recinto ferial.
4 En la Feria ... estamos representados con un stand propio.

5 Temos a satisfação de avisá-los de que exporemos nossos produtos em ... (local), em ... (data).
6 Na exposição de ... (local), de ... a ..., estaremos expondo nossos artigos de verão. Nosso estande encontra-se no pavilhão ...
7 A ... (empresa) e a ... (empresa) têm satisfação em anunciar que no dia ... realizarão uma exposição conjunta em ...
8 Na feira de ..., em ... (local), de ... a ..., nossos produtos estarão expostos no estande da Alemanha, no pavilhão ...
9 No pavilhão de exposições da cidade está sendo realizada a feira de ... Estamos representados com dois estandes.
10 Os senhores encontrarão a localização de nossos estandes no catálogo da feira.
11 De ... a ..., no prédio dos fundos de nossa sede, faremos uma pequena exposição dos produtos por nós fabricados.

5 Nos alegramos poderles anunciar que el ... se celebrará una exposición de nuestros productos en ...
6 Del ... al ... se celebrará una exposición en ... Allí estaremos representados con nuestros artículos de verano. Nuestro stand se encuentra en el pabellón número ...
7 Las firmas ... y ... anuncian la celebración de una exposición conjunta el ... en ...
8 En la feria monográfica que tiene lugar en ... del ... al ..., exponemos nuestros artículos en el stand alemán en el pabellón ...
9 En los pabellones de la ciudad se celebra actualmente la exposición de ... donde estamos representados con dos stands.
10 Les ruego se informen sobre el emplazamiento de nuestros stands en el catálogo de la exposición.
11 En el edificio situado en la parte posterior de nuestra casa se celebrará una pequeña exposición del ... al ... en la que se mostrarán todos nuestros artículos.

Convite para visitar uma exposição

1 Ficaríamos honrados com sua visita à feira de ...
2 Teremos grande satisfação em recebê-lo em nosso estande na feira de ...
3 Ficaríamos muito satisfeitos se os senhores pudessem visitar-nos na exposição.
4 Gostaríamos que aceitassem este convite cordial para a inauguração da feira de ...
5 Esperamos que os senhores tenham tempo de comparecer à pequena recepção que daremos por ocasião da inauguração da exposição, a realizar-se em ..., no dia ..., às ... horas.
6 Temos grande satisfação em convidá-lo para nossa exposição. Temos certeza de que a linha de produtos exposta será de seu interesse.
7 Temos a satisfação de convidá-lo para nossa exposição de amostras, que começará em ...
8 A diretoria tem a honra de convidar os senhores para a inauguração da exposição de primavera, a realizar-se às ... horas do dia ...
9 A exposição começa no dia ... Teremos muito prazer em recebê-los em nosso estande. Pedimos que perguntem no balcão de informações sobre a localização de nosso estande.

Invitación para visitar una exposición

1 Les rogamos nos honren con su visita en la Feria de ...
2 Nos alegraríamos si pudieran visitar nuestro stand en la Feria de ...
3 Nos complacería que ustedes pudieran visitarnos en la exposición.
4 Nos permitimos invitarles cordialmente a la inauguración de la Feria de ...
5 Quizás puedan ustedes asistir el ... a nuestra pequeña recepción con motivo de la inauguración de la exposición. Comenzará el ... a las ..., en ...
6 Les invitamos muy cordialmente a nuestra exposición y confiamos en que nuestro surtido les interesará.
7 Nos permitimos invitarles muy cordialmente a nuestra exposición de muestras que se inaugurará el ...
8 La dirección de nuestra firma se permite invitarles a la inauguración de nuestra Exposición de Primavera en ... el ...
9 La exposición se inaugura el ... Les rogamos visiten nuestro stand. En el puesto de información les indicarán donde estamos situados.

Organização de exposição

1 Pela presente, solicitamos que nos reservem, conforme indicado em seu catálogo de exposições, o estande n.º ..., no pavilhão ..., de ... a ...
2 Pedimos que reservem o estande a céu aberto n.º ... na exposição de ...
3 Precisamos em nosso estande de dois pontos de força (duas tomadas).
4 Pedimos que cuidem para que em nosso estande haja ligação para água e luz.
5 Seria possível contratarem para nós um intérprete para a exposição?
6 Precisaremos de dois intérpretes para a exposição de ... a ... Os senhores poderiam ajudar-nos a consegui-los?
7 Confirmamos pela presente sua reserva de um estande, pedida em ..., para a exposição de ...
8 De acordo com sua solicitação, providenciamos a ligação para água e luz no estande.
9 Necessitamos de linhas de telefone e fax em nosso estande para o período de duração da exposição. Pedimos que nos apresentem um orçamento.

Organización de la exposición

1 Por medio de la presente, solicitamos que se nos reserve, de acuerdo con el catálogo de exposición, el stand número ... en el pabellón ... desde el ... hasta el ...
2 Les rogamos que, para la Exposición de ..., nos reserven el stand número ... en el recinto al aire libre.
3 En nuestro stand necesitamos dos enchufes eléctricos.
4 Les rogamos se encarguen de que nuestro stand sea provisto de las correspondientes conexiones de electricidad y agua.
5 ¿Pueden ustedes contratarnos un intérprete para la exposición?
6 Para la exposición del ... al ... necesitamos dos intérpretes para ... ¿Podrían ustedes ayudarnos a encontrarles?
7 Por medio de la presente confirmamos su reserva de stand para la Exposición de ..., solicitada el ...
8 De acuerdo con su solicitud, el stand reservado por ustedes ha sido provisto de conexiones de electricidad y agua.
9 Para el período de celebración de la exposición necesitamos conexiones telefónicas y de fax, por lo que les rogamos nos pasen una oferta.

Informatização

1 Como dentro em breve toda nossa contabilidade será informatizada, pedimos que compreendam o eventual atraso de faturas e avisos de despacho nas próximas semanas.
2 A mudança para um moderno sistema de processamento de dados está causando pequenos atrasos em nossos trabalhos. Pedimos que nos desculpem por esse problema.
3 A informatização de todo nosso sistema contábil deverá causar certas mudanças.
4 Pedimos que passem a mencionar o número de referência de nosso computador, pois do contrário não teremos condições de localizar os dados.

Computerización

1 Dado que en breve vamos a computerizar todo nuestro sistema de liquidación, les rogamos tengan comprensión si próximamente el envío de nuestras facturas y avisos de envío sufre una pequeña demora.
2 La reorganización a un moderno sistema de proceso de datos da lugar a demoras transitorias en la tramitación de nuestras operaciones, lo cual rogamos sepan disculpar.
3 Dado que tramitamos todo nuestro sistema contable mediante el proceso de datos, pudieran surgir ciertas modificaciones.
4 Les rogamos indicar en el futuro nuestro número de PED, dado que, de lo contrario, no podemos localizar los expedientes.

5 A partir de agora, nossas faturas terão um número de referência de computador da empresa, o qual pedimos que mencionem em toda correspondência.
6 Nosso(a) técnico(a) em computação, sr.(a) ..., está encarregado(a) de todos os assuntos pertinentes e encontra-se à disposição a qualquer hora para dirimir quaisquer dúvidas a esse respeito.
7 Tão logo a informatização de nosso sistema contábil tenha sido completada, voltaremos a procurar os senhores.
8 A partir de agora, todas as contas têm um número de referência de computador. Dessa forma, os senhores têm a possibilidade de acessá-las por seu computador para processamento posterior.
9 Nosso programa de pedidos informatizado permite que os senhores tenham acesso direto a nossa rede, o que significa uma enorme economia de tempo.
10 Não fizemos economia para informatizar o sistema de pedidos. Assim, as entregas passarão a ser bem mais rápidas.
11 Nosso novo sistema informatizado de processamento de pedidos simplificou consideravelmente todas as etapas. Esperamos, assim, obter uma significativa redução dos custos.
12 Estamos convictos de que, depois de superar as dificuldades iniciais, os senhores não terão nenhum problema com o novo sistema.
13 Todas as nossas contas estão sendo processadas por um novo software. É o programa ..., da ... (empresa). Ficaríamos muito gratos se os senhores também pudessem passar a utilizar esse programa em seus relatórios de representação, de modo que nós possamos acessá-los por computador.

5 Nuestras facturas llevarán, con efecto inmediato, en nuestra casa un número computerizado, el cual rogamos indicar en todas las comunicaciones escritas.
6 Nuestro(a) experto(a) de PED, el señor (la señora) ..., se encargará de todas las cuestiones pertinentes, y estará, en caso de necesidad, en todo momento a su disposición.
7 Tan pronto como la computerización de nuestro sistema de liquidación haya llegado a su término, nos pondremos en contacto con ustedes.
8 Todas las operaciones llevan, con efecto inmediato, un número de PED, pudiendo ustedes así recibir de nosotros en pantalla todos los expedientes y efectuar ustedes mismos el proceso ulterior de ellos.
9 Nuestro programa computerizado de pedidos les hace a ustedes posible intervenir directamente en nuestro sistema, pudiendo de este modo evitar valiosas pérdidas de tiempo.
10 No hemos escatimado gastos ni esfuerzos en adaptar el PED a nuestro sistema de pedidos, pudiendo así suministrar con mayor rapidez en el futuro.
11 Con la adaptación a nuestro nuevo sistema computerizado se hará más fácil toda la tramitación de pedidos, con lo cual confiamos reducir considerablemente los gastos.
12 Estamos convencidos de que, una vez superadas las dificultades iniciales, ustedes no tendrán problema alguno con el nuevo sistema.
13 Hemos adaptado todo nuestro sistema de liquidación a un nuevo software. Se trata del sistema ... de la firma ... Mucho les agradeceríamos ajustasen en el futuro sus liquidaciones de representante al nuevo sistema a fin de que podamos memorizar éstos directamente.

Correspondência com órgãos oficiais

Correspondencia con organismos oficiales

Cartas a órgãos oficiais

1 À Câmara de Comércio de ...
2 À ... Câmara de Comércio de ...
3 Pedimos que nos informem se e quando será realizada uma feira de ... em ...
4 Agradeceríamos se nos informassem quem devemos contatar para reservar um estande na feira de ...
5 Os senhores poderiam ajudar-nos a conseguir uma reserva em hotel (uma acomodação durante o período da feira, pessoal para o estande)?
6 Os senhores poderiam fornecer-nos o endereço de empresas que executam serviços ... para a feira de ...?
7 Os senhores poderiam informar-nos de que documentos necessitamos para a importação de ... para seu país?
8 Existem regulamentações da UE para a importação de produtos ...?
9 Os senhores poderiam informar-nos que documentos são necessários para o trânsito de mercadorias através dos países da UE?
10 Existem na UE cotas para a importação de ...?

Escritos a organismos oficiales

1 A la Cámara de Comercio de ...
2 A la ... Cámara de Comercio de ...
3 Les rogamos nos informen si y cuándo se celebra una exposición de ... en ...
4 ¿Podrían ustedes informarnos a quién debemos dirigirnos para pedir un stand en la Feria de ...?
5 ¿Podrían ustedes ayudarnos en las reservas de hoteles (adquisición de un apartamento durante la Feria, en obtener personal para el stand)?
6 ¿Pueden ustedes darnos direcciones de empresas que efectúen trabajos de ... en la Feria?
7 ¿Pueden ustedes comunicarnos qué documentos se precisan para la importación de ... a su país?
8 ¿Han sido dictadas normas en la UE para la importación de productos ...?
9 ¿Nos pueden decir qué papeles se necesitan para el tránsito por países en la UE?
10 ¿Existen en la UE contingentes para la importación de ...?

Respostas de órgãos oficiais

1. Informamos aos senhores que a próxima feira de ... será realizada em ..., de ... a ...
2. Pedimos que entrem em contato com ... para reservar um estande na feira de ... Já pedimos que lhes enviassem os formulários, que os senhores deverão devolver preenchidos.
3. A feira de ... ocorrerá de ... a ...
4. Teremos todo prazer em ajudá-los a conseguir as reservas de hotel e pedimos que nos informem de suas necessidades em tempo hábil.
5. Enviamos junto a esta uma lista de hotéis (das empresas encarregadas de ... na feira). Assim, os senhores poderão contatar diretamente o hotel (a empresa) de sua escolha.
6. Na qualidade de câmara de comércio, não podemos recomendar-lhes firmas específicas. Todavia, anexamos uma lista de empresas registradas na câmara no ramo de ...
7. Temos certeza de que a mais recente edição do catálogo da UE, anexa, responderá a todas as suas perguntas.
8. Não existem atualmente restrições na UE aos produtos mencionados pelos senhores.
9. No catálogo anexo, os senhores encontrarão todas as informações sobre produtos e cotas.
10. Se os senhores quiserem mais informações ou se puderem visitar-nos, teremos o maior prazer em esclarecer todas as suas dúvidas.
11. Para o trânsito de mercadorias através da UE, os senhores necessitarão de:
12. Teremos prazer em colocá-los em contato com as firmas pertinentes (uma firma de advocacia, um tabelião, as pessoas responsáveis).

Respuestas de organismos oficiales

1. Les comunicamos que la próxima Feria de ... se celebrará del ... al ... en ...
2. Para la obtención de un stand en la Feria de ... deben ustedes dirigirse a ... A instancia nuestra, les serán enviados formularios, los cuales rogamos remitirnos una vez rellenados.
3. La Feria de ... tiene lugar del ... al ...
4. Con sumo gusto, estamos dispuestos a ayudarles en la reserva de hoteles si ustedes nos comunican sus deseos a tiempo.
5. Les adjuntamos a la presente una lista de hoteles (de las empresas ocupadas con trabajos de ... en la exposición). Ustedes mismos podrán entonces dirigirse al hotel (a la empresa) que les interese.
6. En nuestra calidad de Cámara de Comercio no nos está permitido recomendar a ninguna empresa. No obstante, les incluimos una lista de las casas registradas en nuestra institución como miembros del ramo de ...
7. Como anexo ustedes encontrarán nuestro último folleto sobre la UE el cual da respuesta, con seguridad, de forma exhaustiva a sus preguntas.
8. Para los productos citados por ustedes no existen en la actualidad restricciones de importación en la UE.
9. Del folleto adjunto podrán ustedes desprender para qué artículos existen contingentes.
10. Para más información o en caso de su visita, estamos con sumo gusto a su disposición en todo momento.
11. Para el tránsito por la UE necesitan ustedes: ...
12. Con gusto estamos dispuestos, en caso de necesidad, a ponerles en contacto con las firmas pertinentes (un bufete de abogados, un notario, las personas competentes).

Correspondência hoteleira
Correspondencia de hoteles

Generalidades

1 Tipos de quartos:
simples/com uma cama
duplo ou com duas camas
(camas separadas)
duplo/com duas camas
(camas juntas)
duplo com cama de casal
triplo/com três camas
cama dobrável
cama extra
cama para criança (berço)
divã/sofá/canapé
2 Instalações e mobiliário:
banheiro/chuveiro
banheiro no mesmo piso
bidê e toalete
toalete no mesmo piso
água corrente quente e fria no quarto
telefone
rádio e TV
geladeira (frigobar)
cofre
escrivaninha
canapé e poltronas (três peças)
cozinha, quitinete
guarda-roupa, quarto de vestir
sala, sala de estar
balcão, varanda, pátio/terraço, jardim
3 Localização:
quarto com face (norte, sul, leste, oeste)
sol pela manhã, à tarde, vista para ...
edifício principal, edifício novo, puxado
(ala), edifício anexo
4 Preços:
quarto com café da manhã
meia-pensão (quarto, café da manhã e uma refeição)

Generalidades

1 Tipos de habitación:
habitación individual/de una cama
habitación doble/de dos camas
(camas separadas)
habitación doble
(con camas juntas)
habitación doble con cama de matrimonio
habitación triple o de tres camas
cama plegable
cama extra
cama de niño
sofá-cama
2 Instalaciones sanitarias y mobiliario:
baño/ducha
baño en piso
bidé y servicios
servicios del piso
agua corriente caliente y fría en la habitación
teléfono
radio y televisor
refrigerador (minibar)
caja de seguridad
escritorio
sillones y sofá
cocina, cocinilla
armario, guardarropa
salón, sala de estar
balcón, veranda, terraza, jardín
3 Situación:
orientación (situado al norte, sur, este, oeste)
sol por la mañana, sol por la tarde
vista a ...
edificio principal, edificio nuevo, anejo, dependencia
con balcón (soleado)
4 Precios:
Habitación con desayuno
Media pensión (habitación, desayuno y una comida)

pensão completa (quarto, café da manhã, almoço e jantar)
preço/taxa normal (com discriminação dos serviços)
serviço, taxas, aquecimento incluso/cobrado à parte
5 Com direito a:
quadra de tênis, teleférico de esqui, piscina, piscina ao ar livre, piscina coberta, sauna, solário, campo de golfe, praia, barco a remo, veleiro, lancha
Seu hotel tem piscina própria?
A utilização da quadra de tênis está incluída no preço?
Há um professor de tênis (golfe) à disposição?
6 Transportes:
Quanto custa o serviço de carro da estação ferroviária/do aeroporto ao hotel?
Quanto tempo leva um táxi da estação ferroviária central até seu hotel?
Qual o intervalo de horários do funicular?
Qual a distância até a estação do funicular?
Os senhores oferecem serviço de traslado?

Pensión completa (habitación, desayuno, almuerzo y cena)
precio global (especificando los servicios)
Servicio, impuestos, calefacción incluidos/cuenta suplementaria
5 Con derecho a:
Pista de tenis, telesquí, piscina, piscina al aire libre, piscina cubierta, sauna, solario
Campo de golf, playa, barco de remos, barco de vela, lancha motora
¿Dispone su hotel de una piscina propia?
¿Está incluido en los precios de las habitaciones el derecho a usar la pista de tenis?
¿Disponen de un entrenador de tenis (profesor de golf)?
6 Transportes:
¿Cuánto cuesta el servicio del automóvil del hotel desde la estación/el aeropuerto hasta el hotel?
¿Cuánto tiempo se necesita en taxi desde la estación hasta el hotel?
¿Cuál es el horario del funicular?
¿Qué distancia hay hasta la estación del teleférico?
¿Ofrece el hotel tráfico de vaivén?

Pedidos especiais

Transporte

1 Carro do hotel:
Pedimos que nos busquem na estação com o carro do hotel.
2 Avião/trem:
Nosso vôo/trem n.º ..., proveniente de ..., chega às ... horas.
(Importante! Mencione sempre o local de partida, o horário de chegada e o número do vôo ou do trem. O carro do hotel poderá pegá-lo mesmo que haja atraso do avião ou do trem).
3 Carro de locadora:
Pedimos que nos mandem um carro de aluguel (se possível, um ...) ao aeroporto ou o deixem lá à nossa disposição.

Deseos especiales

Transporte

1 Vehículo del hotel:
Les rogamos nos recojan con el vehículo del hotel en la estación.
2 Avión/Ferrocarril:
Nuestro vuelo número .../tren número ... de ... llega a las ...
(¡Importante! Indíquese siempre el lugar de partida, la hora de llegada y el número del vuelo o del tren. De esta forma, el vehículo del hotel podrá también recogerles en caso de demora del avión o del tren).
3 Automóvil de alquiler:
Les rogamos nos manden un automóvil de alquiler (de ser posible, un ...) al aeropuerto o nos lo pongan allí a disposición, respectivamente.

Reservas

1 Refeições:
Pedimos que nos reservem em seu restaurante ... uma mesa junto à janela para ... pessoas, no dia ..., às ... horas.
2 Ingressos de teatro:
Por favor, reservem ... ingressos para a peça ..., no teatro ..., se possível no meio do balcão nobre (da platéia).
Por favor, reservem ... ingressos da ópera para uma das apresentações de ...
3 Os senhores poderiam providenciar a reserva de ... ingressos para o musical ...?
4 Passeio turístico pela cidade:
Pedimos que façam uma reserva em nosso nome para um passeio turístico pela cidade na manhã de ...
5 Excursão:
Pedimos que organizem para nós uma excursão para ...
Pedimos que providenciem um guia para nós para o passeio ...
6 Intérprete:
Pedimos que nos consigam um intérprete para o dia ..., das ... horas até aproximadamente ... horas.
7 Secretária:
Peço-lhes que me consigam uma secretária para correspondência comercial em ... para o dia ..., às ... horas.
8 Material:
Para nossa conferência, necessitaremos de material para escrever, lousas, uma tela de projeção (um retroprojetor, um projetor de transparências, um aparelho de vídeo, um projetor de *slides*, equipamento *multivision*, computador de mesa, aparelho de fax).

Reservas

1 Comidas:
Por favor, resérvennos para ..., a las ..., una mesa junto a una ventana, para ... personas, en su restaurante.
2 Entradas (billetes) de teatro:
Les rogamos reserven ... entradas para ... en el teatro, de ser posible en el centro del primer piso.
Por favor, reserven para una de las noches ... billetes de ópera para ...
3 Por favor, ¿podrían hacernos reservar billetes para el musical ...?
4 Visita de la ciudad:
Les ruego nos inscriban para una visita de la ciudad en la mañana del ...
5 Excursión:
Les rogamos nos organicen una excursión a ...
Les ruego nos proporcionen un guía para la excursión ...
6 Intérprete:
Les rogamos nos contraten un intérprete de ... para el ... desde las ... hasta las ... aproximadamente.
7 Secretaria:
Por favor, procúrenme una secretaria para correspondencia comercial en ... para el ... a las ...
8 Material:
Para nuestra conferencia necesitamos objetos de escritorio, pizarras, una pantalla (proyector a luz diurna, proyector de diagramas, instalación de vídeo, proyector diapositivas, equipo multivisión, ordenador portátil, aparato de fax).

Faturas de hotel

1 Modo de pagamento:
Pedimos que nos enviem a conta de despesas dos srs. ... e ... para pagamento.
2 Fatura:
Pedimos que nos enviem a fatura de quarto e café da manhã. As demais despesas serão pagas pelo sr. ...
3 Banco:
Pedimos ao nosso banco que deposite a quantia de ... em sua conta.

Facturación

1 Forma de pago:
Les rogamos nos envíen las cuentas de los señores ... y ... para su liquidación.
2 Cuenta:
Les rogamos nos envíen la cuenta de habitación y desayuno. Los extras restantes serán pagados directamente por el señor ...
3 Banco:
Hemos dado instrucciones a nuestro banco para que transfiera a su cuenta la cantidad de ...

4 Cheque:
Anexamos a esta um cheque nosso, n.º ..., no valor de ..., para pagamento da conta do sr. ..., com data de ...
5 Cartão de crédito:
Informem-nos, por favor, se os senhores aceitam ... (nome do cartão de crédito).
6 Depósito:
Faremos um depósito de ... para a reserva acima mencionada.
7 Pagamento adiantado:
Anexamos a esta o cheque n.º ..., no valor de ..., como depósito para a estada do sr. ... em seu hotel.

4 Cheque:
Adjunto les enviamos nuestro cheque bancario número ... por la cantidad de ... como pago de la cuenta del señor ... del ...
5 Tarjeta de crédito:
Les ruego nos informen si aceptan la tarjeta de crédito de ...
6 Pago a cuenta:
Con gusto les enviamos la cantidad de ... como pago a cuenta por la reserva indicada.
7 Pago por adelantado:
Adjunto les enviamos nuestro cheque número ... por la cantidad de ... como pago por adelantado de la estancia del señor ...

Esclarecimentos

1 A fatura do hotel inclui despesas no valor de ... sob a rubrica "diversos". Pedimos que nos expliquem a que se referem.
2 Sua fatura inclui ... de despesas com lavanderia (lavagem a seco). O(A) sr.(a) ... não fez uso desses serviços durante sua estada no hotel. Pedimos que nos creditem essa quantia na próxima estada em seu hotel.

Aclaraciones

1 En la cuenta del hotel, en la columna «Varios», aparece la cantidad de ... Les rogamos nos expliquen en detalle a qué corresponde.
2 En su cuenta observamos ... por lavado de ropa (limpieza en seco). El señor (la señora) ..., sin embargo, no dio ropa a lavar (limpiar) durante su estancia. Les rogamos nos abonen en cuenta este importe en nuestra próxima visita a su hotel.

Pedido de informações por escrito

Sugestões de cardápio

Temos a intenção de realizar em seu hotel um almoço (jantar) para aproximadamente ... pessoas, no dia ... Pedimos que nos enviem sugestões de cardápio e uma carta de vinhos.

Folhetos

Para um congresso de 3 dias em ..., estamos procurando um hotel com acomodações adequadas e sala de conferências para aproximadamente ... pessoas. Pedimos que nos enviem folhetos do hotel em que constem os preços.

Demanda de informaciones

Sugerencias sobre menús

Tenemos planeado almorzar (cenar) en su hotel el ... con unas ... personas. Al efecto, les rogamos nos hagan llegar sugerencias sobre menús así como una lista de vinos.

Prospectos

Para un congreso en ..., que durará dos o tres días, buscamos alojamiento adecuado así como una sala de sesiones para unas ... personas. Les rogamos nos envíen prospectos del hotel con indicación de precios.

Achados e perdidos

1 Desde a permanência do(a) sr.(a) ... em seu hotel, de ... a ..., ele(a) não consegue encontrar ... Ficaríamos muito gratos se os senhores pudessem informar-nos se esse objeto foi encontrado.
2 Durante sua estada em ..., no dia ..., o(a) sr.(a) ... perdeu a carteira (a bolsa) que continha: ... Caso os senhores a tenham encontrado, ficaríamos muito gratos se nos avisassem pelo fax ...

Objetos hallados

1 Desde su última estancia del ... al ... en su hotel, el señor (la señora) ... echa de menos el siguiente objeto: ... Les agradeceríamos si nos pudieran informar si encontraron ustedes este objeto.
2 El señor (La señora) ... perdió durante su estancia en ... el ... su monedero con el siguiente contenido: ... En caso de que hubieran hallado el mismo, les quedaríamos muy agradecidos si nos pasaran una pronta noticia por fax a nuestro número ...

Quarto, objetos de valor e objetos perdidos

Entrada no quarto (horário de chegada): conforme confirmação (normalmente entre 14 horas e 15 horas).
Desocupação do quarto: de acordo com regulamento do hotel (normalmente entre 12 horas e 14 horas).
Objetos de valor:
O hotel só se responsabiliza por objetos de valor quando são entregues à gerência e com recibo.
Objetos perdidos:
Objetos deixados pelos hóspedes não são enviados automaticamente a eles. Pergunte por escrito à gerência do hotel sobre objetos perdidos, para que se faça a busca necessária.

Habitación, objetos de valor y objetos hallados

Ocupación de la habitación:
Según confirmación (normalmente a partir de las 2 ó 3 de la tarde).
Desocupación de la habitación:
Según las normas del hotel (generalmente entre las 12 del día y las 2 de la tarde).
Objetos de valor:
El hotel sólo se hace responsable de los objetos de valor dados en custodia mediante recibo por escrito.
Objetos hallados:
Los objetos hallados no se envían al huésped automáticamente. En caso de pérdida de algún objeto, diríjase por escrito al hotel, a fin de que se proceda a una investigación adecuada.

Listas de controle

Reservas

Reservas claras, precisas.
Informe, além da data, o dia da semana.
Informe o horário aproximado de chegada. (Muitas vezes as reservas são mantidas apenas até as 18 horas.)
Em caso de ser pego no aeroporto/estação ferroviária, informe número do vôo/trem.
Se uma empresa for receber a fatura, esclarecer quem pagará o quê.

Listas de control

Reservas

Reserva clara.
Además del día de la semana, indicar la fecha.
Indicar la hora aproximada de llegada. (A menudo sólo se mantienen reservas hasta las 6 de la tarde.)
En caso de que se recojan personas, indicar el número de vuelo o del tren.
En la presentación de cuentas a las firmas, aclarar bien quién paga cada partida.

Sugestão de modelo de carta

Empresas com muita correspondência com hotéis são aconselhadas a utilizar uma carta-padrão em três vias, como segue: original mais uma cópia devem ser enviados ao hotel; essa cópia deve ser devolvida pelo hotel à empresa com a confirmação da reserva; a segunda cópia fica na empresa.
A carta-padrão deve conter:
1. Nome do hóspede
2. Data e dia da semana da chegada
3. Data e dia da semana da saída
4. Tipo de quarto
5. Horário de chegada, solicitação de traslado
6. Preferências de faturamento
7. Pedidos especiais
8. Espaço para o hotel confirmar a reserva.

Proposición de formulario

Las firmas que tienen mucha correspondencia con hoteles utilizan convenientemente una carta formulario impresa, por triplicado: El original y la primera copia se envían al hotel; el hotel, después de confirmada la reserva, devuelve la primera copia a la firma; la segunda copia la conserva la firma.
La carta formulario contiene:
1. Nombre del huésped
2. Fecha de llegada, con indicación del día de la semana
3. Fecha de partida, con indicación del día de la semana
4. Tipo de habitación
5. Hora de llegada, deseos de recogida
6. Presentación de cuenta
7. Deseos especiales
8. Lugar para confirmación de reserva por el hotel.

Telefone – fax – computador

Telefone

Vantagem: confirmação rápida
Desvantagem: possibilidade de erro
Se possível, confirme por escrito a conversação telefônica.

Fax

Vantagem: praticamente substituiu o antigo aparelho de telex porque é por escrito, pode ser assinado e tem, por essa razão, validade legal na maioria dos países.

Computador

Vantagem: a sofisticação dos programas de computador possibilitou à maioria das companhias aéreas, agências de viagens e hotéis estar conectada por rede informatizada. A reserva é imediata e garantida por um código de computador.

Teléfono – fax – ordenador

Teléfono

Ventaja: confirmación rápida
Desventaja: fuente de errores
De ser posible, las conversaciones telefónicas deben confirmarse por escrito.

Fax

Ventaja: Ha sustituido prácticamente al antiguo teletipo porque se efectúa por escrito y al llevar firma de puño y letra se reconoce jurídicamente en la mayoría de los países.

Ordenador

Ventaja: Con la sofisticación de los sistemas de software, la mayoría de las compañías aéreas, agencias de viajes y hoteles están conectados entre sí.
Un código de confirmación garantiza la reserva inmediata.

Correspondência bancária
Correspondencia bancaria

Abertura de conta

1 A fim de efetuar negócios de exportação,
   - temos a intenção de abrir uma conta corrente em seu banco.
   - pedimos que abram uma conta corrente em nome de ...
   - ficaríamos gratos se os senhores abrissem uma conta corrente sob a denominação de ...
   - solicitamos pela presente a abertura de uma conta corrente.
2 Pedimos que nos informem as formalidades/a documentação necessária(s) para abrir a conta.
3 Pedimos que nos informem as formalidades por cumprir para a abertura.
4 Agradeceríamos se nos informassem suas condições.
5 Anexamos a esta um cheque no valor de ... como depósito inicial.
6 As pessoas com assinatura autorizada e sob nossa responsabilidade legal são: (nome) (assinatura).
7 O sr. ..., sozinho, ou os srs. ... e ..., conjuntamente, poderão movimentar essa conta.
8 Estão autorizados a assinar ou o sr. ..., sozinho, ou os srs. ... e ..., conjuntamente.
9 A correspondência deverá ser remetida a ... (endereço).
10 Os extratos da conta devem ser-nos enviados
   - mensalmente.
   - toda vez que ocorrer movimentação da conta.

Apertura de cuenta

1 Para la tramitación de nuestras operaciones de exportación,
   - tenemos la intención de abrir una cuenta corriente en su Banco.
   - les rogamos establecer una cuenta corriente a nombre de ...
   - mucho apreciaríamos se sirvan abrir una cuenta corriente bajo la denominación ...
   - por la presente solicitamos la apertura de una cuenta corriente.
2 Les rogamos indicar las formalidades/ trámites a cumplir para su apertura.
3 A los efectos de apertura, les rogamos nos indiquen los trámites a seguir.
4 Mucho les agradeceríamos nos informen sobre sus condiciones.
5 Adjunto remitimos a ustedes un cheque por importe de ... como suma inicial.
6 Las personas autorizadas para firmar, y que, por lo tanto, nos obligan con su firma son: (nombre) (firma)
7 Podrán girar sobre esta cuenta el Sr. ..., solo, o los Sres. ... y ..., mancomunadamente.
8 Están autorizados para firma el Sr. ..., exclusivamente, o los Sres. ... y ..., en común.
9 La correspondencia deberá dirigirse a ...
10 Los extractos de cuenta deberán sernos remitidos por correo
   - mensualmente.
   - en cada momento que haya un movimiento de cuenta.

Encerramento de conta

1 Devido ao término de nossos negócios.

Cierre de cuenta

1 Debido al cese de nuestros negocios,

285

2 Como conseqüência da forte queda do comércio de exportação em seu país
 - solicitamos o encerramento imediato de nossa conta corrente
 - pedimos o encerramento da conta que mantemos com os senhores.
3 Pedimos que o saldo seja transferido para ...
4 Gostaríamos que transferissem o saldo a nosso favor para ...
5 O saldo a seu favor, inclusive os valores que lhes cabem de juros e comissões, será pago aos senhores tão logo recebamos seu demonstrativo.

2 Como consecuencia del fuerte retroceso del negocio de exportación a su país,
 - rogamos efectuar, con efecto inmediato, el cierre de nuestra cuenta corriente.
 - rogamos se sirvan cancelar la cuenta que mantenemos con ustedes.
3 Rogamos transferir el saldo acreedor a ...
4 El saldo que arroja la cuenta a nuestro favor deberá ser transferido a ...
5 El saldo a favor de ustedes, incluyendo las cantidades que les corresponden por concepto de intereses y comisiones, se lo pagaremos tan pronto como recibamos la liquidación.

Solicitação de crédito

1 Pedimos que nos informem sob que condições os senhores estariam dispostos a
 - abrir uma carta de crédito
 - conceder um crédito em conta corrente
 - permitir saque a descoberto
 - conceder um crédito sem aval
 - conceder um crédito com desconto de letras
 - conceder um crédito com aval
 - abrir uma carta de crédito revogável/irrevogável.
2 A fim de realizar possíveis pagamentos,
3 A fim de poder aproveitar preços de mercado vantajosos,
4 A fim de financiar a compra de matérias-primas,
5 Uma vez que temos a intenção de importar em breve quantidades consideráveis de ...,
6 Em conseqüência do forte crescimento de nossos negócios de comércio exterior,
 - pedimos que nos informem sob que condições os senhores estariam dispostos a nos conceder um crédito de curto prazo/de médio prazo/de longo prazo no valor de ...
7 Como garantia podemos oferecer-lhes
 - a concessão de todas as nossas contas por receber
 - a cessão de títulos negociáveis/mercadorias/bens imóveis/nosso depósito/nossa frota de veículos.

Solicitudes de crédito

1 Les rogamos nos indiquen las condiciones en que ustedes estarían dispuestos a
 - extender un crédito documentario.
 - conceder un crédito en cuenta corriente.
 - conceder un crédito de descubierto/en concepto de sobregiro.
 - concertar un crédito en blanco.
 - conceder un crédito en forma de descuento de letras.
 - conceder un crédito de aval.
 - efectuar la apertura de un crédito documentario revocable/irrevocable.
2 Para atender eventuales pagos,
3 Para aprovechar cotizaciones favorables del mercado,
4 A fin de financiar nuestras compras de materias primas,
5 Teniendo la intención de importar próximamente considerables cantidades de ...,
6 Como consecuencia del fuerte incremento de nuestras operaciones de comercio exterior,
 - les rogamos nos informen bajo qué condiciones estarían dispuestos a concedernos un crédito a corto plazo/medio plazo/a largo plazo por importe de ...
7 Como garantía podemos ofrecerles
 - la cesión de todos nuestros cobros pendientes.
 - la pignoración de efectos negociables/de mercancías/de bienes inmuebles/de nuestro almacén/de nuestro parque de vehículos.

8 Poderemos obter as garantias adicionais necessárias.
9 O seguro de exportação cobre 80% do risco econômico e 85% do risco político.
10 A presente serve para informar-lhes que
   - nossa empresa tem a intenção de elevar seu capital em aproximadamente ... para ..., o que significa uma garantia adicional para os senhores.
   - anexamos nossos balanços dos últimos três anos.
   - tomamos a liberdade de enviar-lhes o parecer da auditoria.
11 Caso os senhores desejem mais informações sobre a solvência de nossa empresa,
   - pedimos que contatem os seguintes fornecedores: ...
   - pedimos que entrem em contato com a Câmara de Comércio de ...

8 En caso de que ustedes deseen garantías adicionales, podríamos proporcionárselas.
9 El seguro de exportación cubre el 80 % del riesgo económico y el 85 % del riesgo político.
10 Para su información,
   - les participamos que nuestra empresa tiene la intención de realizar un aumento de capital próximamente de ... a ..., lo cual les proporcionará seguridad adicional.
   - adjunto les remitimos nuestros balances de los tres últimos años.
   - nos permitimos enviarles adjunto el informe de auditoría.
11 Para más informaciones sobre la solvencia de nuestra empresa,
   - les rogamos dirigirse a nuestros suministradores siguientes: ...
   - sírvanse ponerse en contacto con la Cámara de Comercio de ...

Remessa de documentos

1 Pedimos que instruam seu banco correspondente em ... a
   - liberar os documentos anexos contra pagamento de nossa promissória.
   - entregar ao destinatário/consignatário os documentos de embarque contra pagamento em espécie de nossa fatura n°..., de ...
   - entregar ao sacado o conhecimento de embarque e a fatura contra aceite de nossa letra de câmbio à vista de 30 dias.
2 Em relação a nosso fornecimento de ..., enviamos anexos:
   o conhecimento de embarque,
   a apólice de seguro,
   a duplicata da fatura,
   o certificado de origem
   - e pedimos que providenciem a entrega deles ao destinatário/consignatário contra pagamento de nossa fatura de n°..., num total de ...
   - e pedimos que apresentem ao sacado nossa letra de câmbio à vista de 30 dias, enviada ontem aos senhores, para aceite.

Remesa de documentos

1 Rogamos den instrucciones a su corresponsal en ... de
   - entregar los documentos adjuntos contra pago de nuestra letra.
   - entregar la documentación de embarque al consignatario contra pago al contado de nuestra factura núm. ... del ...
   - entregar la carta de porte y factura a los librados, previa aceptación de nuestra letra a 30 días vista.
2 En relación con nuestro suministro de ..., les remitimos adjunto:
   conocimiento de embarque,
   póliza de seguros,
   duplicado de factura,
   certificado de origen,
   - rogándoles efectuar la entrega a los consignatarios contra pago de nuestra factura núm. ... por un importe total de ...
   - rogándoles se sirvan presentar la letra enviada ayer para su aceptación a 30 días vista por los librados.

3   Pedimos que creditem o valor em questão em nossa conta, após dedução de suas despesas.
4   Pedimos que creditem no devido tempo o citado valor em nossa conta nesse banco.

3   Sírvanse abonar el importe en cuestión en nuestra cuenta, previa deducción de sus gastos.
4   Rogamos abonar oportunamente el importe citado en la cuenta que mantenemos con ustedes.

Extrato de conta

1   Depois de examinar o extrato enviado pelos senhores em carta de ...,
    - confirmamos pela presente que concordamos com o saldo apresentado.
    - anexamos à presente nossa declaração de concordância, devidamente assinada.
    - permitimo-nos chamar sua atenção para um erro nele encontrado
    - informamos que os senhores não nos creditaram, por engano, a quantia de ...
    - desejamos informar que o depósito efetuado em ... não foi creditado em nossa conta.
2   Pedimos que examinem esse assunto/essa diferença e nos enviem um extrato corrigido.
3   Pedimos que tomem as providências necessárias.
4   Temos certeza de que os senhores reconhecerão que nossa reclamação é fundada.
5   Tendo examinado seus encargos de juros/comissão/tarifas bancárias, lamentamos informar que não concordamos com seu extrato.
6   Como pode ser verificado pelo lançamento/lançamento contábil anexo ao extrato da conta, o crédito/débito não nos diz respeito.
7   Como o lançamento/lançamento contábil não nos diz respeito, pedimos que corrijam o extrato.
8   De seu extrato de conta datado de ... consta um lançamento no valor de ..., contendo uma anotação "conforme anexo". Esse anexo não estava junto com o extrato.
9   De acordo com nossos livros contábeis, o cheque por nós emitido em ... é no valor de ..., e não de ...

Extracto de cuenta

1   Examinado el extracto de cuenta que nos remitieron con su carta del ...,
    - les confirmamos con la presente nuestra conformidad con el saldo que arroja el mismo.
    - les adjuntamos el acuse de conformidad, debidamente firmado.
    - hemos encontrado un error sobre el cual nos permitimos llamar su atención.
    - hacemos constar que por equivocación no nos han acreditado el importe de ...
    - les informamos que no nos han abonado el ingreso efectuado el ...
2   Sírvanse examinar el asunto/esta diferencia y remitirnos un extracto rectificado.
3   Rogamos hagan las investigaciones necesarias.
4   Estamos seguros de que ustedes reconocerán que nuestra reclamación es fundada.
5   Habiendo revisado su cargo por intereses/comisiones/gastos bancarios, sentimos tener que comunicarles que no estamos de acuerdo con su cuenta.
6   Como se desprende del asiento adjunto al extracto de cuenta, el cargo/abono no nos concierne.
7   Dado que dicha nota de asiento no nos corresponde, rogamos a ustedes su rectificación/corrección.
8   El anexo a su extracto de cuenta del ... relativo al asiento por importe de ..., con la especificación «según anexo», no fue incluido en el extracto.
9   De acuerdo con nuestros libros, el cheque expedido por nosotros con fecha ... es por la cantidad de ... y no ...

10 Infelizmente não recebemos os extratos diários de nossa conta n.º ...,
 – de ... a ...
 – do n.º ... ao n.º ...
11 Supomos que tenham sido extraviados no correio.
12 Pedimos que nos enviem cópias.
13 Pedimos que os senhores examinem esse assunto imediatamente.
14 Acreditamos que se trate de um engano de sua parte e ficaríamos gratos se os senhores pudessem examinar o assunto.

10 Lamentablemente, no hemos recibido los siguientes extractos diarios de nuestra cuenta núm. ...
 – del ... al ...
 – del núm. ... al núm. ...
11 Suponemos que se extraviaron en el correo.
12 Rogamos el envío de duplicados.
13 Rogamos encarecidamente que revisen inmediatamente el asunto.
14 Estimamos que se trata de un error de su parte, por lo que mucho apreciaríamos se sirvan examinar el asunto.

Operações na bolsa de valores

1 Gostaríamos que os senhores comprassem para nós, ao menor preço possível, os seguintes títulos:
 ... ações de ...
 ... títulos da dívida pública
 ... certificados de investimento
 e debitem de nossa conta n.º ...
2 Com a intenção de aproveitar a tendência de baixa das ações do setor químico, pedimos que comprem para nós ... ações de ... a uma cotação máxima de ...
3 Pedimos que mantenham esses títulos, por nossa conta, em uma conta de custódia coletiva/depósito separado.
4 Os títulos em questão serão retirados/devem ser enviados a nós.
5 Pedimos que vendam pelo melhor preço possível os seguintes títulos depositados em nosso nome em sua instituição: ...
6 Pedimos que creditem o produto das vendas em nossa conta.
7 Aguardamos seu aviso de execução das nossas instruções.

Operaciones bursátiles

1 Les rogamos compren para nosotros, a la cotización más baja posible, los siguientes valores:
 ... acciones de ...,
 ... títulos de la Deuda Pública,
 ... certificados de inversión,
 con cargo a nuestra cuenta núm. ...
2 Aprovechando la tendencia a la baja de las cotizaciones de las acciones del sector químico, rogamos compren para nosotros ... acciones de ... al cambio de ... como máximo.
3 Rogamos mantener en custodia estos títulos-valores por nuestra cuenta, en depósito colectivo/depósito separado.
4 Los títulos-valores en cuestión serán recogidos/deberán sernos remitidos.
5 Les rogamos se sirvan vender al mejor cambio los siguientes títulos-valores que mantienen en custodia a nuestro nombre: ...
6 Sírvanse abonar el producto de la venta en nuestra cuenta.
7 Quedamos en espera de su aviso de ejecución de nuestra orden.

Pagamento por transferência de valores

1 Pedimos que nos informem se os senhores concordam com o pagamento de sua fatura de ... por meio de débito direto em nossa conta.

Movimiento de pagos por transferencia/sin efectivo

1 Les rogamos informarnos si están de acuerdo en que efectuemos en el futuro la liquidación de sus facturas para ... mediante adeudo directo en cuenta.

2 Recebemos sua transferência eletrônica n.º ..., datada de ..., a qual agradecemos.
3 Enviamos nesta seu cartão magnético, válido até ... (ano).
4 Enviamos nesta seu código para retiradas nos caixas eletrônicos.
5 O número de código anexo deve ser guardado em lugar seguro e sua perda deve ser informada imediatamente ao banco.
6 Retiradas em dinheiro ou transferências podem ser efetuadas pelo telefone n.º ..., utilizando o código anexo, que é estritamente confidencial.
7 Seu pedido de n.º ... a este banco foi encaminhado hoje pelo sistema SWIFT. O senhor será avisado assim que nossa filial no exterior confirmar que a quantia foi debitada.
8 O cartão de crédito anexo permite fazer pagamentos até o valor de ... O cartão deve ser guardado em local seguro.
9 O senhor está recebendo nesta seu novo talonário, com cheques numerados de ... a ... Anexamos também o cartão eletrônico, válido até ... (ano).
10 O cartão de crédito anexo permite-lhe fazer compras/pagamentos nas seguintes lojas e postos de gasolina: ...

2 Hemos recibido su transferencia por BTX núm. ... del ..., la cual agradecemos.
3 Adjunto le remitimos su tarjeta de cheques para el año ...
4 Como anexo, recibe usted su número clave para efectuar directamente retiradas de fondos de los cajeros automáticos.
5 La cifra codificada adjunta debe ser guardada cuidadosamente y, en caso de pérdida, informar de ello al banco.
6 Con el número clave adjunto, que deberá mantenerse estrictamente secreto, usted podrá, llamando al teléfono n.º ..., dar instrucciones para efectuar transferencias directas o retiradas de fondos.
7 Su orden bancaria n.º ... fue tramitada hoy por el sistema SWIFT. Una vez recibamos la confirmación de nuestra sucursal del exterior referente al adeudo del importe, les pasaremos el aviso correspondiente.
8 Con la tarjeta de crédito adjunta usted podrá hacer pagos sin efectivo hasta el importe de ... cada vez. Le rogamos guardarla cuidadosamente.
9 Como anexo, le remitimos sus nuevos cheques, del n.º ... al n.º ..., así como la tarjeta de cheques en vigor para el año ...
10 La tarjeta de crédito adjunta le faculta para la compra en las siguientes tiendas y estaciones de servicio: ...

Marketing e publicidade
Investigaciones de mercado y publicidad

Pesquisa de mercado

Consultas

1 Temos grande interesse em verificar o potencial de venda dos produtos que fabricamos.
2 Os senhores poderiam informar-nos o nome de duas ou mais empresas que fazem pesquisa de mercado em ...? Qual dessas firmas os senhores recomendariam?
3 Agradecemos sua carta de ..., na qual os senhores declaravam-se dispostos a realizar para nós uma pesquisa de mercado em ... Evidentemente, gostaríamos de saber quanto isso custará.
4 Seria possível os senhores realizarem também uma pesquisa parecida na região vizinha de ...?
5 Gostaríamos de saber para que empresas internacionais de renome os senhores já realizaram pesquisas de mercado em ...
6 Estamos particularmente interessados em saber que tipo de concorrência enfrentaremos.
7 Os senhores poderiam apresentar seu parecer em ... (idioma)?
8 Quanto tempo levará para os senhores nos apresentarem uma análise completa?
9 Estamos enviando nesta uma lista de empresas com as quais mantemos ótimas relações comerciais.
10 Os senhores teriam condições de realizar uma pesquisa de mercado que abrangesse toda a União Européia?

Investigación de mercado

Solicitudes

1 Estamos muy interesados en investigar las posibilidades de venta de las mercancías que producimos.
2 ¿Podrían ustedes mencionarnos una o más agencias que se encarguen de investigación de mercado en ...? ¿Cuál de ellos recomiendan ustedes?
3 Les agradecemos su carta del ... en la que nos informan que están dispuestos a realizar una investigación de mercado en ... por nuestra cuenta. Claro está que nos habría gustado saber a cuánto ascenderán los gastos.
4 ¿Podrían ustedes también hacerse cargo de una investigación correspondiente en el vecino ...?
5 Les rogamos nos informen para qué firmas, internacionalmente conocidas, ustedes ya han realizado investigaciones de mercado en ...
6 Estamos especialmente interesados en saber cuáles serían las firmas con quienes concurriríamos en el mercado.
7 ¿Pueden ustedes hacer su informe en ... (idioma)?
8 ¿Qué tiempo necesitan ustedes para hacer un informe completo?
9 Adjunto les enviamos una lista de los países con los que tenemos buenas relaciones comerciales.
10 ¿Tienen ustedes la posibilidad de elaborar un estudio de mercado para todo el ámbito de la UE?

Respostas

1. Enviamos hoje aos senhores a relação das empresas que poderiam realizar pesquisas de mercado em ...
2. Por conhecermos bem a agência ..., podemos recomendá-la aos senhores sem restrições.
3. Estamos dispostos a realizar a pesquisa de mercado em ... e agradeceríamos que ela nos fosse encomendada. Os custos deverão ser de aproximadamente ...
4. Agradecemos por nos terem contratado. Cumpriremos seu pedido o mais breve possível e, esperamos, a seu inteiro contento.
5. Caso não ocorram dificuldades imprevistas, os custos serão da ordem de ...
6. Lamentamos informar-lhes que não temos relações na região vizinha de ...
7. Recomendamos a empresa ..., de ..., cujo trabalho conhecemos muito bem.
8. Informamos com satisfação que entre nossos clientes se encontram as seguintes empresas internacionais de renome:
9. Não teremos problema em apresentar a análise em ... (idioma).
10. Infelizmente, não poderemos apresentar a análise em ... (idioma). Só temos condições de redigi-la em ... (idioma).
11. Precisaremos de ... para apresentar-lhes uma análise detalhada. Aguardamos sua manifestação o mais rápido possível e agradecemos desde já.
12. Como temos funcionários por toda a União Européia, não haverá dificuldade em apresentar-lhes essa pesquisa de mercado, que poderá ser elaborada em qualquer idioma dos países-membros.
13. Agradecemos por nos terem encarregado da pesquisa de mercado. Dentro de alguns dias, apresentaremos aos senhores uma sugestão a respeito do composto mercadológico.
14. A fim de poder executar a pesquisa de campo da melhor maneira possível, precisaremos recrutar colaboradores externos, o que encarecerá bastante o trabalho.
15. Utilizamos principalmente estudantes na execução de pesquisas de opinião. Depois, os questionários são analisados pela nossa agência de marketing.
16. Tão logo tenhamos os resultados da pesquisa de mercado, apresentaremos sugestões sobre os meios de divulgação adequados.

Respuestas

1. Hoy les enviamos una lista de empresas que podrían encargarse de la investigación de mercado en ... para ustedes.
2. Conocemos la agencia ... y podemos recomendarla plenamente.
3. Estamos dispuestos a realizar la investigación de mercado en ... y les agradeceríamos la orden correspondiente. Los costos serán de aproximadamente ...
4. Les agradecemos su orden y la ejecutaremos cuanto antes, esperando cumplirla a su entera satisfacción.
5. Si no surgen dificultades especiales, los gastos ascenderán a ...
6. Sentimos tener que informarles que no tenemos ninguna relación en el vecino país de ...
7. En ... les recomendamos la firma ... cuya forma de trabajar conocemos.
8. Por medio de la presente, les informamos que tenemos como clientes a las siguientes firmas internacionalmente conocidas:
9. Estamos dispuestos a presentarles el informe en ... (idioma).
10. Lamentablemente, no estamos en condiciones de presentarles el informe en ... Sólo podemos redactarlo en ...
11. Para suministrarles un informe completo necesitamos ... Esperamos sus noticias cuanto antes y les damos las gracias por anticipado.
12. Dado que estamos representados en todo el ámbito de la UE, no existen dificultades de ninguna clase en cuanto a la elaboración del estudio de mercado correspondiente, pudiendo ser redactado éste en cualquiera de las lenguas de la UE.
13. Les agradecemos su encargo de efectuar un estudio de mercado, a cuyo efecto les presentaremos en los próximos días una propuesta sobre el «marketing mix".
14. A fin de poder ejecutar lo mejor posible el «field research", tendríamos que recurrir a colaboradores del servicio exterior, lo cual encarecería el precio considerablemente.
15. Para la realización de encuestas empleamos, en la mayoría de los casos, estudiantes. La evaluación de los cuestionarios la lleva a cabo nuestra agencia de marketing.
16. Tan pronto tengamos la evaluación de la investigación de mercado, les podremos presentar propuestas sobre agencias de publicidad adecuadas.

17 Nossa agência é especializada em promoções de venda e poderia assisti-los de todas as maneiras.
18 Para conduzir uma pesquisa de mercado, necessitamos de informações precisas sobre o tipo do produto, seu mercado potencial e seus canais de distribuição.

17 Nuestro instituto está especializado en medidas para el fomento de ventas, pudiendo serles de utilidad de cualquier modo.
18 Para la redacción de un estudio de mercado, necesitamos datos exactos sobre la naturaleza del producto, sus posibilidades de venta y los canales de distribución.

Publicidade e relações públicas

Consultas

1 Digam-nos se os senhores estariam interessados em organizar uma campanha publicitária para nosso produto ...
2 Pedimos que nos apresentem uma proposta para uma campanha publicitária no valor de aproximadamente ... Entre os meios de divulgação deverão estar rádio, TV e jornais diários.
3 Pedimos que nos apresentem um orçamento para a divulgação de ...
4 A ... (empresa) recomendou-nos sua agência. Pedimos que nos digam qual é o composto mercadológico que os senhores recomendariam para os produtos descritos em detalhe no anexo.
5 Os senhores certamente já ouviram falar da marca ... Até hoje a agência ..., de ..., detêve nossa conta. Como não estamos mais satisfeitos com os serviços dela, gostaríamos de perguntar se há interesse de sua parte em fechar conosco um contrato de publicidade. Em caso afirmativo, quais seriam suas condições?
6 Os senhores nos foram recomendados como agência de relações públicas. Se os senhores estiverem interessados em nos representar, pedimos que contatem o(a) sr.(a) ... pelo telefone ...
7 A empresa americana ... pretende instalar-se no mercado de ... Para tanto, procura uma agência de RP. Os senhores estariam interessados?

Publicidad y relaciones públicas

Demanda de información

1 Con la presente, quisiéramos rogarles nos informen si estarían interesados en organizar para nuestro producto ... una campaña de publicidad.
2 Les rogamos se sirvan elaborarnos una oferta para una campaña publicitaria ascendente a ... aproximadamente. Los medios informativos deberán incluir radio, televisión y diarios.
3 Les rogamos hacernos una oferta publicitaria para ...
4 La empresa ... nos ha recomendado su agencia. Les rogamos comunicarnos de forma sucinta qué «marketing mix» recomendarían para los productos de nuestra casa, descritos detalladamente en el anexo.
5 La marca ... les será, seguramente, bien conocida. Hasta ahora estuvimos representados por la agencia ... de ... Dado que ya no estamos satisfechos con los servicios de ésta, quisiéramos preguntarles si están interesados en concluir un contrato publicitario. ¿Cuáles serían, en caso dado, sus condiciones?
6 Ustedes nos fueron recomendados como agencia de relaciones públicas. En caso de que estuvieran interesados en una cooperación, les rogamos ponerse en contacto con el señor (la señora) ... llamando al teléfono ...
7 La compañía americana ... proyecta establecerse en el mercado de ..., buscando al efecto una agencia de relaciones públicas. ¿Estarían ustedes interesados?

8 Nossa empresa deseja melhorar sua imagem pública em breve. Para isso, necessitamos dos serviços de uma agência experiente. Os senhores poderiam apresentar-nos uma proposta adequada e dizer qual é seu preço?

Respostas

1 Obrigado por sua carta de ... Estamos muito interessados em aceitar o contrato de publicidade de seus produtos. Propomos que o(a) sr.(a) ..., de nossa empresa, faça uma visita aos senhores para discutir o assunto em detalhe.
2 Estamos enviando junto a esta um prospecto que esclarece como conduzimos campanhas publicitárias em geral. Para a elaboração de campanhas específicas, necessitamos de informações mais detalhadas, tais como: ...
3 Ficaríamos satisfeitos em fazer a publicidade de seus produtos (sua marca ..., sua logomarca ...).
4 Como agência de relações públicas presente em toda a União Européia, dispomos de colaboradores bem-preparados, com conhecimento de idiomas, que podem atuar em qualquer país da UE. Ficaríamos satisfeitos em poder conversar pessoalmente com os senhores no momento que acharem oportuno.
5 Para a campanha publicitária que os senhores pretendem realizar, seriam bastante adequados comerciais de TV (anúncios em jornais diários, folhetos, mala direta, cartazes de rua com frases publicitárias, publicidade em sacolas e papel de embrulho, em letreiros luminosos, em ingressos ou espetáculos de teatro e cinema, reclames em veículos).
6 A análise estatística de sua pesquisa de mercado demonstra que os meios de divulgação (a estratégia de relações públicas) mais adequados seriam: ...
7 Se os senhores desejam lançar uma campanha de relações públicas para promover sua imagem, recomendamos sem sombra de dúvida os seguintes meios de divulgação: ...

8 Nuestra empresa desearía mejorar próximamente su imagen pública. Para ello necesitamos los servicios de una agencia experimentada. ¿Podrían ustedes someternos las propuestas pertinentes e indicarnos un precio aproximado?

Respuestas

1 Agradecemos mucho su carta del ... Estamos muy interesados en encargarnos de la publicidad de sus productos, proponiéndoles al efecto que nuestro(a) colaborador(a), el señor (la señora) ..., les visite personalmente para discutir los detalles.
2 Como anexo hallarán ustedes un prospecto relativo a la ejecución de campañas publicitarias de tipo general. Para la elaboración de campañas de tipo individual necesitamos los siguientes pormenores: ...
3 Mucho nos complacería hacernos cargo de la publicidad de sus productos (de su marca ..., su logotipo ...).
4 Como agencia de relaciones públicas, activa en todo el ámbito de la UE, disponemos también de colaboradores, con dotes tanto lingüísticas como técnicas, que podrían ejercer su actividad en cualquier país de la UE. Estamos a su entera disposición, en todo momento, para llevar a cabo una conversación personal.
5 Para la campaña de publicidad prevista por ustedes se prestan, en especial, «spots» publicitarios en la televisión (anuncios en diarios, circulares, eslogans publicitarios en carteleras o vallas, publicidad en bolsas y papel de envolver, propaganda por medio de anuncios luminosos, en billetes o programas de teatro y cine, propaganda en vehículos).
6 La evaluación estadística de su estudio de mercado demuestra que los medios más apropiados de publicidad (relaciones públicas) serían: ...
7 Si ustedes desearan una campaña de relaciones públicas para la promoción de imagen, les recomendamos, en todo caso, los siguientes medios publicitarios: ...

Proposta de uma agência de publicidade ou de relações públicas

1. Somos especializados na propaganda de ... e gostaríamos de vê-los incluídos em nossa clientela. Enviamos junto um folheto sobre nossos serviços.
2. Anexamos um catálogo sobre os serviços que podemos oferecer aos senhores.
3. Graças à nossa vasta rede de filiais (sucursais) por toda a UE, temos condições de oferecer-lhes um serviço que abrange um amplo espectro de divulgação.
4. Mesmo em caso de pedidos especiais, os senhores poderão contar com um serviço ultra-rápido.
5. Apresentamos aos senhores nosso novo programa publicitário informatizado. Com ele, os senhores poderão atingir seus clientes com mais rapidez e facilidade.
6. Atualmente, a publicidade é quase inconcebível sem nosso sistema ... Teremos o maior prazer em demonstrá-lo aos senhores quando desejarem.
7. Gostaríamos de apresentar nosso novo programa de publicidade na feira de ... Poderemos contar com sua presença?
8. Junto a esta, os senhores estão recebendo nosso prospecto com enorme variedade de informações e uma relação das empresas para as quais atuamos com sucesso.
9. Acreditamos poder realizar para os senhores uma publicidade muito bem-sucedida. Gostaríamos que os senhores nos dessem a oportunidade de nos conhecermos pessoalmente.
10. Nossos publicitários e relações-públicas estão a seu inteiro dispor para atendê-los em qualquer dúvida.

Oferta de una agencia de publicidad o relaciones públicas

1. Estamos especializados en la publicidad de ... y con sumo gusto les tendríamos también a ustedes entre nuestra clientela. Les remitimos adjunto nuestro perfil de méritos.
2. Les remitimos adjunto un catálogo sobre los servicios que podríamos prestar a ustedes.
3. Gracias a nuestra extensa red de sucursales en todo el ámbito de la UE, podemos ofrecer un amplio espectro de difusión.
4. También en el caso de encargos especiales, pueden contar ustedes con una rápida ejecución.
5. Permítannos presentarles nuestro nuevo programa de publicidad computerizado, con la ayuda del cual, ustedes pueden alcanzar a sus clientes con mayor rapidez y con menos problemas.
6. Sin nuestro sistema ..., la publicidad es casi inconcebible hoy en día. Con sumo agrado estamos, en todo momento, dispuestos a presentárselo.
7. En la Feria de ... tenemos la intención de presentarles nuestro nuevo programa de publicidad. ¿Podemos contar con su visita?
8. Adjunto les enviamos nuestro amplio prospecto, así como una lista de referencias de empresas para las cuales hemos actuado con éxito.
9. Creemos poder gestionar para ustedes una publicidad óptima. Permítannos darnos la oportunidad de presentarnos personalmente.
10. En el caso de preguntas relativas a publicidad o relaciones públicas, nuestro equipo de expertos está, en todo momento, a su entera disposición.

Resposta positiva a proposta de agência de publicidade ou de relações públicas

1. Agradecemos sua proposta de ... e gostaríamos muito que os senhores elaborassem uma estratégia apropriada para nós.
2. Os senhores conhecem nosso produto ... Estamos interessados em saber que estratégias publicitárias os senhores utilizariam para comercializá-lo.

Respuesta positiva a oferta de agencia de publicidad o relaciones públicas

1. Les agradecemos su oferta del ... y nos alegraría si nos elaboraran la propuesta respectiva.
2. Ustedes conocen nuestro producto ... Nos agradaría nos informaran cómo comercializarían ustedes el mismo con una publicidad eficaz.

3 Estamos bastante interessados em conhecer seu novo programa de computador. Quando os senhores poderão apresentá-lo a nós?
4 Tomamos contato com sua empresa na feira de ... e estamos interessados em suas modernas técnicas de RP. Os senhores poderiam informar-nos exatamente como as colocariam em prática para nossa empresa?
5 Planejamos para muito em breve lançar uma campanha publicitária dirigida para nossa marca ... (nosso produto ..., nossa logomarca). A verba de que dispomos é de cerca de ... (moeda). Pedimos que nos apresentem sugestões.
6 Seu catálogo de publicidade e relações públicas agradou-nos bastante. Gostaríamos de saber quando um de seus especialistas poderá fazer-nos uma visita.
7 Como fomos obrigados recentemente a fechar nosso departamento de RP por motivos de racionalização, desejamos terceirizar esse trabalho. Assim, gostaríamos que os senhores nos apresentassem uma proposta concreta.
8 A publicidade torna-se cada vez mais sofisticada, de modo que decidimos confiar esse trabalho a uma equipe externa de publicitários experientes. Os senhores poderiam dar-nos apoio nisso?

3 Su nuevo programa computerizado nos interesaría mucho. ¿Podrían ustedes demostrárnoslo oportunamente?
4 Habiendo conocido su empresa en la Feria de ..., nos interesamos por las modernas propuestas que ustedes hacen en cuanto a relaciones públicas. ¿Nos podrían decir concretamente cómo podrían aplicar éstas a nuestra firma?
5 En el próximo futuro, planeamos una campaña publicitaria encauzada a nuestra marca ... (nuestro producto ..., nuestro logotipo ...), para la cual disponemos de un presupuesto publicitario de unos(as) ... (moneda). Les rogamos se sirvan hacernos llegar sus propuestas.
6 Su catálogo de publicidad y relaciones públicas nos ha gustado mucho. Les rogamos nos informen cuándo podríamos convenir una fecha para una visita de uno de sus expertos en nuestra casa.
7 Dado que hace poco tuvimos que cerrar, por razones de racionalización, nuestro departamento de relaciones públicas, quisiéramos adjudicar ahora esta tarea a otra empresa. Les rogamos nos hagan una oferta concreta.
8 La publicidad se está volviendo cada vez más sofisticada.:
Por ello, nos hemos decidido a ceder esta actividad en el futuro a un equipo experimentado en cuanto a publicidad fuera de nuestra empresa. ¿Podrían ustedes darnos su apoyo al respecto?

Resposta negativa a proposta de agência de publicidade ou de relações públicas

1 Agradecemos sua proposta de ..., mas, devido aos custos, infelizmente temos de recusá-la.
2 Como há muitos anos temos um departamento de propaganda e RP próprio, não poderemos aceitar sua proposta bastante interessante.
3 Seu prospecto interessou-nos bastante. Todavia, no momento não estamos planejando uma campanha publicitária ou de relações públicas.
4 A recessão econômica mundial obrigou-nos, infelizmente, a cortar a verba de publicidade deste ano, devido a custos.

Respuesta negativa a oferta de una agencia de publicidad o relaciones públicas

1 Les agradecemos su oferta del ... la cual sentimos, no obstante, tener que rehusar por sus altos costes.
2 Dado que efectuamos desde hace años en un departamento propio publicidad y relaciones públicas, sentimos no poder hacer uso de su verdaderamente interesante oferta.
3 Su prospecto nos ha interesado mucho. No obstante, en la actualidad no planeamos ninguna campaña publicitaria o de relaciones públicas.
4 La recesión económica en todo el mundo nos obliga este año, desgraciadamente, a renunciar a toda clase de publicidad, debido a los elevados costes.

5 Como nossa marca ... (nosso ... [produto], ... nossa logomarca) é bastante conhecida, não temos planos no momento de fazer nenhuma campanha publicitária.
6 Sua proposta parece muito boa, mas ultrapassa em muito a verba destinada para esse fim.
7 Sentimos informar os senhores de que outra agência de propaganda (equipe de RP) já foi contratada.
8 O programa de composto mercadológico elaborado pelos senhores para nossa empresa não nos agradou. Confiamos mais na publicidade convencional nos veículos de comunicação. Esperamos que entendam nossa decisão.

5 Dado que nuestra marca ... (nuestro producto ..., nuestro logotipo) es en la actualidad bastante conocida(o), no proyectamos hacer más publicidad.
6 Si bien su oferta parece ser muy ventajosa, desde el punto de vista de los costes, sobrepasa, con mucho, el margen que nos habíamos señalado.
7 Lamentamos tener que comunicarles que hemos encargado ya el asunto a otra agencia de publicidad (a otro equipo de relaciones públicas).
8 El programa de «marketing mix» concebido por ustedes no nos agrada mucho. Confiamos más en nuestra publicidad convencional en los medios informativos. Les rogamos tengan comprensión por ello.

Cartas de recomendação, cartas de apresentação, solicitações de emprego

Cartas de recomendación, cartas de presentación, solicitudes de empleo

Notificação de visita

1 O(A) sr.(a) ..., da empresa ..., viajará nos próximos dias (semanas) para ... e, seguindo minha recomendação, vai visitá-lo(a).
2 O propósito da visita do(a) sr.(a) ... a sua cidade é participar da feira de ...

Anunciando a un visitante

1 El Sr. (La Sra.) ... de la casa ... se desplazará en los próximos días (semanas) a ... y, siguiendo mi recomendación, le hará una visita.
2 El propósito de la visita del Sr. (de la Sra.) ... es asistir a la Feria de ... en su ciudad (en ésa).

Pedido de assistência

1 É possível que o(a) sr.(a) ... precise de um conselho ou uma ajuda ao visitar sua cidade.
2 Como o(a) senhor(a) é especialista na área de ..., eu ficaria grato(a) se pudesse auxiliar o(a) sr.(a) ... nas eventuais dúvidas que tenha sobre o assunto.
3 Já que o(a) sr.(a) ... não tem relações com a empresa ..., seria muito amável de sua parte se pudesse colocá-lo(a) em contato com as pessoas certas (as autoridades competentes, os órgãos competentes).
4 Entreguei ao(à) sr.(a) ... uma breve carta de apresentação para os senhores.
5 Tenho certeza de que o(a) senhor(a) poderá dar ao(à) sr.(a) ... algumas indicações (informações) úteis sobre a situação de mercado em ...
6 Ficaremos muito gratos pela ajuda que puderem prestar ao(à) sr.(a) ...

Petición de ayuda

1 Pudiera ser posible que el Sr. (la Sra.) ... necesitara consejo o ayuda durante su visita (estancia) en ésa.
2 Dado que usted es experto(a) en el sector del ... (de la ...), le quedaría muy agradecido si pudiera asistir al Sr. (a la Sra.) ... dándole respuesta a las preguntas pertinentes.
3 Dado que el Sr. (la Sra.) ... no tiene relación alguna con la firma ..., sería muy amable de usted si pudiera ponerle(la) en contacto con las personas (autoridades, centros oficiales competentes) adecuadas.
4 He entregado al Sr. (a la Sra.) ... una breve carta de presentación dirigida a usted.
5 Seguramente que usted podrá dar al Sr. (a la Sra.) ... algunas indicaciones (informaciones) útiles sobre la situación del mercado en ...
6 Le (La) quedamos muy agradecidos por cualquier apoyo que pueda dar al Sr. (a la Sra.) ...

Informações sobre novos funcionários

1 O(A) sr.(a) ... mencionou os senhores como referência em sua solicitação de emprego.
2 Soubemos que o(a) sr.(a) ... já trabalhou para os senhores.
3 Seu antigo funcionário, sr. ..., está pleiteando uma vaga em nossa empresa.
4 O(A) sr.(a) ... candidatou-se à vaga que estamos oferecendo e citou os senhores como referência.
5 Que informações os senhores poderiam prestar-nos sobre o(a) sr.(a) ...?
6 Gostaríamos que os senhores nos revelassem sua opinião sobre o(a) sr.(a) ... como funcionário.
7 Qual sua opinião sobre as qualidades profissionais e pessoais do(a) sr.(a) ...?
8 Gostaríamos de saber se o(a) sr.(a) ..., seu(sua) antigo(a) ..., mostrou-se eficiente nesse cargo.
9 O que motivou o(a) sr.(a) ... a sair de sua empresa?
10 Os senhores acreditam que o(a) sr.(a) ... tem condições de exercer essa função?

Información sobre nuevos empleados

1 El señor (La señora) ... les ha mencionado a ustedes como referencia en su solicitud de empleo.
2 Se nos ha informado que el señor (la señora) ... estuvo empleado(a) anteriormente con ustedes.
3 Un antiguo empleado de ustedes, el señor ..., ha solicitado una plaza en nuestra firma.
4 El señor (La señora) ... ha contestado nuestra oferta de empleo y les ha mencionado a ustedes como referencia.
5 ¿Qué información acerca del señor (de la señora) ... podríamos recibir de ustedes?
6 Nos complacería conocer la opinión que ustedes se han formado del señor (de la señora) ... como empleado(a).
7 ¿Cómo juzgan ustedes las cualidades profesionales y humanas del señor (de la señora) ...?
8 Quisiéramos saber si el señor (la señora) ..., su antiguo(a) ..., desempeñó bien esa posición.
9 ¿Por qué motivos dejó de trabajar con ustedes el señor (la señora) ...?
10 ¿Creen ustedes que el señor (la señora) ... puede desempeñar esa función?

Treinamento/capacitação

1 Pedimos que nos informem quando o(a) sr.(a) ... poderá apresentar-se em sua fábrica para o treinamento inicial.
2 Consideramos muito importante que o(a) sr.(a) ... receba treinamento inicial sobre o manejo do equipamento.
3 O treinamento deve ser iniciado o mais rápido possível.
4 Reservamos ... dias para o treinamento inicial (a capacitação).
5 Confirmamos pela presente que a capacitação (o treinamento inicial) do(a) sr.(a) ... deverá ocorrer em ..., como solicitado.
6 Garantimos uma vaga para o(a) sr.(a) ... em nosso próximo curso de capacitação.
7 Uma experiência de muitos anos e uma excelente equipe de treinamento são nossa garantia de que o curso de treinamento satisfará a todas as exigências.

Capacitación

1 Les rogamos nos informen cuándo puede el señor (la señora) ... ir a la fábrica para capacitarse en su trabajo.
2 Para nosotros es muy importante que el señor (la señora) ... aprenda el manejo de la instalación.
3 El aprendizaje debe realizarse cuanto antes.
4 Estimamos que la capacitación exige ... días.
5 Por medio de la presente, les confirmamos la fecha deseada del ... para la capacitación del señor (de la señora) ...
6 Les aseguramos que en nuestro próximo curso de capacitación reservaremos una plaza al señor (a la señora) ...
7 Una experiencia de muchos años y un personal técnico-docente de primera clase les garantizan que la capacitación responde a todas las exigencias.

Referência favorável

1 Em resposta a seu pedido de informações de ... sobre o(a) sr.(a) ..., tenho o prazer de confirmar que ele (ela) foi funcionário(a) de nossa empresa durante ... anos e que seu trabalho teve sempre um nível excelente.
2 Sempre consideramos o(a) sr.(a) ... como pessoa que cumpre seu trabalho, de extrema confiança e boa aparência.
3 Posso recomendar-lhes o(a) sr.(a) ... sem restrição alguma.
4 Conhecemos o(a) sr.(a) ... de longa data como parceiro comercial digno de confiança.
5 O(A) sr.(a) ... trabalha em nossa empresa há muitos anos e goza da confiança e da simpatia de todos.
6 O(A) sr.(a) ... é uma pessoa comunicativa, cordial, altamente confiável e consciente do trabalho.
7 Por iniciativa própria, o(a) sr.(a) ... participou de ... cursos e seminários de capacitação em serviço.
8 Tenho certeza de que o(a) sr.(a) ... executará conscienciosamente todas as tarefas sob sua responsabilidade.
9 Só temos uma opinião extremamente positiva sobre o(a) sr.(a) ... e, portanto, podemos recomendá-lo(a) sem hesitação.
10 Lamentamos muito a saída do(a) sr.(a) ... de nossa empresa, pois ele(a) sempre cumpriu o trabalho com precisão, pontualidade e confiabilidade.

Referência vaga

1 O(A) sr.(a) ... realmente trabalhou em nossa empresa de ... a ...
2 O(A) sr.(a) ... trabalhou em nosso departamento de ..., de ... a ..., e era responsável por ...
3 Infelizmente não podemos dar mais informações sobre o(a) sr.(a) ...
4 O(A) sr.(a) ... sempre se esforçou em executar conscienciosamente as tarefas que lhe eram confiadas.

Referencia positiva

1 En respuesta a su petición de informes del ... sobre el Sr. (la Sra.) ..., me complace confirmar que éste (ésta) estuvo ... años al servicio de nuestra empresa y que desempeñó siempre su trabajo de manera excelente.
2 Hemos considerado siempre al Sr. (a la Sra.) ... como persona cumplidora en su trabajo y digna de toda confianza y sumamente simpática.
3 Puedo recomendarle al Sr. (a la Sra.) ... sin reparos.
4 Conocemos al Sr. (a la Sra.) ... desde hace muchos años como socio(a) de confianza.
5 El Sr. (La Sra.) ... está al servicio de nuestra empresa desde hace muchos años y goza en todas partes de la máxima confianza y evidentes simpatías.
6 El Sr. (La Sra.) ... es persona comunicativa, amable y merecedora de la máxima confianza y siempre concienzuda en su trabajo.
7 El Sr. (La Sra.) ... asistió por iniciativa propia a cursillos y seminarios de perfeccionamiento.
8 Estoy seguro de que el Sr. (la Sra.) ... ejecutará esmeradamente cualquier tarea que exija responsabilidad.
9 Sólo podemos emitir una opinión sumamente positiva sobre el Sr. (la Sra.) ..., no viendo ningún inconveniente en recomendarle(la).
10 Hemos lamentado mucho que el Sr. (la Sra.) ... haya abandonado nuestra casa, ya que siempre realizó su trabajo con suma puntualidad y fiabilidad.

Referencia vaga

1 Es cierto que el Sr. (la Sra.) ... estuvo empleado(a) en nuestra empresa del ... hasta el ...
2 El Sr. (La Sra.) ... trabajó del ... al ... en nuestro departamento de ..., estando encargado(a) de las tareas de ...
3 Desgraciadamente no podemos dar pormenores sobre el Sr. (la Sra.) ...
4 El Sr. (La Sra.) ... se ha esforzado siempre en cumplir escrupulosamente las tareas que se le confiaron.

5 O(A) sr.(a) ... tinha como incumbência realizar serviços gerais de escritório no departamento de ... Não houve motivo de reclamações.
6 Lamentamos dizer que não podemos dar-lhes informações mais detalhadas sobre o trabalho do(a) sr.(a) ... em nossa empresa, pois seu(sua) superior(a) imediato(a) daquela época não trabalha mais conosco.

5 El Sr. (La Sra.) ... tenía la tarea de realizar los trabajos propios de oficina en el departamento de ..., no habiendo existido motivo alguno de queja.
6 Sentimos tener que participarles no estar en condiciones de proporcionarles información más detallada sobre el Sr. (la Sra.) ..., debido a que el jefe encargado ya no está a nuestros servicios.

Cartas de solicitação de emprego

Frases introdutórias

1 Soube por intermédio de ... que os senhores estão procurando um(a) ...
2 Soube por meio da central de empregos daqui que os senhores procuram um(a) experiente ...
3 Pela presente, gostaria de candidatar-me ao cargo anunciado de ...
4 O(A) sr.(a) ... disse-me que os senhores têm uma vaga para ... Tenho bastante interesse por esse emprego e acredito possuir as qualificações necessárias.
5 Fui informado(a) pelo(a) sr.(a) ... que há em sua empresa uma vaga para ... Tomo a liberdade de candidatar-me a ela.
6 Fiquei muito interessado ao ler no jornal (na revista) ..., de ..., que os senhores procuram um(a) ... para começar em ...
7 Gostaria de candidatar-me à vaga de ...

Detalhes complementares

1 Envio junto a esta meu *curriculum vitae* (um resumo de meu histórico profissional/uma lista de referências/um resumo de minha formação e experiência profissional).
2 Peço que vejam no *curriculum vitae* anexo as informações sobre minha escolaridade e experiência profissional.
3 De ... a ..., trabalhei como ... e disponho de ótimos conhecimentos na área de ...
4 Tenho ... anos, sou ... (nacionalidade) e após a conclusão dos estudos passei por capacitação em ...

Solicitudes de empleo

Frases de introducción

1 Como desprendo de ..., buscan ustedes con efecto al ... un (una) ...
2 A través de la delegación de ésta del Inem, me he enterado de que ustedes buscan un (una) ... versado(a).
3 Con la presente, solicito la plaza sacada a concurso (oposiciones) por ustedes de ...
4 El Sr. (La Sra.) ... me dijo que ustedes tienen una vacante para el cargo de ... Estaría muy interesado(a) en esta plaza y creo que reúno los requisitos indispensables.
5 Por el Sr. (la Sra.) ... me he enterado de que en su empresa está vacante una plaza para el cargo de ..., a cuyo efecto quisiera presentar mi candidatura.
6 Con interés he leído en el periódico (la revista) ... del ... que ustedes buscan un(a) ... a partir del ...
7 Quisiera presentar mi candidatura para la plaza de ...

Detalles complementarios

1 Les remito adjunto mi currículum vitae (una breve relación de mi historial profesional/una lista de referencias/un resumen de mi formación y experiencia profesional).
2 Del currículum vitae adjunto podrán ustedes desprender detalles de mi historial escolar y profesional.
3 He trabajado del ... al ... como ..., disponiendo de profundos conocimientos en el sector del (de la) ...
4 Tengo ... años de edad, soy de nacionalidad ... y, después de terminar la escuela (el colegio), he absuelto un aprendizaje como ...

5 Depois de receber o diploma escolar, completei minha formação profissional como ... (p. ex., administrador de empresas/chefe de escritório) na empresa ...
6 Concluí recentemente o curso de ... na Universidade de ...
7 Em ..., recebi o diploma de secretária com formação em inglês, francês e alemão, o qual é reconhecido em toda a UE.
8 O diploma europeu de ... que recebi comprova minha capacidade para trabalhar em qualquer país da UE como ...
9 Após ... anos de experiência profissional na área de ..., pretendo agora mudar de área e adquirir experiência em ...
10 Soube que os senhores dão preferência a colaboradores com experiência em informática. Como tenho diploma universitário em informática, possuo excelente conhecimento nessa área.
11 Meu salário atual é de ... (moeda) por ano.
12 Em meu cargo atual recebo um salário mensal (anual) de ... (moeda).
13 Se os senhores desejarem mais informações a meu respeito, posso apresentar-lhes como referência algumas pessoas que se disporão a fornecê-las.
14 As seguintes pessoas estão prontas a dar referências sobre mim: ...
15 Anexo a esta declarações de meus empregadores anteriores.
16 Meu atual empregador está ciente de minha candidatura a esse cargo. Assim, os senhores podem sentir-se à vontade para consultá-lo sobre mim.
17 Posso pedir demissão de meu atual emprego no dia ... Dessa forma, só teria condições de começar a trabalhar em sua empresa a partir de ...
18 Como estou desempregado, poderei iniciar imediatamente.

Frases finais

1 Eu ficaria grato(a) se os senhores pudessem marcar uma entrevista comigo.
2 Estou à sua inteira disposição para uma entrevista a fim de esclarecer quaisquer dúvidas.

5 Después de terminar la escuela hice mi formación profesional como ... mercantil en la empresa ...
6 Acabo de terminar mis estudios como ... en la Universidad de ...
7 El ... recibí el diploma de secretaria europea reconocida en el ámbito de la UE en los idiomas inglés, francés y alemán.
8 Con la obtención del diploma europeo como ... he aducido la prueba que estoy en condiciones de trabajar en cualquier país de la UE como ...
9 Después de ... años de experiencia profesional en el ramo de ..., quisiera ahora cambiar de empleo para adquirir algunas experiencias en el ramo de ...
10 Me he enterado de que atribuyen especial importancia a cooperadores familiarizados en el PED. Dado que poseo un estudio completo de informática, puedo demostrar conocimientos en este campo.
11 Mi sueldo actual es de ... (moneda) por año.
12 Mi plaza actual está remunerada con ... (moneda) mensualmente (anualmente).
13 En caso de que deseen información sobre mi persona, les puedo dar en todo momento referencias.
14 Las siguientes personas están dispuestas a dar referencias sobre mí: ...
15 Adjunto copias de los certificados de mis anteriores patronos.
16 Mi actual patrono está informado sobre mi candidatura, por lo que se pueden dirigir a él, en todo momento, en cuanto a referencias.
17 Podría avisar mi cese en mi actual empleo con efecto al ..., con lo que me sería posible comenzar en su empresa a partir del ...
18 Dado que de momento estoy desocupado, estaría inmediatamente a su disposición.

Frases finales

1 Les quedaría muy agradecido si me dieran pronto oportunidad de celebrar una entrevista con ustedes.
2 Para esclarecer cuestiones adicionales, estoy en todo momento a su disposición para celebrar una entrevista personal.

3 Peço que me informem sua decisão pelo telefone ... (número) ou pelo fax ... (número).
4 Ficaria grato(a) se, ao preencher essa vaga, os senhores se lembrassem de minha candidatura e de que estou à sua disposição para uma entrevista.
5 Estou à disposição para uma entrevista quando desejarem. Meu telefone é ... Se não me encontrarem, ficaria grato(a) se deixassem uma mensagem na secretária eletrônica. Retornarei a chamada imediatamente.
6 Peço-lhes que mantenham sigilo sobre minha candidatura e aguardo com interesse sua resposta.
7 Agradeço antecipadamente por sua pronta resposta.

3 Les ruego me informen de su decisión llamándome al teléfono (fax) ...
4 Les agradecería me tuvieran en cuenta al ocupar esta plaza, a cuyo efecto estoy, en todo momento, con sumo gusto a su disposición para celebrar una entrevista personal.
5 Estoy a su disposición, también a corto plazo, para una entrevista. Mi número de teléfono es el ... En caso de que no me alcanzaran personalmente, les agradecería dejaran recado en mi contestador automático para telefonearles inmediatamente.
6 Rogándoles tratar mi candidatura de manera estrictamente confidencial, quedo con interés en espera de sus noticias.
7 Les doy gracias anticipadas por una pronta respuesta.

Resposta a pedido de emprego e convite para entrevista

1 Agradecemos seu pedido de ... para a vaga de ...
2 Lemos com grande interesse seu anúncio nos classificados de "Empregados oferecem-se" no jornal (revista) ...
3 Pedimos que preencha a ficha de solicitação de emprego anexa e que a traga para a entrevista.
4 O(A) sr.(a) ..., chefe do Departamento de Pessoal de nossa empresa, vai recebê-lo(a) para uma entrevista de apresentação em ...
5 Temos a satisfação de informar-lhe que estamos interessados em sua candidatura e pedimos que o(a) sr.(a) se apresente em ... (data) ao(à) sr.(a) ... para entrevista.
6 Pedimos que compareça ao nosso Departamento de Pessoal em ..., às ... horas. Por favor, confirme essa data por escrito ou por telefone.
7 As eventuais despesas de viagem serão pagas por nós.

Respuesta a solicitud de empleo e invitación a personarse para entrevista

1 Le agradecemos su solicitud de empleo del ... para la plaza de ...
2 Con sumo interés hemos leído su anuncio en la columna «Solicitudes de Empleo» en el periódico (la revista) ...
3 Sírvase rellenar el formulario de candidatura adjunto y traerlo para la entrevista.
4 El Sr. (la Sra.) ..., jefe(a) de nuestra sección de personal, se complacerá en recibirle(la) el ... para celebrar una entrevista personal.
5 Me alegra comunicarle que estamos interesados en su candidatura, por cuyo motivo le rogamos personarse el ..., a las ..., al Sr. (a la Sra.) ... para una entrevista.
6 Sírvase presentarse el ..., a las ..., en nuestro departamento de personal, a cuyo efecto le rogamos confirmar esta cita por escrito o por teléfono.
7 Los gastos de viaje que se le pudieran ocasionar correrán de nuestra cuenta.

Emprego concedido

1 Depois de nossa conversa (entrevista) em ..., estou satisfeito em poder oferecer-lhe o cargo de ... em nossa empresa.
2 Teremos a satisfação de admiti-lo(a) em nosso departamento, na função de ..., a partir de ...
3 Temos a satisfação de informar-lhe que, a partir de ..., o(a) senhor(a) passará a ser nosso(a) estagiário(a) em ...
4 Confirmamos pela presente que a partir de ... o(a) admitiremos na função de ..., recebendo um salário de ..., com um período de experiência de ... meses.
5 Sua admissão ocorrerá nas seguintes condições: ...

Aceptación de servicios

1 Como continuación a nuestra conversación (entrevista) del ..., me complace poder ofrecerle la plaza de ... en nuestra empresa.
2 Nos complace admitirle con efecto al ... en nuestro departamento de ... como ...
3 Nos complace participarle que ha obtenido una plaza de formación profesional como ... con efecto a partir del ...
4 Con la presente, le confirmamos que, con efecto al ..., le admitimos a nuestros servicios como interino con un sueldo de ... para un período de prueba de ... meses.
5 Su colocación está supeditada a las siguientes condiciones: ...

Recusa de solicitação de emprego

1 Agradecemos sua solicitação de ..., mas, infelizmente, não podemos contar com o(a) sr.(a) para a vaga (o[a] sr.[a] não estava entre os candidatos finais/o cargo vago já foi ocupado/a vaga foi ocupada por um funcionário nosso).
2 Como o número de candidatos foi inesperadamente alto, infelizmente o(a) sr.(a) não ficou entre os candidatos finais.
3 Devido à má situação dos negócios, infelizmente não temos vagas (estágios) para oferecer no momento.
4 Agradecemos o interesse demonstrado, mas pedimos que compreenda que não pudemos aceitar seu pedido de emprego.

Rehusamiento de candidatura

1 Le agradecemos su solicitud de empleo del ... y sentimos tener que participarle que no pudimos atender la misma (que no se la tuvo en consideración en la elección de solicitantes/que ya hemos ocupado la vacante/que la plaza fue ocupada por un miembro de nuestra plantilla).
2 Dado que el número de solicitantes fue extraordinariamente elevado, no pudimos, por desgracia, tenerle en consideración al realizar la selección.
3 Debido a la precaria situación de los negocios, lamentamos no poder ofrecer por el momento una plaza (puestos adicionales de formación profesional).
4 Le agradecemos el interés mostrado y le rogamos tenga comprensión de que no podamos atender su oferta de servicios.

Demissão pelo empregador

1 Informamos pela presente que seu contrato de trabalho estará rescindido a partir de ...

Despido por parte del patrono

1 Con la presente, le participamos que, con efecto al ..., hemos rescindido su contrato de trabajo.

2 Lamentamos comunicar-lhe que nossa empresa não precisará mais de seus serviços após o período de experiência.
3 Pedimos que considere esta carta como aviso formal de seu desligamento da empresa.
4 Devido às medidas de racionalização em nossa empresa, infelizmente vemo-nos obrigados a encerrar seu contrato de trabalho a partir de ...
5 Como o departamento em que o(a) senhor(a) trabalha será desativado em conseqüência da reestruturação de nossa empresa, vemo-nos obrigados a demiti-lo em ...

2 Lamentamos tener que comunicarle que nuestra empresa no está dispuesta a continuar haciendo uso de sus servicios una vez terminado el periodo de prueba.
3 Sírvase considerar la presente como despido con carácter oficial.
4 Debido a las medidas de racionalización llevadas a cabo en nuestra empresa, lamentamos vernos obligados a rescindir su contrato de trabajo con efecto al ...
5 Dado que dentro del marco de la reestructuración de nuestra empresa, el departamento en que usted presta sus servicios quedará eliminado, nos vemos, muy a pesar nuestro, obligados a relevarle de su cargo.

Demissão por parte do empregado

1 Como aceitei o convite para ocupar o cargo de ... a partir de ..., desejo pela presente afastar-me desta empresa na data de hoje.
2 Peço que aceitem meu pedido de demissão do cargo de ... a partir de ...
3 Ficaria grato(a) se aceitassem meu pedido de demissão a partir de ...
4 Apresento nesta meu pedido de demissão, obedecendo ao prazo de aviso prévio, a partir de ...
5 Como terei oportunidade de utilizar meus conhecimentos de ... (idioma) em outra empresa, decidi encerrar meu contrato de trabalho com os senhores a partir de ...
6 Como me ofereceram a oportunidade de trabalhar por algum tempo no exterior, peço-lhes que cancelem meu contrato de trabalho com os senhores a partir de ...

Cese por parte del empleado

1 Dado que, con efecto al ..., se me ofreció un empleo como ..., con la presente quisiera rescindir, con efecto a partir del ..., la relación laboral con ustedes.
2 Sírvanse aceptar con efecto al ... mi cese en el cargo de ...
3 Les agradecería aceptasen mi cese con efecto al ...
4 Con la presente, rescindo a su debido plazo mi relación laboral con ustedes con efecto al ...
5 Dado que puedo aprovechar mis conocimientos lingüísticos de ... en otra empresa, he decidido rescindir mi relación laboral con ustedes con efecto al ...
6 Dado que se me ofreció la posibilidad de trabajar cierto tiempo en el extranjero, les ruego rescindir mi relación laboral con ustedes con efecto al ...

Correspondência de transportes
Correspondencia en el sector de transportes

Frete aéreo

Consulta a transportadora

1 Seu endereço nos foi dado por sua embaixada (seu consulado, sua câmara de comércio e indústria etc.).
2 Os senhores teriam condições de transportar nossa mercadoria por via aérea e, em caso afirmativo, sob que condições? Gostaríamos que nos respondessem sem demora.
3 Enviem-nos, por favor, uma cópia da regulamentação de transporte de carga aéreo.
4 Obtivemos seu endereço na publicação técnica "…".
5 Passaremos a enviar nossos produtos – mercadorias normais – por frete aéreo a Buenos Aires, Londres, Paris, Madri, Lisboa e Munique. Serão embalados em caixas de papelão de 34 x 34 x 50 cm, com peso médio unitário de 35 kg. Informem-nos, por favor, os custos por partida da fábrica ao aeroporto de destino.
6 Informem-nos, por favor, quanto custa fretar um avião para transporte de …
7 Nossa remessa semanal para … (local) totaliza … toneladas. Pedimos que negociem para nós uma tarifa especial com … (nome da companhia aérea).
8 Existe a possibilidade de enviar uma máquina (não embalada, em palete de madeira medindo …) em um avião cargueiro para … e, em caso afirmativo, sob que condições?
9 Pedimos que verifiquem se nossos produtos (veja o prospecto anexo) estão sujeitos a restrições de transporte por via aérea.

Carga aérea

Solicitud a la agencia de transportes

1 La Embajada (El Consulado, La Cámara de Industria y Comercio, etc.) de su país nos facilitó su dirección.
2 ¿Pueden ustedes transportar nuestra mercancía como carga aérea, y bajo qué condiciones? Por favor, infórmennos brevemente al respecto.
3 Les rogamos nos envíen los reglamentos legales para el transporte de carga aérea.
4 Su dirección la tomamos de la revista especializada «…».
5 En el futuro expediremos nuestros artículos – se trata de mercancía normal – envasados en cajas de cartón de 34 x 34 x 50 cm, peso promedio 35 kg por unidad, por carga aérea a Buenos Aires, Londres, París, Madrid, Lisboa y Múnich. Les rogamos nos informen sobre el costo del transporte por remesa, desde la fábrica hasta los aeropuertos de destino.
6 Les rogamos nos informen del costo del flete de un avión para el transporte de …
7 Nuestra carga semanal hacia … asciende a … toneladas. Les rogamos convengan una tarifa especial con la compañía aérea …
8 ¿Existe una posibilidad de enviar una máquina (sin embalar, sobre tablas, cuyas dimensiones son …) en un avión exclusivamente de carga hacia … y bajo qué condiciones?
9 Les rogamos examinen si nuestros productos (véase prospecto adjunto) están sujetos a restricciones en el transporte como carga aérea.

0 Quando nos serão enviadas as taxas de reembolso contra entrega de mercadoria recebidas pelos senhores no conhecimento aéreo n.º ...?
1 Os senhores podem expedir uma remessa de ... kg para ... pela ... (companhia aérea)?
2 Não ficou claro pela correspondência que trocamos até agora se os senhores são filiados à IATA ou não. Como essa informação é muito importante para nós, pedimos que nos esclareçam a respeito.
3 É muito importante para nós que os senhores sejam uma empresa filiada à IATA.

10 ¿Cuándo nos remitirán la cantidad que ustedes percibieron como reembolso contra entrega de mercancía, según la hoja de transporte de carga aérea n°....?
11 ¿Pueden ustedes encargarse de expedir por carga aérea, a través de la ... (compañía aérea), una remesa de ... kg a ...?
12 En la correspondencia que hasta ahora hemos mantenido no se aclara si ustedes son agentes de la IATA. Como esto es de especial importancia para nosotros, les rogamos nos informen al respecto.
13 Damos gran importancia a que ustedes posean la licencia de la IATA.

Resposta da transportadora

1 Em resposta a sua consulta datada de ..., informamos os seguintes detalhes: ...
2 Sua mercadoria está prevista na lei tarifária n.º ...
3 O custo de frete do aeroporto de ... ao aeroporto de ... é de ... por quilograma.
4 A retirada das mercadorias em sua fábrica e sua tramitação no aeroporto (a expedição do conhecimento aéreo, o trâmite alfandegário etc.) são calculados com base na tarifa de frete aéreo para serviços adicionais, que anexamos à presente.
5 Caso os senhores ainda tenham dúvidas, teremos prazer em esclarecê-las.
6 De acordo com sua solicitação, enviamos junto a esta a regulamentação de transporte de carga aéreo.
7 Pelo que pudemos apurar, suas mercadorias não estão sujeitas a restrições de transporte.
8 O preço do afretamento de um avião para transportar ... para ... é de ...
9 O custo do afretamento parcial de ... m³ de ... para ... é de ...
0 Para que sua máquina embarque num avião cargueiro, os senhores precisam dar-nos a data exata da remessa com pelo menos ... dias de antecedência.
1 Para que possamos obter tarifas especiais nas companhias aéreas, é necessário que o transporte seja de no mínimo ... kg diários.

Respuesta del agente de transportes

1 De acuerdo con su solicitud del ..., les informamos sobre los siguientes detalles: ...
2 Su mercancía está comprendida en la tarifa número ...
3 El flete por carga aérea desde el aeropuerto de ... hasta el aeropuerto de destino se calcula a razón de ... por kg.
4 La recogida de las mercancías en su fábrica, la tramitación en el aeropuerto (expedición de la AWB, trámites de aduana, etc.) se regulan por la tarifa de gastos accesorios del transporte de carga aérea, que adjunto les enviamos.
5 Gustosos les contestaremos eventuales preguntas.
6 Conforme con sus deseos, adjunto les enviamos los reglamentos legales solicitados relativos al transporte de carga aérea.
7 A nuestro juicio, sus mercancías (no) están sujetas a limitaciones en el transporte.
8 El flete de un avión completo para el transporte desde ... hasta ... ascendería a ...
9 El flete parcial por ... metros cúbicos desde ... hasta ... costaría ...
10 El envío de su máquina en un avión exclusivamente de carga requiere que ustedes nos indiquen una fecha de carga por lo menos ... días antes de la partida del avión.
11 Para obtener una tarifa especial de las distintas compañías de transporte de carga aérea deben expedirse diariamente por lo menos ... kg.

12 No momento, apenas a ... (companhia aérea) serve o aeroporto de ... Portanto, é impossível transportar mercadorias pela ... (nome de outra companhia aérea).
13 Somos filiados à IATA desde ... Temos, portanto, a experiência necessária para executar suas remessas por via aérea.

Pedidos de transporte

1 Com base em sua proposta de ..., encarregamos os senhores pela presente para que em ... recebam e despachem a seguinte remessa por frete aéreo imediato:
... caixas de papelão, com peso total de ... kg, para ...
... engradados (caixotes), com peso total de ... kg, para ...
... pacotes, com peso total de ... kg, para ...
Todos os custos até os aeroportos de destino serão por nossa conta. Após a tramitação das mercadorias, pedimos que nos enviem duas cópias de cada um dos conhecimentos aéreos.
2 Pedimos que retirem em nossa fábrica em ... (data) ... caixas de papelão de ... e as despachem por frete aéreo para ..., de acordo com a ordem de expedição anexa.
3 Pedimos que retirem na ... (empresa), em ... (data), um total de ... caixas de peças de reposição e as despachem imediatamente por frete aéreo ao seguinte endereço: ...
4 A ... (empresa) vai entregar as mercadorias aos senhores, no dia ..., em seu escritório do aeroporto ... Pedimos que as despachem para ... no primeiro vôo.
5 A mercadoria estocada em seu estabelecimento precisa ser enviada por frete aéreo para ...
6 Vejam na fotocópia da carta de crédito anexa as instruções exatas de expedição.
7 Pela presente, encarregamos os senhores da reserva para o dia ... de um avião fretado para ..., ao preço de ...
8 A taxa de reembolso contra entrega da mercadoria na remessa para ... é de ...
9 Se for possível o reembolso contra entrega da mercadoria, pedimos que cobrem a quantia de ...

12 Actualmente, el aeropuerto de ... sólo es servido por la Compañía ... Por esta razón no es posible efectuar carga mediante la ...
13 Somos agentes de la IATA desde ..., por lo que estamos en las mejores condiciones para la ejecución especializada de sus envíos por carga aérea.

Órdenes de transporte

1 Volvemos hoy a su oferta del ... y le hacemos el encargo de que el ... reciba y despache inmediatamente por carga aérea los siguientes envíos:
... cajas de cartón = ... kg a ...
... cajones = ... kg a ...
... paquetes = ... kg a ...
Todos los costos hasta el aeropuerto de destino corren por nuestra cuenta. Les rogamos, una vez despachadas las mercancías, nos remitan inmediatamente, y con relación a cada envío, dos copias de la AWB.
2 Les rogamos el ... recojan en nuestra fábrica ...... cajas de cartón ... y las envíen por carga aérea a ..., de acuerdo con la orden de transporte adjunta.
3 En la firma ... deben recogerse el ... un total de ... cajas de piezas de repuesto. Les rogamos las expidan sin demora por carga aérea a la siguiente dirección:
4 La firma les entregará la mercancía el ... en su oficina del aeropuerto ... Les rogamos la envíen por el próximo avión a ...
5 La mercancía que ustedes tienen en su poder deben enviarla ahora por carga aérea a ...
6 Por favor, infórmense de las instrucciones detalladas de envío que figuran en la fotocopia adjunta del crédito documentario.
7 Por medio de la presente, les encargamos que nos fleten un avión a ... para el día ... al precio de ...
8 El envío a ... se entenderá contra reembolso del precio de la mercancía, ascendente a ...
9 De ser posible un reembolso contra entrega de la mercancía, les rogamos recaudar la cantidad de ...

10 Se o reembolso contra entrega da mercadoria não for permitido, pedimos que excluam essa taxa ao despachar a remessa e cobrem apenas seus encargos de manuseio.
11 Lembrem-se, por favor, de que em caso de emergência deve-se sempre recorrer à ... (empresa).
12 Fazemos questão de que os senhores sejam filiados à IATA.
13 Recebemos do consignado a orientação de transportar as mercadorias apenas por empresas filiadas à IATA.
14 O consignado deseja expressamente que a transportadora seja a ...

Confirmação de pedido

1 Agradecemos nos terem contratado para cuidar de todas as remessas aéreas que os senhores recebam.
2 De acordo com seu pedido, as mercadorias prontas para embarque serão retiradas em ... (data) e despachadas por frete aéreo para ...
3 As mercadorias especificadas serão retiradas na ... (empresa) no dia ..., de acordo com suas instruções, e despachadas por frete aéreo.
4 Providenciaremos o embarque das mercadorias especificadas tão logo elas sejam entregues em nosso escritório no aeroporto.
5 Seguiremos à risca suas instruções de expedição das mercadorias.
6 De acordo com o combinado, fretamos em seu nome, para o dia ..., um avião com carga útil de ... da ... (empresa aérea). O avião estará pronto pontualmente.

Disposições gerais

1 Todos os volumes enviados por avião para ... devem estar rotulados com o nome do país de origem, além dos dados costumeiros.
2 Em ... (local), exigem-se 4 cópias não autenticadas das faturas comerciais contendo as informações usuais.
3 Em ... (local), exige-se que as remessas postais tenham a mesma documentação que as remessas de mercadorias.

10 De no ser procedente un reembolso contra entrega de la mercancía, les rogamos envíen los artículos sin cargo en cuenta. En este caso, ustedes percibirían exclusivamente sus derechos de manipulación.
11 Les rogamos tengan presente que eventualmente, en caso de emergencia, debe recurrirse a la firma ...
12 Damos especial importancia a que ustedes sean agentes oficiales de la IATA.
13 El consignatario nos ha dado la orden de que confiemos las expediciones exclusivamente a agentes de la IATA.
14 El consignatario ha manifestado espresamente que en la expedición debe intervenir la agencia de transporte ...

Confirmación de la orden

1 Les agradecemos su orden de carácter general, en virtud de la cual tramitaremos todos los envíos que ustedes reciban por carga aérea.
2 De conformidad con la orden, recibiremos las mercanías que estén listas para la carga el ... y las enviaremos por carga aérea a ...
3 De conformidad con su orden, el ... recibiremos en la firma ... las mercancías indicadas previamente y las reexpediremos por carga aérea.
4 Tan pronto se encuentren en nuestra oficina del aeropuerto las mercancías señaladas previamente, nos encargaremos de su expedición.
5 La mercancía será expedida de acuerdo con sus instrucciones.
6 De conformidad con la conversación que sostuvimos, hemos fletado un avión con una carga útil de ... toneladas para el día ..., en la ... El aparato será puesto a disposición puntualmente.

Diversas disposiciones

1 En el tráfico aéreo a ..., todos los bultos deben llevar, además de las rotulaciones usuales, la indicación del país de origen.
2 En ... se exigen las facturas comerciales no legalizadas, por cuadruplicado, con los datos usuales en el comercio.
3 En ..., las remesas postales requieren los mismos papeles que los envíos de mercancías.

4 Em ... (local), amostras de mercadorias sem valor comercial podem ser importadas isentas de impostos alfandegários.
5 As mercadorias retidas pela alfândega de ... podem ser armazenadas por 3 meses, sujeitas a encargos (às vezes por períodos mais longos em portos livres). Após esse período, são levadas a leilão público.
6 Em ... (local), todas as importações estão sujeitas a imposto aduaneiro padrão de ...%, além de um imposto adicional de ...% sobre os chamados bens de luxo.
7 Em ... (local), as amostras são isentas de impostos alfandegários, ao passo que brindes comerciais estão sempre sujeitos a taxação.
8 Uma vez que não se podem exceder as cotas anuais de importação de ..., em ... (local), será necessário o Ministério de ... aprovar as remessas excedentes.

4 Las muestras sin valor comercial pueden ser importadas en ... exentas de derechos aduaneros.
5 Las mercancías no retiradas por las autoridades aduaneras en ..., pueden ser almacenadas 3 meses sujetas a derechos (en el puerto franco, en parte, por más tiempo). Transcurrido este tiempo, tiene lugar la subasta pública.
6 Todas las mercancías importadas están sujetas en ... a un derecho uniforme del ...% así como a un impuesto suplementario del ...% para los llamados bienes de lujo.
7 Las muestras están en ... exentas de derechos aduaneros, mientras que, por el contrario, los regalos promocionales están sujetos, en principio, a aranceles.
8 Dado que en ... se establecen anualmente cupos de importación para ..., que no deben ser sobrepasados, para aquellos suministros en exceso se precisa una autorización del Ministerio de ...

Frete marítimo e frete fluvial

Solicitação de proposta

1 Temos ... engradados (caixotes) de ... (dimensões: ..., peso total: ...) para ser entregues FOB ... a ... Pedimos que nos apresentem sua melhor proposta.
2 Qual o custo do transporte de ... fardos (dimensões: ..., peso bruto: ...) postos a bordo do navio para ...?
3 De acordo com a tabela de fretes marítimos que temos, nossa mercadoria (...) não está sujeita a tarifas. Por isso, gostaríamos de saber se os senhores podem oferecer-nos uma "tarifa aberta".

Consultas gerais à transportadora

1 A representação comercial de seu país em nossa cidade deu-nos seu endereço.
2 Pedimos que nos informem que companhias de navegação os senhores representam.

Carga marítima y por navegación interior

Solicitudes de oferta

1 Tenemos ... cajas de ... (dimensiones: ..., peso total: ...) para enviar FOB ... a ... Les rogamos nos hagan la oferta más favorable.
2 ¿Qué derechos hay que pagar para el despacho de ... pacas de ... (dimensiones: ..., peso bruto: ...), una vez cargada la mercancía sobre el buque ... con destino a ...?
3 De acuerdo con la lista de fletes marítimos que tenemos a la vista, nuestra mercancía (...) no se encuentra sujeta a ninguna tarifa. En consecuencia, ¿podrían ustedes ofrecernos una «tarifa en blanco»?

Solicitudes de carácter general a la agencia de transportes

1 Su dirección nos fue facilitada por la representación de su país en esta ciudad.
2 Por favor, infórmennos cuáles son las compañías navieras que ustedes representan.

3 Todos os navios que transportam sua carga constam, sem exceção, do Registro do Lloyd?
4 De que informações os senhores necessitam a respeito da mercadoria por embarcar?
5 Nossas cargas gerais seriam embarcadas em navios conferenciados ou de armadores independentes ("outsiders")?
6 Pedimos que nos enviem informações sobre cargueiros a granel.
7 Qual a vantagem do sistema "lash" na prática?
8 Pedimos que nos informem por fax quando a embarcação fluvial ... estará pronta para ser carregada.
9 Sua proposta geral de frete inclui também as tarifas de eclusas?

3 ¿Están todos los barcos que ustedes utilizan en los fletes, sin excepción, inscritos en el Registro Lloyd?
4 ¿Qué datos necesitan ustedes en relación con la mercancía a embarcar?
5 ¿Embarcarían ustedes nuestras mercancías (embaladas individualmente) en barcos de la Conferencia o en barcos ajenos a ésta («outsiders»)?
6 Les rogamos nos envíen material informativo sobre el transporte de carga a granel (bulk-carrier).
7 ¿Cómo se desarrolla en la práctica el sistema «lash»?
8 Les rogamos nos indiquen por fax a partir de cuándo existe la posibilidad de carga para la nave de navegación fluvial ...
9 ¿Comprende su oferta general de flete también los derechos de exclusa originados?

Contratos de frete

1 Os senhores têm relações com companhias de navegação que possam realizar um afretamento completo de embarcação?
2 Os senhores têm relações com companhias de navegação que aluguem navios vazios (frete a casco nu) sob contrato anual? Procuramos navios com capacidade aproximada de ... TRB, cujo ano de construção seja posterior a 19...
3 Gostaríamos que os senhores fretassem parcialmente um navio para um embarque de carga para ...
4 Nosso cliente exige que utilizemos um navio sob bandeira ...
5 Quais as condições para se alugar um navio-tanque?
6 Os senhores poderiam recomendar um tipo de navio especial para o transporte de carga a granel?

Órdenes de fletamento

1 ¿Qué relaciones tienen ustedes con compañías navieras capaces de poner a disposición un barco completo?
2 ¿Tienen ustedes relaciones con compañías navieras que arriendan barcos vacíos (bareboat charter) por medio de contratos anuales? Buscamos navíos de unas ... toneladas brutas, construidos después del año 19 ...
3 A través de ustedes queremos fletar parcialmente un buque para una expedición de carga a ...
4 Nuestro mandante nos dio instrucciones en el sentido de que el barco debía ser de bandera ...
5 ¿Bajo qué condiciones pueden arrendarse buques cisterna?
6 ¿Pueden ustedes recomendarnos un tipo determinado de barco que sea apropiado para la carga a granel?

Possibilidade de carga

1 Pedimos que verifiquem se o navio ..., que deverá zarpar em ..., ainda tem com certeza possibilidade de acomodar no porão ... toneladas de ..., embaladas em sacos plásticos com dimensões de ...
2 É possível reservar ... m³ para carga a bordo do navio ..., que deverá zarpar em ...?

Posibilidad de carga

1 Les rogamos averigüen si existe aún la posibilidad de que el barco ..., que debe zarpar el ..., reciba ... toneladas de ..., embaladas en saquitos de plástico con dimensiones de ..., como cargamento bajo cubierta.
2 ¿Puede el barco ..., que zarpa el ..., aceptar una reserva de espacio de carga de ... metros cúbicos?

311

3 Pedimos que verifiquem se o navio ... pode aceitar nossa carga como frete facultativo. Quais os custos adicionais daí decorrentes?
4 É possível transportar mercadorias por via fluvial sem transbordo de ... para ...?

Carga, descarga, embarque

1 Informem-nos, por favor, se nossa carga será posta no porão ou no convés.
2 Seria possível termos conhecimento do plano de estiva quando as mercadorias forem embarcadas?
3 Informem-nos, por favor, se as mercadorias expedidas para ... irão direto para lá ou se será feito transbordo.
4 De acordo com o boletim de navegação, o navio "..." deve atracar em ... Quando se iniciará a descarga?
5 O navio já atracou?
6 As mercadorias transportadas pelo navio (a motor) "..." já foram desembarcadas? Em caso contrário, quando deverá começar o descarregamento?
7 Providenciem, por favor, o transporte imediato para ..., por via fluvial, das mercadorias vindas no navio "...", que atraca em ...
8 Os senhores poderiam encarregar-se, sob condições acessíveis, da mercadoria armazenada no galpão no ... e enviá-la em caminhão para ...?
9 Seria possível enviar por trem a mercadoria que está no galpão no ... ou é necessário primeiro transportá-las por outro meio?
10 Os senhores poderiam cuidar do trâmite alfandegário no porto e depois expedir a mercadoria para ... da maneira mais rápida possível?
11 O total do pagamento no ato da entrega das mercadorias que chegaram em ... é de ... Pedimos que enviem imediatamente as mercadorias para ..., contra reembolso de todas as despesas até o presente.
12 Não podemos responsabilizar-nos pela mercadoria até que o pagamento do reembolso seja acertado com o expedidor.

3 Les rogamos averigüen si el barco ... puede recibir nuestra remesa como carga facultativa. ¿Qué costos adicionales se producen por ese motivo?
4 ¿Existe una posibilidad de carga con nave de navegación fluvial sin trasbordos de ... a ...?

Carga, descarga, fletamento

1 Les rogamos nos informen si nuestro envío será embarcado en la bodega o en la cubierta.
2 ¿Existe la posibilidad de que para la carga de nuestra mercancía se nos dé a conocer el plan de estiba?
3 Les rogamos nos informen si las mercancías expedidas a ..., serán transportadas directamente o si habrá que trasbordarlas.
4 ¿Cuándo se inicia la descarga del vapor «...» que, de acuerdo con el boletín naviero, deberá arribar el ...?
5 ¿Ha llegado ya el barco?
6 ¿Se ha descargado ya la mercancía que llegó en la motonave "..."? En caso negativo, ¿cuándo se puede contar con su descarga?
7 Les rogamos se encarguen de que las mercancías que llegan el ... en la motonave «...» sean reembarcadas inmediatamente a ..., en un barco de navegación interior.
8 ¿Pueden ustedes encargarse, en condiciones favorables, de la mercancía depositada en el tinglado ... y expedirla a ... por camión?
9 ¿Es posible cargar directamente por ferrocarril en el tinglado ... o es necesario un transporte previo de la carga?
10 ¿Pueden ustedes realizar por nuestra cuenta los trámites de la aduana en el puerto y a continuación reexpedir la mercancía por la vía más rápida a ...?
11 Las mercancías llegadas el ... están sujetas al reembolso de su valor ascendente a ... Por favor, envíen inmediatamente esas mercancías a ... contra reembolso de todos los gastos habidos hasta el presente.
12 Antes de que se aclare con el expedidor el asunto del reembolso del valor de la mercancía, no nos haremos cargo de la misma.

13 Os senhores poderiam, sob condições favoráveis similares, armazenar por ... dias a carga em volumes que está chegando ao porto livre e depois providenciar na alfândega a remessa de parte deles, segundo nossas instruções?
14 Os senhores podem fazer embarques por nossa conta para ... mediante conhecimentos de embarque pagos no ato?
15 Verifiquem, por favor, se foi assinado um conhecimento marítimo sem restrições. Caso haja alguma limitação, avisem-nos por fax imediatamente.
16 O conhecimento de embarque em seu poder contém alguma restrição?

13 ¿Pueden ustedes encargarse, también en el futuro, de almacenar en el puerto franco y en condiciones favorables similares, durante ... días, la mercancía (envasada individualmente) que vaya llegando, y despachar parte de ella en la aduana, de acuerdo con nuestras instrucciones?
14 ¿Pueden ustedes encargarse por nuestra cuenta de envíos a ... mediante conocimientos de embarque divisibles?
15 Por favor, averigüen si el conocimiento de embarque se encuentra suscrito sin limitación. Si contuviera una limitación, deben informarnos inmediatamente por fax.
16 ¿Tiene el conocimiento de embarque en su poder alguna cláusula relativa a defectos?

Contêineres

1 Temos a intenção de despachar ... em contêiner para ... Os senhores poderiam fornecer-nos um conhecimento de transporte ponto a ponto?
2 O próximo cargueiro porta-contêineres para ... realmente não vai zarpar até ...?
3 É possível enviar uma carga em contêiner diretamente para ...?
4 Em que data será possível enviar um contêiner para ...?
5 Em que embalagem devem seguir as mercadorias dentro do contêiner?
6 Ao usar um contêiner, devem ser pagas taxas de aluguel?
7 Ao usar um contêiner, deve-se pagar um frete global (lump sum)?
8 Há taxas extras na devolução do contêiner?
9 Que tipos de transporte podem ser usados para despachar para ... o contêiner que chega em ... (data) no navio (a motor)?
10 Quanto tempo leva para transportar o contêiner do terminal do porto de chegada para a estação de destino, ...?
11 Já que o contêiner está sendo enviado CIF ... e o destinatário, domiciliado em ..., quer entrega em domicílio, os senhores terão de cobrar de nós os gastos adicionais a partir do porto de chegada. Caso os senhores desejem um pagamento antecipado, por favor avisem-nos por fax.

Contenedor

1 Tenemos el propósito de enviar ... por contenedor a ... ¿Pueden expedirnos un conocimiento de tránsito?
2 ¿Es cierto que el próximo barco portacontenedores con destino a ... no zarpa hasta el día ...?
3 ¿Es posible expedir una carga en contenedor directamente a ...?
4 ¿Cuándo puede cargarse un contenedor con destino a ...?
5 ¿Cómo deben estar embaladas las mercancías que se carguen en contenedor?
6 Si utilizáramos un contenedor, ¿tendríamos que pagar tarifas de alquiler?
7 Cuando se utiliza un contenedor, ¿hay que pagar un flete global (lump sum)?
8 ¿Es necesario pagar algún suplemento por la devolución del contenedor?
9 ¿Que posibilidades tienen ustedes de fletar el contenedor que arribará el ... en la motonave «...» con destino a ...?
10 ¿Con qué período de tiempo tenemos que contar desde el puerto de entrada, terminal de contenedores, hasta la estación de destino ...?
11 Dado que el contenedor viaja CIF ... y el destinatario de la mercancía, con domicilio social en ..., desea que le suministremos franco domicilio, ustedes deberán calcularnos los gastos ocasionados a partir del puerto de llegada. En caso de que deseen un pago anticipado, les rogamos nos lo comuniquen por fax.

Custos

1. Os fretes podem ser pagos em que moedas?
2. Os contratos temporais de frete contêm uma cláusula de rescisão que estipule a suspensão das despesas de aluguel em caso de falha mecânica, colisão ou tripulação insuficiente?
3. Paga-se uma tarifa adicional se um navio fretado for carregado ou descarregado com mais rapidez?
4. Fora as despesas com frete total (parcial) de navio, teremos de pagar outras tarifas de permissão para descarregamento (para zarpar)?
5. Quando devem ser pagas as despesas de frete?
6. É obrigatório o pagamento de sinal e, em caso afirmativo, quanto é?
7. Ainda se cobra uma sobretaxa de ...% no porto de ...?
8. Espera-se uma redução da sobretaxa para breve?
9. Os senhores poderiam nos informar quando a sobretaxa deve ser abolida ou se será reduzida em breve?
10. Gostaríamos que nos informassem a respeito das tarifas da Conferência de Fretes sobre primagens e descontos nas mercadorias embarcadas para ...
11. Que vantagens recebemos ao assinar contratos?
12. A quanto chegarão as sobretaxas de inverno?
13. As mercadorias recebidas devem ser estocadas no porto livre por prazo indefinido, à nossa custa. Informem-nos, por favor, o mais rápido possível, qual será o custo disso.
14. Qual é a diferença de preço no transporte de ... toneladas de ..., com ... (dimensões), utilizando navios conferenciados e de armadores independentes ("outsiders")?

Pedidos

1. Nas condições de sua proposta de ..., gostaríamos de encarregá-los do embarque FOB de ... engradados (caixotes) de ..., com peso total de ..., para ...

Derechos

1. ¿En qué monedas pueden pagarse los fletes?
2. ¿Contienen los contratos temporales de flete previstos una cláusula que establezca cuándo se interrumpe el pago del flete como consecuencia de averías en las máquinas, colisión o tripulación insuficiente (breakdown clause)?
3. Cuando se fleta un buque, ¿hay que pagar una remuneración suplementaria por una carga o descarga más rápida que la prevista (dispatch-money)?
4. Aparte de las tarifas por flete total (parcial) del buque, ¿tenemos que pagar otros derechos de declaración?
5. ¿Cuándo deben pagarse las tarifas en concepto de flete?
6. ¿Existe obligación de pago anticipado? En caso afirmativo, ¿en qué cuantía?
7. ¿Continúa en vigor en el puerto de ... un recargo del ...%?
8. ¿Puede contarse con una rebaja del recargo en un futuro próximo?
9. ¿Pueden ustedes informarnos cuándo puede contarse con la supresión del recargo o si en el futuro próximo tendrá lugar una reducción?
10. Les rogamos nos informen sobre las tarifas de la Conferencia en relación con las primas y descuentos aplicables a las mercancías a embarcar con destino a ...
11. ¿Qué ventajas recibimos mediante la firma de contratos?
12. ¿A cuánto ascenderán los recargos de invierno?
13. Las mercancías arribadas deben ser almacenadas en el puerto franco por tiempo indefinido por nuestra cuenta. Les rogamos nos informen cuanto antes sobre los gastos que esto ocasione.
14. ¿Qué diferencia de precio existe entre la carga de ... toneladas de ... de dimensiones ..., en barcos de la Conferencia y en barcos que no pertenecen a la Conferencia (outsiders)?

Órdenes

1. De acuerdo con su oferta del ..., les encargamos el embarque FOB de ... cajas de ... con un peso total de ... a ...

2 Estando de acordo com seu orçamento, encarregamos os senhores por meio desta para transportar ... fardos de ..., de ... para ...
3 Pedimos que reserve um espaço de carga de ... m^3 no navio "...", com partida prevista para ...
4 Pedimos que reservem espaço de porão no navio "..." para nossa remessa de ...
5 Em resposta a sua confirmação, pedimos que embarquem no navio (a motor) "..." nossa partida de ..., como carga facultativa.

Respostas a consultas

1 Em rápida resposta a sua consulta, informamos que os gastos com remessa FOB dos engradados (caixotes) de ..., com peso total de ... kg, totalizarão ...
2 Os custos de expedição de ... fardos de ... de bordo do navio para ... compreendem o seguinte: despesas de frete marítimo até ... kg, ...; taxa de seguro sobre o valor da mercadoria, ...; tarifa portuária por 100 kg, ...
3 Com base em sua lista de produtos, verificamos que incidem sobre eles as tarifas ...
4 Temos a satisfação de lhes informar que as mercadorias podem ser expedidas diretamente para ...
5 De acordo com a cláusula de valor, seus produtos estão classificados como "ad valorem".
6 Em resposta a sua consulta, informamos com satisfação que ainda é possível reservar espaço de carga no navio "...", que zarpa em ...
7 Não é praxe trabalhar com planos de estiva no caso de mercadorias embaladas individualmente.
8 O navio "..." faz escala nos seguintes portos:
9 Confirmamos com a companhia de navegação que nossa partida pode ser embarcada como carga de porão no navio (a motor) "...".
0 Sem dúvida teremos prazer em cuidar do trâmite de todas as suas remessas de carga geral a um preço favorável.
1 A companhia de navegação acaba de nos informar que sua remessa para ... ainda pode ser contratada como carga facultativa.

2 Aceptamos su oferta relacionada con el transporte de ... pacas de ... a ..., confirmándoles con la presente nuestro pedido.
3 Por medio de la presente, les encargamos nos reserven un volumen de carga de ... m^3 en el barco «...» que zarpa el ...
4 Les rogamos reserven el transporte de nuestra partida ... en el vapor «...» como carga bajo cubierta.
5 Como ustedes están de acuerdo, les rogamos embarquen nuestra partida ... en el barco «...» como carga facultativa.

Respuestas a demandas de información

1 En respuesta inmediata a su solicitud, les informamos que los gastos de expedición FOB de sus ... cajas de ..., peso total ... kg ascienden a ...
2 Los costos de flete de ... pacas de ... desde el barco cargado «...» hasta ... se distribuyen de la forma siguiente: flete marítimo hasta ... kg ..., prima de seguro por valor de la mercancía ..., derechos de muelle por 100 kg ...
3 De la composición de sus productos deducimos que la mercancía está tarifada como ...
4 Les podemos participar que existe una posibilidad de embarque directo a ...
5 En virtud de la cláusula de valor, sus mercancías caen bajo el concepto de «ad valorem».
6 Respondemos a su solicitud de información expresándoles que el barco «...», que zarpa el ..., puede todavía aceptar el espacio que ustedes han pedido.
7 No se acostumbra a trabajar con planes de estiba cuando se trata de mercancías embaladas individualmente.
8 «...» hará escala en los puertos siguientes:
9 La compañía naviera nos ha respondido que puede recibir en el buque «...», como carga bajo cubierta, la partida que ustedes han ofrecido de ...
10 Claro está que estamos dispuestos a tramitar a precios favorables también en el futuro, los envíos de mercancías individuales que lleguen para ustedes.
11 La compañía naviera nos acaba de informar que su envío a ... todavía puede asentarse como carga facultativa.

12	As despesas extras totalizarão ...
13	Segundo a companhia de navegação, suas mercadorias serão transportadas no convés (no porão).
14	Graças às nossas relações com companhias de navegação respeitadas, podemos fazer para os senhores, quando desejarem, o frete total de navios de cerca de 8.000 toneladas brutas.
15	Sem dúvida temos relações com companhias de navegação que fazem afretamento a casco nu mediante contrato anual.
16	A fim de contratar um frete parcial, precisamos das seguintes informações: peso total da carga, cubagem de cada pacote e, se houver, quaisquer características particulares das mercadorias.
17	É sem dúvida praxe no ramo incluir no contrato uma cláusula de rescisão (breakdown clause).
18	Nossa companhia paga (não paga) taxas extras pela rapidez no carregamento ou descarregamento de navios fretados.
19	Cobram-se (não se cobram) tarifas de permissão de descarregamento (de zarpar) em fretes totais (parciais), de ...% do montante fretado.
20	Devem ser pagas ...% das despesas de frete na apresentação do pedido, e o saldo pode ser liquidado contra recebimento das mercadorias no porto de destino.
21	Deve ser feito um pagamento adiantado de ...%.
22	As despesas de frete devem ser pagas em ...
23	Em resposta à sua consulta, informamos que (não) podemos emitir um conhecimento de transporte ponto a ponto para sua remessa a ...
24	A próxima saída de um cargueiro porta-contêineres está prevista para ...
25	Para a utilização de um contêiner, pode ser paga uma quantia mínima pelos fretes, que, todavia, estão sujeitos a livre negociação.
26	Incorre-se nas seguintes (não se incorre em) despesas na devolução de um contêiner: (...)
27	Os contêineres serão levados do porto de ... para ... pela ... (nome da empresa), transportadora associada a nós.
28	Levará cerca de ... dias o transporte de seu contêiner do terminal ... para o local de destino em ...

12	Los costos adicionales ascienden a ...
13	La compañía naviera informa que su mercancía será embarcada sobre cubierta (en la bodega).
14	Nuestras relaciones con todas las compañías navieras importantes nos permiten fletar para ustedes en cualquier momento la capacidad total de barcos de 8000 toneladas de registro bruto.
15	Naturalmente también tenemos relaciones con compañías navieras que arriendan barcos vacíos (bareboat charter) mediante contratos anuales.
16	Para convenir un flete parcial necesitamos los siguientes datos: peso total de las mercancías a embarcar, dimensiones de los paquetes individuales, su peso y eventualmente las particularidades de la mercancía.
17	Las condiciones usuales del comercio incluyen, naturalmente, la denominada «breakdown clause».
18	Nuestra compañía concede (no concede) remuneraciones suplementarias por la carga o descarga más rápida de los barcos fletados.
19	En el caso de un fletamiento total (parcial) (no) se originan gastos de declaración por un importe correspondiente al ... % de la suma total del fletamiento.
20	El ... % de los derechos de flete debe pagarse inmediatamente al cerrarse el contrato. El resto, a la entrega de la mercancía en el puerto de destino.
21	Debe pagarse por adelantado el ...%.
22	Los costos de flete se pagan en ...
23	En relación con su solicitud, les informamos que para su envío a ... (no) podemos expedirle un conocimiento de tránsito.
24	El próximo barco portacontenedores parte probablemente el ...
25	Por la utilización de un contenedor deben pagarse determinados fletes mínimos que, sin embargo, pueden ser negociados libremente.
26	Por la devolución de un contenedor (no) hay que pagar (los siguientes) costos de flete:
27	La reexpedición del contenedor del puerto de ... a ... será realizada por nuestra firma asociada de expedición...
28	El transporte de su contenedor (no) desde el terminal ... hasta la estación de destino ... dura unos ... días.

29 A mudança de rota do contêiner ocasionará as seguintes despesas: ... Pedimos que transfiram prontamente essa quantia para nossa conta no banco ...
30 Conforme solicitado, anexamos a esta informações sobre transporte de carga a granel.
31 O folheto anexo, "...", traz informações sobre as vantagens do sistema LASH.
32 A comissão do corretor é fixada pela tabela de taxas cabíveis em cada caso.
33 Enviamos nesta a lista de tarifas fixadas pela administração portuária.
34 A diferença de preço de frete entre os cargueiros da Conferência e os de armadores independentes ("outsiders") é de cerca de ...%.
35 De acordo com o peso e as dimensões informados, as despesas de descarga somarão ...
36 O barco será descarregado assim que atraque no cais (no) ...
37 O barco está atracado junto ao galpão no ... O descarregamento tem início previsto para as ... (hora).
38 Conforme as instruções, as mercadorias vindas no navio (a motor) "..." serão imediatamente transferidas para um barco fluvial e expedidas a ...
39 Sem dúvida poderemos transportar por caminhão, a qualquer momento, a mercadoria que se encontra no galpão n.º ...
40 O galpão n.º ... tem ramal ferroviário próprio. Assim, sugerimos que as mercadorias sejam transportadas por via férrea.
41 Somos especialistas no trâmite alfandegário portuário e dispomos de transporte consolidado bem-organizado para as principais cidades da UE.
42 Os embarques para ... podem ser feitos mediante conhecimentos de embarque pagos antecipadamente.
43 Pedimos que verifiquem na lista anexa a classe do navio "...".
44 Todos os navios que transportam nossas mercadorias constam, sem exceção, do Registro do Lloyd.
45 Segundo o conhecimento de embarque, a mercadoria desembarcada em ... (data) encontra-se no galpão em perfeito estado.

29 La nueva disposición del contenedor origina los siguientes costos: ... que rogamos giren cuanto antes a nuestra cuenta en el Banco ...
30 Conforme a sus deseos, nos permitimos enviarles material informativo sobre el transporte de carga a granel («bulk carrier»).
31 Nuestro prospecto adjunto «...» les proporciona información sobre el «sistema lash».
32 Las comisiones del corredor se fijan de acuerdo con la tarifa correspondiente.
33 Adjunto les enviamos la tarifa establecida por la administración portuaria.
34 La diferencia de precios entre cargueros de la Conferencia y cargueros «outsiders» fluctúa alrededor del ...%.
35 Los gastos de descarga, de conformidad con la lista de dimensiones y pesos que tenemos a la vista, ascienden a un total de ...
36 La descarga del barco se realiza inmediatamente después que llegue al muelle ...
37 El barco ya se encuentra en el tinglado número ... La descarga está prevista para comenzar hoy alrededor de las ...
38 De acuerdo con su orden, inmediatamente trasbordaremos las mercancías que lleguen en el buque «...» a un barco de navegación fluvial para su reexpedición a ...
39 Claro está que en cualquier momento podemos expedir por camión los productos que se encuentran en el tinglado ...
40 El tinglado ... tiene un empalme directo, por lo que recomendamos la reexpedición por ferrocarril.
41 Estamos especializados en despachos de aduana en el puerto y disponemos de transportes colectivos, bien organizados, a todas las ciudades importantes de la UE.
42 Pueden realizarse suministros a ... con conocimientos de embarque divisibles.
43 Les rogamos vean de la lista adjunta la clasificación del barco «...».
44 Todos los barcos que utilizamos para el flete de mercancías están, sin excepción alguna, inscritos en el Registro Lloyd.
45 La mercancía llegada el ... se encuentra, según conocimiento de embarque, en buenas condiciones en el tinglado.

46 O conhecimento de embarque contém cláusulas restritivas. Já pedimos que as mercadorias sejam examinadas por uma firma de perícia.
47 O conhecimento marítimo está subscrito sem restrições.
48 Há (não há) um certificado de peso específico para as mercadorias chegadas em ... a bordo do navio (a motor) "...".
49 A franquia para o embarque de ... em barris está prevista nos termos do nosso conhecimento de embarque.
50 Enviamos aos senhores o manifesto de embarque em ..., por carta registrada.
51 O barco fluvial ... está atracado na doca ...
52 A sobrestadia do rebocador ... é de ... por dia.
53 O canal ... é navegável a qualquer tempo para embarcações de aproximadamente ... TRB.

46 El conocimiento de embarque muestra una nota de daños. Hemos encargado a la oficina de tasación de averías ... la inspección de la mercancía.
47 El conocimiento de embarque presentado se encuentra suscrito sin limitación.
48 (No) Existe una declaración específica de peso de las mercancías llegadas en la motonave «...» el ...
49 La franquicia para el embarque de ... en barriles forma parte de las condiciones de nuestro conocimiento de embarque.
50 El manifiesto de embarque se lo remitimos el día ..., por correo certificado.
51 El atracadero de la nave de navegación fluvial ... es la dársena ...
52 Los derechos de estadía para el remolque ... se elevan a ... por día.
53 El canal ... es navegable, en todo momento, para barcos del orden de ... toneladas de registro bruto.

Contratação

1 As referências que os senhores forneceram são irrepreensíveis, de modo que nós os contratamos por meio desta para processar todos os nossos fretes marítimos de importação e exportação.
2 A eficiência de seus serviços fica clara nos folhetos que recebemos. Portanto, contratamos os senhores, primeiramente por curto limitado, para processar nossas remessas de exportação FOB.
3 A variedade de serviços oferecida pelos senhores é irrecusável. Portanto, nós os encarregamos por meio desta de todas as nossas remessas fluviais.

Otorgamiento de orden

1 Las referencias que ustedes nos proporcionaron nos convencieron de tal modo que, por medio de la presente, les confiamos la comisión general de llevar a cabo para nosotros todos los fletes marítimos de llegada y de salida.
2 Los prospectos en nuestro poder hacen patente su gran capacidad ejecutora. Por medio de la presente, les confiamos – inicialmente en forma temporal – nuestros suministros de salida FOB.
3 Su oferta de servicios nos ha convencido, por lo que les conferimos todos los transportes de navegación fluvial.

Contratação com restrições

1 Antes que possamos contratá-los para fretar um navio de 8.000 TRB, gostaríamos que nos enviassem por fax os custos exatos.
2 Por meio desta, encarregamos os senhores de um frete parcial de ... a ...
3 Como sua companhia faz o reembolso pelo tempo de despacho, nos os encarregamos por meio desta do afretamento de um navio para o transporte de ..., de ... a ... (rota).

Otorgamiento de orden con reservas

1 Antes de que nosotros les demos definitivamente el encargo de fletar un barco de 8000 toneladas de registro bruto, les rogamos nos comuniquen por fax los costos exactos.
2 Por medio de la presente, les encargamos nos contraten un flete parcial desde ... a ...
3 Ya que ustedes abonan refacciones por rápida carga o descarga, les encargamos fleten un barco para nosotros. El barco será destinado al transporte de ... entre ... y ...

4 Pedimos que só reservem para nós um frete total (parcial) se não houver tarifas de entrada e saída.
5 Já que, conforme sua proposta de ..., os senhores podem emitir um conhecimento de transporte ponto a ponto para ..., nós os encarregamos da remessa.
6 Pedimos que despachem a remessa, que já se encontra no porto, no próximo cargueiro porta-contêineres para ...
7 Em vista da considerável diferença de preço entre os fretes dos navios conferenciados e de armadores independentes ("outsiders"), gostaríamos que só embarcassem nossos produtos nestes últimos.
8 Se os senhores nos concederem um desconto imediato de ...%, nós os encarregaremos do embarque.
9 Assim que os senhores nos enviarem a quantia atrasada do desconto por tempo, nós os encarregaremos de outros embarques.
10 Em vista de seus preços tão convidativos, teremos satisfação em assinar imediatamente um contrato com os senhores.
11 Assim que a mercadoria tenha sido descarregada do navio (a motor) "..." conforme o conhecimento de embarque, gostaríamos que a expedissem para ..., frete pago (não pago, livre em domicílio).
12 Já os informamos de que as mercadorias a bordo do navio "..." devem ser expedidas imediatamente, sem armazenagem, por barco fluvial para ...
13 Os engradados (caixotes) de ..., estocados no galpão n.º ..., devem ser expedidos para ... por caminhão (trem), com pagamento contra entrega de todas as despesas incorridas.
14 Os fardos de ... que se encontram no porto livre, sob o número de armazenagem ..., devem ser desembaraçados e enviados livres em domicílio para ...
15 Assim que o perito em sinistros tenha examinado os produtos avariados, gostaríamos que obtivessem dele uma declaração de liberação.
16 O boletim de sinistros e uma cópia do conhecimento de embarque devem ser enviados à nossa seguradora fazendo referência ao sinistro n.º ...

4 Les rogamos sólo efectúen el flete total (parcial) en el caso de que no incurramos en gasto alguno por concepto de declaraciones.
5 Como, de acuerdo con su oferta del ..., ustedes pueden expedir un conocimiento de tránsito directo a ..., por medio de la presente, les confiamos el transporte.
6 Les rogamos embarquen la remesa que ya se encuentra en el puerto en el próximo buque portacontenedores con destino a ...
7 Debido a que entre el flete en barcos de conferencia y en barcos outsiders existe un gran margen, en general pedimos la expedición de nuestros productos en barcos outsiders.
8 En el caso de que ustedes nos puedan conceder una rebaja inmediata del ...%, les confiaríamos el embarque.
9 Tan pronto como ustedes nos hayan enviado el importe de la rebaja por concepto de tiempo, pagadero desde hace tiempo, les encargaremos nuevos embarques.
10 En vista de las ventajas en los precios, suscribiremos inmediatamente un contrato.
11 Tan pronto como el barco «...» haya descargado nuestra mercancía según el manifiesto de carga, les rogamos reexpidan inmediatamente la mercancía a la siguiente dirección ... franco (no franco, franco domicilio).
12 Ya les hemos informado a ustedes que la mercancía que llega en el vapor «...» debe ser embarcada inmediatamente, sin almacenaje intermedio, en un barco de navegación fluvial a ...
13 Las ... cajas que se encuentran en el tinglado ... deben enviarse – contra reembolso de todos los gastos originados hasta ahora - por camión (ferrocarril) a ...
14 Las ... pacas que se encuentran en el puerto franco, según el número ... de almacenaje, deben ser despachadas en la aduana y seguidamente enviadas a ... franco domicilio.
15 Tan pronto un tasador de averías haya inspeccionado la mercancía dañada, les rogamos obtengan la declaración de que las mercancías están libres de derechos.
16 El certificado de avería debe enviarse, junto con una copia del manifiesto de carga, a nuestro asegurador de transporte, haciendo referencia a los daños y perjuicios n° ...

319

17 Em virtude de sua confirmação, nós os encarregamos por meio desta a aprestar um barco fluvial de 2.000 TRB para transportar em ... (data) uma carga de ... a granel para o porto marítimo de ..., doca ...
18 Recebemos sua confirmação da possibilidade de despachar as mercadorias por barco fluvial de ... para ... sem escala. Pedimos que se encarreguem da seguinte expedição da sede da ... (empresa) e a processem imediatamente:

Confirmação da contratação

1 Ficamos satisfeitos em saber que a partir de agora nos encarregaremos do processamento de todas as suas remessas FOB e CIF.
2 Ficamos muito satisfeitos ao saber de nosso escritório que a partir de agora nos encarregaremos de todas as entradas e saídas de suas mercadorias.
3 A corretora ... pediu-nos que confirmássemos para os senhores a possibilidade de reserva de espaço no navio "...".
4 Como se pode verificar no conhecimento de embarque anexo, a remessa de ... engradados (caixotes) de ... foi devidamente embarcada em ... (data) no navio (a motor) "...".
5 Tomamos conhecimento no manifesto de que sua remessa de ... fardos de ..., proveniente de ..., dará entrada em ...
6 Confirmamos por meio desta que sua remessa de ... foi embarcada no navio "..." como carga de porão.
7 O navio fretado contratado pelos senhores em ..., com rota de ... para ..., estará atracado em ... (data) no porto de ..., berço n.º ..., pronto para carregamento.
8 Conforme suas instruções, sua remessa de ... foi despachada em contêiner para ...
9 Conforme seu pedido, sua remessa de ... foi embarcada no navio independente ("outsider") "...".
10 Podemos conceder um abatimento imediato de ...%. As mercadorias estocadas em galpão serão embarcadas hoje.
11 Como os senhores já assinaram os contratos, embarcaremos o mais rápido possível todas as mercadorias armazenadas no porto livre.

17 En virtud de su aprobación, les encargamos aprontar el barco de navegación fluvial de 2000 toneladas de registro bruto para la carga de ... a granel el ... en el puerto de ..., dársena ...
18 Ustedes han confirmado que es posible efectuar un fletamiento directo con barco de navegación fluvial de ... a ... Les rogamos, por lo tanto, hacerse cargo de la siguiente expedición en la firma ... y despachar la misma inmediatamente:

Confirmación de orden

1 Con satisfacción tomamos nota de que con efecto inmediato, ustedes nos encargan la ulterior tramitación de todos sus envíos FOB y CIF.
2 Nuestra oficina interior nos acaba de informar que, a partir de hoy, estamos encargados de la tramitación de todos sus envíos marítimos de salida y de entrada, lo cual mucho celebramos.
3 La oficina de corretaje ... nos encarga que les confirmemos que está en orden la reserva de espacio en el vapor «...».
4 Tal y como pueden ver en el manifiesto adjunto, la partida de ... cajas de ... ha sido embarcada en debida forma el ... en el buque «...».
5 Vemos en el manifiesto de carga que su envío de ... pacas ..., procedente de ..., nos llegará el ...
6 Por medio de la presente, les confirmamos que su partida de artículos ... fue fletada en el vapor «...» como carga bajo cubierta.
7 El barco fletado por ustedes el ... para un viaje de ... a ... está el ... en el atracadero número ... del puerto de ..., listo para la carga.
8 En cumplimiento de su orden, su envío de ... ha sido embarcado en contenedor con destino a ...
9 Su envío del ... ha sido embarcado, de acuerdo con sus deseos, en el barco outsider «...».
10 Les podemos conceder una rebaja inmediata del ... %. Hoy mismo embarcaremos el envío almacenado en el tinglado.
11 Como entretanto ustedes han firmado los contratos, embarcaremos cuanto antes todos los envíos almacenados en el puerto franco destinados a ustedes.

12 As mercadorias chegadas no navio (a motor) "..." serão carregadas imediatamente no barco fluvial "...".
13 Conforme suas instruções, os(as) ... (mercadorias) que estavam estocados(as) no galpão n.° ... foram expedidos(as) hoje para ..., pagamento contra entrega de todas as despesas.
14 Já desembaraçamos na alfândega sua remessa de ... e a expedimos livre em domicílio para os(as) senhores(as).
15 Conforme o pedido em sua carta, o boletim de sinistros foi remetido para ...
16 O certificado de peso foi enviado em ... para ...
17 As mercadorias avariadas foram liberadas depois de examinadas por um perito oficial.
18 As mercadorias em questão foram coletadas na ... (empresa), conforme a ordem, e serão expedidas para ... por via fluvial, de acordo com seu pedido.
19 Agradecemos a contratação. O barco de navegação fluvial ... estará disponível em ... no porto marítimo de ... para carregamento.

12 La mercancía llegada en el buque «...» ha sido inmediatamente trasbordada al barco de navegación fluvial «...».
13 En cumplimiento de sus instrucciones, los(las) ... que se encontraban en el tinglado ... fueron enviados(as) a ... contra reembolso de todos los gastos.
14 Hoy hemos declarado en la aduana su envío ... e inmediatamente lo remitimos a ustedes franco domicilio.
15 De acuerdo con su carta, el certificado de averías ha sido enviado directamente a ...
16 El certificado de peso ha sido enviado el ... a ...
17 Después de inspeccionada por un tasador de averías jurado, la mercancía dañada fue declarada libre.
18 Según sus instrucciones de recogida, ayer nos hicimos cargo de las mercancías en cuestión en la firma ... y procederemos, de conformidad con sus deseos, a expedirla con barco de navegación fluvial a ...
19 Les agradecemos su pedido y, en cumplimiento del mismo, aprontaremos el barco de navegación fluvial ... para la toma de una carga de ... en el puerto de ... el ...

Transporte rodoviário e ferroviário

Consultas genéricas

1 A fim de oferecer a nossos clientes um serviço ainda melhor, gostaríamos de trabalhar com transportadoras (transitários de carga) reconhecidamente eficientes.
2 Para fazer frente à concorrência, sentimo-nos obrigados a utilizar meios de expedição mais avançados.
3 Pedimos que nos dêem informações detalhadas dos serviços prestados pelos vários setores de sua empresa.
4 Pedimos que nos enviem seus prospectos de vendas para termos uma visão geral da capacidade de sua empresa.
5 Precisamos de um caminhão de 20 toneladas para um transporte especial de ... a ... Os senhores teriam um caminhão articulado com comprimento de carga de 12 m?

Transporte por carretera y ferrocarril

Solicitudes de carácter general

1 A fin de poder ofrecer a nuestra clientela un mejor servicio, quisiéramos trabajar con agencias de transporte conocidas por su probada capacidad.
2 Para hacer frente a nuestros competidores, nos vemos precisados a elegir otras comunicaciones más eficaces.
3 Les rogamos nos informen sobre el trabajo de los distintos sectores de su firma.
4 Les rogamos nos envíen prospectos para poder informarnos sobre la capacidad de su firma.
5 Necesitamos un camión de 20 toneladas para un viaje especial de ... a ... ¿Pueden ustedes facilitarnos un semiremolque con una longitud de carga útil de 12 metros?

321

6 Precisamos de um veículo com capacidade para paletes e carga útil de ... toneladas para uma viagem de ... para ...
7 Os senhores utilizam caminhões próprios?
8 Os senhores fazem subcontratação em expedição?
9 Os senhores utilizam apenas seus veículos em percursos específicos?
10 Os senhores também aceitam cargas imprevistas?
11 Os senhores também fazem transportes a curta distância?
12 Temos um transporte diário de carga geral e, como nos estabelecemos nesta região, gostaríamos de saber que transportador atua aqui. Como não há aqui nenhuma estação ferroviária com posto de entrega de carga geral, pedimos que o seu transportador se encarregue da coleta diária dos pacotes em nossa sede.

6 Necesitamos un vehículo con capacidad para transportar paletas y una carga útil de ... toneladas para un viaje de ... a ...
7 ¿Disponen ustedes de camiones propios?
8 ¿Utilizan ustedes subempresarios para las expediciones?
9 ¿Sirven ustedes sólo ciertos tramos con vehículos propios?
10 ¿Aceptan ustedes también transportes de ocasión?
11 ¿Trabajan ustedes también en el transporte de cercanías?
12 Tenemos que transportar a diario mercancías sueltas, por lo que les rogamos nos indiquen qué transportista es competente para nuestro distrito. Nos hemos establecido aquí, y dado que esta localidad no dispone de estación para la entrega
de mercancía suelta, les rogamos dar instrucciones a su transportista para que a diario se haga cargo de los envíos que se nos presenten.

Consultas específicas

1 Os senhores poderiam conseguir um caminhão para transportar uma mercadoria em depósito de ... para ...?
2 Os senhores também têm caminhões-silo em sua frota?
3 Contratamos regularmente a expedição de cargas de ... para ... Os senhores estariam interessados nesse transporte e, em caso positivo, sob que condições? Impomos como condição que sejam utilizados no transporte veículos isotérmicos.
4 Precisamos de caminhões-cisterna do tipo ... para o transporte de partidas regulares de 20 toneladas a partir do porto marítimo de ... Os senhores dispõem de veículos desse tipo?
5 Os senhores têm experiência no transporte de ...
6 Os senhores têm em sua frota um caminhão com equipamento para içamento?
7 Os senhores têm em sua frota caminhões com plataformas desmontáveis?
8 Os senhores dispõem de equipagem para contêineres?
9 Os senhores têm equipamento apropriado?

Solicitudes de carácter especial

1 ¿Están ustedes en condiciones de facilitarnos un camión que, bajo precinto de aduana, transporte una partida de ... de ... a ...?
2 Tienen ustedes entre sus vehículos también camiones silos?
3 Adjudicamos con cierta regularidad transportes de ... a ... ¿Están ustedes interesados en la aceptación de este tipo de carga? En caso afirmativo, ¿bajo qué condiciones? Requisito indispensable es que el transporte se realice en vehículos isotérmicos.
4 Desde el puerto de ... cargamos regularmente partidas de 20 toneladas, para las que necesitamos camiones cisterna del tipo ... ¿Pueden ustedes facilitarnos camiones de esta clase?
5 ¿Tienen ustedes experiencia en el transporte de ...?
6 ¿Disponen ustedes de un vehículo con dispositivo colgante?
7 ¿Cuentan ustedes con camiones provistos de plataforma intercambiable?
8 ¿Cuentan ustedes con los medios técnicos requeridos para transbordar contenedores?
9 ¿Tienen ustedes los equipos necesarios?

10 Os senhores têm condições de fazer transportes com reboques baixos? Precisamos transportar de ... para ... uma máquina que pesa ..., medindo ...

Entroncamento ferroviário

1 Pretendemos construir um entroncamento ferroviário para a fábrica de ...
2 A produção anual de nossa fábrica é de aproximadamente ... toneladas.
3 Seriam necessários anualmente cerca de ... vagões para o transporte dos produtos.
4 Os senhores poderiam mandar um representante de sua firma para inspecionar as condições do lugar?
5 Os senhores incluíram nossas instalações industriais no projeto de expansão?
6 Quanto custará a construção do entroncamento ferroviário?
7 Há como pré-requisito um volume mínimo para o transporte de mercadorias?
8 Há alguma tarifa especial de manutenção de um entroncamento ferroviário?
9 Que fatores determinam a cobrança de tarifas sobre um entroncamento ferroviário?
10 As preferências do transportador são levadas em conta na construção de um entroncamento ferroviário?
11 Assim que o entroncamento fique pronto, transportaremos todos os nossos produtos por ferrovia.

Consulta sobre condições

1 Pedimos que nos informem os custos do frete de ... engradados (caixotes), com peso de ..., de ... para ... a ...
2 Quais são suas tarifas de frete para o transporte de ... de ... para ...? Informem-nos, por favor, as tarifas para cargas de 5, 10, 15 e 20 toneladas.
3 Sua empresa faz o carregamento das mercadorias ou devemos providenciar o pessoal?
4 Pedimos que discriminem os custos variáveis de um caminhão de 5 toneladas.
5 Qual é o volume mensal mínimo que os senhores exigem para um transporte de carga com média diária de ... a curta distância?

10 ¿Se dedican ustedes también al transporte por medio de remolques de plataforma? Tenemos que transportar de ... a ... una máquina que pesa ... y cuyas dimensiones son ...

Vía de empalme

1 Tenemos en proyecto la instalación de una vía de empalme para la fábrica ...
2 La producción anual de nuestra fábrica es de unas ... toneladas.
3 Para el transporte de los productos se necesitan unos ... vagones al año.
4 Sería conveniente que un encargado de su compañía inspeccionara las condiciones del lugar.
5 ¿Está considerado ya en su plan de superficies nuestro terreno industrial?
6 ¿A cuánto ascenderán los costos de construcción de la vía de empalme?
7 ¿Está vinculada a la construcción de una vía de empalme una cierta cantidad mínima de envíos?
8 ¿Deben ser pagados derechos especiales para el mantenimiento de la vía de empalme?
9 ¿Sobre qué base se establecen los derechos para la utilización de la vía de empalme?
10 ¿Se tienen también en cuenta los deseos del cargador en la construcción de una vía de empalme?
11 Tan pronto como esté terminada la vía de empalme, transportaremos todos nuestros envíos por ferrocarril.

Solicitud de condiciones

1 Les rogamos nos informen cuánto cuesta el transporte de ... cajas de ..., peso ..., de ... a ...
2 ¿Qué tarifa de fletes aplican ustedes para el transporte de ... de ... a ...? Por favor, infórmennos sobre el costo de transporte de partidas de 5/10/15 y 20 toneladas.
3 ¿Se encargan ustedes mismos de la carga, o debemos ponerles personal de carga a su disposición?
4 Les rogamos nos detallen los costos variables de un camión de 5 toneladas.
5 ¿Qué cantidad global mínima mensual piden ustedes para un servicio de carga promedio diario de ... en el transporte de cercanías?

6 Qual deve ser a relação entre a quilometragem (milhagem) com carga e a quilometragem (milhagem) sem carga?
7 Se forem utilizados veículos especiais, há alguma sobretaxa além das tarifas convencionais de frete?
8 Os senhores trabalham com remessas com pagamento contra entrega recebendo os senhores mesmos o reembolso?
9 Quando nos será creditado o reembolso do pagamento contra entrega?
10 Quanto custa um trem de carga completo com 50 vagões de ... para ...?
11 Os senhores podem oferecer tarifas de frete especiais?
12 Enviem-nos, por favor, a relação de suas tarifas de frete, discriminando as tarifas de carga geral e de vagões completos.
13 Pedimos que nos forneçam também a relação de estações ferroviárias.
14 Gostaríamos também de conhecer as tarifas para serviços extras.
15 Gostaríamos que nos informassem especialmente sobre o custo do uso de gruas da ferrovia.
16 Essas tarifas são uniformes ou a utilização do equipamento é cobrada por hora?
17 Que prazos de entrega são previstos em um contrato de transporte?
18 As sobretaxas especiais se aplicam a prazos de entrega menores?
19 Cobra-se alguma taxa pela não-utilização de vagões reservados?
20 Qual o valor dessas taxas? Após quanto tempo de carregamento cobram-se sobrestadias?

Material de embalagem

1 Os senhores podem fornecer-nos unidades de embalagem (contêineres, paletes, embalagens dobráveis etc.)?
2 As embalagens são gratuitas?
3 Os senhores cobram alguma taxa pelo uso de seus recipientes?
4 Os senhores cobram tarifas básicas de frete pelo uso de seus contêineres (paletes)?

6 ¿Qué relación debe existir entre kilómetros carga/kilómetros vacío?
7 ¿Hay que pagar recargos sobre los fletes normales cuando se soliciten vehículos especiales?
8 ¿Podrían ustedes entregar nuestras mercancías al destinatario contra reembolso del valor de las mismas?
9 ¿Cuándo nos será abonado el valor de la mercancía cobrado por ustedes?
10 ¿Cuánto cuesta un tren de carga completo, con 50 vagones, de ... a ...?
11 ¿Qué tarifas de fletes especiales pueden ofrecernos?
12 Por favor, envíennos su tarifa de fletes. Las tarifas deben expresar claramente tanto los distintos tipos de fletes para mercancías individuales como los correspondientes a vagones completos.
13 Al mismo tiempo necesitamos una lista de estaciones ferroviarias.
14 Además deseamos que nos envíen un ejemplar de la tarifa de derechos suplementarios.
15 Les rogamos nos informen especialmente sobre los derechos por la utilización de las grúas propias de los ferrocarriles.
16 ¿Están fijados los costos como cantidades globales o debe pagarse la utilización por horas?
17 ¿Qué plazos de entrega se toman como base en un contrato de transportes?
18 ¿Deben pagarse recargos especiales por plazos de entrega más cortos?
19 ¿Se exigen derechos de anulación por vagones solicitados y no utilizados?
20 ¿A cuánto ascienden los derechos originados en tal caso? ¿Cuánto tiempo debe durar la carga sin que haya que pagar derechos extraordinarios por la utilización del vagón?

Material de embalaje

1 Pueden ustedes facilitarnos medios propios de embalaje (recipientes, paletas, paquetes, etc.)?
2 ¿Ofrecen ustedes sus medios propios de embalaje sin costos adicionales?
3 ¿Cobran ustedes ciertos derechos por la utilización de sus recipientes?
4 ¿Cobran ustedes fletes mínimos por la utilización de sus recipientes (paletas)?

5 Cobram-se taxas adicionais pela devolução das embalagens?
6 Os senhores podem fornecer-nos embalagens descartáveis?
7 Quanto custa uma unidade de embalagem?

Transporte multimodal

1 O que significa "transporte multimodal"?
2 Os senhores trabalham com transporte multimodal?
3 Se sua firma não pode fazer esse tipo especial de transporte, seria possível indicar-nos outra empresa?
4 Quais são as vantagens do transporte multimodal?
5 Há condições especiais no transporte multimodal?
6 Seria possível nossas firmas trabalharem juntas no transporte multimodal?
7 Que mercadorias não se prestam ao transporte multimodal?
8 Devemos formar um "pool" com alguns semi-reboques (caminhões com plataforma móvel/contêineres)?
9 Há restrições mínimas e máximas de tamanho para os veículos usados no transporte multimodal?
10 O frete de transporte com paletes (contêineres) é mais vantajoso?
11 Os senhores concedem restituição de acordo com o volume mensal transportado?
12 Quais são as condições para a concessão de restituição?
13 De que maneira é feita a restituição?
14 Há alguma relação com prazos?
15 Veículos especiais, como caminhões-silo, podem ser utilizados no transporte multimodal?
16 O frete também deve ser pago na devolução de unidades de carga vazias?
17 Existe uma tarifa especial para a devolução de semi-reboques vazios?
18 Cobra-se uma tarifa uniforme por unidade de carga ou o valor do frete depende do volume embarcado?

5 ¿Deben pagarse costos adicionales por la devolución de los embalajes?
6 ¿Podrían ustedes proporcionarnos recipientes no recuperables?
7 ¿Cuál sería el precio de una unidad de embalaje?

Combinaciones de transporte

1 Por favor, aclárennos el concepto de «transporte combinado».
2 ¿Se ocupan ustedes del transporte combinado?
3 Si su firma no se ocupa de este tipo de transporte especial, ¿podrían informarnos a quién debemos dirigirnos?
4 ¿Qué ventajas tiene el transporte combinado?
5 ¿Existen condiciones especiales para el transporte combinado?
6 ¿Podemos participar junto con ustedes en el transporte combinado?
7 ¿Qué mercancías se encuentran excluidas del transporte combinado?
8 ¿Debemos introducir en un «pool» una cierta cantidad de semiremolques (camiones con plataforma móvil/contenedores)?
9 ¿Están sujetos los vehículos utilizados en el transporte combinado a ciertas dimensiones máximas/mínimas?
10 ¿Existen ventajas de flete para el transporte de paletas (recipientes) normalizados?
11 ¿Conceden ustedes refacciones en el caso de un determinado volumen de tráfico mensual?
12 ¿En qué condiciones se conceden refacciones?
13 ¿Cómo se realiza el reembolso?
14 ¿Implica ello condiciones respecto al tiempo?
15 En el transporte combinado, ¿pueden también utilizarse vehículos especiales, por ejemplo, camiones silos?
16 ¿Hay que pagar también fletes por la devolución de unidades de carga vacías?
17 ¿Existe una tarifa especial para la devolución de semiremolques vacíos?
18 ¿Debe pagarse un terminado flete por la unidad de carga, o se rige el flete por el peso cargado?

Documentos de transporte

1 O consignador deve fornecer os documentos de transporte?
2 Até quanto tempo depois da ordem de transporte podem ser dadas instruções complementares?
3 Costuma-se entregar os documentos de expedição ao transportador (transitário) quando a mercadoria é recolhida.
4 Podem-se dar instruções complementares desde que a mercadoria não tenha sido expedida para o consignatário.
5 Podemos usar o talonário de expedição que temos tanto para carga geral quanto para carga em vagões completos?
6 Podem-se fazer correções numa nota de transporte?
7 Há normas especiais a esse respeito?
8 Nós podemos mandar um aviso para o consignatário no conhecimento de embarque?
9 Além do peso bruto, devemos discriminar no conhecimento de embarque também o volume da mercadoria?
10 Podem-se juntar anexos ao conhecimento de embarque?
11 Devemos fornecer documentos complementares ao utilizar contêineres (paletes)?

Assuntos diversos

1 Gostaríamos de saber quanto tempo demora uma entrega expressa de ... para ...
2 É possível enviar uma remessa expressa com pagamento contra entrega? Até que quantidade?
3 As tarifas de expedição podem ser pagas contra entrega? Existe uma quantia-limite?
4 Sempre se avisa o consignatário antes da entrega de uma remessa?
5 O próprio consignatário pode retirar a mercadoria na estação de destino?
6 É obrigatório, sob certas circunstâncias, utilizar o serviço de entregas da ferrovia?
7 Contêineres podem ser expedidos por via expressa?

Documentos de transporte

1 ¿Debe el expedidor suministrar los documentos de transporte?
2 ¿Hasta cuánto tiempo después de dada una orden de transporte puede darse una orden suplementaria?
3 Es de uso corriente que al agente de transportes se le entreguen los documentos de porte cuando recoge la mercancía.
4 Siempre es posible una orden suplementaria mientras la mercancía no haya sido entregada al destinatario original.
5 ¿Podemos utilizar los talones de expedición en nuestro poder tanto para el transporte de mercancías individuales como de vagones completos?
6 ¿Se permiten correcciones en los talones de expedición?
7 En este caso, ¿deben cumplirse disposiciones especiales?
8 ¿Podemos hacer una pequeña notificación al destinatario en el talón de expedición?
9 ¿Debemos declarar en el talón de expedición, además del peso bruto también el volumen?
10 ¿Pueden incluirse anexos en el talón de expedición?
11 Cuando se emplean recipientes (paletas), ¿debemos expedir documentos de porte especiales?

Miscelánea

1 Les rogamos nos informen cuánto tarda un envío por expreso de ... a ...
2 ¿Es posible enviar mercancías por expreso a ... a entregar contra reembolso del precio? ¿Hasta qué cantidad?
3 ¿Pueden ser cobrados en efectivo los servicios de expedición a su entrega? ¿Existe un límite de cantidad?
4 ¿Se notifica, en principio, al destinatario un envío de mercancías por expreso antes de la entrega?
5 ¿Puede el destinatario recoger por sí mismo la mercancía en la estación ferroviaria de destino?
6 ¿Existe bajo ciertas condiciones la obligación de recibir los envíos mediante el servicio de entregas de la estación?
7 ¿Pueden transportarse recipientes como mercancía despachada por expreso?

8 Há normas a respeito de peso máximo?
9 Os senhores dispõem de vagões especiais do tipo ... para transportar nossos produtos? Usaríamos ... vagões por dia.
10 Sua firma dispõe de vagões graneleiros?
11 Os senhores dispõem de vagões-gôndola para o transporte de maquinaria pesada de engenharia? Com que antecedência devemos reservá-los com os senhores?
12 A estação de destino, ..., dispõe de uma grua para descarregar peça de máquinas?
13 A estação de destino, ..., dispõe de caminhões porta-vagões para entregar a mercadoria ao consignatário por rodovia?
14 Pedimos que nos forneçam uma relação de todos os vagões em uso. Temos particular interesse na carga permitida por eixo e cubagem.
5 Para nós é importante ter a lista das dimensões de carga.
6 Os senhores têm condições de fornecer diariamente ... vagões com grua para transportar ...?

8 ¿Hay que respetar en esta operación ciertos pesos máximos?
9 ¿Pueden ustedes poner a nuestra disposición, para el transporte de nuestros productos, vagones especiales del tipo ...? Necesitamos unos ... vagones cada día.
10 ¿Disponen ustedes de vagones apropiados para la carga a granel?
11 ¿Pueden ustedes poner a nuestra disposición vagones góndola para el transporte de una gran instalación? ¿Con qué anticipación debemos hacer la solicitud?
12 ¿Tiene la estación ferroviaria de destino ... una grúa propia con la que se puedan descargar las partes de la máquina?
13 ¿Existe la posibilidad en la estación ferroviaria de destino ... de hacer llegar los vagones al destinatario mediante remolque por carretera?
14 Por favor, hágannos llegar una lista de los tipos de vagones en servicio. Para nosotros es especialmente importante la información relativa a la carga admisible por eje y por metros.
15 Para nosotros es importante una lista de las dimensiones de carga.
16 ¿Pueden ustedes facilitarnos diariamente ... vagones con equipo propio de descarga para el transporte de ...?

Propostas

1 Podemos fornecer-lhes quando desejarem um caminhão de 20 toneladas para transportes especiais de ... a ...
2 Se formos avisados com antecedência, podemos providenciar um caminhão articulado com 12 m de comprimento de carga.
3 Os veículos com capacidade para paletes devem ser reservados ... dias antes da data de transporte.
4 Nossa firma só utiliza veículos próprios.
5 Utilizamos diferentes subcontratantes em certos percursos.
6 Nós realmente temos caminhões em serviço em todas as cidades grandes da UE.
7 Só realizamos transportes imprevistos com acordo prévio.
8 Sem dúvida, teremos satisfação de fazer entregas em curtas distâncias.

Ofertas

1 Nuestra firma está en condiciones de poner a su disposición en cualquier momento un camión de 20 toneladas para viajes especiales de ... a ...
2 Mediante acuerdo previo es posible facilitarles un semiremolque con una longitud de carga útil de 12 m.
3 Los vehículos de anchura apropiada para el tranporte de paletas deben ordenarse unos ... días antes del inicio del transporte.
4 Nuestra empresa utiliza exclusivamente vehículos propios.
5 Para ciertos tramos nos servimos de distintos subempresarios.
6 Efectivamente, en todas las ciudades más grandes de la EU utilizamos camiones propios.
7 Los viajes de ocasión sólo se realizan mediante acuerdo previo.
8 Claro está que también hacemos viajes de servicio de cercanías.

9 Veja no verso desta carta nossas condições de negócio.
10 Em vista de trabalharmos mais com transporte internacional, a maioria da nossa frota possui chancela alfandegária. Assim, não teremos dificuldade em transportar sua mercadoria de ... para ...
11 Nossa empresa conta com um departamento especializado em silos, que poderá apresentar-lhes as melhores cotações de fretes.
12 Nossa associação de transportadores também possui caminhões isotérmicos. Desse modo, podemos apresentar-lhes sempre bons orçamentos.
13 Contamos em nossa frota com caminhões-cisterna, que podem ser carregados no porto marítimo de ...

Custos

1 As tarifas de frete para ... engradados (caixotes) de ..., pesando ..., de ... para ..., totalizam ...
2 A tarifa do frete de ... de ... para ... é:
   ... por kg para carga de 5 toneladas.
   ... por kg para carga de 10 toneladas.
   ... por kg para carga de 15 toneladas.
   ... por kg para carga de 20 toneladas.
3 O carregamento das mercadorias deve ser efetuado pelo consignador.
4 Os custos variáveis para caminhões de 5 toneladas são os seguintes:
5 O volume mínimo mensal para uma quilometragem (milhagem) média diária de ... é de ... e, para viagens a curtas distâncias, de ...
6 A relação entre quilometragem sem carga e com carga deve ser de ...
7 Há tarifas distintas que incluem todas as sobretaxas para veículos especiais.
8 Faremos com satisfação o transporte de mercadorias com pagamento contra entrega. As quantias coletadas serão remetidas imediatamente aos senhores, sem passar pela sua conta conosco.
9 Em pagamentos contra entrega cobramos ...% sobre o valor da mercadoria.

Custos de embalagens

1 Forneceremos aos senhores quando desejarem nossos materiais de embalagem.

9 Nuestras condiciones comerciales figuran al dorso de nuestra carta.
10 Debido a que nosotros nos ocupamos principalmente de transportes internacionales, la mayoría de nuestros camiones posee precintos de aduana, por lo que no hay dificultad alguna en el transporte de sus mercancías de ... a ...
11 Nuestra empresa cuenta con un departamento especializado en silos que puede hacerles ofertas ventajosas de transporte.
12 Nuestra asociación de empresas dispone también de vehículos isotérmicos. Siempre podríamos hacerles buenas ofertas.
13 Los camiones cisterna que utilizamos son de la clase ... y podemos cargar desde el puerto marítimo de ...

Costos

1 Los gastos de transporte de ... cajas de ..., peso ..., de ... a ... ascienden a ...
2 La tarifa de transportes de ... de ... a ... es la siguiente:
   ... por kg para partidas de 5 toneladas.
   ... por kg para partidas de 10 toneladas.
   ... por kg para partidas de 15 toneladas.
   ... por kg para partidas de 20 toneladas.
3 La carga de la mercancía debe efectuarla el expedidor.
4 A continuación les informamos gustosamente sobre los costos variables de un camión de 5 toneladas:
5 La cantidad global mensual mínima para una utilización diaria de ... como promedio debe fijarse en ..., y para el transporte de cercanías en ...
6 La relación kilómetros carga/kilómetros vacío debe ser ...
7 Para vehículos especiales existen tarifas especiales que incluyen todos los recargos.
8 Podemos cobrar del destinatario el valor de la mercancía a la entrega. El importe correspondiente se le gira inmediatamente, sin pasarlo por cuenta corriente.
9 Por la cobranza del precio de la mercancía percibimos un ... % de su valor.

Costos de los medios de embalaje

1 En todo momento, podemos proporcionarles nuestros propios medios de embalaje.

2 As taxas são cobradas de acordo com nossa lista de preços. Infelizmente não podemos fornecer a embalagem gratuitamente.
3 O uso de embalagens de nossa firma sujeita-se a uma taxa mínima, escalonada de acordo com o tamanho.
4 As seguintes taxas são cobradas pelo retorno de nossas embalagens: ... (Não são cobradas taxas de retorno.)
5 Podemos fornecer a preço de custo recipientes descartáveis medindo ...
6 Consultem, por favor, a lista de preços anexa.

2 Los derechos se ajustan a nuestra lista interna de precios. Lamentablemente, no podemos entregarles gratuitamente nuestro embalaje.
3 En la utilización de nuestros medios de embalaje deben calcularse portes mínimos que se escalonan de acuerdo con el tamaño de los envases.
4 Por el retorno de nuestras unidades de embalaje se cobran los siguientes derechos: ... (no se cobran derechos).
5 Podemos facilitarles al costo envases no recuperables de tamaño ...
6 La lista adjunta les informa de los precios.

Transporte multimodal

1 O "transporte multimodal" compreende o serviço de transporte de mercadoria combinado entre um transportador rodoviário e outro ferroviário.
2 Oferecemos o "transporte multimodal" para as seguintes localidades:
3 Além das vantagens para a economia nacional, o "transporte multimodal" proporciona uma economia substancial para os transportadores, especialmente em mão-de-obra.
4 É possível (infelizmente, não é possível) a parceria entre nossas empresas.
5 Conforme as regulamentações vigentes, os seguintes produtos não podem ser incluídos em "transporte multimodal":
6 No momento não é necessário incluir certo número de semi-reboques (caminhões com plataforma móvel/contêineres) em um "pool".
7 Os veículos utilizados em "transporte multimodal" estão sujeitos a restrições de tamanho e peso.
8 As tarifas de frete para paletes (contêineres) (não) são mais vantajosas.
9 Concedemos restituição mediante uma quantidade de remessa mínima. Vejam, por favor, mais informações no folheto anexo.
10 Também podem ser usados caminhões-silo no "transporte multimodal", desde que não ultrapassem o tamanho e o peso máximos permitidos.

Combinaciones de transporte

1 En el «transporte combinado», el servicio se presta conjuntamente por el porteador de camiones y la empresa ferroviaria.
2 Nosotros tenemos «transporte combinado» hacia los siguientes lugares:
3 Además de ser importante para la economía nacional en general, el «transporte combinado» proporciona a los empresarios de transporte grandes economías de gastos, especialmente en personal.
4 (Lamentablemente, no) Es posible establecer una cooperación.
5 Las siguientes mercancías no pueden ser incluidas en el «transporte combinado» debido a condiciones de tipo específico:
6 Actualmente no es necesaria la inclusión de un cierto número de semiremolques (camiones con plataforma móvil/contenedores) en un «pool».
7 Los vehículos empleados en el «transporte combinado» están sujetos a ciertas medidas máximas y a una carga total limitada.
8 Para el transporte de paletas (recipientes) (no) existen ventajas de flete.
9 Se conceden refacciones por una cierta cantidad mínima de envíos. Las condiciones para ello figuran en la hoja adjunta.
10 En el «transporte combinado» también pueden utilizarse vehículos-silos, siempre que no rebasen las dimensiones y pesos máximos permitidos.

11 Na devolução de semi-reboques etc. são normalmente cobradas taxas de acordo com a tarifa de frete correspondente.
12 O frete é calculado atualmente conforme a unidade de carga.

Documentos de transporte e anexos

1 Normalmente, os conhecimentos de embarque são fornecidos pelo agente de carga.
2 Devem ser utilizadas sempre as notas-padrão de expedição.
3 São usados conhecimentos de embarque do mesmo tipo para carga geral e carga de vagão completo.
4 Podem ser feitas correções nos documentos de transporte, mas elas devem ser assinadas.
5 Pode-se mandar um recado na nota se ele tiver relação com as mercadorias expedidas.
6 É aconselhável fazer constar da nota os pesos bruto, tara e líquido.
7 A administração da ferrovia determina o peso que servirá de base para o pagamento do frete.

Diversos

1 Sua remessa será expedida pela ... (empresa).
2 A estação de destino (não) tem transportador próprio.
3 Desde que o consignatário tenha autorizado perante a estação ferroviária de destino que o transporte seja feito por determinado agente de carga, este se encarregará da entrega da remessa.
4 O agente de carga do local se encarrega de certas formalidades da alfândega.
5 Existem tarifas fixas para os serviços de transporte, mas acordos mútuos de preço são possíveis.
6 Depende do que está expresso no documento de transporte se o consignatário é ou não responsável pelos custos de entrega.
7 Em resposta a sua consulta, temos para informar-lhes que uma remessa expressa para ... leva aproximadamente ... horas.

11 Naturalmente, la devolución de los semiremolques vacíos, etc., ocasiona gastos que se establecen según la tabla de fletes correspondiente.
12 El flete se calcula actualmente por unidad de carga.

Documentos de porte y anexos

1 Por regla general, los talones de expedición son extendidos por los suministradores de las mercancías.
2 En principio, tienen que confeccionarse talones de expedición del tipo normalizado.
3 Para mercancías individuales y para cargas de vagones completos se utilizan los talones de expedición del mismo tipo.
4 Se permiten correcciones en el documento de transporte pero deben ser especialmente refrendadas.
5 Se permiten pequeñas aclaraciones relacionadas directamente con la mercancía objeto del transporte.
6 Se recomienda expresar en el talón de expedición los pesos bruto/tara/neto.
7 Por regla general, el peso que sirve de base al pago de los fletes lo determinan los ferrocarriles.

Miscelánea

1 La firma ... se encargará del transporte de sus envíos.
2 La estación ferroviaria de destino ... (no) tiene su propio servicio de camionaje.
3 Cuando el destinatario ha dado en la estación ferroviaria de destino un poder en favor de determinado expedidor, éste se encarga entonces del transporte de los envíos.
4 El expedidor local se encarga de determinados trámites en la aduana.
5 Existe una tarifa fija para los servicios de camionaje. Sin embargo, también es posible un acuerdo bilateral sobre los precios.
6 Si corresponden o no al destinatario los costos de entrega, depende de lo que se haya expresado en el documento de porte.
7 Respondiendo a su pregunta, les comunicamos que un envío de carga por expreso a ... tarda unas ... horas.

8 Uma remessa expressa pode ser feita com pagamento contra entrega até ... no máximo.
9 O serviço de transporte de carga pode ser cobrado até o máximo de ... no ato da entrega.
10 Se o conhecimento de embarque contiver a advertência de que o consignatário deve ser notificado da chegada da remessa, ele será informado pela administração da ferrovia.
11 O consignatário pode recolher pessoalmente as mercadorias na estação de destino.
12 A entrega (não) é obrigatória.
13 Só recipientes com peso máximo de ... podem ser expedidos por expresso.
14 Se o pedido for feito em tempo hábil, podemos fornecer vagões especiais do tipo ...
15 Também temos em nosso material circulante vagões específicos para cargas a granel.
16 Só dispomos de um número reduzido de vagões-gôndola. O pedido de remessa deve, portanto, ser feito com antecedência.
17 A estação de destino de ... tem um guindaste de ... toneladas.
18 A entrega (infelizmente não) pode ser feita por reboque porta-vagões.
19 Em resposta a sua solicitação, anexamos uma relação com todos os tipos de vagão em uso com as respectivas características técnicas.
20 Podemos conseguir vagões com equipagem de descarga se formos avisados com antecedência.
21 Os vagões isotérmicos são continuamente resfriados depois de certa distância.
22 Geralmente a partida de vagões isotérmicos obedece a uma tabela de horários.

Contratos especiais

1 Em referência a sua proposta de ..., encarregamos os senhores por meio desta a providenciar o transporte especial das mercadorias de ... para ... em ...
2 Pedimos que providenciem para ... (data) um semi-reboque com comprimento de carga de ... m.
3 Precisamos para o dia ... de um veículo com largura para paletes.

8 En un envío de carga por expreso puede imponerse la condición de entrega contra reembolso hasta una cantidad de ...
9 Los servicios de expedición pueden ser cobrados por el procedimiento de reembolso hasta una cantidad de ...
10 Cuando en el talón de expedición se hace constar que debe notificarse la llegada de la mercancía, los ferrocarriles avisan al destinatario.
11 El destinatario puede recoger por sí mismo la mercancía en la estación ferroviaria de destino.
12 (No) Existe obligación de entrega.
13 Sólo se pueden expedir recipientes por expreso hasta un peso máximo de ...
14 Estamos en condiciones de facilitarles vagones especiales del tipo ... en número suficiente efectuando la notificación con la debida antelación.
15 Nuestro parque móvil comprende también vagones especiales para la carga a granel.
16 Sólo disponemos de un limitado número de vagones de carga baja; por eso es necesario hacer la solicitud a tiempo.
17 La estación ferroviaria de destino ... tiene grúas que cargan hasta ... toneladas.
18 (Lamentablemente no) Es posible el transporte mediante remolque por carretera.
19 Correspondiendo a sus deseos, les enviamos una lista de los vagones disponibles, en la que figuran también los datos técnicos correspondientes.
20 Mediante aviso anticipado pueden facilitarse vagones con equipos propios de descarga.
21 El reaprovisionamiento de hielo a los vagones frigoríficos se realiza a partir de una cierta distancia.
22 Los vagones frigoríficos se despachan por regla general según un horario especial.

Órdenes de carácter especial

1 Nos referimos a su oferta del ... y les encargamos por medio de la presente la ejecución del transporte mediante viaje especial el ... de ... a ...
2 Les rogamos que el ... nos suministren una rastra con una longitud de carga útil de ... m.
3 Para el ... necesitamos un vehículo de anchura apropiada para el transporte de paletes.

4 Como os senhores utilizam veículos próprios em viagens para ..., nós os encarregamos por meio desta da expedição da seguinte remessa:	4 Como ustedes utilizan vehículos propios para el transporte hacia ..., por medio de la presente les encargamos el siguiente envío: ...
5 Por meio desta, contratamos os senhores para o transporte de todas as nossas remessas de curta distância da fábrica em ... para ..., pelo período de ... a ...	5 Les confiamos la orden de ejecutar todo el transporte de cercanías desde la fábrica ... a ... durante el período del ... al ...
6 Aceitamos suas condições comerciais.	6 Aceptamos sus condiciones comerciales.
7 Por meio desta, encarregamos os senhores de recolher nossa remessa de ... na ... (empresa) em ... e, em veículo com chancela alfandegária, transportá-la para ...	7 Por medio de la presente, les confiamos la orden de recibir el ... nuestro envío de ... en la firma ... y, con un vehículo provisto de precinto de aduana, transportarlo a ...
8 Gostaríamos de utilizar pela primeira vez seus serviços de transporte de silos e pedimos que, de acordo com a ordem de expedição n° ..., se encarreguem em ... da seguinte remessa:	8 Queremos utilizar por primera vez sus servicios en el transporte de silos y, por tanto, les rogamos que reciban el ..., de acuerdo con la orden de expedición número ..., la siguiente partida: ...
9 Um total de ... toneladas de ... deve ser recolhido em ... na ... (empresa) por veículo isotérmico.	9 Ustedes deben recibir el ... en la firma ... un total de ... toneladas de ... para transporte en vehículos isotérmicos.
10 Na forma de contrato experimental, devem ser coletadas ... toneladas no depósito de tanques ..., de acordo com instruções anexas.	10 Les confiamos, a prueba, la orden siguiente: recoger en el depósito ... ... toneladas de acuerdo con el vale adjunto.
11 Pedimos que recolham ... na ... (empresa), em ..., que estarão prontos para remessa nessa data.	11 El ... se encuentran en la firma ...... listos para ser recogidos de los cuales les rogamos se hagan cargo en la fecha mencionada.
12 Enviamos hoje aos senhores um contêiner, que deverá ser transportado para ... (empresa) para ovação imediata.	12 Hoy les hemos enviado a ustedes un contenedor que, inmediatamente después de llegar, debe ser puesto a disposición de la firma ... para fines de carga.
13 Em ..., estarão prontas para ser recolhidas na ... (empresa) cerca de ... toneladas de ... Pedimos que se encarreguem dessa remessa imediatamente.	13 El día ... habrá en la firma ... unas ... toneladas de ... listas para su recogida, de las cuales les rogamos se hagan cargo inmediatamente.
14 Em virtude de sua proposta, pedimos que os senhores recolham em nossa sede, na data de ..., a partida de ... e a transportem para ...	14 De acuerdo con su oferta, les rogamos que recojan en nuestra casa ... la partida ... y la expidan a ...
15 Todas as remessas normais de carga geral deverão ser automaticamente expedidas pelo transportador ... Pedimos que nos avisem antecipadamente sobre remessas com pagamento contra entrega.	15 Todos los envíos normales de mercancías individuales deberán sernos remitidos, automáticamente, por medio de la empresa de camiones ... Por el contrario, los envíos con reembolso del valor de la mercancía deberán sernos, en principio, notificados con anticipación.
16 Pedimos que instruam seu escritório de recepção para avisar-nos por telefone da chegada de cargas ferroviárias a nós destinadas, já que o descarregamento será por nossa conta.	16 Les rogamos que den instrucciones a su oficina de recepción para que nos avise inmediatamente por teléfono los vagones que lleguen destinados a nuestra firma, pues nosotros mismos nos encargamos de la descarga.
17 Pedimos que a partir de agora desviem os vagões destinados a nós para o entroncamento da ... (empresa).	17 Con efecto inmediato, los vagones que lleguen para nosotros deberán situarse en la vía de empalme de la firma ...

Aviso de despacho

1 Agradecemos o fato de os senhores nos terem contratado e confirmamos que sua remessa de ... foi devidamente despachada.
2 Faremos o possível para que a execução de contratos de expedição futuros seja de sua inteira satisfação.
3 As remessas confiadas a nós e as instruções pertinentes foram despachadas hoje para os consignatários indicados.
4 Todas as remessas confiadas a nós em ... foram processadas no mesmo dia.
5 A mercadoria foi despachada imediatamente, em conformidade com seu conhecimento de embarque.
6 De acordo com suas instruções de carga de ..., a remessa de ... foi despachada por expresso para ... em ...

Seguro de transporte

Condições

1 O comprador (vendedor) assume o risco do transporte.
2 As mercadorias estão cobertas contra perda e/ou avaria durante o transporte.
3 Nós assumimos (os senhores assumem) o risco de perda ou avaria.
4 A mercadoria está coberta contra danos no transporte.
5 Fizemos seguro das mercadorias. Os gastos correm por nossa (sua) conta.
6 Os gastos do seguro de transporte cabem a nós (aos senhores).
7 As mercadorias estão cobertas contra avaria ou perda até sua chegada ao local de destino.
8 Os gastos do seguro de transporte serão divididos igualmente entre o comprador e o vendedor.
9 Se desejarem, faremos o seguro de transporte e lhes mandaremos a conta das despesas.
10 Se desejarem, faremos o seguro das mercadorias a seu encargo.
11 Pode ser feito um seguro de transporte, cujas despesas cobraremos dos senhores.

Aviso de envío

1 Les agradecemos su orden y les confirmamos por medio de la presente que su envío del ... fue expedido en debida forma.
2 Nos esmeraremos en ejecutar, a su completa satisfacción, sus órdenes de transporte.
3 Los envíos recibidos junto con sus instrucciones de expedición han sido despachados hoy al destinatario señalado.
4 Todos los envíos que ustedes nos entregaron el ... fueron tratados en el mismo día.
5 De acuerdo con sus cartas de porte, las mercancías fueron expedidas inmediatamente.
6 De acuerdo con sus instrucciones de carga del ..., el ... hemos despachado por expreso el envío ... a ...

Seguro de transporte

Condiciones

1 El comprador (vendedor) asume el riesgo del transporte.
2 La mercancía está asegurada durante el transporte contra pérdida y/o deterioro.
3 Nosotros asumimos (Ustedes asumen) el riesgo de pérdida o de deterioro de la mercancía.
4 La mercancía se encuentra asegurada durante el transporte.
5 Nosotros aseguramos la mercancía contra daños en el transporte. Los gastos de seguro corren por cuenta nuestra (de ustedes).
6 Los gastos de seguro de transporte corren por cuenta nuestra (de ustedes).
7 La mercancía se encuentra asegurada contra deterioro o pérdida hasta la llegada al lugar de destino.
8 El vendedor y el comprador corren por partes iguales con los gastos del seguro de transporte.
9 Si ustedes lo desean, aseguraremos la mercancía contra los riesgos del transporte y les cargaremos en cuenta los gastos.
10 Si ustedes lo desean, les aseguraremos la mercancía a su cargo.
11 Puede celebrarse un seguro de transporte, cuyos gastos cargaríamos a ustedes.

12 Os gastos com seguro de transporte (não) estão incluídos no preço de compra.
13 O seguro de transporte (não) é cobrado à parte.

Consultas

1 Gostaríamos que nos informassem da navegabilidade e qualidade (classe) do navio em que nossas mercadorias serão embarcadas.
2 As mercadorias desembarcadas em ... estão em perfeito estado e em armazém alfandegário? Se estiver patente que houve avaria/furto, nós sem dúvida pediríamos a um perito oficial um boletim de avarias, que nós encaminharíamos à nossa seguradora de transportes.
3 O manifesto de embarque (manifesto de bordo) foi enviado para nós? Esse documento é exigido por nossa seguradora de transportes.
4 Existe outro certificado de peso das mercadorias que vieram no navio (a motor) "..."? Nossa seguradora de transportes acaba de pedir que ele seja remetido.
5 Gostaríamos de saber se o nosso produto pode ser classificado como "ad valorem" (o valor médio por kg é de ...) tendo em vista o frete.
6 Informem-nos, por favor, se os seguintes riscos teriam cobertura na cláusula B do Institute Cargo Clauses:
extravio
insurreição/distúrbios
furto/assalto
avaria
manchas
quebra
roubo
terremoto
falha mecânica
guerra
umidade
oxidação
furto/saque
ferrugem
sabotagem
danos de outra carga

12 Los gastos del seguro de transporte están (no están) incluidos en el precio de compra.
13 Los gastos del seguro de transporte se cobran (no se cobran) por separado.

Demandas

1 Para el convenio de un seguro de transporte, necesitamos datos sobre las condiciones técnicas de navegación y calidad (clasificación) del barco que ustedes han previsto para el embarque de nuestras mercancías.
2 ¿Se encuentra en buenas condiciones en el depósito de mercancías bajo precinto de aduana la carga llegada el ...?
En el caso de que se compruebe cualquier deterioro/robo, necesitaríamos imprescindiblemente, para presentarlo a nuestro asegurador de transporte, un certificado de daños y perjuicios expedido por un tasador jurado.
3 ¿Nos han enviado ustedes ya el manifiesto de embarque (board receipt)? Nuestro asegurador de transporte nos pide ese documento.
4 ¿Existe un certificado de peso separado relativo a la carga llegada en la motonave «...»? El asegurador de transporte nos está pidiendo precisamente ese documento.
5 Les rogamos nos informen si nuestro producto (cuyo valor promedio es de ... por kg) puede ser considerado dentro del concepto «ad valorem» desde el punto de vista técnico del tráfico de carga.
6 ¿Se encuentran cubiertos en un seguro, concluido bajo cobertura «B», de las Institute Cargo Clauses, los riesgos:
extravío
motín
robo
daño
mancha
rotura
hurto
terremoto
desgarradura
guerra
humedad
oxidación
saqueo, pillaje
moho
sabotaje
daños por carga

avaria por maresia
greve
empenamento/deformação.
7 Que riscos são cobertos por uma apólice de cláusula C?
8 Podemos (devemos) incluir uma soma a mais ao declarar o valor assegurado? Em caso afirmativo, até quanto?

Propostas

1 Agradecemos sua consulta e anexamos a esta a tabela de prêmios, conforme sua solicitação.
2 Como solicitado, anexamos nossa mais recente tabela de prêmios, subdividida em transporte terrestre, marítimo e aéreo.
3 Já que nosso prospecto engloba todos os tipos de seguro de transporte, achamos desnecessária uma resposta específica a sua pergunta.
4 Os senhores encontrarão o prêmio correspondente na página ... Observem que há um imposto de seguro de ...% sobre o prêmio citado.
5 Tomamos a liberdade de lhes enviar um formulário para que façam uma apólice geral. Pedimos que nos devolvam o formulário em breve com todos os campos preenchidos. Só então lhes apresentaremos nossa proposta.

Contratação

1 Em vista da tabela de prêmios que recebemos, pedimos por meio desta que façam um seguro contra riscos gerais de nossa remessa de ... para ...
2 Pedimos que façam o seguro da remessa abaixo discriminada com cobertura livre de avaria particular (FPA) (com avaria particular [WPA]), de acordo com a cobertura C (cobertura B) das Institute Cargo Clauses: ...
3 Solicitamos pela presente que nos forneçam uma apólice de seguro para nossas remessas de exportação.
4 Os prêmios oferecidos não atendem às nossas expectativas, de modo que não estamos interessados em fazer um seguro com sua companhia.
5 A proposta de seu concorrente é bem mais vantajosa. Portanto, faremos o seguro com essa companhia.

daños causados por el agua de mar
huelga
torsión?
7 ¿Qué riesgos comprende la cobertura según cláusula «C»?
8 ¿Podemos (Debemos) incluir una ganancia imaginaria al indicar la suma asegurada? En caso positivo, ¿a cuánto ascendería?

Ofertas

1 Agradecemos su petición y les enviamos hoy las tarifas de primas solicitadas.
2 Adjunto les enviamos, de acuerdo con sus deseos, las últimas tarifas de primas, clasificadas según el transporte por tierra/mar/y aire.
3 En nuestro folleto se explican todos los tipos de seguros de transporte. Por esta razón, no es necesario que nos refiramos a su pregunta especial.
4 Ustedes pueden encontrar la prima correspondiente en la página ... Por favor, tengan en cuenta que a la prima señalada hay que añadirle un ... % de impuesto de seguro.
5 Para la subscripción de una póliza general, nos permitimos enviarles un formulario de solicitud. Les rogamos llenen este formulario en todas sus partes y nos lo devuelvan cuanto antes. De inmediato les enviaremos, entonces, nuestra oferta.

Órdenes

1 Basados en la tarifa de primas en nuestro poder, les encargamos por medio de la presente que aseguren contra riesgos generales nuestro envío ... a ...
2 Les rogamos aseguren con garantía f.p.a. (w.p.a.) de acuerdo con las Institute Cargo Clauses Cobertura C (Cobertura B) el envío siguiente: ...
3 Les encargamos expidan y nos envíen una póliza de seguro para nuestros envíos de exportación.
4 Las primas ofrecidas no nos satisfacen. Por esta razón, la subscripción de una póliza general queda fuera de toda discusión.
5 La oferta de una compañía competidora es mucho más favorable que la de ustedes. Por eso, subscribiremos nuestros seguros con ella.

Confirmação de contrato

1 Agradecemos seu pedido. Temos a satisfação de lhe enviar nesta a apólice de seguro.
2 Teríamos imenso prazer em fechar outras apólices com os senhores quando desejarem.
3 Conforme solicitado, estamos enviando aos senhores o contrato de seguro de sua remessa para ...
4 Graças à apólice geral que fizeram com nossa companhia, suas remessas encontram-se cobertas contra todos os riscos. Pedimos que nos comuniquem mensalmente sobre as remessas expedidas ou recebidas.

Confirmación de orden

1 Agradecemos su orden y nos permitimos enviarles adjunto la póliza de seguro.
2 Estamos siempre a su disposición para futuros seguros.
3 De conformidad con sus deseos, reciben ustedes un certificado de seguro de su remesa a ...
4 Mediante la póliza general suscrita con nuestra compañía, sus envíos se encuentran ahora asegurados contra todo riesgo. Les rogamos que, cada mes, nos hagan saber posteriormente los envíos que hayan entrado/salido.

Extensão da cobertura do seguro

1 Pedimos que nossa remessa tenha cobertura até a fronteira (incluindo o desembaraço aduaneiro/até o endereço de destino).
2 Conforme sua solicitação, a remessa destinada aos senhores tem cobertura de seguro até a fronteira (incluindo desembaraço aduaneiro/até o endereço de destino).
3 A remessa está coberta por seguro, após o desembarque, até ser entregue em nosso endereço?
4 A remessa está assegurada até o endereço de destino (até descarga do transporte consolidado/até a entrega em seu endereço).

Extensión de la protección del seguro

1 Les rogamos aseguren nuestro envío hasta la frontera (incluyendo el despacho de aduana/hasta el lugar de destino).
2 De acuerdo con su solicitud, hemos asegurado el envío destinado a ustedes hasta la frontera (incluyendo el despacho de aduana/hasta el lugar de destino).
3 ¿Se encuentra asegurado el envío desde la llegada hasta la entrega a nosotros?
4 El envío se encuentra asegurado hasta el lugar de destino (hasta la descarga del transporte colectivo/hasta la entrega a ustedes).

Sinistros

1 Ref.: Sua (nossa) reclamação de seguro datada de ...
2 Pedimos que nos enviem os formulários de seguro para registrarmos um caso de sinistro.
3 Os formulários de seguro solicitados já foram enviados aos senhores.
4 Gostaríamos de informar-lhes do seguinte caso de sinistro e pedimos ainda que mande um de seus peritos para inspecionar as avarias no local.
5 Tomamos conhecimento de sua reclamação e a passamos para a companhia de seguros.
6 Pedimos que devolvam os formulários de seguro anexos depois de preenchidos.
7 Recebemos suas instruções datadas de ... e entraremos em contato com ...

Caso de siniestro

1 Asunto: Su (Nuestro) caso de siniestro del ...
2 Les rogamos nos envíen los formularios de aseguramiento necesarios para poder notificar el caso de siniestro.
3 Ya les hemos enviado los formularios de aseguramiento que solicitaron.
4 Quisiéramos notificarles el siguiente caso de siniestro y les rogamos encarguen a uno de sus agentes que inspeccione sobre el terreno los daños ocurridos.
5 Hemos tomado nota de su caso de siniestro y lo hemos transmitido a la compañía de seguros.
6 Les rogamos nos devuelvan, debidamente rellenados, los formularios de aseguramiento adjuntos.
7 Hemos recibido sus instrucciones del ... y nos pondremos en contacto con ...

Anexos

Abreviaturas comerciais e expressões técnicas internacionais

a/a	always afloat / *borda livre*		c.c.	carbon copy / *cópia-carbono*
a.a.r.	against all risks / *contra todos os riscos*		C.C.	charges collect / *cobrança de taxas*
a/c	account / *conta*		CFR	cost and freight / *custo e frete*
a/d	after date / *após a data*		CIF	cost insurance freight / *custo, seguro e frete*
AGM	annual general meeting / *assembléia geral anual*		CIP	carriage and insurance paid to / *porte e seguro pagos até*
a.m.	ante meridiem / *da meia-noite ao meio-dia*		c/o	care of / *aos cuidados de*
approx.	approximately / *aproximadamente*		Co	company / *companhia, firma*
art.	article / *artigo*		COD	cash on delivery / *pagamento contra entrega*
A/S	account sales / *relação de vendas efetuadas*		COS	cash on shipment / *pagamento de embarque*
ATM	automated teller machine / *caixa eletrônico*		cm	centimetre (-er) / *centímetro*
Bdy.	broadway / *nome de rua dos EUA e da Grã-Bretanha*		c.p.d.	charterer pays dues / *afretador paga o devido*
B/E (B(s)/E)	bill(s) of exchange / *letra(s) de câmbio*		CPT	carriage paid to / *frete pago até*
B/L (B(s)/L)	bill(s) of lading / *conhecimento(s) de embarque, conhecimento(s) marítimos(s)*		cr.	creditor / *credor*
			c.r.	current rates / *taxas (tarifas) em vigor*
Bros.	brothers / *Irmãos*		Cres.	crescent / *nome de rua britânica*
c. / ca.	circa / *cerca de*		c.t.	conference terms / *cláusulas da conferência*
CAD	cash against documents / *pagamento contra apresentação de documentos*		cv	curriculum vitae / *curriculum vitae (currículo)*

cwt.	hundredweight / *100 libras*		EDP	electronic data processing / *processamento de dados eletrônico*
D/A	deposit account / *conta de depósito*		EEA	Exchange Equalisation Account / *conta de compensação cambial*
D/A	documents against acceptance / *documentos contra aceite*		EFTPOS	Electronic funds transfer at the point of sale / *transferência eletrônica de fundos no ponto de venda*
DAF	delivered at frontier / *entrega na fronteira*		e.g.	exempli gratia, for example / *por exemplo*
d.d.	dangerous deck / *mercadoria perigosa em convés*		EMS	European Monetary System / *Sistema Monetário Europeu*
d/d	days after date / *dias após a data*		EMU	European Monetary Union / *União Monetária Européia*
DDP	delivered duty paid / *imposto de entrega pago*		E.O.M.	end of month / *fim do mês*
DDU	delivered duty unpaid / *imposto de entrega a pagar*		ERM	Exchange Rate Mechanism / *Sistema de Taxa Cambial*
dep.	departure / *partida, tabela horária*		ETA	estimated time of arrival / *hora de chegada prevista*
DEQ	delivered ex quay / *livre no cais*		etc.	et cetera / and so on / *etc. / e assim por diante*
DES	delivered ex ship / *livre no navio*		e.t.c.	expected to complete / *término previsto*
div.	dividend / *dividendo*		e.t.s.	expect to sail / *partida prevista*
doz.	dozen / *dúzia*		EXW	ex works / *posto em fábrica*
D/P	documents against payment / *documentos contra pagamento*		f.a.q.	fair average quality / *qualidade média*
Dr	Doctor / *doutor*		FAS	free alongside ship / *livre ao costado do navio*
d/s	days after sight / *dias após prazo à vista*		FCA	free carrier / *livre agente transportador*
E.&O.E.	errors and omissions excepted / *exceção feita a erros e omissões*		FCR	forwarding agent's certificate of receipt / *nota de recebimento do agente transportador*
ECU	European Currency Unit / *unidade monetária européia*			

FCT	forwarding agent's certificate of transport *manifesto de transporte do agente de carga*		IMO	International Money Order *Ordem de Pagamento Internacional*
Fed.	Federal Reserve Bank (USA) *Banco Central dos EUA*		in. (1")	inch *polegada*
FIFO	first in first out *lançar primeiro o estoque mais antigo (contabilidade)*		Inc.	incorporated with limited liability (AE) *sociedade de responsabilidade limitada*
FOB	free on board *livre a bordo*		incl.	including *incluindo, inclusive*
FPA	free from particular average *livre de avaria particular*		INCOTERMS	international commercial terms *termos da Câmara Internacional de Comércio*
ft. (1')	foot, feet *pé, pés*		IOU	"I owe you" *"eu lhe devo"*
FTSE	Financial Times Stock Exchange Index *índice de ações britânico*		kg	kilogram *quilograma*
GDP	gross domestic product *produto interno bruto*		l	litre (-er) *litro*
Gds.	gardens *jardins, logradouro britânico*		lb (lbs)	pound(s) *libra(s)*
gm (gr)	gramme (gram) *grama*		L/C (L(s)/C)	letter(s) of credit *carta(s) de crédito*
GNP	gross national product *produto nacional bruto*		LIFO	last in first out *lançar primeiro o estoque mais recente*
HGV	heavy goods vehicle *veículo de carga pesada*		Ltd.	limited *limitada*
HMS	Her (His) Majesty's Ship (Steamer) *Navio (Vapor) de Sua Majestade (britânica)*		m	metre (-er) *metro*
			mm	millimetre (-er) *milímetro*
H.P.	horse power *cavalo-vapor*		m/d	months after date *meses após a data*
HP	hire purchase *compra a prestação*		Miss	Srta. *(forma de tratamento para mulheres solteiras)*
ICC	institute cargo clauses *cláusulas de seguro de transporte de mercadorias*		MLR	minimum lending rate *taxa mínima de empréstimo*
i.e.	id est, that is to say *isto é, ou melhor*		M.O.	money order *ordem de pagamento*

Mr	mister *Sr. (senhor)*	P.O. Box	Post Office Box *Caixa Postal*
M/R	mate's receipt *manifesto de embarque*	p.o.d.	paid on delivery *pagamento contra entrega*
Mrs	Sra. *(forma de tratamento para mulheres casadas)*	pp	per pro(curationem) *por procuração; por delegação*
m/s	months after sight *meses após prazo à vista*	ppd	pre-paid *pago antecipadamente; pago na execução*
Ms	Forma de tratamento de uma mulher, sem especificar se ela é ou não casada.	psbr	public sector borrowing requirement *requerimento de crédito do setor público*
MS	motor ship *barco (navio) a motor*	p.t.o.	please turn over *favor entregar*
MV	motor vessel *embarcação a motor*	Pty	proprietary company, *companhia limitada de capital fechado da África do Sul ou da Austrália*
nd (2nd)	second *segundo*		
No / Nos	number(s) *número (n.º) / números (n.ºs)*		
O/o	to the order of *à ordem de*	q.v.	quod vide *queira ver, veja*
oz (oz(s))	ounce(s) *onça(s)*	rd (3rd)	third *terceiro(a)*
p.a.	per annum *por ano*	recd.	received *recebido(a)*
pc (pc(s))	piece(s) *unidade(s); peça(s)*	regd.	registered *registrado(a)*
pd	paid *pago*	R.O.G.	receipt of goods *recibo de mercadoria*
PEP	personal equity plan *plano de patrimônio líquido pessoal*	R.P.	reply paid *carta-resposta / porte pago*
		r.p.m.	revolutions per minute *rotações por minuto*
PIN	personal identity number *número de identidade pessoal*	rsvp	répondez s'il vous plaît *responda por favor*
plc	public limited company *companhia limitada de capital aberto*	S/A	statement of account *extrato de conta*
		sgd.	signed *ass., assinado*
p.m.	post meridiem *após meio-dia e até meia-noite*	Sqr.	square *praça*
P.O.	postal order *vale postal*	SR&CC	(free from) strikes, riots and civil commotion *(livre de) greves, motins e tumultos públicos*

st (1st)	first *primeiro(a)*		v.	vide *vide, veja*
STD	Subscriber Trunk Dialling *interurbano do assinante*		VAT	value added tax *imposto sobre valor agregado*
TESSA	Tax Exempt Special Savings Plan *plano especial de poupança com isenção fiscal*		W(P)A	with (particular) average *com avaria (particular)*
			WB, w/b	waybill (AE) *conhecimento aéreo*
th (4th)	fourth *quarto(a)*		wt.	weight *peso*
Through B/L, Thru B/L	through bill of lading *conhecimento de embarque ponto a ponto*		yd.	yard *jarda*
T.T.	telegraphic transfer *transferência (remessa) telegráfica*			

Índice de países com moeda corrente e idioma comercial internacional

A = alemão, E = espanhol, F = francês, I = inglês

Afeganistão – *Afghanistan* I 1 afegane = 100 puls *1 afghani = 100 puli*	Áustria – *Austria* A 1 xelim austríaco = 100 groschen *1 schilling = 100 groschen*
África do Sul – *South Africa* I 1 rand = 100 cents *1 rand = 100 cents*	Bahamas – *The Bahamas* I 1 dólar bahamense = 100 cents *1 Bahamian dollar = 100 cents*
Albânia – *Albania* F/E 1 lek = 100 quindarkas *1 lek = 100 qindars/qintars*	Bahrein – *Bahrain* I 1 dinar do Bahrein = 1.000 fils *1 Bahraini dinar = 1.000 fils*
Alemanha – *Germany* A 1 marco alemão = 100 pfennige *1 deutschmark = 100 pfennigs*	Bangladesh – *Bangladesh* I 1 taca = 100 poisha *1 taka = 100 poisha*
Andorra – *Andorra* F/E franco francês/peseta espanhola *French franc/Spanish peseta*	Barbados – *Barbados* I 1 dólar barbadiano = 100 cents *1 Barbados dollar = 100 cents*
Angola – *Angola* I 1 cuanza = 100 lueis *1 kwanza = 100 cents*	Bielo-Rússia – I/A/F *Belarus (White Russia)* 1 rublo = 100 copeques *1 rouble/ruble = 100 copecks*
Antígua e Barbuda I *Antigua and Barbuda* 1 dólar caribenho = 100 cents *1 East Caribbean dollar = 100 cents*	Bélgica – *Belgium* F 1 franco belga = 100 cêntimos *1 Belgian franc = 100 centimes*
Arábia Saudita – *Saudi Arabia* I 1 rial saudita = 20 kurush *1 riyal = 20 qirshes*	Belize – *Belize* I 1 dólar de Belize = 100 cents *1 Belize dollar = 100 cents*
Argélia – *Algeria* F 1 dinar argelino = 100 cêntimos *1 dinar = 100 centimes*	Bolívia – *Bolivia* E 1 Boliviano = 100 centavos *1 boliviano = 100 centavos*
Argentina – *Argentina* E 1 peso argentino = 100 centavos *1 peso = 100 centavos*	Bósnia-Herzegovina – A/F/E *Bosnia and Hercegovina* 1 dinar iugoslavo = 100 paras *1 Yugoslavian dinar = 100 paras*
Armênia – *Armenia* I 1 rublo = 100 copeques *1 rouble/ruble = 100 copecks*	Botsuana – *Botswana* I 1 pula = 100 tebe *1 pula = 100 cents*
Austrália – *Australia* I 1 dólar australiano = 100 cents *1 Australian dollar = 100 cents*	

Brasil – *Brazil* I/E 1 real = 100 centavos *1 real = 100 centavos*	Congo – *Congo* F 1 franco CFA = 100 cêntimos *1 CFA franc = 100 centimes*
Brunei – *Brunei* I 1 dólar do Brunei = 100 cents *1 Brunei dollar = 100 cents*	Coréia do Norte – *North Korea* I 1 uon norte-coreano = 100 chon *1 won = 100 jon/chon*
Bulgária – *Bulgaria* I/F/A 1 lev = 100 stotinki *1 lev = 100 stotinki*	Coréia do Sul – *South Korea* I 1 uon sul-coreano = 100 chon *1 won = 100 jon/chon*
Burundi – *Burundi* F 1 franco do Burundi = 100 cêntimos *1 Burundi franc = 100 centimes*	Costa do Marfim – *Ivory Coast* F 1 franco CFA = 100 cêntimos *1 CFA franc = 100 centimes*
Camarões – *Cameroon* F/E 1 franco CFA = 100 cêntimos *1 CFA franc = 100 centimes*	Costa Rica – *Costa Rica* E 1 colón costa-riquenho = 100 cêntimos *1 colon = 100 centimos*
Camboja – *Kampuchea* F 1 rial cambojano = 100 sen *1 riel = 100 sen*	Croácia – *Croatia* A/E/F 1 dinar da Croácia = 100 para *1 Croatian dinar = 100 para*
Canadá – *Canada* I/F 1 dólar canadense = 100 cents *1 Canadian dollar = 100 cents*	Cuba – *Cuba* E 1 peso cubano = 100 centavos *1 Cuban peso = 100 centavos*
Casaquistão – *Kazakhstan* I 1 tumen = 1 rublo *1 tumen = 1 rouble/ruble*	Dinamarca – *Denmark* A/E 1 coroa dinamarquesa = 100 ore *1 krone = 100 ore*
Catar – *Qatar* I 1 rial do Catar = 100 dirrãs *1 Qatar riyal = 100 dirham*	Djibuti – *Djibouti* F 1 franco do Djibuti = 100 cêntimos *1 Djibouti franc = 100 centimes*
Chade – *Chad* F 1 franco CFA = 100 cêntimos *1 CFA franc = 100 centimes*	Dominica – *Dominica* I 1 dólar caribenho = 100 cents *1 East Caribbean dollar = 100 cents*
Chile – *Chile* E 1 peso chileno = 100 centavos *1 peso = 100 centavos*	Equador – *Ecuador* E 1 sucre = 100 centavos *1 sucre = 100 centavos*
China, Rep. Popular da – I *China, People's Republic of* 1 iuan = 10 jiao/100 fen *1 yuan = 10 chiao/100 fen*	Egito – *Egypt* I/F 1 libra egípcia = 100 piastras *1 Egyptian pound = 100 piastras*
Chipre – *Cyprus* I 1 libra cipriota = 100 cents *1 Cyprus pound = 100 cents*	El Salvador – *El Salvador* E 1 colón salvadorenho = 100 centavos *1 colon = 100 centavos*
Cidade do Vaticano – *Vatican City* I/F/A/E lira italiana *Italian lira*	Emirados Árabes Unidos I *United Arab Emirates* 1 dirrã = 100 fils *1 dirham = 100 fils*
Cingapura – *Singapore* I 1 dólar de Cingapura = 100 cents *1 Singapore dollar = 100 cents*	Eslováquia – *Slovakia* A/E 1 coroa eslovaca = 100 haleru *1 Slovakian koruna = 100 haleru*
Colômbia – *Colombia* E 1 peso colombiano = 100 centavos *1 peso = 100 centavos*	Eslovênia – *Slovenia* A/E tolar *tolar*

Espanha – *Spain*	E
peseta	
peseta	
Estados Unidos da América (EUA)	I
United States of America	
1 dólar = 100 cents	
1 dollar = 100 cents	
Estônia – *Estonia*	I/A
1 coroa estoniana = 100 senti	
1 Estonian krone = 100 sinti	
Etiópia – *Ethiopia*	I/F
1 birr = 100 cents	
1 Ethiopian birr = 100 cents	
Fiji – *Fiji*	I
1 dólar de Fiji = 100 cents	
1 Fiji dollar = 100 cents	
Filipinas – *Philippines*	I/E
1 peso filipino = 100 centavos	
1 peso = 100 centavos	
Finlândia – *Finland*	I/A
1 marco finlandês = 100 penniä	
1 markka = 100 pennia	
França – *France*	F
1 franco francês = 100 cêntimos	
1 franc = 100 centimes	
Gabão – *Gabon*	F
1 franco CFA = 100 cêntimos	
1 CFA franc = 100 centimes	
Gâmbia – *Gambia*	I
1 dalasi = 100 butut	
1 dalasi = 100 butut	
Gana – *Ghana*	I
1 cedi = 100 pasewas	
1 cedi = 100 pasewas	
Geórgia – *Georgia*	I/A/F
1 rublo = 100 copeques	
1 rouble/ruble = 100 copecks	
Grã-Bretanha – *United Kingdom*	I
1 libra esterlina = 100 pence	
1 pound sterling = 100 pence	
Granada – *Grenada*	I
1 dólar do Caribe = 100 cents	
1 East Caribbean dollar = 100 cents	
Grécia – *Greece*	I/A/F
dracma	
drachma	
Guatemala – *Guatemala*	E
1 quetzal = 100 centavos	
1 quetzal = 100 centavos	

Guiana – *Guyana*	I
1 dólar guianense = 100 cents	
1 Guyana dollar = 100 cents	
Guiné – *Guinea*	F
1 franco da Guiné = 100 cauris	
1 Guinea franc = 100 cauris	
Haiti – *Haiti*	F
1 gourde = 100 cêntimos	
1 gourde = 100 centimes	
Holanda – *The Netherlands*	I/A/F
1 florim = 100 cents	
1 guilder = 100 cents	
Honduras – *Honduras*	E
1 lempira = 100 centavos	
1 lempira = 100 centavos	
Hungria – *Hungary*	A/E
1 florim húngaro = 100 fillér	
1 forint = 100 filler	
Iêmen – *Yemen*	I
1 rial = 100 fils	
1 rial = 100 fils	
Ilhas Comores – *Comoro Islands*	F
1 franco comorense = 100 cêntimos	
1 Comoro franc = 100 centimes	
Ilhas Salomão – *Solomon Islands*	I
1 dólar salomônico = 100 cents	
1 Solomon dollar = 100 cents	
Índia – *India*	I
1 rúpia indiana = 100 paisa	
1 rupee = 100 paise	
Indonésia – *Indonesia*	I
1 rúpia indonésia = 100 sen	
1 rupiah = 100 sen	
Irã – *Iran*	I/F/A
1 rial = 100 dinares	
1 rial = 100 sen	
Iraque – *Iraq*	I
1 dinar iraquiano = 1000 fils	
1 Iraqi dinar = 1.000 fils	
Irlanda – *Ireland, Republic of*	I
1 libra irlandesa = 100 pence	
1 punt = 100 pence	
Islândia – *Island*	I/A
1 coroa islandesa = 100 aurar	
1 krona = 100 aurar	
Israel – *Israel*	I
1 shekel = 100 agorot	
1 shekel = 100 agorot	

Itália – *Italy* I/F lira *lira*	Luxemburgo – *Luxembourg* F/A 1 franco luxemburguês = 100 cêntimos *1 Luxembourg franc = 100 centimes*
Iugoslávia – *Yugoslavia* I/A/F 1 dinar iugolsavo = 100 paras *1 dinar = 100 paras*	Macedônia – *Macedonia* I/A/F dinar *denar*
Jamaica – *Jamaica* I 1 dólar jamaicano = 100 cents *1 Jamaican dollar = 100 cents*	Madagáscar – *Madagascar* F 1 franco do Madagascar = 100 cêntimos *1 Malagasy franc = 100 centimes*
Japão – *Japan* I 1 iene = 100 sen *1 yen = 100 sen*	Malaísia – *Malaysia* I 1 ringgit = 100 sen *1 ringgit = 100 cents*
Jordânia – *Jordan* I 1 dinar jordaniano = 1.000 fils *1 dinar = 1000 fils*	Malavi – *Malawi* I 1 cuacha malaviana = 100 tambala *1 kwacha = 100 tambala*
Kirgistão – *Khirgizia* I 1 som = 100 tyin *1 som = 100 tyin*	Maldivas – *Maldive Islands* I 1 rúpia maldívia = 100 laari *1 rupee = 100 paise*
Kiribati – *Kiribati (Gilbert Islands)* I 1 dólar australiano = 100 cents *1 Australian dollar = 100 cents*	Mali – *Mali* F 1 franco CFA = 100 cêntimos *1 CFA franc = 100 centimes*
Kuait – *Kuwait* I 1 dinar kuaitiano = 1.000 fils *1 dinar = 1.000 fils*	Malta – *Malta* I 1 lira maltesa = 100 cents *1 Maltese pound = 100 cents*
Laos – *Laos* F 1 kip = 100 at *1 kip = 100 at*	Marrocos – *Morocco* F/E 1 dirrã = 100 cêntimos *1 dirham = 100 centimes*
Lesoto – *Lesotho* I 1 loti = 100 lisente *1 maloti = 100 lisente*	Maurício – *Mauritius* I 1 rúpia mauriciana = 100 cents *1 Mauritian rupee = 100 cents*
Letônia – *Latvia* I/A rublo letoniano *Latvian rouble/ruble*	Mauritânia – *Mauritania* F 1 ugüia = 5 khoums *1 ouguiya = 5 khoums*
Líbano – *Lebanon* F/E 1 libra libanesa = 100 piastras *1 Lebanese pound = 100 piastres*	México – *Mexico* E 1 peso mexicano = 100 centavos *1 Mexican peso = 100 centavos*
Libéria – *Liberia* I 1 dólar liberiano = 100 cents *1 Liberian dollar = 100 cents*	Mianmar (Birmânia) – *Myanmar (Burma)* I 1 quiat = 100 pias *1 kyat = 100 pyas*
Líbia – *Libya* I/F 1 dinar líbio = 1.000 dirrãs *1 Libyan dinar = 1.000 dirhams*	Micronésia – *Micronesia* I 1 dólar americano = 100 cents *1 US dollar = 100 cents*
Liechtenstein – *Liechtenstein* A 1 franco suíço = 100 rappen *1 Swiss franc = 100 rappen*	Moçambique – *Mozambique* I 1 metical = 100 centavos *1 metical = 100 centavos*
Lituânia – *Lithuania* I/A 1 litas = 100 centas *1 litas = 100 centas*	Moldávia – *Moldavia* I 1 rublo = 100 copeques *1 rouble/ruble = 100 copecks*

Mônaco – *Monaco* 1 franco suíço = 100 cêntimos *1 French franc = 100 centimes*	F
Mongólia – *Mongolia* 1 tugrik = 100 mongo *1 tugrek = 100 möngös*	I
Namíbia – *Namibia* 1 rand sul-africano = 100 cents *1 South African rand = 100 cents*	I
Nepal – *Nepal* 1 rúpia nepalesa = 100 paisa *1 Nepalese rupee = 100 paisa*	I
Nicarágua – *Nicaragua* 1 córdoba = 100 centavos *1 cordoba = 100 centavos*	E
Níger – *Niger* 1 franco CFA = 100 cêntimos *1 CFA franc = 100 centimes*	I
Nigéria – *Nigeria* 1 naira = 100 kobo *1 naira = 100 kobo*	I
Noruega – *Norway* 1 coroa norueguesa = 100 ore *1 krone = 100 öre*	I/A
Nova Zelândia – *New Zealand* 1 dólar neozelandês = 100 cents *1 New Zealand dollar = 100 cents*	I
Omã – *Oman* 1 rial omani = 1000 baizas *1 Omani rial = 1000 baizas*	I
Panamá – *Panama* 1 balboa = 100 centésimos *1 balboa = 100 centesimos*	E
Paquistão – *Pakistan* 1 rúpia paquistanesa = 100 paisa *1 Pakistan rupee = 100 paise*	I
Paraguai – *Paraguay* 1 cuarani = 100 cêntimos *1 guarani = 100 centimos*	E
Peru – *Peru* 1 inti/sol = 100 centavos 1 inti/sol = 100 centavos	E
Polônia – *Poland* 1 zloty = 100 groszy *1 zloty = 100 groszy*	I/A/F
Portugal – *Portugal* 1 escudo = 100 centavos *1 escudo = 100 centavos*	I/E
Quênia – *Kenya* 1 xelim queniano = 100 cents *1 shilling = 100 cents*	I
República Centro-Africana *Central African Republic* 1 franco CFA = 100 cêntimos *1 CFA franc = 100 centimes*	F
República Dominicana – *Dominican Republic* 1 peso dominicano = 100 centavos *1 peso = 8 reals/100 centavos*	E
República Tcheca – *Czech Republic* 1 coroa tcheca = 100 halern *1 Czech koruna = 100 haleru*	A/E/F
Romênia – *Romania* 1 leu = 100 bani *1 leu = 100 bani*	A/E/F
Ruanda – *Rwanda* 1 franco ruandês = 100 cêntimos *1 Rwandan franc = 100 centimes*	F
Rússia – *Russia* 1 rublo = 100 copeques *1 rouble/ruble = 100 copecks*	I/A/F
Samoa – *Samoa* 1 tala = 100 sene *1 tala = 100 sene*	I
San Marino – *San Marino* lira italiana *Italian lira*	I
Santa Lúcia – *Santa Lucia* 1 dólar caribenho = 100 cents *1 East Caribbean dollar = 100 cents*	
São Kitts e Nevis – *St. Kitts and Nevis* 1 dólar caribenho = 100 cents *1 East Caribbean dollar = 100 cents*	I
São Tomé e Príncipe – *Sao Tome and Principe* 1 dobra = 100 cêntimos *1 dobre = 100 centimos*	I
São Vicente e Granadinas – *St. Vincent/Grenadines* 1 dólar caribenho = 100 cents *1 East Caribbean dollar = 100 cents*	I
Senegal – *Senegal* 1 franco CFA = cêntimos *1 CFA franc = 100 centimes*	F

Serra Leoa – *Sierra Leone* 1 leone = 100 cents *1 leone = 100 cents*	I
Seychelles – *Seychelles* 1 rúpia seichelense = 100 cents *1 rupee = 100 cents*	I
Síria – *Syria* 1 libra síria = 100 piastras *1 pound = 100 piastres*	F/E
Somália – *Somalia* 1 xelim somaliano = 100 cents *1 Somali shilling = 100 cents*	I
Sri Lanka – *Sri Lanka* 1 rúpia cingalesa = 100 cents *1 Sri Lanka rupee = 100 cents*	I
Suazilândia – *Swaziland* 1 lilangeni = 100 cents *1 lilangeni = 100 cents*	I
Sudão – *Sudan* 1 libra sudanesa = 100 piaster *1 Sudanese pound = 100 piastres*	I
Suécia – *Sweden* 1 coroa sueca = 100 ore *1 krona = 100 öre*	I/A
Suíça – *Switzerland* 1 franco suíço = 100 rappen *1 Swiss franc = 100 rappen*	A/F/E
Suriname – *Surinam* 1 florim surinamês = 100 cents *1 Surinam guilder = 100 cents*	I
Tadjiquistão – *Tadzhikistan* 1 rublo = 100 copeques *1 rouble/ruble = 100 copecks*	I
Tailândia – *Thailand* 1 baht = 100 satang *1 baht = 100 satang*	I
Taiwan – *Taiwan* 1 dólar taiuanês = 100 cents *1 Taiwanese dollar = 100 cents*	I
Tanzânia – *Tanzania* 1 xelim tanzaniano = 100 cents *1 shilling = 100 cents*	I
Togo – *Togo* 1 franco CFA = 100 cêntimos *1 CFA franc = 100 centimes*	F

Tonga – *Tonga* 1 paanga = 100 seniti *1 pa'anga = 100 senik*	I
Trinidad e Tobago *Trinidad and Tobago* 1 dólar trinitino = 100 cents *1 Trinidad dollar = 100 cents*	I
Tunísia – *Tunisia* 1 dinar tunisiano = 100 millièmes *1 dinar = 1000 millièmes*	F
Turcomenistão – *Turkmenistan* 1 rublo = 100 copeques *1 rouble/ruble = 100 copecks*	I
Turquia – *Turkey* 1 lira turca = 100 kurus *1 Turkish lira = 100 kurus*	F/A/E
Ucraine – *Ukraine* 1 carbovanez = 1 rublo *1 karbovanez = 1 rouble/ruble*	I/A/F
Uganda – *Uganda* 1 xelim ugandense = 100 cents *1 Ugandan shilling = 100 cents*	I
Uruguai – *Uraguay* 1 peso uruguaio = 100 centavos *1 peso = 100 centesimos*	E
Uzbequistão – *Uzbekistan* 1 rublo = 100 copeques *1 rouble/ruble = 100 copecks*	I
Venezuela – *Venezuela* 1 bolívar = 100 cêntimos *1 bolívar = 100 centimos*	E
Vietnã – *Vietnam* 1 dong = 10 hao = 100 xu *1 dong = 10 hao = 100 xu*	F/E
Zaire – *Zaire* 1 zaire = 100 makuta *1 zaire = 100 makuta*	F
Zâmbia – *Zambia* 1 cuacha zambiana = 10 ngüi *1 kwacha = 10 ngwee*	I
Zimbábue – *Zimbabwe* 1 dólar zimbabuano = 100 cents *1 Zimbabwe dollar = 100 cents*	I

Índice

Índice remissivo

A

À atenção de 16, 17
Abertura de crédito documentário 78
Abertura de empresa: aviso de - 63, 266, 267
Ação judicial 211, 212
Ação judicial: ameaça de 182, 183
Ação judicial: despesas com - 212
Aceitação de convite para exposição 66
Aceitação de pedido 44, 173, 174; confirmação da - 243, 244; - com modificações 173, 174; - com reprodução do pedido 173
Aceite 80, 163, 287; - Apresentação de documentos contra 80
Achados e perdidos 283
Acionistas: reunião 63
Ações 289
Ações: queda de preço 289
Ações: tendência de alta 85
Acordo especial 127
Acordo prévio 108, 109
Administração empresarial 64
Advertência 197, 207, 208; - e advogados 187; primeira - 184, 185; segunda - 185, 186; terceira - 186; - final 187
Advogado 211, 212
Afretamento 97, 306, 310, 314; - despesas de 314, 315; - de longa distância 97
Agência de publicidade 216, 235; consulta a - 293, 294; contratação de - 87, 294; resposta de consulta a - 294; resposta negativa de - 296, 297; resposta positiva de - 295, 296; relatório de - 89
Agência de relações públicas 293, 294; consulta a - 293, 294; proposta de - 295; resposta de - 294; resposta negativa a proposta de - 296, 297; resposta positiva a proposta de - 295, 296
Agente comercial 254 ss.; resposta do - a reclamação do comitente 260, 261; - de compra 254, 255, 257, 262; - de venda 255, 256, 258, 263; - solicita comissionamento de compra 257; - solicita comissionamento de venda 258

Agente comercial de vendas 255, 256, 257, 258, 259, 263
Agente de carga: veja Transportadora
Agente de compras 254, 255, 257, 258, 262
Agente de embarque 97
Agradecimento por consulta 25, 26, 27, 28
Alfândega 310; chancela da - 321, 328, 332
Alfândega: trâmite na 96, 100, 150, 176, 307, 310, 312, 315, 317
Alimentação: preço por pessoa da - 69
Alteração da garantia 133
Alteração: - do número de fax 269; - das condições de entrega 40, 132; - da quantidade 129, 130; - do número de telefone 268, 269; - da embalagem 131; - do tipo de entrega 132; - de participação societária 269; - de endereço da empresa 268; - de razão social 267, 268; - de razão social e endereço da empresa 63
Ameaça: - de medidas judiciais 187
Amostra 27, 28, 29, 33, 89, 114, 118, 119, 121, 207; pedido de - 107; diferença de qualidade da - 189; aviso de envio de - 117; impossibilidade de fornecer - 121, 122; recebimento de - 28; oferecimento de - 89
Amostra: recebimento de - 28
Ampliação de empresa 61, 62, 63, 266 s.
Anúncio de inauguração de escritório de vendas 63, 266 s.
Apólice aberta 159
Apólice geral 335, 336
Apólice suplementar 42
Apresentação de cheque 82
Apresentação de documentos contra aceite 80
Apresentação de documentos para cobrança 79
Apresentação de empresa 23, 24, 32, 53, 57, 105, 125, 126
Apresentação de fatura: frases costumeiras na - 177, 178
Apresentação de pedido 34, 43, 166 ss.; - de armazenamento 148, 149; - de embalagem 156, 157, 168; - da firma ao representante 243, 244

353

Apresentação de pedido de frete aéreo 308, 309
Apresentação de pedido de frete marítimo 314, 315
Apresentação de pedido de seguro de transporte 335
Apresentação de referências 38 s., 138 ss.; - negativas 39, 141, 142; - positivas 38, 140, 141, 300; - impossível 39; - incomum 143; - evasivas 38, 141, 300, 301
Apresentação do representante 57, 238
Apresentação: data de - de funcionário 223, 230
Aprovação de candidato 93, 304
Área de representação 228, 229; descrição da - 216, 217; apoio na - 232; preferência por - 225, 226, 228
Armazém 159, 210
Armazém alfandegário 332
Armazenamento 40, 144, 209; - cancelamento 149; - em geral 144; apresentação de pedido de - 148, 149; confirmação de - 149, 150; particularidades de - 144, 145; - temporário 98
Armazenamento ao ar livre 146, 147
Armazenamento especial 144, 145
Armazenamento temporário 98
Armazenamento: capacidade de 40
Armazenamento: resistência do piso 147
Artesanato 228
Artigos 115, 131, 173, 188, 190, 216, 242, 246; - de marca 228, 231, 235, 239
Artigos: número de catálogo 132, 172, 188, 189, 244, 245, 246
Artigos: suspensão de produção 246
Assinatura em cartas 16, 17
Assistência ao cliente 54, 58, 62, 142
Assunto da carta 16, 17
Assuntos diversos sobre transporte rodoviário 326, 327, 330, 331
Atacadista 125
Atraso de pagamento: advertência com prazo 185, 186
Atraso na entrega 48, 49, 181, 182, 184, 195, 196, 207, 208; desculpas por - 51, 197, 198; justificativa de - 196 s.; prazo de entrega 152, 153
Atraso no pedido 180; notificação sobre - 180
Auditoria 81
Auditoria: parecer da - 287
Aumento de produção 246
Avaria 190, 191, 209, 332 ss.

Avaria 50; - geral 159; - particular 159
Avaria por maresia 335
Avaria por transporte 131, 209, 210, 333
Avião fretado 308, 309
Aviso de abertura de crédito 46
Aviso de crédito em conta 206
Aviso de despacho 45, 46, 48, 157, 176, 210, 333; - de amostras 117
Aviso de envio de folhetos 116, 117
Aviso de envio de lista de preços 117
Aviso de exposição 273 s.
Aviso de inauguração de ponto de venda 62, 266 s.
Aviso de início de produção 45, 175
Aviso de término de produção 175, 176
Aviso prévio 94
Aviso prévio 94, 221, 226, 229; - contratual 94

B

Balanço 287
Balanço anual 74
Banco avisador 40, 78
Banco avisador 40, 78; Carta de crédito bancário: irrevogável 160
Banco correspondente 287
Banco de abertura de crédito 78
Banco emissor 74
Barril 115, 154, 158
Base de capital 140, 268
Bens de capital 228
Boletim de sinistros 319, 321

C

Cabine para interpretação simultânea 71, 73
Caixa de papelão 50, 115, 120, 131, 145, 153, 154, 158, 168, 188, 189, 209, 306, 308
Caixa eletrônico 290
Cálculo de preço 29, 41, 111 ss.
Câmara de Comércio 68, 277; - e Indústria 77, 214
Caminhão-pipa 158
Caminhão-silo 322, 326, 328
Campanha publicitária 242, 293, 294, 296
Campanha publicitária 88
Canais de distribuição 293
Cancelamento contratual pela empresa representada 252

Cancelamento contratual pelo representante 253
Cancelamento de cheque 83
Cancelamento de pedido 183
Cancelamento de pedido 48, 49, 195, 196
Cancelamento de proposta 49, 195
Cancelamento de reserva 273
Cancelamento de visita 273
Capacidade competitiva 140
Capacidade creditícia 37, 137 ss., 287
Capital circulante 269
Capital de ações 269
Capital social 270
Capital: base de - 140, 268; - de ações 269; - social 270
Cardápio: pedido de sugestão de - 69, 282
Carga a granel 311, 327
Carga de porão 312, 315, 320
Carga facultativa 315
Carga ferroviária 331
Carga unitizada 151
Carregamento 311, 312
Carta comercial: - em espanhol 16 ss.; - na América Latina 17 s.
Carta de apresentação 90, 300 s.
Carta de crédito 40, 178, 286; - fornecimento de mercadoria 163; - comunicação de abertura 46; - irrevogável 109, 123, 164, 178, 286; - revogável 286
Carta de crédito irrevogável 160
Carta de crédito para viagem 76
Carta de crédito revogável 286
Carta de pêsames 266
Carta de reconhecimento: - da empresa para o representante 245
Carta-padrão para correspondência hoteleira 284
Carta: - de comemoração de anos de serviço 62; - de aniversário 61, 266; - em resposta a proposta 34; - sobre abertura de filial 61, 266, 267; - em jubileu de empresa 61, 264, 265; - em casamento 266; - de Natal e Ano-Novo 265
Carta: cabeçalho 16, 17
Carta: composição 16, 17
Carta: corpo 16, 17
Carta: destinatário individual 16, 17
Carta: nome e assinatura em - 16, 17
Carta: referência 16, 17
Cartão de crédito 290; perda do - 83
Cartão magnético 290
Cartas a órgãos oficiais 277
Cartas de agradecimento 60, 264

Cartas de felicitações 61, 264 ss.
Cartas de pedido de emprego 92, 222; frases introdutórias de - 301; em representação 222; detalhes em - 301, 302; frases finais em - 302, 303; documentos anexos a - 92
Cartas de recomendação 91, 300, 301; resposta a - 90
Carteira de ações 84, 85
Cartões magnéticos: código 290
Catálogo de exposição 275
Certificado de análise 79
Certificado de carga 79
Certificado de origem 78, 79, 287
Certificado de peso 318, 334
Certificados de estudo 92, 218, 219
Certificados de investimento 289
Cessão de crédito 163
Cesto 115
Chamada para anexos 16, 25, 27, 28, 29, 31, 32, 34, 36, 46, 48, 66, 68, 71, 73, 75, 79, 80, 86, 88, 89, 91, 92, 93, 96, 99, 100
Chamadas telefônicas 71, 73
Chancela alfandegária 321, 328, 332
Chegada de remessa 96, 98, 101
Cheque 74, 82, 163; cancelamento de - 83; - sacado contra 82; - sem fundos 82; devolução de - 82; - cruzado 171, 206; apresentação de - 82
Cheque cruzado 171, 206
Classe de navios 317, 334
Cliente 127, 183, 216, 232, 233, 240, 241 ss.; satisfação do - 140, 171, 217
Cobertura de conta corrente 76, 286
Cobertura de seguro: - em transportes 335 s.
Cobertura de seguro: guerra 334
Cobertura de seguro: manchas 334
Cobertura de seguro: oxidação 334
Cobertura de seguro: roubo 334
Cobertura de seguro: sabotagem 334
Cobertura de seguro: terremoto 334
Cobertura de seguro: umidade 334
cobertura de seguro; empenamento / deformação 335
Cobrança 165: escritório de - 211; apresentação de documentos para - 79
Cobrança: consulta sobre - 74
Código postal espanhol 20
Comentário: solicitação de - 82, 83; - de representante sobre relatório de comissões e despesas 250, 251
Comércio atacadista 126, 127
Comissão 54, 56, 59, 74, 126, 127, 213,

219, 220, 229, 233, 234; - de vendas 254 ss.; - prevista em contrato 229, 233
Comissão de garantia ("del credere") 220, 226, 229
Comissão de vendas 220, 229, 233
Comissão prevista em contrato 233
Comissão: negócios sob 58, 254 ss.
Comissionamento 254 ss.; acordo sobre - 58, 255, 256, 257, 259, 262, 263; contrato de - 262, 263; - de compra 254 ss.; - de venda 255, 256, 258, 259, 262; pedido de - 257, 258
Comissionamento de compra 254, 255; agente comercial solicita - 257
Comissionamento de vendas 255, 256, 258, 259, 262; agente comercial procura - 258
Comitente 259; reclamações do - 261, 262
Companhia aérea 96
Companhia de navegação 97, 98, 315, 316; pedido a - 97; resposta da - 98
Companhia limitada 267
Companhia limitada de capital aberto 268
Compra alternativa e indenização por perdas 184
Compra de títulos 84
Compra a título de prova 108
Compra: poder de - 240, 241
Compras: diretor de - 64
Compromissos 271 s.
Computação: técnico especialista 276
Computador 284
Computador: número de referência 275; veja também Informatização
Concessão de crédito 109, 163, 164, 171
Concorrência 140, 241, 242; - segundo informe do representante 241, 242; cláusula sobre - em contrato de representação 56
Concorrência de mercado 241, 242
Condições 40 ss., 146 ss.; - de seguro de transportes 331, 332
Condições de entrega 26, 28, 150, 172; diferenças nas condições de - 122, 123; alteração das - 40, 132; consulta sobre - 109
Condições de pagamento diferentes 123, 132, 133
Conferência de fretes 314
Conferência de mercadoria 43
Conferência: sala de - 70, 72, 73
Confirmação de congresso 73
Confirmação de hotel 73

Confirmação de pedido 43, 44, 172; solicitação de - 83, 85, 172; - de armazenagem 149, 150; - de embalagem 158
Confirmação de pedido de frete aéreo 309
Confirmação de pedido de frete marítimo 320 s.
Confirmação de pedido de seguro de transporte 336
Confirmação de recebimento 34, 128, 178
Confirmação de recebimento de mercadoria 178
Confirmação de reservas 72, 73, 283
Conforme encomenda 173, 194, 195
Congresso: número de participantes 73
Congresso: reserva para 70, 71, 281
Conhecimento de embarque 80, 123, 287, 326, 330
Conhecimento de embarque ponto a ponto 313, 316 ss.
Conhecimento marítimo 79, 287; - ponto a ponto 313, 316 ss.; - sem restrições 46, 313, 318
Conhecimento marítimo sem restrições 46, 313, 318
Consignação: condições de 259 s., 262, 263; rescisão de contrato de 262, 263; produtos sob - 262
Consignador 259; resposta do - 259; reclamação do - 259, 260; rescisão de contrato pelo - 261, 262; divergências entre - e consignatário 259, 260
Consignatário 256, 259; resposta do - 260, 261; rescisão de contrato pelo - 262, 263
Consulta 23 s., 105 ss.; - a companhia de navegação 97; - a transportador (exportação/importação) 95; - a transportador 306, 307; - de empresa a banco 74; - de pesquisa de mercado 291; - jurídica 211; - transferida 25, 26
Consulta a armazenadores 40
Consulta jurídica 211
Consulta sobre condições de entrega 109
Consulta sobre condições de pagamento 109
Consulta sobre condições de transporte rodoviário 323, 324
Consulta sobre embalagem 153
Consulta sobre expedição por via marítima 310 ss.
Consulta sobre oferta especial 108, 109, 123

Consulta sobre pesquisa de mercado 86, 291
Consulta sobre publicidade 293, 294
Consulta sobre relações públicas 293, 294
Consulta sobre seguro de transporte 41, 334 s.
Consulta sobre seguros 159
Consulta sobre transporte rodoviário 321 ss.
Consultas 33, 105 ss.
Consultas sobre entrega 150
Conta bancária: abertura de - 74, 75, 285; extrato de - 81, 82, 285, 288, 289; encerramento de - 75, 285, 286; ordem sobre - 75; titulares 75
Conta corrente 74, 76, 77, 82, 84, 285
Conta corrente especial 77
Conta de depósito de prazo fixo 84
Contabilidade 198, 199
Contabilidade: erro de - 198
Contato comercial: manutenção do - 25, 28, 29, 34
Contêiner 98, 101, 115, 120, 151, 158, 209, 313
Contêiner 154, 324 ss., 329
Contratação de agência de publicidade 87
Contratação de seguro: solicitação de - 159, 160
Contratempo nos negócios 67
Contrato com prazo indeterminado 226, 229, 236
Contrato de armazenamento 149, 150
Contrato de comissionamento 262, 263
Contrato de comissionamento de compras 261 s.
Contrato de consignação 262, 263
Contrato de fornecimento 172
Contrato de representação geral 56
Contrato de representação: cláusula sobre concorrência em - 56
Contrato de representação; acordo 230, 231
Contrato de trabalho 93, 94, 304, 305
Contrato de vendas 40, 48, 78, 95
Contrato especial de transporte rodoviário 331, 332
Contrato: - de trabalho 93, 94; - com prazo determinado 221, 222; - por prazo indeterminado 226; - de representação 56, 230 ss.
Contrato; alterações de - 236, 237; - em representação 237
Contratos de frete 311
Contratos de frete marítimo 311
Controle de qualidade 114, 171, 209

Convite: - para estande 66, 274; - para exposição 66, 274; - para entrevista 91, 222, 303
Cópia carbono 16, 17
Correspondência bancária 74 ss., 285 ss.
Correspondência hoteleira 69 ss., 279 ss.; carta-modelo para - 284; pedidos especiais em - 280 ss.
Correspondência: - bancária 74 ss., 285 ss.; - de marketing e publicidade, 86 ss., 291 ss.; - de transportes 95 ss., 306 ss.; - com órgãos oficiais 277 s.; - hoteleira, 69 ss., 279 ss.
Correspondência: da empresa ao cliente 248, 249; - da empresa ao representante 247, 248; - do cliente à empresa 247; - do representante à empresa 249; - entre cliente, empresa e representante 247 ss.
Cotação de ações 84, 85, 289
Cotação de preço 40, 111, 112, 113, 120
Cota-parte de acionistas 64, 270 s.
Cotas de participação 269
Crédito 286
Crédito 81, 206, 289
Crédito com aval 286
Crédito com desconto de letras 286
Crédito documentário 78 ss.; abertura de - 78; - irrevogável 78
Crédito documentário irrevogável 78
Crédito em conta 79, 81, 82, 85, 206
Crédito para saques descobertos 77, 286
Crédito sem aval 77, 286
Cumprimento final em cartas 16, 17
Currículo 91, 92, 218, 301
Curso profissionalizante de comércio 225
Custos de frete 49, 205, 307, 323, 324, 328
Custos de transporte 170, 178, 205 s.

D

Danos de outra carga 334
Data de entendimentos 54
Data de pagamento 42, 43, 78, 109, 123, 162, 170, 171, 186, 197
Data de visita 271, 272; aviso de - 65; confirmação de - 65
Data de visita 65
Data do pedido não pode ser mantida 44
Data em carta 16, 17
Débito 81, 82, 288
Débito com cartão 289 s.
Dedução das taxas de armazenagem 40
Demonstração de produto 66

357

Departamento de assessoria de vendas 63
Departamento de Expedição 135, 157
Departamento de Pessoal 64, 303
Departamento de produção: erro 198
Depósito ao ar livre 40, 144
Depósito bancário 76, 84, 85, 289
Depósito de produção 176
Depósito para abertura de conta 75
Depósito: de distribuição 144; ao ar livre 40, 144; encarregado de 101; transporte até - 145, 146; consulta sobre - 144; recusa de - 146
Descarga 312, 313
Descarga: despesas de - 317
Descarte de embalagens 156
Desconto 108, 112, 113, 126, 127, 130, 135, 136, 188, 192, 193, 198, 203 ss.; omissão de - 192, 193
Desconto 32, 113, 207; - em pagamento à vista 170, 177; - de apresentação 30, 113, 193; - por quantidade 168, 177, 192, 193, 205 s.; - especial 113, 177, 249
Desconto (pagamento à vista ou antecipado) 42, 43, 113, 123, 161, 170, 193
Desconto de apresentação 30, 113, 193
Desconto em pagamento à vista 168, 170, 177
Desconto especial 113, 177, 249
Desconto por quantidade 168, 177, 192 s., 205 s.
Descontos não efetuados 192, 193
Descontos: - Resposta a erro 205, 206
Descrição de atividades de representante 214, 231, 232
Descrição de atividades no contrato de representação 231, 232
Descrição de atividades no informe do representante 238 ss.
Descrição dos produtos 214, 215
Desculpas: - por atraso de pagamento 198, 199; - por atraso de fornecimento 51, 197, 198
Descumprimento de seguro 184
Despacho 41, 43, 44, 151, 157, 176
Despacho intercontinental 155, 156
Despesa de transporte 43, 131
Despesas 220, 221, 229, 233, 234, 250 ss.; - previstas em contrato 233, 234
Despesas de viagem 56, 234
Despesas previstas em contrato 233, 234
Detalhes complementares em cartas de pedido de emprego 301, 302
Devolução de cheque 82
Devolução de embalagem 41, 43, 101, 115, 116, 313, 316, 324, 325

Diferença de qualidade 29, 50, 118, 129, 189, 190, 191, 209; - em relação à amostra 189; - em relação à proposta 190; -em relação ao pedido 190, 194; - em relação ao fornecimento para prova 189
Diferença de quantidade 188, 189
Diferença nas condições de fornecimento 122, 123
Diferenças: - de quantidade 119, 120; - de tamanho 119, 120; de qualidade 118; - de embalagem 120, 121; – e irregularidades 188 ss.
Dificuldades segundo informe do representante 239, 240
Direitos alfandegários: imposto aduaneiro padrão 310
Direitos dos representantes 234
Diretor: nomeação de - 64
Discrição em pedido de referências 138
Disponibilidade da mercadoria 175, 176
Disposições gerais sobre frete aéreo 309, 310
Distribuidor 126
Divergência: - entre empresa e representante 249 ss.; - entre comitente/consignador e agente comercial/ consignatário 259 ss.
Documento de transporte 46, 78, 79, 80, 97, 99, 309, 312, 317, 318, 319, 326, 330
Documentos alfandegários para exportação 95
Documentos anexos 330
Documentos de embarque 176, 287
Documentos de transporte 326
Documentos de transporte 330
Documentos: contra pagamento 78, 287; - em transações 286; remessa de - 287, 288; apresentação de - contra aceite 80; apresentação de - para cobrança 79

E

Economia, aquecimento da 241
Embalagem 27, 28, 41, 43, 100, 112, 115, 116, 120, 121, 130, 131, 135, 136, 153 ss.; mudança de - 130, 131; consulta sobre - 153; proposta de - 154, 155, 156; encomenda de - 156, 157, 168; confirmação de pedido de - 157; - insatisfatória 190, 191; - avulsa 154; - especial 154; - padronizada 154; precauções a respeito de - 209

Embalagem de madeira 154, 155
Embalagem de papelão 154, 158
Embalagem descartável 154, 156
Embalagem especial 156
Embalagem insatisfatória 190, 191
Embalagem insatisfatória 190, 191; rejeição de reclamação sobre - 201, 202; reconhecimento de reclamação sobre - 203, 204
Embalagem metálica 154
Embalagem: condições gerais de - 158
Embalagem: custo 41, 43, 155, 157, 158, 169, 324, 325
Embalagens dobráveis 324
Embalagens especiais de plástico 155
Embalagens, condições gerais 158
Embarque 312, 313
Embarque parcial 78
Empilhadeira 147
Emprego: duração 221, 222
Emprego: início 221
Empresa desconhecida 142, 143
Empresa e representante 213 ss.
Encerramento de conta 285, 286
Encerramento de conta corrente 75
Encomendas de Natal 210
Endereçamento 16, 17, 18 ss.
Endereçamento 18
Endereço para contato 68
Endividamento: grau de - 140
Engradado 115, 154, 155, 158; - de madeira 158, 168
Entrada de sócio na empresa 270
Entrega antecipada 158
Entrega de mercadorias em perfeito estado 43
Entrega errada 191, 192; reconhecimento de erro na - 204
Entrega não cumprida 184
Entrega porta a porta 42, 100
Entrega: local de - 109
Entrega: nota de - 148, 247
Entrega: pontualidade da - 44
Entrega: prazo de - 28, 31, 34, 122, 132
Entrega: preço de - 150
Entrevista 92, 222, 223, 303; convite para - 92, 222, 303
Envio de material publicitário 88
Equipamento de içamento 147, 329, 330
Equipamento em salas 70
Equipamento *multivision* 71, 73, 281
Equívocos e ambigüidades 193, 194; respostas a - 207
Erro 51; reconhecimento de - 202 ss.
Escola secundária 225
Escritório de advocacia 211

Escritório de vendas: inauguração de - 63, 266, 267
Espaço de armazenagem 58, 144, 145, 147, 149
Especificação técnica 28
Espuma sintética 155 ss.
Espuma sintética 155, 156, 157, 158, 168, 209
Estação de destino 101, 324, 327, 328, 331
Estação ferroviária de destino 101; - terminal de contêineres 101
Estagiário 304
Estimativa de custo 155
Estoque 106, 107, 109, 111, 127, 147, 151, 152, 174, 184, 193, 201, 202, 203
Estoque excedente 119
Exclusividade de venda 216
Execução de pedido 35
Expedição 45, 49, 100, 169, 176
Expedição normal 151, 176
Expedição rápida 182, 189
Experiência profissional 92, 225, 301, 302
Exposição 66, 274 s.; aviso de - 274; convite para - 66, 274; possibilidade de visitar - 66; organização de - 275
Exposição 66, 68, 274 s.; convite para - 66, 274; pavilhão de - 66, 274, 275; estande em - 66, 274, 275; veja também Feira
Expressões da área postal 18, 19
Expressões da área postal e de transportes 18, 19
Extrato de conta 81, 82, 285, 288, 289; pedido para envio de - 81; - está correto 82; - contém erro 82
Extravio 334
Extravio de carga 194, 195, 210

F

Falência 140
Fardos 115, 158
Fatura 79, 101, 126, 160, 161, 192, 193, 199, 204 ss., 287; - original 96; total da - 41, 160 ss., 170, 177, 207; frases costumeiras na apresentação de - 177, 178; duplicata de - 79, 287
Fatura comercial 78, 80, 309
Fatura original 78, 96
Faturamento 46, 177; resposta a erros de - 205, 206; - errado 192; justificativas sobre o - 204 ss.; - confuso 207
Faturamento confuso 207
Faturamento errado 192

359

Fax 15, 16, 95, 96, 101, 269, 281; pedidos por - 127, 194; novo número de - 269
Feira industrial 274; transporte para - 69; veja também Exposição
Ferrugem 334
Finanças 161, 162
Folheto 25, 28, 29, 32, 89, 100, 166; pedido de - 105, 106; aviso de envio de - 116, 117
Folheto 68, 90; - publicitário 88
Folheto publicitário 88, 89
Formação em comércio 218, 225
Formação escolar 225, 301, 302
Formalidades dos pedidos 244
Formulário de pedido 34, 207
Fornecedor 128, 174, 255
Fornecimento 40, 41, 78, 80, 127, 132, 150 ss., 169; - em perfeitas condições 43; - condizente com pedido 52, 116; - diferente do pedido 50; - errado 191, 192; - (quantidade) 119, 124, 125, 127, 129; - contra carta de crédito 164; - de amostras 201; - fora do prazo 51; - porta a porta 42, 100; - com reserva de domínio 164; - a mais 199, 200; falta de - 184; - incompleta 200; medidas preventivas a respeito de - 207, 208; compromisso de - 182
Fornecimento a mais 188, 199, 200
Fornecimento de amostras 201
Fornecimento incompleto; resposta negativa sobre - 200
Fornecimento para prova 108, 167; negativa de - 30, 121, 122; qualidade diferente do - 190
Fornecimento pontual 44
Fornecimento suplementar 200
Fornecimento: prazo-limite de - 151, 152
Foro competente 56, 165
Frase final: - em consulta 23, 24, 42, 88, 96; - em proposta 27, 30, 31, 32, 33; - em pedido 81; - em remessa 45, 46; - em atraso da remessa 51; - sobre problema com mercadoria 50; - sobre faturamento 46; - em pedido de referências 37; - sobre recusa de trabalho 44; - sobre condições 41
Frases costumeiras na apresentação de fatura 177, 178
Frases finais em cartas de pedido de emprego 302, 303
Frases introdutórias de carta de pedido de emprego 301
Frases introdutórias: - em proposta condizente com pedido 111; - em resposta a pedido de proposta 110; - em apresentação de pedido 166, 167; - em proposta não solicitada 32
Frete 112, 131, 330; global 313
Frete a casco nu 311
Frete aéreo 95, 96, 134, 169, 210, 306 ss.; consulta sobre remessa por - 306, 307; resposta da transportadora sobre - 307, 308; confirmação de contrato de - 309; contratação de - 308, 309; disposições gerais sobre - 309, 310
Frete de longa distância 97
Frete facultativo 312
Frete fluvial 97, 310 ss.; consulta a transportador sobre - 310, 311; pedido de orçamento de - 310; resposta a consulta sobre - 315 ss.; pedido de - 314, 315; confirmação de contrato de - 320, 321; contratação de - 318 ; contratação de - com restrições 318 ss.; contratos de - 311
Frete global 313
Frete marítimo 97, 98, 310 ss.; consulta a transportadora - 310, 311; solicitação de proposta de - 310; resposta a consulta sobre - 315 ss.; pedido de - 314, 315; confirmação de contrato de - 320, 321; contratação de - 318; contratação de - com restrições 318 ss.; contratos de - 311
Frete pago 43, 156
Frete rápido 176, 189, 210
Frota de veículos 322, 331
Frota de veículos 286
Funcionários: apoio de - 67
Funcionários: exigências para - 217 ss.
Funcionários: situação de - para concessão de crédito 140
Fundos de investimento 84
Furto 334

G

Garantia 76, 114, 115, 286, 287; alterações na - 133;
Garantia de entrega 109
Garantia: pedido de informações sobre - 106, 107
Giro 44, 53, 126, 140, 230
Gravador de som 70
Greve 174, 197, 335
Guerra de preços 241

H

Hospedagem 73
Hotel: acomodações em - 69, 70, 72, 73, 279
Hotel: conta de - 70, 71, 281, 282; informações sobre - 282
Hotel: preços 69, 279 s.
Hotel: recusa do - 72; resposta do - 72; confirmação do - 73; resposta positiva do - 72; transporte para e de - 280
Hotel: reservas 283
Hotel: solicitação de folheto a - 282

I

IATA: filiado a - 307, 308, 309
Importação de produtos 96
Importador 126
Imposto aduaneiro padrão 310
Impostos em hotel 72
Inauguração de ponto de venda 62
Incoterms 40, 41, 78, 79, 97, 106, 112, 150
Indenização monetária 184
Indicação de qualidade 129, 201; pedido de - 106, 107
Indicações e expressões postais 18, 19
Indústria de bens de consumo 213
Indústria de transformação 228
Informações pessoais 223, 225
Informações sobre fatura de hotel 282
Informações sobre novos funcionários 299
Informatização 67, 275, 276
Informe da empresa ao representante 243 ss.; conteúdo dos pedidos em - 244, 245; confirmação de pedido em - 243, 244; artigos fora de linha 246; alterações de preço 246, 247; gastos de produção 246, 247
Informe do representante 238 ss.; descrição da concorrência no - 240; poder de compra segundo informe do - 240, 241; situação do mercado segundo - 241, 242; descrição de dificuldade no - 239, 240; descrição de atividades no - 238, 239; sugestões de melhora segundo - 242
Institute Cargo Clauses 42, 159, 334, 335
Instituto de pesquisa de mercado 53
Instruções de expedição 308, 309
Insurreição 334
Investigação de extravio 194, 195, 210
Investimento de capital 83, 84; - de curto prazo 83
Investimento de curto prazo 83
Irregularidades: Discrepâncias e - 180 ss.
Irregularidades: resposta sobre - 195 ss.

J

Jubileu de empresa 264, 265
Juro 74, 83, 84, 288
Justificativa de atraso de fornecimento 196, 197
Justificativa de atraso de pagamento 197

L

Letra de câmbio 80, 109, 164, 171, 287; - à vista 80, 164, 287
Letra de câmbio irrevogável 109, 123, 164, 171, 177, 286
Letras à vista 80, 164, 287; - de 30 dias 80
Liberação aduaneira 95, 96, 176, 307, 312, 317
Licença de importação 96, 105
Língua espanhola, particularidades na América Latina 18
Linha de produtos 29, 121
Linha de produtos 29, 88, 99, 105, 117, 126, 129, 246, 258, 274
Liquidação de contas 126, - acerto de despesas 234
Liquidez: dificuldades de - 208
Lista de convidados 71
Lista de preços 126
Lista de preços 27, 30, 33, 106, 111, 120, 154, 156, 166, 168, 205; aviso de envio de - 117
Lista de referências 122
Listas de controle 283 s.
Lloyd: Registro do 311, 317
Local de armazenagem e distribuição 144, 175, 176
Local de destino 170, 210
Local de execução 165; - de entrega 170

M

Manifesto de embarque 317, 330
Manuseio de mercadoria 100
Mão-de-obra qualificada 174

Mapa de hotel 69
Margem de lucro 112
Marketing 86 ss., 291 ss.; composto mercadológico 292, 293, 297
Material de embalagem 41, 115, 116, 154, 155, 156, 157, 168, 324, 325; devolução de - 41, 43, 101, 116
Material de embalagem: custo de - 328
Material de informações 24, 25, 154
Material publicitário 216, 235; envio de - 88
Material: especificação de - 27
Material: fornecimento de - 173
Matéria-prima 31, 114, 254, 258, 286; estoque de - 174
Medidas preventivas 207 ss.
Meios de transporte 45, 79, 96, 97, 98, 99, 101, 123, 134, 145, 146, 151, 169, 176, 210, 321 ss.
Mensageiro 95; serviço por - 210
Mensageiro especial 210
Mercado Comum Europeu 86, 229
Mercado, situação geral 240
Mercado: preço de - 113
Mercado: situação do - segundo informe do representante 240
Mercado: situação geral do - 240
Mercado: tendência de alta no - 240
Mercado; descrição do - 215, 216
Mercadoria em volumes: rótulos em - 309
Mercadoria: avaria em - 50, 190, 191; - frágeis 154
Mercadoria: avarias em - 50, 190, 191
Mercadoria: confirmação de recebimento 178
Mercadoria: devolução de - por diferença na qualidade 50
Mercadoria: pagamento de - contra entrega 42, 160, 170, 308, 309, 328
Modelo de carta para reservas em hotéis 284
Modelo de endereçamento postal 18
Modelo pedido não disponível 29
Modo de pagamento 27, 28
Moeda local 78
Mostruário 206
Mostruário 27, 117, 121, 206, 214, 247
Movimento de conta bancária 81
Mudanças de pessoal 271

N

Navegação fluvial 97, 98, 310 ss.
Navio fretado 316, 318, 320

Navio independente 311, 314, 319, 320; frete em - 317
Navio porta-contêiner 316, 319
Navios conferenciados 311, 314, 319
Negociações no mercado de ações 85
Negócio comissionado 58, 254 ss.; proposta de - (compra) 254, 255; proposta de - (venda) 255, 256; término de - 262 s.
Negócios consignados 256, 259 s., 262
Negócios de comércio exterior 287
Negócios: contratempos em - 67
Nome comercial de produto 127
Nomeações 270, 271; - de diretor 64
Notário 211
Notificação de atraso de encomenda 180
Notificação de visita 271, 272
Notificação de visita 90, 271, 272, 298
Nova filial 265, 266, 267
Número do pedido 244

O

Oferecimento de amostra 89
Oferta com quantidade limitada 124, 125
Oferta de produtos 246
Oferta especial 32, 126, 127, 128, 131, 136; consulta após - 108, 109, 124
Omissão de descontos prometidos 192, 193
Operações na bolsa de valores 84, 85, 289
Ordem de pagamento 178, 193, 289
Organização de exposição 275
Organização Mundial de Comércio 242
Organizadores de exposição 68

P

Pagamento 160 ss.; - após recebimento da fatura 161
Pagamento à vista 42, 79, 109, 113, 123, 160, 193; - sem desconto na entrega da mercadoria 160
Pagamento contra entrega 42, 160, 170, 308, 309, 328
Pagamento inicial, sinal 123
Pagamento: - após recebimento 160; - contra documentos 78; medidas preventivas de - 208
Pagamento: - por transferência 289, 290

Pagamento: atraso de 49, 184 ss.;
  desculpas por - 198, 199; advertência
  com prazo sobre - 187; justificativa de
  - 196, 197
Pagamento: condições de - 35, 42, 49,
  78, 123, 134, 136, 160 ss., 170, 171;
  alterações de - 123, 132, 133; consulta
  sobre - 109
Pagamento: confirmação de - 178, 179
Pagamento: ordem de - 81, 82
País de origem 309
País terceiro 96
Palete 115, 154, 158, 324, 325, 329; -
  descartável 156; veículo com largura
  para - 327, 331
Partes contratantes 230 ss.; - em
  contrato de representação 230 ss.
Participação de mercado 140, 247 s.
Participação em negócios 231
Participação societária 140
Participação societária 269, 270
Participação societária: alteração da - 269
Particularidades em cartas comerciais na
  América Latina 18
Partida suplementar 108, 119
Pastas 71
Pedido 43 ss., 166 ss.; aceitação de - 44,
  173, 174; - de quantidades específicas
  167; - de embalagens específicas 168;
  - mínimo 125; - e preço 166; - ao
  representante 243 ss.
Pedido ao agente de cargas aéreas 308,
  309
Pedido ao transportador 96, 308, 309
Pedido ao transportador ferroviário 101
Pedido ao transportador rodoviário 101
Pedido de cliente 243
Pedido de comissionamento 257, 258;
  resposta do comitente a - 257 ss.
Pedido de crédito 76, 286, 287
Pedido de emprego 92, 301 ss.; recusa
  de - 93, 304; resposta a - 303
Pedido de envio de extrato bancário 81
Pedido de frete marítimo 318
Pedido de informação: - sobre garantia
  106, 107; - sobre tamanho 107; - sobre
  quantidade 107; - sobre qualidade 106,
  107; - por escrito 282 ss.
Pedido de mercadoria: resposta negativa
  25, 26, 29, 30
Pedido de permissão de visita 272
Pedido de quantidades específicas 167
Pedido de referências: 37, 137 ss.; recusa
  de - 142 s.; - a serviços de proteção ao
  crédito 139, 140; - a bancos 138, 139;

- a terceiros 37; - a parceiro comercial
  37, 138; discrição em - 138; - sobre
  novos funcionários 299
Pedido de resposta: - a consulta 23; - a
  proposta 23; - sobre visita 32
Pedido de resposta: comentários 82
Pedido direto 233
Pedido grande 198
Pedido mínimo 27, 41, 107, 115, 125,
  126, 128, 130, 152
Pedido para congresso 70, 73
Pedido para prova 27, 166
Pedido para ser apanhado 273
Pedido para ser pego - 273
Pedido por fax 127, 194
Pedido repetido 115
Pedido: de alteração da proposta 35, 129
  ss.; confirmação 172; - de informações
  a órgão oficial 68; - de assistência 298;
  - de compreensão pelo fornecedor 51
Pedido: direto 233; feito pelo cliente 243;
  conforme encomenda 172, 193, 194;
  qualidade diferente do - 190;
  adiamento de fornecimento do - 44
Pedido: ordem de execução de - 173
Pedidos especiais em correspondência
  hoteleira 280 ss.
Pedidos subseqüentes: referência a -
  171, 172
Perda do cartão de crédito 83
Perdas e danos 333
Perícia de sinistros 334 s.; número do
  boletim da - 319
Período de experiência 221, 222, 226,
  229, 230, 304
Personalidade 217
Pesquisa de mercado 125, 216, 291 ss.;
  consulta sobre - 291
Pesquisa de mercado: consulta sobre
  realização de - 86, 291; resposta a
  consulta sobre - 87, 292, 293
Pessoal especializado 63
Ponto de encontro 273
Ponto de venda: inauguração de - 62
Porto de destino 42
Porto de embarque 150
Porto livre 310, 314, 320
Portos de escala 315
Possibilidade de carga 311, 312
Postagem 18, 19, 20
Post scriptum (P.S.) 17
Potencial de venda 53, 215, 216, 240 ss.

Praça de representação 232
Prateleira para paletes 145, 147
Prazo de contrato 65, 221, 222; - do ponto de vista do representante 226; - do ponto de vista da empresa 229, 230
Prazo de entrega 109, 116, 127, 130; - e pedido 169, 170 s.; prorrogação do - 48
Prazo determinado: contrato de trabalho com - 221, 222
Prazo determinado: proposta com 30, 31, 32, 113
Prazo do contrato de representação 56
Prazo: fornecimento com - limitado 151, 152
Prazo: proposta com - limitado 124
Preço 28, 31, 33, 34, 111, 112, 113, 115, 123, 128 ss., 134, 135, 152, 155, 156, 160, 177, 192 s.; diferença de - 120; consulta sobre - 106; - de apresentação 112; - de exportação 112, 113, 117; - estipulado 112; - de entrega 150; - de tabela 126; - de mercado 113; - de alimentação 69; - especial 119, 121, 127, 307; - e pedido 168, 169; reajuste de - 40, 130, 131; cotação de - 40, 111, 112, 113, 120; cálculo de - 29, 41, 112
Preço de apresentação 112
Preço de exportação 112, 113, 117
Preço especial 119, 121, 127
Preço estipulado 112
Preço unitário 43
Preço: alterações de - 246, 247
Processamento de dados 275, 276
Processamento de pedidos 45 ss., 172, 173, 210; discrepâncias e irregularidades em - 48 ss.; queixas à firma sobre - dos representantes 249, 250; - rotineiro 45 ss., 175 ss.
Processamento rotineiro do pedido 45 ss., 175 ss.
Processo de embalagem 154
Produção por pedido especial 118, 119, 196
Produção: perdas na - 197 s.; aumento de - 246; aviso sobre início de - 45, 175; aviso sobre término de - 175, 176
Produto e mercado 30, 33, 55, 114, 126, 216; descrição de - 215 s.
Produto: demonstração de novo - 66
Produto: linha de 55, 56
Produtos comissionados 58, 260, 262
Produtos consignados 260, 262
Programa de vendas 23, 29, 55, 59, 88, 126, 127, 129, 213, 239, 246, 247
Proibição de concorrência 235

Projetor de transparências 70, 281
Promoção de vendas 88, 293
Proposta 25 ss., 110 ss.; - divergente 29, 118 ss.; - com prazo determinado 30, 31, 32, 113; restrições a - 30 s., 124 s.; - condizente com consulta 27, 111 ss.; reapresentação de - 136; validade da - 113; impossibilidade de - 110, 111; - quantidade limitada 124 s.; - adequada 27; - não solicitada 32 s., 125 ss.; cancelamento de - 180, 181, 195; - com prazo 124
Proposta com restrições 30 s., 124, 125
Proposta condizente 27
Proposta de agência de publicidade 295
Proposta de agência de relações públicas 295
Proposta de comissionamento 254, 255, 257; resposta do agente comercial a - 255, 256, 257
Proposta de negócio comissionado (compra) 254, 255
Proposta de negócio comissionado (venda) 255, 256
Proposta de remuneração feita por empresa 229
Proposta de representação 53, 125, 127, 213 ss.; resposta a - 54, 223, 224; - em carta pessoal 213, 214; - em anúncio de jornal 213, 224, 225
Proposta de transportador rodoviário 327 ss.
Proposta de transportadora 100
Proposta diferente 29 ss., 118 ss.
Proposta não solicitada 32 s., 125 ss.
Proposta sobre - 147, 148; proposta sobre - ao ar livre 146, 147; proposta sobre - com equipamento especial 147, 148
Proposta sobre embalagem 154 s.
Proposta sobre entrega 150
Proposta, pedido de alteração: - aceito com restrições 36; - aceitação 35
Proposta: - pedido de alteração pode ser atendido 135
Prorrogação do - 48
Prorrogação do prazo de entrega 48, 182
Proteção ambiental 121, 131
Publicidade prevista em contrato 234, 235
Publicidade: 56, 86 ss., 216, 291 ss.; - exclusiva do representante 234, 235; - no contrato de representação 234, 235; prevista em contrato - 234, 235; - e Relações Públicas 293 ss.
Publicidade: apoio da empresa a - 234, 235

Publicidade: contrato de - 294
Publicidade: despesas de - 56, 234, 235
Publicidade: meios de - 87, 293, 294
Publicidade: trabalho de - 127; - por representantes 216

Q

Qualidade 28, 33, 112, 113, 117, 119 ss., 130, 135, 166 ss. reconhecimento de erros na - 203; pedido de - específica 167 s.; garantia de - 62, 114 s.; medidas preventivas sobre - 208, 209
Qualidade: requisitos 62, 114 s.;
Qualificação profissional 217, 218
Quantidade 27, 28, 115; pedido de informações sobre - 107; - em falta 31
Quantidade 29, 108, 112, 113, 120, 124, 127
Quantidade 41, 152 s.; diferença de - 188, 189; alteração da - 129; pedido de - quantidade específica 167; - pedida não disponível 152, 153; - mínima do pedido 41, 152; - entregue de fato 41; medidas preventivas quanto a - 209; desconto por - 168, 169, 177, 192 s., 206
Quantidade diferente 187
Quantidade do pedido 115, 152
Quantidade entregue de fato 41
Quantidade fornecida: reconhecimento de erro na - 202, 203
Quantidade mínima do pedido 152
Quantidade pedida não disponível 152, 153
Quarto de hotel: informação sobre - 283
Quarto de hotel: instalações de - 69 ss., 279
Quarto de hotel: preço de 69, 279, 280
Quarto de hotel: reserva de - 69, 73; - confirmação de - 71; - quarto simples 70
Quartos de hotel: tipos de - 279
Questões jurídicas 212 s.
Quilometragem 226
Quilometragem: - sem carga 328; - com carga 328

R

Ramal ferroviário 100, 317, 322
Ramo de atividade: especificação de - em pedido de representação 225 s.
Ramo de comércio 225 s.

Rampa: plataforma de carga com - 145, 147, 149
Reajuste de preço 40, 132, 133
Rebocador 319
Recebimento de amostra 28
Recessão 240
Recibo original 260
Reclamação da firma sobre processamento de pedido pelo representante 249, 250
Reclamação do comitente 259, 260
Reclamação do consignatário 259, 260
Reclamação do representante sobre remuneração 226
Reclamação sobre qualidade: resposta negativa a - 201
Reclamação sobre relatório de despesas 250 ss., 260 ss.
Reclamação: apuração de - 51; rejeição de - 52
Reclamação: resposta a - 51; - por diferença na quantidade 188, 189
Reclamação: resposta do representante a - sobre processamento de pedido 250; - da empresa sobre processamento de pedidos pelo representante 249, 250; - sobre relatório de despesas do representante 250, 251
Reclamações 49, 50, 188 ss.; resposta negativa a - 199 ss.
Reconhecimento de embalagem insatisfatória 203, 204
Reconhecimento de reclamações 202 ss.; - sobre fornecimento errado 204; - sobre quantidade fornecida 202, 203
Recusa de fornecimento a mais 199, 200
Recusa de pedido 44, 174; - de armazenagem 149; - sem justificativa 174; - com justificativa 174
Recusa de pedido de referências 142 s.
Recusa de pedido de representação 227
Recusa de pedido: sem justificativa 174
Recusa de recebimento de remessa 109
Recusa do pedido de alteração da proposta 35, 136; e nova proposta 136
Recusa: - de pedido de emprego 93, 304; - de espaço de armazenamento 146; - de hotéis 72
Reembolso de despesas de viagem 54, 303
Reembolso de imposto aduaneiro 256
Referência a pedidos subseqüentes 171, 172
Referência desfavorável 39, 141, 142
Referência em cartas 16, 17

Referência favorável 38, 91, 140, 141, 300
Referências 28, 37 ss., 77, 137 ss., 174, 219, 225; - favoráveis 91; - evasivas 91
Região de atuação 54, 126, 216, 217, 228, 229; - segundo o representante 227; - de representação exclusiva 56; - em contrato de representação 232
Região de comissionamento 63, 257 s.
Região de representação prevista em contrato 232
Regulamentação do Comércio Exterior 96
Regulamentação portuária 317
Relação comercial: criação de - 23, 32, 33, 55
Relações comerciais 23, 64, 65, 105
Relações públicas 88, 293 ss.
Relatório de comissão 252, 260, 261; resposta da empresa a reclamação sobre - 251, 252; reclamação do representante sobre - 250, 251; resposta do representante - 252
Relatório de despesas: reclamação sobre - 250, 251, 259, 260
Remessa de carga 313, 315, 320, 326, 330 ss.
Remessa de carga por expresso 326, 330, 331
Remessa de documentos 287, 288
Remessa expressa 151
Remessa incompleta 200
Remessa parcial 30, 41, 50, 132
Remessa rápida - 182, 188
Remessa: chegada de - 96, 98, 101; extravio de - 194, 195, 210
Remuneração 56, 213, 219 ss.; - prevista em contrato 232, 233
Remuneração em contrato de representação 232 ss.
Remuneração fixa 56, 219, 220, 226, 229, 232, 233
Remuneração mensal 213
Remuneração prevista em contrato 232, 233
Reposição de mercadoria 50, 191
Repreensão ao representante 245
Representação comercial 33
Representação de empresa 53 ss.
Representação exclusiva 127
Representação exclusiva 57, 213, 227, 228
Representação geral 56, 214, 216
Representação: condições de - 127
Representação: contrato de - 56, 221, 222, 226, 229 ss., 250 ss.; descrição de atividades em - 231, 232; remuneração prevista em - 232 ss.;

alterações em - 236, 237; partes em - 230, 231; região de representação prevista em - 232; publicidade prevista em - 234, 235
Representação: pedido de - 55; recusa de - 227; aceitação de - 227, 228; resposta a - 55; - em anúncio de jornal 224, 225
Representação: recebimento de solicitação 227, 228
Representação: região de - 232
Representante 164, 224 ss, 230 ss.; - exclusivo 227; apresentação do - 57, 238; empresa e - 213 ss.; informe da empresa ao - 243 ss.; - regional 232; descrição de atividades do - 214, 231, 232; roteiro do - 238, 239
Representante autorizado 58
Representante empresarial: visita de - 65
Representante regional 232
Representante: poder de compra segundo informe do - 240, 241
Representante: quilometragem para - 226
Representante-geral 56, 214, 216
Representantes de vendas: congresso de - 69
Reputação da empresa 37, 139, 140, 215
Rescisão 94, 230, 236; - de representação 252 ss.; - pelo comitente 261, 262; - pelo empregador 304, 305; - pelo funcionário 305; - pelo agente comercial 262 s.; - sem aviso pela empresa 253; - sem aviso pelo representante 253 s.; - pelo representante segundo contrato 253; - da representação pela empresa segundo contrato 252
Rescisão de contrato de representação pela empresa sem aviso prévio 253
Rescisão de contrato de representação pelo representante sem aviso prévio 253 s.
Rescisão de contrato: prazo de - 56; - do ponto de vista do representante 57, 253; - do ponto de vista da empresa 58
Rescisão do negócio comissionado 261 ss.
Rescisão pelo consignador 261, 262
Rescisão pelo consignatário 262, 263
Reserva de domínio sobre mercadorias 211
Reserva de domínio: entrega de mercadoria com - 164
Reserva de quarto de hotel 272, 273
Reserva de quartos 311, 315
Reserva para grupo 71
Reservas 281, 283; sugestão de modelo de carta para - 284; - por telefone, fax, 284

Resposta a consulta a agência de publicidade 294
Resposta a consultas sobre fretes marítimos 315 ss.
Resposta a consultas sobre pesquisa de mercado 292, 293
Resposta a pedido de emprego 303
Resposta a pedido de representação 55
Resposta a proposta de representação 53, 223, 224
Resposta a propostas 34 ss., 110 ss., 128 ss.; - negativa 34, 110, 111, 128; - positiva 34, 128; jurídicas - 211
Resposta a reclamação 51
Resposta a solicitação de proposta 25 ss., 110 ss.; recusa - 25; positiva - 27 s.
Resposta a uma carta de recomendação 90 s.
Resposta da transportadora 96, 307 s.
Resposta da transportadora aérea 307 s.
Resposta de agência de relações públicas 294
Resposta de companhia de navegação 98
Resposta de hotéis 72
Resposta do comitente ao agente comercial 257, 258
Resposta do consignador 259
Resposta do consignatário 260, 261
Resposta negativa a proposta 34, 110, 128.
Resposta negativa: - a solicitação de proposta 25, 199 ss.; - reclamações sobre qualidade 201; - embalagem insatisfatória 201, 202; - sobre fornecimento incompleto 200; - reclamações 199 ss.
Resposta positiva a pedido de proposta 27 s.
Resposta positiva a proposta 34, 128, 129
Resposta sobre descontos incorretos 205, 206
Resposta sobre incorreções de faturamento 205, 206
Respostas a equívocos e ambigüidades 207
Respostas a notificações de irregularidades 195 ss.
Respostas de órgãos oficiais 278
Ressarcimento 184; reclamação de 201, 202
Restrições de transporte 306
Retiradas 290; em dinheiro 290; transferências 290
Retroprojetor 70, 281
Risco de transporte 78, 333 ss.
Rota de transporte 95, 134

S

Sacado 80
Saída de membro da empresa 64, 267, 269 s.
Salário previsto em contrato 232, 233
Salário: - inicial 219; pretensão de - 219; - mensal 219; - previsto em contrato 232, 233
Saldo 288; - negativo 77, 179
Saldo credor 84, 179
Saldo de conta corrente 75, 81, 286
Saldo positivo 286
Saque 334
Saudação 16, 17
Seguro 112, 159 s.; consulta sobre - 159; - em exportação 287; - contra fogo e roubo 58; - de armazenamento 148; descumprimento de - 188; - de despacho marítimo 42
Seguro: apólice de - 42, 78, 79, 159 s., 287, 335, 336
Seguro: cobertura contra quebra 334
Seguro contra incêndio e roubo 58
Seguro de exportação 287
Seguro de transporte 41, 333 ss.; consulta sobre - 334, 335; proposta de - 335; confirmação de contrato de - 336; contratação de - 335; condições de - 332, 333; - marítimo 44
Seguro de transporte marítimo 42
Seguro: falha mecânica 334
Seguro: formulário de - 336
Seguro: prêmio de - 159 s., 335
Seguro: proteção com - 336
Seguro: quantia em - 335
Semi-reboque 325, 330, 331
Serviço de consertos 63
Serviço de traslado em hotel 280
Serviços hoteleiros 69, 70, 71, 72, 281
Setor de atividade 228
Sistema contábil 67, 275, 276
Sobrepreço 113, 121
Sobrestadia 318, 324
Sócio 64; entrada de - 270; saída de - 64, 267, 269, 270; responsabilidade de - 270
Sócio comanditário 270
Solicitação de confirmação de pedido 83, 85, 172
Solicitação de contrato de seguro 159
Solicitação de proposta 23, 105
Solicitação de proposta sobre frete marítimo 310
Solvência 140 ss.
Sortimento 50

Sugestões de melhora segundo informe do representante 242
SWIFT: remessa bancária 199, 290

T

Tabela de comissões 56
Tabela de fretes marítimos 310
Tabela de tarifas 315, 316
Tamanho 115; pedido de informação sobre - 107
Tambor 156
Tarifa de eclusa 311
Tarifa de frete 100, 307, 328
Tarifa especial 305, 306
Tarifa portuária 315
Tarifa de armazenagem 40, 147, 259; consulta sobre - 40; desconto em - 40
Tarifa de armazenamento 259, 261
Tarifa de conta corrente 74
Taxa de estoque em depósito 147
Tarifas de transferência bancária 81
Telefax: veja Fax
Telefone: mudança do número de - 268, 269
Terminal de contêineres 101, 151, 313
Tipo de despacho 134; alteração do - 134; - e pedido 169
Titulares de conta bancária 75
Títulos 76, 84, 289
Títulos 84; compra de - 84; venda de - 85
Títulos da dívida pública 84
Títulos da dívida pública 84, 289
Títulos negociáveis 287
Interpretação simultânea 71, 73
Tráfego de veículos 277, 278
Transbordo 100, 101, 312
Transferência bancária 163
Transferência eletrônica 290
Transportadora 46, 99, 176, 210; consulta a - 95, 306, 307; proposta de - 100; resposta da - 96, 307, 308; pedido a - 96, 308, 309; pedido a - ferroviária 101; pedido a - rodoviária 101; pedido a - aérea 308, 309
Transporte 45; - a distância 42; - até o depósito 145, 146
Transporte a curta distância 322, 323, 327
Transporte aéreo 95, 306
Transporte consolidado 317
Transporte de carga a granel 311, 317

Transporte de carga geral 158, 207, 315, 321, 332; tarifas de - 324; conhecimento de embarque 326, 330
Transporte especial 321, 324, 327, 331
Transporte ferroviário 99, 100, 101, 321 ss.
Transporte multimodal 325, 329, 330
Transporte rodoviário 99, 100, 101, 321 ss.; consulta sobre - 321 ss.; proposta de - 327, 328; condições de - 323, 324; assuntos diversos sobre - 326, 327; contrato especial de - 331, 332
Transportes 95 ss., 306 ss.
Treinamento 214; curso de - 299
Treinamento/capacitação 299
Tribunal Federal de Justiça 212
Trimestre: prazo de liquidação de contas 126

U

União Européia: - diretriz 212; - cotas de importação 277; países-membros da - 277; legislação vigente da - 212; normas da - 136; - normas técnicas 239, 277

V

Vagão isotérmico 331
Validade da proposta 113
VAT (Imposto sobre Valor Agregado) 72, 192; número de identificação do - 244, 249
Veículo para palete 327, 331
Veículos de entrega 55, 58
Veículos isotérmicos 134, 151, 322, 328, 332
Veja Navio independente
Venda 213, 214, 215
Venda de títulos 85
Venda, direito exclusivo 213
Venda: exclusividade de - 126
Vendas: comunicações internas 247 ss.
Vendas: diretor de - 64
Vendedor externo 213
Verba de publicidade 234, 235, 296
Videocassete 70
Visita de representante empresarial 65
Visita: aviso de - 90, 298
Visita: pedido de permissão de - 272

Impressão e acabamento
Cromosete
GRÁFICA E EDITORA LTDA.
Rua Uhland, 307 · Vila Ema
Cep: 03283-000 · São Paulo · SP
Tel/Fax: 011 6104-1176